Zum Buch:

Er staunt nicht schlecht, wer da so spät vor seiner Tür steht: Penelope Ashford. Und Barnaby muss sich eingestehen, dass er sich noch sehr gut an ihre letzte Begegnung erinnert – und wie sich ihre Hand in seiner angefühlt hat. Ihm ist bereits zu Ohren gekommen, dass Penelope ein Heißsporn sein soll und für ihre Überzeugungen vehement eintritt. Umso gespannter lauscht er dem Grund, warum die junge Lady ihn aufsucht: Er soll für sie verschwundene Waisenjungen finden. Bereits am nächsten Tag nimmt er die Ermittlungen auf, die in Londons Unterwelt führen – und nicht nur für ihn riskant sind, sondern auch für Penelope.

Zur Autorin:

Stephanie Laurens wurde in Ceylon, dem heutigen Sri Lanka, geboren. Sie begann mit dem Schreiben, um ihrem wissenschaftlichen Alltag zu entfliehen. Bis heute hat sie mehr als 50 Romane verfasst und gehört zu den erfolgreichsten Autorinnen historischer Liebesgeschichten. Die preisgekrönte New-York-Times-Bestsellerautorin lebt mit ihrem Mann und zwei Töchtern in Melbourne.

Lieferbare Titel:

Eine Lady riskiert alles

Stephanie Laurens

Im Feuer der Nacht

Roman

Aus dem Englischen von
Jutta Nickel

mtb

MIRA® TASCHENBUCH

1. Auflage: August 2019
Neuausgabe

Originaltitel: »Where the Heart Leads«
Erschienen bei: William Morrow, New York

Published by arrangement with William Morrow,
an imprint of HarperCollins*Publishers* L.L.C., New York

Umschlaggestaltung: HarperCollins Germany / Birgit Tonn
Umschlagabbildung: Harlequin Books N.A.
Satz: GGP Media GmbH, Pößneck
Printed in Germany
Dieses Buch wurde auf FSC®-zertifiziertem Papier gedruckt.
ISBN 978-3-7457-0031-2

www.mira-taschenbuch.de

1

November 1835
London

»Danke, Mostyn.« Barnaby Adair, der dritte Sohn des Earl of Cothelstone, saß zufrieden im Lehnstuhl vor dem Kamin im Wohnzimmer seines eleganten Anwesens in der Jermyn Street und hob das Kristallglas von dem Serviertablett, das sein Butler ihm reichte.

»Ich brauche Sie nicht mehr.«

»Sehr wohl, Sir. Ich wünsche eine angenehme Nacht.« Mostyn, mustergültig in seinem Beruf, verbeugte sich formvollendet und zog sich geräuschlos zurück.

Barnaby lauschte angestrengt und hörte, wie die Tür geschlossen wurde. Er lächelte, nippte an seinem Glas. Gleich nach seiner Ankunft in der Stadt hatte seine Mutter ihm den Mann aufgehalst, und zwar in der kühnen Hoffnung, dass er ihren Sohn, der, wie sie oft zu verkünden pflegte, kaum zu bändigen war, doch noch in eine angemessene Richtung zu lenken verstand.

Obwohl Mostyn die ungeschriebenen Gesetze, die im Unterschied von Rang und Namen lagen, strengstens befolgte und sehr genau wusste, welche Rücksichten er dem Sohn eines Earls schuldig war, hatten Herr und Diener sich schnell aneinander gewöhnt. Ohne die Unterstützung, die sein Butler ihm gewährte – weitgehend, ohne dass er etwas veranlassen musste, wie das Glas feinsten Brandys in seiner Hand bewies –, konnte Barnaby sich seinen Aufenthalt in London nicht mehr vorstellen.

Mit den Jahren war Mostyn milder geworden. Vielleicht

auch beide; jedenfalls führten sie nunmehr ein sehr angenehmes Leben.

Barnaby streckte die langen Beine in Richtung Kamin, kreuzte die Fußgelenke, ließ das Kinn auf die Halsbinde sinken und betrachtete die Spitzen seiner polierten Stiefel, die im Widerschein des knisternden Feuers förmlich zu baden schienen. In seiner Welt hätte alles gut sein sollen. *Hätte* …

Ja, er fühlte sich wohl … und unruhig.

Friedlich – nein, eingelullt in eine gesegnete Ruhe – dennoch unbefriedigt.

Dabei war es nicht so, dass er die letzten Monate erfolglos verbracht hatte. Nachdem er neun Monate lang sorgfältig eine Spur verfolgt hatte, hatte er einen Kreis junger Leute enttarnt, sämtlich aus besten Familien, denen es nicht gereicht hatte, sich in Lasterhöhlen zu vergnügen, sondern die es für einen Spaß hielten, selbst welche zu betreiben. Er hatte genügend Beweise gesammelt, sie trotz ihres Standes vor Gericht zu bringen und bestrafen zu lassen. Es war ein schwieriger, langwieriger und mühseliger Fall gewesen, dessen erfolgreicher Abschluss ihm Lob und Dankbarkeit seitens der adligen Kreise eingebracht hatte, die in Londons Metropolitan Police Force die Aufsicht führten.

Als seine Mutter davon erfahren hatte, hatte sie zweifellos die Lippen geschürzt, hatte vielleicht bissig den Wunsch ausgestoßen, dass er doch ebenso viel Interesse für die Fuchsjagd aufbringen möge wie für die Verbrecherjagd, aber mehr würde – und konnte – sie nicht sagen, solange sein Vater zu den genannten adligen Kreisen zählte.

In keiner modernen Gesellschaft durfte das Recht parteiisch sein. Unparteiisch musste Recht gesprochen werden, furchtlos und ohne Ansehen der Person – jenen Angehörigen der besseren Gesellschaft zum Trotz, die sich zu glauben weigerten, dass auch sie den im Parlament verabschiedeten Gesetzen unterworfen waren. Der Premierminister höchstselbst war bewegt worden, ihn zu seinem jüngsten Triumph zu beglückwünschen.

Barnaby hob das Glas und nippte. Es war ein süßer Triumph gewesen, der ihn aber doch merkwürdig leer zurückgelassen hatte. Auf unerwartete Weise unzufrieden. Bestimmt hatte er damit gerechnet, größeres Glück zu empfinden anstelle dieser seltsamen Leere und Ruhelosigkeit, dieser Ziellosigkeit, mit der er durchs Leben driftete, jetzt, wo er keinen Fall mehr hatte, der ihn fesselte, der seinen Scharfsinn herausforderte und ihm die Zeit vertrieb.

Vielleicht war seine Stimmung auch nur ein Spiegel der Saison, die gerade herrschte. Wieder neigte sich ein Jahr dem Ende zu. Es war die Zeit, in der kalter Nebel sich über Stadt und Land senkte, in der die Gesellschaft sich an die wärmenden Feuerstellen auf den Anwesen ihrer Ahnen flüchtete und sich dort auf die Schwelgereien der kommenden Festsaison vorbereitete. Für ihn war diese Jahreszeit immer schwierig gewesen – schwierig, weil es galt, eine plausible Entschuldigung dafür zu finden, den geselligen Zusammenkünften aus dem Weg zu gehen, die seine Mutter mit größtem Geschick arrangierte.

Viel zu leicht war es ihr gelungen, seine älteren Brüder und seine Schwester Melissa zu verheiraten. In ihm war sie nun ihrem Waterloo begegnet, setzte den Kampf aber noch hartnäckiger und unermüdlicher fort als Napoleon. Denn sie war fest entschlossen, ihn, den Jüngsten aus ihrem Stall, angemessen verheiratet zu sehen, und sie war darauf eingerichtet, nichts unversucht zu lassen, um ihr Ziel zu erreichen – mit welchen Mitteln auch immer sie kämpfen musste.

Obwohl er übrig geblieben war, betrachtete er sich nicht als Kandidat ihrer Machenschaften in Sachen Ehestiftung, wollte sich ihr nicht auf Cothelstone Castle ausliefern. Was, wenn es schneite und er nicht die Flucht ergreifen konnte?

Rat-a-tat-tat. Unüberhörbar zerriss das Geräusch die behagliche Stille.

Als Barnaby den Blick zur Wohnzimmertür schweifen ließ, stellte er fest, dass er eine Kutsche auf dem Kopfsteinpflaster gehört hatte. Die ratternden Räder waren vor seinem Anwesen stehen geblieben. Er lauschte Mostyns gemessenem Schritt am Wohnzimmer vorbei zur Haustür. Wer wollte ihn um diese Stunde – es war bereits nach elf, wie ein rascher Blick auf die Uhr auf dem Kaminsims ihm verriet – noch besuchen? Und in einer solchen Nacht? Jenseits der schweren Vorhänge vor den Fenstern herrschte finstere Dunkelheit, denn undurchdringlicher kalter Nebel waberte durch die Straßen, verschluckte die Häuser und verwandelte die vertrauten Ansichten in unheimliche und gespenstische Gebilde.

In einer solchen Nacht würde sich niemand ohne guten Grund nach draußen wagen.

Gedämpfte Stimmen drangen an sein Ohr. Es schien, als versuchte Mostyn den Besuch zu hindern, die Ruhe seines Herrn zu stören.

Plötzlich schwiegen die Stimmen.

Ein paar Sekunden später trat Mostyn ein und schloss die Tür sorgfältig hinter sich. Nach einem kurzen Blick auf die dünnen Lippen seines Dieners und dessen bemüht ausdruckslose Miene wusste Barnaby, dass der Mann den Besuch, wer auch immer es sein mochte, nicht billigte. Aber noch bemerkenswerter als Mostyns Missbilligung war die logische Voraussetzung, dass dessen Versuch, den Ankömmling abzuweisen, sichtlich gescheitert war – und zwar schnell und gründlich.

»Eine … Lady möchte Sie sehen, Sir. Eine Miss …«

»Penelope Ashford.«

Der klare und entschlossene Tonfall ließ Barnaby und Mostyn den Blick zur Tür wenden, die jetzt weit offen stand und eine Lady in einem dunklen, strengen, aber doch modischen Umhang zu erkennen gab. Ein Muff aus Zobel baumelte am Handgelenk, und die Hände waren in pelzgesäumte Lederhandschuhe gehüllt.

Der üppige mahagonibraune Haarknoten am Hinterkopf glänzte, als sie mit einer Würde und Selbstsicherheit durch den

Raum schritt, die ihre gesellschaftliche Stellung noch deutlicher und unmissverständlicher betonten als die zarten und typisch aristokratischen Gesichtszüge. Gesichtszüge, in denen sich die lebhafteste Entschlossenheit ebenso spiegelte wie ein unbezwingbarer Wille, sodass die Kraft ihrer Persönlichkeit ihr wie eine Woge den Weg zu bahnen schien.

Mostyn trat zurück, als sie sich näherte.

Barnaby ließ sie keine Sekunde aus den Augen, als er ohne jede Hast seine überkreuzten Füße nebeneinanderstellte und sich erhob. »Miss Ashford.«

Ein außergewöhnliches Paar dunkelbrauner Augen, eingefasst von einer fein gearbeiteten goldumrandeten Brille, fixierte sein Gesicht. »Mr. Adair. Wir sind uns vor beinahe zwei Jahren begegnet. Morwellan Park. Im Ballsaal, bei Charlies und Sarahs Hochzeit.« Zwei Schritte vor ihm blieb sie stehen und musterte ihn so aufmerksam, als wolle sie sein Gedächtnis prüfen. »Wir haben uns kurz unterhalten, falls Sie sich erinnern.«

Sie bot ihm nicht die Hand. Barnaby schaute hinunter in das Gesicht, das sie ihm entgegenhob – ihr Kopf reichte kaum bis zu seiner Schulter –, und stellte fest, dass er sich überraschend gut an sie erinnern konnte. »Sie hatten gefragt, ob ich derjenige bin, der Verbrechen nachgeht.«

Sie schenkte ihm ein strahlendes Lächeln. »Ja. Das stimmt.«

Barnaby blinzelte, er war ein wenig atemlos. Denn er konnte sich, wie er feststellte, nach all den Monaten tatsächlich noch daran erinnern, wie ihre schmalen Finger sich in seinen angefühlt hatten. Sie hatten sich nur flüchtig die Hand gegeben; trotzdem stand ihm die Szene glasklar vor Augen, prickelte ihm die Erinnerung förmlich bis in die Fingerspitzen.

Offensichtlich hatte sie Eindruck auf ihn gemacht, selbst wenn es ihm damals nicht besonders bewusst gewesen war. Zu der Zeit hatte er sich auf einen anderen Fall konzentriert, und mehr als an ihr war er daran interessiert gewesen, ihre Aufmerksamkeit abzulenken.

Seit er sie das letzte Mal gesehen hatte, war sie gewachsen. Allerdings nicht größer geworden. In der Tat, er konnte nicht behaupten, dass sie irgendwo ein paar Zentimeter zugelegt hätte; sie war so wohlgerundet, wie seine Erinnerung sie gemalt hatte. Dennoch hatte sie an Statur gewonnen, an Selbstsicherheit und Zutrauen, und obwohl er daran zweifelte, dass es ihr an Letzterem jemals gefehlt hatte, gehörte sie jetzt zu solchen Ladys, in deren Charakter selbst jeder Dummkopf eine Naturgewalt erblickte, die man nur auf eigenes Risiko herausforderte.

Kein Wunder, dass sie Mostyn aus dem Weg geräumt hatte. Ihr Lächeln hatte sich verflüchtigt. Sie hatte unverhohlen den Blick über ihn schweifen lassen; bei anderen hätte er es als dreist empfunden. Aber sie schien ihn eher intellektuell als körperlich abschätzen zu wollen.

Die rosigen Lippen, verwirrend üppig, pressten sich aufeinander, als hätte sie einen Entschluss gefasst.

Neugierig neigte er den Kopf. »Welchem Anlass verdanke ich diesen Besuch?«

Es war ein ungewöhnlicher, um nicht zu sagen: unter gegebenen Umständen sogar skandalöser Vorfall. Denn sie war eine höchst wohlerzogene Lady im heiratsfähigen Alter, die einen unverheirateten Gentleman, mit dem sie nicht verwandt war, sehr spät in der Nacht aufsuchte. Allein. Ohne Anstandsdame.

Er sollte protestieren und sie fortschicken. Mostyn würde es ganz sicher für richtig halten.

Ihre schönen braunen Augen trafen seinen Blick. Offen, ohne die geringste Spur von Arglist oder Beklommenheit. »Ich möchte, dass Sie mir helfen, ein Verbrechen aufzuklären.«

Er hielt ihren Blick fest.

Sie erwiderte ihm den Gefallen.

Ein bedeutungsschwangerer Augenblick verstrich, dann deutete er elegant auf den zweiten Lehnstuhl. »Bitte setzen Sie sich. Darf ich Ihnen eine Erfrischung anbieten?«

Ein Lächeln huschte über ihr ausgesprochen attraktives Gesicht, ließ es sekundenlang atemberaubend aussehen, als sie sich zum Lehnstuhl ihm gegenüber bewegte. »Vielen Dank. Aber nein. Ich fordere nichts außer Ihrer Zeit.« Mit einer Handbewegung schickte sie Mostyn fort. »Sie dürfen sich entfernen.«

Mostyn versteifte sich. Er warf Barnaby einen wütenden Blick zu.

Barnaby unterdrückte ein Grinsen, bekräftigte den Befehl aber mit einem Nicken. Es gefiel Mostyn zwar nicht, doch er verschwand mit einer Verbeugung und ließ die Tür halb angelehnt. Barnaby, der es bemerkte, sagte nichts. Mostyn war bekannt, dass die jungen Ladys auf der Jagd nach seinem Herrn waren, oftmals recht erfindungsreich; offenbar war er überzeugt, dass Miss Ashford ebenfalls solche Pläne geschmiedet hatte. Barnaby wusste es besser. Penelope Ashford mochte sich die klügsten Pläne ausgetüftelt haben, aber Heirat war ganz sicher nicht ihr Ziel.

Während sie ihren Muff auf dem Schoß richtete, ließ er sich in den Lehnstuhl sinken und betrachtete sie aufs Neue.

Sie war die ungewöhnlichste junge Lady, die ihm jemals begegnet war.

Zu diesem Schluss war er bereits gekommen, bevor sie das Wort ergriff. »Mr. Adair«, begann sie, »ich brauche Ihre Hilfe, um vier vermisste Jungen zu finden und um zu verhindern, dass noch mehr entführt werden.«

Penelope hob den Blick und ließ ihn auf Barnaby Adairs Gesicht ruhen. Und gab ihr Bestes, ihn doch nicht anzusehen. Als sie beschlossen hatte, ihn aufzusuchen, hatte sie sich nicht vorstellen können, dass er – oder seine äußere Erscheinung – die geringste Wirkung auf sie ausüben würde. Warum auch sollte sie nur einen einzigen Gedanken daran verschwenden? Kein Mann hatte es jemals geschafft, ihr den Atem zu rauben. Warum also er? Trotzdem zerrte die Situation spürbar an ihren Nerven.

Allein die welligen Locken seines goldfarbenen Haars auf

dem wohlgeformten Kopf, dessen kräftig gebogene Züge und die himmelblauen Augen mit dem durchdringend scharfsinnigen Blick waren zweifellos interessant genug. Aber ganz abgesehen von seiner Miene hatte er etwas an sich, lag irgendetwas in seiner Ausstrahlung, was sie in Verwirrung stürzte.

Dabei war es ein Rätsel, warum er überhaupt ihre Aufmerksamkeit erregen sollte. Er war groß, hochgewachsen mit langen Gliedmaßen, aber doch nicht größer als ihr Bruder Luc. Seine Schultern waren breit, aber doch nicht breiter als die ihres Schwagers Simon. Und ganz bestimmt war er nicht attraktiver als Luc oder Simon, obwohl er sich neben den beiden mit Leichtigkeit hätte behaupten können. Ihr war zu Ohren gekommen, dass man Barnaby Adair als Adonis beschrieben hatte, und sie musste sich eingestehen, dass der Vergleich nicht von der Hand zu weisen war.

All das war vollkommen nebensächlich, und sie hatte nicht die geringste Ahnung, warum sie überhaupt darauf achtete.

Stattdessen konzentrierte sie sich auf die zahlreichen Fragen, die sich sichtlich hinter seinen blauen Augen zu formen begannen.

»Die fraglichen Jungen sind arm und verwaist. Aus diesem Grund bin *ich* bei Ihnen und nicht etwa ein Heer wütender Eltern.«

Er runzelte die Stirn.

Penelope zupfte sich die Handschuhe von den Fingern und verzog kaum merklich das Gesicht. »Am besten, ich fange ganz von vorn an.«

Er nickte. »Das würde die Angelegenheit sicher deutlich erleichtern, namentlich mir das Verständnis.«

Sie legte die Handschuhe auf dem Muff ab. Ihr war nicht klar, ob sie seinen Tonfall guthieß, beschloss aber, sich nicht darum zu kümmern. »Ich weiß nicht, ob es Ihnen bekannt ist, aber meine Schwester Portia … inzwischen ist sie mit Simon Cynster verheiratet … und drei weitere Ladys aus den höheren Kreisen haben mit mir zusammen ein Findelhaus eröffnet.

In Bloomsbury, gleich gegenüber dem Waisenhospital. Das war Anfang der 1830er-Jahre. Seither ist das Haus in Betrieb, nimmt verwaiste Kinder auf, meistens aus dem East End, und bildete sie zu Zofen oder Lakaien aus, neuerdings auch in verschiedenen Gewerben.«

»Bei unserer letzten Begegnung haben Sie Sarah nach ihrer Ausbildung der Waisenkinder gefragt.«

»In der Tat.« Penelope hatte nicht gewusst, dass er die Unterhaltung angehört hatte. »Meine ältere Schwester Anne, jetzt Anne Carmarthen, ist auch involviert. Aber seit ihrer Eheschließung und den Haushalten, die sie zu führen haben, müssen Anne und jüngst auch Portia sich in der Zeit einschränken, die sie im Findelhaus verbringen. Die anderen drei Ladys haben gleichermaßen viele gesellschaftliche Verpflichtungen. Folglich bin ich zurzeit mit der Führung und Aufsicht in der täglichen Verwaltung des Hauses betraut. In dieser Funktion suche ich Sie heute Nacht auf.«

Sie verschränkte die Hände über den Handschuhen und schaute ihn an, hielt seinen steten Blick fest. »Die gewöhnliche Prozedur sieht vor, dass die Kinder durch die Behörden auf amtlichem Weg in die Obhut des Waisenhauses gegeben werden. Oder durch den letzten überlebenden Vormund.«

Penelope hielt kurz inne. »Letzteres ist recht üblich. Es kommt oft vor, dass ein sterbender Verwandter, der erkennt, dass sein Mündel schon bald allein auf der Welt sein wird, die Verbindung zu uns herstellt. Wir machen einen Besuch und treffen die notwendigen Vorkehrungen. Üblicherweise bleibt das Kind bis zum Schluss bei seinem Vormund. Dann werden wir über dessen Tod informiert, oft durch hilfsbereite Nachbarn. Wir kommen ins Haus, holen das Waisenkind und bringen ihn oder sie ins Findelhaus.«

Er nickte, gab zu verstehen, dass er bis hierher verstanden hatte.

Sie atmete scharf ein, spürte, wie ihre Lungen sich füllten und ihr Tonfall vor Wut schneidend wurde, als sie fortfuhr.

»Im vergangenen Monat ist es uns bei vier verschiedenen Gelegenheiten passiert, dass uns irgendein Mann zuvorgekommen ist, als wir einen Jungen abholen wollten. Der Mann hatte den Nachbarn erklärt, dass er von der örtlichen Behörde käme. Aber es gibt kein Amt, dessen Aufgabe es ist, Waisenkinder einzusammeln. Wenn es eines gäbe, wüssten wir Bescheid.«

Adairs blaue Augen blickten messerscharf. »War es immer derselbe Mann?«

»Könnte sein, nach allem, was ich gehört habe. Könnte aber auch anders sein.«

Penelope wartete, während er nachdachte, biss sich auf die Zunge und zwang sich, still zu sitzen und seinen konzentrierten Gesichtsausdruck zu beobachten, anstatt nervös herumzuzappeln.

Sie war versucht, ihn zu bestürmen und zu verlangen, dass er handeln solle, ihm sogar vorzuschreiben, wie. Denn sie war es gewohnt zu führen, die Verantwortung zu tragen und die Befehle zu erteilen, die sie für passend hielt. Gewöhnlich behielt sie recht mit ihren Überlegungen, und gewöhnlich waren die Leute viel besser dran, wenn sie einfach das taten, was sie angeordnet hatte. Aber … sie brauchte Barnaby Adairs Hilfe, und ihr Instinkt mahnte sie dringend, umsichtig vorzugehen. Mehr zu leiten, als zu drängen.

Zu überzeugen, anstatt zu befehlen.

Sein Blick war in die Ferne geschweift, richtete sich jetzt aber abrupt auf ihr Gesicht. »Sie kümmern sich um Jungen und Mädchen. Sind es nur Jungen, die vermisst werden?«

»Ja.« Sie nickte bekräftigend. »In den vergangenen Wochen haben wir zwar mehr Mädchen als Jungen aufgenommen, aber dieser Mann will nur Jungen.«

Ein paar Sekunden verstrichen. »Vier hat er an sich genommen. Erzählen Sie mir etwas über jeden Einzelnen. Fangen Sie beim Ersten an, mit allem, was Sie wissen, jedes Detail, ganz gleich, wie belanglos es scheinen mag.«

Barnaby beobachtete sie, während sie in die Erinnerung eintauchte; der dunkle Blick kehrte sich nach innen, die Züge wurden weicher und verloren ein wenig ihre typische Lebhaftigkeit.

Sie atmete tief ein, richtete den Blick starr auf das Feuer, als ob sie die Geschichte aus den Flammen ablesen könne. »Der erste Junge stammte aus der Chicksand Street in Spitalfields, jenseits der Brick Lane nördlich der Whitechapel Road. Er war acht Jahre alt, hat uns sein Onkel jedenfalls erzählt. Er, der Onkel, lag im Sterben, und …«

Barnaby lauschte, während sie, nicht ganz zu seiner Überraschung, seiner Forderung genau nachkam und ausführlich in allen Einzelheiten über jedes Ereignis berichtete, wann, wo und wie es geschehen war. Anders als bei den üblichen Befragungen musste er weder ihr noch ihrem Gedächtnis auf die Sprünge helfen.

Er war den Umgang mit den Ladys aus den Salons gewohnt, war es gewohnt, die jungen Damen zu verhören, deren Geist unruhig hin und her sprang, das Thema einzukreisen versuchte, förmlich um die Tatsachen herumflitzte und tanzte, sodass er salomonische Weisheit und eine geradezu göttliche Ruhe aufbringen musste, um ein Verständnis dessen zu gewinnen, was sie wirklich wussten.

Penelope Ashford war aus anderem Holz geschnitzt. Ihm war zu Ohren gekommen, dass sie ein Heißsporn sein sollte, jemand, der sich keinen Pfifferling um soziale Schranken scherte, wenn diese Schranken ihr den Weg versperrten. Er hatte gehört, dass sie klüger war, als es ihr guttat, dass sie offen und unverblümt den Finger in eine Wunde legen konnte – und dass die Mischung dieser Charaktereigenschaften üblicherweise als Begründung dafür herhalten musste, dass sie noch unverheiratet war.

Weil sie auf ungewöhnliche Art attraktiv war – nicht hübsch oder schön, aber so lebhaft, dass sie mühelos die Blicke der Männer auf sich zog –, weil sie als Tochter eines Viscounts über ausgezeichnete Verbindungen verfügte und weil ihr Bruder Luc, der gegenwärtig den Titel führte, überaus wohlhabend war und sie mit einer mehr als angemessenen Mitgift ausstatten konnte, mochte die weitverbreitete Einschätzung durchaus zutreffend sein. Ihre Schwester Portia hatte jüngst Simon Cynster geheiratet; während Portia sich in der Gesellschaft eher umsichtig verhielt, konnte Barnaby sich erinnern, dass die Cynster-Ladys, auf deren Urteil er in solchen Dingen vertraute, wenig Unterschiede zwischen Portia und Penelope ausmachen konnten, wenn man Penelopes unverblümte Art außer Acht ließ.

Und, wenn er sich recht erinnerte, ihren unbezwingbaren Willen. Zwar hatte er die Schwestern nicht oft erlebt. Aber schon nach den wenigen Begegnungen hätte auch er behauptet, dass Portia sich weit eher einer anderen Auffassung beugen oder doch wenigstens auf Verhandlungen einlassen würde als Penelope.

»Und es war genau wie bei den anderen. Als wir an jenem Vormittag in die Herb Lane gefahren sind, um Dick zu holen, war er fort. Morgens um sieben ist er von diesem mysteriösen Mann eingesammelt worden, kurz nach Sonnenaufgang.«

Ihr Bericht war zu Ende. Sie löste den zwingenden dunklen Blick vom Feuer und schaute ihn an.

Einen Moment lang erwiderte Barnaby ihren Blick, nickte dann bedächtig. »Irgendwie gelingt es also dieser Gruppe … lassen Sie uns annehmen, es sei eine Gruppe, die die Jungen abholt …«

»Ich kann nicht erkennen, dass es mehr als *eine* Gruppe sein soll. Noch nie ist so etwas vorgekommen, und jetzt gibt es vier Fälle in weniger als einem Monat. Und alle nach derselben Vorgehensweise.« Sie musterte ihn mit hochgezogenen Brauen.

»Genau«, stieß er knapp hervor, »wie ich bereits erwähnte, scheinen diese Leute, wer auch immer es sein mag, über Ihre baldige Verantwortung für die Kinder Bescheid zu wissen …«

»Bevor Sie den Verdacht äußern, dass die Männer ihre Informationen über die Jungen aus Kreisen innerhalb des Findelhauses erfahren, lassen Sie mich versichern, dass es höchst unwahrscheinlich ist. Wenn Sie die beteiligten Menschen kennen würden, würden Sie verstehen, warum ich mir so sicher bin. Außerdem, nur weil ich mit unseren vier Fällen zu Ihnen gekommen bin, heißt es noch lange nicht, dass nicht noch mehr frisch verwaiste Jungen aus dem East End verschwinden. Es gibt zahlreiche Waisen, auf die wir nicht aufmerksam gemacht werden. Es mag also viel mehr verschwundene Kinder geben, nur wer sollte Alarm schlagen?«

Barnaby starrte sie unumwunden an, während ihre Schilderung in seinem Kopf langsam Gestalt annahm.

»Ich hatte auf Ihre Zustimmung gehofft«, sagte sie, und das Licht spiegelte sich auf ihren Brillengläsern, als sie den Blick senkte und die Handschuhe glatt strich, »sich den letzten Fall anzusehen, zumal Dick erst heute Morgen entführt worden ist. Mir ist bekannt, dass Sie gewöhnlich nur in den Salons ermitteln. Aber ich habe mich auch gefragt, ob Sie vielleicht ein wenig Zeit für unser Problem erübrigen können, denn es ist November, und viele aus unseren Kreisen sind auf dem Lande beschäftigt.« Penelope hob den Kopf und schaute ihn an; es lag nicht die geringste Zaghaftigkeit in ihrem Blick. »Natürlich könnte ich mich selbst kümmern …«

Barnaby hatte größte Mühe, nicht zu reagieren.

»… aber ich dachte, es könnte unter Umständen schneller zu einer Lösung führen, wenn ich jemand beauftrage, der in solchen Angelegenheiten erfahren ist.«

Penelope hielt seinen Blick fest und hoffte, dass er so scharfsinnig war, wie man es von ihm behauptete. Und wieder tat es ihrer Erfahrung nach nur selten weh, wenn man offen sprach. »Um es in aller Deutlichkeit zu sagen, Mr. Adair, ich bin hier, weil ich Hilfe brauche, um unseren verlorenen Mündeln auf die Spur zu kommen – und nicht, weil ich irgendjemanden nur über deren Verschwinden informieren und anschließend die

Hände in den Schoß legen wollte. Ich habe die unverrückbare Absicht, so lange nach Dick und den anderen drei Jungen zu suchen, bis ich sie gefunden habe. Und ich würde es vorziehen, jemanden an meiner Seite zu wissen, der mit Verbrechen seine Erfahrungen gemacht hat und mit den notwendigen Ermittlungsmethoden vertraut ist. Mehr noch, im Verlauf unserer Arbeit werden wir unvermeidlich im East End zu tun haben, sodass meine Fähigkeiten, in jenem Gebiet an Informationen zu gelangen, eingeschränkt sind.«

Sie hielt inne und ließ den Blick fragend über sein Gesicht schweifen. Sein Ausdruck gab wenig preis: Die breite Stirn, die geraden braunen Brauen, seine starken und markanten Wangenknochen und die eher strengen Züge der Wangen und des Kiefers blieben fest und ließen nichts erkennen.

Penelope breitete die Hände aus. »Ich habe unsere Lage beschrieben. Werden Sie uns helfen?«

Zu ihrer Verwirrung antwortete er nicht sofort. Sprang nicht ein, ließ sich zu nichts hinreißen, noch nicht einmal von der Vorstellung, dass sie auf eigene Faust durch das East End marschierte.

Aber er weigerte sich auch nicht. Verbrachte längere Zeit damit, sie mit undurchdringlicher Miene zu beobachten; so lange, dass sie sich fragte, ob er ihren Trick durchschaut hatte. Dann rührte er sich, lehnte sich mit den Schultern bequem in den Stuhl und deutete einladend auf sie. »Wie hatten Sie sich unsere Ermittlungen vorgestellt?«

Sie verbarg ihr Lächeln. »Ich dachte, dass Sie dem Waisenhaus morgen einen Besuch abstatten, falls Sie die Zeit erübrigen können, um einen Eindruck von unserer Arbeit zu gewinnen und die Kinder zu sehen, die wir zu uns nehmen. Dann …«

Barnaby hörte zu, während sie eine sehr kluge Strategie entwickelte, die ihn mit den wesentlichen Fakten so weit vertraut machen würde, dass er bestimmen konnte, in welche Richtung die Ermittlungen führen würden und wie man folglich am besten vorgehen solle.

Er behielt sie im Blick, während ihr überaus vernünftige Worte über die rubinroten Lippen perlten, üppige, reife und verwirrende Lippen, und er sah sich bestätigt, dass Penelope Ashford gefährlich war. Genauso gefährlich, wie ihr Ruf es von ihr behauptete, wenn nicht noch gefährlicher.

In seinem Fall ganz sicher noch gefährlicher, gemessen an der Faszination, die ihre Lippen auf ihn ausübten.

Außerdem bot sie ihm etwas an, was keine junge Lady ihm jemals zuvor unter die Nase gehalten hatte.

Einen Fall. Just in dem Augenblick, in dem er nichts dringender gebrauchen konnte als einen Fall.

»Ich hoffe, dass Sie in der Lage sein werden, einen Vorschlag über den weiteren Weg der Ermittlungen zu machen, nachdem wir mit dem Nachbarn gesprochen haben, der bezeugen kann, wie Dick abgeholt wurde.«

Ihre Lippen hörten auf, sich zu bewegen. Er hob den Kopf und suchte ihren Blick. »Allerdings.« Er zögerte; es lag auf der Hand, dass sie die Absicht hatte, die treibende Kraft in den folgenden Ermittlungen zu sein. Wenn man bedachte, dass er ihre Familie kannte, gehörte es zweifellos zu seinen Pflichten und zu seiner Ehre, sie von einem solch waghalsigen Unternehmen abzubringen. Aber es war ebenso unzweifelhaft, dass jeder Vorschlag, sich doch an den heimischen Herd zurückzuziehen und ihm die Verbrecherjagd zu überlassen, auf härtesten Widerstand treffen würde. Er senkte den Kopf. »Wie der Zufall es will, bin ich morgen noch frei. Vielleicht könnten wir uns vormittags im Waisenhaus treffen?«

Er würde sie aus den Ermittlungen herausdrängen, sobald er sämtliche Fakten kannte und alles in Erfahrung gebracht hatte, was sie über diese seltsame Angelegenheit wusste.

Ihr strahlendes Lächeln brach wieder einmal in seine Gedanken.

»Ausgezeichnet!« Penelope raffte ihre Handschuhe und den Muff zusammen, erhob sich. Sie hatte erreicht, was sie erreichen wollte. Höchste Zeit also, das Haus zu verlassen.

Bevor er irgendetwas sagen konnte, was sie nicht hören wollte. Auf keinen Fall jetzt einen Streit vom Zaun brechen. Nicht in diesem Moment.

Er erhob sich ebenfalls und begleitete sie zur Tür. Sie ging voran und zog sich auf dem Weg die Handschuhe an. Barnaby hatte die zauberhaftesten Hände, die sie je an einem Mann gesehen hatte, mit langen Fingern, elegant und überaus verwirrend. Sie hatte seine Finger noch aus der früheren Begegnung in Erinnerung, weshalb sie ihm zur Begrüßung nicht die Hand geboten hatte.

Neben ihr durchquerte er die Eingangshalle. »Steht Ihre Kutsche draußen?«

»Ja.« Vor der Tür blieb sie stehen und schaute zu ihm auf. »Sie wartet vor dem Nachbarhaus.«

Seine Lippen zuckten. »Verstehe.« Der Butler lungerte in der Halle herum. Barnaby winkte ihn zu sich heran und griff nach dem Türknauf. »Ich werde Sie begleiten.«

Penelope senkte den Kopf und trat hinaus auf die schmale Veranda, nachdem er die Tür geöffnet hatte. Ihre Nerven vibrierten, als er sich ihr anschloss. Groß und beinahe überwältigend männlich führte er sie die drei Stufen zum Gehsteig hinunter und dann dorthin, wo die Stadtkutsche ihres Bruders mit einem geduldigen Kutscher auf dem Bock wartete.

Adair griff nach dem Kutschenschlag, öffnete und bot ihr die Hand. Penelope hielt den Atem an, als sie ihm die Finger reichte – und bemühte sich verzweifelt, nicht die Empfindung zu registrieren, die sich einstellte, als ihre schlanken Finger in seine viel größeren gehüllt wurden, versuchte, nicht auf die Wärme seines festen Griffs zu achten, als er ihr in die Kutsche half.

Und versagte.

Sie hielt den Atem an, bis er ihre Hand losließ. Konnte nicht atmen. Dann sank sie auf den Ledersitz, brachte ein Lächeln zustande und nickte. »Danke, Mr. Adair. Wir sehen uns morgen Vormittag.«

Mit durchdringendem Blick musterte er sie in der Dunkelheit, verabschiedete sie mit erhobener Hand, trat zurück und schloss die Tür.

Der Kutscher ließ die Zügel klatschen, der Wagen ruckte an und rollte dann gleichmäßig davon. Seufzend lehnte Penelope sich zurück und lächelte in die Dunkelheit hinein. Zufrieden und mit einem Hauch Arroganz. Sie hatte Barnaby Adair für ihren Fall rekrutiert, und trotz ihres beispiellosen Gefühlsausbruchs hatte sie die Begegnung über die Bühne gebracht, ohne ihre innere Aufgewühltheit zu offenbaren.

Alles in allem konnte sie die Nacht als Erfolg verbuchen.

Barnaby stand im wabernden Nebel auf der Straße und schaute der davonfahrenden Kutsche nach. Nachdem das Rattern der Räder verklungen war, drehte er sich lächelnd zur Tür.

Während er die Treppe hinaufstieg, stellte er fest, dass seine Stimmung sich gebessert hatte. Seine frühere Niedergeschlagenheit hatte sich verflüchtigt und einer gespannten Erwartung Platz gemacht, was der nächste Tag wohl bringen würde.

Und das hatte er Penelope Ashford zu verdanken.

Nicht nur, dass sie ihm einen Fall anvertraut hatte, der ihn über die Grenzen seiner üblichen Ermittlungen hinausführen, ihn deshalb höchstwahrscheinlich herausfordern und sein Wissen erweitern würde; es war viel bedeutsamer, dass noch nicht einmal seine Mutter die Übernahme der Ermittlungen missbilligen würde.

In Gedanken verfasste er bereits den Brief, den er früh am nächsten Morgen an sie schreiben wollte. Leise pfeifend betrat er das Haus und ließ Mostyn die Tür hinter sich verriegeln.

2

»Guten Morgen, Mr. Adair. Miss Ashford hat uns angewiesen, Sie zu empfangen. Die Lady befindet sich im Büro. Wenn Sie bitte hier entlangkommen wollen ...«

Barnaby überschritt die Schwelle des Findelhauses und blieb stehen, bis die sauber gekleidete Frau mittleren Alters, die auf sein Klopfen hin geöffnet hatte, die schwere Eingangstür wieder schloss und den oberen Riegel vorschob.

Sie drehte sich weg und gab ihm ein Zeichen mit der Hand. Er folgte ihr auf dem Weg durch das große Foyer und einen langen Korridor mit Räumen an der rechten und linken Seite. Auf den schwarz-weißen Fliesen verursachten ihre Schritte nur ein schwaches Echo. Die schmucklosen Wände waren in einem blassen cremefarbenen Gelb gestrichen. Baulich schien das Haus in bestem Zustand zu sein; allerdings gab es nicht die geringste Dekoration, auch keine bescheidenen Verzierungen, weder Bilder an der Wand noch Teppiche auf den Fliesen.

Nichts, was über die Tatsache hinwegtäuschte, dass es sich um eine Anstalt handelte.

Ein rascher Blick von der gegenüberliegenden Seite der Straße hatte ein großes älteres Herrenhaus gezeigt, weiß gestrichen, mit zwei Stockwerken über dem Erdgeschoss und einem Dachboden, in der Mitte ein großer Block, der von zwei Flügeln flankiert wurde. Vor jedem Flügel befand sich ein großer Kiesgarten, der durch ein schmiedeeisernes Gatter vom Gehsteig getrennt wurde. Ein schmaler, schnurgerader Pfad führte vom schweren Tor am Eingang zur Veranda vor der Tür.

Soweit Barnaby den Bau hatte begutachten können, strotzte er vor solider Sachlichkeit.

Er konzentrierte sich wieder auf die Frau vor ihm. Obwohl sie keine Uniform trug, erinnerte ihr schneller, entschlossener Schritt ihn an die Hausdame von Eton, auch wegen der Art, wie sie den Kopf wendete, um einen raschen Blick auf die Jungen in jedem Zimmer zu werfen, an dem sie vorbeikamen.

Er schaute ebenfalls in die Zimmer, entdeckte Kinder verschiedenen Alters, die gruppenweise auf dem Boden oder um Tische herumsaßen und mit gespannter Aufmerksamkeit den vorlesenden und unterrichtenden Frauen lauschten; in einem Fall auch einem Mann.

Schon längst hatte die Frau, der er folgte, ihren Schritt verlangsamt und war vor einer Tür stehen geblieben, als er begann, seine Notizen zu Penelope Ashford gedanklich zu ergänzen. Es war der Anblick der Kinder – ihrer rötlichen runden Gesichter mit unauffälligen Zügen, des ordentlich geschnittenen, aber unfrisierten Haars, der anständigen, aber schlichten Kleidung –, der ihm die Augen öffnete. Denn er sah Kinder, die überaus anders zu sein schienen als die, mit denen sie beide gewöhnlich zu tun hatten.

Indem sie sich für diese machtlosen, verwundbaren und unschuldigen Wesen engagierte, die einer ganz anderen gesellschaftlichen Sphäre angehörten, verlor Penelope sich nicht in einer schlichten, selbstlosen Geste. Nein, indem sie die Grenzen dessen weit überschritt, was die Gesellschaft bei einer Lady ihres Standes für ein angemessenes wohltätiges Engagement halten würde, riskierte sie sogar – wissentlich, wie er überzeugt war – die Missbilligung der Salons.

Sarahs Waisenhaus und Penelopes Verbindung zu ihm hatten nichts damit zu tun, was sie hier tat. Sarahs Kinder waren auf dem Lande erzogen worden, waren Kinder von Farmern und ansässigen Familien, die sich auf den herrschaftlichen Anwesen verdingten, dort lebten und arbeiteten. Adel verpflichtet, dachte er, Grund genug, sich um jene Kinder zu kümmern.

Aber die Kinder im Findelhaus entstammten den Slums und endlosen Mietskasernen in London, hatten keinerlei Verbindung zur Aristokratie, und die Familien schlugen sich eher schlecht als recht durchs Leben, kämpften mit allen Mitteln für ihr tägliches Brot.

Und manchmal würde dieser Kampf einem wohlwollend prüfenden Blick nicht standhalten können.

Die Frau winkte ihn mit einer Handbewegung durch die Tür. »Miss Ashford erwartet Sie im hinteren Büro, Sir. Wenn Sie bitte eintreten wollen?«

Auf der Schwelle des Vorzimmers hielt Barnaby inne. Drinnen saß eine adrette Frau mit gesenktem Kopf an einem schmalen Schreibtisch, der vor einer Phalanx verschlossener Schränke stand, und sortierte eifrig einen Stapel Papiere. Sanft lächelnd dankte Barnaby seiner Begleitung, überschritt die Schwelle und betrat das Heiligtum.

Die Tür stand ebenfalls offen.

Leise näherte er sich, hielt inne und linste hinein. Penelopes Büro – »Hausverwaltung« war auf einem Messingschild an der Tür zu lesen – war ein strenges, schmuckloses Viereck mit weißen Wänden. An der Wand befanden sich zwei große Schränke, vor dem Fenster ein großer Tisch und zwei Stühle mit gerader Lehne. Penelope saß auf dem Stuhl hinter dem Tisch und konzentrierte sich auf einen Stapel Papiere. Die dunklen Brauen über ihrer kleinen geraden Nase hatten sich zu einer beinahe waagerechten Linie verzogen, als sie kaum merklich die Stirn runzelte.

Er bemerkte, dass sie die Lippen fest und beinahe unfreundlich zusammengepresst hatte.

Sie trug ein dunkelblaues Straßenkleid; die blaue Farbe betonte ihren porzellanzarten Teint und das füllige tiefbraune Haar. Natürlich bemerkte er den rötlichen Schimmer in der üppigen Pracht.

Er hob die Hand und klopfte einmal an die Tür. »Miss Ashford?«

Sie schaute auf. Einen Moment lang blieben ihr Blick und ihre Miene verständnislos, dann blinzelte sie, erinnerte sich und winkte ihn herein. »Mr. Adair. Willkommen im Findelhaus.«

Kein Lächeln, notierte Barnaby in Gedanken, wie erfrischend.

Vollkommen geschäftlich.

Ungezwungen betrat er das Büro und blieb neben einem Stuhl stehen. »Vielleicht können Sie mir das Haus zeigen und auf dem Spaziergang meine Fragen beantworten.«

Penelope dachte kurz über seinen Vorschlag nach, richtete den Blick auf die Papiere vor sich. Er konnte förmlich hören, wie sie mit sich zurate ging, ob sie ihn mit ihrer Gehilfin auf die Tour schicken sollte. Aber dann presste sie die rubinroten Lippen, die zu ihrer faszinierenden natürlichen Fülle zurückgefunden hatten, wieder fest zusammen, legte den Stift zur Seite und stand auf. »In der Tat. Je schneller wir die verschwundenen Jungen finden können, desto besser.«

Sie umrundete den Tisch und verließ den Raum mit schnellem Schritt. Barnaby hatte die Brauen kaum merklich hochgezogen, drehte sich um und heftete sich ihr an die Fersen, wiederum folgte er einer Frau, obwohl sie ihn diesmal nicht im Geringsten an eine gestrenge Hausdame erinnerte.

Trotzdem verursachte sie eine beachtliche Betriebsamkeit, als sie das Vorzimmer durchquerte. »Das ist meine Gehilfin, Miss Marsh. Sie ist selbst einmal ein Findelkind gewesen. Jetzt arbeitet sie bei uns und sorgt dafür, dass unsere Akten in Ordnung sind.«

Barnaby lächelte über die mausgraue junge Frau, die errötend den Kopf neigte und sich gleich wieder über ihre Papiere beugte.

Während er Penelope in den Korridor folgte, überlegte er, dass die Bewohner des Findelhauses in ihren Mauern sicher nur selten einen Gentleman der feinen Gesellschaft zu Gesicht bekamen.

Er beschleunigte seinen Schritt und hielt sich neben Penelope, die ihn tiefer ins Haus führte, mit ausgreifenden, beinahe männlichen Schritten, die eine deutliche Geringschätzung gegenüber dem eleganten, anmutigen Dahingleiten, das gerade in Mode gekommen war, auszudrücken schienen. Er suchte ihren Blick. »Gibt es viele Ladys der Gesellschaft, die Sie in Ihrer Arbeit hier unterstützen?«

»Nein, nicht viele.« Es dauerte einen Moment, bis sie fortfuhr.

»Es kommen nur wenige. Portia, wenn ich sie darum bitte, oder die anderen wie unsere Mütter und Tanten, die uns in der Absicht besuchen, ihre Dienste anzubieten.«

Als der nächste Korridor kreuzte, der in den anderen Flügel führte, blieb sie stehen und drehte sich zu ihm. »Die Besucher kommen, sie schauen sich um ... und gehen dann wieder fort. Die meisten stellen sich vor, vor den Gassenjungen die gute Fee spielen zu können, sofern die armseligen Wesen entsprechend dankbar sind.« Ein boshaftes Lächeln glitzerte in ihren Augen; sie drehte sich wieder weg und deutete den Flügel hinunter. »Aber das haben wir hier nicht zu bieten.«

Noch bevor sie die offene Tür drei Zimmer weiter den Korridor hinunter erreicht hatten, war der Krach unüberhörbar.

Penelope riss die Tür weit auf. »Jungs!«

Der Lärm brach so abrupt ab, dass die Stille beinahe schmerzte.

Zehn Jungen, ungefähr zwischen dem achten und zwölften Lebensjahr, erstarrten mitten im Gewühl eines allgemeinen Ringkampfes, rissen Augen und Münder weit auf, als sie begriffen, wer hereingekommen war, rempelten sich an, als sie sich in einer Linie aufstellten, und bemühten sich um ein unschuldiges Lächeln, das trotz allem sehr aufrichtig wirkte. »Guten Morgen, Miss Ashford!«, riefen sie im Chor.

Penelope bedachte sie mit einem strengen Blick. »Wo ist Mr. Englehart?«

Die Jungen wechselten Blicke, bis der größte schließlich das Wort ergriff. »Er ist nur für ein paar Minuten ausgetreten, Miss.«

»Ich bin mir sicher, dass er euch eine Arbeit aufgegeben hat, nicht wahr?«

Die Jungen nickten. Wortlos kehrten sie an ihre Tische zurück, halfen den beiden wieder auf, die zu Boden gegangen waren, griffen nach Kreide und Schiefertafel, setzten sich und machten sich wieder an ihre Aufgaben. Bei einem Blick über die Schultern der Jungen stellte Barnaby fest, dass sie gerade Addition und Subtraktion lernten.

Das Geräusch entschlossener Schritte echote über den Korridor. Sekunden später erschien ein ordentlich gekleideter Mann um die dreißig in der Tür.

Er betrachtete die Jungen und Penelope, grinste und sagte: »Für einen kurzen Moment hatte ich die Befürchtung, sie hätten sich gegenseitig umgebracht.«

Gedämpftes Gelächter ertönte in der Klasse. Englehart nickte Penelope zu, musterte Barnaby neugierig und eilte nach vorn in das Zimmer. »Kommt schon, Jungs. Noch drei Reihen Addition, dann könnt ihr nach draußen gehen.«

Die Jungen stöhnten unterdrückt, beugten sich aber über ihre Tafeln. Nicht nur einer stieß mit der Zungenspitze gegen die Zähne.

Einer hob die Hand, Englehart ging zu ihm und schaute sich an, was der Schüler auf die Tafel geschrieben hatte.

Penelope ließ den Blick über die Gruppe schweifen und schloss sich dann Barnaby unmittelbar an der Tür an. »Englehart kümmert sich um die Jungen dieses Alters und bringt ihnen Lesen, Schreiben und Rechnen bei. Die meisten lernen wenigstens genug, um eine bessere Arbeit zu verrichten als die eines niedrigen Burschen, während andere es sogar zu einer Lehre in verschiedensten Berufen bringen.«

Barnaby nickte, als er die Ernsthaftigkeit der Jungen im Umgang mit Englehart und umgekehrt bemerkte.

Er folgte Penelope nach draußen. »Englehart scheint genau die richtige Wahl für diese Arbeit.«

»Das ist er. Er ist auch Waise, aber sein Onkel hat ihn zu

uns gebracht und ihn ausbilden lassen. Der Mann arbeitet in leitender Position in einer Anwaltskanzlei. Der Anwalt weiß um unser Haus, weshalb er es Englehart gestattet, uns sechs Stunden pro Woche zur Verfügung zu stellen. Für andere Fächer haben wir andere Lehrer. Die meisten verrichten ihre Arbeit freiwillig. Das bedeutet, dass sie sich wirklich um ihre Schüler kümmern und gewillt sind, das Beste aus einer Situation zu machen, die wohl kaum jemand als ideal bezeichnen würde.«

»Es scheint, als hätten Sie beachtliche und sehr nützliche Unterstützung gewinnen können.«

Sie zuckte die Schultern. »Wir haben Glück gehabt.«

Barnaby vermutete, dass das Glück sich nicht zufällig einstellte, wenn diese Frau sich erst einmal etwas in den Kopf gesetzt hatte. »Was ist mit den Verwandten, die ihre Mündel hierher überstellen ... kommen die Leute vorher ins Haus, um es zu besichtigen?«

»Wer es noch kann, macht es meistens auch. Aber in jedem Fall schauen wir uns das Kind und dessen Vormund bei ihm zu Hause an.« Sie hob den Kopf und blickte ihn an. »Es ist wichtig, dass wir wissen, aus welchem Umfeld sie stammen und woran sie gewöhnt sind. Viele sind anfangs verängstigt, wenn sie zu uns kommen. Denn für sie ist es eine neue und oftmals fremde Umgebung mit unbekannten Sitten und merkwürdigen Gebräuchen. Wenn wir wissen, woran sie gewöhnt sind, können wir ihnen helfen, sich hier zurechtzufinden.«

»*Sie* machen die Besuche.« Er fragte nicht, sondern stellte eine Behauptung auf.

Penelope hob das Kinn. »Ich trage die Verantwortung. Also muss ich auch Bescheid wissen.«

Er konnte sich keine andere junge Lady vorstellen, die willentlich dorthin ging, wo sie hingehen musste. Es war nicht zu leugnen, dass jegliche Vermutungen über sie, über ihr Verhalten oder ihre Reaktionen, sofern man sich am durchschnittlichen Verhalten der jungen Ladys der guten Gesellschaft orientierte, bestens geeignet waren, sie völlig falsch einzuschätzen.

Sie führte ihn weiter, stoppte bei diesem oder jenem Klassenzimmer, zeigte ihm die Schlafsäle, die zurzeit leer standen, das Krankenzimmer und das Esszimmer, hielt einen kleinen Vortrag über ihre Arbeitsweise und stellte ihn dem Kollegium vor, das ihnen auf dem Weg begegnete. Er sog alles in sich auf, genoss es, die Menschen zu studieren – denn er hielt sich selbst für einen ausgezeichneten Menschenkenner –, und je mehr er sah, desto faszinierter war er, am meisten von Penelope Ashford.

Sie besaß einen starken Willen, war dominant, aber nicht tyrannisch, voller Geistesgegenwart und Scharfsinn, engagiert und hingebungsvoll – am Ende ihrer Tour hatte er genug gesehen, um sich seines Urteils sicher zu sein. Und er konnte hinzufügen, dass sie gereizt reagierte, wenn man sie drängte, selbstherrlich, wenn man sie herausforderte, und leidenschaftlich bis ins Mark, was er besonders dann jedes Mal feststellte, wenn sie mit Kindern umging. Er hätte einen Eid schwören können, dass sie jeden Namen kannte und die Geschichte eines jeden der achtzig Kinder, die sich unter dem Dach des Hauses aufhielten.

Irgendwann waren sie wieder im Foyer des Hauses angekommen. Penelope fiel nichts ein, was sie ihm noch hätte zeigen müssen, um ihm die Bedeutsamkeit der Angelegenheit vor Augen zu führen. Denn er war erfrischend aufmerksam und offenbar fähig, die Lage einzuschätzen, ohne dass man ihm jede Einzelheit minutiös erläutern musste. Sie hielt inne und schaute ihn an. »Gibt es noch irgendetwas, was Sie über die Vorgänge bei uns wissen müssten?«

Einen Moment lang erwiderte er ihren Blick und schüttelte dann den Kopf. »Zurzeit nicht. Alles scheint geradlinig, wohlüberlegt und bestens eingerichtet zu sein.« Er betrachtete das Haus. »Auf der Grundlage dessen, was ich vom Kollegium habe sehen können, stimme ich zu, dass sehr wahrscheinlich niemand aus diesem Kreis in die Sache involviert ist und auch keine Informationen an die … in Ermangelung eines besseren Ausdrucks, an die Entführer weitergereicht hat.«

Wieder fixierte er sie mit seinen blauen Augen. Penelope gab sich die größte Mühe, so zu tun, als würde sie nicht merken, dass er sie eindringlich musterte.

»Mein nächster Schritt wird mich an den Ort des letzten Verschwindens führen. Ich will die ansässigen Leute befragen, will wissen, was *sie* wissen.« Er schenkte ihr ein überaus bezauberndes Lächeln. »Wenn Sie mir die Adresse geben, muss ich Ihre Zeit nicht länger in Anspruch nehmen.«

Ihre Augen wurden schmal, und sie biss die Zähne fest zusammen. »Zerbrechen Sie sich nicht den Kopf wegen meiner Zeit. Bis wir die vier Jungen zurückhaben, ist diese Angelegenheit wichtiger als alles andere. Selbstverständlich werde ich Sie zur Unterkunft von Dicks Vater begleiten. Abgesehen von allen anderen Gründen, die mich zu diesem Entschluss bewogen haben, sind Sie den Nachbarn nicht bekannt, weshalb die Leute kaum bereit sein werden, sich mit Ihnen zu unterhalten.«

Barnaby hielt ihren Blick fest. Sie fragte sich, ob sie jetzt wohl in einen Streit ausbrechen würden, denn ihr war vollkommen klar, dass Streit sich nicht immer würde vermeiden lassen … aber er senkte den Kopf. »Wie Sie wünschen.«

Das letzte Wort ging im Getrappel der Schritte auf dem Korridor unter. Penelope wirbelte herum und entdeckte die Hausdame Mrs. Keggs. »Bitte, Miss Ashford, wenn Sie ein paar Minuten erübrigen könnten, bevor Sie das Haus verlassen.« Mrs. Keggs blieb stehen und fügte hinzu: »Es geht um die Besorgungen für die Schlafsäle und das Krankenzimmer. Ich muss heute dringend die Bestellung aufgeben.«

Penelope verbarg ihren Ärger – nicht über Mrs. Keggs, deren Notwendigkeit zu einem Gespräch unabweisbar war, sondern über den unglücklichen Zeitpunkt. Würde Adair die Verzögerung als Vorwand nutzen, um sie aus den Ermittlungen zu drängen? Sie drehte sich wieder zu ihm. »Es wird mich nicht mehr als zehn … vielleicht fünfzehn Minuten kosten«, kündigte sie an, fragte nicht, ob er warten könne, sondern fuhr gleich fort: »Danach können wir uns auf den Weg machen.«

Immer noch hielt er ihren Blick fest. Sie konnte nichts in seinen blauen Augen erkennen, außer dass er sie abschätzte, prüfte. Dann zuckten seine Mundwinkel, nicht wie bei einem Lächeln, sondern als ob er sich innerlich amüsierte.

»Ausgezeichnet.« Die Eingangstür war inzwischen geöffnet, die lärmenden Stimmen der Jungen drangen ihnen ans Ohr, und er deutete mit dem Kopf in die Richtung. »Ich warte draußen, schaue mir Ihre Mündel an.«

Sie war viel zu erleichtert, um noch fragen zu können, was genau er beobachten wolle, und nickte rasch. »Ich bin in Kürze bei Ihnen.«

Penelope gab ihm keine Gelegenheit, noch einmal seine Meinung zu ändern, drehte sich zu Mrs. Keggs und eilte mit ihr zusammen über den Korridor zu ihrem Büro.

Barnaby schaute ihr nach, vermerkte wohlwollend den forschen Schwung ihrer Hüften, während sie entschlossen über den Flur schritt, lächelte noch unverhohlener als zuvor und ging hinaus in den düsteren Tag.

Draußen auf der Veranda ließ er den Blick nach rechts schweifen. Ein ganzer Schwarm Jungen und Mädchen, ungefähr fünf und sechs Jahre alt, jagten einander lachend und kreischend durch den Garten, während sie sich mit weichen Bällen bewarfen. Bei einem Blick nach links entdeckte er eine ähnliche Anzahl Jungen, alle in einem Alter zwischen sieben und zwölf, zu denen die vermissten Kinder sehr gut gepasst hätten.

Er trat die Stufen hinunter und lenkte seine Schritte in Richtung dieser Gruppe. Es war nichts Bestimmtes, wonach er Ausschau hielt; aber die Erfahrung hatte ihn gelehrt, dass es oftmals scheinbar belanglose Informationsfetzen waren, die sich für die Lösung des Falls als entscheidend erwiesen.

Er lehnte sich gegen die Mauer und ließ den Blick über die Gruppe schweifen. Es gab Jungen in allen möglichen Größen und Gestalten, einige plump, untersetzt und zupackend, andere dürr und schlank. Die meisten bewegten sich frei und unbefangen im Spiel, einige wenige hinkten, und ein Junge zog den Fuß nach.

Jede vergleichbare Kindergruppe aus der besseren Gesellschaft wäre körperlich einheitlicher gewesen, in den Gesichtszügen ähnlicher und mit gleich langen Gliedmaßen.

Und doch gab es eine Sache, die Kinder der besseren Gesellschaft nicht nur untereinander, sondern mit den Kindern dieser anderen gesellschaftlichen Sphäre teilten, und das war eine gewisse Sorglosigkeit, die man bei armen Kindern normalerweise nicht fand. In dieser Sorglosigkeit spiegelte sich das Vertrauen in ihre Sicherheit, darin, dass sie ein Dach über dem Kopf hatten und einen ordentlichen Lebensunterhalt, nicht nur heute, sondern ebenso morgen und für die vorhersehbare Zukunft.

Diese Kinder waren glücklich, viel glücklicher, als viele ihrer Altersgenossen es jemals sein würden.

Auf der Bank an der gegenüberliegenden Seite des Spielplatzes saß ein Betreuer und las ein Buch, ließ aber hin und wieder den Blick über seine Mündel schweifen.

Irgendwann gesellte sich einer der Jungen – ein sehniges, ungefähr zehn Jahre altes Kerlchen mit einem wieselartigen Gesicht – zu Barnaby. Er wartete, bis Barnaby den Blick auf ihn senkte, bevor er fragte: »Sind Sie der neue Betreuer?«

»Nein.« Offenbar erwartete der Junge weitere Erklärungen, sodass er hinzufügte: »Ich bin Miss Ashford in einer gewissen Angelegenheit behilflich. Ich warte auf sie.«

»Oh«, stieß der Junge hervor, während ein zweiter zu ihnen kam, einen Blick auf seine Freunde warf und sich mutig genug fühlte, ihn zu fragen: »Was sind Sie dann?«

Der dritte Sohn eines Earls. Barnaby grinste, versuchte sich vorzustellen, wie die Jungen darauf wohl reagieren würden. »Ich helfe Menschen, Sachen zu finden.«

»Welche Sachen?«

Normalerweise Verbrecher. »Besitztümer. Oder Menschen, die verloren gegangen sind.«

Einer der älteren Jungen runzelte die Stirn. »Ich dachte, das machen die Bobbys. Aber Sie sind kein Bobby.«

»Nee«, mischte sich ein weiterer Junge ein, »die Polizei ist sowieso dafür da zu verhindern, dass Sachen geklaut werden. Geklaute Sachen zu finden, das ist was anderes.«

Weisheiten aus dem Munde von Kleinkindern.

»Also …«, der erste Junge musterte ihn abwägend, »erzählen Sie uns eine Geschichte, wie Sie mal geholfen haben, eine Sache zu finden.« Sein Tonfall ließ die Worte eher hoffnungsvoll flehend als fordernd klingen.

Barnaby ließ den Blick über die Gesichter der Jungen schweifen, war sich vollkommen bewusst, dass jeder Einzelne seine Kleidung und deren Qualität registriert hatte, und überlegte. Eine Bewegung im Garten lenkte seine Aufmerksamkeit auf sich. Der Betreuer hatte das Interesse der Jungen an Barnaby bemerkt, schaute ihn mit hochgezogenen Brauen an und fragte stumm, ob er gerettet zu werden wünschte.

Barnaby schickte ein beruhigendes Lächeln zurück und schaute sein Publikum an. »Die erste Sache, die ich geholfen habe wiederzufinden, war das Smaragdcollier der Herzogin von Derwent. Es ging auf einer privaten Festlichkeit im Hause der Derwents verloren …«

Sie bombardierten ihn förmlich mit Fragen; es wunderte ihn nicht, dass das Fest selbst, das herzogliche Anwesen und wie die »Snobs« sich amüsierten, im Mittelpunkt ihres Interesses stand. Smaragde hingegen spielten in ihrer Welt keine Rolle. Aber Menschen faszinierten sie, wie auch er von Menschen fasziniert war, und als er ihre Reaktionen auf seine Antworten beobachtete, musste er innerlich lachen.

In ihrem Büro bemerkte Penelope, dass Mrs. Keggs' Aufmerksamkeit nachließ und auf irgendetwas hinter ihrer linken Schulter gelenkt war. »Ich denke, das sollte für die nächsten Wochen reichen.«

Sie legte ihren Stift beiseite und klappte den Deckel des Tintenfasses zu. Das Geräusch riss Mrs. Keggs aus ihrer Ablenkung zurück.

»Ah, vielen Dank, Miss.« Mrs. Keggs griff nach dem unterschriebenen Zettel, den Penelope ihr reichte. »Ich werde die Bestellung zu Connelly bringen und lasse noch heute Nachmittag ausliefern.«

Penelope lächelte und entließ Mrs. Keggs mit einem Nicken. Sie schaute zu, wie die Frau sich erhob, knickste und nach einem letzten Blick aus dem Fenster in Penelopes Rücken aus dem Büro eilte.

Sie schwenkte auf ihrem Stuhl herum, warf ebenfalls einen Blick hinaus – und entdeckte Adair, der von einer Gruppe Jungen förmlich gefangen gehalten wurde.

Entspannt beobachtete sie die Szene und registrierte ihre Überraschung. Trotz allem, was sie über ihn gehört hatte, hatte sie niemals erwartet, dass Adair die notwendigen Fähigkeiten oder sogar die Neigung besaß, frei und offen mit Menschen aus den unteren Ständen umzugehen; ganz sicher nicht so frei und offen, dass er sich je dazu herabließe, einen Haufen Kinder zu unterhalten, die um ein Haar in der Gosse gelandet wären.

Sein Lächeln schien allerdings aufrichtig.

Penelope war ängstlich und vorsichtig gewesen, als sie ihn aufgesucht hatte, und diese Ängstlichkeit ließ ein wenig nach. Die anderen Mitglieder des geschäftsführenden Vorstands hielten sich außerhalb Londons auf. Obwohl sie den Vorstand über die ersten drei verschwundenen Jungen informiert hatte, hatte sie sie nicht über den jüngsten Fall benachrichtigt. Und auch nicht darüber, dass sie vorhatte, Mr. Barnaby Adairs Hilfe in Anspruch zu nehmen. Was das betraf, hatte sie auf eigene Faust gehandelt. Sie war überzeugt, dass Portia und Anne ihre Entscheidung unterstützen würden; bei den anderen dreien war sie sich nicht so sicher. Denn Barnaby hatte sich den Ruf erworben, der Polizei zu helfen, insbesondere die Angehörigen der besseren Gesellschaft vor Gericht zu bringen. Bemühungen, die nicht auf ungeteilte Zustimmung der Salons trafen.

Entschlossen legte sie die Handflächen auf die Stuhllehne und erhob sich. »Es kümmert mich nicht«, erklärte sie ihrem leeren Büro, »um die Jungen zurückzubekommen, würde ich noch nicht einmal die helfende Hand meines Erzfeindes ausschlagen.«

Die Drohungen der Gesellschaft hatten keinerlei Macht über sie. Andere Bedrohungen dagegen ...

Mit schmalen Augen beobachtete sie die große elegante Gestalt, umringt von der bunt gemischten Gruppe. Und gestand sich zögernd ein, dass diese Gestalt in gewisser Hinsicht eine Bedrohung für sie darstellte. In der Tat ...

Für ihre Sinne, ihre plötzlich kribbelnden Nerven ... und die noch nie da gewesene Launenhaftigkeit ihres Hirns. Noch nie war es einem Mann gelungen, ihre Gedanken durcheinanderzubringen.

Noch nie hatte ein Mann sie dazu gebracht, darüber nachzudenken, wie es wäre, wenn er ...

Sie drehte sich wieder zu ihrem Tisch und schloss das Bestellbuch.

Nachdem sie gestern sein Haus verlassen hatte, hatte sie sich eingeredet, dass das Schlimmste nun überstanden war. Dass, wenn sie ihm das nächste Mal begegnete, seine Wirkung auf ihre Sinne sich schon verflüchtigt haben würde. Oder zumindest abgeflaut wäre. Stattdessen hatte sie feststellen müssen, dass sie keinen vernünftigen Gedanken mehr fassen konnte, als sie aufgeschaut, ihn im Türrahmen entdeckt und den überaus eindringlichen Blick aus seinen blauen Augen bemerkt hatte.

Es hatte sie echte Anstrengung gekostet, ihre Miene ausdruckslos zu halten und so zu tun, als wäre sie in Gedanken ganz woanders gewesen.

Es lag auf der Hand, dass sie sich innerlich wappnen, dass

sie eine Art Rüstung anlegen musste, wenn sie wünschte, dass er an ihrer Seite ermittelte. Oder noch mehr …

Ihr war der Gedanke unerträglich, dass er wusste, wie tief er sie berührt hatte, und die Mundwinkel langsam zu diesem eigensinnig arroganten, unglaublich männlichen Lächeln verzog …

Sie presste die Lippen aufeinander und wiederholte mit fester Stimme: »Wie auch immer, es interessiert mich nicht.«

Penelope zog das Retikül und die Handschuhe aus der Schreibtischschublade und eilte mit erhobenem Kinn zur Tür.

Und zu dem Mann, den sie als Champion des Findelhauses engagiert hatte.

3

»Auf Geheiß von Dicks Vater haben Mrs. Keggs und ich ihm vor zwei Wochen einen Besuch abgestattet.« Durch das Fenster der Droschke betrachtete Penelope die vorbeifliegenden Straßenzüge. Draußen vor dem Findelhaus hatten sie die Droschke angehalten, der Kutscher hatte sie zufrieden aufgenommen, und nun ratterten sie zügig in Richtung Osten.

Die Geschwindigkeit verlangsamte sich, nachdem sie in das enge, überfüllte Gängeviertel eingebogen waren, das man in London das »East End« nannte. Es handelte sich um eine Ansammlung baufälliger Häuser, die auf Tuchfühlung errichtet worden waren, Mietskasernen, Läden und Lagerhäuser, die ursprünglich in den Dörfern draußen vor der alten Stadtmauer entstanden waren. Mit den Jahrhunderten hatten sich die provisorischen Gebäude zu einem ärmlichen, düsteren, unangenehm feuchten Mischmasch zerbrechlicher Wohnstätten entwickelt.

Clarkenwell, die Gegend, in die sie jetzt fuhren, war nicht ganz so schlimm, nicht ganz so überfüllt und bedrohlich wie andere Teile des East Ends.

»Er … Dicks Vater, Mr. Monger … litt an Auszehrung.« Sie schwankte, als die Droschke in die Farrington Road bog. »Es war klar, dass er sich nicht erholen würde. Der ansässige Arzt, ein gewisser Mr. Snipe, war auch dort. Er war es auch, der uns über Mr. Mongers Tod benachrichtigt hat.«

Adairs Miene verdüsterte sich immer mehr, seit sie in die ärmlicheren Straßen eingebogen waren. »Gestern Vormittag haben Sie Snipes Nachricht erhalten?«

»Nein. Schon am Abend zuvor. Monger ist gegen sieben Uhr gestorben.«

»Sie sind nicht im Findelhaus gewesen.«

»Nein.«

Er drehte sich zu ihr und schaute sie an. »Aber wenn es anders gewesen wäre ...«

Schulterzuckend wandte sie den Blick ab. »Abends bin ich niemals dort.«

Nachdem vier Jungen entführt worden waren, hatte sie inzwischen Anweisung gegeben, dass die Nachricht vom Tod eines Vormunds ihr unverzüglich gemeldet werden solle, wo auch immer sie sich gerade aufhielt. Wenn es das nächste Mal ein Waisenkind abzuholen galt, würde sie sich die Kutsche ihres Bruders leihen, dazu seinen Kutscher und einen Burschen, und würde ins East End eintauchen, ganz gleich, wie spät es schon war ... aber sie sah keinen Grund, ihre derzeitige Begleitung in ihren Entschluss einzuweihen.

Sie wusste, dass Adair mit ihrem Bruder Luc, der sie immer beschützt hatte, mindestens bekannt war, und es fiel ihr nicht schwer zu erraten, was ihm wohl durch den Kopf ging – dass Luc es unmöglich gutheißen konnte, wenn sie ihren Fuß in solche Gegenden setzte, noch dazu mehr oder weniger allein und am späten Abend.

Damit hatte Barnaby vollkommen recht. Luc ahnte nur entfernt, welche Pflichten ihr als Hausverwalterin auferlegt waren. Und sie zog es vor, ihn nicht aus seiner Ahnungslosigkeit aufzustören.

Bei einem Blick aus dem Fenster stellte sie erleichtert fest, dass sie ihr Ziel beinahe erreicht hatten. »In diesem Fall haben drei Nachbarn den Mann, der Dick am Tag nach Mongers Tod abgeholt hat, gesehen und mit ihm gesprochen. Ihre Beschreibung des Mannes passt auf die Beschreibung, die die Nachbarn in den vorangegangenen drei Fällen gegeben hatten.«

Die Kutsche fuhr so langsam, dass sie beinahe stehen geblieben war, und bog dann schwerfällig in eine Gasse ein, die fast zu eng für den Wagen war.

»Endlich sind wir da.« Sie drängte nach vorn, kaum dass das Gefährt angehalten hatte. Aber Adair war schneller, schnappte nach dem Griff der Kutschentür, zwang sie zurückzuweichen, bis er geöffnet hatte.

Beim Aussteigen blockierte er den Ausstieg, während er sich umschaute.

Sie biss sich auf die Zunge und unterdrückte den Impuls, ihm heftig zwischen die Schulterblätter zu stoßen. Sehr schöne Schultern, gekleidet in einen modischen Übermantel, aber trotzdem waren sie ihr im Weg … sie musste sich darauf beschränken, sie anzustarren.

Irgendwann rührte er sich, so langsam und bedächtig, als wäre er sich gar nicht bewusst, was er tat. Trat zur Seite und bot ihr die Hand. Sie vergaß nicht ihre Manieren, riss sich zusammen und überließ ihm ihre Finger. Nein, die Wirkung seiner Berührung, das verstörende Gefühl seiner langen, starken Finger, die sich besitzergreifend um ihre schlossen, hatte sich nicht verflüchtigt. Bissig mahnte sie sich, dass er nur auf ihre Bitte hin erschienen war, auch wenn er viel zu viel Platz in ihrem Leben beanspruchte und ihren Geist verwirrte, ließ es zu, dass er ihr hinunterhalf, und löste rasch ihre Finger aus seinen.

Ohne ihn eines Blickes zu würdigen, machte sie ein paar Schritte nach vorn, gestikulierte in Richtung der Hütte vor ihnen. »Dort hat Mr. Monger gelebt.«

Natürlich hatte ihre Ankunft die Aufmerksamkeit der Menschen erregt. Gesichter drückten sich an die verschmierten Scheiben, Hände schoben Lappen beiseite, wo nie eine Scheibe gewesen war.

Sie betrachtete das Gebäude nebenan, vor dem ein Holztisch stand. »Mr. Mongers Nachbar ist Flickschuster. Er und sein Sohn haben den Mann gesehen.« Barnaby bemerkte das verwahrloste Individuum, das sie von einem Überstand aus beobachtete, unter dem der Tisch des Flickschusters aufgebaut war. Penelope ging zu ihm, er folgte ihr auf dem Fuße. Falls sie das Elend und den Dreck um sich herum überhaupt bemerkte, ganz zu schweigen von dem Gestank, ließ sie sich nichts anmerken.

»Mr. Trug.« Penelope nickte dem Schuster zu, der wachsam den Kopf senkte. »Das ist Mr. Adair, ein Experte, wenn es darum geht, seltsamen Vorkommnissen auf den Grund zu gehen. Wie zum Beispiel Dicks Verschwinden. Ich frage mich, ob ich Sie bewegen kann, ihm zu erzählen, was das für ein Mann war, der gekommen ist und Dick mitgenommen hat.«

Trug linste Barnaby an, und der wusste auf Anhieb, was dem Mann durch den Kopf ging: Was versteht ein feiner Pinkel wie der vom Verschwinden eines Gassenjungen?

»Mr. Trug? Darf ich Sie bitten? Wir wollen Dick so schnell wie möglich wiederfinden.«

Trug ließ den Blick zu Penelope schweifen und räusperte sich.

»Aye, sehr wohl ... es war gestern früh am Morgen, kaum hell geworden. Der Kerl kam und hat bei dem alten Monger an die Tür geklopft. Mein Sohn Harry war grade auf dem Weg zur Arbeit. Hat den Kopf aus der Tür gesteckt und dem Kerl gesagt, dass der arme Monger sich auf und davon gemacht hat.« Trug musterte Barnaby.

»War ein netter Kerl. Kam zu uns und hat erklärt, dass er hier ist, um den jungen Dick mitzunehmen. Da hat Harry mich gerufen.«

»Dieser Kerl ... wie hat er ausgesehen?«

Trug betrachtete Barnabys blonde Locken. »Größer als ich, aber nicht so groß wie Sie. Auch nicht so breite Schultern. Ein bisschen runder in der Mitte. Stämmig und untersetzt.«

»Haben Sie zufällig seine Hände sehen können?«

Trug schien zuerst überrascht, dann nachdenklich. »Scheint kein grober Klotz zu sein, jetzt, wo ich drüber nachdenke. Auch kein Hilfsarbeiter oder so ... hatte keine rauen Hände, keine Schwielen. Arbeitet vielleicht in einem Laden ... nun, das hat er gesagt. Arbeitet für die Behörden.«

Barnaby nickte. »Kleidung?«

»Schwerer Mantel. Nichts Besonderes. Hut aus Tuchstoff, das Übliche. Arbeitsstiefel, wie sie alle hier tragen.«

Barnaby verkniff es sich, Trugs Blick auf seine polierten Stiefel zu folgen. »Was ist mit seiner Sprache? Irgendein Akzent?«

Trug hob den Blick und blinzelte. »Akzent? Nun …«, wieder blinzelte er und schaute Penelope an. »Denken Sie, was Sie wollen, aber das hatte ich völlig vergessen. Kommt aus dieser Gegend. East End. Keine Frage.«

Penelope warf Barnaby einen Blick zu.

Er fing ihren Blick auf und wandte sich wieder an Trug. »Ist Ihr Sohn zu Hause?«

»Aye.« Trug stolperte ins Innere des Hauses. »Ist schon zu Hause. Werde ihn holen.«

Der Sohn bestätigte die Angaben seines Vaters. Als er nach dem Alter des Mannes gefragt wurde, schürzte er die Lippen und meinte dann: »Nicht alt. Vielleicht ungefähr so alt wie ich. Siebenundzwanzig, würde ich sagen.«

Er grinste Penelope an. Aus den Augenwinkeln sah Barnaby, wie sie die Augen zusammenkniff, der dunkle Blick hart wurde.

»Vielen Dank.« Er nickte beiden Trugs zu und trat zurück.

»Aye, ist schon gut.« Der alte Trug machte es sich hinter seiner Bank bequem. »Ist klar, dass der alte Monger wollte, Dick soll mit der Lady gehen. Schien nicht in Ordnung, dass der andere Kerl kommt und ihn stiehlt. Wer weiß, was der mit ihm im Sinn hat. Zwingt den armen kleinen Bettler, den Kamin zu fegen, höchstwahrscheinlich.«

Penelope erblasste, aber ihre Miene wirkte noch entschlossener.

Sie nickte den Trugs ebenfalls zu. »Danke für Ihre Hilfe.«

Sie drehte sich um, schloss sich Barnaby an und winkte zu dem kleinen Haus an der anderen Seite der Unterkunft von Dicks Vater.

»Wir sollten mit Mrs. Waters sprechen. Dick hat den Abend und die Nacht bei ihr verbracht. Das heißt, dass sie den Mann ebenfalls gesehen und gesprochen hat.«

Aufgescheucht durch die Klingel an der Tür, tauchte

Mrs. Waters aus den Tiefen ihres überfüllten Hauses auf. Es handelte sich um eine breite, mütterliche Frau mit einem erfrischenden Gesichtsausdruck, aber welkem grauen Haar; sie bestätigte Trugs Angaben. »Aye, fünfundzwanzig Jahre alt, würde ich sagen, und er stammt irgendwo hier aus der Gegend. Aber nicht von nebenan. Ich kenne die meisten Straßen in der Nachbarschaft, und er ist nicht hier ansässig, aber trotzdem würde ich sagen, dass er im East End geboren ist und aufgewachsen ist, allein wegen der Art, wie er spricht.«

»Das heißt, er ist viel zu jung, um als Gerichtsdiener oder so ähnlich zu arbeiten.« Penelope schaute Barnaby an.

Mrs. Waters schnaubte. »Nein, der nicht ... der war kein Boss oder so, ist nicht für irgendwas zuständig. Darauf könnte ich schwören.«

Barnaby wunderte sich über ihre Gewissheit. »Wie kommen Sie darauf?«

Nachdenklich zog Mrs. Waters die Brauen zusammen. »Weil er noch nicht mal für das zuständig war, was er hier getan hat. Hat sorgsam gesprochen. Überaus sorgsam. Wie jemand, dem man beigebracht hat, was er zu sagen hat und wie er es sagen soll.«

»Dann würden Sie behaupten, dass er geschickt worden ist, um hier einen Auftrag zu erledigen? Gewissermaßen als Laufbursche?«

»Ganz genau.« Mrs. Waters nickte. »Jemand hat ihn geschickt, um Dick zu holen, und genau das hat er getan.« Ihre Miene schien umwölkt, und sie schaute zu Barnaby auf. »Finden Sie diesen Breckskerl, und bringen Sie Dick zurück. War ein guter Junge, hat nie Ärger gemacht, kein Fünkchen Bosheit steckt in ihm. Hat es nicht verdient, was auch immer diese Kerle ...«, sie richtete den Blick auf Penelope, »... bitte um Verzeihung, Miss, mit ihm vorhaben.«

Barnaby senkte den Kopf. »Ich werde mein Bestes tun. Danke für Ihre Hilfe.« Er streckte Penelope die Hand entgegen. »Miss Ashford?«

Sie verzichtete darauf, seine Hand zu ergreifen, dankte Mrs. Waters und eilte an seiner Seite zur Droschke zurück. Allerdings musste sie seine Hand beanspruchen, um in den Wagen zu klettern. Nachdem er den Kutscher angewiesen hatte, zum Findelhaus zurückzufahren, schloss Barnaby sich ihr an und schlug die Tür zu.

Er kauerte sich in den Sitz, dachte darüber nach, was sie erfahren hatten und was es für ihre nächsten Schritte zu bedeuten hatte.

Penelope unterbrach seine Gedanken. »Es ist also möglich, dass Dick sich gar nicht weit von uns entfernt aufhält.« Sie starrte konzentriert in die dämmrige Kutsche. »Was hat das zu bedeuten ... was sollen wir als Nächstes unternehmen?«

Er überlegte kurz, bevor er antwortete. »Das East End ist groß und dicht bevölkert.« *Und mehr noch, es strotzt nur so vor Verbrechen.*

Sie verzog das Gesicht, konzentrierte sich dann wieder auf ihn.

»Und wie gehen wir vor?«

»Ich denke ... wenn Sie einverstanden sind, würde ich unsere Erkenntnisse gern einem Freund unterbreiten ... Inspektor Basil Stokes von Scotland Yard.«

Penelope zog die Brauen hoch. »Scotland Yard?« Sie musterte ihn eindringlich. »Um aufrichtig zu sein, ich kann mir nicht vorstellen, dass Sir Robert Peels neue Polizeitruppe an vermissten armen Jungen aus dem East End ein ausgeprägtes Interesse hegt.«

Sein Lächeln war so sarkastisch wie ihr Tonfall. »Unglücklicherweise würden Sie recht behalten, wenn die Dinge ihren gewöhnlichen Lauf nähmen. Wie dem auch sei, Stokes und ich, wir kennen uns schon seit längerer Zeit. In diesem Stadium werde ich allerdings nichts anderes tun, als ihn auf die Lage aufmerksam zu machen und ihn nach seiner Meinung zu fragen.« Er hielt inne, sprach kurz darauf weiter. »Wenn ihm die Geschichte erst mal zu Ohren gekommen ist ...«

Und wenn es Stokes, wie Barnaby, unwillkürlich in den Fingern juckte …

Aber solche Gedanken musste er Penelope Ashford nicht anvertrauen.

Er zuckte die Schultern. »Wir werden sehen.«

Barnaby brachte Penelope zum Findelhaus zurück und fuhr dann mit der Droschke zu Scotland Yard. Unbehelligt ging er zu Stokes' Büro, nachdem er das unscheinbare Gebäude betreten hatte, in dem jetzt die Metropolitan Police Force zu Hause war. Die meisten Leute im Hause kannten ihn flüchtig, und sie wussten um seinen Ruf.

Stokes' Büro befand sich im Erdgeschoss. Die Tür stand offen, als Barnaby ankam. Draußen blieb er kurz stehen, warf einen Blick hinein und lächelte beim Anblick seines Freundes, der ohne Mantel mit hochgekrempelten Ärmeln am Schreibtisch saß und eifrig Berichte schrieb.

Wenn es überhaupt etwas gab, was Stokes an seinem wachsenden Erfolg und Ansehen nicht schätzte, dann die Pflicht, die unvermeidlichen Berichte verfassen zu müssen.

Der Mann spürte, dass er nicht allein war, schaute auf und lächelte erfreut, als er seinen Freund entdeckte. Er legte den Stift ab, schob den Stapel Papiere beiseite und lehnte sich zurück. »Sieh an, was führt dich hierher?«

Stokes klang überaus erwartungsvoll.

Lachend betrat Barnaby das Büro, das zum Glück nicht winzig war, sondern groß genug, um im Notfall vier Leute aufzunehmen. Vor dem Fenster war der Schreibtisch so aufgebaut, dass der Stuhl zur Tür schaute. An der Wand stand ein Schrank, gefüllt mit Akten. Barnaby öffnete die Knöpfe seines eleganten Übermantels und ließ sich auf einen der beiden Stühle vor dem Tisch sinken.

Er fing den Blick aus Stokes' schiefergrauen Augen auf. Der Inspektor erinnerte in Größe und Statur an Barnaby, war dunkelhaarig, besaß eher düstere Gesichtszüge und fiel dadurch auf, dass er nirgendwo recht heimisch zu sein schien. Sein Vater war Kaufmann gewesen, kein Gentleman; aber dank seines Großvaters mütterlicherseits hatte Stokes eine gute Ausbildung genossen.

Aus diesem Grund hatte der Mann ein besseres Gespür für die Salons und deshalb mehr Glück im Umgang mit der gehobenen Gesellschaft als irgendein anderer Inspektor in Sir Robert Peels Polizeitruppe.

Barnaby war der Meinung, dass die Truppe sich glücklich schätzen konnte, Stokes in ihren Reihen zu wissen. Selbst wenn man von all diesen Vorteilen absah, war er klug und konnte seinen Verstand benutzen – was nicht zuletzt zu ihrer engen Freundschaft geführt hatte.

Und das war umgekehrt der Grund dafür, dass Stokes ihn mit solch unverhohlenem Eifer betrachtete; insgeheim hoffte er, dass Barnaby ihn vor seinen Berichten retten würde.

Barnaby grinste. »Ich habe einen ungewöhnlichen Fall an der Hand, der dein Interesse finden könnte.«

»Das dürfte dir im Moment nicht schwerfallen.« Stokes' Stimme klang tief, beinahe heiser, ganz im Unterschied zum wohlmodellierten Tonfall seines Freundes. »All unsere Bösewichte haben sich in diesem Jahr früher in die Ferien verabschiedet. Oder sie haben sich aufs Land zurückgezogen, weil wir ihnen den Boden hier zu heiß gemacht haben. Wie auch immer, ich bin ganz Ohr.«

»Im vorliegenden Fall ... die Leitung des Findelhauses in Bloomsbury hat mich gebeten, im Fall des Verschwindens von vier Jungen zu ermitteln.«

Sorgfältig erläuterte Barnaby, was er von Penelope erfahren und beim Besuch des Hauses sowie dem Ausflug nach Clarkenwell beobachtet hatte. Während er sprach, nahmen seine Stimme und sein Ausdruck eine Ernsthaftigkeit an, die er vor Penelope verborgen hatte.

Als er seine Geschichte endlich zu Ende erzählt hatte, blickte er Stokes nicht nur grimmig an, sondern fühlte sich auch so: »Am auffälligsten ist die Tatsache, dass es immer derselbe Mann war, der die Jungen entführt hat«, schloss er.

Stokes' Gesichtszüge hatten sich verhärtet. »Willst du meine Meinung hören?«

Barnaby nickte.

»Mir gefällt die Geschichte genauso wenig wie dir.«

Stokes lehnte sich auf dem Stuhl zurück und pochte mit der Fingerspitze auf den Tisch. »Lass uns nachdenken … was kann jemand mit vier, das heißt, mit mindestens vier sieben- bis zehnjährigen Jungen aus dem East End anfangen?« Ohne Pause gab Stokes selbst die Antwort. »Hurenhaus. Schiffsjunge. Kaminfeger. Einbrecher. Nur um das zu nennen, was auf der Hand liegt.«

Barnaby zog eine Grimasse, verschränkte die Hände über seiner Weste und richtete den Blick zur Decke. »Mit dem Hurenhaus bin ich mir nicht so sicher, dem Himmel sei Dank. Bestimmt beschränken sie sich nicht auf das East End, wenn sie solche Opfer suchen.«

»Aber wir können nicht wissen, wie weit sich die Sache schon ausgedehnt hat. Es könnte sein, dass wir nur deshalb von den Fällen im East End gehört haben, weil die Leiterin des Findelhauses dich aufgesucht hat … und das Haus meistens mit dem East End zu tun hat.«

»Stimmt.« Barnaby senkte den Blick. »Nun, was hältst du von der Geschichte?«

Stokes' Blick verlor sich in der Ferne. Barnaby ließ es zu, dass sich das Schweigen zwischen ihnen dehnte, denn er konnte sich ohne Mühe vorstellen, womit sein Freund sich beschäftigte.

Irgendwann spielte ein Lächeln um Stokes' dünne Lippen, und er sah aus wie ein Raubtier auf Beutezug, als er Barnaby musterte.

»Du weißt ja, dass wir gewöhnlich nicht die geringste Aussicht auf die Erlaubnis hätten, uns die Mühe zu machen … um vier bettelarme Jungen. Obwohl der mögliche Einsatz der

Jungen, soweit er uns durch den Kopf gegangen ist, auf nichts Gutes schließen lässt. Sämtliche Einsätze sind höchst kriminell. Es sind Verbrechen, die unsere Aufmerksamkeit verdient haben.« Er überlegte kurz.

»Wenn ich bedenke«, meinte er dann, »welchen politischen Aufruhr dein jüngster Erfolg gegen einige kriminelle Mitglieder der gehobenen Gesellschaft verursacht hat, wenn ich außerdem bedenke, dass unsere Vorgesetzten uns ständig bedrängen, in unseren Bemühungen doch ein wenig ausgewogener zu sein, dann kommt es mir vor, als sei der Fall eine glänzende Gelegenheit zu demonstrieren, dass die Polizei es nicht nur darauf abgesehen hat, die kriminellen Machenschaften in den Salons aufzudecken, sondern ebenso darauf vorbereitet ist, die unschuldigen Menschen auf der Schattenseite des Lebens zu beschützen.«

»Du könntest auch darauf hinweisen, dass die kriminellen Machenschaften der besseren Gesellschaft sich momentan saisonbedingt auf einem Tiefpunkt bewegen.« Barnaby senkte den Kopf und fing Stokes' Blick auf. »Nun, was glaubst du, kannst du die Erlaubnis erwirken, an diesem Fall zu arbeiten?«

Es verging ein Moment, bevor Stokes die Lippen zusammenpresste. »Ich glaube, ich kann dafür sorgen, dass der Fall ihre Vorurteile durcheinanderwirbelt. Und ihre Politik.«

»Kann ich dir irgendwie helfen?«

»Du könntest ein paar Zeilen an deinen Vater schreiben. Nur für den Fall, dass wir Unterstützung benötigen. Davon abgesehen komme ich zurecht, glaube ich.«

»Gut.« Barnaby setzte sich auf. »Soll das heißen, dass ich auf dich zählen kann?«

Stokes ließ den Blick über den Aktenstapel an seinem Ellbogen schweifen. »Oh ja, ich bin ganz bestimmt mit von der Partie.«

Barnaby grinste und erhob sich.

Stokes schaute auf. »Es sollte mir gelingen, den Kommissar später zu erwischen. Ich werde dich benachrichtigen, sobald ich die Angelegenheit geklärt habe.« Er erhob sich und streckte ihm die Hand entgegen.

Barnaby schlug ein, ließ die Hand wieder los und verabschiedete sich. »Ich überlasse dir die Überzeugungsarbeit.«

Er eilte zur Tür.

»Noch eins.«

Stokes' Stimme ließ ihn an der Tür innehalten. Er schaute zurück.

Stokes war schon dabei, die Papiere wegzusortieren. »Du könntest die Leiterin des Findelhauses fragen, ob ihr an den Jungen irgendeine Gemeinsamkeit aufgefallen ist. Gemeinsame Eigenschaften ... waren sie alle groß oder klein, dick oder dünn? Stammten sie aus ordentlichem Hause oder direkt vom Bodensatz der Gesellschaft? Das könnte uns den Schlüssel dazu liefern, was mit ihnen angestellt werden soll, wer auch immer sie entführt hat.«

»Gute Idee. Ich werde sie fragen.« Barnaby grüßte und verschwand.

Er hatte gesagt, dass er sie fragen wolle, aber er brauchte sie nicht an diesem Tag zu fragen.

Es war nicht notwendig, dass er noch am Nachmittag ins Findelhaus zurückkehrte und Penelope Ashford aushorchte. Schließlich hatte sie erklärt, dass sie sich gewöhnlich vormittags in der Einrichtung aufhielt. Selbst wenn er sie ausfindig machen konnte, wo auch immer sie stecken mochte, würde sie ihm nicht die Akten zur Durchsicht überlassen.

Allerdings hatte er sie so kennengelernt, dass sie in der Lage sein würde, Stokes' Fragen zu beantworten, ohne einen Blick in die Akten werfen zu müssen.

Auf den Stufen des Gebäudes, in dem sich Stokes' Büro befand, hielt Barnaby inne. Die Hände hatte er in den Taschen seines Übermantels vergraben, der ihn gegen die frische Brise schützte; er betrachtete das Gebäude auf der anderen Straßenseite, während er ergebnislos darüber nachdachte, ob es Sinn machte, Penelope Ashford vielleicht doch aufzusuchen.

Wenn ich ihr nachjage, glaubt sie bestimmt, ich würde ihre Fähigkeiten anzweifeln, grübelte er.

Barnaby fühlte sich bestätigt, schritt lächelnd die restlichen Stufen hinunter und machte sich auf den Weg in die Mount Street.

Mithilfe eines Straßenkehrers machte er das Haus der Calvertons aus und ließ den Türklopfer auf das Holz sausen. Ein paar Sekunden verstrichen, bevor ein beeindruckender Butler öffnete, die Brauen hochzog und ihn gebieterisch musterte.

Barnaby lächelte ungezwungen und charmant. »Ist Miss Ashford zu sprechen?«

»Bedaure, Sir, Miss Ashford hält sich zurzeit nicht im Hause auf. Darf ich ausrichten, wer sie zu sehen wünscht?«

Barnabys Lächeln verflüchtigte sich, er senkte den Blick und dachte nach, ob er eine Nachricht hinterlassen sollte. Wenn er nur vorhersagen könnte, wie Penelope reagieren würde …

»Mr. Adair, nicht wahr?«

Er schaute den Butler an, dessen Miene nach wie vor vollkommen ausdruckslos blieb. »Ja.«

»Für den Fall, dass Sie vorsprechen sollten, hat Miss Ashford mich beauftragt, Ihnen auszurichten, dass sie Lady Calverton auf ihrem Nachmittagsspaziergang zu begleiten hätte. In dieser Angelegenheit ist sie zur üblichen Stunde in den Park gegangen.«

Barnaby verkniff sich ein Lächeln. Der Park. Zur üblichen Stunde. Zeit und Ort in einer Kombination, die er gewöhnlich zu meiden pflegte. »Vielen Dank.« Er ging die Treppe hinunter, zögerte auf dem Fußweg und wandte sich nach Westen.

Und schlenderte in Richtung Hyde Park.

Es war November. Der Himmel war wolkenverhangen, die Brise frisch. Der größte Teil der Horde aus den glitzernden Ballsälen der gehobenen Stände hatte sich bereits auf das Land zurückgezogen. Nur wer an den Schaltstellen der Macht saß, war geblieben, denn das Parlament tagte noch. Bald würde es so weit sein, und dann wären sämtliche Salons in London leer und verwaist. Selbst jetzt konnte man schon sehen, dass die Anzahl der Kutschen in der Avenue deutlich ausgedünnt war.

Es würde nicht viele Witwen und Hausdamen geben, ganz zu schweigen von all den süßen jungen Ladys, die sich ratlos fragten, warum er die feste Absicht hatte, ausgerechnet mit Penelope Ashford zu sprechen.

Er überquerte die Park Lane, schritt durch das Tor und ging weiter, nahm die Abkürzung über den Rasen zu der Stelle, wo die Kutschen der Ladys aus den besten Kreisen sich zu sammeln pflegten.

Seine Einschätzung der Menschen, die den Hyde Park bevölkerten, erwies sich sowohl als richtig als auch als falsch. Die geschwätzigen Hausdamen und kichernden Mädchen waren dankenswerterweise abwesend; die Witwen und deren Gesellschafterinnen dagegen, deren stechenden scharfäugigen Blicken nichts entging, waren unübersehbar. Den Verbindungen seiner Mutter und der Berühmtheit seines Vaters hatte er es zu verdanken, dass er auf Anhieb erkannt wurde – und dass all jene sich sofort für ihn interessierten.

Die Kutsche der Calvertons stand auf dem Seitenstreifen ungefähr in der Mitte der Wagenreihe, was ihm die Blicke mindestens der Hälfte der versammelten Ladys sicherte, während er am Rande der Reihe vorbeispazierte. Lady Calverton war in eine ernste Unterhaltung mit zwei Damen vertieft; Penelope hielt sich sichtlich gelangweilt neben ihr.

Lady Calverton entdeckte ihn zuerst, lächelte, als er sich dem Wagen näherte. Penelope schaute ebenfalls in seine Richtung, straffte dann den Rücken, während die typische innere Lebhaftigkeit ihr ganzes Gesicht strahlen ließ.

»Mr. Adair.« Lady Calverton streckte ihm die Hand entgegen. Er ergriff ihre behandschuhte Hand und beugte sich vor. »Lady Calverton.«

Penelopes Augen glänzten hinter der goldumrandeten Brille. Er begegnete ihrem Blick und neigte höflich den Kopf. »Miss Ashford.«

Sie lächelte ungezwungen, denn weder Portia noch ihr mangelte es an gepflegten Umgangsformen. »Mr. Adair unterstützt mich bei Ermittlungen über den Hintergrund einiger unserer Mündel«, erklärte sie ihrer Mutter und wandte dann den Blick auf Barnaby.

»Ich wage die Vermutung, dass Sie weitere Fragen haben, Sir.«

»In der Tat.« Auch er beherrschte den spielerischen Plauderton der Gesellschaft und ließ den Blick über den benachbarten Rasen schweifen. »Vielleicht können wir ein paar Schritte spazieren gehen, während wir uns unterhalten, Miss Ashford?«

Sie lächelte zustimmend. »Eine ausgezeichnete Idee«, meinte sie und drehte sich wieder zu ihrer Mutter. »Ich bezweifle, dass wir lange fort sein werden.«

Er schwang die Kutschentür auf und bot ihr die Hand, die sie ergriff, um aus dem Wagen zu klettern. Draußen ließ sie ihn los, schüttelte ihre Röcke zurecht und schien gelinde überrascht, als er ihr den Arm bot.

Penelope nahm das Angebot an, legte ihre Hand zögernd auf seinen Ärmel; er hatte den Eindruck, als würde sie ihn nur sehr vorsichtig, beinahe misstrauisch berühren.

Interessant. Er zweifelte, dass sie sich mit Rücksicht auf die Gesellschaft so verhalten musste. Oder wegen jemand anderem. Dennoch spürte er, dass es nur daran lag – und vielleicht an ihrem Bedürfnis, die Lage jederzeit im Griff zu haben –, als sie sich von der Kutsche und den anderen Spaziergängern entfernten und sie fortfuhr: »Ich nehme an, dass Sie mit Ihrem Freund Inspektor Stokes gesprochen haben. Können Sie mit Neuigkeiten aufwarten?«

»Über die Tatsache hinaus, dass Stokes geneigt ist, sich mit Ermittlungen über das Verschwinden von vier Jungen zu vergnügen?«

Sie warf ihm einen erfreuten Blick zu. »Sie konnten ihn überzeugen, sich des Falles anzunehmen?«

Die Versuchung war groß. Aber höchstwahrscheinlich würde sie Stokes früher oder später über den Weg laufen. »Nein, weniger überzeugt als ihn unterstützt, seine eigenen Gründe zu finden, warum er es tun sollte. Persönlich war er nur zu bereit, aber bei der Polizei gelten andere Prioritäten. In diesem Fall war Stokes der Meinung, dem Kommissar Argumente liefern zu können, sich der Sache annehmen zu dürfen.« Er begegnete ihrem Blick. »Noch hat er nicht die Erlaubnis erhalten, den Fall auf seine Liste zu setzen, aber er ist voller Hoffnung.«

Penelope nickte und schaute wieder nach vorn. Es übertraf ihre Erwartungen bei Weitem, von der Polizei unterstützt zu werden. Es war eindeutig richtig gewesen, Barnaby Adair aufzusuchen, selbst wenn sie noch nicht wusste, wie sie ihre kribbelnden Nerven beruhigen sollte, wenn sie in seiner Nähe war. »Sie haben Stokes als Freund bezeichnet. Seit wann kennen Sie ihn schon?«

»Seit einigen Jahren.«

»Wie haben Sie sich kennengelernt?« Sie suchte seinen Blick. »Nun ... der Sohn eines Earls und ein Polizist. Es muss einen Vorfall gegeben haben, der ihn in Ihre Umlaufbahn geschleudert hat. Oder lag es an Ihren eigenen Ermittlungen?«

Er zögerte, als ob er in seiner Erinnerung kramte. »Beides«, gestand er schließlich ein, »ich hielt mich am Tatort auf ... es handelte sich um eine Serie von Diebstählen während einer Party in einem Landhaus ... und er wurde als Ermittler geschickt. Ich war ein enger Freund des Gentlemans, auf den der stärkste Verdacht fiel. Sowohl Stokes als auch ich fühlten uns, jeder in anderer Hinsicht, der Sache nicht gewachsen. Aber wir haben bemerkt, dass wir gut zusammenarbeiten können. Ich kenne mich in der feinen Gesellschaft aus, und er weiß, wie Verbrecher handeln; es hat sich als nützlich erwiesen, unsere Kenntnisse zu kombinieren, um den Fall aufzuklären.«

»Stokes hat Simon und Portia zutiefst beeindruckt. Nach den Vorfällen auf Glossup Hall haben sie ihn in den höchsten Tönen gelobt.«

Adair lächelte, als ob ihre Worte ihn berührten. Noch bevor er ihr antwortete, spürte Penelope, dass er sich geschmeichelt fühlte und auf seinen Freund stolz war. »Das war der erste große Mordfall, den Stokes ausschließlich in der feinen Gesellschaft zu ermitteln hatte. Er hat seine Sache gut gemacht.«

»Wie kam es, dass Sie ihn nicht nach Devon begleitet haben? Ermitteln Sie in den Salons nicht immer gemeinsam?«, erkundigte Penelope sich interessiert.

»Doch, gewöhnlich arbeiten wir zusammen. So geht es schneller, und die Ergebnisse sind zuverlässiger. Aber als der Bericht aus Glossup Hall eintraf, steckten wir mitten in einem langwierigen Fall, der die Salons hier in London betraf. Der Kommissar und Mitglieder der Regierung haben Stokes ausgewählt, nach Devon zu gehen, und mir die Ermittlungen hier überlassen.«

Sie hatte von dem nachfolgenden Skandal gehört; natürlich hatte sie ihre Fragen, die sie prompt stellte. Aus ihren Fragen, die sie überdies noch kurz und knapp vorzubringen wusste, sprach so tiefe Einsicht, dass er sie bereitwillig beantwortete, verführt von einem aufmerksamen und verständnisvollen Geist. Bis das Tor des Parks vor ihnen auftauchte. Er blinzelte, schaute sich um und bemerkte, dass sie sich mehr oder weniger zielstrebig von der Avenue entfernten.

Penelope hatte ihn so sehr mit ihrem Verhör abgelenkt, dass er noch nicht einmal dazu gekommen war, ihr die dringlichen Fragen zu stellen, um derentwillen er sie überhaupt nur im Park aufgesucht hatte. Er blieb stehen und drehte sich mit ihr um. »Wir sollten zu Ihrer Mutter zurückkehren.«

Penelope zuckte die Schultern. »Es wird sie nicht kümmern, dass ich länger fortbleibe. Sie weiß, dass wir uns über ernste Angelegenheiten unterhalten.«

Aber die anderen Damen nicht. Er verkniff sich seine Bemerkung und beschleunigte den Schritt.

»Nun, welche Fragen hat Stokes aufgeworfen?«, wollte Penelope wissen. »Ich nehme an, es gab einige.«

»In der Tat. Er hat danach gefragt, ob die vermissten Jungen irgendwelche Gemeinsamkeiten aufwiesen.« Er verzichtete darauf, ihr Beispiele zu nennen, weil er ihre Antwort nicht beeinflussen wollte.

Nachdenklich verzog sie das Gesicht, und wieder formten die dunklen Brauen eine Linie über ihrer Nase. Während sie überlegte, eilten sie mit schnellem Schritt zurück zur Kutsche. »Alle vier sind eher dünn und schlank«, meinte sie schließlich, »aber trotzdem gesund und stark. Drahtig, wenn Sie so wollen. Und ich empfand alle vier als bemerkenswert flink und geschickt. Aber sie sind unterschiedlich groß. In der Tat, ich kann mich nicht erinnern, dass sie sonst noch Gemeinsamkeiten gehabt hätten. Sie waren noch nicht einmal gleich alt.«

Jetzt war es an ihm, das Gesicht zu verziehen. Es dauerte einen Moment, bis er das Wort ergriff. »Wie groß war der Größte?«

Sie hob die Hand bis an ihr Ohr. »Dick war ungefähr so groß. Aber Ben, der als Zweiter verschwunden ist, war mehr als einen Kopf kleiner.«

»Welchen Eindruck haben sie ganz allgemein gemacht … waren es attraktive Kinder, oder …«

Entschieden schüttelte sie den Kopf. »Schlicht und vollkommen unauffällig. Selbst wenn man sie elegant angezogen hätte, hätte niemand sie eines zweiten Blickes gewürdigt.«

»Blond oder braun?«

»Beides, in verschiedenen Schattierungen.«

»Flink und geschickt, sagten Sie. Meinten Sie körperlich oder geistig?«

Wieder zog sie die Brauen hoch. »Im Grunde genommen beides. Ich hatte mich darauf gefreut, die vier Jungen zu unterrichten. Alle vier waren ziemlich helle.«

»Und ihr Hintergrund? Stammen sie alle aus armen Häusern, nur diese vier eben aus stabileren Familien? Vermutlich konnten sie sich besser benehmen, waren leichter zu unterrichten, leichter zu führen, nicht wahr?«

Sie schürzte die Lippen, schüttelte wieder den Kopf. »Nein. Ihre Familien waren nicht alle aus dem gleichen Holz geschnitzt, obwohl die vier schwere Zeiten durchgemacht hatten, selbst für die elenden Verhältnisse im East End. Aus diesem Grund waren die Jungen für uns prädestiniert. Ich kann nur beteuern, dass es in den vier Familien nicht den geringsten Hinweis auf verbrecherische Machenschaften gegeben hat.«

Er nickte, richtete den Blick nach vorn – wo ihre Mutter in der Kutsche wartete und ausgesprochen aufdringlich in ihre Richtung starrte.

Penelope hatte es nicht bemerkt, denn sie musterte eifrig sein Gesicht. »Was hat das zu bedeuten? Was sagt es Ihnen, wenn Sie wissen, wie die vier ausgesehen haben? Wie kann es uns helfen?«

Barnaby ließ den Blick über die aufgereihten Kutschen schweifen und fluchte innerlich. Wie lange waren sie fort gewesen? Niemals hätte er es zulassen dürfen, dass sie ihn mit ihren Fragen ablenkte. Zahllose Witwen starrten ihn an, einige hatten sogar die Lorgnette an die Augen gehoben. »Ich weiß es nicht.« *Aber ich habe meine Vermutungen.* »Ich werde Stokes berichten, was Sie mir erzählt haben, und mir anhören, was er dazu meint. Er ist mit jener Welt vertrauter als ich.«

»Ja, bitte machen Sie das.« Neben dem Kutschenschlag blieb Penelope stehen. »Sie werden mich über seine Einschätzung auf dem Laufenden halten, nicht wahr?«

Adair senkte den Kopf, hielt aber ihren Blick fest. »Selbstverständlich.«

Sie kniff die Augen zusammen, achtete nicht auf all die neugierigen Blicke, die so eifrig auf sie gerichtet waren. »So bald wie möglich.«

Er presste die Lippen zu einem dünnen Strich zusammen.

Ungeachtet dessen, ob sie sich besitzergreifend verhielt oder nicht, verstärkte sie den Griff um seinen Arm und bereitete sich offenbar darauf vor, sich an ihm festzuklammern, falls er es wagen sollte, sie ohne sein Versprechen zu verabschieden …

»Wie Sie wünschen«, sicherte er ihr kurz und bündig zu. Der Blick aus seinen blauen Augen glitzerte hart wie Stahl.

Sie lächelte und ließ ihn los. »Vielen Dank. Auf ein baldiges Wiedersehen.«

Barnaby hielt ihren Blick einen Moment lang fest, bevor er nickte. »In der Tat. Bis dann.«

Er klang, als wolle er sie eindringlich warnen; aber es interessierte sie nicht. Schließlich hatte sie sich durchgesetzt.

Er half ihr in die Kutsche, verabschiedete sich von ihrer Mutter, nickte noch einmal kurz und eilte davon. In Richtung Scotland Yard, wie sie bemerkte, wo Sir Robert Peels Polizeitruppe ihr Hauptquartier eingerichtet hatte. Sie lächelte zufrieden, als sie sich in die Polster zurücklehnte. Denn trotz des Aufruhrs ihrer Nerven hatte sie die Begegnung recht gut über die Bühne gebracht.

4

Als Barnaby das Büro betrat, stand Stokes hinter seinem Schreibtisch und räumte auf, bevor er das Büro verlassen wollte. Stokes schaute auf, musterte seinen Freund. »Was ist los?«

Penelope Ashford entwickelt sich zum Problem. Barnaby sog die Luft beherrscht ein. »Ich habe Miss Ashford nach den vier Jungen befragt.«

Stokes zog die Brauen hoch. »Miss Ashford?«

»Penelope Ashford, Portias Schwester, derzeitige Leiterin des Findelhauses. Sie meinte, alle Jungen wären dünn, drahtig, flink und schnell gewesen. Sowohl körperlich als auch geistig. Sie hält sie für klüger als den Durchschnitt. Davon abgesehen, sind sie zwischen sieben und zehn Jahren alt, von verschiedener Größe, vollkommen reizlos. Darüber hinaus lassen sich keinerlei Gemeinsamkeiten feststellen.«

»Verstehe.« Stokes kniff die Augen zusammen und ließ sich auf den Stuhl fallen. Er wartete, bis Barnaby sich auf den Stuhl gegenüber gesetzt hatte, bevor er fortfuhr. »Klingt so, als könnten wir sämtliche Spielarten des Menschenhandels von unserer Liste streichen.«

Barnaby nickte. »Und zumindest einer der Jungen scheint viel zu groß zu sein, um sich als Kaminfeger nützlich machen zu können. Das können wir also auch streichen.«

»Vor einer Stunde bin ich Rowland von der Wasserpolizei begegnet. Er war zu einer Besprechung hier. Ich habe ihn gefragt, ob ein Mangel an Schiffsjungen zu verzeichnen ist. Aber offenbar ist genau das Gegenteil der Fall. Es gibt also keinen Grund zu der Annahme, dass die Burschen zum Dienst auf See gepresst werden.«

Barnaby fing Stokes' Blick auf. »Nun, was heißt das für uns?« Stokes dachte nach, hob dann die Brauen. »Einbruch. Höchstwahrscheinlich wird man sie zum Einbruch zwingen – dünn, drahtig, flink und schnell, wie sie sind. Ihre Unscheinbarkeit ist ein zusätzlicher Vorteil. Sie würden sich keine hübschen oder irgendwie auffälligen Jungen aussuchen. Und in jenem Teil der Stadt ...« Stokes unterbrach sich, fuhr nach einer Weile fort: »In den vergangenen Jahren hat man sich immer wieder Märchen erzählt ... die nur zu wahr sind, wenn man es recht bedenkt ... von Einbrecherschulen, regelrechten Lehranstalten für künftige Einbrecher, wenn man es so nennen will, die im tiefsten East End betrieben werden. Die Gegend ist vollkommen überfüllt. In manchen Straßenzügen herrscht ein Gemenge von Wohnungen und Lagerhäusern, in das noch nicht einmal die örtliche Polizei gern einen Fuß setzt. Diese Lehranstalten werden aufgebaut und verschwinden bald wieder. Sie bleiben niemals lange, aber es sind immer dieselben Leute, die dahinterstecken.«

»Bevor die Polizei sie auffliegen lassen kann, haben sie bereits die Zelte abgebrochen?«

Stokes nickte. »Gewöhnlich ist es nicht möglich zu beweisen, dass die Eigentümer solcher Anstalten in irgendein nennenswertes Verbrechen verstrickt sind, irgendeines, mit dem wir sie vor Gericht zerren könnten. Deshalb ...« Er zuckte die Schultern. »Im Großen und Ganzen schenkt man ihnen keine Beachtung.«

Barnaby runzelte die Stirn. »Und was wird in diesen Schulen gelehrt? Was muss den Jungen beigebracht werden, wenn sie als Einbrecher arbeiten sollen?«

»Früher haben wir angenommen, dass sie als Spähposten eingesetzt werden. Vielleicht stimmt das sogar, wenn der Einbruch in einer weniger wohlhabenden Nachbarschaft stattfinden soll. Aber der echte Nutzen der Jungen als Einbrecher liegt in Diebstählen aus reichen Häusern, besonders aus herrschaftlichen Anwesen. Es ist nicht so leicht, in die Häuser in Mayfair einzudringen. Die Fenster im Erdgeschoss sind meistens verriegelt, oder sie sind zu schmal, jedenfalls für einen Mann. Aber junge, dünne Burschen können sich oft hindurchzwängen. Normalerweise sind es diese Jungen, die das Diebesgut an sich nehmen und dann an den Haupttäter weitergeben. Zu diesem Zweck müssen die Jungen geschult werden, um sich lautlos durch die Dunkelheit schleichen zu können, auf poliertem Holz und Bodenfliesen, um Möbel herum. Man bringt ihnen bei, wie der Grundriss eines herrschaftlichen Anwesens gewöhnlich aussieht, wohin sie gehen und was sie vermeiden sollen – und wo sich verstecken, falls sie den Haushalt aufwecken. Sie lernen, wie man wertvolles Diebesgut von wertlosem Schrott unterscheidet, wie man ein Gemälde aus seinem Rahmen löst, wie man Schlösser aufbricht. Einige lernen sogar, wie man einen Tresor knackt.«

Barnaby zog eine Grimasse. »Und wenn etwas schiefgeht …«

»Werden die Burschen geschnappt, nicht der Anstifter. Stimmt genau.«

Barnaby starrte auf das Fenster hinter Stokes. »Dann sieht die Sache also so aus, dass wir mit einer Lehranstalt rechnen müssen, die die Burschen ausbildet, in herrschaftliche Anwesen einzusteigen …« Er brach ab und suchte den Blick seines Freundes. »Natürlich! Sie bereiten sich auf eine Einbruchsserie während der Ballsaison vor. Die Zeit, in der die Gesellschaft größtenteils nicht in ihren Anwesen residiert.«

Stokes dachte nach. »Aber die meisten Ladys nehmen ihre Juwelen mit aufs Land …«

»In der Tat.« Barnabys aufkeimende Begeisterung ließ nicht nach. »Aber diese Kerle, wer auch immer dahinterstecken mag, haben es nicht auf Schmuck abgesehen. Die Gesellschaft packt nur den Schmuck, die Kleidung und die Angestellten ein … den gesamten Zierrat, der oft überaus kostbar ist, lässt sie zurück. Diese Dinge verbleiben im Haus, meistens mit ein paar wenigen Angestellten. Es gibt Anwesen, die nur einer einzigen Aufsicht überlassen sind.«

Barnabys Begeisterung hatte Stokes angesteckt. Sein Blick schweifte nachdenklich ab und fixierte dann seinen Freund. »Wir überschlagen uns förmlich. Aber lass uns einen Moment annehmen, dass wir recht haben. Warum vier? Warum werden innerhalb weniger Wochen vier Jungen entführt, um sie ausbilden zu lassen?«

Barnaby grinste gefährlich. »Weil diese Gruppe mit ihren Einbrüchen in Serie gehen will. Oder weil es mehrere Kriminelle gibt, die in den nächsten Monaten zur Tat schreiten wollen.«

»Während die feine Gesellschaft sich nicht in London aufhält.« Seine Miene verhärtete sich. »Es könnte sich lohnen. Es könnte den Aufwand lohnen, vier geeignete Jungen ... unter Umständen sogar mehr ... ausfindig zu machen und deren Entführung zu organisieren.«

Eine Weile hingen die beiden Männer ihren eigenen Gedanken nach, bis Barnaby das Schweigen brach. »Es könnte sogar eine große Sache sein. Viel größer, als sie im Moment scheinen mag.«

Stokes nickte. »Vorhin habe ich mit dem Kommissar gesprochen. Er hat mich von anderen Aufgaben freigestellt, um die Ermittlungen angemessen führen zu können.« Stokes lächelte düster. »Morgen werde ich wieder mit ihm sprechen und ihn darüber informieren, zu welchem Schluss wir heute gekommen sind. Ich glaube, ich kann jetzt schon garantieren, dass ich danach freie Hand haben werde.«

Barnaby lächelte sarkastisch. »Nun, wie sieht unser nächster Schritt aus? Machen wir uns auf die Suche nach dieser Anstalt?«

»Sie befindet sich höchstwahrscheinlich im East End, nicht weit entfernt vom Wohnort der Jungen. Du meintest, es sei unwahrscheinlich, dass die Angestellten des Findelhauses die Burschen als zukünftige Schüler erwähnt hätten. Wenn es sich so verhält, dann gibt es nur eine Erklärung dafür, wie unser Lehrmeister von den vieren erfahren hat. Und mehr noch, dass er wusste, wann und wohin er einen Mann schicken musste, um sie abzuholen: Er und seine Leute stammen selbst aus dem East End.«

»Die Nachbarn waren sich sicher, dass der Mann aus dem East End kam, aber auch, dass er nicht mehr war als ein Laufbursche. Jemand, den man geschult hatte, so zu sprechen, dass er die Leute überzeugen konnte, ihm die Waisen zu übergeben.«

Barnaby verzog das Gesicht. »Ich habe nicht die geringste Ahnung, wie ich mich im East End auf die Suche nach einer Lehranstalt für Einbrecher machen soll. Oder nach sonst irgendetwas, wenn wir schon dabei sind.«

»In der Tat, es ist nicht einfach, im East End etwas zu finden. Ich bin mit der Gegend genauso wenig vertraut wie du.«

»Und die örtlichen Polizeikräfte?«, schlug Barnaby vor.

»Ich werde sie benachrichtigen, aber ich glaube nicht, dass ich von ihnen viel Hilfe erwarten kann. Die Truppe steckt sozusagen noch in den Kinderschuhen und ist in dem Viertel nicht besonders gut verankert.« Es verging eine Minute. Stokes trommelte mit den Fingern auf die Tischplatte, schien dann zu einer Entscheidung gekommen zu sein. »Überlass es mir. Ich weiß ein paar Leute, die sich im East End auskennen. Wenn ich sie für den Fall interessieren kann, werden sie uns vielleicht helfen.« Er stand auf.

Barnaby erhob sich ebenfalls, wandte sich zur Tür. Stokes verließ seinen Schreibtisch, schnappte sich den Überzieher vom Haken und folgte seinem Freund.

Draußen auf dem Korridor hielt Barnaby inne. Stokes blieb neben ihm stehen. »Ich werde mich zurückziehen und mir den Kopf darüber zerbrechen, ob wir den Fall noch auf anderen Wegen vorantreiben können.«

Stokes nickte. »Morgen werde ich den Kommissar sehen und ihm über unsere Neuigkeiten berichten. Und ich werde meinen Kontakt treffen. Wenn der Kontakt seine Unterstützung anbietet, werde ich dich benachrichtigen.«

Sie trennten sich. Barnaby eilte nach draußen in die einbrechende Dunkelheit. Wieder blieb er auf den Stufen des Gebäudes stehen, um Bilanz zu ziehen.

Stokes war beschäftigt, hatte einen weiten Weg vor sich. Er dagegen …

Der Impuls, etwas zu tun und nicht nur abzuwarten, bis Stokes ihm eine Nachricht zukommen ließ, drückte ihn wie ein Alb. Saß ihm wie ein Kobold auf den Schultern und flüsterte ihm Worte ins Ohr.

Wenn er Penelope Ashford jetzt, wo er ahnte, in welche Richtung sich die Sache entwickelte, unverzüglich informierte, würde er ihr unter Umständen nützlichere Einzelheiten als bisher entlocken können. Denn er zweifelte kaum daran, dass in ihrem Kopf zahlreiche sachdienliche Hinweise steckten. Außerdem hatte er ihr mehr oder weniger versprochen, sie wissen zu lassen, zu welchen Schlüssen Stokes gelangt war.

Das penetrante Weib.

Das komplizierte Weib … mit lüsternen, reifen Lippen. Verwirrenden Lippen.

Barnaby schob die Hände in die Taschen und stieg weiter die Stufen hinunter. Wenn er Penelope Ashford noch an diesem Abend sprechen wollte, würde er nur ein einziges Problem aus dem Weg räumen müssen, nämlich: ihr in irgendeinem Salon zu begegnen.

Der Abend war angebrochen, und Penelope war gezwungen, sich dem hinzugeben, was sie als Verkleidung betrachtete. Sie musste ihr eigenes Selbst hinter sich lassen, um sich in Miss Penelope Ashford zu verwandeln, die jüngste Schwester des Viscounts Calverton, jüngste Tochter der verwitweten Minerva, Lady Calverton, und einzige unverheiratete Frau im Clan.

Diese letzte Bezeichnung zerrte an ihren Nerven, nicht weil sie die Absicht hatte, ihren Familienstand zu ändern, sondern weil es sie in mancher Hinsicht ins Abseits manövrierte – oder besser, auf ein Podest hob, das sie zynischerweise an das Pult auf einer Auktion erinnerte. Während es ihr keinerlei Schwierigkeiten bereitete, die irrigen Annäherungen zurückzuweisen, die viele junge Männer sich unvermeidlicherweise erlaubten, ärgerte es sie, dass sie sich so verhalten musste. Es war verwirrend, dass sie ihre Gedanken beiseiteschieben und Geduld und höfliche Worte finden musste, um die lästigen Gentlemen in die Schranken zu weisen.

Besonders deshalb, weil sie, wenn sie im Ballsaal abseits stand, mit dem Geist gewöhnlich in ganz andere Regionen gedriftet war. An die Thermopylen, zum Beispiel. Denn die alten Griechen besaßen eine wesentlich größere Anziehungskraft auf sie als die jungen Burschen, die versuchten, ihre Aufmerksamkeit zu erregen.

Heute Abend war Lady Hemmingfords Salon der Schauplatz des Geschehens. Gekleidet in modisch grünen Satin mit so dunkler Schattierung, dass er fast schwarz wirkte – denn die Familie hatte Schwarz, die Farbe ihrer Wahl, verboten –, stand Penelope abseits an der Wand und betrachtete die Soiree, die in vollem Gange war.

Ungeachtet ihrer Langeweile, um nicht zu sagen: ihrer Antipathie gegenüber solchen Geselligkeiten, durfte sie nicht fernbleiben. Dass sie ihre Mutter zu jedweden abendlichen Zusammenkünften, für die die Witwe sich entschied, zuverlässig begleitete, war Teil der Vereinbarung, die sie mit Luc und ihrer Mutter getroffen hatte; im Gegenzug blieb Lady Calverton in der Stadt, wenn die restliche Familie sich bereits aufs Land zurückgezogen hatte, sodass Penelope es sich erlauben konnte, ihre Arbeit im Findelhaus fortzusetzen.

Luc und ihre Mutter hatten ihr strikt die Bewilligung verweigert, allein in London zu bleiben oder doch wenigstens mit ihrer verwitweten Cousine Helen als Anstandsdame. Denn unglücklicherweise konnte sich, Penelope eingeschlossen, niemand vorstellen, dass die sanftmütige Helen in der Lage war, sie im Zaum zu halten. Trotz der wenig hilfreichen Haltung ihres Bruders konnte sie seine Einwände verstehen.

Und sie hatte ebenso begriffen, dass es einen unausgesprochenen Teil in der Abmachung gab: Sie musste zustimmen, vor jenen Salongästen zu paradieren, die sich noch in der Hauptstadt aufhielten, um ihre Chancen auf eine angemessene Partie nicht zu schmälern.

Innerhalb der Familie gab sie ihr Bestes, solche Gedanken offen zu verwerfen. Denn sie sah keinerlei Vorteil in einer Heirat. Nicht in ihrem Fall. Wenn sie sich in der Gesellschaft bewegte, beraubte sie die Gentlemen ebenso subtil wie unerbittlich der Einbildung, sie könne ihre Meinung jemals ändern.

Penelope reagierte jedes Mal mit Verblüffung, wenn ein junger Kerl zu unterbelichtet schien, um ihre Botschaft zu verstehen. *Ich trage eine Brille, du Tölpel!* war dann immer ihr erster Gedanke. Welche junge Lady, die sich nach einer passenden Verbindung sehnte, setzte sich eine goldumrandete Sehhilfe auf die Nase, wenn sie in den Salons auftrat?

In Wahrheit konnte sie ohne Brille ausreichend sehen, obschon ihre Umgebung doch ein wenig verschwommen wirkte. Innerhalb eines umgrenzten Gebietes wie einem Zimmer kam sie zurecht, sogar in einem Ballsaal, obwohl sie dann den Gesichtsausdruck der Menschen nicht mehr klar erkennen konnte. Schon im jugendlichen Alter hatte sie beschlossen, dass es wesentlich wichtiger war, über jede Einzelheit in ihrer Umgebung informiert zu sein, als auf ein angemessenes Aussehen zu achten. Mochten andere junge Ladys kurzsichtig die Augen zusammenkneifen und sich mehr schlecht als recht durchwursteln, um ihre Sehschwäche zu leugnen – sie nicht.

Ich bin, wie ich bin, dachte sie, und der Salon sollte sich besser damit abfinden.

Mit erhobenem Kinn und den Blick auf die Deckenleiste auf der anderen Seite des Raumes gerichtet, stand Penelope immer noch abseits in Lady Hemmingfords Salon und überlegte, ob sich unter den jüngst angekommenen Gästen jemand befand, mit dem sie sich gewinnbringend unterhalten konnte, auch zum Nutzen des Findelhauses.

Wie aus weiter Entfernung registrierte sie die Musik, die aus dem angrenzenden Salon an ihr Ohr drang, wehrte sich aber entschieden gegen ihre Neigung. Wenn sie tanzte, würde sich der betreffende Gentleman nur zu der Einbildung ermutigt fühlen, sie wolle nähere Bekanntschaft schließen. Ein trauriger Umstand, wenn man bedachte, wie sehr sie das Tanzen liebte; aber sie hatte gelernt, sich von der Musik nicht verführen zu lassen.

Plötzlich, ohne jede Vorwarnung, zuckten wieder ihre Nerven ... spielten vollkommen verrückt. Sie blinzelte. Ein höchst sonderbares Gefühl glitt über sie; es war, als hätte man die Nervenenden direkt unter ihrer Haut berührt. Warm und zart. Sie war im Begriff, sich umzuschauen, um die Ursache ausfindig zu machen, als eine verstörend tiefe Stimme murmelte: »Guten Abend, Miss Ashford.«

Blonde Locken; blaue, tiefblaue Augen. Im glänzenden schwarz-weißen Abendanzug tauchte Barnaby Adair an ihrer Seite auf.

Sie drehte ihm das Gesicht zu, lächelte erfreut und gab ihm die Hand, ohne lange nachzudenken.

Barnaby ergriff ihre zarten Finger und verbeugte sich, dehnte den Augenblick, um seine gewohnt höfliche Fassung wiederzugewinnen, die sie mit ihrem zauberhaften Lächeln sekundenlang erschüttert hatte.

Was war nur an ihr und ihrem Lächeln? Vielleicht lag es daran, dass sie nicht so freigebig lächelte wie die anderen jungen Ladys; obwohl ihre Lippen sich bereitwillig verzogen und sie ihm die verlangten Höflichkeiten zuteilwerden ließ, wirkten diese Gesten nur wie ein schwacher Abglanz ihres wahrhaftigen Lächelns – das sie ihm gerade geschenkt hatte. Und in diesem Lächeln lag so viel mehr – es war heller, strahlender, offenherziger, so sorglos und voller Aufrichtigkeit, dass in ihm der Impuls aufkeimte, sie zu mahnen, andere Menschen nicht mit einem solchen Lächeln anzublitzen –, es weckte die untergründige Begehrlichkeit in ihm, solche Gesten einzig und allein für ihn zu reservieren.

Lächerlich. Was machte sie nur aus ihm?

Er richtete sich wieder auf, bemerkte, dass sie immer noch strahlte, obwohl sich das Lächeln verflüchtigt hatte.

»Ich bin froh, Sie zu sehen. Ich nehme an, dass es Neuigkeiten gibt?«

Wieder blinzelte er. Irgendetwas lag in ihrem Gesicht, in ihrer Miene, was ihn berührte. Ihn auf merkwürdige Art erschütterte.

»Falls Sie sich erinnern«, begann er und bemühte sich tapfer, aber vergeblich um einen trockenen, arroganten Tonfall, »hatten Sie darauf bestanden, dass ich Sie so früh wie möglich über Stokes' Ansichten informiere.«

Seine Bemerkung tat ihrer Heiterkeit keinen Abbruch. »Nun, sicher, aber ich habe mir keinerlei Hoffnungen gemacht, dass Sie den Mut aufbringen, sich hierher zu wagen«, erwiderte sie und deutete mit einer Geste auf die elegante Gesellschaft.

In weiser Voraussicht hatte sie ihrem Butler auch diesmal gesagt, wo er sie finden konnte. Barnaby zögerte, ließ den Blick kurz über die Gruppen schweifen, die sich in der Nähe unterhielten.

»Ich nehme an, Sie würden sich lieber über unsere Ermittlungen austauschen als über die neueste Aufführung am königlichen Theater.«

Diesmal wirkte ihr Lächeln gleichermaßen selbstgefällig und vertraulich. »Unzweifelhaft.« Sie schaute sich um. »Aber wenn wir über Verbrecher und Entführungen sprechen, würde ich vorschlagen, dass wir uns ein ruhigeres Eckchen suchen.« Mit ihrem Fächer deutete sie auf die Ecke neben dem Türbogen, der in den Salon führte. »In dem Gebiet bleibt man gewöhnlich unbehelligt.« Sie schaute ihn an. »Sollen wir?«

Er bot ihr den Arm, den sie annahm; nur weil er sie eindringlich musterte, bemerkte er, dass sie sekundenlang irritiert und nervös war. Er hatte sie innerlich berührt; und dass er es getan hatte, war ihm klar, seit er das erste Mal den Blick auf sie gerichtet hatte – in jenem Moment, als sie sein Wohnzimmer betreten und ihn angeschaut hatte –, nicht inmitten einer Menschenmenge, sondern allein.

Während er sie durch den Salon führte, notwendigerweise hier und da innehielt, um andere Gäste zu grüßen, hatte er Gelegenheit, über seine ungewöhnliche Reaktion auf sie nachzudenken. Im Grunde genommen war es nur zu verständlich, denn seine Reaktion war nichts anderes als eine unmittelbare Folge ihrer Reaktion auf ihn. Wenn sie ihm ein unbefangenes Lächeln schenkte, dann nicht, weil er ein attraktiver Gentleman war – die meisten geblendeten jungen Ladys vermochten nicht tiefer zu blicken –, sondern weil sie den Mann hinter der Fassade erkannte und auf ihn reagierte, auf den Ermittler, mit dem sie, jedenfalls in ihrer Einbildung, zusammenarbeitete.

Es war der Ermittler in ihm, dem sie ihr Lächeln schenkte, seine intellektuelle Seite. Das war es, was *ihn* so seltsam berührte; es war erfrischend, dass seine männlichen Eigenschaften schlicht übersehen wurden, missachtet, weil unbedeutend, und er stattdessen wegen seiner geistigen Fähigkeiten und seiner Leistungen geschätzt wurde. Es mochte sein, dass Penelope eine Brille trug; aber ihr Blick war erheblich schärfer und tiefgründiger als der ihrer Altersgenossinnen.

Schließlich waren sie in der Ecke angekommen, ein wenig abgetrennt von den anderen Gästen und gleichzeitig abgeschnitten vom regen Verkehr in den Salon und heraus. Hier konnten sie frei sprechen, blieben für die Gesellschaft aber uneingeschränkt sichtbar.

»Perfekt.« Sie zog die Hand von seinem Ärmel, schaute ihn an.

»Nun, zu welchem Ergebnis ist Inspektor Stokes gekommen?« Barnaby unterdrückte den Impuls, sie zu belehren, dass nicht allein Stokes seine Schlüsse gezogen hatte. »Nachdem wir sämtliche mögliche Tätigkeiten durchdacht haben, für die Jungen in dem Alter gebraucht werden können, scheint es am wahrscheinlichsten, dass es sich in diesem Fall um Einbruch handelt.«

»Aber was fangen Einbrecher mit solch jungen Burschen an?« Er erklärte es ihr. Sie war erschrocken.

Ihre Augen funkelten hinter den Linsen, als sie kategorisch verlangte: »Wir müssen die Jungen unverzüglich retten.«

Barnaby registrierte die Entschlossenheit in ihrem Tonfall, blieb aber ungerührt. »In der Tat. Während Stokes seine Bekanntschaften und Kontakte bemüht, um die Lehranstalt ausfindig zu machen, gibt es einen anderen Weg, über den wir uns meiner Auffassung nach Gedanken machen sollten.«

Penelope fing seinen Blick auf. »Welchen?«

»Sind Ihnen ähnliche Jungen bekannt, die demnächst auch verwaist sein werden?«

Einen Moment lang starrte sie ihn an, hatte die dunklen Augen weit aufgerissen. Eigentlich hatte er damit gerechnet, dass sie ihn nach den Gründen fragen würde. Stattdessen sondierte sie für kurze Zeit seinen Blick und war, wenn man der starren Haltung glauben durfte, nur zu bereit, ihm zu folgen.

»Gibt es welche?«, drängte Barnaby.

»Das kann ich so spontan nicht beantworten. Ich mache zwar all die Besuche, aber von der Aufnahme eines Kindes in unsere Akten bis zum Tod seines Vormunds kann manchmal ein Jahr vergehen.«

»Mit anderen Worten, es gibt eine Liste oder so, die die möglichen Waisenkinder verzeichnet?«

»Leider keine Liste, sondern einen Berg Akten.«

»Aber in den Akten findet sich neben der Anschrift auch eine genaue Beschreibung des Jungen?«

»Ja, was die Anschrift betrifft. Aber sonst notieren wir nur das Alter, die Haar- und die Augenfarbe. Das ist alles an Beschreibung. Nicht genug für unseren Zweck.« Sie fing seinen

Blick auf. »Aber wie dem auch sei, ich kann mich recht gut an die Kinder erinnern. Zumindest an jene, die ich erst kürzlich besucht habe.«

Er atmete tief ein. »Glauben Sie, dass …«

»Miss Ashford.«

Beide drehten sich um und bemerkten den jungen Gentleman, der sich schnörkelhaft verneigte.

Er richtete sich auf und strahlte Penelope an. »Mr. Cavendish, Miss Ashford. Ihre und meine Mama sind die besten Freundinnen, und so habe ich mich gefragt, ob Sie wohl tanzen möchten? Ich glaube, man stellt sich gerade für einen Cotillon auf.«

Penelope zog die Brauen hoch. »Nein, vielen Dank.« Sie schien die frostige Note in ihrem Tonfall zu bemerken und taute gerade genügend auf, um hinzuzufügen: »Ich schätze den Cotillon nicht besonders.«

Mr. Cavendish blinzelte. »Ah. Verstehe.« Offenkundig war er Zurückweisungen nicht gewohnt.

Obwohl Penelopes Gebaren in keiner Hinsicht ermutigend war, machte er den Anschein, als wollte er sich der Gruppe plaudernd anschließen.

Sie streckte die Hand aus, ergriff ihn beim Arm und zwang ihn kurzerhand, sich umzudrehen. »Da drüben steht Miss Akers.« Sie lenkte seine Aufmerksamkeit quer durch den Raum. »Das Mädchen im rosafarbenen Kleid mit den überquellenden Rosenknospen. Ich bin sicher, sie liebt den Cotillon.« Sie sammelte sich, bevor sie fortfuhr. »Und ganz sicher ist sie angemessen gekleidet.«

Barnaby biss sich auf die Lippe. Cavendish neigte kleinlaut den Kopf. »Wenn Sie mich bitte entschuldigen wollen?«

Hoffnungsvoll schaute er Penelope an, die knapp und ermutigend nickte. »Selbstverständlich.« Sie ließ seinen Arm los.

Cavendish nickte Barnaby zu und entfernte sich.

»Nun aber.« Penelope konzentrierte sich wieder auf Barnaby.

»Was hatten Sie gerade gesagt?«

Er musste sich das Gespräch kurz in Erinnerung rufen. »Ich hatte mich gefragt …«

»Meine liebe Miss Ashford. Was für ein Vergnügen, dass Sie die Güte haben, uns heute Abend auf dieser Gesellschaft zu beehren.«

Interessiert schaute Barnaby zu, wie Penelope sich versteifte und sich umdrehte und langsam mit erstarrender Miene den Eindringling musterte.

Tristram Hellicar war ein notorischer Draufgänger. Außerdem war er unbestreitbar attraktiv. Er verneigte sich elegant, richtete sich wieder auf, nickte in Barnabys Richtung und warf Penelope anschließend ein umwerfend charmantes Lächeln zu.

Sie blieb demonstrativ unbeeindruckt. »Tristram, Mr. Adair und ich …«

»Was auch immer, mein liebes Mädchen, jetzt bin ich da. Bestimmt wollen Sie mich nicht den Wölfen zum Fraß vorwerfen?« Nachlässig deutete er auf die übrigen Gäste.

Hinter den Linsen ihrer Brille kniff Penelope die tiefbraunen Augen zu Schlitzen zusammen. »Auf der Stelle.«

»Aber bedenken Sie doch, meine liebe Penelope, dass meine Anwesenheit in Ihrer Nähe all die jungen Gecken auf Distanz hält und Sie der Notwendigkeit enthebt, die Burschen auf diplomatische Art zum Teufel zu schicken. Rigby ist gerade eingetroffen, und Sie wissen selbst, wie anstrengend seine Anhänglichkeit sein kann. Und unser Adair hier kann Ihnen keinen rechten Schutz bieten. Er ist viel zu höflich.«

Barnaby blieb das Flackern in Hellicars Blick nicht verborgen und war sich dessen bewusst, dass der Mann ihn und seine vermutliche Beziehung zu Penelope durchdachte. Es lag zwar eine verhaltene Warnung in diesem Blick, aber Hellicar hatte keine Ahnung, ob er mit ihm um Penelopes Gunst rivalisierte; ohne Beweise würde er nicht weitergehen.

Mit Leichtigkeit hätte er Hellicar ein Zeichen geben können. Aber Barnaby genoss den Austausch und das, was er offenbarte, viel zu sehr, um der Sache ein Ende zu setzen. Von allem anderen abgesehen war er überzeugt, dass Penelope nicht klar war, wie ernst Hellicar sie umwarb, welcher Ruf auch immer dem Mann vorauseilen mochte.

Es war ebenso faszinierend, dass Hellicar, der immerhin geistreich genug war, um zu bemerken, dass sie keine gewöhnliche Frau war und deshalb nicht auf gewöhnliche Weise umworben werden konnte, keine Ahnung hatte, wie er ihr den Hof machen sollte.

Und wenn nur die Hälfte der Gerüchte über Hellicar zutreffend war, war er ein ausgesprochener Experte darin, die Ladys der gehobenen Gesellschaft mit seinem Charme zu umgarnen.

Bei Penelope scheiterte er kläglich.

Hellicar fuhr mit seinen harmlosen Plaudereien fort, schien nicht zu bemerken, dass sie sich nur noch mehr versteifte, bis sie sein Geschwätz ohne Gewissensbisse unterbrach.

»Lassen Sie uns allein, Tristram.« Ihre Stimme klang gleichmäßig, aber kalt wie Stahl. Es lag auf der Hand, dass er vollkommen in Ungnade gefallen war. »Oder ich werde Lord Rotherdale verraten, was ich in Lady Mendicats Salon beobachtet habe.«

Hellicar blinzelte, erblasste. »Was Sie beobachtet haben … nein, das würden Sie nicht tun.«

»Doch, glauben Sie mir, ich habe es beobachtet, und ich würde es tun. Und ich würde jeden Moment genüsslich auskosten.«

Sie presste die Lippen zusammen und sah ihn aus schmalen Augen an. Hellicar musterte ihr Gesicht, ihre starre Miene – und beschloss, dass sie ihm nichts vormachte. Er akzeptierte seine Niederlage, verneigte sich förmlich, allerdings längst nicht so elegant wie zuvor. »Ausgezeichnet, liebe Penelope. Ich werde mich von der Liste streichen. Fürs Erste.« Er musterte Barnaby, dann wieder Penelope. »Wenn es tatsächlich Ihr Ziel ist, ein freies Leben zu führen, dann ist es vielleicht nicht besonders klug, so angeregt mit Adair zu plaudern. Wie wollen Sie all die verspielten Welpen hier im Salon überzeugen, dass Sie kein Interesse daran haben, vor den Altar zu treten? ›Was Adair kann, kann ich schon lange‹, werden die jungen Hunde sich sagen und es ihm gleichtun wollen.«

Er drehte sich schon zur Seite, als er bemerkte: »Seien Sie gewarnt, Adair. Sie ist gefährlich.«

Mit einem Gruß eilte Hellicar davon.

Penelope verzog das Gesicht. Mehr und mehr. »Unsinn!«

Barnaby kämpfte mit sich, um das Lächeln zu unterdrücken. In der Tat, sie war gefährlich – gefährlich unberechenbar. Hellicars Warnung war vollkommen überflüssig gewesen; und was ihn betraf, so war ihre Bedrohlichkeit der Grund, weshalb sie ihn faszinierte. Noch nie zuvor war er einer wohlerzogenen jungen Lady begegnet, die mit Absicht und in vollem Bewusstsein dessen, was sie tat, die Grenzen der Etikette niederriss, wann immer sie sich danach fühlte – und die überzeugt war, den Folgen gewachsen zu sein.

Zum ersten Mal seit langer Zeit empfand er es als Vergnügen, sich in der Gesellschaft aufzuhalten. Denn er fühlte sich auf neue, vollkommen unerwartete Weise unterhalten.

»Immerhin ist er verschwunden.« Penelope drehte sich wieder zu Adair. »Nun«, nachdenklich runzelte sie die Stirn, »wo waren wir gerade?«

»Ich habe gerade fragen wollen …«

»Miss Ashford.«

Zischend atmete sie aus, wandte sich um, um den neuerlichen Eindringling missbilligend zu beäugen. Der junge Lord Morecombe. Sie schickte ihn umstandslos fort und beraubte ihn grausam der Illusion, dass sie auch nur das geringste Interesse daran hegte, mit ihm über das neueste Theaterstück zu plaudern, geschweige denn über das jüngste Wettrennen im offenen Zweispänner nach Brighton.

Auf Morecombe folgte Mr. Julian Nutley. Dann kam Viscount Sethbridge.

Während sie sich mit dem Viscount abmühte und anschließend mit Rigby, der sich getreu Hellicars Prophezeiung am hartnäckigsten weigerte, das Feld zu räumen, hatte Barnaby ausreichend Zeit, sie ausgiebig zu beobachten.

Es war nicht schwer zu erkennen, warum diese unglückseligen Gentlemen sich berufen fühlten, es mit ihrer scharfen Zunge aufzunehmen. Sie war ausgesprochen attraktiv, aber nicht auf die übliche Art. Die dunkle Schattierung ihres Kleides ließ ihre porzellanzarte Haut schimmern. Sogar ihre Brille, die ihrer Auffassung nach ihrer Erscheinung ganz sicher abträglich war, machte sie noch attraktiver. Denn die Goldumrandung betonte ihre Augen, während die Linsen sie leicht vergrößerten, ihre langen gebogenen dunklen Wimpern betonten, die reiche braune Iris und den Scharfsinn, der wie aus der Tiefe aufblitzte.

Mit ihren lebhaften Zügen und, in der Tat, mit ihrer gesamten Erscheinung war sie überaus auffallend, ganz besonders dann, wenn man sie mit dem blassen, unscheinbaren und pastellfarbenen Einerlei der übrigen jungen Ladys auf dem Heiratsmarkt verglich.

In ihrem Fall hatte ihr abschreckendes, reizbares und bisweilen arrogantes Benehmen gegenüber ihren künftigen Bewerbern genau den gegenteiligen Effekt – aber er hatte ernste Zweifel, dass sie es begriff. Mit ihrem Benehmen hatte sie sich als Trophäe empfohlen, die es zu gewinnen galt; die Gentlemen, die sie umkreisten, waren sich vollkommen darüber im Klaren, dass es als höchste Auszeichnung galt, ihre Hand zu gewinnen.

Barnaby beobachtete, wie sie all jene Gentlemen abwies, die es gewagt hatten, ihr in die Quere zu kommen, als sie versuchte zu erfahren, was er ihr mitzuteilen hatte. Und es war unabweisbar, dass sie Männer, ganz besonders die Gentlemen der Gesellschaft, für wesentlich weniger intelligent hielt als sich selbst.

Er musste zugeben, dass sie in der Mehrzahl der Fälle richtig lag. Aber nicht alle Gentlemen waren Tölpel. Er empfand den inneren Drang, sie darauf hinzuweisen, wenigstens diesen einen strittigen Punkt für sein Geschlecht zu entscheiden und sie nebenbei vielleicht mit der Nase darauf zu stoßen, wie attraktiv sie war und womit sie es noch betonte – um auf diese Weise ihren glücklosen Bewerbern einen Dienst zu erweisen, deren Hoffnung sie erst nährte, um sie dann dem Spott preiszugeben.

»Endlich!« Mit einem letzten Blick auf den Rücken des forteilenden Rigby drehte Penelope sich wieder zu ihm.

Bevor sie weitersprechen konnte, unterbrach er sie mit erhobener Hand. »Ich fürchte, Hellicar hatte recht. Wenn wir hier stehen bleiben, werden zu viele Gäste uns als fortwährende Einladung zu einer Plauderei betrachten. Darf ich vorschlagen, dass wir, um unser Ziel nicht aus den Augen zu verlieren, den Walzer, den das Orchester offenbar gerade anstimmt, zu unserem Vorteil nutzen?«

Er verbeugte sich halb und bot ihr die Hand.

Penelope starrte auf seine Hand, dann auf ihn. Die ersten Takte des Walzers fluteten über die Unterhaltungen in ihrer Umgebung.

»Möchten Sie tanzen?«

Eine braune Braue zuckte. »Wir werden endlich in der Lage sein, uns ungestört zu unterhalten, ohne dauernd Gefahr zu laufen, unterbrochen zu werden.« Er erforschte ihre Augen. »Tanzen Sie nicht?«

Sie verzog das Gesicht. »Natürlich tanze ich. Noch nicht einmal ich konnte verhindern, dass man mir den Walzer beigebracht hat.« Innerlich rüstete sie sich für den Tanz, stählte ihre Nerven, bevor sie ihre Finger in seine legte. Sie musste unbedingt erfahren, was er ihr zu erzählen versucht hatte; in Anbetracht der störenden Bewerber versprach das Tanzparkett die größte Aussicht auf Erfolg.

Er wandte sich mit ihr in Richtung des Salons, in dem getanzt wurde. »Ich darf aus der Bemerkung schließen, dass Sie es immerhin versucht haben?«

Sie atmete langsam ein, sog die Luft in ihre Lungen, die sich wie eingeschnürt anfühlten, und schaute verwirrt zu ihm auf …

»Sich zu weigern, Walzer zu lernen.«

Sie blinzelte. Flehte inständig, dass er nicht merken würde, wie sehr seine Berührung sie aus der Bahn geworfen hatte … so sehr, dass sie sich nicht an seine Worte erinnern konnte. Penelope richtete den Blick nach vorn. »Anfangs sah ich keinen Anlass, diese Herausforderung zu meistern. Aber dann …« Sie zuckte beiläufig die Schultern, ließ es zu, dass er sie auf das Parkett schob, und drehte sich in seine Arme.

In seine Arme, die sich um sie schlossen, sanft und formvollendet; aber dennoch spielten ihre Nerven verrückt. Denn trotz meiner seltsamen Reaktion auf ihn ist es eine ausgezeichnete Idee, beschwor sie sich.

Sie hatte ihren Widerstand gegen den Walzer aufgegeben, nachdem sie entdeckt hatte, dass Walzertanzen aufregend und berauschend sein konnte. In letzter Zeit hatte sie den Tanz allerdings nur selten genossen, weil zu viele Partner sie enttäuscht hatten.

Und sie erwartete zweifellos, dass Adair sie auch enttäuschen würde – was eine ausgezeichnete Angelegenheit wäre. Wenn sie erst einmal feststellen musste, dass er als Tanzpartner kaum infrage kam, würden ihre ohnmächtigen Sinne schon bald jegliches Interesse an ihm verlieren. Es gab keinen besseren Weg, diese lächerliche Besessenheit zu kurieren.

Mit erhobenem Kopf, das Kinn genau im richtigen Winkel geneigt, ein selbstgefälliges Lächeln auf den Lippen, trat sie vor – und fand sich sofort in seiner Führung wieder, nicht als Führende.

Dann erinnerte sie sich, dass sie sich nicht von ihm beeindrucken lassen wollte, jedenfalls nicht auf diesem Terrain.

Unglücklicherweise …

Ihr Anliegen schrumpfte dahin und erstarb rasch, als sie den Blick fest auf sein Gesicht richtete und sich mühelos durch den Raum gewirbelt fühlte, vorbei an all den anderen Paaren, die über das Parkett schwangen. Aber es war nicht nur die Leichtigkeit, mit der er sie bewegte – sie war so schlank, dass die meisten Gentlemen keinerlei Schwierigkeiten gehabt hätten –, sondern das Gefühl der Kraft, der Beherrschung, der gespannten Energie, die er in die schlichten Umdrehungen des Walzers legte.

Weit davon entfernt, sich befreien zu können, war sie gefangen, in die Falle gegangen.

Obwohl sie genau das erreicht hatte, was sie *nicht* wollte, bemerkte sie, dass ihre Lippen sich zu einem aufrichtigen Lächeln verzogen, dass sie sich entspannt in seiner lockeren Umarmung wiederfand und sich eingestehen musste, dass er Walzer tanzen konnte. Und dass sie sich seiner Führung überlassen, es schlicht genießen konnte.

Es lag so lange zurück, dass sie sich mit einem Walzer vergnügt hatte.

Seine blauen Augen musterten ihr Gesicht, seine Lippen zuckten. »Offenbar haben Sie Ihre Auffassung geändert und sind Ihrem Tanzmeister aufmerksam gefolgt.«

»Luc, mein Bruder. Er war ein diktatorischer Lehrmeister.« Sie genoss noch ein paar Sekunden lang das Gefühl, über das Parkett zu schweben, das Gefühl seiner starken Oberschenkel an ihren wirbelnden Röcken, bevor sie fragte: »Jetzt können wir immerhin unsere Unterhaltung fortsetzen. Was haben Sie vorhin sagen wollen?«

Barnaby warf einen Blick in ihre großen braunen Augen und fragte sich, warum sie nicht gewollt hatte, dass sie Walzer tanzten. »Ich wollte vorschlagen, dass wir eine Observation einrichten, falls es Ihnen gelingt, weitere Jungen zu identifizieren, die in nächster Zukunft verwaist sein werden und gleichzeitig Ähnlichkeit mit den Entführten aufweisen. Wir könnten zwei Fliegen mit einer Klappe schlagen, nämlich die Entführer enttarnen, sobald sie zur Tat schreiten, und die Burschen davor schützen, geraubt zu werden.«

Sie riss die Augen auf. »Ja, natürlich. Eine ausgezeichnete Idee!« Es klang, als hätte der Hauch der Offenbarung sie gestreift. Dann konzentrierte sie sich und übernahm überraschend die Führung.

»Gleich morgen werde ich die Akten durchsehen. Falls ich mögliche Kandidaten finde …«

»Wir treffen uns morgen Vormittag am Findelhaus.« Er lächelte. Unverwandt. Wenn sie sich einbildete, dass er sie allein auf die Jagd schicken würde, dann würde sie noch einmal gründlich nachdenken müssen. »Wir können die Akten zusammen durchsehen.« Penelope schaute ihn an, als würde sie ihre Chancen abschätzen wollen, sein Angebot zurückzuweisen. Dennoch war ihr klar, dass er kein Angebot gemacht, sondern eine Tatsache ausgesprochen hatte. Schließlich entspannten sich ihre Lippen, die wie immer verführerisch auf ihn wirkten. »Sehr gut. Sagen wir, um elf?«

Er neigte den Kopf. »Wir wollen sehen, was wir finden können.«

Barnaby hob den Blick und wirbelte sie über das Parkett, machte eine Drehung und wirbelte dann den Weg zurück. Ein weiterer Blick in ihr Gesicht gab ihm die Gewissheit, dass sie den Tanz ebenso genoss wie er.

Sogar in dieser Hinsicht war Penelope das Gegenteil des Durchschnitts. Die meisten jungen Ladys waren zaghaft. Selbst wenn sie exzellent tanzen konnten, verhielten sie sich passiv; erlaubten es dem Gentleman nicht nur, sondern verließen sich darauf, dass er sie über das Parkett steuerte. Aber sie fand keinerlei Gefallen an Passivität – noch nicht einmal beim Walzer. Dennoch hatte sie ihm nach den ersten Schritten die Führung anvertraut, die geschmeidige Spannung in ihren schlanken Gliedmaßen und die Kraft, mit der sie ihm folgte, machte den Tanz zu einem gemeinsamen Erlebnis, zur Erfahrung eines gegenseitigen Vergnügens, zu dem sie beide ihren Anteil beitrugen.

Er würde sich glücklich schätzen, wenn er die halbe Nacht mit ihr durchtanzen dürfte …

Abrupt verbot er sich Gedanken darüber, in welchen anderen Tänzen sie wohl noch schwelgen könnten … denn das war nicht der Grund, weshalb er sie um diesen Walzer gebeten hatte. Sie war Luc Ashfords Schwester, und seine Beziehung zu ihr war einzig und allein aus den Ermittlungen gespeist.

Nicht wahr?

Barnaby starrte sie an, als er sie ein letztes Mal herumwirbelte und schließlich zum Stehen brachte, starrte auf ihre rosigen, leicht geteilten Lippen, auf ihre wundervollen Augen und das madonnenhafte Gesicht, das kein modischer Putz jemals würde verkleiden können – und er fragte sich, wie aufrichtig er eigentlich zu sich selbst war.

Wie groß sein Vorsatz war, die Augen zu verschließen.

Sie löste sich aus seinen Armen. Er ließ es geschehen und lächelte charmant. »Vielen Dank.«

Penelope erwiderte sein Lächeln und neigte den Kopf. »Sie tanzen ganz ausgezeichnet. Viel besser, als ich es erwartet hätte.«

Er bemerkte das Grübchen auf ihrer linken Wange. »Ich schätze mich glücklich, dass ich Ihnen zu Diensten sein durfte.«

Mit einem unterdrückten Lachen gab sie ihm eine trockene Antwort.

Barnaby ergriff ihre Hand, legte sie auf seinen Ärmel und wandte sich mit ihr zum Empfangszimmer. »Kommen Sie. Ich bringe Sie zu Ihrer Mutter zurück. Dann muss ich gehen.«

Genauso geschah es auch. Als er das Empfangszimmer verließ, schaute er mit einer gewissen Befriedigung auf die abendliche Unterhaltung zurück – was auch er ganz bestimmt nicht erwartet hätte.

Penelope hatte den Blick auf seine breiten Schultern gerichtet, bis er nicht mehr zu sehen war. Erst dann machte sie sich die Mühe, ihre Nerven zu beruhigen und die Lage zu taxieren.

Und als sie es tat … *»Verdammt!«*, stieß sie atemlos hervor. Es gelang ihr beim besten Willen nicht, einen Fehler an

Barnaby Adair zu entdecken. Weder an seinen detektivischen Fähigkeiten und, zu ihrer größten Überraschung, noch weniger an seinen Eigenschaften als Gentleman. Das war kein gutes Zeichen. Denn gewöhnlich verschwendete sie spätestens dann keinen Gedanken mehr an einen Gentleman, wenn sie das zweite Mal mit ihm gesprochen hatte.

Aber Barnaby Adair ließ sich nicht aus ihren Gedanken verjagen; es lag nicht zuletzt daran, dass sie ihn nicht fortschicken durfte.

Penelope hatte keine Ahnung, was sie unternehmen sollte. Aber es war vollkommen klar, dass etwas geschehen musste. Entweder würde sie sich darum kümmern müssen, seine Wirkung auf sie zu neutralisieren – oder sie würde weiterhin unter ihren launisch kribbelnden Nerven und elenden Gefühlen zu leiden haben.

Letzteres kam überhaupt nicht infrage. Und solange sie Ersteres nicht erledigt hatte, würde sie eindeutig nicht fähig sein, so mit ihm umzugehen, wie sie es sich wünschte.

5

Am nächsten Morgen stand Inspektor Basil Stokes in der St. John's Wood High Street und starrte auf die Tür des kleinen Ladens. Nach ein paar Sekunden nahm er die Schultern zurück und ging hinein.

Die Glocke über der Tür bimmelte. Zwei Mädchen, die auf einer Bank im hinteren Teil des engen viereckigen Raumes arbeiteten, schauten auf und wechselten schnelle Blicke. Ein Mädchen – Stokes hielt es für das ältere – legte die Haube beiseite, die es gerade getrimmt hatte, und kam nach vorn an den schmalen Tresen.

»Kann ich Ihnen helfen, Sir?«, fragte sie zögernd.

Er konnte ihre Irritation nur zu gut verstehen. Schließlich gehörte er nicht zur Kundschaft, die üblicherweise den Laden einer Putzmacherin frequentierte. Stokes schaute sich um, zuckte beinahe zusammen, als er die Fülle der Federn, Spitzen, Bänder und allerlei Tand entdeckte, der über kleine Pflöcke und Musterhüte in verschiedenen Formen geschlungen war. Er fühlte sich vollkommen fehl am Platz, so als ob er ungebeten das Boudoir einer Lady betreten hätte.

Schließlich wandte er den Blick wieder auf das runde Gesicht des Mädchens. »Ich bin gekommen, um Miss Martin zu sprechen. Ist sie anwesend?«, wollte er wissen.

Das Mädchen musterte ihn nervös. »Wen darf ich melden, Sir?« Er war kurz davor, seinen Titel zu nennen, als ihm einfiel, dass Griselda – Miss Martin – es gar nicht schätzen würde, wenn ihre Angestellten erfuhren, dass die Polizei bei ihr zu Besuch war. »Mr. Stokes. Ich wage die Behauptung, dass sie sich an mich erinnern wird. Ich würde gern einen Augenblick ihrer kostbaren Zeit in Anspruch nehmen, wenn sie es einrichten kann.«

Wie viele andere konnte auch das Mädchen seinen gesellschaftlichen Rang nicht einordnen. Vorsichtshalber knickste sie. »Ich werde fragen.«

Sie verschwand hinter dem schweren Vorhang, der den hinteren Teil des Ladens abtrennte. Stokes schaute sich um. An einer Wand hingen zwei Spiegel, und in einem fing er sein Bild auf, eingerahmt von Federn und Spitzen, künstlichen Blumen und Flitterkram an der Wand hinter ihm. Rasch schaute er weg.

Hinter dem Vorhang murmelten Stimmen, kamen näher. Er fixierte den Blick auf den Vorhang, als der sich teilte – und eine Erscheinung, die genauso zauberhaft war, wie er sie in Erinnerung hatte, schritt in den Laden.

Griselda Martin war weder groß noch klein, weder plump noch schlank. Ihr Gesicht war rund mit angenehmen Zügen – und großen kornblumenblauen Augen, umrandet von dichten schwarzen Wimpern, einer hohen Stirn und einer nach oben gebogenen Nase, auf der ein paar Sommersprossen zu finden waren, blühenden Wangen und Lippen wie Rosenknospen. Obwohl sie alles andere als eine Salonschönheit war, war sie für Stokes in jeder Hinsicht perfekt.

Ihre Augen sahen aus, als müssten sie eigentlich funkeln, aber als sie ihn anschaute, wirkten sie ernst, vorsichtig und einen Hauch wachsam. »Mr. Stokes?«

Sie vermied ebenfalls, ihn bei seinem Titel zu nennen. Er neigte den Kopf. »Miss Martin, ich hatte mich gefragt, ob Sie wohl einen Moment Zeit für mich erübrigen könnten. Ich würde gern eine geschäftliche Angelegenheit mit Ihnen besprechen.«

Sie schätzte es, dass er so aufmerksam war, vor den Angestellten seine Zugehörigkeit zur Polizei zu verbergen, und taute ein wenig auf. Nach kurzer Überlegung wandte sie sich an ihre Lehrlinge. »Imogen, Jane … ihr könnt euch jetzt um die Auslieferungen kümmern.«

Die beiden Mädchen, die aufmerksam zugeschaut und die

Ohren gespitzt hatten, zeigten eine enttäuschte Miene. »Ja, Miss Martin«, riefen sie im Chor und legten ihre Arbeit beiseite.

»Wenn Sie sich bitte einen Moment gedulden wollen«, murmelte Griselda in Stokes' Richtung.

Er nickte und stellte sich an die Seite, versuchte, sich so unsichtbar wie möglich zu machen – nicht leicht, wenn man bedachte, dass er über eins achtzig groß war und obendrein noch breitschultrig. Er beobachtete die Mädchen, wie sie mehrere Pakete und Hutschachteln einsammelten, dann selbst in ihre Umhänge schlüpften und die Hüte aufsetzten. Mit ihren Bündeln eilten sie zur Tür, musterten ihn voller Neugier, als sie an ihm vorbeischritten.

Kaum hatten sie die Tür hinter sich geschlossen, fragte Griselda:

»Geht es um die Angelegenheit in der Petticoat Lane?«

In ihrer Stimme klang die Angst durch. Stokes beeilte sich, sie zu beschwichtigen. »Nein, nein, nicht im Geringsten. Der Übeltäter wurde abtransportiert, sodass Sie nichts von ihm zu befürchten haben.«

Sie atmete tief durch. »Gut.« Die blanke Neugier spiegelte sich in ihrem Blick, und sie neigte kaum merklich den Kopf. »Welchem Anlass habe ich Ihren Besuch dann zu verdanken, Inspektor?«

Der Tatsache, dass ich Sie einfach nicht vergessen kann. Stokes räusperte sich. »Wie ich bereits erwähnt habe, waren die Polizei und ich sehr dankbar für Ihre Unterstützung in der Angelegenheit des Angriffs in der Petticoat Lane.« Sie hatte, zusammen mit einer Horde anderer Menschen, ansehen müssen, wie ein Mann eine Frau beinahe zu Tode geprügelt hatte. Unter all den Schaulustigen waren sie und ein altes, nahezu blindes Weib die Einzigen gewesen, die sich als Zeugen des Verbrechens zur Verfügung gestellt hatten. Ohne Griseldas Aussage wäre eine Strafverfolgung unmöglich gewesen. »Das ist jedenfalls nicht der Grund, der mich hergeführt hat.«

Er verschränkte die Hände auf dem Rücken, kreuzte die Finger.

»Als ich Ihre Aussage in Sachen Petticoat Lane gehört habe, habe ich begriffen, dass Sie im East End aufgewachsen sind, obwohl Sie jetzt hier leben und arbeiten. Ihr Vater wohnt immer noch dort, und Sie selbst sind in der Gegend weithin bekannt. Jedenfalls innerhalb gewisser Kreise.«

Sie runzelte die Stirn. »Es mag sein, dass ich meine Sprache verbessert habe, um mit den Kunden gepflegter umgehen zu können. Aber meine Herkunft habe ich nie verleugnet.«

»Nein. Und das ist einer der Gründe, weshalb ich zu Ihnen gekommen bin.« Stokes ließ den Blick über den Eingangsbereich schweifen und vergewisserte sich, dass sie nicht durch eventuelle Kundschaft gestört wurden. »Ich bearbeite gerade einen Fall, in dem es um Jungen geht, die aus dem East End verschwinden. Junge Burschen, zwischen sieben und zehn Jahren alt, geboren und aufgewachsen in der Gegend. Es handelt sich um kürzlich verwaiste Jungen. Am Morgen nach dem Tod ihres Elternteils oder Vormunds ist ein Mann aufgetaucht, der behauptet hat, die Behörden hätten ihn geschickt, um das Kind abzuholen. In den uns bekannten Fällen hatte der Vormund vereinbart, dass die Waise dem Findelhaus übergeben werden solle. Daher haben die Nachbarn dem Mann die Jungen überlassen, nur um wenige Stunden später bei Ankunft der Leute vom Findelhaus festzustellen, dass er in keinerlei Verbindung zu ihnen stand.«

Sie ermutigte ihn mit einem Nicken, mit dem Bericht fortzufahren.

Er atmete tief durch, kämpfte gegen die seltsame Enge in seiner Brust. »Ich habe keinerlei Kontakte ins East End. Die Polizeikräfte sind dort nicht gut verankert. Ich habe mich gefragt … und ich denke, ich verlange viel von Ihnen … ich weiß, welchen Ruf die Polizei dort hat … aber … ich habe mich gefragt, ob Sie wohl bereit sind, uns zur Hand zu gehen, in welcher Weise auch immer Sie sich dazu in der Lage fühlen.

Wir glauben, dass die Burschen entführt worden sind, um als Einbrecher ausgebildet zu werden.«

Griselda riss die Augen auf. »Eine Lehranstalt für Einbrecher?« Ihrem Tonfall nach zu urteilen wusste sie genau, worum es sich dabei handelte.

Er nickte. »Ich muss jemanden finden, der mir sagen kann, ob es Gerüchte darüber gegeben hat, dass ein bestimmter Verbrecher kürzlich eine solche Anstalt eröffnet hat.«

»Nun, bei Ihren ... mit Verlaub, bei Ihren Bullen brauchen Sie sich nicht zu erkundigen. Sie werden die Letzten sein, die es erfahren.«

»In der Tat. Und bitte glauben Sie nicht, dass ich der Meinung bin, Sie würden darüber Bescheid wissen. Aber ich hatte gehofft, dass Sie vielleicht jemanden kennen, einen Namen oder eine Adresse.«

Sie musterte ihn aufmerksam, mit gleichmäßigem und aufrichtigem Blick aus ihren blauen Augen. Stokes schwieg, spürte, dass sie sich weigern würde, wenn er sie drängte.

Griselda fühlte sich hin und her gerissen. Sie kannte das East End; deswegen war sie fest entschlossen gewesen, es eines Tages zu verlassen, hatte lange und hart daran gearbeitet. Sie hatte eine beschwerliche Ausbildung abgeschlossen, gerackert und sich jeden Bissen vom Munde abgespart, den Lohn auf die hohe Kante gelegt, um ihren eigenen Laden eröffnen zu können. Nachdem es ihr gelungen war, hatte sie rund um die Uhr geschuftet, um sich zu etablieren.

Griselda war erfolgreich gewesen und hatte das East End in weiten Teilen tatsächlich hinter sich gelassen. Und jetzt stand dieser attraktive Polizeiinspektor vor ihr und fragte sie, ob sie bereit war, sich wieder in das Elendsviertel zu wagen. Für ihn und seinen Fall.

Nein, korrigierte sie sich, er fragt nicht um seinetwillen. Er versuchte, vier Burschen zu retten, die aus denselben Slums entführt worden waren, aus denen sie sich mühsam emporgearbeitet hatte. Das Findelhaus kannte sie vom Hörensagen; wenn die Jungen dorthin gebracht worden wären, wie ihre Angehörigen es arrangiert hatten, hätten sie eine Chance gehabt, künftig ein besseres Leben zu führen.

Die Zukunft von vier jungen Burschen – das war es, was hier auf dem Spiel stand.

Griselda hatte keine Brüder mehr, hatte alle drei in den Kriegen der vergangenen Jahre verloren. Der älteste war zwanzig gewesen, als er gestorben war; die drei hatten niemals eine Chance gehabt, ihr Leben zu leben.

Sie musterte Stokes eindringlich. »Diese vier jungen Kerle«, fragte sie, »wie lange ist es her, dass sie entführt worden sind?«

»Es ist in den letzten Wochen geschehen, die letzte Entführung allerdings erst vor zwei Tagen.«

Es gab also noch einen Weg, sie zu retten. »Sie sind sich sicher, dass es sich um eine Einbrecherlehranstalt handelt?«

»Es ist am wahrscheinlichsten.« Ohne Aufforderung beschrieb Stokes die Jungen und schloss dadurch andere Möglichkeiten aus, die er gar nicht erst erwähnte. Denn sie kannte die Welt, die sie hinter sich gelassen hatte.

Wieder schwieg er. Drängte sie nicht. Wartete … erinnerte dennoch an ein Raubtier auf Beutezug, achtete aber sorgsam darauf, es sich nicht anmerken zu lassen.

Sie überlegte, ihm die Hilfe zu verweigern, und seufzte innerlich. »Ich kann Ihnen nicht erzählen, was ich nicht weiß. Aber ich werde mich umhören. Alle paar Wochen besuche ich meinen Vater. In letzter Zeit kommt er nicht mehr sehr viel herum, aber es dringt ihm viel ans Ohr, und er hat sein ganzes Leben in der Gegend verbracht. Mag sein, dass er keine Ahnung hat, wer in jüngster Zeit eine solche Anstalt eingerichtet hat. Aber sicher kann er sagen, wer es in der Vergangenheit getan hat und wer immer noch im Geschäft ist.«

Seine Anspannung ließ langsam nach. »Danke. Ich bin dankbar für alles, was wir in Erfahrung bringen können.«

»Wir?«

Er trat auf das andere Bein. »Da ich Sie gebeten habe, die Gegend wieder aufzusuchen, muss ich darauf bestehen, Sie zu begleiten. Zu Ihrem Schutz.«

»Zu meinem Schutz?« Sie warf ihm einen amüsierten, absichtlich herablassenden Blick zu. »Inspektor …«

Griselda brach ab, dachte darüber nach, was sie gerade hatte sagen wollen: dass im East End nicht *sie* auf Schutz angewiesen war, sondern *er*. Aber sie verschluckte ihre Worte, weil sie sich endlich erlaubte, ihm, der so viel Platz in ihrem kleinen Laden beanspruchte, einen gründlichen Blick zuzuwerfen.

Sie hatte ihn schon früher gesehen, das heißt, sie war ihm kurz begegnet. Aber das war auf der Wache gewesen, inmitten einer aufgeregten Truppe hochgewachsener Männer, die ihn mehr oder weniger verdeckt hatten. Heute war er ganz auf sich selbst gestellt, und sie konnte seine schlanken, trotzdem harten Muskeln ebenso wenig übersehen wie die Art, in der er sich bewegte. Beides war als eindeutige Botschaft zu verstehen, dass er bei einer Rauferei auf sich selbst achten konnte, und zwar mit Leichtigkeit.

Es gab einige Gentlemen in der besseren Gesellschaft, die ähnlich bedrohlich wirkten; es war wie ein gefährliches Glitzern, das unter ihrer polierten Oberfläche hindurchschimmerte und den verständigen Betrachter mahnte, dass unter all der Eleganz und Weltläufigkeit ein Herz pochte, das ganz und gar nicht zivilisiert war.

Plötzlich fiel ihr ein, dass sie ihn unverwandt angestarrt hatte. Sie räusperte sich und bemerkte: »Ich brauche keinen Schutz, Inspektor. Ich bin regelmäßig bei meinem Vater zu Besuch.«

»Mag sein. Aber der Vorfall in der Petticoat Lane könnte immer noch Auswirkungen haben. Und da Sie in diesem Fall auf meine Veranlassung hin das Viertel betreten, werden Sie hoffentlich verstehen, dass ich es mit meinem Gewissen in keiner Hinsicht vereinbaren kann, Sie ohne Begleitung gehen zu lassen.«

»Aber ...«

»Ich muss wirklich darauf bestehen, Miss Martin.«

Sie verzog das Gesicht. Sein Tonfall legte zwar nahe, dass er eine Bitte äußerte, aber der dunkle Gesichtsausdruck und das glanzlose Grau seiner Augen gaben unmissverständlich zu verstehen, dass er seine Haltung nicht ändern würde – an welch verworrenen männlichen Überzeugungen auch immer es liegen mochte. Sie kannte diesen Blick, den sie oft genug an ihrem Vater und an ihren Brüdern entdeckt hatte.

Was hieß, dass jedes Argument verschwendet war. Außerdem würden Imogen und Jane in Kürze zurückkehren, und es war ihr sehr lieb, wenn er dann bereits verschwunden wäre.

Wieder musste sie innerlich seufzen. In Wahrheit würde es sie überhaupt nicht jucken, mit einem Mann seiner Art im Schlepptau das East End zu betreten. Mehr als nur eine Frau würde viel dafür hergeben, einmal in den Genuss dieses Privilegs zu kommen. Und ihr bot sich jetzt kostenlos die Möglichkeit. Also nickte sie. »Ausgezeichnet. Ich bin mit Ihrer Begleitung einverstanden.«

Stokes lächelte.

Griselda fühlte sich plötzlich unbehaglich. Konnte es sein, dass ihr die Knie schwach wurden?

Nur weil er sie angelächelt hatte?

Ihr kamen erhebliche Zweifel, ob es wirklich klug war, ihm solche Nähe zu gestatten.

»Also ...« Stokes lächelte immer noch. »Ich nehme an, dass Ihre Mädchen bald zurückkehren werden?«

Sie kniff die Augen zusammen, suchte dann seinen Blick – und fand ihn grau, in wechselnden Schattierungen, unruhig und stürmisch. »Im Moment kann ich den Laden leider nicht verlassen. Ich habe gerade erst aufgeschlossen.«

»Ah.« Er wirkte ernüchtert, und das Lächeln verschwand. »Ich hatte gehofft ...«

»Heute Nachmittag«, hörte sie sich selbst sagen, »ich

werde früher abschließen. Dann können wir uns auf den Weg zu meinem Vater machen.«

Er hielt ihren Blick fest und nickte. »Vielen Dank. Ich werde um drei Uhr hier sein.«

Er lächelte wieder nicht. Griselda beschwor sich, dass sie ihm sehr dankbar dafür war. Trotzdem entspannten sich seine Lippen, als er höflich den Kopf neigte. »Bis dann, Miss Martin.« Er eilte zur Tür, öffnete, schaute zurück und verließ dann den Laden.

Kaum hatte er die Tür geschlossen, setzten ihre Füße sich wie von selbst in Bewegung und eilten ebenfalls quer durch den Laden zur Tür. Sie streckte die Hand nach oben, um das klingelnde Glöckchen zur Ruhe zu bringen.

Während sie Stokes mantelbedeckten Schultern mit Blicken folgte und beobachtete, wie er die Straße entlangeilte, fragte sie sich, was um alles in der Welt sie gerade getan hatte.

Und warum. Es sah ihr gar nicht ähnlich, auf ein attraktives Gesicht zu reagieren, obwohl auf seinem ein dunkler verwegener Ausdruck lag, der schwer zu ignorieren war.

Als er aus ihrem Blickfeld verschwunden war, drehte sie sich um und eilte zurück zu der Haube, die sie gerade geplättet hatte. Wenn sie schon, ihm sei Dank, früher schließen würde, dann musste sie sich dringend an die Arbeit machen.

Um zehn Uhr vormittags betrat Barnaby unangekündigt Penelopes Büro im Findelhaus und überraschte sie dabei, die Akten durchzusehen.

Sie schaute auf, stand neben ihrem Schreibtisch.

Er lächelte und kam an ihre Seite. »Schon was gefunden?« Nachdem sie ihn einen nervenaufreibenden Moment unverwandt angestarrt hatte, presste sie ihre verführerischen Lippen zusammen und wandte ihre Aufmerksamkeit wieder den Papieren zu, die sie durchsah. »Ich kann mich an einen Jungen erinnern«, bemerkte sie knapp, »aber leider nicht an seinen Namen. Er lebt mit seiner Mutter irgendwo im East End. Sie liegt im Sterben.«

Er nickte in Richtung Akten. »Sind das alles künftige Waisen?«

»Ja.«

Es mussten Dutzende sein. Ein ernüchternder Gedanke.

Nach ein paar Sekunden hielt sie inne und schob den Stapel über den Tisch zu ihm. »Sie können die Mädchen raussuchen, alle Kinder unter sechs Jahren und solche, die nicht aus dem East End stammen. Unglücklicherweise finden Sie die Einzelheiten über die Seiten verstreut.«

Pflichtbewusst öffnete er die nächste Akte und überflog sie.

Nach kurzer Zeit hatten sie ein Schema entwickelt: Er sortierte die Mädchen, die jüngeren Kinder und die außerhalb des East Ends aus, während sie sich in die verbliebenen Akten vertiefte und besonders nach solchen Details suchte, die dem Burschen ähnlich waren, an den sie sich erinnerte.

Zehn Minuten verstrichen schweigend. Nach und nach löste sich ihre Anspannung. Schließlich bemerkte sie, ohne aufzuschauen und im Tonfall beinahe vorwurfsvoll: »Sie sind eine Stunde zu früh hier aufgetaucht.«

»Sie haben doch nicht ernsthaft geglaubt, dass ich Sie die Arbeit allein machen lasse?«, murmelte er, während er die nächste Akte durchsah.

Aus den Augenwinkeln sah er, wie sie die Lippen zusammenpresste. »Ich hatte mich der Überzeugung hingegeben, dass ein Gentleman aus Ihren Kreisen bis zur Mittagszeit im Bett liegt.«

»Das mache ich auch.« *Wenn ich in besagtem Bett in weiblicher Gesellschaft bin und …* »Wenn ich keine Verbrecher jage.«

Barnaby glaubte, ein »Hm« gehört zu haben; aber sie sagte nichts mehr. Er fuhr fort, die Akten auszusortieren. Sie fuhr fort zu lesen.

»Hier ist er.« Sie hob die Akte hoch. »Jemmie Carter. Seine Mutter lebt in einer Behausung zwischen Arnold Circus und Bethnal Green Road.«

Noch einmal las sie die Akte durch und legte sie auf den Stapel.

Er beobachtete, wie sie den Schreibtisch umrundete und ihr Retikül ergriff, fragte sich, ob irgendein erfundener oder tatsächlicher Anlass dem Versuch dienlich sein konnte, sie von ihrem Vorhaben abzubringen.

Mit erhobenem Kinn eilte Penelope an ihm vorbei zur Tür. »Auf der anderen Straßenseite können wir in eine Droschke steigen.«

Sie warf noch nicht einmal einen Blick zurück, um zu prüfen, ob er ihr folgte; er erhob sich und hielt sich in ihrem Kielwasser.

Eine Viertelstunde später, als sie Seite an Seite in einer altertümlichen Kutsche schaukelten und immer tiefer in das Elendsquartier rollten, betrachtete Barnaby die baufälligen und verrotteten Fassaden. Schon die Clarkenwell Road war schlimm genug gewesen, und freiwillig hätte er niemals mit einer Lady diese Gegend aufgesucht.

Er lehnte sich zurück und musterte Penelope. Sie klammerte sich an eine Schlaufe und ließ den Blick nach draußen über die heruntergekommenen Straßen schweifen.

Barnaby konnte nicht genau den Finger darauflegen, aber irgendetwas hatte sich verändert. Er hatte mit Widerstand gerechnet. Denn als er ihr Büro betreten hatte, war er einer formlosen, aber dennoch unüberwindbaren Barriere begegnet, mit der sie ihn erfolgreich auf Distanz hielt. Wie üblich hatte sie sich angespannt, als er ihr die Hand geboten hatte, um ihr in die Droschke zu helfen. Aber im Moment schien es, als wäre seine Wirkung auf sie zu einem Häufchen Belanglosigkeit zusammengeschmolzen.

Als ob sie ihre Reaktion – und auch ihn – als unbedeutend eingestuft hätte.

Es war eine Sache, seine geistigen Fähigkeiten höher einzuschätzen als seine persönlichen Eigenschaften – es war eine ganz andere, die erwähnten Eigenschaften vollkommen zu missachten.

Barnaby hatte sich nie für eitel gehalten und war immer noch recht überzeugt, dass er es auch nicht war. Und ganz bestimmt gehörte er nicht zu den Gentlemen, die erwarteten, dass die Ladys ihm zu Füßen lagen. Aber ihre hartnäckige Weigerung, ihn als Mann anzuerkennen, ihre Weigerung, die Wirkung anzuerkennen, die er auf sie ausübte, zerrte langsam an seinen Nerven.

Die Kutsche bog in den Arnold Circus ein und hielt dann seitlich in der engen Gasse.

»Kann nicht weiterfahren«, rief der Kutscher nach unten.

Barnaby fing Penelopes Blick auf, öffnete den Kutschenschlag und stieg aus. Er schaute sich um, trat dann ein paar Schritte zur Seite und reichte ihr die Hand, als sie ebenfalls ausstieg. Er schaute auf zum Kutscher. »Warten Sie hier.«

Der Mann schaute ihn an, begriff die Botschaft in Barnabys Blick und tippte sich an den Mützenschirm. »In Ordnung, Sir.«

Barnaby löste den Griff um Penelopes Ellbogen und drehte sich nach Süden. »Welche Straße?«

Welche elende Gasse, wäre die angemessenere Frage gewesen. Penelope deutete auf die zweite Einmündung, die sich rechter Hand auftat. »Dort entlang.«

Er führte sie in die Richtung, begleitete sie dann den Weg entlang und achtete nicht auf ihren strengen Blick und auf ihre zusammengepressten Lippen, wenn sie ihn anschaute. Er dachte nicht daran, sie loszulassen, nicht in dieser Gegend. Und wenn er es doch tun würde, würde sie ihm rasch vorauseilen und erwarten, dass er sich ihr an die Fersen heftete – weshalb er nicht in der Lage wäre, drohendes Unheil zu entdecken, bis sie diesem Unheil direkt in die Arme laufen würde.

Barnaby fühlte sich wie im Mittelalter.

Penelope durfte sich nicht beklagen. Denn sie hatte es sich selbst zuzuschreiben.

Schon in Bloomsbury war es düster gewesen. Aber als sie die enge Gasse betraten, tauchten sie in eine bedrückende Dunkelheit ein. Dicke Luft senkte sich bedrohlich über ihre Köpfe, und kein Sonnenstrahl drang zwischen den überhängenden Dachtraufen hindurch, um die feuchten Steine und das verrottende Holz zu erwärmen; keine Brise konnte die wabernden Dünste auffrischen.

Früher war die Straße gepflastert gewesen, aber es fanden sich nur noch wenige Steine. Barnaby stützte Penelope, als sie sich ihren Weg bahnte.

Mit zusammengebissenen Zähnen unterdrückte sie das erregende Gefühl seiner langen, kräftigen und warmen Finger, die ihren Ellbogen umschlossen, mit festem und unverkennbar männlichem Griff. Seine Berührung brachte sie auf ungeahnte Weise durcheinander, sodass Penelope einen unhörbaren Seufzer der Erleichterung ausstieß, als sie die Tür zu Mrs. Carters Haus endlich erkannte.

»Hier ist es.« Sie blieb stehen, hob die freie Hand und klopfte laut.

Während sie warteten, beschwor sie sich, einen Weg zu finden, Barnaby Adairs Wirkung auf sie zu überwinden – und zwar unverzüglich. Entweder es gelang ihr, oder sie musste sich unterwerfen. Und das kam niemals infrage.

Mit einem widerborstigen Quietschen wurde die Tür geöffnet. Zuerst dachte Penelope, der Riegel hätte sich aus eigenem Antrieb gelöst. Aber dann schaute sie nach unten und entdeckte das schmale, verkniffene Gesicht eines Kindes, das aus der Dunkelheit im Innern nach draußen linste.

»Jemmie.« Sie lächelte erfreut, weil ihre Erinnerung sie nicht getrogen hatte.

Als der Junge nicht antwortete, die Tür sich nicht weiter öffnete, sie und Barnaby wenige Schritte hinter ihr immer noch ängstlich anstarrte, bemerkte sie, dass der kleine Kerl wegen der Dunkelheit nicht gut genug sehen konnte, um sie zu erkennen.

»Ich bin die Lady aus dem Findelhaus«, erklärte sie und lächelte noch freundlicher. Mit einem Wink auf Barnaby fügte sie hinzu:

»Und das ist Mr. Adair, ein Freund. Wir möchten wissen, ob wir vielleicht deine Mutter sprechen können.«

Jemmie musterte Barnaby und sie mit einem langen und eindringlichen Blick. »Mum fühlt sich nicht wohl.«

»Ich weiß.« Ihre Stimme klang weich. »Wir wissen, dass es ihr überhaupt nicht gut geht. Aber es ist wichtig, dass wir mit ihr sprechen können.«

Jemmie presste die Lippen zitternd aufeinander. Sein schmales Gesicht wirkte angespannt, Sorge und Angst mischten sich in seinen Zügen. »Wenn Sie hier sind, weil Sie ihr sagen woll'n, dass Sie mich nicht nehmen können, dann könn' Sie gleich wieder abhau'n. Sie braucht nichts zu hören, was ihr noch mehr Sorgen macht.«

Langsam ging Penelope in die Knie, sodass sie auf Augenhöhe mit Jemmie sprechen konnte. »Darum geht es nicht, ganz im Gegenteil«, erläuterte sie noch weicher als zuvor, »wir sind hier, um sie zu beschwichtigen, um ihr zu sagen, dass wir uns ganz bestimmt um dich kümmern werden, sodass sie sich keinerlei Sorgen machen muss.«

Jemmie starrte ihr in die Augen, zwinkerte heftig. Er musterte sie genau und hob dann den Blick zu Barnaby. »Stimmt das?«

»Ja.« Barnaby beließ es bei der schlichten Wahrheit.

Der Junge hatte es gehört und akzeptierte es. Nachdem Jemmie ihn noch ein paar Sekunden beobachtet hatte, gab er die Tür frei.

»Sie ist drinnen.«

Penelope erhob sich, stieß die Tür weiter auf und folgte Jemmie in den kleinen Flur. Barnaby folgte, duckte sich unter dem niedrigen Türsturz durch. Sogar drinnen rührte sein

Haar gefährlich nahe an die abblätternde Decke, wenn er sich aufrichtete.

»Hier lang.« Jemmie führte sie in ein überfülltes Zimmer, das allerdings erheblich sauberer war, als Barnaby es erwartet hatte. Irgendjemand – er hatte Jemmie in Verdacht – strengte sich gewaltig an, um die Behausung ordentlich und einigermaßen rein zu halten. Mehr noch, in einem Topf auf der Fensterbank stand ein zerfledderter Veilchenstrauß, und der knallige Farbtupfer wirkte unpassend fröhlich in dem düsteren Zimmer.

In einem provisorischen Bett in der Ecke des Zimmers lag eine Frau. Penelope eilte an Jemmie vorbei zu ihr. »Mrs. Carter.« Ohne zu zögern ergriff sie die Hand der Frau auf der rauen Decke, umschloss sie sanft mit ihrer, obwohl die überraschte Mrs. Carter ihr die Hand gar nicht angeboten hatte. Penelope lächelte warmherzig. »Ich bin Miss Ashford aus dem Findelhaus.«

Die Miene der Frau hellte sich auf. »Natürlich. Ja, ich erinnere mich.« Ein sanftes Lächeln glitt über das hagere, von ständigen Schmerzen gepeinigte Gesicht. Einst war Mrs. Carter eine hübsche Frau mit rosigen Wangen gewesen. Aber der Körper im Bett war ausgezehrt, die Haut hing ihr förmlich an den Knochen, und die Finger lagen schlaff in Penelopes Händen.

»Wir sind nur gekommen, um nach Ihnen und Jemmie zu sehen, um uns zu versichern, dass alles so gut ist, wie es im Augenblick nur sein kann, und um Ihnen zu versichern, dass wir uns um Jemmie kümmern werden, wenn die Zeit gekommen ist. Sie müssen sich keinerlei Sorgen machen.«

»Vielen Dank, meine Liebe.« Mrs. Carters Zustand war schon viel zu schlecht, um noch die gebührende Ehrfurcht vor Penelopes gesellschaftlichem Rang empfinden zu können. Lächelnd wandte sie den Blick zu ihrem Sohn. »Er ist ein guter Junge. Er hat sich so viel um mich gekümmert.«

Ungeachtet ihres körperlichen Zustands gab das Leuchten

in Mrs. Carters blauen Augen zu erkennen, dass sie noch nicht so weit war, diese Erde zu verlassen. Es würde ihr noch ein wenig Zeit mit ihrem Sohn bleiben.

»Lassen Sie mich erzählen, was Jemmie tun wird, wenn er erst einmal bei uns ist.« Penelope skizzierte kurz die Prozedur, die Jemmie durchlaufen würde, wenn er Waise geworden war, und berichtete lebhaft über die Aktivitäten und Möglichkeiten, die das Findelhaus den ihm anvertrauten Kindern bot.

Barnaby warf einen Blick auf Jemmie, der neben ihm stand. Der Junge hörte nicht zu, was Penelope erzählte; seine Augen klebten förmlich an seiner Mutter. Als es offensichtlich wurde, dass Penelopes Bericht die kranke Frau tatsächlich beruhigte, ließ auch die Spannung in Jemmies kleinem Körper nach.

Als er wieder aufs Bett schaute, spürte Barnaby wieder diesen ungewohnten Klammergriff um seine Brust. Er konnte sich nicht vorstellen, seine Mutter sterben zu sehen, schlimmer noch, mit eigenen Augen ansehen zu müssen, wie sie von Tag zu Tag mehr an Auszehrung litt. Und noch weniger konnte er sich vorstellen, all das allein durchstehen zu müssen.

Eine völlig unerwartete Dankbarkeit seiner Familie gegenüber – selbst für seine Mutter, deren weibliche Entschlossenheit ihn gelegentlich sehr anstrengte – gesellte sich zu einem gewissen Respekt für Jemmie. Der Junge kämpfte sich durch, kämpfte sich beachtlich durch eine Situation, der Barnaby nicht ins Auge blicken mochte … die er sich noch nicht einmal vorstellen konnte.

Wieder ließ er den Blick über Jemmie schweifen. Sogar im armseligen Licht der Behausung war die unnatürliche Dürre seines Körpers unverkennbar.

»Nun, so wird es geschehen.« Penelope lächelte freundlich und musterte Mrs. Carters Züge. »Wir werden Sie jetzt allein lassen. Aber seien Sie versichert, dass wir Jemmie holen werden, wenn die Zeit gekommen ist.«

»Danke, meine Liebe.« Mrs. Carter beobachtete Penelope,

die sich aufrichtete. »Ich bin so glücklich, meinen Jemmie bei Ihnen zu wissen. Ich bin mir sicher, dass Sie sich gut um ihn kümmern.«

Penelopes Lächeln vertiefte sich kaum merklich. »Das werden wir.«

Sie drehte sich zur Tür.

Das Zimmer war so überfüllt, dass Barnaby sich an die Seite zwängen musste, um sie passieren zu lassen. Bevor er sich an ihre Fersen heftete, warf er einen letzten Blick auf Mrs. Carter und neigte den Kopf. »Ma'am. Wir werden dafür sorgen, dass Jemmie in Sicherheit ist.«

Während er sich zur Tür wandte, bemerkte er, dass Jemmies Aufmerksamkeit ganz seiner Mutter galt. Er berührte den Jungen an der Schulter. Als der Bursche aufschaute, deutete er in den Flur.

Jemmie runzelte leicht die Stirn, folgte aber. Mit Penelope, die direkt hinter der Eingangstür wartete, war der kleine Flur schon überfüllt, aber immerhin konnten sie sich unterhalten, ohne Mrs. Carter zu stören. Jemmie blieb einen Schritt hinter dem Türrahmen stehen, sodass er seine Mutter im Blick behalten konnte.

Barnaby wühlte in seiner Tasche und zog sämtliche Münzen heraus, die er bei sich trug – ohne Jemmie die Sovereigns auszuhändigen, denn der Besitz solcher Reichtümer würde den Jungen nur unnötig in Gefahr bringen. »Hier.« Er streckte die Hand aus und schnappte nach Jemmies knochiger Hand, drehte sie um und ließ die Münzen in die schmale Handfläche klirren.

Bevor Jemmie reagieren konnte, ergriff Barnaby wieder das Wort. »Es ist kein Almosen, sondern ein Geschenk für deine Mutter. Eine Überraschung. Ich möchte nicht, dass du ihr davon erzählst. Aber du musst mir aufrichtig versprechen, dass du das Geld einzig und allein auf eine Art verwenden wirst, die sie sich sehnlichst wünscht.«

Jemmies Blick hatte sich auf den Haufen Kupfer- und Silbermünzen in seiner Hand geheftet. Die Lippen presste er fest zusammen. Es dauerte lange, bis er zu Barnaby aufschaute; er wirkte zwar nicht misstrauisch, aber trotzdem wachsam. »Aber was wünscht sie sich sehnlichst?«

»Dass du zu essen hast.« Barnaby hielt Jemmies Blick fest. »Ich weiß, dass sie kaum noch etwas zu sich nimmt. Ihr Appetit ist sehr schwach, aber es gibt nichts, was du oder sonst irgendjemand daran ändern kannst. Verschwende dein Geld nicht an Delikatessen, um sie in Versuchung zu führen. Delikatessen können sie nicht mehr verlocken. Über diesen Zustand ist sie hinaus. Aber es gibt eine Sache, die sie in ihren letzten Wochen und Monaten glücklich machen wird, und das ist, dich wohl zu sehen. Zu sehen, dass es dir gut geht. Ich weiß, dass es dir falsch erscheinen wird, wenn sie nichts isst. Aber um ihretwillen musst du dich zum Essen zwingen. Mehr als bisher.«

Jemmie senkte den Blick.

Barnaby hielt inne, spürte wieder die Enge in seiner Brust, als er tief einatmete. »*Du* bist das Wichtigste in ihrem Leben … das Wichtigste, was sie auf dieser Erde zurücklässt. Du bist das Wichtigste, was ihr in diesen Stunden am Herzen liegt. Das musst du respektieren, darauf musst du achtgeben. Auf dich musst du achtgeben. Um ihretwillen.«

Er zögerte, legte dann die Hand auf Jemmies dürre Schulter, drückte kurz und ließ ihn dann wieder los. »Ich weiß, dass es nicht einfach ist. Aber es ist genau das, was du tun musst.« Nach einer kurzen Pause fragte er: »Gibst du mir dein Versprechen?«

Jemmie schaute nicht auf, hatte den Blick immer noch auf den Haufen glänzender Münzen gerichtet. Ein schimmerndes Tröpfchen rollte über seine Wange und fiel in den Haufen. Dann nickte er. »Ja«, flüsterte er kaum hörbar. »Ich verspreche es.«

Barnaby nickte, auch wenn Jemmie es nicht sehen konnte. »Gut. Versteck die Münzen.«

Er wandte sich ab und ging zu Penelope an die Tür; sie hatte ihn schweigend beobachtet und musterte ihn jetzt eine ganze Weile, bevor sie sich umdrehte, öffnete und nach draußen trat. Barnaby duckte sich wieder und folgte ihr in die schmutzige Gasse.

Jemmie rieb sich mit dem Ärmel über das Gesicht und kam ebenfalls zur Tür. »Danke.« Er schaute auf zu Barnaby, dann zu Penelope. »Ihnen beiden.«

Barnaby nickte. »Denk nur an dein Versprechen.« Er fing Jemmies Blick auf. »Wir werden dich abholen, wenn die Zeit gekommen ist.«

Er ergriff Penelopes Arm, und sie machten sich auf den Weg zurück zum Arnold Circus.

»Vielen Dank«, bemerkte Penelope und schaute nach vorn, »das haben Sie sehr gut gemacht.«

Barnaby zuckte die Schultern. Er warf einen Blick zurück auf Mrs. Carters Haus, dessen Tür geschlossen war. »Nun, wie wollen wir es anstellen, Jemmie vor den Verbrechern zu schützen?«

Penelope verzog das Gesicht. »Eigentlich hatte ich angenommen, dass wir Mrs. Carter und Jemmie vor der Gefahr warnen. Aber wie der Junge schon gesagt hat, man braucht ihr nicht noch mehr Sorgen aufzubürden.«

Barnaby nickte. »Ihm auch nicht.« Er schwieg kurz. »Und es würde auch nichts nützen, ihn zu warnen. Wenn unsere Verbrecher es auf ihn abgesehen haben, werden sie ihn sich auch schnappen. So dürr wie er ist, hat er keine Chance, gegen sie zu kämpfen. Besser für ihn, er versucht es gar nicht erst.«

Das geschäftige Treiben auf dem helleren, weniger düsteren Arnold Circus rückte näher. »Ich werde mit Stokes sprechen.« Barnaby schaute sich um, als sie auf den rundlichen Platz traten. »Er wird die ansässigen Polizeikräfte anweisen, ein Auge auf das Haus zu haben. Was ist mit den Nachbarn? Können wir uns ihnen anvertrauen?«

»Unglücklicherweise können uns die Nachbarn in diesem Fall nicht helfen. Mrs. Carter ist erst vor Kurzem dort eingezogen. Eigentlich haben sie in einer besseren Gegend gewohnt. Aber seit sie nicht mehr arbeiten kann und Jemmie sich mehr und mehr um sie kümmern musste, konnten sie die Miete nicht mehr aufbringen. Ihr neuer Vermieter ist ein alter Freund der Familie. Er nimmt nichts dafür, dass sie die Räume bewohnen. Er war es auch, der Mrs. Carter überzeugt hat, uns rufen zu lassen. Aber es gibt niemanden in der Nähe, bei dem sie sich wohlfühlt, niemanden, dem sie die Aufsicht über das Haus, über sich selbst oder über Jemmie anvertrauen würde. Und der Vermieter wohnt ein paar Straßen entfernt.«

Penelope blieb stehen, als sie die Droschke erreicht hatten, und presste die Zähne fest zusammen. »Ich werde nach dem Vermieter schicken und ihn alarmieren. Ich bin mir sicher, dass er ein Auge auf die Carters werfen wird, wann immer er es einrichten kann. Und ich werde ihn bitten, uns so schnell wie möglich zu benachrichtigen, falls er oder jemand anders irgendetwas Verdächtiges sieht.«

Barnaby öffnete den Kutschenschlag, ergriff ihre Hand und half ihr einzusteigen. Er folgte ihr, und die Tür war kaum ins Schloss gefallen, als der Kutscher die Pferde antrieb und sich auf den langen Rückweg in die besseren Stadtviertel machte.

»Sieht so aus, als wäre das alles, was wir tun können.« Barnaby betrachtete das düstere Straßenbild durch das Kutschenfenster. In seinem Tonfall klang durch, dass er sich wünschte, es wäre anders; dass er sich wünschte, sie könnten eindeutigere Schritte unternehmen, solche, die mit größerer Sicherheit zu Jemmies Schutz beitragen würden, ohne seine Mutter zu beunruhigen, noch dazu vollkommen unnötig.

Wieder verzog Penelope das Gesicht, schaute ebenfalls aus dem Fenster. Innerlich plagte sie sich zwar nicht mit ihrem Gewissen, aber mit einer ganz ähnlichen Instanz – ihrem Sinn für Gerechtigkeit, für Wahrheit und Aufrichtigkeit, ihrem Sinn für Lob und Dank, wenn es fällig war.

Und ihrer Anerkennung für den *ganzen* Barnaby Adair, seiner Menschlichkeit.

Viel lieber wäre es ihr gewesen, wenn sie ihn für den typischen Gentleman der höheren Kreise hätte halten können, meilenweit entfernt von der Welt, durch die sie sich mit der Droschke kutschieren ließen. Für einen Mann, den der erweiterte Kreis, in dem sie tagein tagaus verkehrte, nicht berührte und für den er keinerlei Interesse aufbrachte.

Unglücklicherweise war sein Talent – und nur sein Talent hatte sie gedrängt, ihn um Hilfe zu bitten – der beste Beweis dafür, dass er anders war.

Nachdem Penelope erlebt hatte, wie er mit Jemmie umgegangen war, nachdem sie das Mitgefühl in Barnabys Stimme gehört hatte, als er der armen Mrs. Carter in ihrer Not versprochen hatte, für die Sicherheit ihres Sohnes zu sorgen, war es ihr unmöglich geworden, die Augen – und den Geist – vor seinen Tugenden zu verschließen. Und das machte ihn für sie unendlich viel attraktiver als jeder noch so verwegene Charme.

Als er morgens im Findelhaus aufgetaucht war, war sie fest entschlossen gewesen, ihn strengstens auf Distanz zu halten. Sie wollte ausschließlich geschäftlichen Umgang mit ihm pflegen, jedes kleinste Kribbeln ihrer widerspenstigen Nerven unterdrücken und ihm keinerlei Grund zu der Einbildung geben, er würde irgendeine Wirkung auf sie ausüben.

Penelopes Entschluss war unvernünftigerweise ins Wanken geraten, als er zu früh erschienen war. Damit hatte er bewiesen, dass er einen weit besseren Zugriff auf ihre Entschlusskraft und ihren Willen besaß als jeder andere Mann in ihrer Bekanntschaft. Dennoch hatte sie sich rasch darin bestärkt, an besagtem Willen samt Entschlusskraft festzuhalten und auch an ihrem Plan, wie sie mit ihm umgehen wollte.

Aber dann … er hatte sich benommen, wie nur wenige andere Gentlemen es getan hätten, und hatte sich ihren Respekt auf eine Art und in einem Maße erobert, wie es keinem anderen Mann je zuvor gelungen war.

In weniger als einer Stunde hatte er ihren Plan durchkreuzt. Penelope war nicht länger fähig, ihn zu ignorieren – oder auch nur vorzugeben, sie würde es tun –, wenn er sie gerade dazu gebracht hatte, ihn zu bewundern. Ihn zu schätzen. Als Persönlichkeit, nicht nur als Mann.

Während sie den Blick weiter über die verfallenen Häuser an der Straße schweifen ließ, musste sie sich eingestehen, dass sie erneut über die Angelegenheit nachdenken musste.

Sie brauchte einen besseren Plan.

Es herrschte Schweigen, bis die Droschke draußen vor dem Findelhaus anhielt. Barnaby schüttelte seine Gedanken ab – verstörend hartnäckige Gedanken an die Notwendigkeit, Penelope von weiteren Besuchen wie dem gerade beendeten abzuhalten. Er öffnete den Kutschenschlag, stieg aus und half ihr heraus, bevor er den Kutscher bezahlte und ein üppiges Trinkgeld nicht vergaß.

Nachdem der dankbare Mann davongerattert war, drehte er sich zu ihr und mahnte sich, nicht ihren Ellbogen zu umklammern, wie er es im Elendsviertel gemacht hatte, eine beschützende Geste, die er mit dem Hinweis auf die Umgebung hatte entschuldigen können. Stattdessen ergriff er ihre Hand und legte sie in seinen Ellbogen.

Penelope warf ihm zwar einen raschen Blick zu, gestattete es ihm aber. Er schwang das Gatter auf, und gemeinsam gingen sie den Weg entlang zur Eingangstür.

Er klingelte.

Sie zog die Hand aus seinem Arm. »Ich werde unverzüglich einen Brief an Mrs. Carters Vermieter schreiben.«

Barnaby nickte. »Ich werde mich mit Stokes in Verbindung setzen und die Lage mit ihm besprechen.« Er erwiderte ihren Blick.

»Wo kann ich Sie heute Abend antreffen?«

Ihre großen braunen Augen wirkten irritiert. »Warum?«

Er reagierte verwirrt, noch gesteigert durch ihre offenkundige Verständnislosigkeit. »Für den Fall, dass ich noch mehr erfahren muss.« Aus seinem Munde klang es, als gäbe es nichts Selbstverständlicheres.

»Oh.« Sie überlegte, als würde sie in Gedanken ihren Kalender durchsehen. »Mama und ich werden auf Lady Moffats Party sein.«

»Dann werde ich Sie aufsuchen, falls ich weitere Informationen benötige.« Zu seiner Erleichterung wurde die Tür geöffnet. Er nickte Mrs. Keggs zu, verbeugte sich andeutungsweise vor Penelope und eilte davon.

Bevor ihm noch mehr alberne Bemerkungen über die Lippen kamen.

6

Um drei Uhr an jenem Nachmittag erschien Stokes vor Griselda Martins Laden. Sie wartete schon auf ihn und ließ ihn ein. Die Jalousien vor dem Schaufenster und der Glasscheibe in der Tür waren bereits heruntergelassen, die Lehrlingsmädchen nicht in Sicht.

Griselda registrierte die Droschke, die er auf der Straße warten ließ. »Ich hole nur meine Haube und die Tasche.«

Er blieb vor der Tür stehen, während sie hinter dem Vorhang verschwand und mit einer Haube aus Stroh auf dem dunklen Haar wieder erschien. Selbst in Stokes' Augen sah die Kopfbedeckung modisch aus.

Sie trat vor und scheuchte ihn mit einer entschlossenen Handbewegung die Treppe hinunter, bevor sie die Tür hinter sich verschloss. Den schweren Schlüssel ließ sie in ihre Stofftasche gleiten und gesellte sich zu ihm auf den Gehsteig.

Zusammen mit ihr ging er ein paar Schritte bis zur Droschke, öffnete die Tür und bot ihr seine Hand.

Einen Moment lang starrte sie hin und legte dann ihre Finger in seine. Stokes spürte überdeutlich, wie zerbrechlich die Finger waren, die er umschloss, und half ihr in das Gefährt. »Welche Richtung soll ich befehlen?«

»Ecke Whitechapel und New Road.«

Er gab die Anweisung an den Kutscher weiter und stieg dann zu ihr ins Innere des Wagens. Kaum hatte er die Tür geschlossen, schoss die Droschke nach vorn und rollte über das Pflaster.

Griselda saß ihm gegenüber; er konnte die Augen einfach nicht von ihr lassen. Anders als die meisten Menschen verharrte sie reglos unter seinem Blick, aber er bemerkte, dass sie sich recht fest an den Beutel auf ihrem Schoß klammerte.

Stokes zwang sich, zur Seite zu schauen. Aber die vorbeifliegenden Häuserfassaden konnten seine Aufmerksamkeit nicht fesseln. Auch nicht seinen Blick, der immer wieder zu ihr zurückkehrte. Schließlich wurde ihm bewusst, dass er sie nicht länger anstarren durfte, sondern das Wort ergreifen musste, wenn er sie nicht über Gebühr nervös machen wollte.

»Ich möchte mich für Ihre Zustimmung bedanken, mir zu helfen.« Das war alles, was ihm einfiel.

Sie schaute ihm direkt in die Augen. »Sie versuchen, vier junge Burschen zu retten, und wahrscheinlich werden es noch mehr. Natürlich will ich Ihnen helfen. Welche Frau würde das nicht tun?«

Was für eine Frau hatte er nur in ihr gesehen?

»Ich wollte nur meine Dankbarkeit ausdrücken«, beeilte er sich zu versichern, zögerte und fuhr dann fort: »Um die Wahrheit zu sagen, nicht alle Frauen sind scharf darauf, mit der Polizei zu tun zu haben.«

Griselda musterte ihn einen Moment lang, schnaubte kaum hörbar und schaute dann zur Seite.

Stokes war sich ziemlich sicher, dass das verächtliche Schnauben jenen Frauen galt, die sich weigern würden, der Polizei zu helfen – und nicht ihm.

Weiteres Nachdenken führte ihn zu der Einsicht, dass es besser war zu schweigen. Aber immerhin klammerte sie sich nach dem Gespräch, wie kurz es auch gewesen sein mochte, nicht mehr so nervös an ihre Tasche.

Wie angewiesen, hielt die Droschke an der Ecke Whitechapel und New Road. Stokes stieg zuerst aus. Griselda stellte fest, dass er ihr mit der gleichen Umsicht aus dem Wagen half, mit der er ihr hineingeholfen hatte; es war alles andere als eine Höflichkeit, die sie gewohnt war, aber sie dachte, dass es ihr nicht besonders schwerfallen würde, sich damit zu arrangieren.

Unwahrscheinlich, dass sie jemals in die Verlegenheit geraten würde. Stokes und sie waren schließlich rein geschäftlich unterwegs, sonst nichts.

Er befahl dem Kutscher, auf sie zu warten. Griselda holte tief Luft, ihre Lungen fühlten sich plötzlich wie aus Eisen an – vermutlich hatte sie ihr Ausgehkleid zu eng geschnürt –, hob das Kinn und deutete über die Straße. »Hier entlang.«

Während der Fahrt hatte sie seine dunklen Gesichtszüge verstohlen gemustert, hatte darauf gewartet, dass er die Nase rümpfte, als sie immer tiefer in die Gegend eindrangen. Sie schämte sich nicht ihrer Herkunft, wusste aber sehr genau, welchen Ruf das East End genoss. Trotzdem hatte sie keine Spur der Verachtung bemerkt, hatte nicht bemerkt, dass er die arrogante, scharfe Nase krauszog.

Stattdessen hatte er sich, wie jetzt auch, mit einem gewissen abgeklärten Interesse umgeschaut. Ohne jede Anstrengung hielt er sich an ihrer Seite, ließ den Blick über die verfallenen, eng aneinandergebauten Häuser schweifen, von denen eines das andere stützte. Er registrierte alles, was es zu registrieren gab, ließ sich aber zu keinerlei Urteil hinreißen.

Sie fühlte sich besser, weniger angespannt, als sie ihn die Fieldgate Street entlangführte, dann in die zweite Gasse links einbog und auf vertrautes Terrain gelangte. Denn sie war in der Myrdle Street geboren worden und aufgewachsen. Schließlich standen sie vor dem Haus ihres Vaters; sie zögerte vor der einzigen Stufe und suchte Stokes' Blick. »Hier bin ich geboren. In diesem Haus.« Nur dass er es wusste.

Stokes nickte. Wieder musterte sie ihn eindringlich, konnte aber in seinem Gesicht oder im changierenden Grau seiner Augen nichts als Neugier entdecken.

Griselda empfand größere Zuversicht über den Verlauf der nächsten halben Stunde, hob die Hand und klopfte – dreimal kurz –, öffnete dann und trat ein.

»Grizzy-Girl! Bist du's?« Die Stimme ihres alten Vaters klang kratzig.

»Ja, Dad, ich bin's. Ich habe Besuch mitgebracht.« Sie stellte ihre Tasche im kleinen Vorraum ab und führte ihn in das Zimmer dahinter.

Ihr Vater saß aufgerichtet in einem Stuhl, dessen Oberteil man zu einem Bett umklappen konnte, und hatte eine rötliche Katze auf dem Schoß, die in seiner Hand schnurrte. Er schaute auf, als Griselda eintrat, und die Augen strahlten, als er sie anschaute, weiteten sich, als er den Besuch in ihrem Rücken erblickte.

Erleichtert stellte sie fest, dass der alte Mann hellwach war und einigermaßen schmerzfrei. »Ist der Doktor heute früh vorbeigekommen?«

»Aye«, antwortete ihr Vater wie abwesend, »hat wieder ein Fläschchen Tonic dagelassen.«

Sie bemerkte die Flasche auf der zerkratzten Kommode.

»Wer ist das?« Griseldas Vater kniff die Augen zusammen und betrachtete Stokes.

Griselda warf Stokes einen kurzen, aber warnenden Blick zu.

»Das ist Mr. Stokes.« Sie atmete tief durch und fügte hinzu: »Inspektor Stokes. Er ist Inspektor bei Scotland Yard.«

»Ein Bulle?« Der Tonfall machte klar, dass es sich dabei nicht um eine Tätigkeit handelte, die er besonders hoch schätzte.

»Ja, das stimmt.« Griselda zog sich einen Stuhl heran und setzte sich, nahm die Hände ihres Vaters in ihre. »Aber wenn du mich erklären lässt, warum er hier ist …«

»In der Tat«, unterbrach Stokes, »es mag besser sein, Sir, wenn ich Ihnen erläutere, warum ich Ihre Tochter gedrängt habe, dieses Treffen einzurichten.«

Griselda warf einen Blick auf Stokes, der ihren Vater anschaute.

Der brummte, aber nickte. »Aye. Einverstanden. Was hat das alles zu bedeuten?«

Stokes berichtete in schlichten Worten, ohne Umschweife oder Ausschmückungen.

Bald hatte er einen Punkt erreicht, an dem der alte Mann ihn unterbrach und auf einen Stuhl deutete. »Setzen Sie sich. Sie sind so groß, dass ich mir noch den Hals verrenke.«

Aus den Augenwinkeln erhaschte sie einen Blick auf Stokes' Lächeln, als der sich setzte und mit seinem Bericht fortfuhr. Als er endlich fertig war, hatte sein Vater immerhin sämtliche Verdächtigungen über den »Bullen« abgeschüttelt. Schon bald hatte er sich mit Stokes in eine Einschätzung der infrage kommenden örtlichen Verbrecher vertieft.

Griselda fühlte sich unerwartet überflüssig und erhob sich. Stokes schaute ebenfalls auf, aber ihr Vater verlangte seine Aufmerksamkeit. Dennoch spürte sie das Gewicht seiner Blicke, als sie das Zimmer verließ. In der engen, nachträglich angebauten Küche fachte sie den Ofen an, brachte Wasser zum Kochen und machte sich einen Tee. Auf dem Weg in das vordere Zimmer erinnerte sie sich an die Kekse, die sie in ihre Tasche gestopft hatte, und legte sie auf einen sauberen Teller.

Sie schob die Teekanne, drei Becher und den Teller auf dem hölzernen Tablett zurecht und trug es in das kleine Schlafzimmer. Beim Anblick der Kekse hellte die Miene ihres Vaters sich auf. Sie spürte, wie ihr Herz sich verkrampfte, als Stokes es bemerkte, den Teller vom Tablett nahm und ihn ihrem Vater anbot. Der alte Mann bediente sich erfreut, bevor sie sich wieder dem Gespräch widmeten.

Griselda setzte sich ebenfalls, nachdem sie den beiden die Becher gereicht hatte. Sie hörte dem Gespräch nicht zu, ließ stattdessen die rhythmische Stimme ihres Vaters über sich rieseln, beobachtete sein Gesicht, das lebhafter war, als sie es seit Jahren gesehen hatte – und gratulierte sich im Stillen, dass sie zugestimmt hatte, Stokes zu ihm zu bringen.

Es lag ihr am Herzen, dass der alte Mann noch lange am Leben war. Nein, sie war noch nicht bereit, ihren Vater gehen zu lassen. Sie tranken den Tee aus und aßen die Kekse. Dann erhob sie sich, reinigte das Tablett und brachte es in die Küche zurück und kehrte gerade rechtzeitig zurück, um zu sehen, wie Stokes sich erhob. Der Inspektor stopfte sein schwarzes Notizbuch in die Tasche, während er sich bei ihrem Vater bedankte, dass er ihm seine Zeit geschenkt hatte.

»Danke auch für die Hilfe.« Stokes lächelte freundlich. Das geschah zwar nicht oft, er besaß aber, wie sie bemerkt hatte, ein Lächeln, das Vertrauen einflößte. »Sie haben mir genau die Informationen gegeben, die ich brauchte.« Er blickte ihren Vater an, der seinen Blick erwiderte, und lächelte ironisch. »Mir ist klar, dass man in dieser Gegend nicht gerade ermutigt wird, den Bullen bei ihren Ermittlungen zur Seite zu stehen. Daher weiß ich Ihre Hilfe doppelt zu schätzen.«

Griselda bemerkte, dass ihr Vater innerlich aufblühte, seinen Stolz aber hinter einem kernigen Nicken verbarg und brummte:

»Finden Sie diese Jungen, und bringen Sie sie zurück.«

»Wenn es auf dieser Welt nur ein bisschen gerecht zugeht, wird es uns gelingen. Mit Ihrer Hilfe.« Stokes wandte den Blick zu Griselda.

Sie eilte zu ihrem Vater, zupfte die Decke über seinen Beinen zurecht und erinnerte ihn daran, dass Mrs. Pickles von nebenan in einer Stunde mit dem Dinner zu ihm kommen würde. Dann küsste sie ihn auf die Wangen und verabschiedete sich. Er lehnte sich für ein Schläfchen zurück, auf den Lippen ein ungewöhnlich zufriedenes Lächeln, als sie sich zu Stokes gesellte, der bereits im kleinen vorderen Raum auf sie wartete. Sie griff nach ihrer Tasche und ging voran zur Eingangstür.

Stokes hielt die Tür für sie auf, folgte ihr nach draußen und überzeugte sich, dass er den Riegel auch ordentlich vorgeschoben hatte.

»Haben Sie noch mehr Familie?«, fragte er, während sie die Straße zurückgingen, »oder ist er der Einzige?«

Sie nickte, fügte zögernd hinzu: »Meine drei Brüder kamen in den Kriegen ums Leben. Meine Mutter ist gestorben, als ich noch klein war.«

Stokes nickte.

Er sagte nichts mehr, ging nur an ihrer Seite, als sie nach ein paar Schritten wieder das Wort ergriff. »Ich wollte, dass er zu mir nach St. John's Wood zieht.« Sie machte eine unbestimmte Handbewegung. »Hier gibt es keine Kundschaft für eine Putzmacherin. Aber er wurde in dieser Straße geboren, und hier ist er zu Hause, hier hat er all seine Freunde um sich. Also ist er geblieben.«

Sie spürte Stokes' Blick auf sich, schärfer, forschender, aber noch nicht einmal jetzt urteilend. »Das heißt, dass Sie ihn sehr oft hier besuchen.«

Es war zwar keine Frage, aber trotzdem nickte sie. »Ich komme, so oft ich kann, aber gewöhnlich nur einmal pro Woche. Aber er hat noch andere Leute, wie Mrs. Pickles und den Doktor, die ein Auge auf ihn haben. Sie alle wissen, wie sie mich erreichen können, wenn er in Not ist.«

Wieder nickte er und schwieg. Ihre Frage war einleuchtend, lag ihr auf der Zunge, aber sie hielt sich zurück. Dann beschloss sie, dass es keinen Grund gab, sie nicht zu stellen. »Ist Ihre Familie noch am Leben?«

Es dauerte eine ganze Weile, bis er antwortete, und sie fragte sich schon, ob sie eine unsichtbare Grenze angetastet hatte, als er doch das Wort ergriff. »Ja. Mein Vater ist Kaufmann in Colchester. Ich habe ihn lange nicht gesehen … wie bei Ihnen ist meine Mutter schon vor einiger Zeit gestorben. Ich war ihr einziges Kind.«

Wieder brach er ab, und sie gewann den Eindruck, dass er nicht nur ein Einzelkind, sondern auch ein einsames gewesen war.

Der Kutscher wartete dort auf sie, wo sie ihn stehen gelassen hatten. Als sie eingestiegen waren und sich wieder auf dem Weg nach St. John's Wood befanden, fragte sie weiter. »Nun, sind Sie mit Ihren Ermittlungen vorangekommen?«

Stokes betrachtete sie, und sein Zögern legte den Verdacht nahe, dass er darüber nachdachte, ob er sie einweihen sollte oder nicht.

»Ihr Vater hat mir acht Namen möglicher Lehrmeister genannt«, meinte er schließlich, »von einigen konnte er sich vorstellen, wo sie sich aufhalten, bei anderen nicht. Ich muss sie einzeln überprüfen, um festzustellen, ob es sich bei ihnen um den Verbrecher handeln könnte, der hinter dem Verschwinden der Jungen steckt. Aber jegliche Ermittlungen werden sich mit äußerster Diskretion vollziehen müssen. Wir müssen auf jeden Fall verhindern, dass der Lehrmeister, wer auch immer es sein mag, erfährt, dass wir ihm auf der Spur sind. Denn wenn er den Braten riecht, wird er seine Zelte abbrechen und irgendwo in den Slums untertauchen. Und zwar *mit* den Jungen. Wir würden ihn niemals schnappen können und hätten unsere Chance leichtsinnig verspielt, die Burschen zu befreien.«

Griselda nickte. »Sie wissen ja, dass Sie nicht einfach zu den Leuten spazieren und nachfragen können«, meinte sie nach einer Weile, fing seinen Blick auf und fragte sich, warum sie sich eigentlich so verhielt – warum sie im Begriff war, sich noch weiter in die polizeilichen Ermittlungen zu verstricken. »Die Leute dort werden bald wissen, wer Sie sind und was Sie dorthin treibt. Ganz gleich, wie geschickt Sie sich auch verkleiden, Sie werden niemals einer von uns sein.«

Er verzog das Gesicht. »Es gibt kaum eine andere Möglichkeit, als die örtlichen Polizeikräfte zu schicken, aber mit ihnen …«

»… wird auch niemand sprechen.« Sie hielt kurz inne. »Aber ich kann mich immer noch unter den Einheimischen bewegen. Sie wissen, wer ich bin, und sie vertrauen mir. Ich gehöre immer noch dazu.«

Stokes spannte sich an. Das dunkle Grau seiner Augen wirkte stürmisch. »Das darf ich auf keinen Fall zulassen. Es ist viel zu gefährlich.«

Sie zuckte die Schultern. »Ich werde schäbige Kleidung anziehen und mir wieder den alten Akzent zulegen, wenn ich spreche. Dann wird es für mich viel weniger gefährlich sein als für Sie.«

Er hielt ihren Blick fest, und sie wusste, dass er innerlich hin und her gerissen war.

»Sie brauchen meine Hilfe. Diese Jungen brauchen meine Hilfe.« Mit zusammengepressten Lippen starrte Stokes sie an, beugte sich dann vor und stützte die Unterarme auf die Knie. »Ich stimme Ihrem Angebot zu, dass Sie die Fragen stellen. Aber nur unter einer Bedingung. Ich werde Sie begleiten.«

Sie öffnete den Mund, um das zu sagen, was auf der Hand lag. Mit erhobener Hand brachte er sie zum Schweigen. »Die Verkleidung wird überzeugend sein, solange ich nicht sprechen muss. Das können Sie übernehmen. Ich bin nur dabei, um Sie zu beschützen ... ich muss unbedingt dabei sein, oder Sie werden nicht gehen.«

Es drängte sie, ihn zu fragen, wie er beabsichtigte, es zu verhindern; aber wenn ihrem Vater zu Ohren kam, dass sie sich nach den verdächtigen Lehrmeistern erkundigte, würde er sich große Sorgen machen. Und es stand außer Zweifel, dass Stokes' Begleitung ihr selbst in den rauesten Ecken des East End ausgezeichneten Schutz bieten würde.

Entspannt lehnte sie sich in die Polster zurück und nickte. »Sehr gut. Wir werden uns zusammen auf den Weg machen.«

Die Anspannung, die ihn fest im Griff gehabt hatte, ließ langsam nach.

Sie schaute nach draußen und stellte fest, dass sie wieder in der St. John's Wood Street angekommen waren. Vor ihrer Ladentür blieb die Kutsche abrupt stehen. Stokes stieg aus, reichte ihr die Hand und half ihr heraus. Ich könnte mich wirklich daran gewöhnen, dachte sie unwillkürlich, wie eine Lady behandelt zu werden.

Griselda schüttelte ihre Röcke zurecht, warf einen Blick auf die Tür und schaute ihn dann an. »Nun, wann sollen wir ins East End zurückkehren?«

Stirnrunzelnd dachte er nach. »Nicht morgen. Ich möchte die Informationen erst mit dem Kollegen besprechen, der meine Aufmerksamkeit auf den Fall gelenkt hat. Es könnte sein, dass er Neuigkeiten hat, die es uns erleichtern herauszufinden, bei wem es sich höchstwahrscheinlich um den Verbrecher handelt.«

»Sehr gut.« Griselda neigte den Kopf. »Ich warte auf Nachricht von Ihnen.«

Stokes begleitete sie die paar Schritte zu ihrem Laden. Sie stieg die Treppe hoch, wühlte in ihrer Tasche nach dem Schlüssel und schloss auf. Die ganze Zeit war ihr klar, dass er sie und ihren Laden betrachtete, als sähe er all das zum ersten Mal.

Nachdem sie geöffnet hatte, drehte sie sich um und schaute ihn an, hob fragend die Brauen.

Ein flüchtiges Lächeln huschte über seine Lippen. Einen Moment lang senkte er den Blick, schaute dann wieder hoch. »Mir ist gerade durch den Kopf gegangen, dass Sie sehr hart gearbeitet haben müssen, um es vom East End bis hierher zu schaffen.« Er musterte sie eindringlich. »Das ist an sich schon eine beachtliche Errungenschaft. Und dass Sie sich die Fähigkeit erhalten haben, sich in den Kreisen Ihrer Herkunft zu bewegen … wofür ich wegen des Vorteils für meine Ermittlungen sehr dankbar bin«, er unterbrach sich, fuhr dann mit sanfterer, weicherer Stimme fort, »das finde ich ebenfalls bewundernswert.«

Für den atemlosen Bruchteil einer Sekunde hielt er ihren Blick fest, nickte dann höflich. »Ich wünsche Ihnen einen guten Abend, Miss Martin. In ein oder zwei Tagen erhalten Sie Nachricht von mir, sobald ich Neuigkeiten habe.«

Stokes drehte sich um und stieg ohne Hast die Treppe hinunter.

Es dauerte eine Weile, bis Griselda die Überraschung abgeschüttelt und registriert hatte, dass er ihr tatsächlich ein Kompliment gemacht hatte – und noch nicht einmal ein kleines. Plötzlich fühlte sie sich irgendwie entblößt, trat in den Laden und schloss die Tür hinter sich. Drinnen zögerte sie. Mit einer Fingerspitze lupfte sie die Lamellen der Jalousie und schaute dem davoneilenden Stokes nach, betrachtete genüsslich seinen Rücken und die eleganten Konturen seines Körpers, die würdevolle Geschmeidigkeit seiner Schritte, bis er in die Droschke stieg und die Tür schloss.

Seufzend ließ Griselda die Lamelle fallen und lauschte dem langsam schwindenden Geräusch der klappernden Hufe auf dem Kopfsteinpflaster.

An diesem Abend tat Barnaby etwas, was er noch nie getan hatte. Er lehnte sich mit einer Schulter kaum merklich gegen die Wand und beobachtete die junge Lady über die Köpfe der modisch gekleideten Damen hinweg quer durch den Raum.

Ausnahmsweise war er dankbar, dass das Empfangszimmer der Dame des Hauses, Lady Moffat, für ihre weitreichenden Bekanntschaften zu klein war. Obwohl die Familien aus den gehobenen Kreisen sich weiterhin aufs Land flüchteten, waren immer noch genügend Leute in der Stadt verblieben, um sichergehen zu können, dass die Menge im begrenzten Raum ihm die angemessene Deckung verschaffte.

Aber diese Deckung schwand von Tag zu Tag. Just zu einem Zeitpunkt, als er, übrigens zum ersten Mal in seinem Leben, darauf angewiesen war. Seine Mutter, da war er sich ganz sicher, würde sich den Bauch halten vor Lachen, wenn sie erfuhr, in welcher Notlage er sich befand.

Sie würde noch lauter lachen, wenn sie ihn sehen könnte. Barnaby hatte keinerlei Fragen, die er Penelope stellen wollte.

Trotzdem war er hier und beobachtete sie. Denn er hatte beschlossen, dass er sie ebenso gut persönlich verfolgen konnte, anstatt zu Hause vor dem Kamin zu sitzen und ihr Gesicht in den Flammen zu sehen. Allein zu Hause würde er an nichts anderes denken können als nur an sie; nichts anderes, noch nicht einmal der verwirrende Fall, mit dem sie ihn konfrontiert hatte, konnte den Bann brechen.

Die gesündere, eher vernünftig denkende Seite in ihm spürte, dass er ihren Verlockungen stur widerstehen sollte, während die andere, die eher primitive Seite in ihm, von der er nicht einmal geahnt hatte, dass sie in ihm schlummerte, sich bereits unterworfen hatte.

Als ob eine Wahrheit existierte, die er nicht leugnen konnte – nicht leugnen wollte, so hartnäckig er sich auch darum bemühte.

Sein primitiveres Selbst wollte nicht hören.

Sein primitiveres Selbst beobachtete die Männer, die sich um sie versammelt hatten, mit einem Blick, der von Minute zu Minute misstrauischer wurde. Als Hellicar sich lässig in den Wettstreit einmischte, fluchte er innerlich, stieß sich von der Wand ab und eilte in ihre Richtung.

Penelope verteidigte sich wacker gegen die Truppe möglicher Heiratskandidaten, die sich ärgerlicherweise um sie scharte, als sie Barnaby erspähte. Ein Wirbel der Gefühle erfasste sie, als sie bemerkte, dass er in ihre Richtung eilte, und war ihr eine Warnung; aber die Mischung aus erregendem Nervenkitzel, zittriger Unruhe und fiebriger Aufregung war neu und beunruhigend.

Streng beschwor sie ihre unruhigen Sinne, standhaft zu bleiben, und konzentrierte sich wieder auf Harlan Rigbys aristokratische Miene. Im Moment ließ er sich über die Freuden der Jagd aus, eine Angelegenheit, die ihr überaus vertraut war, denn ihre Brüder, mit denen sie in Leicestershire aufgewachsen war, waren geradezu verrückt auf die Jagd. Unglücklicherweise überstieg es den Horizont seines Begreifens, dass eine Frau auch nur die geringste Ahnung davon hatte. Und noch unglücklicher war es, dass noch nicht einmal Hellicar mit seinen spitzen Bemerkungen in der Lage gewesen war, Rigbys Selbstsicherheit zu erschüttern. Denn Rigby sah nicht nur gut aus, er besaß auch ein beachtliches Vermögen, und es war Hellicar nicht gelungen, dem Mann klarzumachen, dass der Weg zu Penelopes Gunst nicht darin lag, ihre Intelligenz zu schmälern.

Dieser Rigby war wie ein Gebrechen, das zu heilen sie noch lernen musste.

Barnaby tauchte auf, und wie durch ein Wunder brachte er

es fertig, die jüngeren Gentlemen wortlos zu überzeugen, den Platz neben ihr freizugeben. Hellicar und er rahmten sie ein, aber sie stand immer noch Rigby gegenüber.

Penelope hieß ihn mit einem Lächeln willkommen und gab Barnaby die Hand. Rigby hielt mit seinem schwerfälligen Bericht inne, während Barnaby sich verneigte und die beiden sich begrüßten. Kurz darauf holte er tief Luft und öffnete seinen großen Mund …

»Es ist recht stickig hier drinnen.« Barnaby fing ihren Blick auf und machte keinen Hehl daraus, Rigby keinerlei Beachtung zu schenken. Ihre Hand hielt er immer noch in seiner und drückte zart ihre Finger. »Es ist zu kalt, um über die Terrasse zu schlendern. Aber vielleicht hätten Sie Lust, in den Salon zu spazieren?« Er hob die Brauen. »Ich glaube, es wird gleich ein Walzer gespielt. Vielleicht wollen Sie sich der Musik hingeben?«

Sie lächelte erfreut. Jeder, der sie vor Rigby und seinen Ansichten über die beste Methode der Jagdhundezucht rettete, hatte ewige Dankbarkeit verdient. »Vielen Dank. Die Luft ist bedrückend. Ein Walzer wäre genau richtig.«

Barnaby neigte den Kopf, legte ihre Hand auf seinen Ärmel und bedeckte ihre Finger mit seinen.

Ihre Nerven zuckten unter seiner sanften Berührung, als sie sich dem Kreis der unerwünschten Bewerber zuwandte. »Wenn Sie uns bitte entschuldigen wollen, Gentlemen.«

Die meisten Männer hatten das Spiel zwischen ihr und Barnaby interessiert verfolgt und könnten es bald auf ähnliche Art versuchen wollen.

Alle außer Rigby. Stirnrunzelnd fixierte er sie mit dem Blick.

»Aber Miss Ashford, ich hatte noch keine Gelegenheit, Ihnen von meinen Zuchterfolgen bei den jüngsten Verkreuzungen von kleinen Rennhunden zu berichten.« Sein Tonfall machte klar, wie wenig er sich damit abfinden wollte, dass sie nicht bereit war, sich in die Einzelheiten zu vertiefen.

Penelope war sich nicht sicher, was sie antworten sollte; allein die Tatsache, dass jemand der Meinung war, sie könne sich dafür interessieren, bereitete ihr Kopfschmerzen.

Aber Barnaby rettete sie aus höchster Not wie ein Ritter in glänzender Rüstung. »Miss Ashfords Bruder Calverton ist ein berühmter Züchter preisgekrönter Hunde. Kaum zu glauben, Rigby, dass Sie darüber nicht informiert sind.« Er verzog die Lippen.

»Kann es sein, dass Sie die Lady mit Details aus Ihrer Zucht umgarnen, weil Sie Ihr Familiengeheimnisse entlocken wollen?«

Rigby kniff die Augen zusammen. »Was?«

An Penelopes rechter Seite ertönte ein Schnauben – Hellicar unterdrückte sein Gelächter. Die anderen Gentlemen hatten Mühe, nicht breit zu grinsen.

Barnabys Lächeln wirkte entschuldigend. Er schaute Penelope an, nickte Rigby zu. »Ich bin untröstlich, alter Freund, dass ich Ihnen die Zeit raube, Miss Ashford näher zu befragen. Aber die Lady wünscht zu tanzen.« Er nickte in die Runde und führte sie ein paar Schritte fort. »Wenn Sie uns bitte entschuldigen wollen …«

Die Männer nickten amüsiert. Rigby starrte ihr entsetzt nach und konnte offenbar nicht begreifen, dass sie die Flucht ergriff.

Aber genau das tat sie, um sich prompt in eine wesentlich gefährlichere Lage zu bringen. Barnaby führte sie durch den Türbogen in den Salon, der an das Empfangszimmer angrenzte, wo die Paare tanzten. Das Streichquartett quetschte sich in den Alkoven am anderen Ende und mühte sich angestrengt, die zahllosen Gespräche zu übertönen. Gerade eben hatte das Quartett die ersten Takte eines Walzers gespielt.

»Ich war mir sicher, dass meine Ohren mir keinen Streich gespielt haben.« Barnaby senkte den Kopf und suchte ihren Blick.

»War es Ihnen ernst damit, dass Sie tanzen wollen? Oder haben Sie nur die Gelegenheit ergriffen, vor Rigby zu flüchten?«

Er bot ihr die Möglichkeit, vor den Erschütterungen zu fliehen, die der Walzer in ihm ganz sicher auslösen würde. Wenn sie klug war, nutzte sie die Chance … aber nein, so feige wollte sie doch nicht sein.

»Ich würde gern Walzer tanzen.« *Mit Ihnen.* Sie sprach es nicht aus, aber die gespannte Aufmerksamkeit, die sich plötzlich in seinem Blick zeigte, weckte in ihr die Frage, ob er die Worte nicht trotzdem gehört hatte … oder erraten. Stumm zog er sie nach vorn auf das Parkett und in seine Arme und drehte sich mit ihr in die wirbelnde Menge.

Wie schon zuvor wollten die schnellen Umdrehungen des Tanzes ihr schier den Atem rauben. Beinahe wurde ihr schwindlig, und ihr Verstand schien zu taumeln …

Überaus vergnüglich.

Wie schon zuvor verloren sie auch diesmal kein einziges Wort, während sie tanzten; jedenfalls sprachen sie nicht laut. Aber ihre Blicke trafen sich und hielten einander fest, und es war, als würde die Unterhaltung lautlos fließen, auf einer anderen Ebene, in einer anderen Dimension. In einer anderen Sprache.

In der Sprache der Sinne.

Eine große Hand lag warm und stark auf ihrem Rücken, die andere umschloss fest ihre Finger. Er umfing sie mit einem Zutrauen, das ihr die Sicherheit gab, sich zu entspannen, das gewohnte Misstrauen in ihre Tanzpartner zu vergessen und sich den wirbelnden Umdrehungen zu ergeben, den schnellen, scharfen Wendungen, dem Vor und Zurück und der gebieterischen Art und Weise, wie er sie über das Parkett lenkte.

Solche Meister, schoss es ihr durch den Kopf, finden immer ihren Platz. Sogar bei mir.

Die Musik floss über ihre Köpfe hinweg, hüllte sie ein. Der magische Augenblick dehnte sich aus; das subtile Vergnügen drang ihr bis ins Mark, bemächtigte sich ihrer Gliedmaßen, streichelte und besänftigte sie auf unerklärliche Weise. Wie eine warme Hand, die ihre Sinne liebkoste.

Sie fühlte sich wohlig wie eine Katze. Wenn sie gekonnt hätte, hätte sie geschnurrt. Aber stattdessen lächelte sie, konnte gar nicht mehr aufhören, sanft und verzückt, während sie wie auf einer Wolke der Lust dahinschwebten.

Nach einiger Zeit lächelte er ebenfalls, und er lächelte auf die gleiche untergründig zufriedene Weise. Sie brauchten keine Worte, um ihr gemeinsames Vergnügen auszudrücken.

Nur zu bald hatten die Musiker den Tanz zu Ende gespielt. Nach den letzten Takten blieb Barnaby stehen und verbeugte sich. Sie knickste, wie die Höflichkeit es verlangte, und schwebte mit einem lautlosen Seufzer auf den Boden der Tatsachen zurück.

Er legte ihre Hand auf seinen Arm und drehte sich mit ihr zum Empfangszimmer.

Ihre Sinne tanzten zwar immer noch Walzer, aber ihr Verstand arbeitete bereits wieder, jedenfalls so gut, um ihr sagen zu können, dass er einige Fragen auf der Zunge haben musste, wenn er sie bei diesem Empfang aufsuchte.

Penelope erforschte seine Miene, wartete einen Augenblick, aber er schien keine Eile zu haben, mit seinem Verhör zu beginnen. Sie schaute sich um und lächelte die Gäste, an denen sie vorbeischlenderten, höflich an. Es gefiel ihr, den Moment noch länger zu strecken, seine Gegenwart zu genießen, nur sie und er, ohne irgendwelche Ermittlungen, die sich zwischen sie drängten; und sekundenlang genoss sie den Gedanken, dass er gar nicht wegen der Ermittlungen gekommen war.

Aber so war es, und jetzt, wo sie darüber nachdachte … mit einem innerlichen Seufzer begann sie: »Was ist es, was Sie wissen wollten?«

Unübersehbar verwirrt schaute er sie aus seinen blauen Augen an.

»Die Ermittlungen«, drängte sie, »Sie sind doch hier erschienen, um mir ein paar Fragen zu stellen. Was wollen Sie wissen?«

Die Verwirrung in seinem Blick verflüchtigte sich. Dann presste er die Lippen zusammen, schaute stur geradeaus und schlug den Weg zu ihrer Mutter ein, nachdem er sie erblickt hatte.

»Nun?«, drängte sie weiter und hoffte inständig, dass er begriffen hatte, wie ahnungslos ihre Mutter über die Lage im Findelhaus war. Mehr noch, die Frau hatte keinerlei Ahnung, dass es im Findelhaus überhaupt »eine Lage« gab; geschweige denn, dass sie ihn für die Ermittlungen gewonnen hatte und sogar selbst an diesen Ermittlungen beteiligt war.

»Lassen Sie mich kurz nachdenken«, murmelte Barnaby, den Blick immer noch geradeaus gerichtet und nicht zu ihr.

Sie zwinkerte irritiert. Vielleicht hatte er vergessen, welche Fragen er ihr hatte stellen wollen, und konnte sich jetzt nicht erinnern. Vielleicht war es auch so, dass der Walzer ihn durcheinandergebracht hatte.

Oder vielleicht …

Er führte sie an einen Platz neben der Chaise, auf der ihre Mutter saß und mit Lady Horatia Cynster plauderte. Beide Ladys lächelten wohlwollend, als sie sich näherten, vertieften sich aber gleich wieder in ihre Unterhaltung.

Plötzlich empfand sie das dringende Bedürfnis zu erfahren, was ihn zu Lady Moffats Empfang geführt hatte, sie zog ihre Hand von seinem Ärmel und musterte ihn mit durchdringend fragendem Blick.

Barnaby wich nicht aus. »Stokes war nicht im Büro«, improvisierte er mit festen Lippen, »als ich ihn heute Nachmittag aufgesucht habe. Ich habe ihm eine Notiz mit einer Erklärung zur Lage von Jemmie Carter hinterlassen. Zweifellos wird Stokes eine Bewachung anordnen. Aber ungeachtet dessen werde ich ihn morgen Vormittag aufsuchen. Wo auch immer er gesteckt hat, er hat sicher an unserem Fall gearbeitet.

Wir müssen unser Wissen zusammenführen und die nächsten Schritte planen.«

Penelopes Blick hellte auf. »Ich werde Sie begleiten.«

Barnaby fluchte innerlich. Mit der Erklärung hatte er nur seine Anwesenheit auf dem Empfang entschuldigen wollen, keinesfalls aber sie in Versuchung führen ... »Es ist nicht nötig ...«

»Oh doch, natürlich. Ich bin diejenige, die am meisten über die Jungen weiß. Über die vier, die schon verschwunden sind, und über Jemmie.« Ihre dunklen Augen wurden noch dunkler, und er hatte den Eindruck, als kostete es sie große Mühe, nicht die Stirn zu runzeln. »Außerdem«, fuhr sie in scharfem Tonfall fort, »bin ich diejenige, die die Ermittlungen angestoßen hat. Ich habe ein Recht zu erfahren, was sich abspielt.«

Er stritt mit ihr. Machte seine Auffassung unmissverständlich klar, wenn er auch leise sprach.

Stur erwiderte sie seinen Blick und wich nicht einen Zentimeter zurück. Als ihm die Argumente ausgingen, bemerkte sie knapp:

»Ich habe keine Ahnung, warum es Sie stört. Sie wissen doch sehr genau, dass ich meine Meinung nicht ändern werde. Und wenn ich es für richtig halte, mich an Inspektor Stokes zu wenden, können Sie nichts dagegen ausrichten.«

Barnaby konnte sich durchaus das eine oder andere vorstellen. Aber es hatte immer mit einem Strick zu tun. Verzweifelt sog er die Luft durch die Zähne. »In Ordnung.«

Sie schenkte ihm ein Lächeln ... ein gezwungenes. »Sehen Sie? Es hat nicht wehgetan.«

»Wie gut Sie sich auskennen.«

Sein Unmut war nicht zu überhören. Trotzdem verbot sich jeder Kommentar. Sie ließ den Blick über die Gäste schweifen. »Um welche Uhrzeit hatten Sie vor, Inspektor Stokes aufzusuchen?«

Angestrengt dachte er nach, ob er antworten solle, und ergab sich dann. »Ich werde Sie um zehn Uhr abholen.«

Ein paar Sekunden lang rührte Penelope sich nicht, bevor sie den Kopf neigte. »Ich werde Sie erwarten.«

Es klang wie eine Warnung. Mit nichts anderem hatte er gerechnet. Wenn sie sich erst einmal eine Sache in den Kopf gesetzt hatte, dann war sie ... genauso wenig zu lenken wie er.

Im Geiste konnte er das unbändige Gelächter seiner Mutter hören.

Beinahe hätte er Lust verspürt, sich zurückzuziehen, sich zu entschuldigen und den Empfang fluchtartig zu verlassen. Und ihrer Körperhaltung nach zu urteilen – ein wenig steif neben ihm und mit schnellen Seitenblicken in seine Richtung –, erwartete Penelope nichts anderes von ihm. Dass er den Schaden begrenzte und sich aus dem Staub machte.

Hatte er an diesem Abend nicht bereits jede Schlacht verloren, die es zu verlieren gab? Größere Zugeständnisse konnte er nicht machen.

Aber die Nacht war noch jung. Bestimmt würden noch ein oder zwei Walzer gespielt, und auf diesem Empfang gab es keine scharfäugigen Witwen, die genau registrierten, wer wie oft mit wem tanzte.

Er schaute Lady Calverton an, die sich immer noch angeregt mit Lady Cynster unterhielt. Vielleicht gab es doch einen Gewinn, den er aus der Nacht ziehen konnte. Also konnte er genauso gut bleiben und die Gunst der Stunde nutzen, wenn sie sich ihm bot.

In dieser Hinsicht war es seine vordringlichste Aufgabe, die frostige Lady an seiner Seite ein wenig aufzutauen. Er betrachtete ihr klares Profil, als er bemerkte: »Ist Rigby immer so aufgeblasen?«

Misstrauisch erwiderte Penelope seinen Blick, antwortete aber nach einem kurzen Moment.

Dank seiner Aufmerksamkeit gelang es ihm danach, die Zügel fest in der Hand zu behalten, und der Abend verlief in den erwarteten Bahnen.

»Guten Abend, Smythe.« Der Gentleman, der sich selbst Mr. Alert nannte – und sich deshalb damit brüstete, jederzeit auf alles gefasst zu sein, was das Schicksal so bereithielt –, beobachtete die Silhouette seines Handlangers, der in den geöffneten französischen Türen stand und in das dunkle Wohnzimmer lugte.

Das Stadthaus in St. John's Wood Terrace hatte sich für Alert als sehr nützlich erwiesen. Wie immer, wenn er sich mit seinen raueren Verbündeten traf, gab es nur eine einzige Lichtquelle im Raum: die verglimmenden Kohlen im ersterbenden Feuer.

»Kommen Sie rein, und setzen Sie sich.« Alert achtete auf seinen schicken Akzent, wusste, dass er damit den gesellschaftlichen Unterschied zwischen Smythe und sich betonen konnte. Herr und Diener. »Ich glaube kaum, dass wir strahlendes Licht brauchen, um unsere Geschäfte zu erledigen. Sind Sie anderer Meinung?«

Smythe musterte ihn mit scharfem, direktem Blick, achtete aber genau darauf, ihn nicht zu provozieren. »Wie Sie wünschen.« Der vierschrötige Kerl, bemerkenswert flink und agil für seine Größe, trat über die Schwelle und schloss vorsichtig die Tür. Dann bahnte er sich den Weg an den schattigen Möbeln vorbei zu dem Lehnstuhl, der Alert gegenüber am Kamin stand.

Mit überkreuzten Beinen saß er entspannt im Sessel und bot ganz den Anblick eines Gentlemans, der sich behaglich eingerichtet hatte. Ermutigend lächelte er Smythe zu, als der sich setzte.

»Ausgezeichnet.« Er zog ein Blatt Papier aus seiner Tasche. »Ich habe hier eine Liste der Häuser, zu denen wir uns Zutritt verschaffen müssen. Es handelt sich um insgesamt acht Adressen, allesamt in Mayfair. Wie ich bei unserem letzten Treffen klargemacht habe, ist es maßgeblich – von höchster Wichtigkeit –, dass wir in all diese Häuser in einer einzigen Nacht einbrechen.« Er hielt Smythes Blick fest. »Ich nehme an, dass Sie mit Grimsby entsprechende Vorkehrungen getroffen haben?«

Smythe nickte. »Grimsby fehlen noch ein paar Burschen, aber er behauptet, dass er in Kürze alle acht beisammen hat.«

»Und Sie vertrauen darauf, dass er nicht nur die richtige Anzahl und die passenden Jungen auswählt, sondern dass er auch mit den Schulungen auf dem neuesten Stand ist?«

»Aye. Er kennt alle Schliche, und ich habe schon früher Burschen aus seiner Lehranstalt eingesetzt.«

»Mag sein. Aber diesmal arbeiten Sie für mich. Ich glaube betont zu haben, dass der Einsatz bei diesem Spiel ausgesprochen hoch ist. Viel höher, als Sie oder sonst jemand jemals gespielt haben.« Alert fixierte Smythe mit hartem Blick. »Sie müssen sich sicher sein ... in der Tat, Sie müssen mir garantieren können ... dass Ihre Werkzeuge der Aufgabe gewachsen sind.«

Smythe verharrte reglos in seinem Sessel. »Das werden sie.« Als Alerts Gesichtsausdruck ihm klarmachte, dass der Mann mehr hören wollte, fügte er hinzu: »Ich werde dafür sorgen.«

»Und wie wollen Sie das anstellen?«

»Ich weiß, woher er die Jungen bekommt. Bei dem Termin, den Sie uns genannt haben, können wir sichergehen, dass wir die richtige Anzahl beisammen haben und sie angemessen ausgebildet sind.« Smythe zögerte, als ob er in Gedanken seine Möglichkeiten überflog. »Ich werde bei Grimsby vorbeifahren und ihm deutlich machen, wie ... wie ernst es uns mit dem Anliegen ist.«

Alert gestattete sich ein kleines Lächeln. »Machen Sie das. Ich sehe keinerlei Veranlassung für uns, in Schwierigkeiten zu geraten, weil Grimsby den Ernst unseres Anliegens, wie Sie es zu nennen pflegten, missverstanden hat.«

Smythes Blick fiel auf die Liste in Alerts Hand. »Ich brauche die Anschriften.«

Die Liste war Alerts wesentlicher Beitrag zu dem Verbrechen, zusammen mit einer Liste der zu stehlenden Gegenstände – wenngleich er lieber davon sprach, dass diese Gegenstände nicht »gestohlen«, sondern »befreit« werden sollten. »Noch nicht.« Er hob den Blick und betrachtete Smythes Stirnrunzeln. »Ich überlasse Ihnen die Liste so rechtzeitig, dass Sie für die nötige Aufklärungsarbeit sorgen können. Aber wie Sie selbst erwähnten, es bleibt noch genügend Zeit.«

Smythe war nicht dumm und hatte genau begriffen, dass Alert ihm nicht traute. Es verging ein Moment, bevor er sich erhob.

»Am besten, ich mache mich auf den Weg.«

Alert blieb sitzen und entließ ihn mit einem Nicken. »Unser nächstes Treffen werde ich genauso arrangieren wie dieses hier. Es wird wieder hier stattfinden, es sei denn, ich schicke Ihnen eine anderslautende Nachricht.«

Mit einem kurzen Nicken ging Smythe auf dem gleichen Weg zurück zum französischen Fenster und ließ sich selbst hinaus.

Eingehüllt in Schatten, lächelte Alert. Alles verlief planmäßig.

Seine finanzielle Not war nach wie vor bedrängend – in der Tat, dank des Besuchs eines Unmenschen, in dessen Klauen er dummerweise geraten war, und nachdem er dessen jüngstes Arrangement zur Rückzahlung gezwungenermaßen hatte unterschreiben müssen, verspürte er diesen Drang sogar noch stärker –, aber trotz all dem war die Rettung nahe. Es verschaffte ihm, so hatte er bemerkt, eine gewisse Befriedigung, ja, es erregte ihn sogar, das Schicksal wie auch die Gesellschaft zu betrügen, und zwar einzig und allein durch den Einsatz seines verschlagenen Geists.

Er zweifelte nicht im Geringsten daran, dass er mit seinem Wissen, mit Smythes Begabungen und mit Grimsbys Werkzeugen seinen Plan vollenden konnte, und zwar überaus zufriedenstellend. Befreit von den Fesseln der berüchtigtsten Geldverleiher Londons, würde er sogar einen bedeutenden

Grundstock für ein bisher nicht vorhandenes Vermögen legen können.

Wer nicht wagt, der nicht gewinnt.

Er ließ den Blick über die Liste schweifen, die er immer noch in der Hand hielt, dachte darüber nach – und über die andere, sogar noch wichtigere Liste, die eng zu der ersten gehörte und die Gegenstände auflistete, die aus den Häusern zu befreien waren.

Alert hatte die Auswahl sorgfältig getroffen. Nur einen Gegenstand aus jedem Anwesen. Es bestand durchaus die Möglichkeit, dass sie gar nicht vermisst werden würden, jedenfalls nicht bevor die Familien im März vom Lande in die Stadt zurückkehrten. Vielleicht noch nicht einmal dann. Und wenn doch ... dann lag es nahe, zuerst die Hausangestellten zu verdächtigen.

Alles in allem war Smythe ein Meister seines Faches. Er – oder besser die Burschen, die er benutzte – würden in die Häuser ein- und wieder aussteigen, ohne die geringste Spur zu hinterlassen.

Und es gab keinen Anlass, später von den Behörden belästigt zu werden. Diese Möglichkeit hatte er ausgeschaltet. Weil kaum jemand die Welt der Salons so gut kannte wie er, und der Himmel wusste, mit welcher Inbrunst er sie studiert hatte, hatte er es vorgezogen, mit seiner besonnenen Auswahl der Gegenstände für den sofortigen Wiederverkauf zu sorgen. Und zwar zu seinen Bedingungen.

Alert hatte bereits zu Sammlern Verbindung aufgenommen, die begierig darauf waren, die Gegenstände zu erwerben, ohne irgendwelche Fragen zu stellen. Indem er die Sachen an solche Sammler verkaufte, konnte er sicherstellen, dass sie noch nicht einmal entfernt daran dachten, ihn bloßzustellen. Und mit den Preisen, die sie zu zahlen bereit waren, würde er sich nicht nur mit Leichtigkeit von den drückenden Zinsen befreien können, sondern darüber hinaus noch von den ständig wachsenden Schulden.

Alert lächelte noch breiter, als er die Liste mit den Häusern in seine Tasche zurückgleiten ließ. Natürlich waren die Dinge viel wertvoller, als er es Smythe anvertraut hatte; aber er konnte sich nicht vorstellen, dass ein Einbrecher aus dem East End jemals ihren wahren Wert erahnen würde.

Ja, er würde vorsichtig sein müssen. Aber mit Smythe würde er fertig werden. Und Smythe mit Grimsby.

Alles lief wie am Schnürchen. Und schon bald würde Alert so reich sein, wie jeder in seiner Nähe es von ihm annahm.

7

An Barnabys Arm stieg Penelope am nächsten Vormittag die Stufen zum unauffälligen Gebäude des Great Scotland Yard hinauf.

Sie war ausgesprochen neugierig. Denn sie kannte sämtliche Geschichten, die man sich über Sir Robert Peels Polizeitruppe erzählte, die Gerüchte in den Salons, als die Behörde ins Leben gerufen worden war, und deren konsequente Entwicklung in den letzten Jahren. Aber es war das erste Mal, dass sie mit Angehörigen der genannten Truppe in Kontakt kommen würde. Mehr noch, außer Adair kannte sie niemanden, der das Hauptquartier jemals betreten hatte, und sie war gespannt, wie es dort wohl aussehen würde.

Als Barnaby sie in die Eingangshalle führte – ein deprimierend gewöhnlicher Raum in langweiligen Grautönen –, schaute sie sich um, registrierte eifrig, was es zu sehen gab. Auch wenn man von ihrer angeborenen Neugierde absah, half es ihr, alles in sich aufzunehmen, was es im Polizeigebäude zu sehen gab, denn so konnte sie vermeiden, sich zu sehr auf Adair zu konzentrieren – auf seine Nähe, seine Stärke und seine unbestreitbare Attraktivität – Eigenschaften, von denen ihre ungehörigen Sinne sich offenbar um keinen Preis ablenken lassen wollten.

Innerlich ermahnte sie sich pausenlos und musterte eindringlich die einzige Ablenkung, die das Foyer bot – einen kleinen Mann in dunkelblauer Uniform auf einem hohen Stuhl hinter einer erhöhten Theke an einer Seite des Raumes. Der Mann schaute auf, bemerkte sie … dann erblickte er Adair, erkannte ihn und hob grüßend die Hand, bevor er sich wieder seiner Buchhaltung zuwandte.

Stirnrunzelnd ließ sie den Blick weiter durch das Foyer

schweifen. Abgesehen von ein paar Angestellten, die auftauchten und gleich wieder in anderen Regionen des Gebäudes verschwanden, war niemand zu sehen. »Stimmt es, dass man hier die Verbrecher festhält? Es ist so bedrückend still.«

»Nein. Dieses Gebäude beherbergt die leitenden Ermittlungskräfte. Im Gebäude nebenan sind die Polizisten untergebracht. Noch weiter die Straße entlang befindet sich ein Wachtposten.« Sie spürte Adairs Blick auf ihrem Gesicht. »Wir werden heute keinen Verbrechern über den Weg laufen.«

Innerlich zog sie eine Grimasse und schickte ein Stoßgebet zum Himmel, dass Stokes sich besser zur Ablenkung eignen würde. Nach dem vergangenen Abend und den zwei waghalsigen Walzern, die sie mit Adair getanzt hatte, musste sie ihren Geist dringend beruhigen – aber nicht durch ihn. Die steigende Intensität ihrer Reaktion auf ihn störte sie in einer Weise auf, die sie ebenso sehr verlockte wie beunruhigte.

Er führte sie zur Treppe am Ende des Foyers. Während sie hinaufstiegen, überlegte sie, dass es helfen würde, ihn auf eine vernünftige Distanz zu bringen, wenn sie über ihn als Adair nachdachte und nicht als Barnaby. Trotz ihrer anfänglichen Entschlossenheit musste sie immer noch einen Weg des Umgangs mit ihm finden, der seine Wirkungen auf ihre Nerven, ihre Sinne – und zu ihrer größten Verwirrung manchmal auch auf ihren Verstand – neutralisierte.

Unglücklicherweise hatte sie dabei versagt, einen Erfolg versprechenden Plan zu entwickeln, sodass ihre launischen Nerven die Gelegenheit beim Schopfe packen, sich sozusagen von der Leine reißen und nach Herzenslust schwelgen konnten. Wie sie es schon beim Walzertanzen in der vergangenen Nacht getan hatten. Und heute Vormittag, als er wie versprochen erschienen war, um sie zur Polizei zu begleiten.

Wie sie es immer noch taten.

Unmerklich biss sie die Zähne zusammen, schwor sich, der Sache ein Ende zu setzen, sobald sie auch nur ein paar Sekunden erübrigen konnte.

Oben auf der Treppe lenkte Adair sie nach rechts auf einen langen Korridor. »Stokes' Büro befindet sich dort hinten.«

Er führte sie zu einer geöffneten Tür; mit der Hand fuhr er hauchzart über ihre Hüfte, als er sie hineindirigierte, und jagte ihr wieder einen unwillkommenen Schauder über den Rücken.

Zum Glück gab ihr der Mann – ein Gentleman? – hinter dem Schreibtisch neu zu denken. Als sie eintraten, schaute er auf, legte seinen Stift zur Seite und erhob sich.

Zu einer beeindruckenden Größe von mehr als einem Meter achtzig.

Nachdem Portia von Glossup Hall zurückgekehrt war, hatte sie Stokes ihrer Schwester beschrieben; aber weil sie damals mit Simon Cynster verlobt gewesen war, hatte es ihrer Beschreibung, wie Penelope jetzt bemerkte, einer gewissen Tiefe gemangelt.

In ihren Augen war Stokes ausgesprochen faszinierend. Nicht auf die Art wie Adair, der dicht an ihrer rechten Seite neben ihr stand, sie faszinierte, dem Himmel sei Dank; Stokes provozierte ihre Neugier und ihr Interesse auf einer ganz anderen Ebene. Penelope spürte auf Anhieb, dass er irgendwie ein Rätsel war. Während ihr Geist sich sofort auf dieses vielversprechende Detail stürzte, blieben ihre Nerven und Sinne völlig unbeeindruckt.

Sie trat ein paar Schritte vor und streckte ihm lächelnd die Hand entgegen. »Inspektor Stokes.«

Der Mann musterte sie für den Bruchteil einer Sekunde, ergriff dann ihre Hand quer über den Tisch und schüttelte sie. »Miss Ashford, nehme ich an?«, fragte er mit einem Seitenblick auf Adair.

»In der Tat. Mr. Adair und ich möchten in der Angelegenheit der vier verschwundenen Jungen mit Ihnen sprechen.«

Stokes zögerte, warf einen Blick auf Barnaby, der den fragenden Blick seines Freundes ohne Schwierigkeiten entziffern konnte.

»Diese Miss Ashford ist noch unkonventioneller als ihre Schwester.« Stokes gegenüber gab er seine Resignation zu erkennen, die Tatsache, dass er nicht freiwillig in Begleitung erschienen war, und rückte dann einen der Stühle vor dem Schreibtisch für sie zurecht.

Penelope lächelte freundlich und setzte sich. Stokes nahm ebenfalls wieder Platz. Barnaby stellte einen zweiten Stuhl neben Penelopes, setzte sich und überkreuzte die Knöchel. Er hegte nicht den geringsten Zweifel daran, dass Penelope es sich in den Kopf gesetzt hatte, sich mit sämtlichen Einzelheiten der Ermittlungen vertraut zu machen. An einem bestimmten Punkt würden Stokes und er eine Grenze ziehen und ihr Engagement unterbinden müssen, obwohl er sich noch genau überlegen musste, wie er das bewerkstelligen sollte.

Ungeachtet dessen sah Barnaby so lange keinen Vorteil darin, die Zügel straffer zu ziehen, bis die Ermittlungen einen Stand erreicht hatten, an dem sie sich in Gefahr brachte.

Stokes beobachtete ihn. »Ich habe deine Nachricht über die Carters erhalten. Heute Morgen hatte ich Veranlassung, den Wachtposten bei Aldgate aufzusuchen. Ich habe die Angelegenheit mit dem dortigen Sergeanten besprochen.« Er schaute Penelope an.

»Wir müssen mit größter Umsicht ermitteln, damit wir diejenigen nicht aufscheuchen, denen unser Interesse gilt. Denn wenn wir sie alarmieren, verlieren wir jede Chance, die Jungen zu retten, die bereits entführt worden sind. Wenn Mrs. Carters Tod unmittelbar bevorsteht, dann gehört es wahrscheinlich zu den vertretbaren Risiken, rund um die Uhr eine Observation einzurichten ... wahrscheinlich.« Er fing Penelopes Blick auf. »Können Sie uns sagen, ob man ihren schnellen Tod erwartet?«

Penelope hielt seinen Blick fest, schaute dann zu Barnaby hinüber. »Nein, würde ich sagen, nachdem ich sie gesehen habe.«

»Das heißt, es könnten Wochen oder sogar Monate vergehen, bevor Jemmie zur Zielscheibe wird?«, drängte Stokes.

Sie seufzte. »Nachdem ich die Carters gestern gesehen habe, habe ich mich mit Mrs. Keggs, der Hausdame unserer Einrichtung, besprochen. Mrs. Keggs ist ausgebildete Krankenschwester und hat die Carters ebenfalls erst vor Kurzem besucht. Ihrer Auffassung nach, die der ansässige Doktor bestätigt hat, wird Mrs. Carter noch mindestens drei Monate am Leben sein.«

Stokes nickte. »Jemmie Carter ist also nicht unmittelbar in Gefahr. Es könnte gegen uns arbeiten, wenn wir ihn jetzt unter Beobachtung stellen. Aber wie dem auch sei, wenn unsere anderen Ermittlungswege versagen, könnte es notwendig sein, dass wir uns ihm an die Fersen heften, um überhaupt eine Spur aufnehmen zu können.«

Barnaby nickte zögernd, als ein Bild des Jungen vor seinem geistigen Auge erschien. »Du hast recht. Es könnte die Burschen, die bereits entführt worden sind, in noch größere Gefahr bringen, wenn wir ihn über so lange Zeit observieren lassen.« Er suchte Stokes' Blick. »Nun, wenn du Veranlassung hattest, heute Morgen eine Polizeiwache im East End aufzusuchen, dann darf ich annehmen, dass du andere Wege gefunden hast, uns voranzubringen?«

Stokes zögerte. Barnaby war klar, dass es wegen Penelope war; sein Freund war sich nicht sicher, wie offen er vor ihr sprechen durfte.

Penelope ergriff das Wort, bevor er es tun konnte. »Seien Sie versichert, Inspektor, was auch immer Sie zu sagen haben, es wird mich nicht schockieren. Ich bin hier, um auf jede nur denkbare Art meine Unterstützung anzubieten. Außerdem bin ich fest entschlossen, unsere vier entführten Jungen befreit zu sehen und die Verbrecher vor Gericht.«

Stokes zog kaum merklich die Stirn in Falten, nickte aber. »Eine rühmliche Haltung, Miss Ashford.«

Barnaby verbarg ein Lächeln; zweifellos hatte Stokes an seinem Taktgefühl gearbeitet.

»Ausgezeichnet.« Stokes stützte die Unterarme auf den

Schreibtisch und verschränkte die Hände. Er ließ den Blick zwischen Penelope und Barnaby hin und her schweifen. »Wie gestern schon erwähnt, habe ich eine Verbindung, von der ich mir erhofft habe, dass sie mir helfen würde, tiefere Einsicht in die Identitäten und Orte zu gewinnen, an denen sich die derzeit tätigen Betreiber einer Einbrecherschule im East End tummeln könnten. Meine Verbindung hat mich einem Mann vorgestellt, der sein ganzes Leben im East End verbracht hat, und dieser Mann hat mir acht Namen mit Adressen genannt. Obschon es in der Natur dieser verbrecherischen Machenschaften liegt, dass diese Kerle ständig umziehen. Es mag also sein, dass die Anschriften uns nicht weiterhelfen.«

Stokes nahm ein Blatt Papier von dem Stapel neben seiner Schreibunterlage. »Heute früh habe ich den Wachtposten am Aldgate aufgesucht. Die Polizei dort hat meine Liste überprüft und weitere Namen hinzugefügt.« Er wandte den Blick auf Penelope. »Aber zu diesem Zeitpunkt gibt es keine Garantie, dass auch nur einer dieser Männer überhaupt in diesen besonderen Fall verstrickt ist.«

Barnaby folgte Stokes' Blick und sah Penelope nicken, sah den Glanz einer hellwachen Aufmerksamkeit in ihren Augen.

»Das ist ein wunderbarer Fortschritt, Inspektor. Sie kommen viel schneller voran, als ich es jemals zu hoffen gewagt hätte. Ich begreife sehr gut, dass zu diesem Zeitpunkt noch keinerlei sichere Aussagen gemacht werden können. Aber immerhin wissen wir jetzt, wo wir anfangen müssen, haben eine Route vor uns, auf der wir mehr über die derzeit tätigen Anstalten erfahren können. Ich bin mir sicher, dass Ihre Verbindung unsere Sache entscheidend vorangebracht hat … darf ich nach dem Namen der Frau fragen? Ich möchte ihr gern einen Brief aus dem Findelhaus schicken und unsere Dankbarkeit ausdrücken. Es schadet nie, Menschen zu ermutigen, wenn sie eine Hilfe gewesen sind.«

Barnaby zuckte innerlich zusammen. Er beugte sich auf dem Stuhl vor, um Penelope zu erklären, dass ein Ermittler niemals seine Kontakte preisgab, als ihm plötzlich die Worte im Halse stecken blieben.

Stokes' schmale Wangen hatten sich verfärbt.

Barnaby beobachtete das Phänomen, bemerkte, dass Penelope den Kopf neigte, als es ihr nicht anders erging, und lehnte sich bequem in seinem Stuhl zurück. Sollte Stokes sich darum kümmern.

Sie hob die Brauen und drängte: »Inspektor?«

Stokes warf Barnaby einen raschen Blick zu – nur um festzustellen, dass er von seinem Freund keine Hilfe zu erwarten hatte. Inzwischen war er so fasziniert wie Penelope. Stokes räusperte sich und suchte ihren Blick. »Miss Martin«, begann er mit dünnen Lippen, »eine Putzmacherin in der St. John's Wood High Street, die ursprünglich aus dem East End stammt. Ich bin ihr vor einer Weile begegnet, als ich in einem anderen Verbrechen ermittelt habe, in dem sie als Zeugin aufgetreten ist. Als ich ihr unseren gegenwärtigen Fall vorgestellt habe, hat Miss Martin vorgeschlagen, mich ihrem Vater vorzustellen, der sein ganzes Leben in der Gegend verbracht hat. Jetzt ist er bettlägerig und verbringt seine meiste Zeit damit, den Leuten zuzuhören und sich darüber zu unterhalten, was draußen vor der Tür passiert.«

»Und der Mann hat Ihnen die Namen gegeben?«, fragte Penelope.

Stokes nickte. »Wie gesagt, ich kann nicht garantieren, dass die Liste uns zu den vier Jungen führen wird.«

»Aber es ist doch höchstwahrscheinlich, dass diese Individuen über neuerliche Aktivitäten in ihrer Branche informiert sind, selbst wenn sie nichts mit den jüngsten Vorfällen zu tun haben? Sie können uns doch genauso gut helfen, die Verbrecher aufzuspüren, und die Jungen auf diese Art retten.«

Stokes schüttelte den Kopf. »Nein. Das wird nicht so einfach sein. Überlegen Sie.«

Während Stokes sich vorbeugte, bemerkte Barnaby, dass sein Freund schnell die Zurückhaltung im Umgang mit

Penelope verlor. Wie Barnaby selbst begann er, sie als gleichberechtigte Ermittlerin zu behandeln.

»Wenn wir uns auf den Weg ins East End machen«, fuhr Stokes fort, »und in aller Offenheit Erkundigungen darüber einziehen, ob irgendeiner dieser Männer eine Lehranstalt für künftige Einbrecher eingerichtet hat, wird niemand zugeben, dass es sich so verhält, selbst wenn das Gegenteil wahr ist. Aber kaum haben wir den Schauplatz verlassen, wird mit größter Wahrscheinlichkeit sofort eine Nachricht an denjenigen geschickt, über den wir Erkundigungen eingezogen haben. Sämtliche Fragen, die wir gestellt haben, werden ans Ohr des Mannes dringen.

So läuft es im East End. Es ist eine Gegend mit eigenen Regeln und Gesetzen. Im Großen und Ganzen dulden diese Regeln und Gesetze keine Einmischung von außen, ganz besonders nicht von den Bullen, wie wir genannt werden. Das Ende vom Lied wird sein, dass die Verbrecher, seien es die Männer auf der Liste oder andere, unverzüglich über unser Interesse informiert werden, die Anstalt schließen und woandershin ziehen. Die Burschen werden sie mitnehmen und sogar noch mehr darauf achtgeben, keine Spuren zu hinterlassen.«

Stokes lehnte sich kopfschüttelnd zurück. »Wir werden sie niemals zur Strecke bringen, wenn wir Fragen stellen.«

»Verstehe«, bekräftigte Penelope stirnrunzelnd und hielt einen Moment inne, bevor sie fortfuhr. »Daraus schließe ich, dass Sie die Absicht haben, verkleidet in den Distrikt zu gehen, die Männer ausfindig zu machen und deren Aktivitäten aus der Ferne zu beobachten … um auf diese Weise zu erfahren, ob sie zurzeit eine Einbrecherschule betreiben oder nicht und ob die Jungen sich in ihrer Obhut befinden.«

Stokes warf einen Blick auf Barnaby, als würde er um Beistand bitten. Unsicher über den Weg, den Penelope einschlagen wollte, konnte der keine Hilfe anbieten.

Penelope hielt Stokes' Blick fest, als er sich ihr wieder zuwandte.

»Greift Miss Martin Ihnen dabei unter die Arme?«

Erstaunt intensivierte Stokes seinen Blick, zögerte und gestand widerwillig ein: »Miss Martin hat zugestimmt, uns bei unseren weiteren Ermittlungen zu unterstützen, und zwar entlang der Schritte, die Sie skizziert haben.«

»Ausgezeichnet!« Penelope strahlte.

Stokes, der ihr strahlendes Lächeln sah, war nicht der Einzige, der sich plötzlich unbehaglich fühlte. Barnaby spürte, wie sein Instinkt Alarm schlug, als er ihre Begeisterung sah.

»Nun«, Penelope ließ den Blick zwischen den beiden Männern hin und her schweifen, »wann werden wir uns mit Miss Martin treffen, um weitere Pläne zu schmieden?«

Barnaby war starr vor Entsetzen und konnte sich nicht rasch genug von seinem Schock befreien, um Stokes an seinen nächsten Worten zu hindern. »Ich habe vor, mich morgen Nachmittag mit ihr zu treffen.« Stokes musterte sie noch ungläubiger als Barnaby.

»Aber ...«

»Sie werden uns nicht begleiten.« Barnaby stieß die Behauptung – die schlechthin gemacht werden musste – mit unerschütterlicher Überzeugung aus.

Penelope schaute ihn aus schmalen Augen an. »Selbstverständlich werde ich Sie begleiten. Wir müssen uns über die Einzelheiten der Verkleidung verständigen, darüber, wie wir am besten verdeckt ermitteln können, was wir noch zu lernen haben.«

Stokes schnappte nach Luft. »Miss Ashford ... ausgeschlossen, dass Sie einen Fuß ins East End setzen.«

Ihr Blick verdunkelte sich von Sekunde zu Sekunde, als sie Stokes anschaute. »Wenn eine Putzmacherin aus St. John's Wood in der Lage ist, sich in eine Frau zurückzuverwandeln, die sich ohne Weiteres im East End bewegen kann, dann wird sie auch wissen, wie sie mich auf ähnliche Weise verkleiden kann.«

Barnaby hatte es buchstäblich die Sprache verschlagen. Er wusste genau, dass sie ihn empört zurückweisen würde, wenn er sie eine Schönheit nannte; gleichwohl gehörte sie zu den Frauen, nach denen die Männer sich die Hälse verrenkten. Vergeblich. Und das war eine Eigenschaft, die man nicht verkleiden konnte.

»Falls Mr. Adair«, sie warf ihm einen scharfen Blick zu, »der, wie ich fest vermute, sich Ihrer Jagd anschließen möchte, ebenso wie ich verkleidet auftreten muss, um sich zu Ihnen zu gesellen, und wenn wir uns Ihnen und Miss Martin anschließen dürften, dann würden die Ermittlungen deutlich schneller voranschreiten.«

»Miss Ashford.« Stokes stützte sich mit den Handflächen auf den Schreibtisch und machte einen vergeblichen Versuch, autoritär aufzutreten. »Ich würde unverantwortlich handeln, wenn ich es einer Lady wie Ihnen gestatten würde …«

»Inspektor Stokes.« Penelopes geschliffener Tonfall machte klar, dass sie keinerlei Unterbrechung dulden würde. »Sie werden bemerkt haben, dass Mr. Adair es vorzieht zu schweigen. Das ist so, weil er weiß, dass jeder Streit in dieser Angelegenheit vollkommen überflüssig ist. Ich bitte weder Sie noch ihn um Erlaubnis, in der Sache tätig zu werden. Denn ich bin fest entschlossen, unsere vier Jungen zu retten und die Verbrecher vor Gericht zu bringen. Mehr noch, als Leiterin des Findelhauses bin ich moralisch verpflichtet, alles zu tun, was in meiner Macht steht, um unser Ziel zu erreichen.« Sie hielt kurz inne. »Ich bin sicher, dass Miss Martin mich ungeachtet Ihrer Auffassung sofort unterstützen wird, sobald ich sie darum bitte.«

Barnaby sah ein Fünkchen Hoffnung, sich und Stokes mit heiler Haut aus diesem Streit zu retten, und fing den Blick seines Freundes auf. »Im Lichte der unverrückbaren Ansichten Miss Ashfords sollten wir die Frage nach ihrem Engagement in der Angelegenheit vielleicht erst nach unserem Besuch bei Miss Martin beantworten.«

Auf diese Weise hatten sie es Miss Martin überlassen, Penelopes Begeisterung mit einem kalten Schauer zu dämpfen. Er hegte keine Zweifel, dass die vernünftige, lebenskluge Putzmacherin – die täglich mit starrköpfigen, eleganten Ladys zu tun hatte – schon wissen würde, wie Penelope zu überzeugen war, dass sie die Ermittlungen am besten anderen Leuten überlassen sollte. Miss Martin wäre fraglos erfolgreicher als er oder Stokes, sie von ihrem Vorhaben abzubringen.

Stokes war zweifellos zu derselben Auffassung gekommen und nickte bedächtig. »Das ist ein vernünftiger Vorschlag.«

»Gut. Abgemacht.« Penelope schaute Stokes an. »Um welche Uhrzeit treffen wir uns morgen?«

Sie kamen überein, sich am kommenden Nachmittag um zwei Uhr draußen vor Miss Martins Laden in der St. John's Wood High Street zu treffen.

»Ausgezeichnet.« Penelope erhob sich und schüttelte Stokes die Hand.

Als sie sich zur Tür drehte, fing sie Barnabys Blick auf. »Bleiben Sie noch hier oder kommen Sie mit, Mr. Adair?«

»Ich begleite Sie nach Hause.« Barnaby wartete, bis sie sich auf den Weg zur Tür machte, bevor er es wagte, mit Stokes einen langen, leidenden Blick zu wechseln. »Wir sehen uns morgen.«

Stokes nickte. »In der Tat.«

Barnaby drehte sich um und heftete sich Penelope an die Fersen. Sein Ärger schwand; der Blick auf ihren Rücken entschädigte ihn reichlich.

»Grimsby? Bist du da, alter Junge?« Smythe duckte sich unter den niedrigen Balken in Grimsbys Erdgeschosszimmer durch. Es ging das Gerücht, dass Grimsby ein ganzes Haus besaß – alle drei Stockwerke des baufälligen Gebäudes in der Weavers Street.

Aus einem der oberen Stockwerke hörte Smythe eine brummige Antwort und wartete an der staubigen Ablage. Um ihn herum lag alter Kram jeglicher Art auf dem Boden verstreut, hier und dort ein Haufen, ohne erkennbare Ordnung. Grimsby hatte behauptet, den Tand verkaufen zu wollen, und Smythe war natürlich klar, dass die meisten Waren im Lager gestohlen waren. Gelegentlich hatte er selbst ein bisschen Kram verkauft, den Grimsby ihm überlassen hatte.

Schwere, schlurfende Schritte auf der Treppe am Ende des Lagers kündigten den Abstieg des Ladeninhabers aus der ersten Etage ins Erdgeschoss an. Im Obergeschoss hatte Grimsby den Burschen ihre Lektionen beigebracht, und auf dem Dachboden, den man allerdings nur entdecken konnte, wenn man wusste, wo man zu suchen hatte, schliefen die Jungen.

Smythe nahm die Schultern zurück, als Grimsby aus dem Dunkel auftauchte. Das Alter machte sich an dem Mann bemerkbar, vor allem an seinem beachtlichen Wanst; aber die Augen blitzten immer noch schlau, als er Smythe eindringlich musterte.

»Smythe.« Grimsby nickte. »Was suchst du?«

»Es hat mit einer Nachricht unseres alten Freundes zu tun.« Grimsbys Miene, die stets von boshafter, aber auch vorsichtiger Habgier geprägt war, blieb unverändert. »Was will er?«

»Er will eine Garantie, dass du die Werkzeuge für sein Späßchen wie verabredet liefern wirst.«

Grimsbys Gesichtszüge entspannten sich. »Du kannst ihm ausrichten, dass wir bisher auf keinerlei Schwierigkeiten gestoßen sind.«

Smythe runzelte die Stirn. »Ich dachte, dir fehlen noch zwei Burschen?«

»Aye, das stimmt. Aber uns bleibt noch genügend Zeit, die letzten beiden zu bekommen und auszubilden. Es sei denn, er hat seinen Zeitplan geändert.«

Smythe zögerte, warf einen Blick zurück zur Tür des Lagers, um sich zu versichern, dass sie nicht belauscht wurden. »Du bist immer noch dabei, die Waisenkinder zu entführen?«, fragte er leise.

»Aye. Die beste Quelle, die wir finden können, ohne dass groß Krawall geschlagen wird. Früher haben wir sie einfach auf der Straße aufgelesen und mitgenommen. Ist aber immer riskant, weil auf der Straße oft Zeter und Mordio geschrien wird. Aber wenn wir die Waisenkinder aus dieser Gegend entführen … wer sollte sich aufregen?«

»Wie sieht es denn mit den fehlenden beiden Jungen aus? Wann wirst du sie haben?«

Grimsby zögerte, kniff die Augen schlau zusammen und antwortete: »Ich schreibe dir doch auch nicht vor, wie du dein Geschäft zu betreiben hast, oder?«

Wieder gab Smythe sich einen Ruck. »Spuck's aus, Grimsby. Immerhin bin ich derjenige, der mit Alert reden muss. Und diesmal plant er eine große Sache.«

»Aye. Und wer war es, der deinen Namen ins Spiel gebracht hat, he?«

»Du natürlich, du alter Schurke. Aber das ist nur ein Grund mehr, dich an dein Wort zu erinnern, mir alle acht Jungen zu beschaffen. Acht, allesamt bestens ausgebildet und geschult. Und das braucht Zeit … Zeit, die langsam knapp wird.«

»Warum zum Donnerwetter braucht ihr eigentlich genau acht? Noch nie von einem Gauner gehört, der acht auf einen Streich brauchte.«

»Darüber musst du dir nicht den Kopf zerbrechen. Alert spielt ein Spiel, bei dem es wahrscheinlich ist, dass ich tatsächlich alle acht brauche, um seinen Auftrag zu erfüllen.«

Grimsby schaute ihn misstrauisch an. »Soll das heißen, dass du planst, die Burschen zurückzulassen?«

»Nein, nicht unbedingt. Aber ich möchte Alert nicht erklären müssen, dass ich seinen Auftrag nicht erfüllen kann, weil einer der Burschen sich im Fenster eingeklemmt hat oder auf dem Weg nach draußen über einen Lakaien gestolpert ist. Ausgebildet oder nicht, sie machen Fehler. Und wie du weißt, ist Alert kein Mann, der leicht verzeiht.«

»Aye, nun gut, das ist der einzige Grund, weshalb ich den Ruhestand noch mal aufgegeben habe. Um diesem Mr. Bloody Alert einen Gefallen zu tun.«

Smythe musterte Grimsby. »Was hat er gegen dich in der Hand, alter Junge?«

»Darüber musst *du* dir nicht den Kopf zerbrechen. Ich habe nichts zu tun, außer dich an ihn zu vermitteln und die Burschen zu besorgen. Dann steige ich wieder aus.«

»Und genau deshalb schickt Alert mich zu dir. Um dich daran zu erinnern.« Smythes Blick verhärtete sich. »Was ist nun mit den letzten beiden Jungen? Ich brauche sie. Ich möchte in der Lage sein, Alert auszurichten, dass wir alle acht beisammen haben. Wie geplant.«

Grimsby ließ den Blick lange auf ihm ruhen. »Es treiben sich massenhaft Waisenkinder in den Straßen herum. Aber nicht die Sorte, die wir gebrauchen können. Plötzlich sind sie alle schwerfällige Ochsen oder Dummköpfe. Oder noch schlimmer. Nicht zu gebrauchen.« Er hielt inne, lehnte sich vor und senkte die Stimme. »Als ich dir versprochen habe, die acht ranzuschaffen, hatte ich genau acht im Sinn. Sechs haben wir bereits. Aber diese letzten beiden … die Verwandtschaft ist leider doch nicht so krank, wie es mir zu Ohren gekommen war.«

Smythe musterte Grimsbys Miene, las den Blick in seinen schlauen kleinen Augen – und hörte den Unterton aus seinen Worten heraus. Dachte an Alert und dessen riskantes Spiel. »Nun … wie krank sind sie denn … diese leidenden Verwandten? Um es auf den Punkt zu bringen, wie heißen sie und wo wohnen sie?«

Am nächsten Tag, einem Sonntag, zwang Penelope sich zu aller Geduld, derer ihre Seele überhaupt fähig war, bis Barnaby – Adair – und sie endlich die St. John's Wood High Street erreicht hatten. Der Kutscher hatte Anweisung, vor dem Laden der Putzmacherin zu halten, und studierte die Fassaden der Häuser, an denen er langsam vorbeirollte.

Schließlich hielt die Kutsche vor dem frei stehenden und weiß angestrichenen Haus, das den Laden beherbergte. Heruntergezogene Jalousien verbargen das Innere, aber über der Tür schwang ein Schild mit der Aufschrift *Griselda Martin. Putzmacherin.*

Barnaby – Adair – stieg aus und reichte ihr die Hand. Während er den Kutscher bezahlte, betrachtete Penelope die drei Stufen, die zur Ladentür führten, drehte sich um und sah Stokes die Straße entlang auf sie zukommen.

Er nickte höflich, als er sie erreicht hatte. »Miss Ashford.« Über ihren Kopf hinweg nickte er Barnaby zu. »Miss Martin wird uns bereits erwarten.«

Prompt stieg Penelope die Stufen hinauf, zerrte an der Türglocke und hörte, wie es drinnen klingelte.

Kurz darauf eilte jemand leichtfüßig zur Tür, es klickte, und die Tür schwang nach innen auf. Penelope schaute auf und begegnete wundervollen blauen Augen in einem rundlichen Gesicht mit rosigen Wangen. Sie lächelte. »Hallo. Sie müssen Miss Martin sein.«

Die Frau schaute irritiert, entdeckte dann Barnaby und Stokes auf dem Gehweg. Rasch trat Stokes nach vorn. »Miss Martin, das ist …«

»Penelope Ashford.« Penelope trat ebenfalls einen Schritt vor und streckte ihr die Hand entgegen. »Ich bin sehr erfreut, Ihre Bekanntschaft zu machen.«

Miss Martin betrachtete Penelopes Hand, zögerte, ergriff und schüttelte sie und grüßte obendrein noch mit einem Nicken.

»Nein, nein.« Penelope ging weiter in den Laden, zog Miss Martin mit sich. »Es gibt keinerlei Anlass zu übertriebenen Höflichkeiten. Sie sind so freundlich, uns zu helfen, unsere vermissten Jungen wiederzufinden. Dafür bin ich Ihnen aufrichtig dankbar.« Barnaby war Penelope in den Laden gefolgt, musterte Griselda Martin aufmerksam und entdeckte ein großes fragendes »uns?« in ihrem Blick. Er lächelte beruhigend, als sie sich ihm zuwandte.

»Barnaby Adair, Miss Martin. Ich bin Stokes' Freund. Und genau wie Miss Ashford, die das Findelhaus leitet, in dem die verschwundenen Jungen hätten aufgenommen werden sollen, bin ich Ihnen für die Hilfe außerordentlich dankbar.«

Stokes schritt über die Schwelle und schloss die Tür hinter sich.

»Ich hoffe, Sie werden die Invasion verzeihen, Miss Martin«, er fing ihren Blick auf, »aber …«

»Um die Wahrheit zu sagen, Miss Martin«, unterbrach Penelope, »ich habe Stokes förmlich die Erlaubnis abgezwungen, Sie ebenfalls kennenzulernen, zusammen mit ihm und Mr. Adair. Ich bin felsenfest entschlossen, die vier entführten Jungen zu retten, und ich vermute, dass Sie vorhaben, im East End nach Spuren dieser Einbrecheranstalt zu suchen, in der sie wahrscheinlich unterrichtet werden.«

Barnaby hatte plötzlich die böse Ahnung, dass es zu einem Desaster führen würde, falls er Penelope erlaubte, offen mit Miss Martin zu sprechen, hoffte aber auf einen Irrtum, als Miss Martin die Stirn runzelte.

Penelope hatte Miss Martin nicht aus den Augen gelassen und nickte als Antwort auf das Stirnrunzeln. »In der Tat. Ich wage die Vermutung, dass Sie sich wundern, warum einer Lady meines Standes das Wohlergehen der vier Burschen aus dem East End so sehr am Herzen liegt. Die Antwort ist ganz einfach. Es mag sein, dass sie nicht wie vorgesehen ans Findelhaus übergeben worden sind. Aber trotzdem waren und sind wir in der Pflicht.

Wir tragen die Sorge für diese Jungen, und als Leiterin des Hauses werde ich nicht einfach die Augen vor der Tatsache verschließen, dass sie entführt worden sind. Und auch nicht vor der Tatsache, dass die Eltern dieser Jungen ein anderes Leben für sie arrangiert haben, als Verbrechen zu begehen. Das hatte das Schicksal nicht für sie vorgesehen, und ich werde Himmel und Hölle in Bewegung setzen, um sie wieder auf den rechten Weg zurückzuführen.«

Barnaby beobachtete sie, während sie sprach, und war überzeugt, dass es ganz buchstäblich zu verstehen war, wenn sie »Himmel und Hölle« in Bewegung setzen wollte. Die Leidenschaft, die in ihren dunkelbraunen Augen aufglomm und sich auf ihren lebhaften Zügen abzeichnete, war ein deutliches Zeugnis ihrer unverrückbaren Entschlossenheit.

Dann lächelte sie und bannte damit den Eindruck einer Kriegsgöttin, den sie gerade wachgerufen hatte. »Miss Martin, ich hoffe, Sie verstehen, dass ich nicht einfach zu Hause die Hände in den Schoß legen und auf Neuigkeiten warten kann. Wenn es irgendeinen Weg gibt, auf dem ich helfen kann, die vier Jungen ausfindig zu machen und zu retten, dann muss ich dabei sein und helfen. Und ich bin überzeugt, dass es diesen Weg gibt.«

Barnaby hörte, wie Stokes hinter ihm unruhig von einem Bein auf das andere trat. Offensichtlich hatte er nicht mit der Anziehungskraft zwischen Penelope und Miss Martin gerechnet, und noch weniger mit ihrer Leidenschaftlichkeit. Barnaby war nicht in der Lage, sich klar vor Augen zu führen, was Penelope mit ihrer Überzeugungskraft anrichten würde – dass sie nämlich verkleidet das East End aufsuchte –, und musste sich stattdessen eingestehen, wenn auch widerwillig, dass er ihre Aufrichtigkeit ebenso bewunderte wie ihre Taktik.

Miss Martin hatte geschwiegen, während Penelope ihre Erklärung abgegeben hatte. Sie musterte das Gesicht der Frau; ihr Stirnrunzeln hatte sich zwar verflüchtigt, aber ihr Blick schien noch nicht recht überzeugt.

Barnaby war versucht, ein paar Worte zu sagen, um Penelopes Ausstrahlung zu dämpfen. Aber er spürte, dass er unter Umständen genau das Gegenteil erreichen würde, wenn er den Mund aufmachte. Er war sich sicher, dass Stokes genauso empfand. Denn mit ihrer Offenheit hatte Penelope die Auseinandersetzung auf eine Ebene gelenkt, auf der sie – schließlich waren sie nur Männer – kaum etwas ausrichten konnten.

Jetzt hing alles daran, wie Miss Martin auf Penelopes Erklärungen reagieren würde.

Penelope neigte den Kopf, hatte den Blick immer noch auf Miss Martin gerichtet. »Ich hoffe, dass Sie alle eventuellen Vorbehalte über meinen sozialen Stand unberücksichtigt lassen können, Miss Martin. Es ist ganz gleich, ob wir prächtige Kleider tragen oder nicht. Zuerst einmal sind alle Frauen, und sonst nichts.«

Zaghaft spielte ein Lächeln über Miss Martins angespannte Miene. »In der Tat, Miss Ashford. So habe ich schon immer gedacht. Bitte nennen Sie mich doch Griselda.«

Penelope strahlte. »Wenn Sie mich Penelope nennen! Ab sofort!« Sie drehte sich um, um einen Blick auf Barnaby und Stokes zu erhaschen, wandte sich dann wieder Griselda zu. »Und nun zu unseren Plänen.«

Barnaby presste die Lippen zu einem dünnen Strich zusammen und wechselte Blicke mit Stokes. Penelope hatte die Schlacht gewonnen, bevor sie auch nur einen einzigen Schuss abgefeuert hatten. Aber der Krieg war noch lange nicht vorüber!

Miss Martin – Griselda – winkte sie in den hinteren Bereich des Ladens. »Wenn Sie mir bitte in mein Wohnzimmer folgen wollen … dort können wir uns setzen und besprechen, wie wir am besten mit der Angelegenheit umgehen.«

Sie führte ihren Besuch an der Theke vorbei durch einen schweren Vorhang. Dahinter lag eine kleine Küche, die von einem großen Arbeitstisch beherrscht wurde, auf dem Federn, Bänder, Spitze und Perlen verstreut lagen.

Penelope betrachtete das Durcheinander dieser weiblichen Accessoires. »Verzieren Sie die Hauben alle selbst?«

»Ja.« Griselda war an einer kleinen Treppe angekommen. »Ich habe zwei Lehrlingsmädchen, die heute allerdings nicht arbeiten.«

Sie stieg die Stufen hinauf, Penelope folgte ihr dicht auf den Fersen, und Barnaby folgte ihr; die Stiege war so eng, dass Stokes und er die Schultern einzwängen mussten.

Oben an der Treppe betrat Barnaby ein gemütliches Zimmer, das sich bis unter den Fensterbogen an der Vorderseite des Ladens erstreckte. Am anderen Ende gegenüber dem Fensterbogen schnitt eine Mauer durch den Raum. Durch die geöffnete Tür erspähte er das Schlafzimmer mit dem schmalen Fenster, das auf den hinteren Garten hinaus zeigte.

Er folgte den Ladys zu den zwei nicht zueinanderpassenden Sesseln vor einem kleinen Kamin. Der Kohlenhaufen glühte noch, gerade so viel, um den frostigen Luftzug zu vertreiben. Barnaby linste auf Penelopes Umhang, den sie immer noch geknöpft hatte; wenigstens war ihr warm genug. Stokes und er hatten ihre Übermäntel bereits geöffnet, behielten sie aber noch an, als sie sich setzten.

Griselda Martin, die sich einen wollenen Schal um die Schultern geschlungen hatte, sank in einen Lehnstuhl, und Penelope beanspruchte eine Ecke des Sofas für sich. Barnaby nahm neben ihr Platz, während für Stokes der zweite Lehnstuhl blieb. Barnaby fing Griseldas Blick auf. »Stokes hat Ihnen die Lage erläutert. Wir müssen uns also über diese Individuen informieren, deren Namen er erhalten hat, dürfen dabei allerdings keinerlei Verdacht erregen. Weder bei diesen Individuen noch bei sonst irgendjemand. Oder wir riskieren, die Jungen für immer zu verlieren.«

Griselda nickte. »Was ich vorschlagen wollte …« Sie schaute Stokes an, der ihr ermutigend zunickte. Sie atmete tief durch und sprach weiter: »In der Petticoat Lane und der Brick Lane werden Märkte abgehalten. Die meisten Männer, die mein Vater genannt hat, arbeiten in dieser Gegend. Morgen summt und brummt es auf beiden Märkten … wenn ich hingehe und so tue, als würde ich die Waren prüfen, wird es nicht schwer sein, hier und da eine Frage über bestimmte Männer loszuwerden. Überall auf den Märkten erkundigen sich die Menschen nach ihren Bekannten. Und weil ich mit dem richtigen Akzent spreche, wird sich niemand etwas dabei denken, wenn ich die Fragen stelle … man wird mir unbefangen antworten. Außerdem ist mir klar, wie ich sie bei Laune halten muss, bis ich an jemanden gelange, der mir erzählen kann, was mich interessiert.«

Sie drehte sich zu Stokes. »Der Inspektor hat darauf bestanden, mich zu begleiten. Schließlich ist es eine Polizeiangelegenheit, bei der ich ihn unterstütze.« Griselda ließ den ernsten Blick wieder zu Penelope und Barnaby schweifen. »Um aufrichtig zu sein, ich glaube nicht, dass es klug wäre, wenn Sie beide mich begleiten. Dort kommen Sie niemals durch. Es reicht ein Blick, und die Leute werden den Braten riechen, werden Sie im Auge behalten und kein Wort über die Lippen bringen.«

Barnaby schaute zu Penelope. Eigentlich hatte er beabsichtigt, Stokes und Griselda zu begleiten – Stokes hatte ihn bereits in Verkleidung erlebt und wusste, dass er sich überzeugend verwandeln konnte. Aber falls es die Chance gab, dass Penelope sich Griseldas Warnung zu Herzen nahm und auf den Besuch im East End verzichtete ... dann gab es keinen Grund, offen über seine Pläne zu sprechen.

Penelope hielt Griseldas Blick fest. »Sie sind Putzmacherin. Also wissen Sie auch, wie die unterschiedlichsten Hauben das Aussehen einer Frau verändern können. Sie wissen, wie Sie es anstellen müssen, eine Frau schäbig aussehen zu lassen. Oder auch umwerfend.« Sie lächelte; flüchtig, aber bezaubernd. »Warum nehmen Sie mich nicht einfach als größte Herausforderung an Ihre Fähigkeiten? Ich brauche Sie, um mir eine Garderobe zu schneidern, die es mir erlaubt, über die Märkte im East End zu spazieren, ohne dass jemand Verdacht schöpft, ich gehörte dort nicht hin.«

Griselda musterte sie unverhohlen von Kopf bis Fuß und wurde nachdenklich.

Barnaby hielt die Luft an. Wieder einmal war er versucht, das Wort zu ergreifen und das auszusprechen, was auf der Hand lag – dass es keinerlei Verkleidung gab, die Penelopes bestechende Lebhaftigkeit auf angemessene Weise vertuschen konnte, ganz zu schweigen die ihr angeborene aristokratische Würde. Und wieder einmal befahl ihm der Instinkt, die Lippen fest verschlossen zu halten und stattdessen einen Blick mit Stokes zu wechseln. Auch sein Freund saß offenbar wie auf glühenden Kohlen, wollte nichts lieber, als den Ausgang des

Gesprächs beeinflussen, wusste aber, dass sie verdammt wären, wenn sie es tun würden.

Penelope ertrug Griseldas Prüfung mit unerschütterlicher Zuversicht.

Schließlich verkündete Griselda: »Niemals wird man Ihnen abkaufen, dass Sie aus dem East End stammen.«

Barnaby hätte am liebsten applaudiert.

»Aber«, fuhr Griselda fort, »mit der passenden Kleidung, dem passenden Schal und Umhang könnten Sie durchaus als Blumenverkäuferin aus Covent Garden durchgehen. Die Blumenverkäuferinnen tauchen recht oft auf den Märkten auf, breiten ihre Waren meistens zu den Zeiten aus, wenn die bessere Gesellschaft sich nicht an ihren Lieblingsplätzen herumtreibt ... und, was das Wichtigste ist, es sind sehr viele ... nun, die meisten sind illegitime Kinder, das heißt, dass Ihre Gesichtszüge Sie nicht verraten werden.«

Barnaby warf Stokes einen entsetzten Blick zu. Den Stokes interessiert erwiderte.

Bis Griselda das Gesicht verzog. »Aber wie auch immer, selbst wenn wir sehr wohl in der Lage sind, Ihre Erscheinung zu verändern, Sie werden sich genau in dem Moment verraten, in dem Sie den Mund aufmachen.«

Barnaby ließ den Blick über Penelope schweifen und erwartete, dass sie voller Enttäuschung in sich zusammensank. Stattdessen blühte sie förmlich auf.

»Machen Sie sich keine Sorgen um mich, meine Liebe.« Ihre Stimme klang anders – immer noch unverkennbar Penelope, aber anders. »Ich spreche eine ganze Reihe Sprachen, darunter Lateinisch, Griechisch, Italienisch, Spanisch, Französisch, Deutsch und Russisch. Für mich ist die Sprache des East Ends nicht mehr als eine weitere Sprache, und zwar eine, die leichter zu beherrschen ist als andere und die ich darüber hinaus jeden Tag höre.«

Barnaby hasste es, es eingestehen zu müssen. Gleichwohl war er beeindruckt. Mit verschränkten Armen lehnte er sich auf dem Sofa zurück und schaute wieder Stokes an – in dessen

Blick er seine eigene Fassungslosigkeit gespiegelt sah – und gab sich geschlagen.

Diese Schlacht hatten sie also auch verloren.

Griselda machte aus ihrer Bewunderung keinen Hehl. »Das war … das war perfekt. Wenn ich nicht hier sitzen und Sie anschauen würde, hätte ich geglaubt, Sie stammten aus … oh, irgendwo aus der Gegend von Spitalfields.«

»In der Tat. Nun, sobald ich angemessen verkleidet bin, werde ich in der Lage sein, Sie zu unterstützen, die wichtigen Informationen zu bekommen.« Sie wandte sich an Barnaby. »Ich nehme an, dass Sie uns ebenfalls begleiten werden?«, fragte sie süßlich.

Er musterte sie mit schmalen Augen. »Darauf können Sie wetten.« Der Blick schweifte zu Griselda. »Machen Sie sich um mich keine Sorgen. Stokes kann bestätigen, dass meine Garderobe passend ist.«

Stokes nickte. »Das gilt auch für meine«, und fuhr fort, an Griselda gerichtet: »Wir haben das schon einmal gemacht.«

»Ausgezeichnet.« Sie musterte ihn aufmerksam und nickte, bevor sie sich wieder an Penelope wandte. »Nun, wir müssen Ihre Garderobe zusammenstellen.«

Es dauerte eine Weile, aber am Ende beschlossen sie, dass Griselda ihr einen passenden Rock leihen sollte, eine Bluse und eine Jacke von den Mädchen aus der Nachbarschaft. »Ich fertige die Hauben zu Ostern für sie an. Sie werden sich freuen, uns zu helfen. Außerdem stimmt die Größe.«

Nachdem das erledigt war, zog Stokes die Liste mit den Namen hervor. Mit Griselda zusammen überlegte er sich einen vernünftigen Weg, die Liste abzuarbeiten.

Dann verabredeten sie sich für den nächsten Vormittag um neun Uhr vor dem Laden.

»Dann habe ich noch genügend Zeit, meine Lehrlinge in ihre Arbeit einzuweisen. Anschließend müssen wir Sie verkleiden«, sie deutete auf Penelope, »und dann in die Petticoat Lane gelangen. Dort sollten wir gegen halb zehn ankommen, was genau der richtige Zeitpunkt wäre, um an den Ständen vorbeizuschlendern. Es werden genügend Leute unterwegs sein, sodass wir mehr oder weniger mit der Menge verschmelzen werden.«

Es war alles besprochen. Sie bekräftigten ihre Pläne mit einem Händedruck; Penelope und Griselda freuten sich über die neue wechselseitige Bekanntschaft, und gemeinsam stiegen sie wieder nach unten in den Laden.

Griselda begleitete sie zur Tür. Stokes folgte Penelope und Barnaby, hielt aber auf der Schwelle inne, um noch ein paar Worte mit ihr zu wechseln.

Barnaby überließ ihn dem Gespräch. Die Droschke wartete, um ihn und Penelope nach Mayfair zurückzubringen; er stieg ein, nachdem er ihr geholfen hatte, und schloss die Tür.

Nachdem er sich neben ihr in die Polster gesetzt hatte, blickte er stur geradeaus und fragte sich – nicht besonders erfreut –, was der morgige Tag wohl bringen würde.

Neben ihm strahlte Penelope immer noch vor Begeisterung.

»Unsere Verkleidungen werden perfekt sein. Es gibt keinen Grund zur Sorge.«

Barnaby verschränkte die Arme. »Ich mache mir keine Sorgen.« Sein Tonfall verriet, dass er darüber weit hinaus war.

»Sie müssen nicht mitkommen, wenn Sie nicht wollen. Griselda und Stokes werden für meine Sicherheit garantieren. Schließlich ist er Polizist.«

Es gelang ihm, eine brummige Bemerkung zu unterdrücken.

»Ich werde mitkommen.« Ein Moment verstrich, bevor er schlicht bemerkte: »Um aufrichtig zu sein, ich werde förmlich an Ihrer Seite kleben.« Seine Stimmung stieg, als ihm die verschiedenen Möglichkeiten durch den Kopf schossen. »Können Sie sich eigentlich vorstellen, was Ihr Bruder sagen würde, wenn er sähe, wie Sie in der Verkleidung einer *Blumenver-*

käuferin aus Covent Garden durch das East End stapfen?« Blumenverkäuferinnen aus Covent Garden ... nichts anderes als Huren.

»In der Tat, das kann ich.« Sie schien völlig unbeeindruckt. »Er würde erblassen, wie immer, wenn er versucht, sein Temperament zu zügeln. Dann würde er streiten, mit dieser dünnen, knappen, beängstigend kontrollierten Stimme, die man von ihm kennt. Und dann, wenn ihm die Argumente ausgegangen sind, wird er die Beherrschung verlieren, verzweifelt die Hände ringen und stürmisch das Zimmer verlassen.«

Penelope warf ihm einen Seitenblick zu. Obwohl er sich ihrem Blick verweigerte, wusste er, dass sie sich kaum merklich amüsierte. »Wollen Sie sich auch so verhalten?«

Mit zusammengepressten Lippen dachte er darüber nach, gab dann aber gleichmütig zurück: »Nein. Jeder Streit mit Ihnen wäre reinste Zeitverschwendung.« Und völlig witzlos, wie er stumm hinzufügte.

Wenn er auf seine bevorzugte Weise mit Penelope umging – auf einer vernünftigen, logischen Ebene –, würde er sich niemals einen Vorteil sichern können. Bei anderen Ladys behielt er mit vernünftigen und logischen Argumenten immer die Oberhand – nur nicht bei ihr. Penelope war unübertrefflich, wenn es sich darum handelte, Vernunft und Logik zu ihrem eigenen Vorteil zu nutzen, wie sie gerade eben eindrucksvoll bewiesen hatte.

Immer noch verschränkte er die Arme und blickte stur geradeaus, schenkte dem überschäumenden Triumph neben sich keinerlei Beachtung.

Stokes und er hatten Penelopes Wunsch, sie zu Griselda zu begleiten, in der festen Erwartung zugestimmt, dass im besten Fall eine gewisse Steifheit zwischen den Frauen herrschen würde. Stattdessen hatte Penelope die gesellschaftliche Kluft zwischen ihnen mühelos überbrückt – und sie war es gewesen, die dafür gesorgt hatte, nicht Griselda. Griselda hatte im Lehnstuhl gesessen und gewartet. Penelope dagegen hatte sich der Anstrengung unterzogen, und sie hatte genau gewusst, wie sie es anstellen musste. Jetzt gab es zwischen den beiden eine aufkeimende Freundschaft, die niemand hatte vorhersehen können.

Nun … wo Stokes und er zu zweit zusammengearbeitet hatten, arbeiteten sie jetzt zu viert.

Er stellte sich vor, wie er mit Stokes ins East End gehen würde – die zwei hatten schon früher verdeckt ermittelt. Und zu viert … würde die Jagd noch schneller vonstattengehen. Penelopes East-End-Akzent war erschreckend gut gewesen. In der Tat, sie würde viel eher als Ortsansässige durchgehen als er. Die vier konnten sich aufteilen und Stokes' Liste noch schneller abarbeiten.

Mit Penelope und Griselda an ihrer Seite würden sie die vier vermissten Jungen noch rascher aufspüren können.

Und das war – jenseits aller Diskussionen – ihr erklärtes Ziel. Er schaute auf, als die Droschke um die Kurve bog, und stellte fest, dass sie bereits in der Mount Street angekommen waren. Sein Blick streifte die Häuserfassaden, als der Wagen langsamer fuhr. »Weisen Sie Ihren Lakaien morgen an, Ihnen eine Droschke für halb neun zu bestellen. Wenn sie ankommt, steigen Sie ein und nennen dem Kutscher Griseldas Laden.«

Der Wagen hielt. Er fing Penelopes Blick auf, als er zum Türöffner fasste. »Ich werde in der Droschke auf Sie warten.«

Mit hochgezogenen Brauen schaute sie ihn an. Er glitt an ihr vorbei und half ihr aus der Kutsche, zahlte den Fahrer und begleitete sie zur Tür des Hauses, das ihrem Bruder gehörte.

Barnaby wartete auf ihre Frage, wartete darauf, dass sie ihn nach seinen Plänen fragte. Stattdessen schenkte sie ihm ein zuversichtliches Lächeln und reichte ihm die Hand. »Dann bis morgen. Ich wünsche Ihnen einen schönen Tag, Mr. Adair.«

Barnaby fühlte sich auf unbestimmte Art betrogen, als er sich über ihre Hand beugte. Der Butler öffnete die Tür. Er nickte würdevoll, drehte sich um, stieg die Stufen hinunter und eilte davon.

8

Schon vor langer Zeit hatte Penelope gelernt, dass es niemals klug war, einen Gentleman in dem Glauben zu ermutigen, sie sei schutzbedürftig. Das galt besonders dann, wenn es sich um Gentlemen in der Art ihres Bruders Luc handelte oder um ihren Cousin Martin oder um ihren Schwager Simon Cynster. Denn bei manchen Männern konnte man einfach nicht darauf vertrauen, dass sie wussten, wo sie die Grenze zu ziehen hatten, sofern sie überhaupt ahnten, dass eine solche Grenze existierte; sie wussten nicht, ob sie eine Frau in Watte packen oder als Ritter in strahlender Rüstung auftauchen sollten. Für eine jede Lady, die solchen Schutz akzeptierte, hieß das Ergebnis unausweichlich, dass dieser Schutz in einen nie enden wollenden Krieg ausartete, und sie musste sich auf diesen Krieg einlassen, wenn sie ein annehmbares Maß der Freiheit erreichen wollte.

Das entsprach jedenfalls ihren Beobachtungen bei den genannten männlichen Wesen. Als sie sich am nächsten Tag morgens um halb neun hastig fertig machte, wuchs ihre Gewissheit, dass Barnaby Adair ungeachtet seiner exzentrischen Vergangenheit ebenfalls zu dieser Art gehörte.

Herrische Männer, so mahnte sie ihre Erfahrung, benahmen sich in jeder Lage herrisch.

Diese Männer mochten hin und wieder über ihre Eigenart hinwegtäuschen können; ändern konnten – und wollten – sie sich niemals.

Solche Weisheiten echoten ihr durch den Kopf, als sie ihre Begeisterung mit einem schnellen, aber kräftigen Frühstück stützte und sich dann hastig den Umhang umlegte. Genau in dem Moment, als draußen die bestellte Kutsche vorfuhr, trat sie aus der Tür.

Sie verabschiedete sich von ihrem Butler Leighton, schaute nach links und rechts, während sie die Treppe hinabstieg, entdeckte aber niemanden, der Barnaby – Adair – hätte sein können. Ein Lakai hielt den Kutschenschlag auf und wollte ihr beim Einsteigen helfen.

»St. John's Wood High Street«, rief sie dem Fahrer zu und kletterte in den Wagen, »zum Laden der Putzmacherin!«

Penelope ließ sich in das Polster sinken und schickte den Lakaien mit einem Nicken fort. Der Mann schloss die Tür und zog sich zurück.

Die Tür auf der anderen Seite der Kutsche wurde geöffnet, und der Wagen rollte gerade an, als ein Mann hineinkletterte.

Obwohl Penelope mit seinem Erscheinen gerechnet hatte, stand ihr der Mund offen. Es gab nur eines, was sie an dem Mann erkannte, der die Tür schloss und sich in das gegenüberliegende Polster drückte, und das waren seine blauen, sehr blauen Augen.

Die Kutsche ruckte an, rollte vorwärts – und blieb dann abrupt stehen, weil der Kutscher bemerkt hatte, dass jemand zu seinem weiblichen Fahrgast in den Wagen geklettert war.

»Miss? Alles in Ordnung?«

Penelope hatte die Augen immer noch staunend auf Barnaby gerichtet und starrte ihn unverwandt an. Barnaby riss den Kopf nach oben in Richtung Kutschbock. Sie erinnerte sich, wo sie sich befand, und stammelte: »J…ja! Alles bestens. Fahren Sie weiter.«

Der Kutscher brummte ein paar Worte vor sich hin, und dann rollte der Wagen weiter. Als sie in die Kurve bogen und die Mount Street verließen, ließ Penelope den Blick über diese eher erschreckende Erscheinung von Barnaby Adair schweifen.

Im Allgemeinen nutzte man Verkleidungen, um etwas zu kaschieren. Aber manchmal entblößten sie auch. Erstaunt – und auch ein wenig misstrauisch – nahm Penelope zur Kenntnis, was sie – dank seiner Verkleidung – jetzt zu sehen bekam.

Barnaby musterte sie eindringlich, aber nicht mehr so grimmig wie anfangs – eine Miene, die in mancher Hinsicht zu seinem neuen Gesicht passte, dessen sonst so saubere, strenge Züge er mit Ruß beschmutzt hatte. Außerdem hatte er sich nicht rasiert, sodass die hageren Wangen viel deutlicher unter dem rauen stoppeligen Bart hervortraten. Die Frisur war nicht mehr als ein ungekämmtes Durcheinander seiner goldfarbenen Locken; gewöhnlich sah er niemals windzerzaust und zerwühlt aus, aber jetzt war es so.

Als ob er geradewegs bei einer Dirne aus dem Bett gestiegen wäre.

Der Gedanke war Penelope unwillkürlich durch den Kopf geschossen. Im Bruchteil einer Sekunde schob sie ihn beiseite. Sie schloss den Mund, bemerkte, dass sie mehrmals schlucken musste. Warum war ihre Kehle plötzlich trocken geworden? Sie ließ den Blick weiter über ihn schweifen, über seine Schultern und seinen Oberkörper, der in eine fadenscheinige Jacke mit einem dünnen, verschlissenen Baumwollhemd darunter gekleidet war. Weder Halsbinde noch ein Kragen verbargen seinen langen, schlanken Hals.

Die langen Schenkel steckten in Arbeitshosen, und er hatte getragene, abgewetzte Stiefel an den Füßen. Er sah aus wie der Inbegriff eines raubeinigen Tölpels, ein Arbeiter, der an den Docks und in den Lagerhäusern Aushilfsarbeiten verrichtete, mal dies und mal jenes tat, gerade das, was am besten bezahlt wurde.

Der Mann strahlte die Aura einer gewissen Bedrohlichkeit aus, die zu verstehen gab, dass man ihm besser nicht zu nahe trat.

Weil es zu gefährlich war.

»Was?«, provozierte er mit zusammengekniffenen Augen.

Sie hielt seinen Blick fest – das Einzige, an dem er auf Anhieb zu erkennen war –, und sie wusste, dass er unter der rauen Kleidung und dem ungehobelten Benehmen immer noch derselbe Mann war. Kopfschüttelnd beruhigte sie sich wieder und lächelte sanft. »Sie spielen Ihre Rolle großartig.« *Als Begleitung einer zur Blumenverkäuferin verkleideten Lady …*

Diese letzten Worte sprach sie nicht aus, aber wenn die Schärfe in seinem Blick irgendetwas zu bedeuten hatte, dann hatte er begriffen.

Barnaby stieß einen unbestimmten Laut aus, verschränkte die Arme vor der Brust, warf den Kopf zurück und verfiel in ungeselliges Schweigen.

Unwillkürlich lächelte sie und schaute aus dem Fenster, damit er es nicht bemerkte.

Während die Kutsche weiter über das Pflaster ratterte, grübelte sie über die Bedrohlichkeit nach, die er ausstrahlte. Denn es war keine Eigenschaft, die zur Rolle gehörte, sondern irgendetwas, was in ihm steckte, von Natur aus zu ihm gehörte.

Ihre früheren Gedanken kehrten zurück, jetzt allerdings von einer tieferen Einsicht begleitet. Ihr Verdacht hatte sich bestärkt, dass Barnaby Adair aus dem gleichen Holz geschnitzt war wie ihr Bruder, ihr Cousin und ihr Schwager. Und es schien auf der Hand zu liegen – wie gerade wieder bewiesen worden war –, dass ebenjene Weltläufigkeit, mit der diese Männer durch die Salons der besseren Gesellschaft schlenderten, deren eigentliche Verkleidung war. Erst wenn sie, wie Barnaby es jetzt getan hatte, die äußeren Attribute der zivilisierten Höflichkeit ablegten, konnte man einen Blick auf die wahren Tatsachen erhaschen.

Und was diese Tatsachen betraf … sie war sich nicht sicher, was sie mit deren Entdeckung anstellen sollte. Wie sie reagieren sollte … Ob sie überhaupt reagieren oder nicht vielmehr so tun sollte, als hätte sie nichts bemerkt.

Schweigend verbrachten sie die Fahrt, Penelope in ihre Grübelei versunken, die durch ihre aufkeimende Neugier nur noch angefacht wurde.

Schließlich hielt die Kutsche draußen vor Griseldas Laden. Barnaby öffnete die Tür und stieg aus, wühlte in seiner Tasche und warf dem Kutscher ein paar Münzen hoch – und ließ Penelope allein aussteigen.

Ohne seine Hilfe kletterte sie aus dem Wagen und schloss

die Tür. Barnaby warf ihr einen scharfen, prüfenden Blick zu und stopfte die Hände in die Taschen, während er zu Griseldas Laden schlurfte. Dort stieß er die Tür auf und wartete, dass Penelope sich ihm anschloss – und fiel dann vollkommen aus der Rolle, als er sie mit eleganter Höflichkeit durch die Tür in den Laden komplimentierte.

»Himmel noch mal! Ein feiner Pinkel!«

Der unterdrückte Fluch stammte vom Kutscher auf dem Bock. Penelope blieb auf der Schwelle stehen und musterte Barnaby, als der sich aufrichtete und den Kutscher anschaute; die hageren Züge erschienen härter, kantiger, als sie es je zuvor gesehen hatte. Seine blauen Augen verengten sich zu schmalen Schlitzen. Auf den unterdrückten Fluch des Kutschers folgte schnell das Geräusch klappernder Hufe, als er die Peitsche über den Pferden knallen ließ und davonrollte.

Ohne seinen Blick aufzufangen, rauschte sie in das geheiligte Innere des Ladens und war sich nicht sicher, ob sie die Vorbehalte des Kutschers gegenüber dem Mann, der ihr auf den Fersen folgte, nicht sogar teilte.

Griselda hatte das bimmelnde Glöckchen gehört. Durch den Vorhang hinter der Theke trat sie nach vorn, richtete den Blick auf Barnaby – und stolperte beinahe rückwärts. Mit ihren aufgerissenen Augen erinnerte sie ein wenig an die beiden Lehrlingsmädchen, die am Tisch zwischen Vorhang und Theke gearbeitet und mit den Nadeln in den Fingern mitten in der Bewegung innegehalten hatten.

Nach einer angespannten Sekunde wandte Griselda den Blick auf Penelope.

Die lächelte. »Guten Morgen, Miss Martin. Ich nehme an, dass Sie uns bereits erwartet haben?«

Griselda zwinkerte irritiert. »Oh, ja, selbstverständlich.« Ihre Wangen hatten sich leicht gerötet, als sie den Vorhang zurückschob. »Bitte kommen Sie durch.«

Barnaby hielt sich an Penelopes Schulter, als sie ein paar Schritte nach vorn machten, und sie stellte fest, dass er sich anders – aggressiver – bewegte. Die beiden Mädchen senkten den Kopf, als sie an ihnen vorbeikamen.

Mit offener Bewunderung schüttelte Griselda den Kopf, als er vor ihr stehen blieb, winkte ihn dann durch. »Gehen Sie schon mal nach oben. Ich bin gleich bei Ihnen.«

Penelope stieg die Treppe hinauf. Hinter sich hörte sie Griselda, die ihren Lehrlingen mit erstickter Stimme erklärte, welche Arbeiten sie an diesem Tag noch zu erledigen hatten.

Penelope blieb stehen, nachdem sie das Wohnzimmer betreten hatte. Barnaby ging an ihr vorbei bis ans Fenster und ließ den Blick über die Straße schweifen. Sie nutzte die Gelegenheit, ihn zu betrachten, wieder einmal die elementare Kraft und die Härte zu erkunden, die durch seine ungewohnte Verkleidung durchschimmerte.

Es dauerte nicht lange, bis Griselda dazukam.

»Nun ...«, wie Penelope betrachtete Griselda die Gestalt am Fenster, »kein Wunder, dass Sie glatt durchgehen.«

Barnaby drehte sich zu den beiden Frauen und deutete dann mit dem Kinn auf Penelope. »Dann lassen Sie uns mal sehen, was Sie aus ihr zaubern können.«

Griselda fing Penelopes Blick auf und deutete mit dem Kopf in Richtung Schlafzimmer. »Wir gehen dort rein. Ich habe die Kleidung schon ausgebreitet.«

Kleinlaut löste Penelope den Blick von der Gestalt am Fenster und folgte Griselda in das Schlafzimmer.

Es brauchte seine Zeit, aber es brachte viel Freude, Penelope in eine Blumenverkäuferin aus Covent Garden zu verwandeln. Griselda hatte die Schlafzimmertür fest verschlossen, damit sie ungestört arbeiten konnten.

Nachdem sie mit der Gestalt zufrieden war, in die sie Penelope verwandelt hatte, musste sie ihre eigene Kleidung wechseln. »Ich habe beschlossen, dass die Leute eher mit mir sprechen werden, wenn ich darauf verzichte zu zeigen, dass ich mein Glück gemacht habe. Mag sein, dass ich mir Respekt verschaffe, wenn ich als erfolgreiche Putzmacherin über den Markt stolziere, aber trotzdem erntet man damit im East End keinerlei Sympathien.«

Auf dem Hocker vor Griseldas Frisierkommode sitzend, nutzte Penelope den Spiegel, um ihren Hut zurechtzurücken. Es handelte sich um eine altertümliche dunkelblaue Samthaube, die schon bessere Tage gesehen hatte; aber mit einem Sträußchen Seidenblumen, die am Band befestigt worden waren, sah die Kopfbedeckung genauso aus wie die Gebilde, die eine Blumenverkäuferin in den Straßen um Covent Garden tragen würde.

Ihre Kleidung bestand aus einem langen Rock aus billigem hellblauen Satin, einer ehemals weißen Bluse, auf der jetzt ein zarter Grauschleier lag, und einer verschlissenen Jacke aus schwarzem Twill mit großen Knöpfen.

Um die Bügel ihrer Brille hatten sie Bänder gewickelt und den Goldrand mit Wachs eingerieben, um ihn stumpf wirken zu lassen. Über einen flachen Korb, wie er zu ihrem Gewerbe gehörte, hatten sie gesprochen, den Gedanken aber verworfen; heute hatte sie keinerlei Interesse daran, irgendwelche Waren zu verkaufen.

Zufrieden betrachtete Penelope den Gesamteindruck. »Die Verkleidung ist großartig. Vielen Dank für Ihre Hilfe!«

Griselda ließ den Blick über sie schweifen, während sie die Kordeln eines alten Unterrocks um ihre Hüfte schlang. »Wenn Sie den Gefallen erwidern wollen, können Sie vielleicht meine Neugier lindern«, meinte sie zögerlich.

Penelope schwang auf dem Stuhl herum und breitete die Hände aus. »Fragen Sie nur.«

Griselda griff nach dem Rock, den sie sich ausgesucht hatte. »Ich habe vom Findelhaus gehört, von den Kindern, die dort aufgenommen werden, und von der Ausbildung, die sie dort bekommen. Dem Vernehmen nach haben Sie das alles eingerichtet, zusammen mit Ihren Schwestern und einer Handvoll anderer Ladys. Und Sie sind immer noch die diensthabende

Leiterin des Hauses.« Sie hielt kurz inne. »Meine Frage lautet: Warum machen Sie das? Eine Lady wie Sie hat es nicht nötig, sich die Hände an solchen Leuten schmutzig zu machen.«

Penelope zog die Brauen hoch, antwortete nicht sofort. Die Frage war ernst gemeint und verdiente eine ebenso wohlüberlegte wie ernste Antwort. Griselda musterte ihr Gesicht, bemerkte ihre Nachdenklichkeit und ließ ihr die Zeit.

Schließlich antwortete Penelope. »Ich bin die Tochter eines Viscounts und jetzt auch die Schwester eines sehr reichen Titelerben. Ich habe immer ein beschütztes Leben in Luxus verbracht, wo man mir meine Wünsche stets erfüllt hat, ohne dass ich auch nur den kleinen Finger zu rühren brauchte. Und dieses Leben lebe ich immer noch. Ich wäre unaufrichtig, wenn ich behaupten würde, dass es nicht ausgesprochen bequem ist. Aber es ist keine Herausforderung.«

Sie schaute auf und fing Griseldas Blick auf. »Wenn ich mich nur zurücklehnen würde und das Leben führen, wie es die Tochter eines Viscounts führen würde, wenn ich die Zügel schießen lassen würde, welche Befriedigung würde ich daraus ziehen?« Penelope hob die ausgebreiteten Hände. »Was hätte ich dann in diesem Leben erreicht?«

Sie ließ die Hände in den Schoß sinken und fuhr fort. »Es ist schön, reich zu sein. Aber es ist nicht schön, faul zu sein und nichts zu erreichen. Es ist nicht ... befriedigend, nicht erfüllend.«

Penelope atmete tief durch und spürte das Echo der Wahrheit in ihrem Innern. »Das ist der Grund, weshalb ich das tue, was ich tue. Warum Ladys wie ich das tun, was sie tun. Die Leute nennen es Wohltätigkeit, und ich glaube, die Menschen, um die wir uns kümmern, empfinden es auch so. Aber auch für uns spielt es eine wichtige Rolle. Es schenkt uns das, was wir sonst nicht erleben würden ... Befriedigung, Erfüllung und ein sinnvolles Leben.«

Griselda schwieg einen Moment, bevor sie nickte. »Danke. Das verstehe ich sehr gut.« Sie lächelte. »Und jetzt verstehe ich *Sie* viel besser, als es mir vorher gelungen ist. Ich bin froh, dass Stokes sich an mich erinnert und um Hilfe gebeten hat.«

»Wo wir gerade über Stokes sprechen …« Penelope streckte einen Finger in die Luft; beide lauschten und hörten, unterdrückt, aber unverkennbar, das Glöckchen an der Tür läuten.

»Er kommt gerade zur rechten Zeit.« Griselda schlüpfte in eine weite Jacke mit zerrissener Tasche und stülpte sich eine schäbige Mütze über ihr Haar. Dann hörten sie Barnabys feste Tritte die Treppe nach unten gehen. Griselda schaute in den Spiegel an Penelope vorbei, richtete sich die Haube und nickte. »Ich bin fertig. Lassen Sie uns auch nach unten gehen.«

Griselda ging auf der Treppe voran. Als sie den Vorhang erreicht hatte, ergriff Penelope ihre Hand und zog sie zurück. »Was ist mit Ihren Lehrlingen? Werden die Mädchen uns nicht für verrückt erklären?«

»Zweifellos. Und noch viel mehr.« Griselda lächelte zuversichtlich. »Aber es sind gute Mädchen. Ich habe sie angewiesen, die Augen offen zu halten, den Mund aber fest verschlossen. Die beiden haben begriffen, dass sie hier eine gute Stellung haben, die sie niemals durch ein loses Mundwerk riskieren würden.«

Penelope nickte. Sie ließ Griseldas Hand los und atmete tief durch; sie fühlte sich, als hätte sie Lampenfieber wie beim Auftritt auf einer großen Bühne.

Griselda ging voran. Penelope schaute an ihr vorbei und entdeckte Barnaby und Stokes, die mitten im Laden standen und sich unterhielten, zwei große, kräftige Gestalten, gänzlich unpassend eingerahmt von Federn und Tand.

Der Anblick ließ ihre Mundwinkel amüsiert zucken. Griselda blieb kurz an der Theke stehen, um mit ihren Lehrmädchen zu sprechen. Auch Stokes und Barnaby unterhielten sich immer noch angeregt; Stokes, der mit dem Gesicht zur Theke stand, entdeckte sie zuerst – und unterbrach sich.

Barnaby war alarmiert über die plötzliche Ausdruckslosigkeit im Gesicht seines Freundes und wirbelte herum.

Und entdeckte sie, Penelope Ashford – die jüngste Schwester des Viscounts of Calverton, durch Geburt und Heirat mit den ältesten Familien der gehobenen Gesellschaft verbunden –, in einer Verkleidung, die sie, einschließlich ihrer Brille und allem, was dazugehörte, vollkommen verwandelte, und zwar in die bezauberndste, umwerfendste Dirne, die je durch die Straßen von Covent Garden geschlendert war.

Beinahe hätte er die Augen geschlossen und laut gestöhnt. Atemlos murmelte Stokes ein paar unverständliche Worte, die Barnaby aber auch gar nicht verstehen musste, um zu wissen, dass er den ganzen Tag über fest an Penelopes Seite kleben würde.

Sie kam zu ihnen, lächelte erfreut und war ganz offensichtlich sehr angetan von der Maskerade.

Selbst als er ihr in die dunklen Augen schaute, formte sich eine nagende Warnung in seinem Kopf. Jedes Mal wenn er, wie jetzt auch, in die Fußstapfen des Menschen in einer sozialen Stellung weit unter ihm trat, hatte er es immer als recht einfach empfunden, die Fesseln der Etikette eines Gentlemans von Stand abzuschütteln.

In vielerlei Hinsicht bewies Penelope nun, dass sie ihm darin sehr ähnlich war.

Barnaby biss die Zähne zusammen, bis es ihn schmerzte.

»Nun? Komme ich durch?«, drängte sie mit Blick auf ihn.

Es dauerte einen Moment, bis er sich wieder im Griff hatte.

»Gut genug.« Er schaute über ihren Kopf hinweg und bemerkte Griselda, die zu ihnen kam. »Kommen Sie.« Er wollte nach Penelopes Arm greifen, ermahnte sich aber sofort und schnappte stattdessen nach ihrer Hand.

Penelope erschrak über die unerwartete Berührung, lächelte ihn aber an, immer noch sichtlich erfreut, und umschloss seine Finger mit ihren.

Barnaby verschluckte den Fluch auf seinen Lippen, drehte sich um und zerrte sie zur Tür.

Für die Fahrt nach Petticoat Lane quetschten sie sich in eine Droschke.

Sie vertrieben sich die Zeit mit einem Gespräch darüber, in welcher Reihenfolge sie die Namen auf Stokes' Liste abarbeiten wollten, und überlegten, ob sie sich in zwei Gruppen aufteilen sollten – verschoben die Entscheidung aber auf später, wenn sie sich im East End befanden und ihre Möglichkeiten erkundet hatten.

Am nördlichen Ende der langen Straße ließen sie die Droschke stehen und tauchten in die Menschenmenge, die sich in den schmalen Pfad zwischen den Marktständen an beiden Seiten des Gehwegs ergoss. Kein Kutscher würde auch nur im Traum daran denken, sich mit seinem Gefährt in die Straße zu wagen, wenn der Markt in vollem Gange war.

Geräusche und Gerüche aller Art stürmten auf sie ein. Barnaby linste zu Penelope hinüber, fragte sich, ob sie wohl das Handtuch warf. Stattdessen gab ihre Miene zu verstehen, dass sie begierig war, noch tiefer einzutauchen. Es schien ihr keinerlei Schwierigkeiten zu machen, all das auszublenden, was sie nicht sehen wollte, und gleichzeitig all das in sich einzusaugen, was neu und bisher unbekannt für sie war.

Barnaby bezweifelte ernsthaft, dass jemals zuvor die Tochter eines Viscounts mit den Anwohnern der Petticoat Lane auf Tuchfühlung gegangen war.

Umgekehrt musterten die genannten Anwohner sie mit eindringlichen Blicken, schienen aber keinerlei Verdacht zu schöpfen. Der Saum ihres Rockes war kürzer, als der gute Geschmack es eigentlich erlaubte, kitzelte kokett den oberen Rand ihrer abgetragenen halbhohen Stiefel; ihre eng taillierte Jacke betonte die schlanke Figur, während die weit klaffenden Jackenaufschläge einen provozierenden Blick auf ihre Brust gewährten – all das zusammen mit ihrem angeborenen Selbstvertrauen und einer aufrichtigen Freude an allem, was sie sah, machte es nicht verwunderlich, dass die Einheimischen ihre Verkleidung ohne Weiteres schluckten, nicht zu vergessen, dass sie den örtlichen Akzent perfekt beherrschte und damit ihrer Akzeptanz das Siegel aufdrückte.

Zum Glück schöpften die Leute auch bei seiner Verkleidung keinerlei Verdacht. Mit strenger Miene und einer deutlichen Warnung in seinen Gesichtszügen hielt er sich dicht an Penelopes Schulter und sah aus wie ein Racheengel auf Abruf. Kein Racheengel hatte jemals so finster und bedrohlich gewirkt wie er, noch nicht einmal Luzifer persönlich. Es fiel ihm nicht schwer, eine solch bedrohliche Miene aufzusetzen; denn sie entsprach genau seinen Empfindungen.

Als ein schmieriger Taschendieb sich zu nahe an sie heranwagte, bekam er es mit Barnabys Schulter und mit einem starrenden Blick aus seinen blauen Augen zu tun. Mit aufgerissenen Augen rückte der Mann ab und tauchte kurz darauf in der Menge unter.

Stokes hielt sich neben Barnaby. Unmittelbar vor ihnen staunten Penelope und Griselda über billigen Flitterkram an einem baufälligen Stand.

Stokes ließ den Blick über die wogenden Köpfe der Menge schweifen. »Wie wäre es, wenn du mit Penelope diese Seite übernimmst, während Griselda und ich uns um die andere kümmern?«

Barnaby schaute Penelope an und nickte. »Figgs, Jessup, Sid Lewis und Joe Gannon … das sind die Kerle, denen wir heute auf den Fersen sind.«

Stokes nickte. »Wir sollten in der Lage sein, die Spur dieser vier aufzunehmen, entweder hier oder in der Brick Lane. Das hier ist ihr Terrain, und die Leute werden sie kennen. Aber dräng sie nicht zu sehr … das gilt auch für Miss Ashford.«

Barnaby brummte ein paar Worte in sich hinein. Viel lieber hätte er von Stokes gehört, wie er das nur anstellen sollte. Denn er hatte keinerlei Macht über Penelope … sie befand sich vollkommen außerhalb seiner Kontrolle.

Die Vorstellung, in seiner gegenwärtigen Verkleidung eine Frau im Zaum zu halten, die ebenso verkleidet war wie er, brachte ihn auf eine Idee. Wie ein Fünkchen, das ihm das Überleben sichern würde … der Strohhalm, an den er sich klammern konnte. Als Stokes ein paar Schritte nach vorn machte und Griselda mit sich zog, sprang Barnaby in die Lücke, schnappte sich Penelopes Hand und zog sie weiter zum nächsten Stand.

»Was ist los?« Sie starrte ihn an.

Er erläuterte ihr Stokes' Plan und deutete dann mit einer Geste die Reihe der Stände entlang. »Das ist unsere Seite, und wir müssen vorankommen. Aber jetzt, wo wir uns aufgeteilt haben, müssen wir auch dicht beieinanderbleiben. Also werde ich die Rolle des eifersüchtigen Liebhabers spielen, der grimmig die Minuten zählt, die Sie mit den Kinkerlitzchen verbringen.«

Sie starrte ihn noch eindringlicher an. »Warum?«

»Weil das eine Rolle ist, die die Einheimischen kennen … und akzeptieren werden.« Und es würde ihn keinerlei Anstrengung kosten, diese Rolle überzeugend zu spielen.

Penelope schluckte verlegen und warf ihm einen Blick zu, der klarmachte, dass sie nicht wusste, ob sie ihm glauben sollte oder nicht.

Er beantwortete ihre Frage, indem er seinen Arm um ihre Hüfte schlang und sie an seine Seite zog. Sie versteifte sich, ein zorniges Funkeln im Blick, aber er grinste boshaft und tippte ihr mit dem Finger an die Nasenspitze – und stürzte sie damit vollkommen in Verwirrung.

»Keine Blumenverkäuferin aus Covent Garden würde so reagieren«, murmelte Barnaby, »Sie haben die Rolle für sich beansprucht, nun müssen Sie sie auch spielen.«

Sie musste sich zur Entspannung zwingen. Nach und nach gelang es ihr auch. Sie schlenderten an den Ständen entlang, hielten hier und dort für einen Plausch, ließen die Namen der verdächtigen Männer fallen, wann immer sie auf jemanden trafen, der aussah, als könnte er etwas wissen.

Er überließ Penelope die Entscheidung, welchen Standinhabern sie sich annähern sollten. Es schien, als besäße sie einen siebten Sinn dafür, mit wem ein Gespräch sich lohnen würde. Außerdem überließ er ihr den größten Teil der Unterhaltung – ihr Akzent war makellos – und beschränkte sich auf ein Brummen, schnaubte hin und wieder oder gab einsilbige Kommentare ab.

Penelope musste sich eingestehen, dass sein Plan aufging. Die Leute fühlten sich ermutigt, in ihnen etwas Vertrautes zu erkennen, und so war es ihnen möglich, in die belanglose Plauderei immer wieder Fragen über die verdächtigen Männer einzustreuen.

Unglücklicherweise hatte die Sache ihren Preis. Seine Nähe entfachte in ihr ein lähmendes Feuerwerk der Gefühle … es war wie eine beunruhigende Mischung aus Erregung und Wachsamkeit, wie ein aufgeregtes Zittern, das ihre Nerven erschütterte, durchsetzt mit einer verwirrenden Lust … die sie immer dann in seiner Nähe empfand, wenn er sie dichter an seinen starken Körper heranzog, an diese Mauer aus männlichen Muskeln, die sich jedes Mal an sie pressten, wenn die Menge sie an ihn drängte und er sie ungezügelt und besitzergreifend berührte, seine große Hand sich um ihre Hüfte schlang oder ein paar Sekunden später ihre Hand umschloss, wenn er ihr wieder größere Freiheit gewährte.

Die Minuten verrannen. Penelopes Verwirrung wuchs. Wie auch die Verlockungen der Rolle, die sie zu spielen hatte.

Dank ihres vereinten schauspielerischen Talents erfuhren sie den vermutlichen Aufenthaltsort zweier der Männer, denen sie auf den Fersen waren.

Gemessen daran musste sie zugeben, dass der Preis, den sie zu zahlen hatte – ramponierte Nerven und eine Verwirrung der Gefühle –, nur gerechtfertigt war.

Sie erreichten die Ecke einer schmalen Gasse, an deren Ende Sid Lewis wohnen sollte. Wie im stummen Einverständnis blieben beide stehen. Während Barnaby auf der Suche nach Stokes und Griselda den Blick zurückschweifen ließ, betrachtete Penelope die Gasse.

»Die fünfte Tür an der Nordseite, ich kann es sehen.« Sie zupfte an Barnabys Mantel – er hatte den Arm um ihre Hüfte geschlungen und drückte sie schützend an sich –, um seine Aufmerksamkeit zu erregen. »Die Tür steht offen. Es sind Leute im Haus.«

Barnaby bedeckte ihre Hand mit seiner. »Ich kann Stokes nicht entdecken.« Er ließ den Blick durch die Gasse schweifen. »Einverstanden. Lassen Sie uns gehen. Aber Sie halten sich strikt an Ihre Rolle und spielen Ihren Part … das heißt, dass Sie das zu tun haben, was ich Ihnen sage.«

»Sind Sie wirklich sicher, dass sämtliche Männer im East End so autoritär sind?«

»Schätzen Sie sich glücklich. Soweit ich es weiß, sind sie sogar noch schlimmer.«

Sie verschluckte ihren Kommentar, hielt aber neben ihm Schritt, als er im Schatten der südlichen Häuserreihe die Gasse entlangging.

Auf der Höhe der fünften Hütte nach der Ecke konnte sie durch die geöffnete Tür die Geschäftigkeit drinnen erkennen. Aber nur wenige Leute spazierten durch die schmale Gasse; es würde Aufmerksamkeit erregen, wenn sie dort herumlungerte, und dann kam auch schon jemand aus dem Haus.

Barnaby sprang in einen Torbogen zurück, zog sie zu sich heran – in seine Umarmung. »Weiterspielen«, zischte er, senkte den Kopf und fuhr mit den Lippen zärtlich über ihre Wange.

Ihr schwirrte der Kopf, sie brauchte einen Moment, um sich wieder zu fangen, genügend Luft in ihre Lungen zu saugen – um gleich darauf zu entdecken, dass ihre Sinne mit ihm angefüllt waren. Seine Wärme hüllte sie ein, umschloss sie, schien irgendwie ihre Knochen zu erweichen. Aus irgendwelchen Gründen empfand sie das Bedürfnis, sich an ihn zu lehnen, der verlockend unverfälschten Männlichkeit seines muskulösen Oberkörpers nachzugeben und an ihn zu sinken.

Ihre Reaktion auf ihn ergab zwar keinerlei Sinn, aber leugnen konnte sie sie trotzdem nicht.

Ihr Verstand schien auszusetzen, und ihre Sinne wollten sich offenbar einen Heidenspaß mit ihr erlauben. Innerlich zitterte sie, wartete … mit verwirrten Sinnen, sehnsüchtig … auf die nächste flüchtige Berührung seiner Lippen. Zum Glück hielt er sie fest, denn sie fühlte sich seltsam schwach auf den Beinen.

Dann bemerkte Penelope, dass er die Geschäftigkeit in der Gasse am Saum ihrer Haube vorbei beobachtete.

Barnaby benutzte sie als Schutzschild.

Sie runzelte die Brauen, ohne dass er es bemerkte. Sie kannte ihre eigene Impulsivität nur zu gut, und jetzt nutzte sie den aufschießenden Impuls, um wieder auf den Boden der Tatsachen zurückzukehren.

Barnaby hatte es in dem Moment begriffen, in dem sie sich losriss. Er kämpfte gegen den Drang, mit den Lippen auf die linke Seite zu fahren … damit sie auf ihre treffen konnten, auf diese lüsternen, reifen Lippen, die ihn schier verfolgten. Stattdessen fuhr er mit seinen Lippen am Rand ihres Ohres entlang – und spürte, wie ein sinnlicher Schauder sie durchflutete, spürte, wie sie innehielt, genau in dem Moment, als es ihm gelang, ihren Verstand wieder zu beeinflussen.

Das Gefühl, sie in den Armen zu halten, weich, weiblich, aber doch pulsierend vor Lebendigkeit, kurvenreich, aber doch geschmeidig, war überaus verwirrend – und das war eine Vorstellung, die ihn zutiefst überraschte. Wie perfekt sie sich an ihn schmiegte … so als ob sie just für ihn geschaffen worden wäre, und das nährte die Vorstellung, die tief aus seinem Innern immer wieder seine Gedanken aufstörte, nur noch mehr, verlieh ihr Gewicht und Leben.

Wenn man ihre Verkleidung bedachte, die Rollen, die sie jeweils spielten, und diese merkwürdige Vorstellung, dann musste er heftig gegen den drängenden Impuls kämpfen, sich das zu nehmen, was sein Alter Ego sich längst genommen hätte – ihre Lippen, ihren Mund. Sie.

Während sein Blick wieder zum Geschehen auf der anderen

Seite der Gasse abschweifte, war er in Gedanken mehr damit beschäftigt, gegen seine Instinkte zu kämpfen, sie zu unterdrücken und zurückzuhalten. An die Leine zu nehmen. Zu beherrschen.

Es war vorauszusehen, dass ihre Verwirrung nicht lange andauern würde. »Nicht«, zischte er und spürte, dass sie ebenfalls mit sich kämpfte.

Sie atmete tief durch und zischte mit zusammengebissenen Zähnen zurück: »Sie machen das nur, um mich dafür zahlen zu lassen, weil ich darauf bestanden habe, Sie zu begleiten.«

Als ob er solchen inneren Aufruhr gebrauchen konnte. »Glauben Sie, was Sie wollen«, brummte er, »Hauptsache, man kauft uns unser Theater ab.«

Barnaby schlang den Arm fester um ihre Hüfte, presste sie enger an sich; er senkte den Kopf tiefer, drückte die Lippen auf die empfindliche Haut dicht unter ihrem Ohr … und hörte sie stöhnen. Spürte, wie der Widerstand ihrer Hände, die sich auf seinen Oberkörper drückten, langsam schwand, sich verflüchtigte.

Er atmete so tief durch, dass ihr Duft ihm die Sinne umnebelte, ihm förmlich bis ins Mark drang. Ihr glattes dunkles und seidiges Haar roch nach Sonnenschein. Er biss die Zähne zusammen, um die unausweichliche Wirkung abzuwehren, und flüsterte: »Jemand kommt aus dem Haus.«

Barnaby breitete die Hände auf ihrem Rücken aus und neigte den Kopf zur Seite, sodass es aussah, als würde er sie praktisch verschlingen. Oder sie mindestens mit seinen Küssen in den Wahnsinn treiben, bis zur Unterwerfung, wie der primitive Teil in seinem Innern es am liebsten auch getan hätte.

Sie wehrte sich nicht. Kurz darauf murmelte er in trockenem Tonfall: »Sieht so aus, als könnten wir Sid Lewis von unserer Liste streichen.«

»Warum?«

Er hob den Kopf und lockerte seinen Griff um sie, ließ sie wieder zu Sinnen kommen, achtete aber darauf, dass sie ihm weiterhin das Gesicht zukehrte. Er beobachtete die drei Männer, die aus der Hütte traten. »Wenn mich nicht alles täuscht, ist Sid Lewis gerade dabei, sein Verhältnis zu Gott zu verbessern. Höchst unwahrscheinlich, dass er eine Einbrecherschule betreibt, während er den ansässigen Pastor empfängt.«

Penelope warf rasch einen Blick über die Schulter, schaute ihn dann wieder an. »Sid Lewis ist der kleine Mann mit Glatze«, erinnerte sie sich an die Beschreibung eines Standinhabers auf dem Markt, »und er sieht recht krank aus.«

»Was sein plötzliches Interesse an der Religion erklärt.« Der Mann stützte sich schwer auf einen Stock. Von ihrem Standpunkt aus konnten Barnaby und Penelope sogar hören, wie er schnaufte.

»Kommen Sie schon.« Er schlang einen Arm um ihre Schulter, zerrte sie aus dem Torbogen und machte sich auf den Weg zurück durch die Gasse. »Wir müssen Stokes finden. Schließlich haben wir heute noch drei andere Verdächtige zu überprüfen.«

Kurz vor dem südlichen Ende des Marktes trafen sie auf Stokes und Griselda. Stokes verzog das Gesicht, als er den Bericht über Lewis hörte. »Figgs ist ebenfalls ausgeschieden. Hält sich in Newgate auf. Bleiben also nur noch Jessup und Joe Gannon in dieser Gegend. Den Gerüchten zufolge ist Jessup ein gefährlicher Kunde.«

Er suchte Barnabys Blick.

»In diesem Fall müssen wir besondere Vorsicht walten lassen.« Penelope schaute sich um. »Wo sollen wir es als Nächstes versuchen?«

Stokes wandte sich an Griselda. »Wie wäre es, wenn wir uns in einer Kneipe ein kleines Mittagessen gönnen?«

Der Vorschlag fand allgemeine Zustimmung, und Griselda verwies auf ein Gasthaus an der Ecke Montague Street und Brick Lane, das ihr bekannt war. »Das Essen dort soll einigermaßen vertrauenswürdig sein, und wir müssen sowieso die Brick Lane hinaufgehen. An den Marktständen dort können wir wahrscheinlich sehr viel über Jessup erfahren und uns Gannons Anschrift bestätigen lassen.«

Sie schlenderten zurück zur Wentworth Street und überquerten die Straße zur Brick Lane zum Delford Arms. Die Tür zum Schankraum stand weit offen. Nach einem Blick hinein zogen Stokes und Barnaby die beiden Frauen mit ein paar Schritten draußen an der Tür vorbei. Grob gehauene Gestelle mit Bänken standen zu beiden Seiten des Eingangs auf dem Gehweg, und die meisten waren besetzt, aber die Leute kamen und gingen ständig.

»Sie beide warten hier«, befahl Stokes, »wir holen das Essen und sind gleich zurück.« Er ließ den Blick über die Tische schweifen. »Mit ein bisschen Glück werden gleich Plätze frei.«

Griselda und Penelope nickten, warteten pflichtbewusst und beobachteten die Lage, während ihre beiden Kavaliere das Gasthaus betraten. Nachdem sie die lärmende Menge im Schankraum gesehen hatten, waren weder Griselda noch Penelope begierig darauf gewesen, ihren Mut zu beweisen. Trotzdem … »Sie scheinen beide einen Hang zu haben, anderen Menschen Befehle zu erteilen«, meinte Penelope.

»In der Tat«, gab Griselda bemerkenswert trocken zurück. »Das ist mir auch aufgefallen.«

Beide lächelten und warteten.

Nachdem in den vergangenen Stunden ununterbrochen das Stimmengewirr des East Ends an ihr Ohr gedrungen war, hatte Penelopes Hörverständnis sich deutlich verbessert. Sie trainierte ihre Fähigkeiten, lauschte gebannt der Unterhaltung von vier älteren, massigen Männern, die sich am Tisch in ihrer Nähe niedergelassen hatten. Leere Teller standen vor ihnen, und in den knorrigen Händen hielten sie Bierkrüge, als sie plötzlich den Namen »Jessup« hörte. Sie konzentrierte sich, hörte noch genauer hin.

Ein paar Sekunden später stieß sie Griselda an. Als Griselda sie anschaute, deutete sie mit dem Blick auf den Tisch.

Mit hochgezogenen Brauen erwiderte Griselda den Blick. Die Männer unterhielten sich zwar immer noch, aber nur über Belanglosigkeiten.

Penelope wollte sich gerade zur Seite drehen und flüstern, als Barnaby wieder auftauchte, zwei Teller mit dampfenden Muscheln in der Hand. Direkt hinter ihm balancierte Stokes einen Krug und vier Gläser auf dem Tablett.

Genau in diesem Moment erhoben sich zwei Männer, die am Tisch neben den Männern gesessen hatten, welche sich über Jessup unterhielten, und machten sich auf den Weg. Zwei weitere Kerle, die wie Angestellte dunkle, staubige Mäntel trugen, saßen immer noch am Tisch nahe an der Wand.

Penelope schnappte sich Barnaby und drehte ihn zum Tisch hinüber. Er starrte sie verständnislos an, folgte aber ihrem Wunsch. Während er die Teller abstellte, auf der Bank aufrückte, um ihr das Ende zu überlassen, wandte sie sich flüsternd an Stokes und Griselda. »Diese Männer«, betont blickte sie in die Richtung, »haben Jessup erwähnt. Sie haben über irgendetwas Illegales gesprochen, aber ich konnte nicht genau verstehen, um was es sich handelte.«

Griselda ließ den Blick wieder über die Männer schweifen, bevor sie sich an Stokes wandte. »Ich kenne einen von ihnen. Ich glaube, er wird mit mir reden. Unterbrechen Sie mich nicht, schauen Sie noch nicht einmal hinüber. Er ist ein schlauer Kerl, aber er kennt mich und meine Familie schon, so lange ich zurückdenken kann.«

Stokes zögerte, seine Miene versteinerte sich, aber er nickte. Dann ging er zur Bank und rückte auf, bis er Barnaby gegenübersaß, und überließ Griselda den Platz am Ende, sodass sie den fraglichen Männern am nächsten war.

Sowohl sie als auch Penelope setzten sich.

Griselda schaute sich um, während sie ihre Röcke richtete, als ob sie sich vergewissern wollte, wer ihr im Rücken saß. Gerade wollte sie sich wieder nach vorn wenden, als sie innehielt. Sie lehnte sich zur Seite, schaute vorbei an dem Mann direkt hinter ihr und starrte den älteren Mann ihm gegenüber unverwandt an.

»Onkel Charlie?«

Der angesprochene Mann starrte zurück, lächelte dann. »Die kleine Grizzy, nicht wahr? Hab dich schon eine ganze Weile nicht mehr gesehen. Hab gehört, dass du in die Stadt gezogen bist und jetzt Hüte für die Snobs machst.« Mit scharfem Blick musterte er ihren wenig prächtigen Aufzug. »Läuft wohl neuerdings nicht so gut?«

Griselda zog eine Grimasse. »Die Moden kommen und gehen. Hat sich aber gezeigt, dass es nicht ganz so spaßig ist, wie ich es mir gedacht habe.«

»Nun, dann bist du wohl auf dem Weg zurück nach Hause. Wie geht's dem Alten? Hab gehört, ihm soll in letzter Zeit nicht besonders wohl sein.«

»Mal so, mal so. Eigentlich recht gut.« Lächelnd erkundigte sie sich nach seiner Familie – der beste Weg, das Gespräch auf die kriminellen Machenschaften in der Gegend zu lenken. Die anderen Männer schlossen sich an, erzählten ihr allerlei Neuigkeiten, als sie erwähnte, dass sie erst vor Kurzem in die Gegend zurückgekehrt war, in der es praktisch zum guten Ton gehörte, sich über Verbrechen zu unterhalten.

Sie ließ sich Zeit, dehnte das Gespräch aus; wenn es sich irgendwie vermeiden ließ, wollte sie sich auf keinen Fall direkt nach Jessup erkundigen. Den Ruf des Mannes bedenkend, seine Stellung unter den ansässigen Kriminellen und die Tatsache, dass sie seinen Namen überhaupt erwähnt hatten, wagte sie schließlich einen Vorstoß. »Und was ist mit den größeren Bösewichten? Gab es da in jüngster Zeit irgendwelche Veränderungen?«

Charlie legte das Gesicht in Falten, als würde er nachdenken.

»Nur mit Jessup, würde ich behaupten. Du wirst dich an ihn erinnern. War groß im Einbruchsgeschäft und so weiter. Hat sich in die Tothill Fields aufgemacht, ja, das hat er und geht dort den üblichen Geschäften nach.« Bei den üblichen Geschäften in den Tothill Fields handelte es sich um Prostitution.

Es kostete Griselda keinerlei Anstrengung, äußerst interessiert dreinzuschauen. Besonders deshalb, weil die Information es ihr erlaubte zu sagen: »Das reißt sicher ein ordentliches Loch. Irgendetwas gehört, wer die Lücke füllen wird?«

Charlie lachte. »Mit dem Loch hast du recht, aber es ist nichts zu hören, wer die Gelegenheit beim Schopf ergreifen will. Außerdem haben wir keine Saison. Kein Zweifel, dass nächstes Jahr wieder mehr passieren wird.«

Stokes saß neben ihr und stieß ihr ruppig in die Rippen. »Wenn du was essen willst, kümmerst du dich besser drum«, brummte er, ohne sich umzuwenden.

Sie warf ihm einen Blick zu und bemerkte, dass er ihr zu verstehen geben wollte, sie solle mit dem Verhör aufhören. Lächelnd drehte sie sich wieder zu Onkel Charlie und den anderen drei Männern. »Ich sollte jetzt wirklich besser was essen. Sonst falle ich bald vom Fleisch.«

Alle lachten und nickten ihr zum Abschied zu.

Immer noch lächelnd wandte Griselda sich wieder zu den anderen am Tisch. »Nun«, bemerkte sie, »das war wirklich interessant.«

»Essen Sie.« Stokes schob den Teller mit den dampfenden Muscheln und Schnecken zu ihr hinüber.

Griselda schaute ihn an, war sich der ungreifbaren Spannung bewusst, die seine kräftige Gestalt immer noch fest im Griff hatte, und grübelte neugierig darüber nach, was wohl der Grund dafür war. Aber in seiner Miene fand sie keinerlei Hinweis darauf. Sie zuckte unmerklich die Schultern und begann zu essen, hob den Löffel, knackte die Schale und schlürfte das warme weiche Fleisch mit der Soße in den Mund.

Auf der anderen Seite des Tisches saß Penelope und beobachtete bewundernd, wie geschickt Griselda den Löffel handhabte. Wenn ihr jemand vorausgesagt hätte, dass sie, die zahllose Dinner und Partys überstanden hatte und mit komplizierten Menüfolgen und Besteck jeder Art umgehen konnte, dass sie eines Tages von einem simplen Löffel und einer Muschel besiegt werden würde, hätte sie verlegen gehustet.

Aber so war es gekommen.

Ihre Finger schienen einfach nicht lang oder nicht stark genug, um die Muschel zu halten, den Löffel einzuführen und zu drehen; jedenfalls nicht gleichzeitig.

Sie musste sich darauf beschränken, das Essen aus Barnabys Händen entgegenzunehmen – eine Tatsache, über die er und Stokes sich amüsierten. Natürlich hatten sie nicht gegrinst, aber sie hatte den Ausdruck in ihren Augen gesehen, und sie kannte die beiden nur zu gut. Männer!

Penelope streckte Barnaby die geöffnete Handfläche entgegen und wartete auf die nächste Muschel. Als sie sie in der Hand hatte, musste sie ihre gesamte Aufmerksamkeit darauf verwenden, das Fleisch herauszulösen und es ohne größere Katastrophe in ihren Mund zu manövrieren. Aber das sollte ihr immerhin gelingen. Wenn sie es hätte zulassen müssen, dass Barnaby sie mit dem Löffel in den Mund fütterte, hätte es ihr den Appetit verdorben.

Und das wäre wirklich ein Jammer gewesen. Noch nie im Leben hatte sie solche Speisen genossen, noch nie draußen auf der überfüllten Straße gesessen und gegessen; aber die kleinen Muscheln und Meerestiere waren köstlich, und sie hatte feststellen müssen, dass sie wirklich hungrig war.

Bisher hatte sie nur einen kleinen Schluck von ihrem Ale getrunken, und es schmeckte ihr ausgesprochen bitter. Barnaby und Stokes dagegen leerten den Krug, der zwischen ihnen auf dem Tisch stand.

Griselda vertilgte ihren Anteil an Muscheln und Schnecken. Servietten gab es nicht. Penelope stellte fest, dass die anderen Leute sich den Mund am Ärmel abwischten. Sie schüttelte den Ärmel ihres Kleides nach unten, sodass sie ihn mit den Fingerspitzen greifen konnte, und machte es ihnen nach.

»Sie haben einen Krümel übersehen.«

Penelope bemerkte, dass Barnaby sie aufmerksam musterte. Bevor sie antworten konnte, hatte er die Hand ausgestreckt und fuhr mit dem Daumen über ihren Mundwinkel.

Ihre Nerven zuckten so sehr, dass es sie schockierte. Wenn sie aufrecht gestanden hätte, hätte es sie in die Knie gezwungen.

»Da.« Langsam hob er den Blick und traf auf ihren. In seinen blauen Augen schimmerte eine Glut, so heiß, dass es ihr beinahe den Atem raubte.

Einen Moment lang schaute er sie unverwandt an, ohne dass sein Blick auch nur die Spur weich oder sanft wirkte.

Lächelnd senkte er dann die Lider und lehnte sich entspannt zurück. Mit einer Handbewegung gab er zu verstehen, dass sie sich wieder auf den Weg machen sollten.

Penelope stellte fest, dass sie widerspruchslos aufstand, und versuchte sich zu orientieren, denn es schien, als würde ihr plötzlich der Boden unter den Füßen weggezogen.

Stokes und Griselda, die sich umschauten und Onkel Charlie und seinen Freunden zuwinkten, führten sie den Weg zurück zur Straße. Barnabys Hand auf ihrem Rücken schien förmlich zu brennen, als er sie besitzergreifend auf ihre Hüfte gleiten ließ und sich Stokes an die Fersen heftete.

Sie mahnte sich, dass er sich all diese beunruhigenden, nervenzerreißenden Berührungen nur erlaubte, um sie zutiefst bedauern zu lassen, dass sie darauf bestanden hatte, an den Ereignissen des Tages teilzuhaben.

Unglücklicherweise änderte das nichts an der Wirkung, die seine Berührungen auf ihre Nerven und Sinne ausübten.

Sie schlenderten über den Markt an der Brick Lane, wie sie auch schon die Petticoat Lane entlanggeschlendert waren. Während die fröhlichen Standinhaber in der Petticoat Lane zahlreiche verschiedene Waren zum Verkauf anboten, hauptsächlich jedoch Stoffe und Leder, wurden die Stände in der Brick Lane von verkniffen dreinblickenden Gestalten bewacht, die mindestens die Hälfte der Waren unter dem Tisch verborgen hielten. Bei diesen Waren handelte es sich meistens um Dekorationsstücke oder Schmuck sowie um schäbige Möbel oder Tand. Viele der Gestelle auf dem Gehweg waren nur aufgebaut worden, um die Kunden in die dämmrigen Hütten dahinter zu locken. Neugierig lugte Penelope in eine solche Hütte und fand sie bis unter die Dachbalken angefüllt mit einem Haufen verstaubter alter Möbel, die dort schon seit Generationen lagern mussten und einer Prüfung bei Tageslicht sicher nicht mehr standgehalten hätten.

Der Besitzer hatte seine Kunden erspäht und eilte sofort heran, lächelte schmierig. Barnaby hielt sich dicht an ihrer Schulter, griff nach ihrem Arm und zerrte sie grimmig fort.

Es war Griselda, die mehr über Joe Gannon erfuhr und berichten konnte, dass er gegenwärtig seine Geschäfte in ein Gebäude an der Spital Street verlagert hatte. Offenbar hatte er sich darauf spezialisiert, »alten Kram« zu verkaufen. Er war der letzte der vier Männer, von denen man wusste, dass sie in dem Gewerbe tätig gewesen waren. Obwohl sie die Ohren aufsperrten und Griselda die Leute auch fragte, erfuhren sie nichts über die fünf Männer auf Stokes' Liste.

Der Nachmittag war beinahe verstrichen, als sie sich am nördlichen Ende der Brick Lane wieder versammelten.

Stokes schaute Barnaby an. »Wir haben alles erfahren, was es hier zu erfahren gibt.« Er deutete mit dem Kopf Richtung Osten. »Es ist nicht weit zur Spital Street. Ich werde die Anschrift überprüfen, die wir für Gannon erhalten haben. Könnte sein, dass er sich dort aufhält. Dass er nicht umgezogen ist.« Der Inspektor zuckte die Schultern. »Ich werde hingehen und es mir anschauen.«

»Ich komme mit.« Griselda wartete ab, bis Stokes ihren Blick suchte. »Wir können uns anschauen, wie es dort aussieht. Wenn es ein Laden ist, können wir leicht hineingehen und uns umschauen.«

»Ich komme auch mit«, verkündete Penelope, »wenn es auch die geringste Chance gibt, dass die Jungen sich dort aufhalten, sollte ich dabei sein.«

Sie schaute nicht Stokes an, sondern Barnaby. Mit versteinerter Miene und zusammengepressten Lippen begegnete er ihrem Blick, wollte Streit, erkannte aber dessen Vergeblichkeit. Er nickte knapp und wandte sich an Stokes. »Wir werden alle gehen.«

Sie verließen die Brick Lane und bogen in engere Straßen ein, die wegen der oben auf die Häuser gesetzten Geschosse, die sich oftmals sogar berührten, eher wie Passagen wirkten. Schließlich schritten sie die Spital Street entlang, allen voran Stokes mit Griselda, die ihren Arm durch seinen geschoben hatte. Und ein paar Meter hinter ihnen folgte Penelope mit Barnaby, der den Arm um ihre Schultern gelegt hatte.

Die Richtung, die man ihnen angegeben hatte, führte sie zu einem alten Holzhaus. Es war schmal, die Farbe war verblasst, und die schiefen Fenster reichten direkt an die Straße. Es gab zwei baufällige Stockwerke und oben einen Dachboden, dagegen kein Untergeschoss; an einer Seite führte eine Gasse entlang, gerade so breit, dass ein Mann sich hineinzwängen konnte. Kein Schild wies auf einen Laden irgendeiner Art hin. Trotzdem stand die Tür weit offen.

Sie schlenderten vorbei, entdeckten aber kein Lebenszeichen. Ein paar Schritte weiter blieb Stokes stehen, unterhielt sich mit Griselda, wartete dann auf Barnaby und Penelope. »Wir werden reingehen. Ich schlage vor, dass Sie hier draußen warten, nur für den Fall, dass unsere Ermittlungen irgendeinen Aufruhr verursachen.«

Barnaby nickte, verbarg sich mit Penelope an der nächstgelegenen Wand, die Hand fest um ihre Hüfte gelegt. Sie verdrehte die Augen, verkniff sich aber jeden Kommentar.

Stokes und Griselda überquerten die Straße und verschwanden im Haus.

Die Minuten verrannen. Penelope verlagerte das Gewicht

von einem Bein auf das andere – und beschloss auf Anhieb, es nie wieder zu tun. Durch die Bewegung hatte sie sich mit der Hüfte an Barnabys Oberschenkel gerieben. Geflissentlich ignorierte sie die Hitzewallung unter ihrer Haut und mahnte sich, trotz ihrer schwankenden Sinne nicht in Ohnmacht zu sinken.

Sie standen genau gegenüber der schmalen Gasse an der Seite des Gebäudes. Penelope starrte längs an der Wand entlang und entdeckte eine Unregelmäßigkeit.

»Da ist eine Nebentür«, meinte sie und trat einen Schritt vor. Ob sie Barnaby nun überrascht hatte oder schlicht seinen festen Griff durchbrochen, er ließ die Hand von ihrer Hüfte gleiten. Sie nutzte den Vorteil, eilte über die Straße und verschwand in der Gasse. Fluchend folgte er ihr. Aber die Gasse war eindeutig leer und verlassen; es war offensichtlich, dass sie sich nicht in Gefahr begab, und deshalb versuchte er nicht, sie einzufangen und zurückzureißen, als er sie eingeholt hatte.

Penelope verlangsamte den Schritt, als sie sich der Tür näherte, fragte sich, ob sie auch in den Laden führte oder zu einem vollkommen anderen Gebäude gehörte. Es war, als hätte die Vorsicht ihr bereits die Hand auf den Rücken gelegt, als die Tür sich knarrend öffnete, dann leise so weit aufschwang, dass ein Mann durch den Spalt nach draußen schlüpfen konnte; er kehrte ihnen den Rücken zu, linste in das Gebäude, wollte die Tür langsam schließen.

»Mr. Gannon?«

Der Mann schrak fluchend zusammen, wirbelte herum und drückte sich seitlich gegen die Mauer.

Penelope musterte ihn durchdringend. »Ich nehme an, Sie sind Mr. Joe Gannon. Und daher haben wir ein paar Fragen an Sie.«

Gannon zuckte zusammen, erwiderte Penelopes Blick, und langsam kehrte die Farbe in seine Wangen zurück. Aber dann fiel sein Blick an ihr vorbei auf Barnaby, der an ihrer Schulter klebte. Es war Gannon anzusehen, dass er nicht wusste, was er von ihrem Auftritt halten sollte. Eingeschüchtert fragte er: »Wer stellt hier die Fragen?«

Penelope zögerte nicht mit der Antwort. »Ich stelle die Fragen, und zwar mit der vollen Autorität der Metropolitan Police.«

Gannon riss die Augen auf. »Die Polizei?« Er versuchte, an Barnaby und Penelope vorbeizuschauen. Sein Blick verlor sich am Ende der Gasse. »Äh … hab nichts verbrochen.«

»Das wäre schon rein körperlich ausgeschlossen.« Penelope stützte die Hände auf die Hüften, spielte längst nicht mehr ihre Rolle, sondern gab vielmehr die arrogante, fordernde und gebieterische Lady. Und genau das schien Gannon vollkommen durcheinanderzubringen. »Lügen Sie mich nicht an, Sir.« Sie beugte sich vor und hätte beinahe mit dem Zeigefinger vor seinem Gesicht gewackelt. »Was wissen Sie über Dick Monger?«

Gannon zuckte wieder zusammen, war ernstlich aus der Bahn geworfen. »Wen?«

»Er ist ungefähr so groß …«, Penelope hielt die Hand etwa auf Schulterhöhe, »… ein flachsblonder Kerl. Haben Sie ihn bei sich angestellt?«

Ihre Frage klang wie ein gefährliches Bellen, und Gannon zuckte erschrocken zurück.

»Nein! Hab nur einen Kerl bei mir … gehört meiner Schwester. Mein Neffe. Ist ein echter Faulenzer. Was soll ich mit noch einem anfangen? Besonders wenn er von den Bullen gesucht wird.« Gannon war ihr eindeutig nicht gewachsen und warf Barnaby einen Blick zu, als suchte er Rettung aus höchster Not. »Äh … wenn du auch nur ein verkleideter Bulle bist, dann solltest du ein Weib wie dieses nicht von der Leine lassen. Sie ist gefährlich.«

Genau das hatte Barnaby auch schon gedacht … als die nackte Angst ihn gepackt hatte, in der Sekunde, *bevor* ihm bewusst geworden war, dass Gannon keine Gefahr darstellte …

in der Sekunde, als Penelope sich zwischen ihn und den Mann gedrängt hatte … Erfahrungen, die er niemals wieder machen wollte. Trotzdem … »Antworten Sie einfach auf die Fragen. Dann werden wir … und die Polizei … Sie in Ruhe lassen. Wissen Sie etwas über den Jungen, den sie beschrieben hat? Haben Sie irgendetwas gehört?«

Gannon war begierig darauf, mit der Stimme der Vernunft zu kooperieren, und dachte gründlich über die Angelegenheit nach, bevor er schließlich den Kopf schüttelte. »Hab hier in der Gegend keinen Kerl gesehen, der so aussieht. Hab auch nichts gehört … nicht über ihn oder sonst jemanden.« Eine gewisse Schläue blitzte in seinen Augen auf. »Wenn Sie und die Lady einem Kerl auf den Fersen sind, der geklaut worden ist, und wenn Sie glauben, ich hätte ihn als Einbrecher in meine Dienste genommen, dann kann ich Ihnen sagen, dass ich schon seit zwei Jahren oder noch länger nicht mehr im Geschäft bin. Nicht seit ich das letzte Mal im Knast gesessen habe.«

Es klang, als sagte er die Wahrheit. Barnaby warf einen prüfenden Blick auf Penelope und stellte fest, dass sie es auch so verstanden hatte. Sie nickte, und die kriegerische Anspannung wich aus ihrer schlanken Gestalt. »Sehr gut.« Die untergründige Warnung war unüberhörbar. »Ich glaube Ihnen. Achten Sie darauf, dass Sie sich ab sofort immer auf der richtigen Seite des Gesetzes wiederfinden.«

Damit schwang sie herum. Berührte Barnabys Oberkörper beinahe mit ihrem. Er trat zur Seite und ließ sie vorbei.

Penelope marschierte davon, die Gasse entlang.

Barnaby musterte Gannon. Der Gesichtsausdruck des Mannes gab klar zu verstehen, dass er sich überaus glücklich schätzen würde, wenn er einem solch verwirrenden und verstörenden Weib niemals wieder begegnen musste.

Mit einem letzten warnenden Blick drehte Barnaby sich ebenfalls um und war in ein paar Schritten bei Penelope. Ihn hatte eine Spannung ergriffen, wie er es noch nie zuvor erlebt hatte; er senkte den Kopf, sodass er ihr direkt ins Ohr flüstern konnte: »Wagen Sie es niemals wieder, *vor mir* in eine einsame Gasse zu rennen.«

Seine Stimme klang flach, der Ausdruck knapp und präzise.

Über die Schulter warf sie ihm einen verwirrten Blick zu. »Die Straße war leer. Es gab keinerlei Gefahr.« Penelope schaute wieder nach vorn. »Und immerhin wissen wir jetzt, dass wir Gannon von unserer Liste streichen können.«

Sie tauchte aus der Gasse auf und blieb auf dem Gehweg stehen. Seufzend betrachtete sie die einbrechende Dämmerung. »Ich fürchte, die übrigen fünf Namen müssen wir für morgen übrig lassen.«

Barnaby biss die Zähne zusammen, bemerkte Stokes und Griselda auf der anderen Seite der Straße, schnappte nach ihrem Arm und eilte in Richtung der beiden anderen … und entdeckte überrascht, dass er entgegen seinen Erwartungen eine ganz bestimmte Gemeinsamkeit mit Joe Gannon hatte.

Für den Rückweg zu Griseldas Laden zwängten sie sich wieder in eine Droschke; unglücklicherweise gehörte das Gefährt zu den kleineren, was zur Folge hatte, dass Barnaby die ganze Zeit über die viel zu große Nähe zu ihr zu ertragen hatte.

Griselda und Stokes, die sich gegenübersaßen, verbrachten die Fahrt mit Gesprächen darüber, wie sie die fünf verbleibenden Namen auf seiner Liste abarbeiten sollten. Das East End war groß, und bis jetzt hatten sie keine Ahnung, in welcher Gegend die Männer wohl tätig geworden waren. Am Ende beschlossen sie, dass Griselda ihren Vater nochmals besuchen sollte, um sich zu erkundigen, ob er weitere Einzelheiten erfahren hatte. In der Zwischenzeit wollte Stokes sich genauer bei seinen Kollegen an den Wachtposten im East End umhören. In zwei Tagen wollten sie sich wieder treffen, um sich über die Neuigkeiten auszutauschen und weitere Pläne zu schmieden.

Penelope ärgerte sich sichtlich über die Verzögerung, obwohl ihr nichts anderes übrig blieb, als sich zu fügen.

Schließlich erreichten sie die St. John's Wood High Street. Barnaby stieg zuerst aus, überließ es Stokes, den Ladys aus dem Wagen zu helfen, und kümmerte sich um den Kutscher.

Als die Kutsche davonrollte, drehte er sich um und stellte fest, dass Stokes sich verabschiedete, erst von Penelope, dann von Griselda. Er beobachtete, wie er sich halb über Griseldas Hand beugte, beobachtete, wie sie seinen Blick lächelnd erwiderte und sich ebenfalls verabschiedete. Bemerkte, dass Stokes ihre Finger ein paar Sekunden länger als nötig umschloss … zum ersten Mal fragte Barnaby sich, ob Stokes vielleicht noch tiefere Gründe haben mochte, Griselda Martin zu bitten, ihn durch das East End zu führen.

Sieh an, sieh an.

Er schloss sich der Gruppe wieder an und nickte Stokes zu. »Ich werde morgen bei dir vorbeischauen.«

Stokes nickte ebenfalls. »Ich werde mich im Hauptquartier umhören, nur für den Fall, dass irgendjemand eine Ahnung hat, wo die fünf sich herumtreiben könnten.« Er grüßte die drei zum letzten Mal, drehte sich um und eilte davon.

Einen Moment lang schaute Griselda ihm nach, riss sich dann zusammen, lächelte Barnaby und Penelope zu und führte sie in ihren Laden.

Ihre Lehrmädchen wollten sich gerade auf den Weg nach Hause machen.

»Gehen Sie schon mal nach oben«, drängte sie Penelope, »ich schließe zu und komme gleich nach.«

Penelope nickte, eilte die Treppe hinauf. Barnaby hätte es vorgezogen, an der Tür zu warten, bis sie sich die eigene Kleidung angezogen und wieder nach unten gekommen wäre. Aber die Überfülle der Kinkerlitzchen im Laden wollte ihn schier erdrücken, und es war nicht zu übersehen, dass er Griseldas Lehrmädchen vollkommen durcheinanderbrachte.

»Ich werde im Wohnzimmer warten.« Entschlossen stieg er die Treppe hinauf.

Oben angekommen, stellte er fest, dass Penelope sich bereits ins Schlafzimmer zurückgezogen hatte. Er lehnte sich bequem an den Fensterbogen, stopfte die Hände in die Tasche und schaute hinaus.

Er fühlte sich ... ganz anders als sonst. Irgendwie nicht wie er selbst. Nein, das stimmte nicht. Er fühlte sich voll und ganz wie er selbst. Obwohl der Glanz seiner weltläufigen Selbstbeherrschung sich zu einer dünnen – viel zu dünnen – Fassade verschlissen hatte. Dabei hatte er keine Ahnung, warum es Penelope Ashford immer wieder gelang, seinen Schutzwall zu überwinden. Aber es machte keinen Sinn zu leugnen, dass es ihr gelang ... dass er auf sie reagierte, dass sie es war, die ihn zu dieser Reaktion trieb, wie noch keine andere Frau zuvor es getan hatte.

Es war verwirrend. Verstörend. Mehr als das. Sie raubte ihm schier den Verstand.

Die Tür zum Schlafzimmer öffnete sich. Er drehte sich um, sah sie, wieder in ihrer eigenen Kleidung, modisch elegant, aber streng, wie man es an ihr kannte.

Penelope hatte sich das Gesicht gewaschen, sich den Puder abgespült, den Griselda aufgetragen hatte, um den Glanz ihrer porzellanfarbenen Haut zu überdecken. Im Licht des schwindenden Tages schimmerte sie wie die kostspieligste Perle.

Sie schaute ihn an, spürte deutlich seine Anspannung, die er ebenfalls empfand, ohne den Grund zu kennen, und neigte den Kopf. »Ich nehme an, dass Griselda sich immer noch unten aufhält. Vielleicht sollten wir auch gehen?«

Er drehte sich um und winkte sie zur Treppe. Sie ging voran; als er ihr folgte, war ihm klar – ohne zu wissen, warum, aber es war ihm klar –, dass sie beschlossen hatte, kein Wort über das zu verlieren, was sie seinerseits als fortgesetztes ungehobeltes Benehmen empfand.

Kaum hatte sie die letzte Stufe hinter sich gebracht, stürmte sie mit erhobenem Kopf vorwärts zu Griselda, die die Kasse überprüfte.

»Vielen Dank für die Unterstützung, die Sie uns den ganzen Tag gewährt haben«, meinte Penelope und blickte Griselda warmherzig an. »Ohne Sie wären wir niemals so weit gekommen, wie wir jetzt sind.« Sie streckte ihr die Hände entgegen.

Griselda erwiderte den Dank mit einem ebenfalls warmherzigen Lächeln und versicherte Penelope, wie erfreut sie war, überhaupt darum gebeten worden zu sein.

Penelope drückte ihr die Hände, beugte sich dann vor und fuhr flüchtig mit ihrer Wange über Griseldas. Unter den Ladys der gehobenen Gesellschaft war es eine übliche Geste der Zuneigung. An dem überraschten Funkeln, das Barnaby in Griseldas Blick entdeckte, stellte er fest, dass ihr die Bedeutung vertraut war – und war beinahe überwältigt, dass Penelope sie ihr widmete.

Falls Penelope es bemerkte, welche Reaktion sie ausgelöst hatte, ließ sie es sich nicht anmerken. Sie lächelte immer noch warm, als sie zurücktrat, ihre Hände aus Griseldas löste und sich zur Tür wandte. »Wir werden Sie jetzt allein lassen. Zweifellos werden wir uns wieder begegnen, sobald Stokes oder Sie Neuigkeiten zu berichten haben.«

Griselda folgte Penelope zur Tür. Sie öffnete, lächelte ein letztes Mal und ging hinaus. Barnaby schenkte Griselda ebenfalls ein Lächeln und hob die Hand zum Gruß, als er an ihr vorbei trat. »Bis zum nächsten Mal.«

»In der Tat. Guten Abend.«

Barnaby folgte Penelope die Stufen hinunter und blieb neben ihr stehen. Genau wie sie ließ er den Blick die Straße auf und ab schweifen. Keine Droschke in Sicht.

Er richtete den Blick auf die Dächer der Häuser, um sich zu orientieren. »An der nächsten Ecke an der Kirche vorbei sollten wir eine Droschke finden.«

Sie nickte und machte sich mit ihm auf den Weg.

Ob er es sich den Tag über so angewöhnt hatte oder ob die tief in ihm verwurzelte Galanterie unwillkürlich an die Oberfläche geschossen war – als sie die Straße überquerten, legte er ihr wieder die Hand auf den Rücken.

Penelope atmete erschrocken ein und wäre beinahe zur Seite gesprungen. »Oh, lassen Sie das. Der Tag ist vorüber. Ich bin nicht länger verkleidet.«

Barnaby war vollkommen aus der Bahn geworfen. »Was zum Teufel hat die Verkleidung damit zu tun?«

»Meine Verkleidung«, erwiderte sie mit einer wegwerfenden Handbewegung und eilte zur nächsten Ecke. »Der Grund, weshalb Sie sich den ganzen Tag so unsäglich benommen haben … all diese kleinen Berührungen, die nur dazu dienen sollten, mich zu übertölpeln.«

Irritiert beschleunigte er den Schritt, bis er sie überholt hatte.

»Meine Gründe, Sie zu übertölpeln.« Langsam, aber sicher konnte er sich nicht mehr zügeln. »Wenn die Frage erlaubt ist, wie sind Sie zu diesem Schluss gekommen?«

Sie hatten die Kirche an der Ecke erreicht. Penelope blieb stehen, wirbelte herum, um ihn anzuschauen, und hatte die hohe Steinmauer in ihrem Rücken. Ihre Augen waren nur noch schmale Schlitze, aus denen gefährliche Funken sprühten, und sie blitzte ihn an. »Wagen Sie es nicht, den Unschuldigen zu spielen. Vorzugeben, Sie seien mein übellauniger Liebhaber! Meine Hand – und mich – zu halten, als gehörte ich Ihnen! So zu tun, als würden Sie mich im Torbogen küssen! Wie ich Ihnen beizeiten bereits gesagt habe, mir war vollkommen bewusst, dass Sie sich all die Dinge nur erlauben, weil es Ihnen nicht gefällt, dass ich dabei bin!«

Das hatte sie ernst gemeint? Mitten in ihrer Tirade starrte Barnaby sie an, fassungslos, aber nicht wegen ihres Zorns, sondern wegen der Reaktion, die sie in ihm wachrief.

Unvermindert zornig fuhr sie fort. »Kein Zweifel, dass Sie überzeugt sind, solches Verhalten könnte mich davon abhalten, wieder in Verkleidung vor die Tür zu gehen. Gestatten Sie mir die Bemerkung, dass Sie auf traurige Weise irren.«

»Das lag ganz und gar nicht in meiner Absicht.« Niemand, der ihn kannte, hätte den warnenden Unterton in seinem viel zu gleichmäßigen und unmöglich sanften Tonfall überhört.

Penelope kannte ihn nicht so gut, schaute ihm mit flammendem Blick direkt in die Augen und atmete tief durch. »Nun, was lag dann in Ihrer Absicht? Was hat Sie gezwungen, sich den ganzen Tag über so zu benehmen, als wären Sie verdammt?«

Eine angespannte Sekunde lang hielt er ihren Blick fest, hob dann die Hände, umrahmte ihre Wangen und trat näher, bevor er ihren Kopf hob und seine Lippen auf ihre senkte.

Und ihr die Antwort gab. Es war kein sanfter Kuss.

Barnaby war wütend, weil sie ihn offenbar zu den Männern zählte, die mit ihren Gefühlen spielten, um sie zu strafen.

Während *er* in Wahrheit den ganzen Tag damit verbracht hatte, gegen das Bedürfnis zu kämpfen, über sie herzufallen.

Unglaublich, dass sie sich in seinen Beweggründen so sehr getäuscht hatte.

Und ebenso unverzeihlich.

Deshalb stahl er sich jetzt ihre Lippen, dann ihren Mund, dann ihren Atem.

Und dann gab er es ihr zurück, zusammen mit dem rasenden Verlangen, das er den ganzen langen Tag über gezügelt hatte.

Das und nur das hatte ihn gezwungen, hatte ihn getrieben, sich so zu benehmen, wie er es noch nie zuvor getan hatte.

Dieses raue, verzweifelte und hungrige Verlangen wallte in ihm auf und durchflutete ihn, zwang ihn zu dem Kuss. Und wie es mit Küssen zu sein pflegte, so war es auch mit diesem ... er war nicht zu zügeln. Es war der Schritt, mit dem er jede Beherrschung zu verlieren schien, getränkt mit einer Verwilderung, die er noch nie zuvor empfunden hatte. Ihre Lippen waren so reif und lüstern, wie er es sich vorgestellt hatte, die weiche Höhle ihres ergebenen Mundes ein köstlicher Genuss.

Ein Genuss, den er auskostete. Zügellos.

Und sie ließ es sich gefallen.

Penelopes Verstand schwankte nicht. Sondern hatte sich verflüchtigt. Voll und ganz. Zum ersten Mal in ihrem Leben fühlte sie sich als Geisel ihrer Sinne, empfand sich ihnen auf Gedeih und Verderb ausgeliefert. Und sie kannten keine Gnade.

Seine Lippen fuhren über ihre, fest und unerbittlich, herrisch und gebieterisch auf eine Art, die ihr heiße Schauder über den Rücken jagte. Er hatte den Arm um sie geschlossen, hielt sie gefangen; seine Hand stützte ihren Kopf, sodass er sie förmlich verschlingen konnte.

Und es kümmerte sie nicht. Denn es gab nur noch eins, was sie interessierte: mehr erfahren, mehr schmecken, mehr fühlen.

Ihre Lippen hatten sich irgendwie geteilt, und sie ließ es zu, dass er ihren Mund erfüllte, ließ es zu, dass seine Zunge sie in einer Weise forderte, die sie erregend fand, aufwühlend, ein dunkles, heißes Versprechen auf Lust.

Die körperlichen Aufwallungen umnebelten ihren Geist, hüllten ihn ein, trübten ihren Verstand. Die sinnlichen Verlockungen zerrten mit aller Macht an ihr, ohne dass sie sich die Gründe erklären konnte.

Penelope empfand Verlangen. Zum ersten Mal in ihrem Leben spürte sie, wie das Verlangen in ihr erwachte ... es war mächtiger als der bloße Wille. Es war wie eine Sucht, in der ein Verlangen brodelte, das zu befriedigen sie sich genötigt fühlte.

Sie wollte ... seinen Kuss erwidern, ihm antworten, wie auch immer er es erwartete, auf welche Art auch immer sie das Brodeln beschwichtigen und befriedigen konnte. Nicht nur ihn, sondern ebenso sich selbst. Es tauchte der Gedanke in ihr auf, sich zu unterwerfen, zusammen mit der wachsenden Gewissheit, dass der Austausch auf diesem Gebiet funktionieren würde.

Ihre Hände fanden sich auf seiner Brust wieder. Sie lockerte ihren verkrampften Griff, ließ die Handflächen nach oben gleiten, auf seine breiten und harten Schultern, dann weiter zu seinem Nacken, und sie genoss das Gefühl der seidigen Locken, die federleicht über ihre Fingerspitzen strichen.

Penelope spielte.

Ihre Berührung verfehlte nicht ihre Wirkung auf ihn, sodass er den Kopf neigte und sie noch leidenschaftlicher küsste, heiß und zärtlich mit seiner Zunge tanzte.

Es durchfuhr sie wie der Blitz. Ermutigt, aber doch zögernd küsste sie ihn zurück … zaghaft, unsicher.

Seine Antwort war wie eine Offenbarung, eine Welle leidenschaftlichen Verlangens, das direkt aus seiner Seele zu strömen schien, sich in seinem Innern ergoss, seinen Kuss anfeuerte und sie bis in die Haarspitzen erschütterte.

Die Leidenschaft, der Hunger … die nackte Begierde, die sie dahinter spürte … all das hätte sie so sehr schockieren sollen, dass sie endlich wieder zu Verstand kam, wieder zurückfand zu jener Vernunft, die ihr in jeder Lage eine zuverlässige Stütze gewesen war.

Stattdessen stürzte es sie vollends in den Wahnsinn.

Weiter. Drängte sie, seinen Kuss entschiedener zu erwidern, ihre Zunge mit seiner tanzen zu lassen, sich an ihn zu schmiegen.

Drängte sie, noch mehr lernen und erfahren zu wollen.

Durch den Kuss, durch die Lippen, die sich auf ihre pressten, durch die harten Hände, die sie fest an seinen unnachgiebigen Körper drückten, spürte sie eine urwüchsige männliche Befriedigung … darüber, dass sie es ihm gestattete, dass sie antwortete, dass sie ihn einlud.

Letzteres war unklug. Was sie sehr gut wusste, auch wenn ihr Verstand nicht richtig arbeitete. Aber in diesem Augenblick, im Hier und Jetzt, empfand sie es nicht als Bedrohung.

Ganz gleich, wie angespannt ihre Sinne auch waren, sie spürte nichts als Hitze und aufwallende Lust und, schwer fassbar mit allem verbunden, irgendwie untergründig und doch dazwischen, eine Macht, die abhängig machte … die eine weibliche Saite in ihrem Innern zum Klingen brachte, die sie nie zuvor vernommen hatte. Die sich ihr noch nie zuvor gezeigt hatte …

Es war ihre Reaktion darauf, die sie erschütterte … den Blick auf ihre Weiblichkeit frei machte. Und auf ihr Verlangen.

Penelope zog sich zurück, brach den Kuss mit einem sanften Stöhnen ab. Starrte ihm erschrocken in die Augen.

Mit Augen in einem flammenden Blau, in dem sie jetzt ein heißes Begehren erkannte, starrte er zurück.

Der Ausdruck in seinen Augen, die Art, wie er die Zähne zusammenbiss, gab ihr zu verstehen, dass er gesehen und begriffen hatte.

Mit einer Unbändigkeit, die aus ihrer Angst herrühren musste, riss sie sich aus seinen Armen, wirbelte herum und wollte den Weg fortsetzen. Nein, sie wollte nicht über den Kuss sprechen, geschweige denn ihn auch nur erwähnen. Um keinen Preis. Noch nicht einmal andeutungsweise.

Nicht, wenn sie sich innerlich so erschüttert fühlte. So anders als sie selbst.

So nackt und bloß. So verletzbar.

Barnaby sagte nichts. Mit zwei Schritten war er wieder an ihrer Seite, hielt leicht das Tempo.

Penelope spürte zwar seinen Blick auf ihrem Gesicht, hatte die Augen aber stur geradeaus gerichtet. Mit erhobenem Blick marschierte sie vorwärts.

An der Kirche bogen sie ab und erreichten eine lebhaftere Gegend. Barnaby rief eine Kutsche heran, öffnete den Schlag. Sie kletterte ins Innere, ohne seine Hand zu nehmen.

Er folgte ihr und schloss die Tür.

Zu ihrer Überraschung und ihrer wachsenden Empörung ließ er sich neben sie auf das Polster sinken, allerdings mit solchem Abstand, dass sie sich nicht bedrängt fühlte. Mit dem Ellbogen stützte er sich auf den Fensterrahmen, starrte auf die vorbeifliegenden Häuser und überließ sich seinen Gedanken.

Und sie sich ihren.

9

Auf der Treppe vor dem Haus in der Mount Street trennte Barnaby sich mit Worten von ihr, die Penelope – zu Recht, wie sie meinte – als Warnung interpretierte, gekleidet in das Versprechen, ihr noch am selben Abend wieder zu begegnen.

Während der Fahrt aus St. John's Wood hatten sie kein einziges Wort gewechselt, hatten keinerlei Bemerkung über den Kuss verloren, geschweige denn darüber, was er offenbart hatte.

Aber sie hatten darüber nachgedacht.

Was sie betraf, hatte sie an nichts anderes mehr denken können.

Folglich schlenderte sie jetzt durch Lady Carlyles Empfangszimmer, gut gewappnet und mit festem Entschluss darauf wartend, dass er erschien, sodass sie ihn darüber in Kenntnis setzen konnte, wie sie in der Angelegenheit dachte und wie sie sich künftig verhalten sollten.

Auf keinen Fall wollte sie sich noch einen Kuss gefallen lassen.

Nein, um keinen Preis.

Ungeachtet der Argumente, die für das Gegenteil sprachen – aus seinem Munde oder wegen ihrer eigenen erbärmlichen Neugierde –, wollte sie unerbittlich bleiben, felsenfest entschlossen, keinerlei nähere Bekanntschaft mit dem innersten Selbst zu riskieren, das der Kuss zutage gefördert hatte.

Während die Leidenschaft sein Interesse bezeugt hatte, seine Absichten und die Wahrheit über das, was ihn antrieb – worüber sie einem ernsten Irrtum erlegen war, anstatt dieser Wahrheit ins Auge zu sehen –, war die verborgene Seite in ihr selbst, die der Kuss geweckt hatte, weit verstörender für sie.

Weitaus alarmierender.

Penelope hatte nicht gewusst, hätte niemals geahnt, dass sie unter ihrer pragmatischen und nüchternen Oberfläche eine Palette weiblicher Bedürfnisse beherbergte, die, wie es schien, bisher im Schlummer gelegen hatten – bis er sie geküsst hatte. Bis er sie in seine Arme gezogen und ihren Sinnen gezeigt hatte, was alles möglich war … während er gleichzeitig diese Sinne zum Leben erweckte.

Und sie hatten ihm geantwortet, hatten sich geöffnet und entfaltet, genährt von den Empfindungen, die er hervorgerufen hatte. Er und nur er. Kein anderer Mann hatte ihr Inneres zuvor auch nur im Entferntesten so berührt wie er. Aber zu Adair hatte sie die Verbindung vom ersten Augenblick an gespürt. Von dem Moment an, als sie in die Höhle des Löwen spaziert war und ihn um Hilfe gebeten hatte.

Sie war überzeugt, dass dieses neu erwachte Verlangen zu einer ständigen und mächtigen Bedrohung werden würde, sobald sie sich stärker auf Barnaby Adair einließ. Sie kannte sich selbst gut genug, um sich einzugestehen, dass sie niemals halbe Sachen machte. Dieses Verlangen würde wachsen und sich in ihr verankern, sie würde ihm ins Auge sehen und damit umgehen müssen.

Und sie war nicht bereit, diesen Weg zu gehen.

Obwohl ihr gewöhnlicher Drang, mehr zu lernen, zu erfahren und zu verstehen, stark blieb und sie vorwärtstrieb, war er in diesem Fall von einer Überlegung begleitet, die so mächtig und verstörend war, dass sie zurückwich.

Penelope nahm es hin, dass es einige Dinge gab, die sie nicht wissen musste, weil sie wahrscheinlich einen Preis zu zahlen hatte, der den Gewinn nicht lohnte.

Es gab nur einen einzigen Mann, mit dem sie dieses innere Selbst und ihr Verlangen erforschen konnte: Barnaby Adair. Und sie wusste, zu welcher Sorte Männer er gehörte. Wenn sie versuchte, mehr mit ihm zu lernen, konnte es gut sein, dass sie ein Opfer bringen musste, das sie niemals bringen konnte: ihre

Unabhängigkeit. Ihren freien Willen. Die Freiheit, ihr eigenes Leben führen zu können.

Das war die Sache, die sie niemals aufgeben, noch nicht einmal riskieren würde. Niemals würde sie mit ihrer Freiheit spielen.

Weil sie die ganze Zeit über im Empfangszimmer umherwanderte, war es ihr gelungen, ihren zukünftigen Bewerbern unter den Gästen Ihrer Ladyschaft aus dem Weg zu gehen.

»Endlich«, murmelte sie erleichtert, als sie Adairs blonden Haarschopf auftauchen sah und sich, Harlan Rigbys Blick geschickt vermeidend, in eine Ecke zurückzog.

Nachdem sie ihr Ziel erreicht hatte, wartete sie darauf, dass Adair sich ihr anschloss.

Barnaby ließ sie nicht lange warten. Die meisten Ladys hätten die Geschwindigkeit, mit der er sich den Weg durch die Menge der Gäste zu ihr bahnte, wohl für überaus schmeichelhaft gehalten.

Penelope beschloss, dass sie der gespannten Aufmerksamkeit in seinem Blick keinerlei Beachtung schenken musste, geschweige denn sie mit einer Bemerkung kommentieren. Zur Begrüßung nickte sie ihm knapp zu, als er vor ihr stehen blieb. »Es gibt etwas, was ich Ihnen zu sagen wünsche. Da drüben gibt es ein Wohnzimmer«, sie deutete auf den nahen Türbogen, »wo wir unter vier Augen sprechen können.«

Kaum hatte sie den Satz zu Ende gesprochen, wirbelte sie herum und verschwand durch den Bogen.

Barnaby zögerte den Bruchteil einer Sekunde, ließ den Blick rasch durch das Empfangszimmer schweifen und folgte ihr … wie immer dicht auf den Fersen.

Das kleine Wohnzimmer, in das sie ihn geführt hatte, war, wie sie zu verstehen gegeben hatte, wie geschaffen für ein privates Gespräch. Wie geschaffen, um jemanden zu verführen.

Nach dem erstaunlichen Kuss am Nachmittag hatte er gespürt, dass er gänzlich recht behalten würde, wenn er annahm, dass sie bei der Organisation weiterer Erkundungen solcher Art wie üblich die Initiative ergreifen würde.

Nein, natürlich war er nicht so naiv.

Wenn er bedachte, wie sie sich zurückgezogen hatte, so abrupt, als wäre sie mit voller Kraft auf die Bremse getreten, und wie sie sich gleich darauf viel zu heftig in ihre Gedanken verloren hatte – dann brauchte er sich nicht einzubilden, dass sie sich, nachdem er die Wohnzimmertür geschlossen hatte, lächelnd zu ihm drehen und in seine Arme sinken würde.

In der Mitte des Wohnzimmers angekommen, schwang Penelope mit erhobenem Kopf zu ihm herum, die Hände vor sich verschränkt, und schaute ihn an.

Ihr Blick war wie immer unbeirrbar direkt. »Ich wünsche klarzustellen, dass ich in der Angelegenheit der Umarmung, die wir heute Nachmittag geteilt haben, wenngleich ich akzeptiere, dass Sie infolge meiner Bemerkungen handelten, die Sie eindeutig als Ansporn begriffen haben, und ich lag ebenso eindeutig falsch in der Deutung Ihrer Motive – wofür ich mich rückhaltlos entschuldigen möchte –, keinerlei Wiederholung gestatten kann.«

Sie atmete tief durch, hob das Kinn noch ein wenig höher und fuhr mit ihrer offensichtlich eingeübten Rede fort. »Wie Sie wissen, bin ich zu Ihnen gekommen, um Sie wegen der vier vermissten Jungen um Hilfe zu bitten, und ich widme mich einzig und allein dieser Aufgabe. Um des Erfolges willen müssen wir zusammenarbeiten, Seite an Seite, und ich bin überzeugt, dass weder Sie noch ich es dulden können, wenn persönliches Unbehagen sich in diese Arbeit mischt.«

Barnaby stand immer noch an der Tür und zog die Brauen hoch.

»Persönliches Unbehagen?«

In ihren Augen funkelte es temperamentvoll. »Wie es sich zwangsläufig ergeben würde, sollten Sie sich an meine Fersen heften. Denn *ich* verspüre nicht den Wunsch, die Bekanntschaft mit Ihnen zu vertiefen.«

Barnaby musterte sie eine ganze Weile. »Verstehe«, bemerkte er dann sanft. Er war neugierig darauf gewesen, welchen Kurs sie wohl einschlagen würde. Stundenlang hatte er sich den Kopf darüber zerbrochen, hatte dann aber beschlossen, sich von ihr überraschen zu lassen. Und genau das hatte sie getan, war dabei aufrichtiger und gleichzeitig starrköpfiger gewesen, als er es erwartet hatte.

Nicht dass Ersteres ihr helfen würde, sich an Letzteres zu halten, selbst wenn Penelope, wie er jetzt vermutete, nicht zögern würde, seine Ehre als Gentleman als Waffe gegen ihn zu richten, um ihn auf Abstand zu zwingen.

Der Trick würde gut zu ihr passen. Nach diesem Kuss, nach allem, was er offenbart hatte, zweifelte er daran, dass es noch irgendetwas auf dieser Welt gab, was ihn leichtfertig von seinem Weg abbringen konnte.

Barnaby spazierte ein paar Schritte zu ihr, blieb direkt vor ihr stehen und schaute ihr in die Augen. »Und wenn ich nicht einverstanden bin?«

Penelope verzog das Gesicht. »Sie ziehen keinerlei Vorteil daraus, eine persönliche Beziehung zu mir einzugehen. Ich hatte angenommen, dass Sie darüber Bescheid wüssten. Ich bin nicht auf der Suche nach einer Heirat, nach einem Ehemann, der mir das Dach über dem Kopf garantiert – wofür ich sehr gut selbst sorgen kann –, wenn ich umgekehrt seiner Obhut überantwortet werde und er das Recht erhält, mich einzuschränken und zu kontrollieren.«

Barnaby schätzte ihre Worte. Aber selbst dadurch würde er sich nicht zurückhalten lassen.

Und er hegte keinerlei Zweifel mehr daran, welchen Kurs sein Verhältnis zu ihr genommen hatte. Es war nicht das, was er selbst vorhergesagt hätte … oder sich ausgesucht, wenn er die Wahl gehabt hätte … aber er hatte keine Wahl gehabt.

Dennoch begriff er immer noch nicht ganz, wie sich so vieles hatte ändern können, nur weil sie in sein Leben spaziert war. Sogar sein Blick auf die Salons hatte sich verändert;

es war, als hätte sie ihm die Augen geöffnet. In diese Kreise war er hineingeboren worden, und als er Lady Carlyles Empfangszimmer betreten hatte, hatte er an sich selbst einen Respekt vor diesen Menschen entdeckt, den er niemals zuvor empfunden hatte.

Barnaby war ein Teil dieser Welt, und doch kein Teil von ihr. Trotz seines Protests war er immer noch der Mann, den seine Mutter in ihm zu sehen wünschte. Der Mann, der durch das Geburtsrecht ausgezeichnet war, der dritte Sohn des Earl of Cothelstone. Er war der, der er war, und er konnte es nicht leugnen. Durch ihre bloße Anwesenheit brachte Penelope es fertig, ihm die Maske der Unnahbarkeit vom Gesicht zu reißen und den Mann darunter zu entblößen. Was war dieser Mann anderes als ein echter Nachfahre seiner Ahnen, die sich einst auf Eroberungszüge begeben hatten?

Aber das hatte ihm nie gereicht, wie es Penelope nie gereicht hatte, die Tochter des Viscount Calverton zu sein. Es sagte nur wenig darüber aus, was sie war, geschweige denn *alles* über sie – über das, was sie ausmachte. Penelope war die einzige Frau in den Salons, die wusste, was ihn antrieb, weil der gleiche Grund sie vorwärtsdrängte – etwas zu suchen und zu finden, zu ergreifen, das Schicksal in die eigenen Hände zu nehmen.

Heute war Barnaby zum ersten Mal nicht allein gewesen, als er sich auf den Weg in die Slums und zurück in den Salon gemacht hatte. Sie war bei ihm gewesen, an seiner Seite; die Zeit, die sie gemeinsam in den untersten Kreisen verbracht hatten, hatte das betont, was in ihrem Leben echt und bedeutsam war. Glanz und Glitter in den Salons versteckten und verhüllten so viele Dinge, machten es noch schwieriger, den Blick zu schärfen, zu erkennen und das Leben zu begreifen.

Barnaby wusste längst, was er wollte: Sie sollte die Lady an seiner Seite sein. So war es, und so hatte er es sich rückhaltlos eingestanden.

Er schaute in ihre reichen dunkelbraunen Augen und stellte fasziniert fest, dass er nicht mehr nur ihre Gedanken, sondern auch ihre Gefühle zu erahnen begann, sich langsam in sie hineinversetzen konnte. Jetzt schon war er ihr näher gekommen als jeder anderen Frau zuvor. Ihre Verbindung vertiefte sich immer mehr, und das war nur ein weiteres Anzeichen dafür, dass sie in der Tat die Richtige für ihn war.

Und sie waren dafür ausersehen, sich noch näher zu kommen. Sehr viel näher. Keine Frage, nach diesem Kuss. Aber trotzdem hatte er akzeptiert, dass er erheblich mehr Erfahrung besaß als sie, dass sie über keinerlei Kriterien verfügte, um zu beurteilen, was zwischen ihnen wuchs, und dass sie es genauso wenig einzuschätzen vermochte, welche Marksteine sie bereits passiert hatten.

Sie war vergleichsweise unschuldig. »Vergleichsweise« war das entscheidende Wort, denn ihre Unschuld galt keineswegs in intellektueller Hinsicht, und das, so hoffte er jedenfalls, spielte ihm eine Waffe zu, die er nutzen konnte. Ihre Neugier war förmlich mit Händen zu greifen, und das war eine ernst zu nehmende Tatsache, in diesem Fall sicherlich eine, die er ausnutzen konnte.

Penelope beobachtete ihn noch kritischer. Es störte sie, dass er die ganze Zeit hindurch schwieg, sie aber eindringlich musterte. Sie hatte keine Ahnung, was ihm durch den Kopf ging, wusste nur, dass er angestrengt nachdachte. Sie ahnte, dass seine Nachdenklichkeit nichts Gutes verhieß, und fühlte sich gedrängt, wieder das Wort zu ergreifen. »Schon vor langer Zeit habe ich beschlossen, dass die Ehe nichts für mich ist.«

Noch in dem Augenblick, als sie sprach, schoss ihr eine Warnung durch den Kopf. Mehr als einmal hatte Portia sie gewarnt, dass ihre unverblümte Art sie bezüglich der Gentlemen in Schwierigkeiten bringen würde. Penelope hatte die Prophezeiung beiseitegewischt. Bislang hatte ihre abstoßende Art es ihr erlaubt, die zahlreichen Bewerber unmissverständlich in die Flucht zu schlagen.

Es konnte allerdings sein, dass sie Barnaby Adair zu fest angepackt hatte, und zwar genau an seiner empfindlichsten Stelle. Ein Gentleman wie er ließ ganz gewiss nicht von ihr ab, nur weil sie sich ihm als Herausforderung präsentierte.

»Das heißt«, fuhr Penelope hastig fort, obwohl sie keine Ahnung hatte, welche Argumente sie vorbringen sollte, »ich …«

Lächelnd legte Barnaby einen langen, kraftvollen Finger auf ihre Lippen. »Nein, nicht. Ich verstehe vollkommen.«

Irritiert blinzelte sie ihm zu, als er die Hand sinken ließ. »Sie verstehen?« War er etwa die große Ausnahme von allen Regeln?

Sein Lächeln wirkte intensiver. »Ja. Ich verstehe.«

Penelope suchte in seinem Blick, atmete erleichtert aus. »Dann werden Sie mich also nicht noch einmal küssen?«

Sein Lächeln veränderte sich. »Doch, das werde ich. Worauf Sie sich verlassen können.«

Ihr stand der Mund offen; sie spürte, wie sie die Augen aufriss.

»Aber …«

Beide drehten sich zur Tür, als es klopfte.

»Was zum Teufel …«, murmelte sie, rief dann lauter: »Ja, bitte!« Ein Lakai trat ein, verbeugte sich kurz und streckte ihnen das Serviertablett entgegen. »Eine Nachricht für Miss Ashford.«

Penelope war immer noch verwirrt. Nichts entwickelte sich wie geplant. Mit ein paar Schritten stand sie bei dem Lakaien und nahm die Nachricht vom Tablett.

Der Lakai ärgerte sich sichtlich über ihre Miene. »Lady Calverton hat darauf bestanden, dass ich Ihnen die Nachricht sofort überbringe, Miss.«

Das beantwortete die Frage, woher er wusste, wo sie sich aufhielt. Den Adleraugen ihrer Mutter blieben nur wenige Dinge verborgen.

Penelope nickte. »Danke.« Sie drehte dem Mann den Rücken zu, erbrach den schlichten Umschlag und strich das Blatt glatt, bevor sie die Zeilen las.

Barnaby beobachtete, wie ihr das Blut aus den Wangen wich.

»Was ist los?«

Zum zweiten Mal las sie die Nachricht, war zutiefst erschrocken. »Mrs. Carter. Jemmie.« Die Sekunden verrannen. Endlich richtete sie den entsetzten Blick auf Barnaby. »Mrs. Carter ist tot aufgefunden worden. Der Arzt glaubt nicht an eine natürliche Todesursache. Er glaubt, dass sie erstickt worden ist.«

Ein eiskalter Schauder packte sein Herz. »Und Jemmie?« Sie schluckte. »Jemmie ist verschwunden.«

Abrupt wirbelte sie herum. »Ich muss gehen.«

Barnaby schnappte sie am Ellbogen. »*Wir* müssen gehen.« Er wandte sich an den Lakaien. »Bitte richten Sie Lady Calverton meine Grüße aus, und sagen Sie ihr, dass Miss Ashford und ich wegen einer dringenden Angelegenheit aufbrechen mussten. Es hat mit dem Findelhaus zu tun.«

Der Lakai verbeugte sich. »Sofort, Sir.«

Der Mann verschwand. Penelope wollte ihm folgen, aber Barnaby hielt sie zurück.

»Einen Moment.« Er wartete, bis er ihren Blick aufgefangen hatte. »Wir müssen Stokes auf der Stelle benachrichtigen. Es macht keinen Sinn, jetzt sofort zum Haus der Carters zu fahren. Wir müssen Stokes alarmieren, und dann müssen wir besprechen, wie wir uns am besten auf die Suche nach Jemmie machen.«

Ein paar Sekunden lang starrte sie ihm in die Augen – es schien, als suchte sie nach einer Bestätigung seiner Bemerkung, als vergliche sie seine Worte mit ihren Absichten, weil sie beides brauchte, um in dem plötzlichen Wirbel der Ereignisse einen sicheren Halt zu finden – bis sie schließlich tief einatmete und nickte. »Ja, Sie haben recht. Stokes kommt zuerst. Aber ich bin dabei.«

Barnaby unternahm keinen Versuch, sie abzuhalten. Im Lichte seiner erklärten Absicht und der Gründe, die sie gegen die Ehe ins Feld geführt hatte, wäre es der reinste Wahnsinn gewesen, jetzt einen Streit vom Zaun zu brechen. »Wir sollten so schnell wie möglich Lady Carlyle aufsuchen und uns entschuldigen«, sagte er stattdessen.

Stokes bewohnte eine Wohnung in der Agar Street, nicht weit vom Ufer der Themse entfernt. Barnaby hatte ihn schon oft dort besucht, aber als er mit Penelope ankam, fragte er sich, wie Stokes wohl reagieren würde, wenn eine Lady in seine privaten Räume eindrang.

Dagegen hegte er keinerlei Bedenken darüber, was Penelope wohl durch den Kopf gehen oder ob sie sich wegen des gesellschaftlichen Rangunterschieds unbehaglich fühlen würde. Wenn er sich überhaupt einer Sache sicher war, dann, dass sie die Angelegenheit recht locker nahm.

Als er mit ihr das Gebäude betrat und die Treppe hinaufstieg, überlegte er, dass er gerade einen weiteren Zug an ihr entdeckt hatte, der sie von den Ladys in den Salons unterschied.

Stokes' Wohnung lag im ersten Stock. Barnaby klopfte; Stokes öffnete in Hemdsärmeln und ohne Kragen, und er hatte sich eine abgetragene Wolljacke über die Schultern geschlungen.

Überrascht musterte er den Besuch.

»Inspektor Stokes!« Penelope trat über die Schwelle und ergriff Stokes' Hände. »Es ist etwas Schreckliches geschehen. Mrs. Carter, über die Adair Ihnen vermutlich berichtet hat, ist ermordet worden. Die Verbrecher haben Jemmie entführt.«

Im Bruchteil einer Sekunde veränderte sich Stokes' Miene. Nicht verwirrt, sondern alarmiert schaute er Barnaby an.

Der zur Bestätigung nickte. »Lass uns reinkommen, damit wir alles besprechen können.«

Stokes trat zurück und bat seine Gäste in das kleine Wohnzimmer. Nachdem er die Tür geschlossen hatte, deutete er auf die beiden Lehnstühle am Kamin und holte einen Stuhl mit gerader Lehne aus seiner Küche.

Den Stuhl stellte er vor die beiden Lehnstühle und setzte sich.

»Wann ist es passiert?«

Penelope drehte sich zu Barnaby. »Ich weiß es nicht genau. Wir waren auf einer Soiree, als die Nachricht eintraf.« Sie wandte sich wieder an Stokes. »Ich habe angeordnet, dass ich über jede weitere Entführung unverzüglich in Kenntnis gesetzt werde, ganz gleich zu welcher Uhrzeit und wo ich mich aufhalte. Mrs. Keggs wird die Nachricht geschickt haben, sobald sie es selbst erfahren hat. Aber erst wird sie den Boten in die Mount Street geschickt haben, und von dort aus ist er dann zu Lady Carlyle gefahren.«

»Rechnen wir also eine Stunde, bis die Nachricht von Mrs. Keggs bei uns gelandet ist«, erklärte Barnaby, »und für den Weg vom East End nach Bloomsbury müssen wir sicher mehr als zwei Stunden veranschlagen.«

Penelope wühlte in ihrem Retikül und reichte Stokes die Nachricht. »Offenbar ist der Doktor vorbeigefahren, um nach Mrs. Carter zu sehen, und hat sie tot aufgefunden. Jemmie war verschwunden.«

Stokes las die Nachricht. »Es klingt, als wäre der Arzt überzeugt, dass Mrs. Carter keines natürlichen Todes gestorben ist.«

»In der Tat.« Penelope lehnte sich nach vorn. »Nun, was sollen wir unternehmen?«

Stokes warf einen Blick auf die Uhr auf dem Kaminsims. Viertel vor elf. »Heute Abend können wir nicht mehr viel ausrichten. Aber ich werde den örtlichen Polizeiposten informieren. Die Männer hatten zwar ein Auge auf das Haus, aber weil niemand damit gerechnet hat, dass Jemmie oder seine Mutter sich in unmittelbarer Gefahr befinden, haben wir es nicht rund um die Uhr observiert.«

Penelopes Blick wirkte schmerzverzerrt. »Niemand konnte wissen, dass die Verbrecher sich zu solchen Taten hinreißen lassen würden«, gestand sie ein.

Stokes senkte den Kopf. »Ich werde dennoch ins Hauptquartier fahren. Es ist nicht weit. Die Behörde hat einen eigenen Kurier, und der wird den Wachtposten in der Liverpool Street alarmieren. Der Arzt wird das Verbrechen bereits gemeldet haben. Aber wenn Scotland Yard sich für die Sache interessiert, ist sichergestellt, dass der zuständige Sergeant sofort sämtliche Informationen einholt, die er irgendwie bekommen kann. Ich werde morgen hingehen und sehen, was er in der Hand hält und was ich sonst noch in Erfahrung bringen kann.«

Penelope drehte sich zu Barnaby. Er fing ihren Blick auf, brauchte keine Worte, um auszudrücken, was sie dachte und fühlte. Trotzdem ... er schüttelte den Kopf. »Es macht keinen Sinn, heute Abend noch ins East End zu fahren. Wir könnten nichts herausbekommen. Außerdem ist es sehr wahrscheinlich, dass wir in der Dunkelheit etwas übersehen oder Indizien vernichten.«

Penelope presste die Lippen zusammen. Ihr Blick wirkte immer noch schmerzverzerrt, aber sie nickte. »Sehr wohl. Aber wie Sie sagten, wir sollten Pläne machen.«

Das taten sie auch, gingen rasch die möglichen Ermittlungswege durch, besprachen, welche Leute sie verhören sollten. Außerdem musste diskutiert werden, wer welche Aufgaben übernehmen sollte; Stokes erklärte sich für die Formalitäten zuständig, während Penelope und Barnaby sich eher um die Nachbarn und die anderen Bewohner des East Ends kümmern wollten, sofern die vielleicht etwas bemerkt hatten.

Zwanzig Minuten später standen Barnaby und Penelope auf. Stokes griff nach seinem Übermantel, zog die Tür zu und begleitete seinen Besuch nach unten, wo sie sich trennten. Stokes eilte in Richtung Scotland Yard, während Barnaby Penelope in die wartende Droschke half.

Barnaby schloss die Tür. Die kühle Dunkelheit hüllte sie ein. Seufzend lehnte Penelope sich zurück, als die Kutsche sich in Bewegung setzte. »Stokes beherrscht sein Handwerk, nicht wahr?«, bemerkte sie kurze Zeit später.

»Sogar ganz ausgezeichnet.« In der Dunkelheit griff Barnaby nach ihrer Hand und umschloss sie mit seiner. Die Wärme seiner Haut schien in ihre Finger zu strömen, menschliche Wärme, die die nächtliche Kälte vertrieb. Er drückte sie vorsichtig, zuversichtlich. »Seien Sie versichert, dass der Fall nicht in besseren Händen sein könnte.«

Sie lächelte im Dunkeln. »Er ist Ihr Freund, möchte ich behaupten.«

»Stimmt. Aber was glauben Sie, wäre er auch dann mein Freund, wenn er sein Handwerk nicht beherrschte?«

Penelope lächelte breiter und schwieg einen Moment, bevor sie fortfuhr. »Ich fürchte, ich bin im Moment nicht in der Lage, Rätsel zu lösen.«

Wieder drückte Barnaby ihre Finger. »Ich spreche nur aus, was ohnehin offensichtlich ist.«

Ihre Brust fühlte sich an wie eingeschnürt. Aber seine Nähe ... diese zuverlässige Männlichkeit, die den Platz neben ihr ausfüllte ... entspannte und beruhigte sie. »Wo wir gerade über das Offensichtliche reden ...«

Mit einer geradezu beängstigenden Ruhe folgte er ihren Gedanken. »Wir müssen die Akten im Findelhaus noch einmal durchsehen und uns über jeden einzelnen Jungen Notizen machen, der in die Berechnungen unseres Lehrmeisters zu passen scheint. Ganz gleich, ob der Vormund demnächst sterben wird oder nicht.«

Penelope spürte, wie ihre Züge sich verhärteten. »Wir dürfen keinerlei Risiko eingehen, dass wieder ein Junge entführt wird, wie es mit Jemmie geschehen ist. Um keinen Preis.«

Sie schwiegen eine ganze Weile. Als er wieder das Wort ergriff, klang es, als hätte er diesmal nicht nur ihre Gedanken, sondern auch ihre Gefühle und Ängste gelesen. »Wir werden Jemmie zurückholen. Das verspreche ich Ihnen.«

Penelope schloss die Augen, beschwor sich stumm, dass er ihr doch nur das versprach, was sie unbedingt hören musste. Aber die feste Entschlossenheit, die in seiner Stimme durchklang, machte es so leicht, ihm zu glauben … ihr ganzes Vertrauen in ihn zu setzen. Zu glauben, dass sie Jemmie gemeinsam zurückholen würden.

Sie musste einfach daran glauben.

Ein paar Minuten später hielt die Droschke vor dem Haus der Calvertons. Barnaby öffnete die Tür, stieg aus und half ihr aus dem Wagen. Obwohl ihre Reaktion auf seine Berührung nicht im Geringsten nachgelassen hatte, wehrte sie sich nicht länger dagegen. Im Gegenteil, heute Abend hieß sie ihre Reaktion sogar willkommen, zog Kraft daraus – was, im Lichte der früheren Auseinandersetzung, keineswegs eine tröstliche Erkenntnis war.

Penelope drängte den Gedanken in den hintersten Winkel ihres Hirns zurück und gestattete es ihm, sie die Stufen hinaufzubegleiten. Auf dem schmalen Vorsprung blieb sie stehen und schaute ihn an, als sie ihm die Hand bot.

Barnaby ergriff ihre Hand, musterte ihre Augen, ihr Gesicht.

»Morgen um neun hole ich Sie ab. Zuerst fahren wir zum Findelhaus, sodass Sie Ihre Angestellten beruhigen können. Dann fahren wir weiter zum Arnold Circus und werden dort so viel Zeit verbringen wie nötig, um all das zu erfahren, was es zu erfahren gibt.«

Penelope nickte. »Ich werde Sie um neun Uhr erwarten.«

Seine Lippen zuckten. »Versuchen Sie, ein paar Stunden zu schlafen.« Bevor sie begriff, was er im Schilde führte, hatte er ihre Finger gehoben und einen Kuss über ihren empfindlichen Handrücken gehaucht, heiß und verwirrend.

Und bevor sie Zeit gefunden hatte, ihre Empfindungen zu ordnen, wieder einen klaren Gedanken zu fassen, umschloss er mit der anderen Hand ihr Gesicht, hob es leicht an, während er einen Schritt nach vorn machte, den Kopf senkte und seine Lippen auf ihre drückte.

Diesmal war es ein sanfter Kuss, einer, der sich in Süße verströmte und gerade lang genug dauerte, um Penelope vollkommen aus der Bahn zu werfen.

Barnaby hob den Kopf, murmelte ein paar Worte, die er erhitzt über ihre inzwischen hungrigen Lippen hauchte. »Schlaf gut … träum von mir.«

Ein Schauder der Vorahnung jagte ihr über den Rücken. Sie öffnete die Augen.

Barnaby griff an ihr vorbei nach der Klingelkordel. Sofort ertönten Leightons Schritte auf der anderen Seite der Tür.

Barnaby trat zurück und grüßte sie zum Abschied.

Hinter ihr wurde geöffnet. Barnaby nickte Leighton zu, drehte sich mit einem letzten Blick auf sie herum, stieg die Stufen hinunter und verschwand in der Nacht.

Ließ sie mit starrendem Blick zurück. Penelope hob die Hand und berührte ihre Lippen mit den Fingern, drehte sich ebenfalls um und trat ins Haus.

10

Es war um acht Uhr am nächsten Morgen in seinem heruntergekommenen Gebäude in der Weavers Street – tief in den östlichen Slums am nördlichen Ende der Brick Lane gelegen –, als Grimsby sich in der Verkleidung des Schulmeisters darauf vorbereitete, die neuesten Zöglinge seiner Einbrecher-Lehranstalt für verwaiste Jungen zu begrüßen, der *Grimsby's Burglary School for Orphaned Boys.*

Langsam schritt Grimsby vor den Jungen auf und ab, die sich in einer Reihe vor ihm aufgestellt hatten. Es waren sieben, nur einer weniger, als Smythe befohlen hatte; nur noch einer, und er würde sich endlich aus Alerts Fängen befreien können. Er war zufrieden, wie sich durch sein breites, onkelhaftes Lächeln zeigte. Schon vor langer Zeit hatte er begriffen, dass die Jungen auf offene Gefühle reagierten – schnell hatten sie gelernt, dass sie glücklich sein würden, wenn er auch glücklich war. Dann hatten sie daran gearbeitet, dass das Lächeln auf seinen Lippen nicht wieder verschwand.

Sogar im Sommer drang nur wenig Licht durch die verschmierten Fensterscheiben. Heute waberte der Nebel bleiern durch die Straßen, graues Dämmerlicht hing in den Räumen. Aber trotzdem waren alle – die Jungen, Grimsby und sein Gehilfe Wally – daran gewöhnt, bei dieser armseligen Beleuchtung zu arbeiten. Altes Stroh und der zugehörige Staub bedeckten die nackten Holzplanken auf dem Boden. Mit jedem Schritt wirbelte Grimsby noch mehr Staub auf.

Wally, ein ruhiger, unauffälliger Mann Mitte zwanzig, der mit unerschütterlicher Miene genau das tat, was Grimsby ihm befahl, stand im Schatten neben der Treppe. Er war mittelgroß, von mittelmäßiger Statur, mit faden Gesichtszügen –

ein Mann, den man sofort vergaß, kaum dass man ihn gesehen hatte. In Grimsbys Augen war das und nichts anderes Wallys Stärke, war das der Grund, weshalb Smythe den Mann gestern mitgenommen hatte, um den letzten Zögling abzuholen.

Das Zimmer, das sich über die gesamte Etage erstreckte, war sparsam möbliert. An dem langen, schmalen Gestell, das an die Wand geschoben war, aßen die Jungen und arbeiteten manchmal. Die groben Bänke, auf denen sie saßen, waren daruntergeschoben, während die ungeputzten Blechnäpfe, aus denen sie aßen, und die Strohsäcke, auf denen sie schliefen, verstreut auf dem Dachboden lagen, den man über eine hölzerne Leiter erreichen konnte.

Die Hilfsmittel für die Ausbildung der Jungen waren ebenso einfach wie praktisch. Seile unterschiedlicher Dicke hingen von den Dachsparren herab, und eine Unmenge Schlösser und Riegel zierte die Holzwände. Eine Abteilung eiserner Zäune mit Spitzen auf dem oberen Geländer lehnte an einer Wand, ein paar eiserne Fenstergitter genau daneben. Ganz in der Nähe fanden sich raue Holzrahmen, alle so schmal, dass kein ausgewachsener Mann hindurchpasste.

Grimsby ließ den Blick über seine Ausrüstung schweifen. Als er die Reihe der Schüler bis zur Mitte abgeschritten hatte, blieb er stehen und musterte sie strahlend. »Einige unter euch habe ich bereits in dieser feinen Einrichtung willkommen geheißen. Und heute wollen wir noch jemanden in unserer kleinen Truppe begrüßen.« Er fixierte einen dürren braunhaarigen Kerl in der Mitte der Reihe. »Jemmie ist der Vorletzte, der sich uns angeschlossen hat. Es kommt noch einer. Nur noch ein Platz ist frei. Aber noch ist der Neue nicht bei uns.«

Grimsby zog die Aufschläge seines Wollmantels zusammen. Das Zimmer war zugig; nicht dass die Jungen in ihrer dünnen, schmutzigen Kleidung oder Wally es zu bemerken schienen.

»Wie auch immer«, fuhr Grimsby fort, »wir werden heute mit eurer ersten Lektion anfangen. Der letzte Zugang wird den Stoff aufholen müssen. Nun, ich habe euch erklärt, und zwar jedem Einzelnen unter euch, wie glücklich ihr euch schätzen könnt, an einem Ort wie diesem gelandet zu sein. Die Behörden haben euch zu uns überstellt, um sicherzugehen, dass ihr einem Gewerbe nachgeht.«

Er strahlte noch eindringlicher, fing die Blicke aus den ängstlichen Augen auf. Keiner der ausgewählten Jungen war dumm. Denn dumme Jungen pflegten schon den ersten Ausflug nicht zu überstehen, was sie zur Zeitverschwendung machte. »Nun, ich will euch erklären, was ihr zu tun habt. Hier werdet ihr essen, schlafen und arbeiten. Ihr werdet das Haus nicht verlassen, es sei denn mit Wally. Oder später, wenn ihr die Grundlagen begriffen habt und auf Lehrgänge außer Haus gut vorbereitet seid, mit meinem Teilhaber Mr. Smythe.«

Wieder ließ er den Blick über die Jungen schweifen, bevor er weitersprach. »Aber zuerst wird euch im Unterricht beigebracht, wie man in ein Haus einbricht, wie man in der Dunkelheit um die Anwesen der Snobs schleicht, ohne irgendein Geräusch zu machen, wie man Schlösser und Riegel knackt oder durch enge Öffnungen kriecht. Und ihr werdet lernen, wie man Schmiere steht, wie man Mauern hochklettert, wie man mit Hunden umgeht. Ihr werdet alles lernen, was man können muss, wenn man bei einem Einbrecher in die Lehre gegangen ist.«

Grimsby beobachtete die kleinen aufmerksamen Gesichter und achtete auf sein leutseliges Lächeln. »Aber in dieser Schule gibt es nicht ständig Unterricht. Nur dann, wenn wir genügend Plätze frei haben, die auf unsere Jungen warten. Ich muss euch nicht sagen, wie groß euer Glück ist, dass ihr auf einem Gebiet ausgebildet werdet, in dem ihr sofort anfangen könnt zu arbeiten. Ihr seid alle Waisenkinder … denkt nur an all die anderen Waisen, die sich dort draußen für einen Krumen Brot abkämpfen und in der Gosse schlafen! Ihr habt wirklich Glück gehabt!«

Er beugte sich vor. Das Lächeln war verschwunden, als er jedem einzelnen Jungen in die Augen starrte. »Erinnert euch beizeiten daran – dass ihr wie all die anderen Waisen in der Gosse gelandet wärt, wenn ihr nicht das Glück gehabt hättet, hier einen Platz zu bekommen.« Er richtete sich wieder auf, das Lächeln war auf sein Gesicht zurückgekehrt, und nickte ihnen zu. »Ihr müsst hart arbeiten und beweisen, dass ihr es wert seid. Nun, was sagt ihr dazu?«

Sie traten unruhig von einem Bein auf das andere, erwiderten aber pflichtbewusst im Chor: »Ja, Mr. Grimsby!«

»Gut. Gut!« Er wandte sich an Wally. »Wally wird heute mit dem Unterricht beginnen. Achtet darauf, was er sagt, hört aufmerksam zu, und ihr werdet eure Sache gut machen. Wie ich schon sagte, wenn ihr einmal die Grundlagen begriffen habt, wird Mr. Smythe, eine Legende auf seinem Gebiet, euch auf die Straße mitnehmen, um euch die Spielregeln dort beizubringen.«

Wieder ließ er den Blick über seine Truppe schweifen. »Noch Fragen?«

Überrascht nahm er zur Kenntnis, dass der zuletzt eingetroffene Zögling nach kurzem Zögern die Hand hob.

Grimsby musterte ihn aufmerksam, bevor er nickte. »Ja, was ist los?«

Der Junge, natürlich Jemmie, biss sich auf die Lippe, atmete tief durch und murmelte: »Sie sagten, dass die Behörden uns hierhergeschickt haben, um das Einbrecherhandwerk zu lernen. Aber Einbruch ist doch gegen das Gesetz. Warum sollten die Behörden uns dann herschicken, um es zu lernen?«

Grimsby musste unwillkürlich grinsen. Der Bursche hatte ein schlaues Köpfchen, und das hatte er schon immer am meisten geschätzt. »Das ist eine kluge Frage. Und die Antwort ist ganz einfach, mein Junge. Wenn es keine Kerle gibt, die als Einbrecher ausgebildet werden, oder nicht so viele, wen sollten die Bullen dann jagen? Es ist ein Spiel, verstehst du?«

Er behielt die übrigen Jungen genau im Blick, war sich vollkommen darüber im Klaren, dass dieselbe Frage unter jedem verschmutzten Haarschopf aufgekeimt war. »Jungs, es ist ein Spiel. Nichts als ein Spiel. Die Bullen jagen uns, aber sie brauchen uns auch. Ist doch vernünftig. Wenn es uns nicht gäbe, hätten sie keine Arbeit.«

Die Jungen schluckten die verdrehte Wahrheit. Grimsby bemerkte, dass in den sieben Augenpaaren ein helleres Fünkchen Licht aufflackerte. Es war nur natürlich; jetzt wiegten sie sich erleichtert in der Sicherheit, dass ihr neues Leben in ehrbaren Bahnen verlaufen würde. Ja, es gab ein Ehrgefühl unter den Dieben. Jedenfalls solange sie jung waren.

Aber wie er es ihnen verkündet hatte, das Leben war ein Spiel. Schon bald würden sie die volle Wahrheit dieser Worte erfahren.

»Nun gut.« Wieder schenkte er den Jungen ein leutseliges Lächeln. »Wenn das alles ist, überlasse ich euch jetzt Wally. Er wird gleich mit dem Unterricht beginnen.«

Grimsby ging zur Treppe, als Wally vortrat. »Arbeitet hart!«, mahnte er die Klasse, »und macht mich stolz darauf, euch hier zu haben.«

»Ja, Mr. Grimsby!«

Diesmal klang der Chor begeistert. Grimsby kicherte vergnügt in sich hinein und eilte die Treppe hinunter.

»Nun, haben Sie gestern Abend irgendetwas gesehen oder gehört? Oder vielleicht schon am Nachmittag?« Penelope hoffte inständig, dass sie nicht alle Hoffnung begraben musste, aber wie erwartet schüttelte die grauhaarige alte Frau nur den Kopf.

»Nah.« Die Frau wohnte auf der anderen Seite der schmalen Gasse, nur zwei Türen von Mrs. Carters und Jemmies Haus entfernt. »Ich hatte keine Ahnung, dass irgendwas nicht stimmt.« Die alte Frau suchte Penelopes Blick. »Jemmie wäre vorbeigekommen und hätte gefragt, wenn er Hilfe braucht.

Kann mir nicht denken, warum er es nicht getan hat. Haben da noch nicht sehr lange gewohnt, aber ich und Maisie Carter sind gut zurechtgekommen.«

Penelope zwang sich zu einem halben Lächeln. »Ich glaube nicht, dass Jemmie die Chance hatte, zu jemandem Kontakt aufzunehmen. Wir sind überzeugt, dass er entführt worden ist, wer auch immer …«

»… wer auch immer das Kissen fest auf Maisies Gesicht gedrückt hat, als sie gestorben ist.« Die alte Frau spie die Verachtung förmlich aus sich heraus. »Mir ist zu Ohren gekommen, dass dieser junge Mann an Ihrer Seite irgendwas mit den Bullen zu tun hat. Natürlich nicht er selbst, aber er kann sie dazu bringen, was zu tun. Sorgen Sie dafür, dass er rausfindet, wer das getan hat. Kein Grund, den Kerl vor Gericht zu zerren. Uns reicht ein kleiner Wink, wer es war. Hier in der Gegend kümmern wir uns um unsere Leute, ja, das tun wir.«

Penelope zweifelte nicht daran. Obwohl sie Selbstjustiz keinesfalls gutheißen konnte, verstand sie vollkommen die Wut der Frau und teilte sie sogar. In der zurückliegenden Stunde war die Wut wieder und wieder in ihr hochgeschossen, als sie die Anwohner der schmalen Gasse befragt hatte.

»Wir haben alle Kräfte vereint, um Jemmie zu finden und zu retten. Das steht an erster Stelle. Und wenn wir ihn gefunden haben, werden wir höchstwahrscheinlich erfahren, wer Mrs. Carter umgebracht hat.« Penelope traf eine Entscheidung, als sie den Blick der alten Frau auffing, und nickte knapp. »Falls die Polizei die Übeltäter nicht zur Strecke bringt, werde ich Sie benachrichtigen.«

Im Lächeln der alten Frau lag das Versprechen, es ihr zu vergelten. »Machen Sie das, meine Liebe. Ich sorge dafür, dass wir uns um den Dreckskerl so kümmern, wie er es verdient hat.«

Penelope trat von der Türschwelle der Frau zurück, ließ den Blick durch die Passage schweifen und bemerkte, dass Barnaby sich ein Stück weiter den Weg hinauf lebhaft mit einem Mann mittleren Alters unterhielt. Er schaute zu ihr, stellte fest, dass sie ihn beobachtete, und winkte sie zu sich heran.

Ihre Neugier war geweckt, sie raffte ihre Röcke hoch und eilte zu ihm. Der Mann, mit dem Barnaby sprach, sah aus, als wäre er gerade aus dem Bett gestolpert. Das Haar klebte ihm wirr am Kopf, der Blick war verschwommen, gleichzeitig aber ernst und nüchtern.

»Jenks arbeitet in Schichten«, erklärte Barnaby, als Penelope bei ihm war, »und zwar nachts. Das heißt, dass er die Gegend um drei Uhr nachmittags verlässt.«

Jenks nickte. »Pünktlich wie ein Uhrwerk. Sonst verpasse ich die Glocke in der Fabrik.«

»Und als Jenks gestern das Haus verlassen hat«, fuhr Barnaby fort, »hat er zwei Männer gesehen, allerdings nur aus den Augenwinkeln, die Mrs. Carters Haus betreten haben.«

»Dachte, dass es komisch ist. Weil ich wusste, dass es ihr nicht gut geht.« Jenks' Miene verdüsterte sich. »Wünschte, ich wäre stehen geblieben und hätte gefragt. Zu spät. Aber ich dachte, die Kerle wären Freunde. Jemmie muss zu Hause gewesen sein. Es gab kein Hickhack, ob sie ins Haus dürfen oder nicht.«

Penelope warf Barnaby einen Blick zu. Offenbar wartete er darauf, dass sie die Fragen stellte. »Wie haben die Männer ausgesehen?«, begann sie.

»Der erste Kerl, der war groß«, antwortete Jenks. »Ich bin auch groß. Aber der war größer. Nicht die Sorte, mit der ich bei einer Prügelei zu tun haben möchte. Hart und gemein, so wird er sein. War auch sauber und ordentlich angezogen und sah nicht so aus, als würde er Streit suchen. Und der zweite, der war … ein Kerl, wie man ihn alle Tage sieht. Braune Haare, gewöhnliche Kleidung.« Jenks zuckte die Schultern. »Hatte nichts Besonderes an sich.«

»Würden Sie die beiden wiedererkennen?«, wollte Penelope wissen.

»Den Ersten?« Jenks dachte nach. »Yeah ... bin ziemlich sicher, dass ich den wiedererkennen würde. Den Zweiten ...« er zog die Stirn kraus. »Es ist komisch. Den habe ich länger gesehen als den anderen, fürchte aber, dass ich ihn nicht wiedererkennen würde, selbst wenn er mir noch heute in die Quere käme.« Jenks zog eine Grimasse. »Tut mir sehr leid. Kann nicht mehr sagen.«

»Nein, es muss Ihnen nicht leidtun. Sie haben uns mehr verraten als sonst jemand. Immerhin wissen wir jetzt, dass es zwei Männer gegeben hat, und einer ist sogar identifizierbar.« Sie lächelte. »Vielen Dank. Sie haben uns den ersten wichtigen Hinweis geliefert.«

Jenks entspannte sich ein wenig. »Yeah, nun, es ist kein Wunder, dass sonst niemand was weiß. Wenn man das im Schilde führt, was die beiden getan haben, dann muss man am helllichten Nachmittag zur Tat schreiten. Kann mir nicht vorstellen, dass sich mehr als eine Handvoll Leute hier in der Nachbarschaft rumgetrieben hat, als ich zur Arbeit ging. Jeder geht seinen Geschäften nach, keiner ist zu Hause. Niemand sieht, was hier vor sich geht.«

Barnaby nickte. »Wer auch immer die Kerle waren, sie wussten, wie sie sich verhalten müssen.«

Penelope bedankte sich nochmals. Barnaby schloss sich ihr an, bevor sie sich umdrehten und zum Arnold Circus zurückeilten.

»Das war es.« Er ließ den Blick über die Straßen schweifen.

»Ich habe alle Leute hier an dieser Seite befragt. Jenks zuletzt, weil man mir sagte, dass er unter Umständen noch schlafen könnte.«

»Und ich habe alle auf der anderen Straßenseite verhört. Ohne Erfolg.« An Mrs. Carters Tür blieb Penelope seufzend stehen.

»Was machen wir als Nächstes?« Sie fing seinen Blick auf. »Es muss doch noch irgendetwas geben, was wir tun können. Irgendwo müssen wir doch des Rätsels Lösung finden können!«

Mit hochgezogenen Brauen hielt er ihren Blick einen Moment lang fest. »Die Wahrheit?«

Sie nickte.

»Es gibt nichts, was wir hier noch unternehmen könnten. Wir haben mit jedem Einzelnen gesprochen. Wir haben erfahren, was es zu erfahren gibt. Das ist alles, was es hier zu holen gibt. Wir müssen weitersehen, auf die nächste Gelegenheit hoffen.«

Penelope ließ den Blick einmal mehr auf der Tür ruhen, hinter der sich eigentlich Jemmie aufhalten sollte. »Ich fühle mich ... als hätte ich bei Jemmie vollkommen versagt. Als hätte ich ihn im Stich gelassen. Und sie noch viel mehr. Ich hatte ihm erklärt, dass ich für seine Sicherheit sorgen würde. Und seiner Mutter hatte ich es sogar versprochen.« Sie schaute auf und las vollkommenes Verständnis in Barnabys Blick. »Ich habe einer sterbenden Mutter das Versprechen gegeben, für die Sicherheit ihres Sohnes zu sorgen. Kann man das hoch genug einschätzen? Mein Gewissen will einfach nicht zur Ruhe kommen. Es will einfach nicht. Es muss mehr geben, was ich tun kann.«

Seine Lippen zuckten, ohne dass er lächelte oder gar lachte. Er ergriff ihren Arm und zog sie die Gasse entlang. »Die Angelegenheit betrifft nicht nur Sie allein. Ich habe auch ein Versprechen abgegeben. Gegenüber Jemmie. Ja, ich verstehe Sie vollkommen, und Sie haben recht, dass wir ihn zurückholen und ins Findelhaus bringen müssen, wo er hingehört.«

Penelope bemerkte, dass sie sich von der Tür entfernte, als er sie sanft fortzog.

Er fing ihren Blick auf, als sie den Kopf hob. »Ich habe noch ein Versprechen abgegeben, falls Sie sich erinnern. Ihnen habe ich auch versprochen, dass wir Jemmie zurückholen werden. Und ich habe vor, mein Versprechen zu halten, so wie wir beide das Wort halten wollen, das wir Jemmie und seiner Mutter gegeben haben. Aber dazu werden wir nicht in der Lage sein, wenn wir es zulassen, dass wir den Faden verlieren, nur weil wir uns aus purem Selbstzweck in irgendwelche sinnlosen Unternehmungen stürzen. Um unser Gewissen zu beruhigen. Ja, natürlich müssen wir etwas unternehmen. Aber wir müssen auch vernünftig und logisch vorgehen. Das ist der einzige Weg, diese Lumpen zur Strecke zu bringen und die unschuldigen Kinder zu retten.«

Penelope musterte ihn aufmerksam, schaute dann aber wieder geradeaus, als sie im nebligen Licht auf dem geschäftigen Arnold Circus auftauchten. »Sie klingen so offen und ehrlich.«

Er drängte sie in die Richtung der wartenden Droschke. »Ich bin es auch. Was es nicht einfacher macht. Aber es ist genau das, was wir tun müssen. Wir müssen sämtliche Gefühle beiseiteschieben und uns auf unser Ziel konzentrieren.«

Penelope atmete geräuschvoll aus. Am liebsten hätte sie einen Streit vom Zaun gebrochen, nur weil sie innerlich höllische Qualen durchlitt. Aber … er hatte recht. Barnaby öffnete die Droschkentür und half ihr hinein; sie wartete, bis er neben ihr Platz genommen hatte und die Kutsche losgefahren war, bevor sie wieder das Wort ergriff. »In Ordnung. Ich werde mich meinem Gewissen nicht unterwerfen, jedenfalls nicht durch überstürzte Handlungen. Wie sieht also unser nächster Schritt aus, vernünftig und logisch betrachtet?«

Ihr Ton war zwar schnippisch, aber Barnaby war zufrieden. Solange sie schnippisch mit ihm sprach, sorgte sie dafür, dass die Situation sie nicht überwältigte. Der verlorene Blick, mit dem sie auf die Tür zu Mrs. Carters Haus geschaut hatte, hatte das Blut heißer durch seine Adern pulsieren lassen, umso mehr, weil er wusste, wie sie sich fühlte. Aber er kannte die Lage aus früheren Ermittlungen, und er kannte auch den Ausweg. »Wir müssen Stokes über das informieren, was wir erfahren haben. Es ist vielleicht nicht viel, aber er wird schon wissen, wie er das Beste daraus machen kann. Jenks' Beschreibung war ziemlich mager. Aber vielleicht fügt es sich im Hirn irgendeines Sergeanten zu einem Bild zusammen.«

Es war früher Mittag. Barnaby hatte dem Kutscher befohlen, nach Mayfair zurückzufahren. Im Findelhaus hatten sie vor der Fahrt ins East End vorbeigeschaut und mussten sich dort nicht mehr zeigen. »Wir sollten etwas essen. Anschließend können wir Scotland Yard aufsuchen.«

Penelope nickte. »Und nachdem wir Stokes informiert haben, sollten wir wirklich mit Griselda sprechen.«

Stokes war derselbe Gedanke durch den Kopf gegangen. Kurz nach zwei Uhr traf er im Laden in der St. John's Wood High Street ein.

Diesmal lächelten die Lehrmädchen ihn an, und eine der beiden rannte sofort in den hinteren Bereich, um Miss Martin über seine Anwesenheit zu informieren.

Mit einem Lächeln auf den Lippen erschien Griselda am Vorhang.

Er erwiderte das Lächeln, recht freundlich, wie er vermutete, aber sie schien seine untergründige Anspannung zu spüren. Ihre Miene wurde ernst; sie neigte den Kopf und warf ihm einen einladenden Blick zu. »Bitte, kommen Sie durch.«

Stokes ging an den Mädchen vorbei in die Küche und ließ den Vorhang hinter sich zufallen. Wie zuvor war der Tisch mit Federn und Bändern bedeckt, und eine modische Haube, deren Verzierung halb fertig war, lag in der Mitte. »Ich habe Sie bei der Arbeit gestört«, meinte er.

Griselda verzog das Gesicht. »Was ist los?«

Er suchte ihren Blick, schaute dann zurück auf den Vorhang.

»Wenn es Ihnen nichts ausmacht, würde ich es vorziehen, oben mit Ihnen zu sprechen.«

»Selbstverständlich.« Sie umrundete den Tisch in Richtung Treppe. »Lassen Sie uns nach oben gehen.«

Er folgte ihr die schmalen Stufen hinauf, versuchte, sich nicht auf ihre schwingenden Hüften zu konzentrieren, scheiterte aber kläglich. Griselda führte ihn ins Wohnzimmer, steuerte schnurstracks auf ihren Lieblingslehnstuhl zu und bat ihn mit einer Handbewegung, sich in den anderen zu setzen.

Seufzend sank Stokes in die Polster. Wenn er hier war, in ihrer Nähe, kam es ihm vor, als hätte man ihm eine tonnenschwere Last von den Schultern genommen. »Ich kann mich nicht genau erinnern«, begann er als Antwort auf ihre hochgezogenen Brauen, »ob Adair und Miss Ashford erwähnten, dass sie einen Jungen ausfindig gemacht hatten, der dem Vermissten überaus ähnlich sah und in ähnlichen Umständen lebte. Aber da seine Mutter dem Vernehmen nach noch nicht unmittelbar dem Tode geweiht war, schien es keinen Sinn zu machen, einen ständigen Beobachtungsposten vor ihrer Tür zu platzieren.«

Griselda schüttelte den Kopf. »Was ist passiert?«

Er ließ den Kopf nach hinten sinken und schloss die Augen.

»Gestern Abend haben wir erfahren, dass die Mutter des Jungen tot aufgefunden worden ist. Ermordet. Und der Junge ist verschwunden.«

Atemlos stieß sie ein paar Worte aus, und Stokes war überzeugt, dass sie nicht für seine Ohren bestimmt waren. »Im East End?«

Er öffnete die Augen und nickte. »In der Nähe des Arnold Circus«, sagte er und bemerkte, dass sie die Stirn runzelte. »Warum?«

Mit zusammengepressten Lippen schaute sie ihn an. »Das East End ist in vielerlei Hinsicht gesetzlos. Aber trotzdem kümmert man sich dort um seine eigenen Leute. Es gibt Grenzen, die niemand zu überschreiten wagt. Und eine Mutter zu töten, um ihren Sohn zu entführen – das ist eine dieser Grenzen. Niemand würde damit glücklich werden … und wenn es Hinweise oder Indizien gibt, würden sie bereitwillig hergegeben.«

»Das heißt, wenn wir Fragen stellen, bekommen wir Antworten?«

Sie lächelte sarkastisch. »Man wird den *Bullen* helfen, so gut es möglich ist.«

Stokes musterte ihre Miene. »Sie klingen nicht besonders zuversichtlich, dass diese Hilfe auch ausreichend sein wird.«

»Weil ich es nicht bin. Es könnte sein, dass die Informationen genügen, um Vermutungen anzustellen, wer den Jungen entführt hat. Aber es wird eine ganz andere Sache sein, die Verbrecher zu finden und den Jungen zurückzuholen.« Griselda schwieg ein paar Sekunden. »Auf Ihrer Liste stehen immer noch fünf Namen. Es ist möglich, dass einer dieser Namen zu dem Lehrmeister weist, der die Burschen entführt. Es gibt nur einen Weg, Ihnen zu helfen und die anderen Jungen zu retten ... wir müssen herausfinden, was es mit den Fünfen auf sich hat. So geht es am schnellsten.«

Die Türglocke klingelte. Griselda erhob sich, lauschte mit geneigtem Kopf. Stokes stand ebenfalls auf.

»Miss Ashford und Adair«, stellte sie fest.

Sie ging zum oberen Treppenabsatz und schaute nach unten. »Ja, Imogen, ich weiß Bescheid. Bitte sag ihnen doch, dass sie nach oben kommen sollen. Sie kennen den Weg.«

Einen Moment später erschien Penelope, gefolgt von Barnaby. Penelope riss die Augen auf, als sie Stokes erblickte. »Hier stecken Sie! Wir haben bei Scotland Yard vorbeigeschaut, aber dort erklärte man uns, dass Sie unterwegs seien.«

Stokes errötete leicht. »Ich war länger als erwartet in der Liverpool Street.« Er wandte sich an Barnaby. »Wir haben eine Alarmmeldung an alle Wachtposten in London gegeben, mit Jemmies Beschreibung. Schon bald wird jeder Polizist wissen, dass wir ihn suchen, und wenn er in irgendeiner Straße gesehen wird, haben wir die Chance, dass er mitgenommen wird.«

Barnaby zog eine Grimasse. »Unglücklicherweise treibt er sich vielleicht gar nicht auf den Straßen herum, wenn er wirklich in einer Lehranstalt gelandet ist. Nicht bis er zu seinem ersten Einsatz geschickt wird.«

Und wenn ein Junge erst einmal ein Verbrechen begangen, wenn er sich von Recht und Gesetz gelöst hatte, würde es Schwierigkeiten geben.

Griselda bat sie mit einer Geste, sich zu setzen. Sie folgten der Einladung, ernüchtert, um nicht zu sagen: enttäuscht.

»Wir haben mit allen Leuten die Straße hinauf und hinab gesprochen«, meinte Barnaby zu Stokes. »Und wir haben sogar ein bisschen Glück gehabt.« Er erklärte, was sie von Jenks erfahren hatten. Stokes nickte. »Wir können zwar nicht viel damit anfangen, aber es ist immerhin etwas. Außerdem passt es zeitlich zu der Vermutung des Doktors, wann sie ermordet worden ist. Das heißt, dass die Verbrecher höchstwahrscheinlich nicht nur für die Entführung, sondern auch für Mrs. Carters Tod verantwortlich sind.« Er dachte kurz nach, fügte dann hinzu: »Auf dem Rückweg werde ich in der Liverpool Street vorbeifahren und dafür sorgen, dass man Jenks' Beschreibung ebenfalls herausgibt. Keiner der Männer mag zu erkennen sein, wenn er einzeln auftritt. Aber zusammen … die Beschreibung ist vielleicht nützlicher, als sie klingt.«

»Stimmt«, meinte Barnaby, »und es wird langsam dringend, die Jungen zu finden. Wir wissen von fünfen, die sie in ihrer Gewalt haben. Aber vielleicht sind es auch viel mehr … Jungen, von denen wir noch nichts gehört haben. Wir können nicht warten, bis uns über ihr Verschwinden berichtet wird.«

»Genau darüber habe ich bei Ihrer Ankunft gesprochen.« Griselda lehnte sich vor. »Ich hatte die Absicht, morgen meinen Vater zu besuchen, um zu hören, ob er vielleicht noch mehr über die fünf Namen auf der Liste erfahren hat. Das werde ich als Erstes erledigen. Dann werde ich mich umhören, ob ich irgendetwas erfahren kann, was uns wirklich weiterbringt. Es hängt davon ab, was mein Vater mir zu berichten hat, welchen Schritt ich dann unternehme.« Sie warf Stokes einen Blick zu. »Wenn ich glaube, die Lehranstalt gefunden zu haben, werde ich Sie benachrichtigen.«

»Das müssen Sie nicht. Ich werde Sie begleiten.« Abwehrend hob Stokes die Hand, als Griselda den Mund öffnete. »Wie ich Ihnen schon gesagt habe, wenn Sie sich in Polizeiangelegenheiten einmischen und irgendeinem Risiko ausgesetzt sind, was eindeutig der Fall ist, dann bin ich dabei.«

Griselda runzelte die Stirn, senkte aber den Kopf. »Ja, ausgezeichnet.«

»Wir werden auch dabei sein.« Penelope erhob sich aus den tiefen Polstern des Sofas. »Wir werden die Liste viel schneller abarbeiten können ...«

»Nein.« Barnaby legte die Hand auf ihren Arm und hielt ihren Blick fest, als sie ihn anschaute. »Sie haben einen anderen Weg zu gehen.« Offenbar begriff sie nicht, und er fügte hinzu: »Die Akten, erinnern Sie sich?«

»Oh. Ja.« Sie zwinkerte, schaute Stokes an. »Das hatte ich vollkommen vergessen.«

Stokes runzelte die Stirn. »Welche Akten?«

»Im Findelhaus«, erläuterte Barnaby, »erinnerst du dich an unseren früheren Gedanken, den Verbrechern eine Falle zu stellen, indem wir einen geeigneten Jungen observieren lassen, dessen Vormund bald sterben wird?« Stokes nickte, und er fuhr fort. »Der Plan wurde fallen gelassen. Denn Jemmie war der einzige passende Junge in den Akten. Mit dem Tod seiner Mutter war allerdings erst in ein paar Monaten zu rechnen.«

Sein Tonfall klang härter, als er weitersprach. »Wie dem auch sei. Wenn man bedenkt, was Jemmie widerfahren ist, dann liegt es auf der Hand, dass sie einen dringenden Bedarf an Jungen haben. So dringend, dass sie nicht mit der Wimper zucken, wenn es darum geht, das Leben eines kränkelnden Vormunds frühzeitig zu beenden.«

Stokes' Gesichtszüge wirkten kantig. »Wenn du also noch einen Jungen mit der richtigen körperlichen Statur finden kannst und wenn dieser Junge einen leidenden Vormund hat, der bald sterben wird, dann haben wir eine Chance ...« Er hielt inne, als würde er den Blick nach innen richten, konzentrierte sich dann auf Penelope. »Wenn Sie einen solchen Burschen im East End ausfindig machen können, dann garantiere ich Ihnen, dass die Polizei für seine Sicherheit sorgen wird. Wir werden ihn permanent beobachten lassen … und wenn diese Verbrecher zu Besuch kommen, schnappen wir sie uns. Und wenn ich persönlich Wache stehen muss.«

Penelope bemerkte eine glühende Leidenschaft in seinem Blick, schaute Griselda an und stellte fest, dass ebenfalls eine Leidenschaft, wenn auch nur schwach, in ihrem Blick glomm. Plötzlich fühlte sie sich unendlich viel besser, war sogar bereit, die Ermittlungen im East End ihnen und Barnaby zu überlassen, während sie sich durch die Aktenberge wühlte.

Barnaby seufzte. »Wie viele Akten sind es noch?«

»Sie haben den letzten Berg gesehen … multipliziert mit zehn«, sagte sie.

Er wandte sich an Stokes. »Wir hätten vermutlich eine bessere Arbeitsteilung, wenn ich Miss Ashford helfen würde, die Akten durchzusehen. Ich melde mich sofort, wenn es einen passenden Kandidaten gibt.«

Schweigend fing Stokes den Blick seines Freundes auf, nickte dann. »Ja, du hast recht. Wir werden vor Ort ermitteln, ihr zwei kümmert euch um die Akten.«

Penelope sah erst nachdenklich Stokes an, dann schweifte ihr Blick zu Barnaby, und sie fragte sich, ob es tatsächlich nur an ihrer Einbildung lag, dass es ihr so vorkam, als hätten die beiden auf einer untergründigen Ebene kommuniziert und dabei mehr ausgedrückt als in ihren Worten.

Ungeachtet dessen hatten sie sich jetzt für eine Aufgabe entschieden. Penelope und Barnaby überließen es den beiden anderen, sich zu verabreden, eilten die Treppe hinunter und verließen den Laden.

Wieder mussten sie an der Kirche vorbeigehen, um eine Droschke zu finden. Als sie die Stelle erreichten, wo sie sich am vergangenen Nachmittag gestritten hatten – und er sie geküsst hatte –, traf die Erinnerung sie wie ein Schlag. Es fühlte sich an, als prickelte es überall unter ihrer Haut, beinahe qualvoll bis in ihre Nervenenden hinein, die plötzlich überaus empfindlich reagierten.

Es half nicht im Geringsten, dass ein Gentleman ihnen auf demselben Wegstück entgegenspazierte. Barnaby drängte sich an ihre Seite, als der Mann näher kam; seine große starke Hand brannte förmlich auf ihrem Rücken, und den Körper schob er wie ein Schutzschild zwischen sie und den Fremden.

Penelope biss sich auf die Lippe und zwang sich, nicht zu reagieren. Die schlichte Berührung war vollkommen unwillkürlich geschehen, nicht mehr, als ein Gentleman einer Lady wie ihr zukommen ließ. Gewöhnlich hatte die Geste nichts zu bedeuten ... doch für sie schon. Es mochte sich um die übliche Höflichkeit handeln, gehörte aber nicht zu den Berührungen, mit denen die Gentlemen sie zu bedenken pflegten. Normalerweise würde sie es auch nicht gestatten – weil es nach Beschützergeist schmeckte und sie nur zu genau wusste, wohin das führen würde.

Als sie weiter um die Ecke bogen, ließ er seine Hand wieder sinken. Penelope hob den Kopf, stieß endlich die Luft aus, die sich in ihren Lungen gesammelt hatte. Nein, auf keinen Fall wollte sie dazu etwas sagen, gar nicht erst die Aufmerksamkeit auf die verstörende Wirkung lenken, die solche kleinen Gesten auf sie ausübten. Im Lichte der Auseinandersetzung des vergangenen Abends hätte sie sich durchaus fragen können, ob er eigentlich absichtlich so handelte, um ihren Widerstand zu schwächen. Aber dafür hatte sie keinerlei Beweise. Und sie würde sich ganz sicher der Lächerlichkeit preisgeben, wenn sie deshalb protestierte.

Barnaby hob den Arm und winkte eine Droschke heran. Sie warf ihm einen Seitenblick zu, während sie neben ihm wartete. Es gab noch einen Grund, nichts zu sagen: Sie brauchte seine Hilfe, um Jemmie zu retten.

Seiner Rettung galten ihre ersten und wichtigsten Überlegungen, die bedeutsamer waren als das nichtige Bedürfnis, angemessenen Abstand zwischen sie zu bringen. Nach den Ereignissen der letzten vierundzwanzig Stunden war es schlicht nicht mehr möglich, die Verbindung zu ihm abzubrechen.

Als die Droschke vorfuhr und er ihr seine Hand bot, legte sie ruhig ihre Finger in seine und gestattete ihm, ihr beim Einstieg behilflich zu sein.

Mühelos verbarg Barnaby sein Lächeln, als er sich neben sie in das Polster sinken ließ. Sie mochte so leicht durchschaubar sein wie Glas, zumindest was ihre Reaktion auf ihn und seine Berührung betraf; aber er war nicht so dumm, sich ihrer – oder gar ihres unbestechlichen Willens – so einfach sicher zu sein. Penelope war launisch, und sie wusste es. Um sie zu gewinnen, musste er das uralte Spiel mit größter Sorgfalt spielen.

Zum Glück liebte er die Herausforderung.

Rasch rollte die Kutsche Richtung Mayfair. Nach einiger Zeit fiel ihr ungewöhnliches Schweigen auf. Er schaute sie an. Sie hatte das Gesicht zwar halb zum Fenster gedreht, aber das, was er von ihrer Miene erkennen konnte, sah sehr ernst aus … was hieß, dass sie irgendwelche Pläne schmiedete.

»Was?«

Sie schaute ihn an, antwortete aber nicht und gab ihm dadurch zu verstehen, dass er ihre Geistesabwesenheit richtig gedeutet hatte.

»Irgendwo da draußen steckt Jemmie«, meinte Penelope nachdenklich, »in mancher Hinsicht einsam und ganz sicher verängstigt. Ich bin nicht geneigt, bis morgen zu warten, um mich auf die Suche nach dem nächsten Jungen zu machen, den sie wahrscheinlich entführen werden. Sie selbst haben gesagt, dass es diese Verbrecher eindeutig drängt, so bald wie möglich noch mehr Jungen in die Hände zu bekommen. Jede Stunde, die wir verstreichen lassen, ist eine verschwendete Stunde. Das können wir uns nicht leisten.« Ruhig suchte sie seinen Blick. »Unglücklicherweise muss ich meine Mutter heute Abend zu einem Hauskonzert begleiten.«

Eine Braue hatte sie kaum merklich hochgezogen, als ob sie eine Frage stellen wollte.

Barnaby richtete den Blick geradeaus, seufzte, um ihrem Vorschlag nicht zu eifrig und zu erfreut zuzustimmen. »Wir können uns dort treffen und uns dann entfernen. Der Himmel weiß, dass sie niemals wissen, wer sich eigentlich unter die Gäste gemischt hat und wer nicht, wenn die Katzenmusik erst mal begonnen hat. Aber wir müssen ein Auge auf die Uhr haben und vor dem Ende des Konzerts wieder zurück sein.«

Aus den Augenwinkeln bemerkte er ihre wegwerfende Handbewegung. »Nicht nötig.« Mit einer Kaltblütigkeit, mit der sie ihm durchaus das Wasser reichen konnte, starrte sie aus dem Fenster und fuhr fort: »Ich werde Kopfschmerzen vortäuschen und verlangen, dass Sie mich nach Hause begleiten. Mama wird keinen Aufstand machen. Ich werde dafür sorgen, dass sie auch nicht nach mir sieht, wenn sie wieder zu Hause ist, und Leighton weiß, wie er die Haustür entriegelt lassen muss, bis er bemerkt, dass ich eingetroffen bin.«

Penelope drehte den Kopf und schaute ihn an. »Wenn wir Lady Throgmortons Hausmusik verlassen haben, können wir die ganze Nacht in den Akten wühlen.«

Barnaby konnte sich zwar schönere Abendvergnügungen vorstellen, aber ihr Vorschlag würde es ihm erlauben, seine Sache voranzubringen – sowohl die Sache mit ihr als auch Jemmie Carters Rettung.

Er nickte. »Dann bei Lady Throgmorton, um acht …«

Um Viertel vor neun an jenem Abend saßen sie in Penelopes Büro im Findelhaus, umgeben von Akten, Stapel türmten sich auf Stapel. Barnaby betrachtete die schwankenden Papierberge. »Es muss einen schnelleren Weg geben.«

»Unglücklicherweise gibt es keinen.«

»Was ist mit den Akten, die wir früher schon mal durchgesehen haben? Es waren doch auch nicht so viele.«

»Das waren die Akten jener Kinder, bei denen der Tod ihres

Vormunds unserer Auffassung nach unmittelbar bevorstand. In Mrs. Carters Fall hat sich ihre Gesundheit wieder verbessert, aber ich hatte den formellen Besuch bereits abgestattet, weshalb ich mich an Jemmie erinnern konnte.«

Penelope saß an ihrem Schreibtisch und ließ den Blick über die Akten schweifen. Es waren mehr als hundert, die Mrs. Marsh auf dem Tisch versammelt sowie daneben gepackt hatte. »Das hier sind die Akten sämtlicher Kinder, die bei uns als mögliche Kandidaten registriert sind, irgendwann in Zukunft bei uns aufgenommen zu werden. Das hier ist unsere ungekürzte Warteliste. Als wir das letzte Mal hier waren, gab es nur ein paar Dutzend Akten, weil es sich um die bereits angenommenen Kinder handelte. Um die, die auf der Liste der drohenden Todesfälle vermerkt waren.«

Barnaby griff nach den obersten Papieren auf dem nächsten Stapel und begann, sie durchzulesen. »Diese Akten sind viel dünner.«

»Weil sie außer der anfänglichen Registrierung meistens nur wenige Notizen enthalten. Wir haben sie noch nicht weiterverarbeitet, haben noch keinen Arztbericht oder Ähnliches bekommen. Diesen Familien habe ich noch keinen Besuch abgestattet. Keggs auch nicht. Wir haben also auch keine körperliche Beschreibung der Kinder, die uns weiterhelfen könnte.«

»Wonach genau suchen wir dann?«, fragte er aufmerksam.

»Nach einem etwa sieben- bis elfjährigen Jungen, der als potenzielles Waisenkind bekannt ist.« Sie zählte die einzelnen Punkte an den Fingern ab. »Er muss im East End leben. Dann müssen wir überprüfen, ob die Akte irgendeinen Vermerk über den Vormund enthält. Wie krank er ist, ob er fähig ist, seine Pflichten auszuüben oder nicht.« Sie suchte seinen Blick. »Ich stelle mir vor, dass diese Verbrecher sich solche Vormünder aussuchen, die sie leicht überwältigen können.«

»Das ist eine vernünftige Vermutung.«

»Nun, dann.« Penelope ließ den Blick zwischen den Akten

und Barnaby hin und her schweifen. »Sollen wir uns einen Plan überlegen, wie wir vorgehen wollen?«

»Ja, gern.«

»Am besten arbeiten wir uns Schritt für Schritt durch, nehmen uns einen Punkt nach dem anderen vor. Sie fangen an und prüfen in jedem Papier, ob wir es mit einem Jungen oder Mädchen zu tun haben. Die Mädchen legen Sie beiseite, die Jungen geben Sie mir.« Sie beugte sich vor und tippte auf die rechte obere Ecke der Akte, die er aufgeschlagen hatte. »Hier, sehen Sie? Junge oder Mädchen?«

»Junge. Ein Fall für Sie.« Er warf die Papiere auf den Stapel vor ihr und griff nach den nächsten.

»Ich prüfe das Alter und die Anschrift.« Sie schlug die Akte wieder auf. »East End oder nicht.« Stirnrunzelnd schaute sie auf. »Ist es denkbar, dass sie ihren Zugriff auf die Gegenden außerhalb des East Ends ausdehnen?«

»Möglicherweise«, Barnaby ließ die zweite Akte neben sich auf den Fußboden fallen, »allerdings nur, wenn sie auf ihrem eigenen Terrain keinen passenden Jungen mehr finden.« Er griff nach der nächsten Akte. »Verbrecher neigen dazu, sich in einer vertrauten Gegend zu tummeln. In einem Territorium, das sie aus bestimmten Gründen zu dem Bezirk ihrer schändlichen Zwecke erklärt haben.«

Sie nickte, prüfte die Anschrift auf der Akte in ihrer Hand – Paddington –, schloss sie und ließ sie neben ihrem Stuhl zu Boden fallen, während Barnaby ihr schon die nächste zuschob.

Schweigend fügten Barnaby und Penelope sich in einen Rhythmus, während um sie herum im Haus langsam Stille einkehrte. Bei ihrer Ankunft waren die älteren Kinder noch ebenso auf den Beinen gewesen wie die Angestellten, die die Aufsicht geführt und die jüngeren ins Bett gesteckt hatten. Es war, als hätten die Geräusche einer lebhaften Familie, dutzendfach vervielfältigt, ihr Echo durch die Korridore geschickt. Die tickende Uhr oben auf dem Schrank zeigte unerbittlich, wie die Zeit verrann; nach und nach waren sämtliche Geräusche erstorben. Nur noch das Papier raschelte trocken, und die hin und wieder zu Boden klatschenden Akten durchbrachen die sich ausbreitende Stille.

Penelope schaute auf, als die Uhr zur halben Stunde schlug, und bemerkte, dass es schon nach halb zwölf war. Seufzend warf sie die letzte aussortierte Akte auf den Stapel und betrachtete, genau wie Barnaby, den verbleibenden Stapel auf dem Tisch.

Mit der Hand fuhr sie über den Rücken der Akten. »Fünfzehn.« Fünfzehn Jungen aus dem East End zwischen sieben und elf Jahren, die als mögliche Waisenkinder registriert waren.

Barnaby ließ den Blick über den aussortierten Stapel Papiere schweifen. »Ich hatte keine Ahnung, dass es so viele potenzielle Waisen gibt.« Er schaute sie an. »Sie können nicht alle aufnehmen.«

Penelope schüttelte den Kopf. »Wir würden gern, aber wir können es tatsächlich nicht. Wir müssen auswählen.« Nach einem kurzen Schweigen fügte sie hinzu: »Wie der Zufall es will, stützen wir unsere Auswahl auf einige der Charakterzüge, auf die auch diese Verbrecher es abgesehen haben – ein flinker Geist, vorzugsweise in einem flinken Körper. Auf die Größe achten wir nicht. Aber weil wir wissen, dass wir auswählen müssen, haben wir vor langer Zeit beschlossen, dass wir solche Kinder zu uns nehmen, die von unserem Angebot am meisten profitieren können.«

»Und das bedeutet, sie müssen einen schnellen Verstand haben sowie einigermaßen gesund sein.« Barnaby schnappte sich die oberste der fünfzehn Akten. »Wir sollten jetzt versuchen, Hinweise auf den Gesundheitszustand des Vormunds zu finden.«

Selbst bei nur fünfzehn Akten dauerte es seine Zeit, denn sie mussten nicht nur das Geschriebene lesen, sondern in mancher Hinsicht auch zwischen den Zeilen.

Am Ende war der Stapel auf drei Akten reduziert. Bei drei Jungen waren sie übereingekommen, dass sie die einzigen wahrscheinlichen Zielscheiben in all den Papieren darstellten, die sie mühsam durchgesehen hatten.

Penelope verschränkte die Hände auf dem Tisch und betrachtete die drei Akten. »Ich mache mir nach wie vor Sorgen, dass es noch weitere geben könnte. Jungen, die wir nicht registriert haben.« Sie musterte Barnabys Miene. »Was, wenn die Verbrecher sich einem von ihnen an die Fersen heften und diese hier«, sie deutete auf den kleinen Stapel, »außen vor lassen?«

Er verzog das Gesicht. »Das Risiko müssen wir eingehen. Aber bis jetzt hat das Haus schon fünf registrierte Kandidaten verloren. Es ist also wahrscheinlich, dass diese Jungen bereits ebenso ins Visier der Verbrecher geraten sind. Oder noch werden.« Er hielt kurz inne. »Das müssen wir annehmen und uns weiter an unseren Plan halten. Es gibt keinerlei Sicherheiten. Aber es ist das Beste, was wir tun können.«

Aufmerksam musterte Penelope seinen Blick, so als wollte sie seine Aufrichtigkeit an ihm ablesen, und nickte. »Sie haben recht.« Seufzend ließ sie den Blick über die Akten schweifen. »Leider findet sich in den Akten kein Hinweis darauf, ob die Jungen körperlich geeignet sind. Sie mögen zu groß sein, zu ungeschickt oder … morgen werde ich ihnen einen Besuch abstatten und mich selbst überzeugen.«

Die Uhr schlug – eins.

Barnaby erhob sich, umrundete den Tisch, ergriff ihre Hände und zog sie hoch. »Morgen Vormittag werden wir uns beide auf den Weg machen und die drei genauer unter die Lupe nehmen.«

Er drehte die Lampe herunter, deren Licht sie gebraucht hatten, um gut lesen zu können. Dann ergriff er ihre Hände und zog, sodass sie ihn anschauen musste. »Wir haben alles getan, was es heute Nacht zu tun gab. An dieser Front.«

Penelope war der Wechsel in seinem Tonfall nicht entgangen. Sie riss die Augen auf und suchte in seinem Blick. »Was …«

Sein Mund verzog sich, er schloss sie in die Arme, senkte den Kopf und küsste ihr die Verwirrung von den Lippen. Schmeckte sie, machte klar, in welcher Angelegenheit er jetzt ermitteln wollte.

In ihrer. Ihre Lippen, ihren Mund, ihre Zunge.

Wie sie sich in seinen Armen anfühlte, wie sie sich so perfekt an ihn schmiegte.

Barnaby hatte mit Widerstand gerechnet. Stattdessen spürte er einen Moment der Leere. Als ob ihr Verstand ausgesetzt hätte, schlicht erstarrt wäre.

Ihre Lippen, die sich bereits geteilt hatten, als er seinen Mund auf ihren senkte, verhärteten sich jetzt; aber sie versuchte nicht, sie zusammenzupressen und ihm zu widerstehen, sondern sie drückte sich enger an ihn und erwiderte seinen Kuss.

Entschieden. Diesmal gab es kein Zögern. Ihr plötzlicher Kurswechsel ließ ihn sekundenlang eher folgen als führen.

Die Hände hatte sie auf seine Brust gelegt, bevor sie sie über seine Schultern nach oben unter die Locken gleiten ließ und seinen Nacken liebkoste. Angestrengt unterdrückte er ein Schaudern, war überrascht, dass er auf eine solch leichte Berührung ihrer schlanken Finger auf seiner entblößten Haut so empfindlich reagieren könnte.

Aber dann drängte sie sich noch näher an ihn. Und löste ein Erdbeben in ihm aus.

Penelope presste sich an ihn, ergab sich ihm mit ihren Lippen – und seine Verbindung zur tatsächlichen Welt um ihn herum riss ab, verwandelte sich in Sekundenbruchteilen in eine Welt, in der Sitte und Anstand sich verflüchtigt hatten und allein die primitive Natur regierte.

Barnaby breitete die Hände auf ihrem Rücken aus, zog ihren weichen Körper an sich. Die Hitze, mit der sie ihm antwortete, die Hitze, die ihr Mund bot, der übermütige Tanz ihrer Zunge trieb ihn immer weiter … er neigte den Kopf, forderte all das, was sie ihm anbot, und schmiegte ihre Hüften schamlos an seine.

Penelope stieß ein sanftes Geräusch aus. Es war weder ein Stöhnen noch ein Schluchzen, und sie schnappte auch nicht nach Luft. Es klang vielmehr wie eine Mischung aus allen dreien, ein Geräusch der Ermutigung, dessen Deutung ihm nicht schwerfiel. Er antwortete auf ihre Ermutigung, indem er seine Hände, mit denen er ihre Hüften umschlossen hielt, löste und nach unten gleiten ließ, die Handflächen rund um ihre festen Kurven schloss. Mit gekrümmten Fingern zog er sie an sich, anregend, provozierend.

Und er spürte, wie sie dahinschmolz.

Spürte, wie all ihr Widerstand, sogar die verräterische Anspannung in ihrem Rücken, sich verflüchtigte.

Penelope gehörte ihm. Er brauchte sie nur noch zu nehmen.

Und beide wussten es.

Eine kleine Hand fuhr vom Nacken auf seine Wange, drückte sich an sie, während sie ihn küsste, ebenso fordernd und verlangend, wie er es sich wünschte.

Er drehte sich um und hielt sie mit seinem Körper so am Tisch gefangen, dass die Ecke zwischen die hintere Seite ihrer Schenkel ragte. Die überall verstreuten Akten interessierten nicht mehr … Barnaby streckte die Hand aus, um sie wegzufegen.

Klick-klack, klick-klack, klick-klack.

Die klackenden Absätze auf den Fliesen im Korridor rissen sie beide auf den Boden der Tatsachen zurück – in die Welt, die sich um ihr Büro mit dem Türbogen und dem Vorzimmer vor der geöffneten Tür erstreckte.

Abrupt fuhren sie auseinander. Steif umrundete Barnaby den Tisch und ließ sich auf den Stuhl fallen, auf dem er zuvor gesessen hatte.

Penelope zog sich ihren Stuhl, den sie fortgestoßen hatte,

wieder an den Tisch und setzte sich, dabei schnappte sie sich die drei Akten.

Und hob den Blick, als Mrs. Keggs in der Tür auftauchte.

Mrs. Keggs ließ den Blick über die gestapelten Akten und die drei in Penelopes Hand schweifen. »Nun, Sie haben ja wirklich wie die Maulwürfe gewühlt, wenn Sie das alles durchgesehen haben. Nur drei?«

Penelope nickte. »Wir sind gerade erst fertig geworden.« Auf dem Boden neben ihrem Fuß entdeckte sie ihr Retikül, hob es auf und stand auf. »Ja, es sind nur drei. Ich muss die Burschen besuchen und überprüfen, ob es sich bei ihnen um mögliche Zielscheiben für diese Verbrecher handelt.« Sie schaute auf die Uhr. »Ich werde die Akten an mich nehmen und es gleich morgen erledigen.«

Barnaby erhob sich ebenfalls.

Mrs. Keggs strahlte über das ganze Gesicht. »In der Tat, ich zweifle nicht daran, dass Sie sich nach Ihrem Bett sehnen. Ich werde hinter Ihnen abschließen.«

Penelope würdigte Barnaby keines Blickes, als sie an ihm vorbeirauschte, und blieb dann an dem Haken stehen, an dem sie ihren Umhang für den Abend aufgehängt hatte. Aber bevor sie nach ihm greifen konnte, hatte Barnaby die Hand ausgestreckt und es erledigt.

Er stand hinter ihr, schüttelte den Umhang aus und legte ihn über ihre Schultern. »Haben Sie alles, was Sie brauchen?«

Sein Atem strich über die empfindliche Haut unter ihrem Ohr.

Ihre Nerven vibrierten. Mühsam rang sie um Beherrschung.

»Ich denke schon.« Penelope gelang ein Lächeln für Mrs. Keggs, ihre nichts ahnende Retterin. Mit den drei Akten in einer Hand, ihrem Retikül in der anderen, dem Umhang über den Schultern – und Barnaby Adair im Schlepptau – ging sie langsam den Korridor entlang, verabschiedete sich von Mrs. Keggs und spazierte dann erhobenen Hauptes aus dem Gebäude in die Nacht hinein.

Während der folgenden Fahrt in die Mount Street sagte sie kein Wort. Denn es wollte ihr beim besten Willen nichts einfallen. Barnaby besaß so viel Taktgefühl, ebenfalls kein einziges verdammtes Wort über die Lippen zu bringen, und ihr war nicht klar, ob sie es gutheißen sollte – ganz besonders deshalb, weil sie spürte, dass er sich über ihr Schweigen amüsierte.

Penelope musste jedenfalls gehörig über diesen durch und durch unklugen Kuss nachdenken. Nicht über den, den er ihr gegeben hatte, nicht über den Anfang, sondern über den, den sie – voller Verlangen, aber ohne ein Fünkchen Verstand – ihm aufgedrückt hatte.

Diese Tatsache und das, was gefolgt war, zählte mit Sicherheit zu den Dingen, die sie gründlich analysieren musste.

Sie wechselten nur die notwendigsten Worte, als sie sich vor dem Anwesen in der Mount Street trennten, nachdem er sich vergewissert hatte, dass die Tür tatsächlich nicht verriegelt war und sie eintreten konnte, ohne den Haushalt zu wecken. Der letzte Blick auf ihn, bevor sie die Tür schloss, entlarvte ein wissendes Lächeln auf seinen Lippen. Sie hätte nichts lieber getan, als es abzuwischen, entschied aber, dass es viel klüger war, es zu ignorieren.

Penelope zündete die Kerze an, die man für sie auf dem Tisch in der Halle stehen gelassen hatte, stieg mit dem Leuchter in der Hand die Treppe hinauf … und fragte sich, wann sie wohl wieder so weit bei Verstand sein würde, um zu entscheiden, wo sie bezüglich Barnaby Adair inzwischen angelangt war.

11

Penelope hatte damit gerechnet, wenigstens ein paar der verbleibenden Nachtstunden damit verbringen zu können, ihr Verhältnis zu Barnaby Adair zu klären. Stattdessen sank sie in einen tiefen Schlaf, kaum dass sie den Kopf auf das Kissen gelegt hatte. Unglücklicherweise verbesserte es nicht gerade ihre Stimmung, dass sie morgens mit einem Lächeln auf den Lippen erwachte.

Aber es verhalf ihr dazu, ihre Entscheidung zu festigen.

Sie war mehr und mehr überzeugt, dass all die kleinen Berührungen, die anfangs vielleicht unwillkürlich gewesen sein mochten, inzwischen absichtlich geschahen. Dass er über deren Wirkung auf sie Bescheid wusste und nicht zufällig mit ihren Sinnen spielte.

Dass er sie, um es unmissverständlich auszudrücken, jagte und hetzte.

Diese Schlussfolgerung hatte Penelope in ihrer Entscheidung bestärkt. Der Kuss der vergangenen Nacht – der niemals hätte geschehen dürfen, und sie hatte nicht die geringste Ahnung, wie sie so sehr den Verstand hatte verlieren können, den Vorfall auch noch zu genießen – hatte jenseits aller Zweifel bewiesen, dass es nur einen einzigen Weg gab, mit ihm umzugehen: Sie musste seine Gegenwart meiden.

Soweit sie dazu in der Lage war, während sie weiterhin gemeinsam in der Angelegenheit ermittelten.

Penelope eilte die Treppe hinunter, jonglierte mit den drei Akten, während sie sich gleichzeitig die Handschuhe anzog und darüber nachdachte, dass sie zumindest heute nicht besonders einfallsreich sein musste, um sich an ihren Plan zu halten. Denn sie hatte bereits die nötigen Schritte unternommen, um sicherzustellen, dass er nicht in ihrer Nähe auftauchen würde. Wozu brauchte sie eine Begleitung, um die drei Jungen zu besuchen?

Lächelnd grüßte sie Leighton, der an der Tür auf sie wartete, blieb vor dem Spiegel in der Halle stehen und überprüfte den Sitz ihrer Haube. Es war kaum halb neun, viel zu früh für einen Gentleman, um schon auf den Beinen zu sein. Und selbst wenn er bemerken würde, dass sie ihn zurückgelassen hatte, hatte sie schließlich drei Adressen zu konsultieren. Die Chance, dass er richtig riet, wohin sie zuerst gefahren war, war also verschwindend gering.

Für heute befand sie sich in Sicherheit. Penelope drehte sich vom Spiegel weg und bedankte sich bei Leighton, der die Tür für sie öffnete. Mit einem zufriedenen Lächeln auf den Lippen schritt sie über die Schwelle …

Penelope erstarrte beim Anblick des hellen Lockenkopfs zwischen den breiten Schultern, die sich, eingehüllt in einen eleganten Umhang, an das Gatter am Bürgersteig lehnten.

Hinter ihr murmelte Leighton ein paar Worte: »Mr. Adair hatte bemerkt, dass er sich glücklich schätzen würde, draußen auf Sie warten zu dürfen, Miss.«

Um sie nicht zu warnen, dass ihr Plan längst durchkreuzt war.

»Allerdings.«

Es war ein kühler und feuchter Morgen. Der Nebel waberte durch die Straßen, die Schwaden hüllten das Pferd ein, das mit der Droschke am Rinnstein wartete. Er hätte es sicher behaglicher gehabt, wenn er sich drinnen aufgehalten hätte.

Mit zusammengekniffenen Augen stieg sie die Stufen hinunter. Barnaby hörte die Schritte und wandte den Kopf, lächelte … ein ungezwungenes, charmantes Lächeln, in dem sich keinerlei Triumph spiegelte. Er stieß sich vom Zaun ab, als sie den Bürgersteig erreicht hatte, schlenderte zum Wagen, öffnete die Tür und bot ihr die Hand.

Penelope hätte die Augen nicht noch schmaler zusammenkneifen können. Sie drückte ihm die drei Akten in die Hand, raffte ihre Röcke zusammen und kletterte ohne Hilfe in die Droschke.

Es mochte sein, dass er vor Lachen gluckste, aber immerhin so, dass sie es nicht hörte. Sie ließ sich in die entfernteste Ecke sinken, richtete rasch ihre Röcke und schaute dann aus dem Fenster.

Barnaby stieg ebenfalls ein und schloss die Tür. Sie spürte, wie das Polster nachgab, als er sich neben sie setzte.

Die Kutsche ruckte an und rollte los. Penelope hatte nicht gehört, dass er dem Fahrer eine Richtung angegeben hatte. »Wohin fahren wir?«, fragte sie stirnrunzelnd.

Barnaby wich ihrem Blick aus, lehnte nur den Kopf gegen das Polster und machte es sich bequem. »Der Kutscher stammt aus dem East End, kennt die Gegend also recht gut. Wir haben über die beste Strecke gesprochen, werden zuerst in die Gun Street fahren, dann nach North Tenter und zum Schluss in den Black Lion Yard.«

Es wäre kindisch, verächtlich zu schnauben, nur weil er die Sache so ausgezeichnet in die Wege geleitet hatte. »Verstehe.« Penelope drehte sich weg, betrachtete die vorbeifliegenden Straßenzüge und mahnte sich, nicht zu schmollen.

Als sie die erste Adresse erreicht hatten, die dem Spitalfields Market gegenüberliegende Gun Street, hatte ihre Irritation sich weitgehend verflüchtigt. Barnaby hatte ihr keinen Vorwand zu weiterem Protest geliefert. Außerdem reichte es, bei ihm zu sein, in seiner Nähe, um ihren Widerstand zu ersticken.

Ungeachtet dessen mahnte Penelope sich streng, sich auf die bevorstehende Aufgabe zu konzentrieren – das hieß, weitere Jungen ausfindig zu machen, für die die Verbrecher sich interessieren könnten – und der albernen Beschäftigung ihrer Gedanken mit Barnaby Adair und seiner Arbeit keinerlei Beachtung mehr zu schenken.

Penelope wappnete sich innerlich und ließ sich von ihm an der Ecke zur Gun Street aus der Kutsche helfen.

Die Gun Street war eine kleine Straße. Schon beim ersten Blick auf den Jungen, den sie sich hatten anschauen wollen, war offensichtlich, dass er als Kandidat für die Lehranstalt nicht infrage kam. Er war schwerfällig und von gedrungener Statur; es reichte ein Blick auf den zugegebenermaßen ausgezehrten Vater, um zu vermuten, dass der Junge von Monat zu Monat noch breiter werden würde.

Penelope entschuldigte ihre Besichtigung vor Ort damit, ein paar Einzelheiten in der Akte überprüfen zu wollen. Barnaby hielt sich an ihrer Seite, als sie ein paar Minuten im Gespräch mit dem Vater verbrachte, um dessen Sorgen zu zerstreuen, warum das Findelhaus plötzlich Fragen stellte.

Für den Ausflug hatte Penelope sich einen violettroten Umhang umgelegt, der ihren unverfälschten Teint und die rötlichen Strähnen in ihrem glatten braunen Haar zur Geltung brachte. Sie trug ein schlichtes Kleid ohne Tand, ohne Kinkerlitzchen. Während Barnaby jede Wette eingegangen wäre, dass alles, was sie darunter trug, aus Seide gefertigt war, beschäftigte er sich mehr und mehr mit der Frage, ob ihre Wäsche darüber hinaus wohl mit den üblichen Bändern und Spitzen beschwert – oder doch, wie ihre übrige Garderobe, eher schlicht gearbeitet war?

Er konnte nicht entscheiden, welche Variante er erregender fand. Die erste hätte ihn überrascht, denn es hätte bedeutet, dass sie hinter der Fassade den anderen Ladys sehr ähnlich war; aber die zweite … durfte man die Vermutung wagen, dass ihre strenge Wäsche … genauso wie ihre strenge Kleidung die lebhaften Reize … die Pracht und Herrlichkeit dessen betonte, was sie verbarg?

Das war eine Frage, die seinen Geist verständlicherweise beschäftigte.

Ein spitzer Stoß in die Rippen holte ihn wieder auf den Boden der Tatsachen zurück, und Barnaby stellte fest, dass Penelope ihn stirnrunzelnd ansah.

»Mr. Nesbit hat all unsere Fragen beantwortet. Es ist Zeit zu gehen.«

Barnaby lächelte. »Selbstverständlich.« Er nickte Nesbit zu, folgte ihr durch die überfüllte Hütte und half ihr in die Droschke.

Er lächelte immer noch, als er neben ihr Platz nahm.

Der nächste Halt in der North Tenter Street war ebenso kurz.

Wieder in der Kutsche, bemerkte Penelope: »Kein Einbrecher würde ein solch einfältiges Kind als Helfer ausbilden. Einmal im Haus, hätte er wahrscheinlich vergessen, was er holen sollte, würde die Haushälterin wecken und sie fragen, ob sie ihm helfen könne.«

Im Grunde genommen war der Junge kein schlechter Kerl. Aber seine Tante, die völlig in ihn vernarrt war, hatte ihn sein Leben lang von vorne bis hinten bedient, sodass er es nicht für nötig hielt, den eigenen Kopf anzustrengen.

Barnaby schaute aus dem Fenster, als sie in die Leman Street einbogen. »Uns bleibt nur noch eine Adresse zu überprüfen.«

»In der Tat.« Ein paar Sekunden später fasste Penelope die Gedanken in Worte, die ihm gerade durch den Kopf gingen. »Ich weiß noch nicht einmal, ob ich darauf hoffen soll, dass dieser letzte Junge ein möglicher Kandidat ist. Einerseits würde es ihn einem Risiko aussetzen, andererseits hätten wir dadurch die Chance, diesen Verbrechern eine Falle zu stellen. Oder soll ich besser darauf hoffen, dass er zu fett ist, zu langsam und zu behäbig, um sie zu interessieren? Dafür wären dann er und seine …«, sie schlug in der Akte auf ihrem Schoß nach, »… seine Großmutter nicht mehr bedroht.«

Das Licht spiegelte sich auf ihren Brillengläsern, als sie den Kopf drehte und ihn anschaute.

Barnaby war versucht, nach ihrer Hand zu greifen und sie beruhigend zu drücken. Entweder das oder ihr die Brille von der Nase zu ziehen und sie bis zum Wahnsinn zu küssen … nur um auf wirkungsvolle Weise solche verstörenden Gedanken aus ihrem Kopf zu vertreiben. »Das Schicksal wird die Würfel rollen lassen«, bemerkte er stattdessen, »wir können nur abwarten und danach handeln, was es uns beschert.«

Der Black Lion Yard war ein kleiner, beengter Platz, der von einer Anzahl alter Gebäude umstellt war. Der Hof in der Mitte war wie eine Straße mit Kopfsteinpflaster ausgelegt, aber es gab keine Durchfahrtsstraße; überall waren Schachteln und Kisten aufgetürmt, sodass jeder, der auf den Platz einbog, sich durchlavieren musste, um an sein Ziel zu gelangen.

Ihr Ziel waren die Erdgeschossräume in einem Gebäude, das sich in der Mitte einer Seite des Hofes befand und in dem Mary Bushel und ihr Enkel Horace, genannt Horry, lebten.

Kaum zwei Minuten, nachdem sie Horrys Bekanntschaft gemacht hatten, wussten sie, wie die Würfel gefallen waren. Horry – rank und schlank, flink und klug – war zweifellos ein brandheißer Kandidat für die Lehranstalt.

Als Penelope in seine Richtung schaute, brauchte Barnaby keinerlei Worte, um auszudrücken, was sie wohl dachte. Welche Fragen sie ihm wohl stellen würde ... aber nach Jemmies Verschwinden, nachdem der viel zu frühe Tod seiner Mutter auf ihnen lastete und soweit es die Ermittlungen im Allgemeinen betraf, herrschte kein Zweifel daran, was zu tun war.

Er nickte, eine knappe, aber bestimmte Geste.

Wie sie es bei den anderen beiden Adressen auch getan hatte, entschuldigte sie den Besuch damit, dass das Findelhaus wegen der Akten mehr Einzelheiten in Erfahrung bringen wollte. Jetzt wandte sie sich wieder an Horrys Großmutter – die, ebenso flink wie ihr Enkel, den raschen Blick zwischen ihm und Penelope bemerkt hatte. Plötzlich wirkte Mary überaus besorgt.

Penelope sah den Schatten in den Augen der Frau und legte ihre Hand beruhigend auf Marys. »Es gibt eine Angelegenheit, über die wir Sie informieren möchten. Aber zuerst lassen Sie mich versichern, dass wir garantieren, Horry zu uns zu nehmen, sobald die Zeit gekommen ist.«

Mary war eine große Last von den Schultern genommen. »Er ist ein guter Junge. Flink und sehr nützlich. Und er hat einen guten Charakter. Sie werden niemals Ärger mit ihm haben.«

»Dessen bin ich mir sicher.« Penelope schenkte Horry ein Lächeln; der Junge hatte den Stimmungswechsel bemerkt und drängte sich so dicht an seine Großmutter im Lehnstuhl, bis er sich an den Arm schmiegte und mit seiner dünnen Hand ihre knochige Schulter umfasste. Mary langte hinauf und tätschelte ihm den Handrücken.

Wieder suchte Penelope den Blick der alten Frau, bevor sie weitersprach. »Horry gehört genau zu den Jungen, die wir im Findelhaus bevorzugt aufnehmen. Leider gibt es noch andere Leute, die an Burschen wie ihm Interesse gefunden haben … an schlanken, flinken und klugen Burschen. An guten Jungen, die das tun, was man ihnen sagt.«

An Marys Blick konnte man ablesen, dass es ihr langsam dämmerte. Sie schwieg noch ein paar Sekunden. »Ich habe mein ganzes Leben im East End verbracht«, erklärte sie dann, »ich kenne sämtliche Kerle, die sich hier rumtreiben. Und wenn mich nicht alles täuscht, sprechen Sie von einer Lehranstalt für Einbrecher.«

Penelope nickte. »Ja, das ist richtig.« Sie erläuterte, was es mit den vier entführten Jungen sowie mit Jemmie und seiner Mutter auf sich hatte. Der Zorn vibrierte in ihrer Stimme, was Mary Bushel mit ihrem hellwachen Verstand nicht entging.

Aber die alte Frau verlor jedes Verständnis, als Penelope die Polizei erwähnte und den Plan, Mary und Horry unter den Schutz der Polizei zu stellen. Erstaunt starrte sie Penelope an und ließ den Blick dann zu Barnaby schweifen. »Verdammt … das meinen Sie nicht so. Die B… die Polizei macht sich Sorgen um Leute wie uns?«

Barnaby fing den müden Blick aus ihren hellblauen Augen auf.

»Mir ist klar, dass die Menschen in dieser Gegend nicht daran gewöhnt sind. Aber …« Er hielt inne, als ihm bewusst wurde, dass er die Wahrheit auf eine Art ausdrücken musste, die sie ebenso akzeptieren würde wie alle anderen auch, die sie nach ihm um Rat fragen würde. »Denken Sie doch mal so darüber nach … diese Lehranstalt bildet Jungen aus, und noch nicht einmal wenige, die einbrechen sollen … in wessen Häuser?«

Mary zwinkerte irritiert. »Wenn sie Jungen ausbilden, haben sie meistens die Häuser der Snobs im Visier.«

»Genau. Nun, während Miss Ashford und ich uns den Kopf darüber zerbrechen, wie wir die Entführten retten können, und darüber, dass nicht noch mehr Jungen in ein verbrecherisches Leben gezwungen werden, ist die Polizei eher darauf begierig, die Verbrecher zur Strecke zu bringen und die Lehranstalt dichtzumachen. Denn sonst gibt es noch eine Einbruchserie in Mayfair, die die Kommissare in Aufregung stürzt.«

Mary nickte langsam. »Aye. Das macht Sinn.«

»Und deshalb will die Polizei das Haus hier unter Beobachtung stellen, einerseits, um Horry und Sie zu schützen, denn sie wollen verhindern, dass noch mehr Jungen in der Anstalt ausgebildet werden. Andererseits aber auch, um nach den Verbrechern Ausschau zu halten und sie zu fangen, wenn sie Horry holen wollen, was sehr wahrscheinlich ist.« Barnaby hielt inne. »Es ist ungewöhnlich, ich weiß. Aber in diesem Fall stimmen die Interessen der Polizei mit Ihren überein. Wir wollen alle ein und dasselbe … Sie und Horry in Sicherheit wissen. Und die Verbrecher hinter Schloss und Riegel.«

Mary nickte wieder. Aber dann schweifte ihr Blick in die Ferne. Sie schaukelte kaum merklich, konzentrierte sich dann wieder auf Barnaby. »Ich habe keine Ahnung von den B … von der Polizei. Keine Ahnung, wie ich ihr mein Leben und Horrys anvertrauen soll.« Sie hob die Hand, unterdrückte jeden Kommentar, der Barnaby auf der Zunge liegen mochte. »Wie auch immer, sollen sie herkommen und das Haus beobachten, wenn es ihnen Spaß macht. Aber um meines Seelenfriedens willen, ich will Leute hier haben, denen ich über den Weg trauen kann.«

Mary nahm Horrys Hand von ihrer Schulter, drückte sie und ließ sie los. »Lauf schnell in die Nachbarschaft, Horry, und schau nach, ob von den Burschen bei den Wills jemand zu Hause ist. Sag, dass ich gern ein paar Worte mit ihnen sprechen möchte.«

Horry nickte, warf Barnaby und Penelope einen raschen Blick zu und eilte zur Tür hinaus.

Mary ließ den Blick zwischen Barnaby und Penelope hin und her schweifen. »Die Wills mögen ziemlich raubeinige Kerle sein, aber sie sind ehrlich.«

Es dauerte kaum mehr als zwei Minuten, bis Horry mit zwei bulligen, finsteren Männern im Schlepptau zurückkam. Horry drängte sich wieder an Marys Schulter, als sie die beiden Ankömmlinge mit einem Nicken begrüßte. »Joe. Ned«, meinte sie, bevor sie sich wieder an Penelope und Barnaby wandte: »Das sind die beiden Wills, meine Nachbarn. Joe ist der Älteste. Insgesamt sind es vier, alles in allem.«

Joe Wills, der Penelope und Barnaby eindringlich gemustert hatte, wusste offenkundig nicht, was er denken sollte. »Horry hat uns ein Schauermärchen aufgetischt«, begann er, »irgendwas mit der Polizei, die kommen will und verhindern, dass ein paar Dreckskerle dich umbringen und ihn entführen, damit er zum Einbrecher ausgebildet werden kann …«

Es war eindeutig, dass Horry den Kern der Sache sehr gut begriffen hatte.

Mary nickte. »Es klingt sehr nach Schauermärchen, ist aber keins. Aber besser, ich lasse die beiden erzählen.« Sie schaute Barnaby und Penelope an, und die Wills folgten ihrem Blick.

Penelope sprang ein. »Ich komme aus dem Findelhaus in Bloomsbury. Mrs. Bushel, das heißt Mary, hat uns gebeten, im Falle ihres Todes Horry zu uns zu nehmen.«

Mit gelegentlichen Unterbrechungen von Mary erzählte Penelope die Geschichte bis zu dem Punkt, an dem sie erfahren hatten, dass Mrs. Carter ermordet worden war und Jemmie wie vom Erdboden verschluckt.

Die beiden Wills traten von einem Bein auf das andere und wechselten finstere Blicke.

Barnaby nahm den Faden wieder auf. »Wie ich Mary bereits erklärt habe, hat die Polizei in diesem Fall ein echtes Interesse daran, diese Verbrecher zur Strecke zu bringen.« Zum zweiten Mal lenkte er die Aufmerksamkeit auf das behördliche Interesse am Schutz der »Snobs« – ganz wie die Wills es auch erwarteten. Deren verständnisvoller Blick und die Art, wie sie Barnabys Erläuterungen kopfnickend folgten, legte die Gewissheit nahe, dass er richtig vermutet hatte, was ihre Vorurteile betraf.

Er fuhr fort zu erklären, warum die Polizei Mary und Horry unter strenge Beobachtung stellen musste, »und zwar genau hier am Black Lion Yard, sodass sie diese Verbrecher dingfest machen können, sobald sie Horry entführen wollen.«

Joe Wills Blick verhärtete sich. »Ist es Ihr Ernst, dass diese Dreckskerle hier auftauchen könnten und ein Kissen auf Marys Gesicht drücken, bis sie tot ist, um sich danach Horry zu schnappen?«

Barnaby nickte zögerlich. »Genau das ist es, womit wir rechnen.«

Penelope lehnte sich vor. »Diese Leute glauben, dass es niemanden gibt, der sich um Horry kümmert, wenn Mary tot und der Junge verwaist ist. Und dass dann bei seiner Entführung auch niemand Alarm schlagen würde. Sie nehmen an … und rechnen fest damit, dass Horry und Mary keine Freunde haben. Jedenfalls nicht in der Nachbarschaft. Dass ihnen niemand Aufmerksamkeit schenkt.« Sie breitete die Hände aus. »Nun, Sie begreifen doch, oder? Im East End stirbt eine alte Frau, ein Waisenkind verschwindet. Wer wird da Staub aufwirbeln?«

Mühsam verbarg Barnaby ein anerkennendes Lächeln. Penelope hatte ins Schwarze getroffen; die Burschen glühten förmlich vor Zorn.

»Wir werden es tun«, brummte Joe, »und wir würden es sowieso, wenn Mary vor der Zeit stirbt und Horry anschließend vermisst wird.«

»Ja«, bekräftigte Barnaby, »aber das wissen die Verbrecher nicht. Bis jetzt haben sie fünf Jungen aus dem East End entführt und mindestens eine Frau getötet. Außer Miss Ashford und dem Findelhaus hat keine Menschenseele Alarm geschlagen.«

Joe zog eine Grimasse. »Aye, es stimmt schon ... nicht überall wohnt man so eng zusammen wie wir hier.« Er nickte Mary zu.

»Ist wie eine Mama zu uns, ja, das ist sie. Wir werden nicht zulassen, dass irgendein Dreckskerl ihr auch nur ein Haar krümmt.« Er suchte Bestätigung bei seinem Bruder, der nickte, und wandte sich dann wieder an Barnaby. »Wir brauchen keine Polizei. Wir selbst werden Wache halten. Tag und Nacht. Das ist das Mindeste, was wir tun können.«

Barnaby nickte. »Danke. Das wäre eine große Hilfe. Aber die Polizei wird trotzdem einen Wachtposten aufstellen wollen.« Er drehte sich zu Mary. »Wie Mary bereits erwähnte, es schadet nicht, wenn sie ebenfalls ein Auge auf das Haus werfen. Aber wenn Sie und Ihre Brüder in der Nähe bleiben, kann die Polizei von außen beobachten und sich darauf konzentrieren, genau dann zuzuschlagen, wenn die Verbrecher ihren Zug machen.«

»Glauben Sie, dass es bald so weit sein wird?«, fragte Ned. »Dass sie bald ihren Zug machen werden?«

Barnaby dachte darüber nach, wann wohl die letzten Angehörigen der besseren Gesellschaft die Hauptstadt verlassen haben würden, und wog es ab gegen seine Einschätzung, wie lange man für die Ausbildung der Jungen brauchen würde. »Es scheint, als wären sie in Eile, noch mehr Jungen zu rekrutieren. Mag sein, dass sie dann noch ein wenig zögern, nur um sicher zu sein. Vielleicht eine Woche oder so.« Er fing Joes Blick auf. »Ich würde nicht damit rechnen, dass sie noch länger warten.«

»Das geht in Ordnung. Macht uns keine großen Schwierigkeiten, ungefähr eine Woche lang Wache zu halten. Irgendeiner von uns wird sich immer hier aufhalten, in Sichtweite der Tür.« Joe deutete mit dem Kopf nach rechts. »Die Mauern sind dünn. Wenn jemand, wer auch immer sich gerade hier aufhält, laut brüllt, werden die anderen Brüder sofort hier sein. Und nicht nur die.«

Barnaby nickte anerkennend. »Ich werde dem diensthabenden Polizisten die Lage erläutern. Es handelt sich um Inspektor Stokes von Scotland Yard. Er wird Sie aufsuchen und mit Ihnen sprechen …«, er schloss Horry und Mary in seinen Blick ein, »noch heute, später am Tag, sollte ich ihm begegnen.«

»Ein Inspektor von Scotland Yard?« Joes heimliche Frage – *was kann dieser Mann schon über das East End und seine Bewohner wissen?* – spiegelte sich im Blick seines Bruders.

»Er handelt im Auftrag der Polizei, und er hat die Befehlsgewalt über die örtlichen Polizisten. Zerbrechen Sie sich nicht den Kopf darüber, dass er die Gesetze des East Ends nicht versteht. Wenn Sie ihm gegenüberstehen, werden Sie gleich begreifen, dass der Mann keinerlei Schwierigkeiten machen wird. Das heißt, weder Ihnen noch Mary noch Horry.« Mit festem Blick musterte er Joe. »Warten Sie mit Ihrem Urteil, bis Sie ihn kennengelernt haben.«

Joe hielt Barnabys Blick fest. »Das ist nur gerecht.«

Barnaby schoss der verstörende, aber auch unterhaltsame Gedanke durch den Kopf, was seine Mutter wohl sagen würde, wenn sie ihn und Penelope dabei beobachten könnte, wie sie mit zwei raubeinigen Kerlen aus dem East End verkehrten.

Mit hochgezogenen Brauen schaute er Penelope an. »Ich würde behaupten, dass wir Mary und Horry in den schützenden Händen der Wills-Brüder zurücklassen können.«

Penelope nickte und erhob sich. »Allerdings.« Sie bot Joe die Hand zum Abschied. »Vielen Dank.«

Einen Moment lang starrte Joe auf die zarte behandschuhte Hand. Dann umschloss er sie sanft und errötend mit seiner großen Pfote, schüttelte kurz und ließ sie gleich wieder los, als befürchtete er, sie zu zerbrechen.

Ned hinter ihm grinste.

Penelope lächelte Ned freundlich zu, drehte sich dann zu Mary – und brachte sich so darum, den erstaunten Blick auf Neds Gesicht zu sehen.

»Bitte bleiben Sie aufmerksam.« Penelope tätschelte Mary die Hand. »Ich freue mich sehr darauf, dass Horry zu uns ins Findelhaus kommt«, sie schenkte Horry ein aufmunterndes Lächeln, »allerdings erst dann, wenn die Zeit reif ist.«

Mary versicherte, dass sie auf Horry und sich achtgeben wolle. Barnaby hatte den Eindruck, dass der Junge nirgendwo allein hingehen würde – oder jedenfalls so lange nicht, bis Mary überzeugt war, dass jede Gefahr gebannt war.

Barnaby überließ es den beiden Wills, mit Mary und Horry die Überwachung zu besprechen, drängte Penelope hinaus in den Black Lion Yard und atmete tief durch. Zum ersten Mal seit er von Mrs. Carters unnatürlichem Tod erfahren hatte, durchströmte ihn aufrichtige Hoffnung.

Penelope ließ den Blick über den Platz schweifen. »Es ist eine Erleichterung zu wissen, dass wenigstens Horry beschützt werden wird. Dass wir alles getan haben, was in unserer Macht steht, und uns so gut verteidigen wie nur möglich.«

Sie warf Barnaby einen Seitenblick zu, als sie auf dem Weg zur wartenden Droschke um die aufgestapelten Kisten im Hof ging und dabei auf dem unebenen Kopfsteinpflaster das Gleichgewicht zu wahren versuchte. »Die Wills sind vertrauenswürdig, nicht wahr? Sie werden doch nicht … oh, sie werden sich doch nicht einem Zechgelage hingeben und Marys Bewachung vergessen?«

Barnaby schüttelte den Kopf. »Nein, das werden sie nicht.«

»Ich schätze Ihre Zuversicht. Aber wie können Sie sich da so sicher sein?«

»Haben Sie nicht gehört, wie sie Mary genannt haben? Eine ›Mama‹.«

»J…ja. Oh, verstehe.«

»Nun, ich glaube, über Mary und Horry müssen wir uns keine Sorgen machen.«

»Übernehmen Sie es, Stokes zu benachrichtigen?«

»Sobald ich Sie nach Hause zurückgebracht habe, mache ich mich auf die Jagd nach ihm.«

Am nächsten Vormittag arbeitete Penelope an ihrem Schreibtisch im Findelhaus, informierte sich über tausend Einzelheiten, die ihr entglitten waren, während sie nach den entführten Jungen gesucht hatte, als ihr plötzlich ein Prickeln über die Haut rann.

Sie schaute auf – und entdeckte ihre Nemesis, die sich an den Türbogen lehnte, unglaublich elegant und doch zugleich unleugbar gefährlich.

So ungefähr sah er jedenfalls in ihren Augen aus.

Hochmütig, wie es nur einer Herzogin geziemte, hielt sie die Feder über der Liste, die sie gerade geschrieben hatte, und zog beide Brauen hoch.

Barnaby lächelte, nicht charmant, sondern unverwandt und amüsiert, als ob nichts leichter für ihn wäre, als die widersprüchlichen Impulse zu entziffern, die sie durchfluteten.

Penelope hatte nicht die geringste Ahnung, wie sie mit ihm umgehen sollte, was sie mit ihm und mit seinem offenkundig fixierenden Blick auf sie anstellen sollte. Langsam, aber sicher wurde ihr klar, dass diese »sie« – die Frau, die er in ihr erkannte – nicht dieselbe »sie« war, die die übrigen Bewerber aus den besseren Kreisen in ihr erblickten. Vermutlich war das die Krux ihrer Schwierigkeit, mit ihm umzugehen; aber sie wusste nicht, wie sie sich in die übliche höfliche Distanz zurückziehen sollte, ganz besonders deshalb nicht, weil die Ermittlungen sie immer wieder in seine Nähe trieben – und umgekehrt.

Als Penelope seine Lippen zucken sah, dann beobachtete, wie er sich vom Türbogen abstieß und sich ins Zimmer pirschte, sich schließlich mit der gewohnten unbeschreiblichen Eleganz in den Stuhl vor ihrem Schreibtisch gleiten ließ, wusste sie nur eins: Sie musste eine Lösung finden.

Sie hielt ihre Miene so unbestimmt wie nur möglich und bemerkte kühl: »Guten Morgen. Was kann ich für Sie tun?«

Er lächelte breiter und noch weniger vertrauenswürdig. »Es geht eher darum, was ich *für Sie* zu tun gedenke.«

»Oh?« Sie legte die Feder ab und verschränkte die Hände vor dem Bauch. »Und was sollte das sein?«

»Ich bin gekommen, um Ihnen vorzuschlagen, dass wir Zettel im East End zirkulieren lassen, eine Art Steckbrief mit Namen und Beschreibungen der fünf vermissten Jungen, und dass wir eine Belohnung für Hinweise anbieten, die zu ihrem Aufenthaltsort führen.«

Penelope reagierte sofort, versuchte gar nicht erst, es zu verbergen. »Das ist brillant!« Sie strahlte. War unfähig, ihre aufkeimende Begeisterung für sich zu behalten. »Wie wollen wir das anstellen?«, fragte sie.

Wieder lächelte er, diesmal allerdings wirkte es in keiner Weise bedrohlich. »Ganz einfach. Sie überlassen mir eine Liste mit den Namen und mit der besten Beschreibung, die Sie zustande bringen können. Ich werde dafür sorgen, dass die Angaben gedruckt werden. Ich kenne ein Unternehmen, das sich über Nacht darum kümmern wird.«

Ein Unternehmen, das ihm einen Gefallen schuldete, keinen kleinen, und das glücklich wäre, sein Konto ausgleichen zu können, sei es auch nur mit einem unbedeutenden Beitrag.

Penelope zog bereits ein Blatt unbeschriebenes Papier hervor.

»Über Nacht? Ich dachte, man müsse gewöhnlich mit mehreren Tagen Verzögerung rechnen.«

Er zuckte die Schultern. »Wir haben nicht viel Text. Der Satz wird also nicht viel Zeit in Anspruch nehmen.«

Sie nahm die Feder wieder zur Hand und betrachtete das Blatt Papier. »Wie sollen wir das formulieren?«

»Listen Sie jeden Namen auf, zusammen mit einer Beschreibung.« Barnaby diktierte ihr den üblichen Text für einen Steckbrief, die Ankündigung einer Belohnung für Hinweise, die zur Ergreifung des Täters führen, und schloss mit der Anweisung, sich an Inspektor Stokes bei Scotland Yard zu wenden.

Stirnrunzelnd hielt sie inne. »Sollten die Leute sich nicht besser bei mir im Findelhaus melden?«

»Nein.« In diesem Punkt war er unerbittlich, drückte seine Ablehnung aber in einem Tonfall aus, der klarmachte, dass es obligatorisch war, sämtliche Kontakte der Polizei zu überlassen.

Auch Stokes würde diese Lösung vorziehen, obwohl sich selten jemand daran hielt. Ungeachtet dessen mochte er sich nicht in die Vorstellung vertiefen, dass ein Haufen Leute aus dem East End bei Penelope Schlange stand und ihr erzählte, was sie erfahren hatten.

Glücklicherweise akzeptierte sie seine Erläuterung mit einem Schulterzucken und schrieb pflichtbewusst nieder, was er ihr diktiert hatte.

Sie schlug in ihren Aufzeichnungen nach, trug die Namen der fünf Jungen ein, klingelte dann nach Miss Marsh und bat sie, Mrs. Keggs zu holen. »Keggs war dabei, als ich die Besuche gemacht habe«, erklärte sie, nachdem Miss Marsh verschwunden war, »es mag sein, dass sie sich an andere charakteristische Merkmale bei den Jungen erinnert.«

Mrs. Keggs tauchte auf. Barnaby stellte ihr einen Stuhl hin, zog sich ans Fenster zurück und überließ es ihr und Penelope, die Beschreibungen zu verfassen.

Die Hände in den Taschen blickte er hinaus, beobachtete die Kinder, die im Hof spielten, und amüsierte sich über deren Albernheiten.

Wieder einmal durchflutete ihn die Anerkennung, wie viel das Findelhaus mit seiner Arbeit erreichte; nicht nur in sozialer Hinsicht, sondern auch insofern es das persönliche Leben der einzelnen Jungen und Mädchen betraf, die sich mit unbändiger Freude im Hof vergnügten. Und wie groß der Anteil an diesem Vergnügen war, der unmittelbar durch Penelope und ihren unbezähmbaren Willen hervorgerufen, geformt und lebendig gehalten wurde.

Ihre Unabhängigkeit und ihr starker Wille waren förmlich mit Händen zu greifen. Nicht auf die leichte Schulter zu nehmen, nicht ohne reifliche Überlegung zu verfälschen, geschweige denn grundlos aus dem Weg zu räumen.

Das könnte – und würde – anhaltende, unausrottbare Schwierigkeiten für jeden Gentleman bedeuten, der sie heiratete. Nicht unüberwindbar; aber doch eine Angelegenheit, die sorgfältig gehandhabt werden wollte. Die Früchte ihrer Unabhängigkeit, ihres unbeugsamen Willens waren viel zu kostbar, als dass ein Mann es wagen konnte, sie zu ignorieren oder zu verschleudern.

Diese Erkenntnis geisterte ihm durch den Kopf und nistete sich irgendwo ein.

Hinter ihm scharrten die Füße. Barnaby drehte sich um und sah gerade noch, wie Mrs. Keggs das Zimmer verließ.

Penelope trocknete die Tinte auf dem Papier. »Hier haben Sie es.« Sie überflog den Text ein letztes Mal und reichte ihm den Steckbrief. »Fünf Namen samt Beschreibungen und die Ankündigung einer Belohnung.«

Rasch las er, was sie geschrieben hatte. »Ausgezeichnet.« Er schaute auf, hielt ihren Blick fest. »Ich werde es über Nacht drucken lassen. Und ich dachte, mich bei Griselda zu erkundigen, wie wir es am besten im East End verteilen können.«

»In der Tat. Ich bin mir sicher, dass sie einen Vorschlag machen kann.« Penelope zögerte, entschied dann aber, dass es zu den Ermittlungen gehörte, und fuhr fort: »Ich werde Sie begleiten, wenn Sie den gedruckten Steckbrief abholen. Ich möchte sehen, wie man in einer Druckerei arbeitet. Außerdem können wir die Blätter dann direkt zu Griselda bringen.«

Das Lächeln war zurück, spielte wieder um seine Lippen, aber nicht so offenkundig und auch nicht so, dass sie die Stirn runzeln musste. Er neigte den Kopf. »Wie Sie wünschen.«

Barnaby faltete das Blatt zusammen und stopfte es in seine Tasche. »Ich werde Sie jetzt wieder Ihrer Arbeit überlassen.«

Mit einer ebenso angedeuteten wie würdevollen Verbeugung drehte er sich um und ging zur Tür.

Sie roch den Braten. Durchbohrte seinen Rücken förmlich mit dem Blick – verbarg er etwas? Führte er etwas im Schilde? Ohne sie?

»Falls Sie heute Abend irgendwelche Neuigkeiten haben«, rief sie ihm nach, als er im Türbogen angekommen war, »ich bin auf Lady Griswalds Ball. Dort können Sie mich finden!«

Penelope hob die Feder und musterte ihn eindringlich, als er in der Tür zurückblickte. Ihre Ankündigung hatte nüchtern und sachlich geklungen; trotzdem war es, als würde ein schreckliches Vergnügen in seinen blauen Augen tanzen.

Schlagartig wurde es ihr bewusst. Barnaby hatte sie *nicht* gefragt, wo sie sich an diesem Abend aufhalten würde – denn wenn er es getan hätte, hätte sie ihm keine Antwort gegeben.

Sein Lächeln wurde breiter. Er grüßte sie. »Ausgezeichnet. Ich werde Sie dort aufsuchen.«

Penelope starrte ihn an, suchte nach einem Gegenstand, den sie ihm an den Kopf werfen konnte – aber er war schon verschwunden.

12

Spät am Abend marschierte Penelope unruhig über die verlassene Orchesterempore am Ende von Lady Griswalds Ballsaal und fragte sich, welcher Teufel sie geritten hatte, in Adairs Falle zu tappen.

Allein dieser Ausdruck in seinem Gesicht ... *unerträglich!* Und sie konnte sich blendend vorstellen, wie er sich benehmen würde, sobald er sie ausfindig gemacht hatte, weshalb sie auf der Orchesterempore herumgeisterte. Falls sie in der Angelegenheit überhaupt noch Wünsche anmelden durfte, würde er sie überhaupt nicht ausfindig machen!

Unten im Ballsaal war Lady Griswalds Fest zu Ehren der Verlobung ihrer Nichte in vollem Gange. Die Ladys und Gentlemen tanzten, die Paare plauderten, die Anstandsdamen saßen in ihren Sesseln und tratschten, was das Zeug hielt. Ihre Ladyschaft war eine enge Freundin ihrer Mutter, und so war Penelope keine andere Wahl geblieben, als das Fest zu besuchen.

Eine halbe Stunde lang hatte sie sich höflich unter die Gäste gemischt, aber weil sie ständig darauf achten musste, ob ein goldblonder Haarschopf unter den neu ankommenden Gästen auftauchte, hatte sich eine Anspannung eingestellt, die jetzt ihren Tribut forderte.

Anstatt ihre künftigen Bewerber noch länger mit grässlichen Antworten zu überhäufen, hatte sie sich entschuldigt, war am Salon vorbeigeschlendert und hatte sich auf die Empore geflüchtet.

Hatte sich vor den allesamt viel zu arroganten Gentlemen in Sicherheit gebracht.

Trotzdem gab es ein Problem: Sie mochte sich zwar in Sicherheit wiegen, aber mit ihrem Versteckspiel schob sie das

Unvermeidliche doch nur auf. Irgendwann würde sie Barnaby Adair gegenübertreten müssen.

Indem Penelope auf seinen Trick hereingefallen war, hatte sie ihn praktisch eingeladen, ihr noch mehr Aufmerksamkeit zu widmen; und falls er sie entdecken sollte, hätte sie keinerlei Grund, ihn fortzuschicken. Jedenfalls nicht auf der Stelle. Was, selbstredend, sein Ziel gewesen war.

Gleichgültig, denn an ihrem Problem ... wie sie mit ihm umgehen sollte ... änderte das nichts. Und was das betraf, schwankte sie, vollkommen anders, als es ihre Art war, gefährlich hin und her.

Teils war sie überzeugt, dass jede nähere Bekanntschaft mit ihm ihrer Zukunft äußerst schädlich sein würde – ihrer fortgesetzten Unabhängigkeit.

Teils herrschte eine unstillbare Neugierde in ihr. Neugierde war ihre größte Sünde. Schon immer gewesen.

Gewöhnlich richtete ihre Neugierde sich eher auf intellektuelle als auf körperliche Dinge. Zu den nennenswerten Ausnahmen zählten einzig der Walzer und das Eislaufen. Aber Adair weckte eine Neugierde in ihr, die erheblich komplexer war.

Fasziniert sog sie alles in sich auf, was mit seinen Unternehmungen zu tun hatte, wie er Ermittlungen führte und mit Stokes und der Polizei umging. Durch ihn – niemanden sonst – konnte sie solche Dinge lernen, und an dieser Front gab es vieles, was sie noch lernen musste. Aber während all das in erster Linie intellektuell zu bewältigen war, gab es gleichzeitig eine körperliche Seite: Es war eine berauschende Erfahrung gewesen, verkleidet ins East End einzudringen und dort am Abgrund der Gefahr zu balancieren.

Das waren die angenehmen Seiten ihrer Bekanntschaft, viele Gründe, weshalb sie sie fortsetzen wollte, ganz davon abgesehen, die vermissten Jungen zu retten.

Aber es war eine Neugierde ganz anderer Art, welche die widerstreitenden Gefühle nährte, die sie für ihn empfand, und welche sie drängte, trotz der unbestreitbar erblühenden Faszination für ihn jegliche persönliche Verbindung zu unterbinden.

Und das war noch untypischer für sie. Niemals zuckte Penelope vor Herausforderungen zurück, und ein Teil von ihr, der willensstarke und dominante Teil, wollte auch jetzt nicht zurückzucken.

Als sie das Ende der kurzen Empore erreicht hatte, hob sie ihre Röcke ein paar Zentimeter an und marschierte zurück, eingehüllt in Schatten und unsichtbar für die feiernden Gäste unten im Saal. Ausgiebig hatte sie darüber nachgedacht, was er in ihr angeregt, was er in ihr provoziert hatte. Es *war* eine Art Neugierde, und das war der Grund, warum sie es als angenehm empfunden hatte zu erforschen, warum sie ihm instinktiv gefolgt war.

Gefühlsmäßige Neugierde. Etwas, was sie bisher für keine andere Menschenseele empfunden hatte, ganz sicher nicht für einen Mann. Die Faszination für ein solches Objekt war fraglos eine geistige Übung, zumindest für sie und soweit es ihn betraf; und sie besaß auch eine deutliche körperliche Seite, eine sinnliche Empfindlichkeit, die nicht zu leugnen war und der sie – wie ihre fortgesetzte Reaktion auf jede kleine Berührung bezeugte – offenkundig auch nicht ausweichen konnte.

Genau darin lag die Krux.

Wenn sie die Zeichen nicht vollkommen falsch deutete, wollte er sie, begehrte sie auf eine durch und durch körperliche Art.

Wie andere Männer es auch getan hatten oder es jedenfalls behaupteten. Aber seltsamerweise hatte sie niemals auch nur die geringste Neugierde empfunden. Nur Barnaby Adair weckte ihre Neugierde, nur von ihm war sie fasziniert, nur er ließ sie über Dinge staunen, die sie schon vor langer Zeit als langweilig und ihrer Aufmerksamkeit unwürdig abgetan hatte.

Jetzt schenkte Penelope ihnen Aufmerksamkeit. Und das war so merkwürdig, dass sie keine Ahnung hatte, wie sie darauf reagieren sollte – wie sie sich darum kümmern, ihre Neugierde befriedigen und Antworten auf ihre zahllosen Fragen finden sollte –, *sicher*, ohne den Blick für die Tatsachen zu verlieren oder ihre Zukunft zu riskieren, die Fähigkeit, ihren Willen auszuüben und ein unabhängiges Leben zu führen. Das war immer ihre Absicht gewesen, und auch jetzt beabsichtigte sie es noch. Nichts hatte daran etwas ändern können.

Am Geländer blieb sie stehen, immer noch schützend in die Dämmerung gehüllt. Stirnrunzelnd ließ sie den Blick über die wogenden Köpfe schweifen. Wie lange würde sie noch auf der Empore hin und her marschieren müssen, obwohl es nirgendwohin führte?

Bei diesem Gedanken überlief ihren Nacken das schon vertraute Prickeln, das alle ihre Sinne weckte, und breitete sich dann in die südlichen Körperregionen aus. Atemlos schnappte sie nach Luft, wirbelte herum und entdeckte eine dunkle, geheimnisvolle und gefährliche Gestalt direkt hinter sich.

Wie der Blitz fuhr die erwartungsvolle Vorfreude durch ihren Leib. Ihr Herz raste, raste dann noch schneller.

Penelope öffnete den Mund, wollte ihn schelten, weil er sie so erschreckt hatte; aber bevor sie ein Wort über die Lippen bringen konnte, umschloss er ihre Hüfte, schwang sie herum, fort vom Geländer und noch tiefer in den Schatten hinein.

Barnaby trat näher, zog sie in die Arme.

In einen Kuss, der ihr schier den Atem verschlug. Ihr den Verstand raubte.

Überaus besitzergreifend, in keiner Weise zögerlich, schloss er sie in seine Arme. Wie ein stählerner Gürtel legten sie sich um ihren Rücken, pressten sie an ihn. Seine Lippen fuhren gebieterisch über ihre, die sich bereits zu einem Protest geöffnet hatten, der niemals laut wurde; er hatte seinen Vorteil genutzt und erhob Anspruch auf ihren Mund, ihre Sinne, ihre Gefühle und ihren Verstand.

Es war eine Waffe, die er mit vollendeter Beherrschung handhabte, sie verstörte, sie betörte, verführte.

Aber diesmal ging es um mehr – mehr Gefühle, mehr Empfindungen, mehr zu lernen. Mehr Hitze, mehr flimmerndes Vergnügen, so als ob erregende kleine Fünkchen durch ihre Adern tanzen würden, um sich unter ihrer Haut einzunisten, sich zu entzünden und lichterloh zu brennen.

Als ob sich lauter kleine Feuerchen bilden würden, die sich ausbreiteten, ineinanderflossen und sie innerlich wärmten. Sie erhitzten.

Bis sie sich der zunehmenden Hitze ergab, sich ihm unterwarf und seinen Kuss erwiderte.

Penelope begriff nicht, warum sie es tun wollte, was sie dazu trieb, die Finger in sein seidiges Haar zu wühlen und ein Duell aus Kuss und Rückzug mit ihm auszufechten, ein Duell aus förmlich verknoteten Zungen und gierigen Lippen, aus einer Lust, die aufblühte, sich ausbreitete und sie erfüllte – sie wie auch ihn.

Im hintersten Winkel ihres Hirns, dort, wo es noch mühsam arbeitete, statt sich der zwingenden Lust des Kusses zu unterwerfen, gelang es ihr nicht zu begreifen, warum in ihr solche Befriedigung aufbrandete, nur weil sie in ihrem tiefsten Innern wusste, dass ihr Kuss – und sie – ihm dieses Vergnügen schenkten.

Warum sollte sie sich dafür interessieren? Bei anderen Männern ging es sie doch auch nichts an.

Warum jetzt? Oder sollte sie besser fragen: Warum bei ihm? War es, weil … konnte es sein, weil … er sie begehrte? So aufrichtig begehrte, wie kein anderer Mann es jemals getan hatte?

Penelope war kein dummer Tölpel. Sie wusste, was die harte Wölbung, die sich gegen ihren Bauch presste, zu bedeuten hatte. Aber er war ein Mann; konnte diese steinharte Beule ein echter Gradmesser seiner Gefühle sein? Dessen, was er über das rein Körperliche hinaus für sie empfand?

Sie hatte sehr viel gelesen, die klassischen Texte ebenso wie die eher unbekannten. Wenn sie das Wort »Begehren« benutzte, dann meinte sie etwas, was das rein Körperliche überstieg und eine Ebene berührte, wo die großen Gefühle die Herrschaft übernommen hatten.

War ihr Begehren irgendwie in die verborgene und sichtlich unbeherrschbare Anziehung, die er auf sie ausübte, verstrickt? War die Anziehung ein Zeichen dafür, dass sie mit ihm die trügerischen Abgründe des Begehrens erforschen konnte, falls sie sich dafür entschied?

Während er sie küsste, hatte Barnaby durch eine kaum merkliche Veränderung an ihren Lippen gespürt, dass sie begonnen hatte, über etwas nachzugrübeln. Aber in seinen Armen war sie heiß und anschmiegsam, weder vorsichtig noch abwehrend; wieder küsste sie ihn mit ausufernder Lust und ließ jegliche Zurückhaltung vermissen. Er war ausgesprochen zufrieden. Im Moment jedenfalls.

Aber Barnaby empfand auch Neugierde darauf, wachsende Neugierde sogar, was so viel Macht über sie ausübte, ihre Gedanken selbst in einem solchen Moment noch zu fesseln. Fraglos lag es in seinem Interesse, es bei seinem Feldzug herauszufinden; höchstwahrscheinlich hatte es mit ihrer Arbeit zu tun.

Ohne jede Eile zog Barnaby sich aus der honigsüßen Tiefe ihres Mundes zurück, löste sich zögernd von ihren Lippen und betrachtete ihr Gesicht. Die Schatten hüllten sie immer noch ein, aber beide hatten sich so lange im Halbdunkel aufgehalten, dass ihre Augen sich längst daran gewöhnt hatten.

Fasziniert schaute er zu, wie die Wolken des Verlangens sich in ihren dunklen Augen spiegelten. Nur langsam klarte ihr Blick sich auf, und der gewöhnlich scharfe, entschlossene Ausdruck ersetzte nach und nach die Benommenheit und offenkundige Lust.

Schließlich zwinkerte Penelope, dann blinzelte sie ihn finster an.

Er spürte, wie seine Mundwinkel zuckten. »Was geht Ihnen durch den Kopf?«

Sie musterte ihn eindringlich, erforschte seinen Blick. »Ich habe mich … etwas gefragt.«

Gewöhnlich war sie erschreckend direkt. Seine Neugier wuchs.

»Was denn?«

Die Hände hatte sie immer noch um seinen Nacken geschlungen und den Kopf zur Seite geneigt, als sie ihn aufmerksam betrachtete – und ihn dann unverhohlen herausforderte. »Wenn ich es Ihnen aufrichtig sage, werden Sie mir dann aufrichtig antworten?«

Er ließ die Hände auf ihre Hüften gleiten, zog sie an sich und musste keine Sekunde nachdenken. »Ja.«

Penelope zögerte. »Ich habe mich gefragt, ob Sie mich ernsthaft begehren.«

Das hatten andere Frauen ihn auch schon gefragt, bei unzähligen Gelegenheiten. Barnaby hatte immer gewusst, dass das Wort für Frauen viel größere Bedeutung besaß, als Männer unterstellten. Folglich kannte er auch die aalglatten Antworten, wusste, wie man viele Worte verlor, ohne so zu antworten, dass man lügen musste. Aber in diesem Fall …

Außerdem hatte sie Aufrichtigkeit verlangt.

Er hielt ihren dunklen Blick fest. »Ja. So ist es.«

Penelope hielt den Kopf immer noch geneigt und sah ihm ins Gesicht. »Und woher soll ich wissen, ob Sie die Wahrheit sagen? Männer lügen ununterbrochen, wenn es um dieses besondere Thema geht.«

Sie hatte vollkommen recht. Er sah keinen Anlass, sein Geschlecht in Schutz zu nehmen. Und man musste kein großer Geist sein, um zu begreifen, wohin ein Streit führen würde … sie würden sich im Kreis drehen.

Unabweisbare Tatsachen sprachen eine deutlichere Sprache als halbseidene Schwüre.

Barnaby griff nach oben, löste ihre Hand von seinem Nacken und führte sie so weit nach unten, die ganze Zeit zwischen ihren beiden Körpern, bis sie mit der Handfläche seine Erektion bedeckte.

Penelope riss die Augen auf.

Sein Lächeln wirkte angespannt. »*Das* ist keine Lüge.«

Penelope kniff zwar die Augen zusammen, aber er merkte – sehr deutlich sogar –, dass sie keinerlei Anstalten machte, ihre Hand zurückzuziehen.

Ganz im Gegenteil. Die Wärme ihrer Handfläche drang durch seine Hose, und mit ihren leicht gebogenen Fingern verschaffte sie ihm lustvolle Qualen, die ihm beinahe den Verstand raubten.

Eigentlich hatte er es für eine gute Idee gehalten.

Mit zusammengebissenen Zähnen flehte er darum, dass es ihm gelingen mochte, ihrem Blick standzuhalten.

»Ich bin mir da nicht so sicher«, murmelte sie, »über die Bedeutung. Scheint so, als würde es Männern recht oft passieren ... vielleicht ist es«, ihre Finger krümmten sich noch ein wenig mehr, sodass er innerlich zusammenzuckte, »in diesem Fall nur ein Reflex, das Ergebnis der Situation ... einer zweideutigen, verbotenen und schemenhaften Situation.«

»Nein.« Es kostete ihn enorme Anstrengung, mit gleichmäßiger Stimme zu sprechen, so als ob er irgendeine logische Theorie erläuterte. »Mit der Atmosphäre hat es nichts zu tun. Wohl aber mit der Gesellschaft.« Er achtete nicht auf die Neugierde, die sich in ihren Blick schlich, zwang sich fortzufahren, die Worte zwischen den zusammengebissenen Zähnen hervorzustoßen. »Und in dieser Gesellschaft passiert *es* dauernd. Ungeachtet des Ortes und der Zeit.«

Seine Willenskraft ließ nach, verführt durch die beständige Wärme ihrer Berührung. Barnaby umklammerte ihr Gelenk und stieß ihre Hand fort. Bevor er sie wieder losließ, zog er sie näher zu sich, legte die Hände auf ihren Rücken und drängte sie an sich; Penelope war gefangen in seinem Blick und erlaubte es ihm. »*Das* geschieht jedes Mal, wenn ich Sie sehe. Wann immer Sie in meiner Nähe sind.«

Er senkte den Kopf und hauchte die Worte auf ihre Lippen, als sie ihren Kopf unwillkürlich nach hinten neigte. »Ganz besonders dann, wenn Sie dicht bei mir sind.«

Barnaby bedeckte ihre Lippen und küsste sie. An der Art, wie sie ihm erlaubte, sie zu erkunden, spürte er, dass sie immer noch auf der Suche nach Antworten war. Und an der Art, wie sie ihn ermutigte, ihr zu zeigen, was sie wissen wollte ... mehr.

Bereitwillig schmiegte er sie noch enger an sich, hielt sie gefangen, betörte seine Sinne ebenso wie ihre, baute eine erwartungsvolle Vorfreude auf, ließ es zu, dass das Verlangen aufkeimte und sich einnistete.

Wenn es sich erst einmal eingenistet hatte ... als sie sich an seinen Schultern festklammerte, als ihre Fingerspitzen sich in seine Muskeln gruben, als ihr Atem schneller ging, beinahe nur noch stoßweise, brach er die Umarmung ab, nahm sie in die Arme und trug sie durch den Türbogen in den verlassenen Salon im hinteren Teil der Empore.

Mit Penelope auf dem Schoß ließ er sich in einen Lehnstuhl sinken, womit er sie überraschte und zum Lachen brachte. Aber das Lachen erstarb, als er sich über sie beugte. In der Dämmerung begegnete sie seinem Blick, musterte ihn für einen bedeutungsschwangeren Moment – dann senkte sie die Lider, wollte ihn unverhohlen einladen. Er kam noch näher, überbrückte den Abstand zwischen ihnen und küsste sie wieder.

Ihre Hand glitt von seinem Nacken zu seiner Wange, liebkoste ihn ... als ob sie Barnaby festhalten wollte, ihn schamlos aufforderte, nicht nachzulassen.

Mit ihrem Mund, ihrer Zunge, mit dem Druck ihrer Lippen drängte sie ihn, ihr mehr Lust und Verlangen zu zeigen – ihr zu zeigen, wie das Verlangen sie beide verwandelte. Barnaby empfand keinerlei Hemmungen, ihr diesen Wunsch zu erfüllen, indem er die Hand von ihrer Wange gleiten ließ, eine Spur hinunter zu ihrem Hals zeichnete, über das Schlüsselbein bis zu der sanften Schwellung ihrer Brüste.

Er zögerte nicht, die Brust zu liebkosen; die Wölbung schmiegte sich in seine Handfläche, die Knospe zog sich unter der feinen Seide ihres Mieders zusammen. Er fühlte sich in Versuchung geführt, schmerzlich in Versuchung geführt, die zarten Perlenknöpfe zu öffnen, sodass er sie berühren und schmecken konnte … bis eine warnende Stimme sich in seinem Hirn entfernt, aber beharrlich bemerkbar machte.

Der Augenblick hatte Barnaby fest im Griff, hielt ihn gefangen in einem leidenschaftlichen und immer heißeren Austausch, in der Art, wie sie auf ihn antwortete, mit durchgebogenem Rücken, begierig und rastlos auf der Suche danach, was es noch zu lernen gab … sodass er ein paar Sekunden verstreichen ließ, bevor er die Botschaft entziffern konnte.

Das Wissen ist es, was Penelope Ashford fordert. Das ist ihr Preis. Wenn er sich zu sehr ergab, zu schnell …

Plötzlich stand Barnaby viel deutlicher vor Augen, welche Schritte ihn voranbringen würden. Sie war eine Frau, auf die Erkenntnis und Wissen eine mächtige Anziehungskraft ausübten. Das galt für harte Tatsachen, aber noch mehr für menschliche Gefühle und Erfahrungen. Und auf diesem Gebiet war er nur zu bereit, ihr all das beizubringen, was sie lernen wollte.

Aber wie jeder erfahrene Lehrer musste er seine Autorität geltend machen – sie mit Antworten auf ihre ersten Fragen verlocken, sie anschließend mit der Aussicht auf noch viel tiefer gehende Antworten in Versuchung führen.

Barnaby musste den Unterricht staffeln, und er musste dafür sorgen, dass sie diese Lektion so absolvierte, dass sie sich mit Verstand und Eifer in die nächste stürzen würde.

Unter seinen Lippen und seinen Händen reagierte sie mehr und mehr verlangend, denn sie spürte, dass er gedanklich einen Moment abgeschweift war.

Innerlich lächelte Barnaby, aber erfüllte ihr nicht den

Wunsch nach mehr, sondern schenkte ihr, was sie bereits kannte.

Durch den seidigen Schleier ihres Kleides liebkoste er sie immer zärtlicher, intimer, streichelte ihre Hüften und veränderte ihre Stellung auf seinem Schoß so, dass er sie umfassen und die Handflächen auf die feste Rundung ihres Hinterns legen und ihn massieren konnte.

Besitzen. Barnaby versuchte gar nicht erst, sein Verlangen zum Schweigen zu bringen, die Richtung, die es nahm, und sein Ziel. Genau das war es, was sie wissen wollte, und es färbte jede Berührung, jede besitzergreifende Zärtlichkeit.

Penelope stöhnte auf, zitterte, als er mit der Hand vorn über ihre Schenkel fuhr, streichelnd, forschend, und sie schließlich durch den seidigen Stoff bedeckte.

Es reicht. Die Stimme in seinem Hirn mischte sich ein, mahnte ihn taktisch, sein wahres Ziel nicht aus den Augen zu verlieren.

Er zog sich zurück, löste sie von sich.

Penelope begriff, was er tat. Begriff, dass er sich weigerte, ihr zu diesem Zeitpunkt und an diesem Ort mehr zu zeigen, vielleicht sogar viel zu viel. Verstimmt ergab sie sich seiner Führung, ließ ihre Küsse weniger gierig werden und den Hunger langsam ausklingen.

Allerdings bemerkte sie, dass er nicht ausklang, sondern wie ein ersterbendes Feuer untergründig weiterschwelte, bereit, auf ein Fingerschnipsen wieder in die Höhe zu schießen.

Bei der richtigen Berührung. Durch ihn.

Das faszinierte Penelope, wie auch die gesamte Episode. Ihre Haut fühlte sich erhitzt an, ihr Körper warm, angenehm entspannt und merkwürdig faul, aber doch gepackt von einem schwer fassbaren, drängenden Gefühl der Erwartung, das sie unbedingt genauer erkunden musste.

Ihre Lippen lösten sich voneinander. Barnaby fing ihren Blick auf, als sie die Augen öffnete, erforschte ihn ein paar Sekunden lang, setzte sich dann auf und half ihr auf die Beine.

Penelope überprüfte ihr Kleid und stellte fest, dass es sich in einem passablen Zustand befand. Sie zupfte ihr Mieder zurecht, strich die Röcke glatt und versuchte angestrengt, sich nicht in dem nachklingenden Gefühl seiner Hände zu verlieren, die sie liebkosten.

Sie hatte es wissen wollen, hatte ihn wortlos gefragt und hatte gelernt … ein wenig. Unglücklicherweise nicht genug, um Antworten auf die brennenden Fragen zu finden, die ihm sowie ihrer Beziehung zu ihm galten – und umgekehrt –, wie ihr langsam wieder arbeitender Verstand bestätigte.

Stirnrunzelnd drehte sie sich zu ihm, als er gerade seine Hemdsärmel richtete.

»Das war nur ein kleiner Geschmack dessen«, behauptete er, bevor sie ein Wort über die Lippen bringen konnte, »was Lust bedeuten kann. Wenigstens zwischen Ihnen und mir.« Im Dämmerlicht fing er ihren Blick auf. »Wenn Sie mehr wissen wollen, würde ich mich freuen, Ihnen Unterricht erteilen zu dürfen.«

Er kam näher, stand schließlich direkt vor ihr und schaute auf ihr Gesicht hinunter, berührte sie aber nicht. »Wie auch immer, es ist wie bei allen anderen Angelegenheiten auch. Wenn Sie wirklich verstehen wollen, die Sache bis in die Tiefe ausloten, müssen Sie eifrig und begierig lernen.«

In seinen letzten Worten klang klar und deutlich eine Frage durch. Penelope wehrte sich angestrengt dagegen, den Blick nicht abzuwenden; natürlich hatte sie begriffen, worauf er hinauswollte.

Aber wie auch immer …

Sie wollte es wissen. Und noch viel mehr.

Lächelnd hielt Penelope seinen Blick fest, wirbelte dann herum und eilte zur Treppe, die nach unten führte. »Ich werde es mir überlegen.«

Mit zusammengezogenen Brauen beobachtete Barnaby, wie sie verschwand, und machte sich dann auf, ihr zu folgen – wie immer in ihrem Schlepptau. Als sie an der Treppe angekommen war, bemerkte er: »Die Druckerei kümmert sich heute Nacht um unseren Steckbrief. Er wird morgen früh fertig sein.«

Auf dem oberen Treppenabsatz blieb sie stehen. »Wir sollten mit Griselda besprechen, wie wir sie verteilen«, erwiderte sie über die Schulter.

Barnaby blieb hinter ihr stehen. »Ich werde um neun Uhr in die Mount Street kommen. Anschließend können wir die Steckbriefe abholen und dann zu ihrem Laden fahren.«

»Ausgezeichnet.« Sie nickte und ging die enge Treppe nach unten.

Barnaby blieb auf dem oberen Absatz stehen, beobachtete ihren Rückzug – und mahnte sich, dass es entscheidend war, sie jetzt ziehen zu lassen, wenn er sich seinen übergeordneten Plan nicht verderben wollte.

Als die Morgendämmerung hereinbrach, warf Penelope sich unruhig im Bett ihres Schlafzimmers in der Mount Street hin und her – in vertrauter Umgebung, sodass sie nicht begriff, warum es ihr nicht gelungen war, den Kopf freizubekommen und endlich einzuschlafen.

Denn als disziplinierte Denkerin bereitete es ihr gewöhnlich keinerlei Schwierigkeiten.

Es war sein Fehler. Natürlich.

Barnaby hatte ihr diesen Floh ins Ohr gesetzt. Und jetzt musste sie unablässig lauschen, was der kleine Floh ihr einflüsterte.

Penelope setzte sich auf, puffte ihr Kissen, legte sich dann wieder gerade hin und starrte an die Decke.

Kein Zweifel, dass er absichtlich versuchte, sie zu verführen. Als sollte sie einen Preis für den Unterricht zahlen, lungerte er ständig vor ihr herum, benahm sich wie die Karotte, die man dem Esel vor das Maul hielt. Sie wusste genau, was das zu bedeuten hatte.

Doch selbst wenn man bedachte, dass sie bereits vierundzwanzig Jahre alt war und keine Neigung verspürte, sich zu verheiraten – was sie bereits vor langer Zeit wegen der damit verbundenen Einschränkungen beschlossen hatte, die ihr in keiner Weise genehm waren –, warum sollte sie dann ihre Jungfräulichkeit bewahren?

Im Lichte dessen, was sie inzwischen als nicht hinnehmbare Ahnungslosigkeit hinsichtlich des Verlangens, von Leidenschaft ganz zu schweigen, betrachtete, schien es vollkommen angemessen, diese Jungfräulichkeit einzutauschen, und zwar gegen das Wissen, nach dem sie sich jetzt verzehrte – denn sonst wäre sie vollkommen nutzlos.

Dem galt es hinzuzufügen, dass er das einzige männliche Wesen war, das ihr Bewusstsein jemals auf solche Weise gereizt hatte; das einzige männliche Wesen, dem es jemals gelungen war, ihr den genannten Floh ins Ohr zu setzen, der ihre Aufmerksamkeit ständig mit Einflüsterungen fesselte.

An dieser Stelle unterbrach Penelope ihre Grübelei, ließ alles noch einmal an sich vorüberziehen. Wog ab, schätzte ein. All das, was ihr durch den Kopf gegangen war, schien unangreifbar. Rein logisch gesehen. Obwohl sie sehr tiefgründig gegrübelt hatte, war sie zu einem einwandfreien Ergebnis gekommen.

Aber der nächste Schritt – das war der Punkt, der sie so unruhig werden ließ, dass sie keine Minute Schlaf fand.

Es reizte sie keineswegs, einfach Ja zu sagen und ihre Erziehung auf diesem Gebiet ungeniert ihm und seinen männlichen Launen zu opfern. Nicht im Geringsten.

Penelope hielt nicht viel von männlichen Hirnen. Noch nicht einmal von seinem, obwohl es dem Durchschnitt haushoch überlegen schien. Sie hegte den starken Verdacht, dass das Verlangen, das er für sie empfand, auf keinerlei vernünftiger Grundlage beruhte. Oder jedenfalls nicht auf einer Grundlage, derer er sich auch bewusst war – über das bloße Verlangen hinaus.

Nein. Wenn sie schon keinerlei Anlass sah, zum nächsten Schritt zu drängen – es sei denn, zu ihren eigenen Bedingungen –, dann würde sie sich sicher nicht ausgerechnet in solcher

Erwartung dazu hinreißen lassen, dass er – als Mann – in der Lage wäre, sie über die Ursachen seines Begehrens voll und ganz aufzuklären.

Glücklicherweise war es nicht ihr alleiniges Ziel, mehr über *seine* Gründe in Erfahrung zu bringen. Noch mehr als über seine Gründe wollte sie etwas über ihre eigenen erfahren, verstehen und begreifen.

Penelope musste wissen, was das Begehren in ihr auslöste, was in seinen Küssen lag, in seiner Umarmung, das ein weit mächtigeres Verlangen in ihr weckte, als sie je zuvor gekannt hatte. Sie musste erfahren, was ihr eigenes Verlangen anfachte.

Das war ihr wichtigstes Ziel.

Und Barnaby Adair war der Mann, der sie zu diesem Ziel führen konnte und würde.

Allerdings drohte eine echte Gefahr, die bisher nur noch nicht ihr Haupt erhoben hatte: die Heirat. Solange der Faktor Ehe sich nicht in ihre Berechnung einschlich, wäre alles in Ordnung.

Penelope grübelte darüber nach. Betrachtete den Punkt aus verschiedenen Blickwinkeln. Nahm es hin, dass er sich verpflichtet fühlen würde, um ihre Hand anzuhalten, nachdem er sie verführt hatte. Denn so würde er es sehen. Sobald sie abgelehnt hatte, würde er es beharrlich versuchen, es als Frage der Ehre betrachten, eine Angelegenheit, bei der Männer seines Ranges ausgesprochen störrisch reagieren konnten.

Aber sie wusste, wie sie solcher Starrköpfigkeit zu begegnen hatte. Selbst wenn er nicht versuchte, sie mit der grauenhaften Aussicht auf eine Eheschließung vertraut zu machen, fühlte sie sich in der Lage, sich mit ihrem ablehnenden Standpunkt durchzusetzen und ihn von ihrer Sicht auf die Dinge zu überzeugen. Falls das Thema auf der Tagesordnung erschien, würde sie ihm erklären, wie sie es sah. Penelope war sich sicher, dass er – denn schließlich war er ein vernünftiger, logisch denkender Mann – ihre Auffassung verstehen und ein für alle Mal akzeptieren konnte.

Nachdem das geklärt war … ihre Position in einer solchen Debatte wäre natürlich unschätzbar gestärkt, wenn *sie* diejenige war, die die Affäre angeregt hatte. Sich nicht einfach dem Lauf der Dinge gefügt, sondern ihn selbst diktiert hatte – genau das war offenbar der vernünftigste Weg, auf dem sie beide vorankommen konnten.

Penelope musste die Verantwortung übernehmen und ihre Beziehung schlicht und einfach als Affäre betrachten; auf keinen Fall durfte sie auch nur der leisesten Andeutung auf eheliche Verhältnisse erlauben, sich einzuschleichen und die Angelegenheit zu verderben.

Ihre Gedanken klärten sich. So musste es sein. Ganz offensichtlich hatte sie den richtigen Weg gefunden.

Seufzend zog sie die Mundwinkel hoch, drehte sich auf die Seite, schmiegte die Wange in das Kissen und schloss die Augen.

Wenn es ihr nur gelänge, die Situation unter ihre Kontrolle zu bringen, würde alles gut werden.

Voller Zuversicht schlief sie ein.

»Ich bin sehr froh, dass ich Sie heute Vormittag begleitet habe.« Penelope wartete auf dem Gehweg draußen vor Griseldas Laden, während Barnaby sich in die Droschke beugte und den großen Karton mit den gedruckten Steckbriefen herausholte.

Er balancierte das schwere Paket in den Händen, schubste die Kutschentür zu und entließ den Kutscher mit einem Nicken. Nachdem die Droschke losgefahren war und er sich wieder zu ihr gedreht hatte, hatte er Mühe, sein Lächeln zu verbergen. Denn kaum hatten sie die Druckerei in der Edgware Road verlassen, hatte sie ihn unablässig mit ihren Beobachtungen und Vorschlägen überhäuft.

Penelope nahm seinen Schritt auf, während er zur Ladentür eilte. »Vielen Dank. Es war ein ausgesprochen informativer und nützlicher Vormittag.« Sie schaute ihn an, als er ihr mit dem Paket auf der Schulter durch eine Geste zu verstehen gab, vor ihm die Stufen hinaufzusteigen. »In den vergangenen Jahren haben wir uns erkundigt, wo und in welchen Gewerben unsere Waisenkinder ausgebildet werden können. Bei den Händlern haben wir Erfolg gehabt. Nachdem ich Mr. Cole kennengelernt habe und mich bei ihm umsehen durfte, glaube ich, dass wir das Druckergewerbe ebenfalls für die Ausbildung unserer Jungen in Erwägung ziehen sollten.«

Barnaby folgte ihr in den Laden. »Sie sollten mit Cole sprechen. Ich bin mir sicher, dass er sich glücklich schätzen wird, einige Ihrer Jungen probehalber aufzunehmen.« Denn nicht nur gehörte sie als Schwester des Viscount of Calverton zu den Ladys, für die er sich förmlich überschlagen würde, wenn er ihnen nur helfen durfte; ungeachtet des Pakets auf Barnabys Schulter war der Mann ihm immer noch verpflichtet.

Penelope nickte und drang tiefer in den Laden ein. »Ich denke, das werde ich tun.« Sie begrüßte die Lehrlingsmädchen mit einem Lächeln und scheuchte sie wieder an die Arbeit zurück. »Nicht nötig, uns anzukündigen. Wir werden zu Miss Martin nach hinten durchgehen.«

Sie schob den Vorhang beiseite und hielt inne. Barnaby stoppte gerade noch rechtzeitig. Griselda befand sich nicht in der Küche.

»Hier oben, Penelope.«

Penelope warf einen strahlenden Blick die Treppe hinauf. »Ach, da sind Sie.«

Sie stieg die Stufen nach oben. Barnaby nahm das Paket von der Schulter, trug es vor sich und folgte ihr.

Als er in Griseldas Wohnzimmer auftauchte, stellte er fest, dass sie Stokes, der ebenso wie Griselda seine East-End-Verkleidung angelegt hatte, die Hand schüttelte.

»Ausgezeichnet.« Barnaby stellte den Karton auf den Tisch, schlug die Klappen zurück, zog das oberste Blatt heraus und hielt es Stokes und Griselda entgegen, damit sie lesen konnten.

Mit Griselda an seiner Seite las Stokes, lächelte zaghaft.

»Ausgezeichnet. In der Tat.« Er hielt Griselda den Steckbrief so entgegen, dass sie besser lesen konnte. »Wir waren gerade im Begriff aufzubrechen, um den Informationen nachzugehen, die Mr. Martin und andere über die fünf verbleibenden potenziellen Lehrmeister gesammelt haben.«

Stokes reichte Griselda den Steckbrief und warf einen Blick in den Karton. »Wie viele sind es?«

»Zweitausend.« Barnaby stopfte die Hände in die Taschen.

»Genügend, um das East End wirkungsvoll zu fluten. Wir müssen nur wissen, wie wir sie am besten verteilen, weit und breit in der gesamten Gegend.«

»Über die Märkte.« Griselda hob den Blick. »Wir wollten ohnehin die Märkte besuchen, und welchen besseren Weg könnte es geben, die Steckbriefe zu verteilen, als sie den Standinhabern zu überlassen? Und heute ist Freitag. Die Märkte am Freitag und Samstag sind die geschäftigsten. Sonst gäbe es nur noch die Kneipen und Gasthäuser, wo wir sie lassen könnten. Aber auf den Märkten erreichen wir viel mehr Leute. Frauen ebenso wie Männer.«

Stokes nickte. »Wir werden sie gleich heute mitnehmen. Je schneller wir die Jungen finden können, desto besser.«

»Was haben Sie über die anderen möglichen Lehrmeister erfahren?« Penelope ließ den Blick zwischen Stokes und Griselda hin und her schweifen. »Irgendwelche Hinweise darauf, welcher Name auf der Liste zu dem gesuchten Mann führen könnte?«

Stokes zog eine Grimasse. »Nichts Bestimmtes. Diese fünf machen es uns so schwer, weil sie sich nicht in weiteren Kreisen bewegen. Sie halten sich immer in der Nähe ihrer Schlupfwinkel auf und halten nur zu denen Verbindung, bei denen es unbedingt sein muss. Wir glauben, dass es Hinweise auf folgende drei gibt – Slater, Watts und Hornby. Über die anderen beiden, Grimsby und Hughes, müssen wir noch genauere Nachrichten einholen. Wie dem auch sei, bei diesen beiden konnten sowohl die örtlichen Polizisten als auch Griseldas

Vater nur recht unbestimmte Hinweise darauf geben, wo sie sich gerade aufhalten. Was in mir den Verdacht erweckt, dass sie etwas Illegales im Schilde führen. Ob es sich bei diesem Etwas um die Lehranstalt handelt, der wir auf der Spur sind, können wir nur vermuten. Aber wenn die anderen drei sich zurzeit als gesetzestreu erweisen sollten, weshalb es vermutlich so einfach war, ihre Aufenthaltsorte ausfindig zu machen, dann können wir jede Wette auf Grimsby und Hughes abschließen.«

Griselda warf einen Blick auf Stokes. »Zuerst überprüfen wir die ersten drei Namen. Falls wir keinerlei Anzeichen entdecken, dass die Jungen sich dort aufhalten, werden wir mehr Druck machen. Mal sehen, was wir dann über Grimsby und Hughes herausfinden können.«

Sie ließ den Blick zu Barnaby schweifen. »Das Problem ist nur, dass niemand weiß ... oder uns verraten will, in welcher Gegend sie sich verkrochen haben. Deswegen gleicht es der Suche nach der Nadel in einem riesigen Heuhaufen, ihren Aufenthaltsort zu ermitteln.«

»Es ist möglich, dass die Steckbriefe uns den Schlüssel in die Hand spielen«, bemerkte Barnaby. »Oder uns zumindest mit der Nase darauf stoßen, auf welche Ecke wir uns konzentrieren sollen.«

»Was ist mit den Bushels? Mary und Horry?«, meinte Penelope zu Stokes. »Sind Sie schon dort gewesen?«

Stokes nickte, wandte sich an Barnaby. »Deine Nachricht hat mich rechtzeitig erreicht. Spät am Nachmittag bin ich am Black Lion Yard angekommen, habe mit Mary Bushel und den Wills gesprochen. Wir haben uns auf einen Plan geeinigt, der einerseits Marys und Horrys Sicherheit garantieren sollte, andererseits die Tür aber einladend offen stehen lässt, im übertragenen Sinne gesprochen, in der Hoffnung, dass die Entführer den entscheidenden Zug machen.«

Stokes zog eine wilde Grimasse. »Ich kann nur hoffen, dass sie sich dazu hinreißen lassen. Aber inmitten der Wills' und der örtlichen Polizei werden die Kerle es nicht leicht haben, aus dem Black Lion Yard zu flüchten.«

Barnaby zog die Brauen hoch. »Darüber hatte ich noch gar nicht nachgedacht. Der Hof scheint wirklich eine ausgezeichnete Falle zu sein.«

»Ganz genau. Horry und seine Großmutter sind also so gut geschützt, wie es nur möglich ist. Unsere Falle ist aufgestellt.« Stokes nickte. »Jetzt müssen wir nur noch zusehen, dass wir eine Ahnung bekommen, wen wir darin höchstwahrscheinlich fangen werden.«

Er griff nach dem Karton mit den Steckbriefen. »Griselda und ich werden sie auf den Märkten verteilen.« Er ließ den Blick über die anderen drei schweifen. »Wir müssen unbedingt erfahren, wo dieser Lehrmeister die Jungen gefangen hält, und ihn aus seinem Schlupfloch verjagen. Vorzugsweise zu einem Zeitpunkt, bevor die Jungen ihren ersten Einsatz gehabt haben.«

Barnaby verzog das Gesicht. »Nächste Woche geht das Parlament in die Ferien. Dann dauert es noch ein paar Tage, bis Mayfair vollkommen entvölkert ist. Wenn unsere Annahme über die Gründe zutrifft, warum dieser Lehrmeister so viele Burschen auf einmal ausbildet, dann haben wir nur noch bis dahin Zeit, sie zu finden.«

Sie wechselten Blicke, dann deutete Griselda zur Treppe. »Wir sollten uns besser auf den Weg machen.«

Sie gingen alle die Stufen hinunter, verließen den Laden und überließen es den Lehrmädchen, hinter ihnen her zu starren.

Draußen umrundeten sie die Kirche, um in der benachbarten Straße nach Droschken zu schauen. Stokes und Griselda nahmen gleich die erste, denn Barnaby und Penelope beharrten darauf, dass ihre Aufgabe weit dringlicher zu erledigen war.

Penelope stand auf dem Gehweg, schaute der Kutsche nach, die Richtung Osten ratterte, und trat unruhig von einem Bein auf das andere.

»Falls Ihnen irgendetwas einfällt, was Sie oder ich oder wir tun können, um schneller in Erfahrung zu bringen, was wir unbedingt wissen müssen, dann lassen Sie es mich wissen«, meinte Barnaby neben ihr.

Penelope warf ihm einen Seitenblick zu. »Versprechen Sie es umgekehrt auch?«

Er sah sie an. »Ja. In Ordnung.«

»Gut.« Sie nickte. »Sobald mir etwas einfällt, werde ich Sie benachrichtigen.«

13

Alles war an seinem Platz. Und doch war nichts passiert. Spät an jenem Abend, wie üblich im November waberten dicke Nebelschwaden durch die Straßen, schlenderte Barnaby durch die St. James Street und dachte über den Stand ihrer Ermittlungen nach. Er hatte gerade das White's verlassen, nachdem er in dem beinahe leeren, daher überaus angenehm stillen Klub einen ruhigen Abend verbracht hatte, anstatt seine Zeit in Penelopes Schlepptau in irgendeinem Ballsaal zu vertrödeln.

Außerdem gehörte das zu seiner Strategie, um ihre Ungeduld zu wecken, er wollte ihre Neugierde unbefriedigt lassen und sie auf diese Art zu Überlegungen anregen, wie sie ihren Durst nach Wissen und Erkenntnis bei ihm löschen könnte. Klug wie sie war, würde ihr Geist dann den sich bietenden Weg einschlagen, würde sie zu der Schlussfolgerung führen, die er zu erreichen wünschte.

Dass es in ihrem besten Interesse lag, ihn zu heiraten.

Dass es der beste Weg war, all das Wissen zu erlangen, das sie über jene Angelegenheit zu erlangen wünschte, die dank ihres jüngsten Zusammentreffens ihren Geist beschäftigte.

Barnaby hoffte inständig, dass die Angelegenheit sie tatsächlich unablässig beschäftigte; ihm jedenfalls ging, mit Ausnahme der gegenwärtig stockenden Ermittlungen, nichts anderes mehr durch den Kopf.

Und selbst das – das Stocken bei der Suche nach den vermissten Jungen – würde sich höchstwahrscheinlich zu seinen Gunsten auswirken. Stokes und Griselda hatten zwar die Steckbriefe verteilt, aber die Blätter mussten erst mal eine Antwort hervorlocken. Was die fünf Namen auf Stokes' ursprünglicher Liste betraf, so hatten die beiden bestätigt, dass

Slater und Watts, wenn sie auch kein gänzlich gesetzestreues Leben führten, die fremden Jungen doch immerhin nicht in ihrer Gewalt hatten.

Blieben noch Hornby, Grimsby und Hughes als Kandidaten für den Lehrmeister. Aber bisher gab es keinerlei Hinweise darauf, wo die letzten beiden sich aufhalten mochten.

Andererseits blieb die Falle, die sie zwei Tage zuvor im Black Lion Yard aufgestellt hatten, weiterhin präpariert, obwohl sie bis zu diesem Abend noch nicht zugeschnappt hatte.

Und Penelope oder ihm wollte beim besten Willen nichts einfallen, was sie noch tun könnten, um die vermissten Burschen zu finden.

Also mussten sie warten.

Geduld, überlegte Barnaby, gehört nicht zu ihren starken Seiten. Es war gut möglich, sogar sehr wahrscheinlich, dass sie ihre Energie auf ein anderes Ziel richten würde, wenn der Fortschritt bei den Ermittlungen zu ersticken drohte.

Bei der Vorstellung, dass es seine Sache war, diese Energien zu lenken, prickelte ihm ein erwartungsvoller Schauder der Erregung über den Rücken. Ein Schauder der Erregung, wie er ihn schon seit langer Zeit nicht mehr verspürt hatte, seit damals nicht mehr, als er noch blutjung und grün hinter den Ohren gewesen war.

Und vielleicht noch nicht einmal damals.

Barnaby lächelte still in sich hinein und bog in die Jermyn Street ein. Mit schwingendem Spazierstock schlenderte er weiter, achtete nicht auf den dicker werdenden Nebel.

Die Frage der Eheschließung hatte er bisher vermieden, aber nicht, weil er dem Status prinzipiell feindselig oder misstrauisch gegenüberstand. Um die Wahrheit zu sagen, genau das Gegenteil war zutreffend; während die Jahre verflossen waren und er zugeschaut hatte, wie seine Freunde heirateten, wie tief das Glück in dem Leben verankert war, das sie mit ihren Ehefrauen teilten, war er sogar ein wenig neidisch geworden.

Trotzdem war er immer noch überzeugt gewesen, dass die Ehe für ihn nicht taugte. Denn er war niemals einer Lady aus der besseren Gesellschaft begegnet, die die Neigung verspürte – oder sogar in der Lage war –, sich mit seiner Berufung zu arrangieren, seiner Leidenschaft für Ermittlungen in Kriminalfällen.

Penelope war die einzige Ausnahme, war die Lady, die jede Regel durchbrach. Sie würde sich nicht einfach nur in seine Ermittlungen fügen, sie erdulden, sondern ihn aus freien Stücken zu seiner Arbeit ermutigen. Und sie war so klug, dass er sich gegen alle Widerstände sogar darauf freute, seine Fälle mit ihr gemeinsam zu bearbeiten – sich ihre Auffassungen und Vorschläge anzuhören, über die Verbrecher und deren Eigenschaften mit ihr zu diskutieren.

Der erste notwendige Schritt in das, was er als höchst wünschenswerte Zukunft für sich betrachtete, bestand darin, sich Penelopes Hand für die Eheschließung zu sichern.

Er hegte keine ernsten Zweifel daran, dass ihr Bruder Luc und ihre Familie seiner Werbung stattgeben würden. Der dritte Sohn eines Earls war eine wunderbar passende Partie für die Tochter eines Viscounts, und weder seine gesellschaftliche Stellung noch sein Vermögen waren in irgendeiner Weise zu verachten.

Es gab nur eine Hürde zu überwinden: ihre Zustimmung zu erringen. Aber falls sein Spiel mit ihrer Neugierde und Ungeduld sich wie geplant entwickelte …

Mit einem zuversichtlichen Lächeln wirbelte Barnaby seinen Spazierstock durch die Luft. Er rechnete fest damit, dass sie in naher Zukunft ihr Interesse bekunden würde, und dachte darüber nach, ob er ihr am nächsten Morgen seine Aufwartung machen sollte.

Eine unscheinbare schwarze Stadtkutsche stand draußen vor der Tür seines Hauses. Barnaby bemerkte sie zwar, beachtete sie aber nicht weiter, sondern fragte sich, ob sein Nachbar Elliard zu einer Abendunterhaltung eingeladen hatte.

Sofort wimmelte es in seinem Kopf von Vorstellungen, wie er Penelope wohl unterhalten würde. Bald wird es so weit sein, beschwichtigte er sich, schon bald. Er lächelte noch breiter, stieg schwungvoll die Treppe zur Tür seines Hauses hinauf und senkte den Blick, während er in seiner Westentasche nach dem Hausschlüssel wühlte.

Er hörte, wie das Geschirr der schwarzen Kutsche hinter ihm klirrte, wie die Hufe der Pferde trappelten und das Gefährt die Straße entlangrollte …

Barnaby erstarrte. Ein ahnungsvoller Schauer rieselte ihm über den Rücken.

Er hatte weder gesehen noch gehört, dass irgendjemand in die Kutsche ein- oder ausgestiegen war – warum fuhr sie plötzlich ab?

Dann wollte er sich umdrehen … und spürte im selben Moment den stürmischen Angriff. Taumelnd erblickte er eine Gestalt im Umhang, die die Stufen heraufrannte, in der Hand einen … Knüppel?

Wieder fühlte er sich wie erstarrt, war nicht in der Lage, seine Beobachtungen zu einem Bild zusammenzufügen. Die Gestalt war klein, der Umhang überdeckte Röcke. Und unter der Kapuze funkelte es golden, ungefähr auf Augenhöhe.

Im Bruchteil dieser Sekunde hatte er den Attentäter identifiziert, hatte registriert, dass *sie* aus der Kutsche gestiegen war. Barnaby schaute dem davonfahrenden Wagen nach – und bemerkte dann, allerdings zu spät, dass sie wieder den Knüppel hob.

Sie schlug ihn auf die Stirn.

Nicht zu hart, aber doch hart genug, um ihn mit zusammengekniffenen Augen einen Schritt nach hinten taumeln zu lassen … stolpernd schlug er gegen die Wand.

Vollkommen erstaunt. Sprachlos starrte er sie an.

Penelope ergriff seinen Mantel, offenbar in der falschen Annahme, sie hätte ihn so sehr außer Gefecht gesetzt, dass sie ihn am Sturz hindern musste.

Falls er überhaupt stürzte, dann lag es am schieren Zweifel, daran, dass er es schlicht nicht fassen konnte.

Was zum Teufel hatte sie getan?

Wieder kniff Barnaby die Augen zusammen. Penelope verbarg den Knüppel unter ihrem Umhang, starrte ihn dann eindringlich an. Offenbar war er immer noch bei klarem Verstand, sodass sie zischte: »Los, spielen Sie mit!«

Aber was zum Teufel stand in ihrem Manuskript?

Mit einer Hand hielt sie seinen Mantel immer noch fest umklammert, während sie mit der anderen heftig gegen die Tür schlug.

Barnaby fragte sich, ob er ihr verraten solle, dass er den Hausschlüssel in der Hand hielt, entschied sich aber dagegen. Es war vorgesehen, dass er außer Gefecht gesetzt war; also lehnte er sich an die Wand, die Augen halb geschlossen.

Es war nicht besonders schwer, schmerzverzerrt die Stirn zu verziehen. Denn dort, wo sie ihn getroffen hatte, spürte er eine heiße, pochende Schwellung und vermutete, dass sie ihm eine Prellung beschert hatte.

Beinahe wäre Penelope vor Ungeduld auf und ab gehüpft. *Warum braucht dieser verdammte Butler so lange?*

Dann hörte sie Schritte, ein paar Sekunden später wurde geöffnet.

Sie schaute auf Barnaby. »Helfen Sie mir! Schnell!« Sie warf einen Blick über die Schulter auf die verlassene Straße in ihrem Rücken. »Könnte sein, dass sie zurückkommen!«

Der Butler runzelte die Stirn. »Wer sollte …« Dann entdeckte er Barnaby an die Wand gelehnt. »Oh, du lieber Himmel!«

»Genau.« Penelope schnappte sich Barnabys Arm und legte ihn über ihre Schulter, legte den zweiten Arm um seine Hüfte und schleppte ihn von der Wand fort.

Sie taumelte, war nur notdürftig in der Lage, sich und ihn aufrecht zu halten, bevor sie rückwärts die Stufen hinuntertrippelte. *Du liebe Güte, ist der Mann schwer!*

Aber sie durfte sich kaum beklagen, denn er verhielt sich genauso, wie sie es verlangt hatte.

Sie schwankte einen Moment, bevor sein Diener – *Mostyn, so heißt er* – sich aus seiner Schreckstarre löste und seinen mehr oder minder bewusstlosen Herrn auf der anderen Seite stützte.

»Nun aber langsam!« Mostyn half ihr, Barnaby durch die halb geöffnete Tür zu schleppen. »Oh, du lieber Himmel!« Er hielt inne, starrte auf den roten Fleck auf Barnabys Stirn.

Penelope fluchte atemlos. Dieser Butler benahm sich wie ein altes Weib! »Schließen Sie die Tür, und helfen Sie mir, ihn nach oben zu bringen.«

Sie war sich nicht sicher, ob sie ihn nicht doch ernsthaft verletzt hatte. Beschwichtigend redete sie auf sich ein, dass sie den Knüppel nicht besonders hart geschwungen hatte, aber trotzdem krampfte ihr Magen sich ängstlich zusammen.

Hastig schloss Mostyn die Tür und kam zurück, um Barnabys anderen Arm zu stützen.

Stöhnend ließ Barnaby sich zur Treppe führen, stöhnte viel zu realistisch, um sie zu beruhigen.

Verdammt! fluchte sie unhörbar, ich habe ihn ernsthaft verletzt! Schuldgefühle mischten sich unter die Angst, und beinahe wäre ihr übel geworden.

»Was ist denn passiert?«, fragte Mostyn, als sie ihn die Treppe hinaufschleppten.

Penelope hatte ihre Geschichte gut vorbereitet. »Ich hatte ihn überredet, draußen mit mir nach den Verbrechern zu fahnden. Sie haben uns nicht weit von hier aufgelauert und ihm mit einem Knüppel auf den Kopf geschlagen. Er hat einen beängstigend heftigen Schlag einstecken müssen. Sehen Sie die Prellung, hier?«

Mehr brauchte es nicht. Mostyn murmelte ein paar unverständliche Worte und fuhr damit fort, dass sein Herr sich niemals um die Gefahren zu kümmern schien, die überall lauerten, ganz gleich, wie oft er ihn warnte, dass ihm bei diesen Ermittlungen eines Tages etwas Schreckliches zustoßen würde … und so weiter auf diese Art, dass Penelope es zutiefst bedauerte, jemals eine solche Geschichte erfunden zu haben … was die Schuldgefühle nur noch anschwellen ließ, die sie ohnehin schon haltlos durchfluteten.

Sie musste sich auf die Zunge beißen, um Barnaby nicht im ätzenden Tonfall zu verteidigen, musste sich ihre eigene Rolle in diesem Stück ins Gedächtnis rufen … die der weiblichen Komplizin, die sich ernsthaft um die Gesundheit ihres Ritters in der schimmernden Rüstung sorgte.

Penelope war unendlich dankbar, als sie den oberen Absatz der steilen Treppe erreicht hatten und sie ihn über die Türschwelle in ein ziemlich großes Zimmer schleppen konnte. Es erstreckte sich über eine ausgedehnte Fläche des ersten Stockwerks – und war ein sehr großes Schlafzimmer mit einem sehr großen Bett plus einer kleinen Sitzecke mit einem Schreibtisch und einem bequemen Armsessel, der im passenden Winkel vor den Kamin geschoben war.

Das Feuer knisterte munter im Kamin, verbreitete Wärme und Licht im gesamten Zimmer. Zu einer Seite öffnete sich ein Ankleidezimmer, und dahinter konnte Penelope in das Badezimmer linsen.

An jeweils gegenüberliegenden Wänden standen hohe Kommoden, wie sie in Schlafzimmern üblich waren, und passende Nachttische flankierten das Bett. Aber es war das Bett allein, das den Raum beherrschte – und ihre ganze Aufmerksamkeit fesselte.

Es handelte sich um ein Bett aus dunklem Holz mit vier gedrechselten Pfosten, das mit gemustertem Damast in der Farbe seiner blauen Augen verhängt war. Die Vorhänge waren mit goldenen Quasten zurückgebunden und gaben den Blick auf die schwere blaue Satindecke frei, während die mit goldfarbiger Seide gerandeten Kissen einen kleinen Hügel am Kopfende bildeten.

In stummem Einverständnis gelang es Mostyn und ihr,

Barnaby – der wieder einmal grauenhaft stöhnte – zu seinem Bett zu schleppen, bis er sich an den nächstliegenden Pfosten lehnen konnte.

»Miss … wenn Sie ihn hier einen Moment lang festhalten können, kann ich das Bett vorbereiten.«

Ängstlich löste Mostyn seine Hände von Barnaby, hechtete dann förmlich zum Kopfende des Bettes. Aber noch bevor er Gelegenheit hatte, nach der Decke zu greifen und sie zurückzuschlagen, stöhnte Barnaby wieder und taumelte seitwärts.

»Oh!« Verzweifelt versuchte Penelope, ihn aufrecht zu halten … aber er trippelte rückwärts, riss sie beinahe von den Füßen und zu sich aufs Bett, während er sich mit dem Rücken quer auf die Matratze warf. Nur weil sie den Griff von seinem Mantel löste, gelang es ihr, sich auf den Beinen zu halten.

Barnaby hielt die Augen immer noch geschlossen, zuckte, stöhnte dann. Geschwächt hob er seine Hand an die Stirn.

Penelope sprang nach vorn, um seine Hand zu ergreifen. »Nein, nicht anfassen. Bleiben Sie nur ruhig liegen, und helfen Sie uns, Ihnen den Mantel auszuziehen.«

Entweder war er ein ausgezeichneter Schauspieler oder er litt tatsächlich unter Schmerzen; Penelope konnte es nicht entscheiden.

Mostyn war vollkommen aus der Bahn geworfen und machte sich die größten Sorgen. Penelope schlüpfte aus ihrem Umhang, legte ihn beiseite und eilte dann wieder zum Bett. Mit vereinten Kräften gelang es ihnen, Barnaby den schweren Übermantel von den Schultern zu streifen. Der Mantel, den er darunter trug, aus der berühmten Werkstatt von Shultz, erwies sich als erheblich schwieriger auszuziehen.

Mostyn musste Barnaby unterstützen, sich aufrecht zu halten, während Penelope hinter ihm auf das Bett kletterte und ihn aus dem eng sitzenden Kleidungsstück befreite.

Mit der Weste und der Krawatte kamen sie wesentlich einfacher zurecht. Sie kümmerte sich um beides, und Mostyn zog ihm inzwischen Schuhe und Strümpfe aus.

»Holen Sie kaltes Wasser und ein Tuch«, schnappte Penelope in dem Moment, als Mostyn sich wieder aufrichtete.

Mostyn zögerte, aber die aufrichtige Sorge in ihrem Tonfall brachte ihn dazu, zur Tür des Ankleidezimmers zu gehen. »Ich bin gleich wieder zurück.«

Penelope schaute ihm nach, wie er ein Zimmer weiter ins Bad verschwand. Weil er aber beide Türen offen stehen ließ, wagte sie nicht, Barnaby zu fragen, ob sie ihn wirklich so schwer verletzt hatte oder ob er nur Theater spielte.

Aber der Verdacht, dass sie ihn wirklich härter getroffen hatte als beabsichtigt, machte es im Gegenteil noch leichter, zur nächsten Stufe in ihrem Plan vorzurücken, als der Butler zurückkehrte.

Sie nahm ihm die Schüssel ab und stellte sie auf den Nachttisch. Dann wrang sie flink das Tuch aus, beugte sich über Barnaby und legte die Kompresse sanft auf die gerötete Stelle auf seiner breiten Stirn, die weder erhöht noch gequetscht war. Wahrscheinlich schadete es aber nicht, dass sie sie bedeckte, besonders weil Mostyn auf die andere Seite des Bettes gegangen war, um die Kerzen in den Kandelabern auf dem zweiten Nachttisch zu entzünden. Die Dochte flammten auf, die Flammen beruhigten sich und schickten ihr Licht über Barnaby, der quer über das Bett gestreckt lag.

Penelope schaute Mostyn nicht direkt an, als sie sagte: »Sie dürfen sich jetzt zurückziehen.«

Es brauchte eine Weile, bis ihre Worte zu ihm durchgedrungen waren und er sie verblüfft anstarrte. »Das kann ich nicht machen! Es wäre nicht anständig.«

Langsam hob Penelope den Kopf und blickte ihn über den Rand ihrer Brille hinweg an. »Verehrtester Mann.« Sowohl die Worte als auch den Tonfall hatte sie bei Lady Osbaldestone aufgeschnappt; die Lady war dafür berüchtigt, das andere Geschlecht nach Belieben zu dirigieren, und Penelope hatte nichts Besseres passieren können, als bei einer solchen Meisterin in die Lehre zu gehen.

»Ich hoffe sehr«, erläuterte sie mit leiser, aber schneidender Stimme, »dass Sie nicht die Absicht hatten zu unterstellen, es sei *un*anständig, dass ich mich bei Mr. Adairs gegenwärtigen Verletzungen um ihn kümmere. Ganz besonders deshalb, weil es geschehen ist, als er meinem Ansinnen folgte ... in der Tat, als er mich verteidigt hat.«

Mostyn runzelte irritiert die Stirn.

Aber bevor er die Gelegenheit hatte, sich einen Reim auf die Geschichte zu machen, fuhr sie im selben frostigen, unglaublich überheblichen Tonfall fort: »Ich habe zwei ältere Brüder, die ich bei Verletzungen oft genug gepflegt habe.« Das war eine glatte Lüge; beide Brüder waren erheblich älter als sie. »Seit mehr als achtundzwanzig Jahren gehe ich in den Salons ein und aus. Nie ist mir zu Ohren gekommen, dass es in irgendeiner Hinsicht die Regeln des Anstands überschreitet, einen verletzten Gentleman im Zustand der Hilflosigkeit zu pflegen.«

Da sie schon einmal gelogen hatte, machte es ihr nichts aus, die Sünde noch zu verschlimmern. Woher sollte Mostyn auch wissen, wie alt sie war?

Penelope wandte ihre Aufmerksamkeit wieder dem Patienten zu, der die ganze Zeit über stumm geblieben war, und mühte sich angestrengt, sich an nützliche Ausdrücke zu erinnern, die Mrs. Keggs in ähnlichen Situationen, die nur allzu oft eintraten, im Findelhaus immer benutzt hatte. »Sehr wahrscheinlich leidet er an einer Gehirnerschütterung.«

In Mostyns Blick flammten Alarmsignale auf. »Glühwein! Mein Mentor hat immer darauf geschworen.« Er eilte zur Tür.

»Nein.« Penelope hob den Kopf. »Ganz sicher darf er jetzt keinerlei heiße Getränke zu sich nehmen. Und noch sicherer keinen Alkohol. In keinem Fall Wein oder Brandy! Was beweist, wie gut Sie sich auskennen.« Mit unverhohlenem Abscheu scheuchte sie ihn fort. »Ich werde mich ans Bett setzen, die Verletzung mit einer kalten Kompresse kühlen und genau auf ihn achten. Sobald er aufwacht, werde ich nach Ihnen läuten.«

»Aber …« Mit aufgerissenen Augen ließ Mostyn den Blick zwischen ihr und seinem benommenen Herrn hin und her schweifen. Penelope seufzte, tunkte das Tuch in die Schüssel und näherte sich Mostyn mit entschlossenem Schritt. Der Butler wich zurück.

»Ich habe keine Zeit für lange Debatten. Ich muss mich um Ihren Herrn kümmern und ihn pflegen.«

Immer weiter näherte sie sich dem Butler, so lange, bis der Mann mit dem Rücken gegen die Tür stieß. Dann blieb sie stehen und starrte ihn an, während sie die Hände auf die Hüften stützte. »Dieser Lärm verschafft ihm ganz sicher höllische Kopfschmerzen«, fügte sie mit leiser, ätzender Stimme hinzu. »Und jetzt verschwinden Sie endlich!«

Theatralisch deutete sie auf die Tür.

Mostyn stierte sie verwirrt an, warf einen letzten Blick auf die Gestalt auf dem Bett, bevor er sich umdrehte und verschwand.

Lautlos schloss er die Tür hinter sich.

Penelope war nicht geneigt, ein Risiko einzugehen, und presste das Ohr auf das Türblatt. Erst als sie die Schritte des Dieners auf der Treppe hörte, schob sie den Riegel vor.

Mit einem abgründigen Seufzer schloss sie sekundenlang die Augen und lehnte den Kopf gegen das Holz.

Ein raschelndes Geräusch drang ihr ans Ohr.

Sie öffnete die Augen und stellte fest, dass Barnaby sich in den Kissen aufgesetzt hatte. Der Blick aus seinen blauen Augen wirkte weder unklar noch verschwommen.

»Was hat das eigentlich alles zu bedeuten?«

Seine Aussprache war präzise und keineswegs verwaschen. Die Erleichterung durchströmte sie, und zwar auf geradezu beunruhigende Weise intensiv. Unwillkürlich lächelte sie und eilte erfreut zum Bett. »Gut! Sie sind nicht ernsthaft verletzt.«

Er schnaubte. »Nach diesem winzigen Schlag auf den Schädel?« Ihr Lächeln wurde noch breiter. »Ich hätte wissen müssen, dass Ihr Schädel viel zu dick ist für eine Beule.«

»Kann sein. Aber was …« Barnaby blieb keine Gelegenheit, seine Frage zu beenden, als sie sie auch schon beantwortete.

Penelope sprang nach vorn zum Bett, und noch während er sprach, hüpfte sie auf die Decke, warf sich ihm in die Arme und küsste ihn.

Was alles sehr schön war. Aber ihm war qualvoll bewusst, dass sie sich in seinem Schlafzimmer befanden, auf seinem Bett – und sie hatte die Tür abgeschlossen. Es machte die Sache noch schwieriger, dass es mitten in der Nacht war, und nach der Szene, deren Zeuge er gerade geworden war, war es höchst unwahrscheinlich, dass der rettende Engel in Gestalt seines Butlers Mostyn bald hereinschweben würde.

Keinesfalls bald genug.

Penelope regte sich in seinen Armen, presste sich enger an ihn, lud ihn wortlos ein. Barnaby war unfähig, sie abzuweisen, und erwiderte ihren Kuss, schloss die Hände um ihre Schultern und ließ die Zunge in die warme Höhle ihres Mundes gleiten, schwelgte in ihr, schwelgte in seinen und ihren Sinnen, ließ die Lust sich entfalten.

Penelope trug das dunkelgrüne Seidenkleid, ein eher altmodisches strenges Kleid mit schwarzen Knöpfen, die von der erhöhten Taille bis zum Hals reichten; der Stoff lag eng an den langen, schlanken Armen, und noch zartere schwarze Knöpfe umschlossen die Handgelenke. Die dichten Röcke verschleierten sorgfältig ihre unteren Gliedmaßen.

Das Haar hatte sie zu einem straffen Chignon gebunden, die Brille klemmte auf ihrer Nase – eigentlich hätte man sie mit einem gewissen Widerwillen betrachten müssen.

In seinen Augen sah sie stattdessen aus wie die verbotene Frucht.

Die dunkle Seide brachte ihre Haut zum Glühen, zart wie Porzellan, blass schimmernd wie eine Perle. Barnaby ließ die Hände über ihren Rücken wandern. Die Seide raschelte trocken, ein sinnliches Geräusch, das einlud, sich hinzugeben.

Er oder sie … plötzlich war er sich nicht mehr sicher.

Es kostete ihn Mühe, sich aus dem Kuss zu lösen, zu dem sie ihn irgendwie hatte verführen können. »Penelope …«

Sichtlich befriedigt, zog sie sich weit genug zurück, um ihn glücklich anzulächeln, sich gleichzeitig entspannt an ihn zu lehnen und ihre Brust an seine Brust zu schmiegen. »Ich bin hergekommen, um Ihnen zu sagen, dass ich eine Entscheidung getroffen habe.«

»Verstehe.« Barnaby schaute in ihre dunklen Augen, in denen eine Begeisterung glühte, eine Kraft, wie er sie noch nie zuvor gesehen hatte. Er war sich nicht mehr sicher, dass er mehr wissen wollte, fühlte sich aber dennoch gezwungen zu fragen: »Welche Entscheidung?«

Penelope hielt seinen Blick fest. Ihre vollen, lüsternen Lippen lächelten sanft. »Als wir uns das letzte Mal über unsere persönlichen Angelegenheiten unterhalten haben, haben Sie mir ein Angebot gemacht. Erinnern Sie sich?«

»Sehr gut sogar.« Sogar in seinen Ohren klang seine Stimme heiser.

Ihr verstörendes Lächeln wurde noch tiefer. »Sie sagten, falls ich mehr wissen wolle, würden Sie sich glücklich schätzen, mich unterrichten zu dürfen, sofern ich begierig und bereitwillig lernen wolle.« Sie neigte den Kopf, musterte ihn mit amüsiertem Blick aus ihren dunklen Augen und genoss die Sekunden, zweifellos der Höhepunkt ihres Plans. »Ich bin hergekommen, um Ihnen zu sagen, dass ich sowohl begierig als auch bereit und willig bin. Ich bin hier, um Sie zu bitten, mich noch mehr zu lehren.«

Die Wirkung ihrer Worte durchflutete ihn unausweichlich wie eine Welle. Aber … als Barnaby ihren Blick erforschte, den einerseits zufriedenen, andererseits zweifellos begierigen Ausdruck darin, fand er bestätigt, dass sie in der Tat ein oder zwei Schritte auf dem gewünschten Weg übersprungen hatte – beispielsweise die Zustimmung, ihn zu heiraten.

Natürlich hatte er bisher noch nicht um ihre Hand angehalten.

Bevor Barnaby die richtigen Worte finden und die Gelegenheit beim Schopf ergreifen konnte, sprach sie weiter.

»Mir ist bewusst, dass man von einer Lady meines Standes erwartet, sich über solche Dinge bis zu ihrer Heirat in Ahnungslosigkeit zu hüllen. Aber da ich fest und unwiderruflich gegen die Ehe eingestellt bin, dachte ich, dass ich zur Ahnungslosigkeit verdammt bliebe – was selbstredend nicht nach meinem Geschmack ist. Das gilt auch für andere Angelegenheiten. Weshalb ich Ihnen für Ihr Angebot sehr dankbar bin.«

In ihrem Gesicht spiegelte sich die unerschütterliche Zuversicht, dass er ihrem Plan umstandslos zustimmen und sie aus ihrer Ahnungslosigkeit befreien würde.

Äußerlich blieb er gefasst, innerlich fluchte er. Eigentlich hätte er sich ausbedingen sollen, dass sie ihn zuerst heiratete – oder wenigstens zustimmte, es zu tun. Aber er hatte es nicht getan. Konnte, durfte er sein Angebot jetzt zurückziehen oder neu verhandeln?

Nicht ohne Weiteres. Penelope hatte ihm zwar erklärt, dass sie nicht auf der Suche nach einer guten Partie war ... *aber fest und unwiderruflich gegen die Ehe eingestellt?*

Barnaby ließ die Hände an ihrem Rücken auf und ab wandern, beruhigte sie sanft – und sich selbst. Es war unmöglich, sie loszulassen und auf Abstand zu gehen. Nachdem er sie erst einmal in den Händen hielt, konnte er nicht mehr loslassen.

Penelope lag mehr oder weniger auf ihm. Sein Körper sehnte sich nach ihrer Wärme, nach dem Gefühl ihrer Weichheit, nach der sanft aufkeimenden Gewissheit ihrer Begierde.

Seine Gedanken überstürzten sich, aber er brachte einen halbwegs neugierigen Gesichtsausdruck zustande, so als ob er sich nur für ihre Auffassung über die Ehe interessierte. »Warum sind Sie so beharrlich gegen die Ehe eingestellt? Ich dachte, es wäre genau das, wonach alle jungen Ladys streben.«

Sie presste die Lippen zusammen, schüttelte entschlossen den Kopf. »Ich nicht. Denken Sie doch mal nach ...«, sie schmiegte sich noch enger an seine Brust, rollte mit der Hüfte provozierend über seine und machte eine Hand frei, um zu gestikulieren, »womit sollte die Ehe mich verlocken können?«

Nur zu gern wäre er bereit, es ihr zu zeigen – mit seinem Körper, der, hart und schmerzend von dem Moment an, als sie sich in seine Arme geworfen hatte, jetzt pulsierte, weil sie sich mit ihrer Hüfte so warm an seinen Unterleib drängte.

»Was könnte so verlockend sein, dass es die unausweichlichen Kosten ausgleichen würde?«

Er zog die Stirn kraus. »Kosten?«

Sie lächelte ein sarkastisches und trockenes Lächeln. »Meine Unabhängigkeit. Meine Fähigkeit, ein Leben zu führen, wie ich es gewählt habe, anstatt eines Lebens, wie mein Ehemann es vorziehen würde.« Penelope schaute ihm direkt in die Augen. »Welcher Gentleman unseres Standes würde es mir aus freien Stücken gestatten, Slums und Rotlichtviertel aufzusuchen, wenn wir erst einmal verheiratet sind?«

Ruhig erwiderte Barnaby ihren Blick – und fand keine Antwort.

Ihr angespanntes Lächeln flüchtete sich in Amüsement. Sie tätschelte seine Brust. »Zerbrechen Sie sich nicht den Kopf über eine Antwort. Es gibt keine. Kein Gentleman, mit dem ich verheiratet wäre, würde mir erlauben, das zu tun, wozu ich mich berufen fühle, würde mir erlauben, dieser Berufung ein Leben lang nachzugehen. Aber was bliebe mir noch ohne diese Arbeit, ohne diese Befriedigung? Das ist der Grund, weshalb ich nicht heiraten möchte.«

Barnaby musterte ihre dunklen Augen, als ihm bewusst wurde, dass er es sein würde, der ihre Einstellung änderte. Unglücklicherweise würde es sofort seine Niederlage besiegeln, wenn er ihr zu diesem Zeitpunkt sein Ziel offenbarte.

»Ich … verstehe.« Er zwang sich zu einem Nicken. »Ich verstehe Ihr Problem.« Und er verstand es wirklich. Rein logisch und vernünftig gesehen machte ihre Einstellung Sinn.

Nur dass es diese Einstellung nicht geben durfte. Künftig jedenfalls nicht mehr.

Weil er sie als Ehefrau brauchte.

Penelope hatte sich halb über ihm ausgestreckt, schmiegte ihre festen, anmutigen Kurven an ihn, war wie ein verführerisches Geschenk, verpackt in dunkelgrüner Seide, das ihm mehr und mehr seine Denkfähigkeit raubte. Wie auch immer, es lag ohnehin auf der Hand, dass ein Streit ihn heute Nacht nicht aus seiner Not retten würde.

Er hatte ihr angeboten, sie mehr über das Begehren zu lehren, und jetzt, wo sie ihn beim Wort nahm, konnte und durfte er sich nicht zurückziehen. Falls er es tat, würde sie ihr Vertrauen in ihn verlieren. Ganz gleich, mit welcher Erklärung er aufwartete, sie würde sich beleidigt und abgewiesen fühlen, würde sich von ihm abwenden und ihn niemals wieder in ihre Nähe lassen.

Falls er die Heirat erwähnte, würde sie sich hinter ihre Schutzmauern zurückziehen und ihn aussperren. Das konnte er nicht akzeptieren. Durfte nicht zulassen, dass es geschah.

Noch schlimmer, geradezu entsetzlich war der Gedanke an das Risiko, dass sie, jetzt, wo er sie ermutigt hatte, jemand anderen – einen anderen Mann – finden würde, der ihren Durst nach Wissen und Erkenntnis in diesen Dingen löschte.

Irgendeinen Dreckskerl. An seiner Stelle.

Nein, das durfte *niemals* geschehen. Um keinen Preis.

Penelope beobachtete ihn, die Begierde schimmerte sichtbar in ihren Augen und in ihrer Miene; sie neigte den Kopf zur Seite.

»Nun?«

Das Wort klang unerwartet samtig, verführerisch, provozierend – Frage, Herausforderung und schiere Versuchung in einer einzigen Silbe.

Barnaby spürte es. Und die Gewissheit, was er und sie tun würden, hier in seinem Bett, schoss ihm durch den Kopf und überfiel seinen Körper, bis jeder Muskel vor Hitze zu beben schien.

Langsam verzog er die Lippen, verlor sich in ihrem dunklen Blick, hob die Hand an ihr Gesicht und zog die Brille von ihrer Nase, nestelte die Ohrbügel aus ihrem Haar. Ihm war bewusst, dass er sich ihr mit dieser Geste unterwarf, spürte es bis ins Mark.

»Wie weit können Sie ohne diese Gläser sehen?«

Penelope blinzelte lächelnd, tastete sein Gesicht mit dem Blick ab. »Im Umkreis von einem Meter fünfzig sehe ich recht gut, obwohl die Einzelheiten nicht immer so scharf sind, wie ich es mir wünsche. In größerer Entfernung wird es sehr schnell verschwommen.«

»In diesem Fall ...«, Barnaby streckte den Arm aus und legte die Brille auf dem Nachttisch ab, »brauchen Sie die nicht.«

Sie runzelte die Stirn. »Sind Sie sicher?«

Er erwiderte den Blick, zog eine Braue hoch. »Wer erteilt hier den Unterricht?«

Penelope lachte. Sie stützte sich mit den Handflächen auf seine Brust, spannte sich an, um sich aufzurichten und von ihm zu rollen. Mit den Händen auf ihrem Hintern hinderte Barnaby sie daran, drückte sie an sich, rollte sich herum und hielt sie unter sich gefangen, bevor er den Kopf senkte und ihr das erschrockene »Oh« von den Lippen küsste. Dann tauchte er in ihren warmen Mund, der ihn willkommen hieß.

Sank in sie ein.

Jeder Muskel an seinem Körper reagierte sofort auf das Gefühl, sie unter sich zu haben, intensiv und aufschlussreich – und ausgehungert genug, um ihn kaum merklich den Atem anhalten zu lassen, während er damit kämpfte, seine Instinkte wieder unter seine Kontrolle zu bringen.

Denn Penelope mochte ihn zwar eingeladen haben, sie zu lieben – aber nicht, sie im Handumdrehen zu vernaschen. Es war ein Unterschied, den sein zivilisiertes und gebildetes Hirn sehr wohl begriff, an der die primitive Seite in ihm, die sie geweckt hatte, allerdings eher weniger interessiert war.

Mit innerem Grimm zügelte er das weniger zivilisierte Selbst in sich, und erst, als er zuversichtlich war, dass er es im Griff hatte, gestattete er es sich wieder, seine Hände zu bewegen. Zog sie unter ihr fort, umfasste ihre Hüfte, straff und gespannt … wagte sich so weit vor mit seiner Besitzgier, genoss die schlichte Tatsache, dass sie bei ihm war, sich ihm hingeben wollte, genoss es, dass er sie nur noch nehmen musste.

Es war ein berauschender Moment, und er reagierte darauf, indem er seine Lippen fest auf ihre drückte, sie noch leidenschaftlicher küsste und auf eine so gemächliche, geradezu behäbige Weise erforschte, dass sie wie ein Versprechen auf die kommenden Intimitäten wirkte.

Er hatte ihren Plan, ihr Skript akzeptiert. Jetzt ertappte er sich einmal mehr dabei, und zwar vollkommen unerwartet, dass er ihr folgte, anstatt sie zu führen; keinerlei Vorbehalte lauerten in seinem Hinterkopf. Er würde das tun, was sie von ihm verlangte, die Führung übernehmen und ihr mehr zeigen, sie nur mit Lust und Leidenschaft bekannt machen.

Mit der Hitze, die unter seiner Handfläche anschwoll, als er sie mit einer einzigen langsamen und zärtlichen Bewegung von ihrer Hüfte über die seidenbedeckten Flanken bis zur Wölbung ihrer Brust gleiten ließ.

Noch während er sie küsste, schnappte Penelope nach Luft. Auf diese Weise hatte er sie schon früher liebkost. Aber weil er diesmal sicher sein konnte, nicht genau dann mit seinen Zärtlichkeiten aufhören zu müssen, wenn sie ihm beinahe den Verstand zu rauben drohten, schien die Berührung mächtiger zu sein, unendlich viel stärker und wirksamer.

Jede Berührung war ein Versprechen, jede Zärtlichkeit mit der Handfläche und den Fingerspitzen war beides: eine Erforschung und ein Besitzanspruch.

Ein Vergnügen. Wärme keimte in ihr auf, durchflutete sie. Genauer gesagt, handelte es sich um eine Hitze – Flammen, die mit Leidenschaft genährt schienen, züngelten an ihr, wuchsen an und schossen durch sie hindurch. Schon bald schmerzten ihre Brüste, fühlten sich an wie eingesperrt in ihrem unnachgiebigen Gefängnis aus Seide, an die sich ihre hart aufgerichteten Knospen mit lustvoller Schärfe drückten.

Am liebsten hätte sie sich geäußert und ihre Unbequemlichkeit zur Sprache gebracht, aber mit seinem Mund, der sich über ihrem schloss, mit seiner Zunge, die beschwörend mit ihrer tanzte, bot sich ihr dazu weder die Gelegenheit, noch war sie dazu fähig, die passenden Worte zu formulieren.

Worte – vernünftige, logisch vorgebrachte Gründe – schienen keine Rolle mehr zu spielen, nicht in der Welt, in die er mit ihr hineinwirbeln wollte wie beim Walzer über das Parkett; es war eine Welt, in der das Verlangen so rasch geweckt worden war, dass sie glaubte, sie könne es schmecken – scharf, beißend, süchtig machend. Zwingend.

Gefangen unter seinem Gewicht, presste sie ihre schmerzenden Muskeln an seine Handfläche, stöhnte leise auf.

Barnaby antwortete, aber nicht hastig, sondern ruhig und gemächlich. Er ließ es an Dringlichkeit fehlen, sodass er ihre eigene Dringlichkeit in schwindelerregende Höhen katapultierte. Er schob eine Hand zwischen sich und Penelope, und mit flinken Fingern öffnete er die Knöpfe ihres Mieders, fing oben an der Kehle an, arbeitete sich langsam nach unten vor … bis ihr Mieder sich öffnete und der Druck auf ihrer Brust nachließ.

Es schien pervers, aber der plötzliche Verlust des unangenehmen Drucks steigerte ihre Gier nur noch mehr – die Gier nach etwas anderem … dann schlug er die losen Aufschläge ihres Mieders auf und umschloss ihre Brust durch die hauchdünne, zarte Seide ihres Unterhemdes.

Penelope stöhnte, klammerte sich an ihn – und an den Kuss. Die Hände hatte sie wie üblich um seinen Nacken geschlungen. Als er auf ihr lastete, ihre Brust streichelte, dann massierte, ließ sie ihre Hände zu seinen Schultern wandern und umklammerte sie mit festem Griff. Barnaby fuhr mit dem

Daumen über ihre geschwollene Knospe, sie schnappte nach Luft, krallte sich mit den Fingerspitzen tief in seine Muskeln.

Spielerisch stellte er ihre Sinne auf die Probe, quälte sie förmlich – erforschte sie und lernte sie kennen, lernte, wie sie reagierte. Lehrte sie, zeigte ihr, was sie schätzen würde, wie viel Lust und Vergnügen in nur einer einzigen Berührung liegen konnte, auch in den verbotenen.

Barnabys zweite Hand war an ihrer Hüfte geblieben. Bot ihr Halt, stützte sie. Aber jetzt, nachdem er sie noch einmal gedrückt hatte, ließ er sie nach unten gleiten, über ihre Hüfte, bis seine große Handfläche ihren Hintern berührte, langsam ihre Rundung erkundete, taxierend, nicht besitzergreifend, aber doch mit einem Versprechen auf das, was noch folgen würde.

Sein Körper über ihr, das Gewicht auf ihr drückte sie nach unten auf die Matratze, drückte ihren Hintern in seine fordernde Handfläche. Sogar noch durch mehrere Lagen Röcke und Unterröcke konnte Penelope die Hitze seiner Berührung spüren, feucht und irgendwie drängend, als ob sie auf ihrer Haut entflammte.

Eine seltsame Unruhe breitete sich in ihr aus. Es war, als hätte sich ein Schacht geöffnet, aus dem die unstillbare Gier wie aus einer Quelle sprudelte.

Penelope konnte das Verlangen in seinem Kuss und in seinen Berührungen spüren. War das schon Leidenschaft, die sich als Reaktion auf ihn aufbaute?

Barnaby hob den Kopf, brach den Kuss ab und sah sie an. Die Lider hingen schwer herab, das Himmelblau seiner Augen strahlte durchdringend. Dann verzogen sich seine Lippen zu einem gefährlichen Lächeln; er nahm sie mit, als er sich herumwälzte.

Wieder schnappte Penelope nach Luft, klammerte sich an seinen Schultern fest, wollte hochfahren, als er die Kissen unter seinen Rücken geschoben und sich aufrecht gesetzt hatte. Aber die Kraft seiner Arme, mit denen er sie umschlungen hatte, hielt sie unten. Zog sie an ihn, sodass er sie wieder mit den Lippen einfangen und ihr mit diesem Kuss aufs Neue den Verstand rauben konnte.

Kaum hatte Penelope sich einfangen lassen, ließ die Umklammerung seiner Arme nach. Die Stellung wirbelte ihre Sinne durcheinander, ließ sie zitternd und mit ungewohnter Wachsamkeit zurück. Ihre Röcke hatten sich hochgeschoben, als sie sich umgedreht hatten. Während sich noch Seide zwischen ihnen befand – zwischen ihren Schenkeln und seinen harten Muskeln –, waren die Röcke an ihrem Rücken verrutscht und lagen jetzt ausgebreitet über seinen Beinen, sodass ihr Hintern nur noch vom Stoff seiner Hose geschützt war, falls sie dumm oder auch begierig genug war, sich aufzusetzen.

Ein paar Sekunden lang gab sie sich damit zufrieden, ihren Sinnen die Zeit zu gewähren, sich an die unerwartete Stellung zu gewöhnen, an die kräftige, muskulöse Hitze, die sein Körper zwischen ihren Schenkeln ausstrahlte, an die Härte, die sich an die empfindlichen inneren Seiten ihrer Schenkel presste.

Dann spürte sie, wie er mit flinken Fingern die Schnüre an ihrem Rücken löste.

Barnaby hörte erst dann auf, als sämtliche Schnüre gelöst waren und er die Rückseite ihres Kleides auf die Hüften heruntergestreift hatte. Er fuhr mit den Handflächen unter den Stoff, schob ihn beiseite und entdeckte zum zweiten Mal, dass das hauchdünne Unterkleid ihren Körper verschleierte und vor seiner Berührung schützte.

Ungeduld keimte in ihm auf; er zwang sie nieder. Brach den Kuss ab und drängte sie, sich aufzurichten. Mit den Händen fuhr er nach unten, zog ihre Knie höher, ungefähr auf Höhe seiner Flanken, sodass sie mit gegrätschten Beinen auf ihm hockte, als sie die Handflächen auf seine Brust legte und sich abstieß.

Da er sich an die Kissen lehnte, nicht flach, weil die Kissen ihm den Rücken polsterten, saß sie rittlings über seiner Hüfte, sodass ihre Brüste sich ungefähr auf der Höhe seines Gesichts befanden.

Genau dort, wo er sie haben wollte.

Seine Lippen verzogen sich erwartungsfreudig, als er die Hände hob und das Kleid über ihre Schultern schob.

Penelope blickte auf sein Gesicht hinunter, als die Ärmel über ihre Arme glitten und sie gefangen hielten. Er erwiderte ihren Blick nicht – natürlich war klar, wohin er schaute. Seine Miene wirkte beherrscht, aber doch leer, so als ob er sich größte Mühe gab, nicht zu viel preiszugeben. Sich zu beherrschen. Nicht die Kontrolle zu verlieren.

Über sich ebenso wie über sie. Aber dann linste sie in seine Augen, und die Hitze in ihnen, die Lust, die das Blau anfeuerte, erschütterte und erfreute sie, wärmte sie innerlich.

Teils war sie verwundert, dass sie nicht die geringste Regung von Bescheidenheit in sich spürte. Ganz im Gegenteil. Penelope wollte es, und sie wusste, dass es so war; sie war entschlossen, jeden Moment in vollen Zügen zu genießen, ganz gleich, wie schockierend es auch werden würde.

Barnaby ließ den Blick über die Rundungen ihrer immer noch nicht vollkommen nackten Brüste schweifen, über die Wölbungen, die Mulden und Spitzen, und während sie ihn dabei beobachtete, wie es in seinen Augen aufblitzte, spürte sie, wie kaum merklich ein Gefühl des Triumphs in ihr aufkeimte.

Schon früher hatte sie etwas Ähnliches in seiner Nähe empfunden, ein Gefühl der Macht, weil sie ihn mit ihrem Körper umgarnen und verführen konnte. Ihn gefangen nehmen und seine Aufmerksamkeit so fesseln, dass nichts anderes mehr für ihn zählte. Sogar als seine Hände sich bewegten und er nach ihrem Handgelenk schnappte, um die kleinen Knöpfe an ihrer Manschette zu lösen, wich sein Blick nicht aus.

Wortlos und flink erfüllte Barnaby seine Aufgabe und zog die Ärmel über ihre Hände. Sie erledigte den Rest und strich dann mit den Handflächen über seine Schultern. Als ihr

Mieder sich leise raschelnd in lockeren Falten um ihre Taille kringelte, wartete sie gespannt darauf, was er als Nächstes tun würde.

Penelope war nicht besonders überrascht, als er nach den baumelnden Enden der Schleife griff, die den Halsausschnitt ihres zarten Unterhemdes zusammenhielt.

Barnaby zupfte an dem dünnen Seidenband und rollte es zwischen den Fingerspitzen. Er hatte sich gefragt, was sie wohl unter ihren Kleidern trug, hatte fantasiert, und sie hatte ihn nicht enttäuscht.

Das Hemd war schlicht und streng geschnitten, kein Tand oder Flitterkram in Sicht. Aber der Stoff ... es handelte sich um die sagenhafteste, zarteste und leichteste Seide, die er jemals zwischen den Fingern gehabt hatte; so dünn, beinahe durchsichtig, dass der Stoff über ihre Haut hauchte wie die zärtliche Berührung eines Liebhabers, wagemutig, begierig und verführerisch.

Die angeborene Empfindsamkeit und Sinnlichkeit, die er auf den ersten Blick an ihr erkannt hatte, entsprach eindeutig den Tatsachen und entsprang nicht der Fantasie. Bei dieser Beobachtung versteiften sich seine Muskeln, ohnehin schon ziemlich steif, noch mehr, nur ein Schritt nach oben auf dem Weg zu höchster Bereitschaft.

Und das war etwas, was er nicht unbedingt gebrauchen konnte. Denn er kämpfte bereits gegen Impulse, die noch drängender, noch eindeutiger waren, als er es jemals erlebt hatte. Barnaby vermutete, dass es an ihrer Jungfräulichkeit lag und daran, dass er der Erste war, der sie so sehen durfte, der sie haben durfte und der solch ungezügeltes, primitives Verlangen in ihr weckte.

Er atmete tief ein, rang um eine Beherrschung, die viel prekärer war, als es ihm gefiel, und hob dann beide Hände an ihre Brüste, als wollte er sie anbeten.

Weder groß noch klein, schienen sie wie geschaffen für seine Handflächen, für ihn.

Mit den Händen strich er langsam, zärtlich und liebkosend über die Seide, umrundete mit zarten Berührungen ihre aufgerichteten Knospen, bis sie die Augen schloss und unruhig auf ihm hin und her rutschte.

Barnaby ließ sich Zeit, genoss es, registrierte die wachsende Anspannung entlang ihres Rückgrats ... eine Anspannung, an der sich auch ihr Atem brach ... und die sie gleichzeitig vorwärtstrieb, forschend ... nur noch eine einzige verführerische Berührung.

Penelope hatte die Augen geschlossen. Auf der Stirn zeigte sich ihre Konzentration, während sie jede Empfindung in sich aufzusaugen schien. Beinahe erinnerte der Schwung seiner Lippen an ein Raubtier auf Beutezug, als er sich vorbeugte und leckte.

Sie stöhnte, schwankte, hielt die Augen aber geschlossen.

Das Geräusch drang tief in seine Seele ein. Wieder leckte er, leckte immer wieder um die straffe Knospe herum, bis ihre Fingerspitzen sich voller Verzweiflung tief in seine Schultern krallten. Erst dann beugte er sich vor, nahm die bebende Brustspitze zwischen seine Lippen und sog.

Penelope blieb das Stöhnen in der Kehle stecken. Wieder trieb das Geräusch ihn an, einerseits um den lustvollen Schmerz zu besänftigen, den er geweckt hatte, andererseits, um ihn anzuheizen. Um sie in den Wahnsinn zu treiben.

Sie schnappte nach Luft, taumelte innerlich und war nicht sicher, ob sie noch mehr dieser Gefühle verkraften konnte, die sie ungehindert überfluteten. Barnaby hörte nicht auf, die Brüste zu liebkosen, die immer noch durch ihr Hemd bedeckt waren; aber seine heißen, feuchten Lippen, die raue Zunge, die er auf sie drückte, sandten die Hitze wie eine aufschießende Flut durch ihren Körper, bis in die Fingerspitzen, bis in den Unterleib und tief zwischen die Schenkel, wo sie sich einnistete.

Bis sie sich genau dort ebenfalls heiß, feucht und geschwollen fühlte, bis die Muskeln zwischen ihren Schenkeln ebenfalls schmerzend pulsierten.

Wieder schien Barnaby Bescheid zu wissen. Er löste die Hände von ihren Brüsten, schloss sie fest um ihre Taille, um sie zu stützen, als er ihre geschwollenen Knospen förmlich verzehrte. Dann lockerte er den stützenden Griff seiner Hände, und eine nach der anderen schob ihre Röcke und Unterhemden hoch genug, um sie darunter zu platzieren.

Um anschließend ihre entblößten Hüften zu streicheln, langsam nach unten über ihre nackten Schenkel zu fahren.

Und noch langsamer wieder zurück nach oben.

Dank ihrer Stellung konnte Barnaby sie streicheln, wie er es gerade wünschte. Wieder kümmerte er sich um ihre Brüste, massierte sie unnachgiebig und mit verstörender Lust, achtete darauf, dass sie weiter auf den Knien balancierte, sodass sie sich an seine Schultern klammern musste, um sich zu halten.

Obwohl Penelopes Augen geschlossen blieben, während er seine Zärtlichkeiten immer mehr auf die Haut unter ihrer Kleidung verlagerte, seine langen, zarten und kundigen Finger sie zwischen den Schenkeln liebkosten und sie zitterte, spürte sie, wie sein Blick sie berührte, heiß und brennend, wie er ihre Miene erforschte, wie er sich zu ihr beugte, um ihre Brüste zu nehmen.

Wieder umschloss er eine Knospe mit den Lippen und sog an ihr, noch leidenschaftlicher als zuvor. Penelope schrie auf, ein kurzer, eindringlicher Lustschrei; den Kopf warf sie zurück, ihr Rücken spannte sich an, und sie versuchte verzweifelt, tief durchzuatmen – scheiterte aber, als sie spürte, wie Barnaby die Finger an ihre geschwollene Stelle zwischen den Schenkeln schob und langsam, aber unentrinnbar in ihren Körper eindrang.

Mit einem Finger drang er tief in sie ein, bewegte sich zart. Zog den Finger heraus, um sie zu streicheln, sie wieder zu berühren, wieder zu umschließen, in sie einzudringen und sich zu bewegen. Penelope stöhnte, als die Empfindungen wieder aufblühten, aber diesmal auf einer ganz anderen Ebene.

Auf einer Ebene, wo die Hitze sich ausbreitete wie ein verzehrendes Feuer, sie aufstörte und beinahe um den Verstand brachte, wo die Flammen der Sehnsucht mit der Hitze der Leidenschaft mehr und mehr verschmolzen und sich zu einem Flächenbrand entwickelten.

Dessen Kontrolle in seiner Hand lag.

Barnaby fachte das Feuer nur ein klein wenig an, ließ die Flammen kaum merklich aufschießen, damit sie nicht vollkommen verbrannte. Denn ihr war klar, dass sie bald an einem Punkt wäre, an dem das Feuer sie einfach verzehren und sie sterben würde.

Wieder und wieder trieb er sie genau bis an diesen Abgrund, und jedes Mal züngelten die Flammen noch heißer in ihr und zehrten an ihren Sinnen. Ihrem Verstand.

Und ihrem Willen.

Penelope zwang sich, die Augen zu öffnen, und linste unter schweren Lidern auf ihn herab. Auf Barnaby, der an ihrer Brust sog. Das, was sie in seinem Gesicht erblickte, war so erschütternd, dass für einen kurzen Moment ihr Verstand kristallklar zurückkehrte – und sie sich fragte, ob sie eigentlich wusste, was sie gerade tat, ob ihr wirklich aufrichtig bewusst war, was sie heraufbeschworen hatte.

Dass er sie wollte, sie begehrte – daran hegte sie nicht die geringsten Zweifel. Aber dass er wollte, dass sie *ihn* begehren solle, und zwar mit der gleichen rauen Lust, von der sie spürte, dass sie sich in seinem Innern aufbaute – das war eine echte Entdeckung.

Plötzlich begriff sie, was er mit seinen wiederholten Zärtlichkeiten im Schilde führte, die ihre Sinne jedes Mal aufs Neue über die Maßen reizten, ihr Begehren jedes Mal an neue, noch tiefere Abgründe führten.

Als sie bei diesem Gedanken angekommen war, schob Barnaby die Hand zwischen ihre Schenkel und drückte, nicht mehr nur mit einem, sondern mit einem zweiten Finger, dehnte und weitete sie, bereitete sie unverhohlen vor.

Penelope schnappte wieder nach Luft, die Augen wieder fest geschlossen, als die ihr vertraute Welt heller, schärfer und gleichzeitig undurchdringlicher wurde, wie erfüllt von Licht – aber dann zog er seine Finger aus ihr zurück.

Und ließ sie mit dem merkwürdigen Gefühl zurück, mitten in der Luft zu hängen.

Bevor Penelope wieder auf dem Boden der Tatsachen landen und protestieren konnte, löste er Hände und Mund vollständig von ihr, und sie stellte fest, dass er ihr Kleid zusammenraffte.

»Höchste Zeit, das auszuziehen.«

Barnabys Stimme klang so heiser, dass sie einen Moment brauchte, um die Worte zu verstehen. Sie war ihm keine große Hilfe, brachte nicht mehr zustande, als seinen Anweisungen zu folgen und ihm zu gestatten, ihr das Kleid über den Kopf zu ziehen.

Flink löste er die Schleifen ihres Petticoats, den er ihrem Kleid folgen und irgendwo in der Dunkelheit hinter dem Bett verschwinden ließ.

Penelope hockte immer noch im Grätschsitz über seiner Hüfte, nur mit dem hauchdünnen Unterhemd bekleidet.

Eingetaucht in das goldene Kerzenlicht. Barnaby ließ den Blick ausgehungert über ihre Kurven schweifen, über jede ihrer überaus weiblichen Rundungen, und kämpfte mühsam den drängenden Impuls nieder, ihr den zarten Stoff vom Leib zu reißen.

Das brennende Verlangen in seinem Innern war heißer als das, was er je zuvor kennengelernt hatte. Wenn er sie nicht bald haben durfte ... aber sie war noch Jungfrau; er musste langsam vorgehen. Sanft. Selbst wenn sanft und langsam nicht mehr in sein Repertoire gehörten, sobald Penelope im Spiel war.

Hungriges, räuberisches und primitives Verlangen pulsierte ihm durch die Adern, krampfte seinen Magen zusammen.

Er streckte eine Hand aus und griff nach der seidenen

Schleife, die er vorhin schon berührt hatte, riss nicht, sondern zupfte daran, gerade so viel, dass die Schleife sich löste – mehr konnte er nicht tun.

»Das muss auch weg.«

Barnaby erkannte die Stimme kaum wieder, die tief aus ihm zu dringen schien, aus jenem Teil seiner selbst, den er in seinem Innern begraben, sie aber wieder hervorgelockt hatte.

Er hatte keine Ahnung, warum es ihr gelang, mit untrüglicher Sicherheit diese primitive Seite in ihm anzusprechen; er wusste nur, dass es ihr gelang und dass er sich mit diesen rauen und irgendwie ursprünglich männlichen Gefühlen – die langsam in seinen Körper und seinen Geist eingedrungen waren, seit er sie das erste Mal berührt hatte – abfinden musste.

Penelope fing seinen Blick unerwartet auf. Dunkel, unergründlich und reich, schien sie ein Versprechen zu geben, ihn ködern zu wollen … dann rutschte sie auf ihm hin und her, verschränkte die Arme, umfasste den Saum ihres Hemdes und …

Mit einer einzigen flüssigen Bewegung zog sie das Kleidungsstück hoch, über den Kopf, fixierte nochmals seinen Blick und schleuderte es fort.

Barnaby spürte das leise Knurren mehr, als dass er es hörte, bemerkte, dass es in seiner Kehle vibrierte.

Er konnte keinen klaren Gedanken mehr fassen, als er mit den Händen ihre Taille fest umklammerte.

Es kostete ihn zwar enorme Anstrengung, aber es gelang ihm, nicht die Beherrschung zu verlieren, sich zusammenzureißen und nicht Hals über Kopf in die Erfüllung zu flüchten. Er unterdrückte den Impuls, sie auf sich zu heben, leugnete den Impuls, die Lasche an seiner Hose aufzuknöpfen und die schmerzende Erektion zu befreien, Penelope zu sich herunterzuziehen und sich in ihr zu versenken.

Später, versprach er dem primitiven Teil in sich selbst.

Kein Zweifel, antwortete sein primitives Selbst grimmig. Besänftigt fügte es sich noch einmal unter seine Kontrolle, gestattete ihm, sich noch einmal auf der Matratze umzudrehen und sich mit ihr in die Stellung zu bringen, mit der sie begonnen hatten, sie auf dem Rücken unter ihm liegend.

Nur dass sie diesmal nackt war. Herrlich entblößt.

Alles in ihm jubilierte, seine zivilisierte Seite ebenso wie die eher primitive, und er bildete sich ein, sich die Lippen zu lecken.

Barnaby senkte den Kopf und küsste sie, leidenschaftlich und verlangend, machte sich aufs Neue mit ihrem wundervollen Mund vertraut, versicherte sich auf diese Weise, dass sie willig war, unfähig zu protestieren oder überhaupt ein Wort über die Lippen zu bringen.

So hätte es jedenfalls sein sollen. Aber als er sich zurückzog, den Kopf hob und der nächste Schritt wie ein blinkendes Leuchtfeuerlicht durch jenen Nebel drang, der seinen Geist einhüllte, bemerkte er, dass sie unruhig und nervös an ihm zupfte.

Er sah sie an. Penelope bemerkte es. »Dein Hemd.«

»Was ist damit?«

Sie funkelte ihn erstaunt an. »Ich bin nackt. Aber du nicht. Ich will … dass du es auch bist.«

Beinahe hätte er ihren Blick ebenso erstaunt erwidert, aber … schließlich hatte er gewollt, dass sie genau das wollte. Barnaby unterdrückte einen Fluch, rollte zur Seite und brauchte nicht mehr als zehn Sekunden, bis er sich aus Hemd und Hose befreit hatte.

Anschließend rollte er sich wieder auf sie und drückte sie herunter.

Barnaby fixierte sie mit dem Blick. »Zufrieden?«

Penelope hatte die Augen aufgerissen. Er war sich nicht ganz sicher, wie viel sie erspäht hatte, vermutete aber, dass es reichte.

»Ah …« Beinahe hätte ihr die Stimme versagt. Sie räusperte sich.

»Ich nehme an …«

Das heisere Wispern kostete ihn fast seine Beherrschung.

»Denk nicht darüber nach«, brummte er und küsste sie wieder, diesmal noch leidenschaftlicher und gieriger, um seinen mächtig drängenden Instinkten die Gewissheit zu verleihen, dass sie, sobald er wieder den Kopf hob, nicht mehr in der Lage sein würde, ihn abzulenken.

Barnaby hatte nicht mit ihren Händen gerechnet. Mit ihrer Berührung.

Wie diese zarten, zerbrechlichen Frauenhände solche Macht über ihn ausüben konnten – er hatte nicht die geringste Ahnung. Aber wie sie sich in seine Flanken klammerten, wie sie nach vorn schossen, sobald er sich zurückzog, über seine Brust … ihm blieb nichts übrig, als wohlig schaudernd die Augen zu schließen. Und zu warten, als er plötzlich am Haken erregender Erwartung zu zappeln schien, als Penelope die Finger spreizte und ihn erforschte, mit den Fingerspitzen durch die festen Haare drang, um eine Spur auf seine Muskelstränge zu zeichnen, um sanft über seine flachen Brustwarzen zu streicheln, bevor sie die Hände tiefer gleiten ließ und sie sich auf seine Bauchmuskeln drückten – als ob sie sich davon verzaubern ließe.

Wie gebannt hielt Barnaby reglos inne, als sie ihn zärtlich erkundete – und seine Beherrschung niederriss, förmlich in Schutt und Asche legte, bis nur noch ein kümmerlicher Rest übrig geblieben war. Verzweifelt schlug er die Augen auf und schaute ihr ins Gesicht, bemerkte die Faszination in ihrem Blick, das tiefe Glühen.

Faszination, Zauber, ein sinnlicher Bann – es schien, als würden sie einander auf dieselbe Weise berühren. Und in demselben Maße.

Höchstwahrscheinlich pulsierte ihnen die gleiche Lust durch die Adern, mit dem gleichen Ziel und der gleichen verzehrenden, alles umgreifenden Leidenschaft.

Diese Erkenntnis vernichtete den kümmerlichen Rest an Selbstbeherrschung, der ihm noch geblieben war. Barnaby stöhnte auf und ergab sich in dem Moment, als seine primitiveren Instinkte heimtückisch an seinen inneren Wachtposten vorbeischlüpften und ihn überfluteten, senkte den Kopf und küsste sie.

Mit unersättlicher Gier, wie seine wahre Natur es verlangte. So hungrig, als wäre Penelope das einzige süße Wesen, das sein Verlangen je besänftigen konnte.

Er tauchte in ihren Mund, nahm sie – und sie schenkte sich. Weit davon entfernt, sich angesichts seiner viel zu forschen Leidenschaft zurückzuziehen, kam sie ihm begierig entgegen, bot sich ihm fiebrig an und, es war kaum zu glauben, drängte ihn noch weiter vorwärts.

Als Barnaby sich wieder von ihr löste, taumelte er, erfüllt von ihrem Duft, ihrem Geschmack, ihr selbst.

Mit halb geöffneten Lippen keuchte sie, als er sich tiefer über das Bett beugte und ihre Brüste aufs Neue liebkoste. Aggressiver, leidenschaftlicher. Besitzergreifender.

Penelope erlaubte es ihm, jubelte sogar innerlich, während sie mühsam versuchte, die Empfindungen unter Kontrolle zu halten, die er in ihr weckte; sie kämpfte um ihre Selbstbeherrschung, während er viel zu klug war, um sie gewähren zu lassen.

Als ein sanftes Stöhnen aus ihrer Kehle drang, als sie den Griff ihrer Finger in seinen Haaren lockerte, wusste er, dass er in Sicherheit war.

Barnaby bewegte sich noch tiefer nach unten, zeichnete mit den Lippen eine Spur in die Mitte ihres Körpers.

Seine Zunge tauchte in ihren Nabel. Penelope schnappte nach Luft und krallte die Fingerspitzen wieder in seine Haare, war viel zu erschüttert von der neuen Empfindung, um noch einen klaren Gedanken zu fassen, längst weit darüber hinaus, überhaupt noch Gedanken formen zu können. Ihr Verstand und ihre Sinne waren vollkommen überrannt. Barnaby hatte ihre Empfindungen geweckt, um sie zu überwältigen.

Penelope blieb nichts außer purem Gefühl, das sich wie die prächtigsten Schaumkronen in einem aufgewühlten Meer aufbaute, förmlich über ihr zusammenbrach und sie anschließend in Wellen durchflutete.

Köstlich, verboten und vielleicht auch gefährlich. Aber dennoch überließ sie sich ohne Widerspruch und ohne jede Zurückhaltung all seinen Wünschen und Angeboten; sie wollte es wissen, und er brachte es ihr bei – mehr, als sie jemals zu träumen gewagt hätte. Barnaby bewegte sich noch tiefer, und sein angespannter Körper glitt zwischen ihre Beine, zwang ihre Knie auseinander, sodass er bequem dazwischen liegen konnte. Sie fügte sich, ohne einen Gedanken daran zu verschwenden. Heiße Küsse aus dem geöffneten Mund, hier und da ein Biss, liebkosten ihren Bauch; sie drehte und wand sich, und die Flammen in ihrem Innern schossen immer wieder in die Höhe.

Das Gefühl einer verwirrenden Lust, überraschend und neugierig machend, breitete sich in Penelope aus, als seine Haut über ihre glitt. Straffer und rauer, übersät mit krausem Haar auf seinen Muskeln, die viel härter waren als ihre eigenen, fuhr seine Haut über ihre, die vergleichsweise weich und zart war, ein unabweisbarer körperlicher Ausdruck seiner Männlichkeit und ihrer Weiblichkeit – und des bedeutenden Unterschieds zwischen ihnen.

Seine Lippen glitten zu dem Hügel zwischen ihren Schenkeln, sodass sie ihre Aufmerksamkeit wieder auf ihn konzentrierte. Mit der Zungenspitze fuhr er nach innen, zeichnete eine heiße Spur wie ein Pfeil, der …

Penelope stutzte. Was …?

Bei Barnabys nächstem Zug drang ein erstickter Schrei aus ihrer Kehle.

Und als er das nächste Mal noch eindringlicher mit den Lippen über ihre Locken fuhr, zuckte sie zusammen, versuchte, seine Schultern zu schnappen, aber er umklammerte ihre Taille mit seinem Arm und hielt sie zurück, presste sie nach unten – während die andere Hand ihren Schenkel just oberhalb des Knies umklammerte und zur Seite drückte …

Er öffnete sie so, dass er sie dort betrachten konnte.

Der pure Schock ließ sie unbeweglich vor ihm liegen, den Blick starr auf sein Gesicht gerichtet … auf das, was sie in seinen harten, kantigen Zügen las. Was sie dort sah … der Himmel mochte ihr zur Seite stehen!

Dann senkte er wieder den Kopf und drückte die Lippen auf ihre Haut.

Atemlos schnappte sie nach Luft, kreischte seinen Namen, versuchte ebenso verzweifelt wie vergeblich, sich aus seinen Armen zu winden, ergriff seinen Kopf, krallte die Finger in sein Haar und spürte, wie ihr gesamter Körper sich aufbäumte, als er sie küsste und leckte – und dann, du lieber Himmel, an ihr sog –, schoss es wie ein wildes Feuer durch sie hindurch, wie eine stürmische Feuersbrunst, die ihre Nerven zum Schmelzen brachte und sie mit ihrem glühenden Verlangen zurückließ.

Brennend vor Gier und Leidenschaft. Unter ihrer Haut, in ihren Adern, tief in ihrem Leib.

Stöhnend lehnte sie sich zurück. Die Augen geschlossen, blieb ihr keine andere Möglichkeit, als auf dem Bett zu liegen und ihm zu gestatten, sie zu lehren, was zu lernen sie sich gewünscht hatte – und sich ihren Gefühlen hinzugeben, sie ihren Geist erfüllen zu lassen und ihren Verstand zu überwältigen.

Es zuzulassen, dass er und ihre Gefühle sie mitrissen.

Dorthin, wo das Verlangen regierte und die Leidenschaft das Zepter schwang, dorthin, wo nichts außer ihrer Hitze zählte, nichts außer dem gierigen Verlangen, das ihr auf dem Fuße folgte.

Mit der Zunge leckte er an ihr, spielte zärtlich mit den Lippen, und die Hitze in ihrem Innern schoss in unermessliche Höhen. Mit jeder Berührung loderte das Feuer noch höher, noch heller. Noch intensiver.

Bis es das Einzige war, was in diesem Augenblick überhaupt noch zählte.

Wahrhaftig verzehrend. Und überwältigend.

Aber die hitzige Leidenschaft schnellte nur noch mehr in

die Höhe. Bis sie nicht mehr atmen konnte. Bis das Verlangen, das Feuer und die Hitze sie so eng einschlossen und gleichzeitig so tief in sie drangen, dass sie befürchtete, jeden Moment in sich zusammenzusacken.

Mit seiner Zunge ahmte er jetzt nach, was er vorher mit den Fingern gemacht hatte, drang langsam und bedächtig in sie ein und zog sich wieder zurück.

Und Penelope war erschüttert.

Fühlte sich wie ein Scherbenhaufen aus Licht und Feuer und Herrlichkeit.

Wieder schnappte sie nach Luft, ließ sich vollends in den Moment sinken, sog voller Gier alles in sich auf, was sich ihr anbot. Aber das helle Licht verflüchtigte sich, ließ sie benommen, aber dennoch merkwürdig leer und so erwartungsvoll zurück, als käme noch mehr.

Jeder Muskel in ihrem Körper fühlte sich an wie geschmolzen, alle Anspannung war aus ihr gewichen, und dennoch … war sie immer noch hungrig.

Penelope öffnete die Augen und schaute ihn an. Barnaby hob den Kopf und beobachtete sie.

Er musterte ihre Augen, löste sich dann von ihr und erhob sich wie ein mächtiger junger Gott über sie.

Sie stützte sich mit einer Handfläche an seiner Brust ab, streichelte ihn vorsichtig. Sogar durch die sanfte Berührung konnte sie noch spüren, wie stählerne Anspannung ihn durchflutete. Penelope fühlte sich entschieden zu mächtig – weil ihr klar war, dass sie der Grund für diese Anspannung war, die aus dem Verlangen nach ihr entsprang – und fand die Kraft, die Stirn zu runzeln. »War das alles?«

Natürlich wusste sie, dass es noch nicht alles war.

Unter schweren Lidern fand er ihren Blick. Barnaby hatte ihre Schenkel weit gespreizt und drängte sich jetzt mit den Hüften zwischen sie. Zitternd spürte sie, wie er mit der breiten Spitze seiner Erektion ihre Öffnung suchte – und fand. Unruhig hielt er vor ihr inne.

Barnaby stützte sich mit den Unterarmen auf das Kissen, hielt ihren Kopf gefangen und senkte seine Lippen auf ihre, nahm ihren Mund in einem langen, tiefen und markerschütternden Kuss, der ihr wieder den Verstand geraubt hatte, als er schließlich aufhörte und sie atemlos zurückließ.

Er hielt sich ein paar Zentimeter von ihr entfernt, als er ihren Blick auffing. »Das war die Vorspeise. Und das ...«, er stieß langsam, aber kräftig und unerbittlich in ihre körperliche Hitze hinein, »... ist der Anfang des Hauptgangs.«

Barnaby spürte die Grenze, die ihre Jungfräulichkeit ihm setzte, prüfte sie durch vorsichtige Stöße, durchbrach die Barriere und drängte sich tief in ihren lüsternen Körper.

Erschütterung breitete sich in ihr aus, ihre Miene zuckte zusammen und spiegelte den Schmerz wider.

Er fluchte lautlos, hielt inne, biss die Zähne fest zusammen, um die stürmischen Impulse in seinem Innern zu bändigen, die primitive Seite in ihm, die sie am liebsten sofort und rücksichtslos verzehrt hätte. Obwohl sie mehr als bereit für ihn gewesen war, war sie eng – er hingegen nicht.

Barnabys Muskeln rebellierten zuckend, und sein Atem rauschte ihm in den Ohren, als er mit sich kämpfte, um ihr die Zeit zu gewähren, sich an ihn zu gewöhnen.

Penelope gewöhnte sich. Durch qualvolle Erweiterungen. Als ob sie unsicher wäre, wie weit sie gehen und wie weit sie sich entspannen sollte, um noch auf der sicheren Seite zu sein. Ihre Muskeln schienen sich etappenweise zu lockern.

Barnaby biss die Zähne zusammen und gewährte ihr so viel Zeit, wie sie brauchte. Dann fing er wieder ihren Blick auf. »Du hast recht.«

Es war keine Frage. Penelopes dunkle Augen wirkten im Kerzenlicht wie glänzende Bassins, als sie ihn anblinzelte. Für einen kurzen Moment schien ihr Blick sich zu entfernen, als ob sie über die Stichhaltigkeit seiner Behauptung nachdenken wollte, bevor sie sich wieder auf ihn konzentrierte. Jetzt lag Erstaunen in ihrem Blick. »Ja. Du hast recht.« Sie zog die

Lippen nach oben. Der letzte Rest Erschütterung verflüchtigte sich.

Eine ganz andere Anspannung füllte die Lücke aus und appellierte an ihn. An jeden Instinkt, der in ihm existierte.

Plötzlich glühten ihre Augen, ihr sirenenhaftes Lächeln wirkte untergründig tief, und die Art, wie sie mit der Hand hochfuhr, um seinen Nacken zu kraulen, die Art, wie sie seinen Blick suchte … einladend, verführerisch, eine Frau, die ihren Wert spürte … um nicht zu sagen, die ihn kannte. Eine Frau, die ihre Wirkung auf ihn kannte, die genau wusste, was er jetzt tun wollte, und es begrüßte. Von ganzem Herzen.

Stöhnend gab Barnaby ihrem Drängen nach und senkte seine Lippen auf ihre.

Dann schenkte er sich und ihr, wonach sie beide verlangten. Er nahm ihren Mund mit einem leidenschaftlichen Kuss, als wollte er sie in sich verankern. Dann stieß er vor und zog sich wieder zurück, wirbelte mit ihr über ein Terrain, das er nur zu gut kannte, das Terrain des sinnlichen Vergnügens. Mit jedem langsamen, genau abgemessenen Stoß trieb er sie dorthin, jedes Mal, wenn er tief und machtvoll in sie eindrang.

Es war wie ein Walzer auf dem Parkett, und während sie tanzten, überließ sie sich seiner Führung. Ihr Körper bog sich unter seinem, begegnete ihm und ergänzte ihn, empfing ihn, ein einziges Geben und Nehmen.

Die Lust schwoll an, wirbelte sie herum und durchflutete sie, während sie tanzten, wurde immer heißer und mit jeder Sekunde noch intensiver.

Barnaby weigerte sich, es zu überstürzen. Und, Wunder über Wunder, sie drängte ihn auch nicht dazu, sondern kam ihm entgegen, bewegte sich bereitwillig mit ihm. Mit jedem Atemzug wuchs ihre Neugierde und ihr Vergnügen, mit jedem ermutigend gemurmelten Wort und jeder beschwörenden Berührung ihrer Finger auf seiner Haut.

Wo immer Penelope ihn berührte, schien er zu brennen. Aber das war nichts im Vergleich mit der fiebrigen Hitze in ihrer Scheide. Sie packte ihn, zog ihn förmlich in sich hinein; feucht und erhitzt hieß sie ihn willkommen und kostete es offensichtlich in vollen Zügen aus.

Penelope rutschte unruhig unter ihm hin und her. Als das Tempo unvermeidlich zunahm, klammerte sie sich an ihm fest, grub sich mit den Nägeln in ihn und drängte ihn weiter, trieb ihn an.

Zitternd sog Barnaby die Luft in die Lungen und gehorchte. Die Gefühle und Empfindungen um ihn herum, ihr lüsterner Körper, ihre Leidenschaft und das Begehren, das sie ihm bereitwillig schenkte – all das malte das vertraute Terrain in noch lebhafteren und helleren Farben als jemals zuvor.

Jedes Mal wenn ihre Körper sich berührten, schien die Begegnung noch mehr mit Gefühlen aufgeladen. Ja, natürlich handelte es sich um Gefühle, die durch die Berührungen ausgelöst worden waren; aber sie reichten doch viel tiefer, waren doch viel zarter. Irgendetwas anderes war noch im Spiel.

Wie ein ungreifbarer Teil ihrer selbst. Als ob sie auf dem vertrauten Terrain auf eine höhere Ebene geschwebt wären und auf eine andere, viel natürlichere Weise miteinander sprechen könnten. Barnaby war nicht in der Lage, jetzt genauer darüber nachzudenken. Sein Hirn war überschwemmt mit diesen Gefühlen, wie auch immer man sie nennen mochte. Nichts außer der Heftigkeit und Stärke dieser aufschießenden Gefühle hielt ihn gefangen.

Wenn man es ihm vorher gesagt hätte, hätte er es nicht für möglich gehalten – dass sie es in ihrer Unschuld, wie belesen sie auch immer sein mochte, so leicht und so vollständig mit ihm aufnehmen konnte, mit seiner sinnlichen Seite, die doch so erfahren war … und mehr noch, mit den primitiven Impulsen der Leidenschaft, die er gewöhnlich unterdrückte oder so streng kontrollierte, dass er seine Partnerin nicht schockierte.

Penelope sah offenkundig keinen Sinn in irgendeiner Zurückhaltung. Als ihre Leidenschaft noch weiter in die Höhe schoss, als sie sich ineinander verschränkten, die Arme umeinanderschlangen und die Hände sich aneinanderklammerten, fühlten sie sich wie auf einem wilden Ritt; sie dachte nicht im Entferntesten daran, von ihm abzulassen, und wurde nur noch verlangender.

Bis Barnaby sich vollkommen unterwarf, alle Hemmungen fallen und sich selbst seiner – und sie ihrer – ungehemmten Lust überließ.

Penelope schnappte nach Luft. Sie hob die Beine und schlang sie um seine Hüften, um ihn noch tiefer in sich aufzunehmen. Ihn noch tiefer in sich zu drängen.

Bis er sich fühlte, als hätte er das äußerste Ende erreicht.

Mit einem gedämpften Schrei brach sie erschüttert zusammen. Und riss ihn mit sich, trieb ihn mit ihren Zuckungen dem Höhepunkt entgegen. Mit ihrer mächtigen, ungezügelten Entspannung entfesselte sie ihn, bereitete ihn sozusagen darauf vor – auf das, was ihm in diesem herrlichen Moment erschien wie sein erstes Mal ... und als ungeschminkte Lust.

In diesen Sekunden entleerte er sich in ihr und empfand es so, als hätte er sich mit seiner Seele in ihr verströmt.

Ungezählte Herzschläge später schlug Barnaby die Augen auf und schaute hinunter – auf sie, die sich mit geschlossenen Augen unter ihm erstreckte, die Gesichtszüge leer und ausdruckslos vor Leidenschaft, abgesehen von dem verzückten Lächeln auf ihren Lippen.

Er spürte, wie ein ähnlich befriedigtes Lächeln über seine Lippen huschte. Dann zog er sich aus ihr zurück, sank neben ihr zusammen und streckte die Arme aus, um dicht bei ihr zu bleiben.

Ein herrliches Gefühl der Sättigung breitete sanft die Flügel über sie. Und für den Fall, dass er tatsächlich seine Seele an sie verschenkt hatte, flehte Barnaby inständig, dass sie sich in nicht allzu ferner Zukunft einverstanden erklären würde, sein Geschenk zu erwidern – und ihm ihre zu schenken.

14

Wenn nicht die Katzen auf einer Mauer in der Nähe in einen lautstarken Streit ausgebrochen wären, wäre es vielleicht Mostyn gewesen, der sie geweckt hätte. Anfangs hatte Penelope überhaupt nicht aufwachen und noch weniger Barnabys Bett verlassen wollen.

Aber sogar dann noch, nachdem die heraufkriechende Morgendämmerung Barnaby alarmiert und er sie gedrängt hatte, sich um beides zu kümmern und sich anzuziehen, nachdem er sie die Treppe hinuntergeführt und das Haus mit ihr zusammen durch die große Eingangstür verlassen hatte, um sie nach Hause zu bringen – sogar dann noch war er insgeheim ein wenig enttäuscht gewesen, dass er nicht erfahren durfte, wie der geradezu erdrückend korrekte *Gentleman's Gentleman* damit zurechtgekommen wäre.

Die feuchtkühle Brise der Morgendämmerung kroch ihm in den Übermantel. Sein Hirn schaltete noch eine Alarmstufe höher, und er entschied, dass es ebenso gut gewesen war, seinen Instinkten zu vertrauen und Penelope aus dem Haus zu begleiten. Er war sich nicht ganz sicher, dass Mostyn, hätte sein Gefolgsmann sie in seinem Bett entdeckt, sich nicht vielleicht doch berufen gefühlt hätte, seine – Barnabys – Mutter schriftlich zu benachrichtigen.

Und das war keinesfalls akzeptabel.

Nicht weil seine Mutter es missbilligen mochte; vielmehr befürchtete er bis in die Haarspitzen, dass sie sich herablassen würde, ihre Unterstützung anzubieten – weil sie überzeugt war, er brauchte *ihre* Hilfe.

Der Gedanke jagte ihm einen Schauder über den Rücken.

Barnaby warf einen Blick auf Penelope. Ihren Arm hatte

sie unter seinen geschoben und hielt mit ihm Schritt, denn er eilte nicht so schnell durch die Straßen wie üblich. Aber ihre Gedanken waren in weite Ferne geschweift. Trotz der heftigen Nacht, die hinter ihnen lag, schien sie unberührt und sorglos. In der Tat, wenn sie sich hätte durchsetzen können, lägen sie jetzt immer noch in seinem Bett, um sich weiter zu erforschen.

Penelope hatte tatsächlich einen Schmollmund gezogen, als er ihr erklärt hatte, dass sie das Haus verlassen musste.

Jetzt schmollte sie nicht mehr. Ihre Lippen waren entspannt, rosig rot und prall wie immer.

Ein paar Schritte später bemerkte Barnaby, dass er sie mit leerem Blick anstierte, während er sich zusehends in seine Fantasien verlor. Kopfschüttelnd befreite er sich von den wollüstigen Bildern, richtete den Blick wieder geradeaus und konzentrierte seine Gedanken darauf, welchen Abschnitt auf seinem gewünschten Weg sie jetzt zurückgelegt hatten, welchen Abschnitt sie seiner Meinung nach hätten zurückgelegt haben sollen und wie man von Punkt A nach Punkt B gelangte.

Was, wie der Zufall es wollte, darauf hinauslief, sich zu überlegen, wie er seine wollüstigen Fantasien auf den Boden der Wirklichkeit holen konnte.

Es fiel ihm nicht besonders schwer, sich darauf zu konzentrieren.

Sie hatten sich dagegen entschieden, sich um eine Droschke zu bemühen; um diese Uhrzeit waren sie höchstwahrscheinlich ebenso schnell zu Fuß in der Mount Street. In den knappen Stunden zwischen dem Ende eines Tages und dem heraufziehenden neuen hielten sich nur wenige Menschen auf den Straßen in Mayfair auf, die entweder zu Fuß oder mit der Kutsche unterwegs waren.

Es war eine dunkle, mondlose Nacht oder der Mond verbarg sich hinter den dichten Novemberwolken. Obwohl es sehr ruhig war, herrschte keineswegs vollkommene Stille. Man hörte das sanfte Brummen einer großen Stadt zu nachtschlafender Zeit, und es war, als hüllten die entfernten, gedämpften Geräusche sie ein wie eine Decke.

Barnaby und Penelope waren an solche Großstadtstille gewöhnt. Unbeirrt schritten sie voran durch den wabernden Nebel, beide mit ihren eigenen Gedanken beschäftigt.

Er konnte sich kaum vorstellen, worüber sie gerade nachgrübelte oder ob sie überhaupt in Gedanken versunken war. Ungeachtet dessen hegte er keinerlei Zweifel über ihre Reaktion auf die Entwicklungen, die die Nacht mit sich gebracht hatte, was in mancher Hinsicht tröstlich war.

Denn er musste sich nicht fragen, ob sie es genossen hatte oder ob sie daran interessiert war, die Liaison fortzuführen. Aus ihrer Auffassung dazu hatte sie keinen Hehl gemacht.

Wenn er zurückdachte … sich erinnerte, an welchem Punkt sie sich befunden hatten, bevor sie vor einigen Stunden auf seiner Türschwelle aufgetaucht war. Oder welche Vermutungen er zumindest darüber gehegt hatte, an welchem Punkt sie sich befanden. Barnaby war felsenfest überzeugt gewesen, dass der nächste Zug in ihrem Spiel an ihm gewesen wäre. Aber es lag auf der Hand, dass *ihr* Spiel offenbar anderen Regeln folgte.

In der Tat, jetzt, wo er darüber nachdachte, hatte er keine Ahnung, was sie gedrängt hatte, ihn überhaupt aufzusuchen, noch dazu auf diese exzentrische Art und Weise – mit einem Knüppel bewaffnet!

Barnaby warf einen Seitenblick auf sie, kniff die Augen leicht zusammen, als er in Gedanken zusammenfügte, was er wusste: dass sie in der Stadtkutsche ihres Bruders zu ihm gefahren sein musste, in diesem schlichten schwarzen Wagen, der davongerollt war, kurz bevor sie ihn überfallen hatte. Penelope musste den Kutscher angewiesen haben, sie auf der Straße stehen zu lassen, auf der Jermyn Street kurz vor Mitternacht. Und der Kutscher hatte gehorcht.

Sie war eine Plage. Gott allein wusste, welche Gefahren mitten in der Nacht hätten auf sie lauern können.

»Es will mir scheinen …« Er brach ab, bis sie ihn anschaute. Sein kühler, schneidender Tonfall hatte sie offenbar aufgescheucht, und er fing ihren Blick auf. »Es will mir scheinen, dass es deinem Bruder nicht gelingt, seine Autorität dir gegenüber auszuspielen, ganz davon zu schweigen, die Aufsicht über dich zu führen. Mitten in der Nacht in der Jermyn Street aus einer Kutsche zu steigen und dich Knüppel schwingend auf mich zu stürzen … du machst dir keine Vorstellungen, was alles hätte passieren können. Es hätte dich jemand sehen können und mir zu Hilfe eilen … oder ich hätte dich zuerst erspähen und mit meinem Spazierstock niederstrecken können.« Schon der Gedanke machte ihn krank. Grimmig verzog er das Gesicht. »Dein Bruder hatte nicht das Recht, dich diesem Amoklauf zu überlassen.«

Penelope studierte seinen Blick, brummte ein verlegenes »Hm« und schaute wieder stur geradeaus. »Blödsinn. Mein Plan hat wunderbar funktioniert. Und was Luc betrifft – er ist der beste Bruder, den man sich nur wünschen kann. Selbst wenn er sich manchmal ein wenig affektiert gibt und dummerweise dazu neigt, mich zu sehr zu beschützen. Aber er hat immer darauf bestanden, dass wir unseren eigenen Weg einschlagen dürfen, dass wir selbst entscheiden dürfen, wie wir unser Leben leben wollen. Er hat uns erlaubt, uns sogar ermutigt, unsere eigenen Entscheidungen zu treffen, und genau deswegen hast du kein Recht, auch nur ein einziges Wort gegen ihn zu verlieren.«

Barnabys Blick fiel auf ihre Nasenspitze, die sich deutlich höher in die Luft streckte als ein paar Minuten zuvor. »Das ist … eine überaus unkonventionelle Haltung«, erklärte er immer noch grimmig, »ich bin Luc schon begegnet. Und ich hatte den Eindruck, dass er nicht zu der Sorte gehört, die so nachlässig sind.«

»Du meinst, er gehört zu der Sorte, die seine vier Schwestern eigentlich in ein dunkles Verlies hätte sperren sollen – oder uns zur Jagd freigeben, sodass wir erst nach unserer Eheschließung die Erlaubnis erhalten, uns in der Öffentlichkeit blicken zu lassen?«

»Nein, schon vorher. Um überhaupt eine Ehe eingehen zu können. Irgendwas in der Richtung.«

Penelope lächelte. »Ich wage die Behauptung, dass Luc beinahe so geworden wäre. Du hast recht, dass es im Grunde genommen eher seiner Natur entspricht. Aber vor vielen Jahren ist Luc beinahe in eine Ehe gezwungen worden, um das Familienvermögen zu retten. Er hat es nicht getan, brachte es nicht fertig. Also hat er wie der Teufel daran gearbeitet, unsere Finanzen zu konsolidieren, und uns auf diese Art gerettet. Dann hat Amelia ihm einen Antrag gemacht; er hatte schon immer den Wunsch gehegt, sie zu heiraten, sodass sich am Ende alles wunderbar gefügt hat. Aber nur deshalb, weil er nicht lockergelassen und das getan hat, was sein Herz ihm befohlen hatte. Und nicht das, was den Vorstellungen der Gesellschaft entsprach.«

Barnaby hatte die Stirn immer noch in Falten gelegt. »Wolltest du nicht sagen, dass *er* Amelia einen Antrag gemacht hat?«

»Nein. Sie war es.« Sie gingen ein paar Schritte, bevor sie seine Grübelei wieder unterbrach. »Falls es dich interessiert, das hat mich darauf gebracht, dich auf der Türschwelle zu retten, um mit dir in dein Schlafzimmer zu gelangen. Allein. Amelia hat Luc auch aufgelauert, eines Abends, als er nach Hause kam.«

Barnaby starrte sie an. »Sie hat ihn auch mit dem Knüppel geschlagen?«

Penelope schüttelte den Kopf. »Das war nicht nötig. Zu jenem Zeitpunkt war Luc sternhagelvoll. Schließlich hatte er gefeiert, dass es ihm gelungen war, die Familie von den Schulden zu befreien. Er ist vor ihren Füßen zusammengebrochen.«

Barnaby war der Meinung, dass er nun mehr als genug über Luc und dessen Frau erfahren hatte. Dennoch … der Mann, der ihm als Viscount Calverton bekannt war … besaß einen klugen und scharfsinnigen Verstand … genau wie seine

Schwester. Laut Penelope, die die Wahrheit schließlich kennen musste, hatte ihr Bruder Amelia schon immer heiraten wollen. Und als Amelia ihm einen Antrag gemacht hatte …

Calverton ist wirklich ein Glückspilz, dachte Barnaby.

Hatte es nicht nötig gehabt, auf die Knie zu sinken und zu betteln. Noch nicht einmal im übertragenen Sinn.

In der Tat … jetzt, wo er darüber nachdachte, sprach viel dafür, eine Lady zu haben, die den Heiratsantrag übernahm – ganz besonders deshalb, weil es den beteiligten Gentleman aus der Notwendigkeit befreite, seinen eigenen liebeshungrigen Zustand zu entblößen – und möglicherweise seinen Liebeskummer.

Je gründlicher Barnaby darüber nachdachte, desto mehr erachtete er den Antrag der Lady als höchst bedeutsamen, sogar als strategischen Vorteil; das galt besonders für eine Lady wie Penelope.

Verstohlen musterte er ihr Gesicht, als sie den Berkeley Square verließen und in die Mount Street einbogen. Er blickte in die gelassenen und selbstsicheren Züge einer Lady, die genau wusste, was sie wollte – wie sie es ihm zuletzt in der vergangenen Nacht bewiesen hatte –, und die nicht im Geringsten zögerte, das Heft des Handelns selbst in die Hand zu nehmen, um ihre Bedürfnisse zu befriedigen.

Barnaby erinnerte sich an seine Abschätzung der Frage, bis zu welchem Punkt ihr Verhältnis sich inzwischen entwickelt hatte und wohin er sich wünschte, dass es sich entwickeln möge, als er die Finger fest um ihren Ellbogen schloss und sie die Treppe zum Haus der Calvertons hinaufführte. Und dank ihres jüngsten Plans schien es, als hätte er gerade den besten Weg entdeckt, sein fernstes Ziel zu erreichen.

»Vielen Dank, Mrs. Epps. Ich werde es meinem Dad ausrichten.« Lächelnd verabschiedete Griselda sich von der alten Lady, die ihre Aufmerksamkeit beansprucht hatte, um sich nach ihrem verwitweten Vater zu erkundigen.

Stokes spielte seine Rolle, brummte so unbestimmt, wie Männer es zu tun pflegen – es klang irgendwie nach »wird Zeit, dass wir aufbrechen« –, nickte Mrs. Epps stirnrunzelnd zu und zog Griselda am Ellbogen fort.

Fünf Schritte entfernt lächelte Griselda immer noch. »Danke. Ich dachte schon, ich käme niemals frei.«

»Das hatte ich auch schon befürchtet.« Stokes ließ den Blick über die Straße schweifen, über die sie gerade schlenderten. Obwohl die Straße mit dem Kopfsteinpflaster ursprünglich eine vernünftige Breite besessen hatte, hatten sich unzählige Häuser auf verschiedene Weise ausgedehnt – durch tief überhängende Geschosse, durch eine angebaute oder erweiterte Veranda auf Erdgeschossebene. Vor mehreren Behausungen waren außerdem Kisten und Schachteln aufgetürmt, sodass die Straße nicht mehr als eine verwinkelte Passage zwischen den Häusern war. »Sind Sie sicher, dass es hier entlang geht?«

Griselda warf ihm einen amüsierten Blick zu. »Ja, das bin ich.« Sie schaute wieder nach vorn und fügte hinzu: »Es ist nicht lange her, dass ich in dieser Gegend gewohnt habe.«

Stokes schnaubte. »Es müssen mindestens … zehn Jahre sein.«

»Wie taktvoll«, ihr Lächeln wurde breiter, »allerdings sind es schon sechzehn. Im Alter von fünfzehn Jahren habe ich mein Elternhaus verlassen, um in die Lehre zu gehen. Aber ich bin so oft zu Besuch gewesen, dass ich den Kontakt niemals vollständig verloren habe. Ganz zu schweigen meinen Orientierungssinn.«

Stokes presste ein verlegenes »Hm« hervor. Auch gut, dachte er, denn in den engen, verschlungenen Straßen mit dem Smog, der über ihnen schwebte und die Sonne verdeckte, geriet er in Schwierigkeiten zu entscheiden, welchen Weg er einschlagen musste. Aber immerhin hatte er jetzt erfahren, wie alt sie war. Fünfzehn plus sechzehn ergab einunddreißig. Ein paar Jahre älter, als er sie geschätzt hatte. Was ihm ausgezeichnet in den Kram passte, denn er war neununddreißig.

Die beiden entfernten sich aus der Stadtmitte, hatten Aldgate und Whitechapel im Rücken, Stepney noch vor sich. Und sie waren auf der Suche nach Arnold Hornby. Nachdem sie am Freitag die gedruckten Steckbriefe an den Marktständen sowohl in der Petticoat als auch in der Brick Lane verteilt hatten, hatten sie die Adressen »besucht«, die ihnen für Slater und Watts genannt worden waren. In beiden Fällen hatten sie die Häuser so lange beobachten können, dass sie sicher waren, dass keiner der beiden Männer in verbrecherische Angelegenheiten verstrickt war.

Stokes hatte darüber nachgedacht, Slater und Watts zu verhören. Aber das Risiko war einfach zu groß, dass sie, selbst wenn sie nichts wussten, in den betreffenden Kreisen das Interesse der Polizei an irgendeiner Anstalt erwähnten. Auf diese Weise würden sie die Lehrmeister indirekt warnen; die Anstalt würde verlegt, die Jungen würden versteckt werden.

»Darüber hinaus«, hatte Griselda gemeint, »haben wir noch mehr Namen, denen wir auf die Spur kommen müssen.«

Und genau das war es, womit sie sich heute, an einem Samstag, beschäftigten – sie waren auf der Jagd nach Arnold Hornby.

Es schien, als hätten sie sich bereits schrecklich weit treiben lassen, tief in gefährliches Territorium hinein. Hin und wieder warf Stokes einen Blick auf Griselda, aber falls sie nervös wurde oder sich unbehaglich fühlte, gab sie nichts zu erkennen. Obwohl sie sich wieder einmal verkleidet hatten, wirkten sie für die Gegend, in die sie nach und nach eindrangen, langsam als zu gut gekleidet.

Trotzdem schritt Griselda zuversichtlich voran. Er hielt sich neben ihr, an ihrer Schulter, hielt die Augen offen und spannte sich innerlich immer mehr an, je größer das Gefahrenpotenzial wurde.

Aber ihm war auch sehr deutlich bewusst, dass er sich nicht annähernd so angespannt gefühlt hätte, wäre er allein unterwegs gewesen.

Sie erreichten eine Weggabelung. Ohne zu zögern schlug sie den Weg nach links ein, der sie noch weiter von London entfernen würde.

»Ich dachte«, brummte Stokes, »dass das East End gewöhnlich nur so weit reicht wie der Dialekt, den man in ihm spricht.«

Griselda lachte. »Das stimmt. Aber es kommt darauf an, wie der Wind steht.«

Kurz darauf fügte sie hinzu: »Es ist nicht mehr weit. Kurz hinter der nächsten Gasse auf der linken Seite.«

»Das Gebäude mit der grünen Tür?«

Sie nickte. »Wie praktisch. Genau gegenüber befindet sich eine Gaststätte.«

Er ergriff ihren Arm, und sie eilte zu der Kneipe, ohne der Hütte mit der grünen Tür nähere Beachtung zu schenken. »Könnte sein, dass wir alles Nötige erfahren, während wir essen«, murmelte Stokes ihr ins Ohr.

Sie nickte zustimmend und ließ sich von ihm ins Gasthaus führen.

An einem Tisch im hinteren Teil lungerten drei Raufbolde herum, aber davon abgesehen war der kleine Schankraum leer. Es war beinahe Mittagszeit; sicher würden bald mehr Leute eintreffen. Vor dem Fenster, das auf die Straße zeigte, stand ein Tisch. Die hölzernen Fensterläden waren weit geöffnet und erlaubten einen ungehinderten Blick auf das gegenüberliegende Gebäude. Griselda steuerte auf den Tisch zu, Stokes folgte.

Die Stühle waren ungehobelt, und beinahe hätte Stokes ihr einen Stuhl zurechtgeschoben. Gerade noch rechtzeitig konnte er sich stoppen. Sie nahm sich selbst einen Stuhl, setzte sich und schaute zum Fenster hinaus. Er zog sich den Stuhl neben ihr heran, stellte ihn in einem Winkel zu ihr, setzte sich und drapierte den Arm über die Lehne ihrer Sitzgelegenheit. Es war eine Geste, die zeigte, wie sehr er sie als sein Eigen, als seinen Besitz betrachtete; er warf einen Blick auf die Raufbolde in der schattigen Ecke und stellte sicher, dass sie die Botschaft auch begriffen hatten. Die Männer wandten den Blick ab.

Zufrieden drehte er sich zu Griselda und schaute mit ihr aus dem Fenster.

Sie lehnte sich zu ihm, tätschelte seinen Arm auf dem Tisch und wisperte: »Es gibt keinen Grund, den Leuten hier Angst und Schrecken einzujagen.«

Er fing ihren amüsierten Blick auf, brummte verlegen in sich hinein und schaute auf die gegenüberliegende Straßenseite. Den linken Arm ließ er dort, wo er ihn drapiert hatte.

Eine blasse Kellnerin, das Mädchen war kaum den Kinderjahren entwachsen, kam aus dem hinteren Bereich und fragte die Gäste nach ihren Wünschen. Abgesehen davon, dass er einen halben Liter Ale bestellte, überließ er das Mädchen Griselda. Zu seiner Überraschung beschränkte sie sich darauf, etwas zu essen zu bestellen.

Nachdem das Mädchen gegangen war, wandte er sich mit hochgezogener Braue an Griselda, die kaum merklich das Gesicht verzog.

»Sie hat meiner Kleidung zu viel Aufmerksamkeit geschenkt. Wir sollten zuerst etwas essen und ihr die Zeit lassen zu entscheiden, dass wir keine Bedrohung darstellen.«

Brummend drehte Stokes sich weg. Und dachte darüber nach, dass sie an den meisten Tagen, die sie miteinander verbracht hatten, mehr Gebrumm als sonst irgendetwas von ihm zu hören bekommen hatte. »Das Mädchen hat recht«, wagte er es dann, »Sie gehören nicht hierher.«

Er schaute sie direkt an.

Griselda senkte den Kopf. Ein paar Sekunden später, nachdem sie den Blick erneut auf die grüne Tür gerichtet hatte, bemerkte sie: »Ich bin gegangen. Ich wusste, dass ich gute Chancen gehabt hätte, so zu enden wie sie, wenn ich geblieben wäre«, sie drehte den Kopf zu der Kellnerin, »ohne aufrichtige Hoffnung, dass es jemals besser würde.«

»Also haben Sie gearbeitet, haben die Gegend verlassen und noch härter gearbeitet, um sich eine Existenz außerhalb des East Ends aufzubauen.«

Sie nickte, lächelte. »Und es ist mir gelungen. Jetzt«, sie fing einen Blick auf, »hänge ich irgendwie dazwischen, verkörpere weder das East End, noch gehöre ich woanders hin.«

Stokes durchschaute ihr ungezwungenes Lächeln. »Ich weiß, wie sich das anfühlt.«

»Wirklich?« Sie hob die Brauen, weniger ungläubig als vielmehr neugierig.

Er hielt ihren Blick fest. »Ich bin nicht unbedingt ein Gentleman, aber auch kein gewöhnlicher Bulle.«

Wieder lächelte sie. »Das ist mir auch schon aufgefallen.« Griselda musterte ihn aufmerksam. »Aus welchem Stall stammen Sie denn? Und wie kam es, dass Sie zwischen allen Stühlen sitzen, so wie ich?«

Stokes ließ die grüne Tür nicht aus dem Blick. »Ich bin in Colchester geboren. Mein Vater war Kaufmann, meine Mutter die Tochter eines Büroangestellten. Ich war ihr einziges Kind, genau wie meine Mutter auch ein Einzelkind gewesen ist. Mein Großvater, also ihr Vater, hat sich für mich interessiert und mich in die dortige Oberschule geschickt.«

Versunken in seine Rückschau, fing er Griseldas Blick auf.

»Aus diesen Kreisen stammt jener Teil an mir, der beinahe an einen Gentleman erinnert, was mich von den meisten Leuten in der Truppe unterscheidet. Ich stamme zwar nicht aus den Salons, gehöre aber auch nicht zum Fußvolk.« Immer noch hielt er ihren Blick fest. »Ich bin kein Gentleman.«

Mit ernster Miene studierte sie seine Augen, verzog die Lippen zu einem Lächeln und lehnte sich vertraulich näher. »Auch gut. Ich bin mir nicht sicher, ob ich mich so wohlfühlen würde, wenn ich mit einem Gentleman hier säße.«

Das Mädchen erschien mit den bestellten Mahlzeiten auf einem Tablett. Aus zwei Schüsseln dampfte ein überraschend appetitlicher Eintopf, außerdem gab es Brot, das zwar ein wenig trocken, aber essbar war. Der Duft des Eintopfs verschaffte Griselda die Gelegenheit, dem Mädchen ein aufrichtiges Kompliment zu machen; es taute zwar ein wenig auf, aber auch diesmal ließ Griselda sie wieder gehen.

Stokes mahnte sich, ihren Instinkten zu trauen. Er kümmerte sich um den Eintopf in seiner Schüssel, ohne die grüne Tür aus den Augen zu verlieren.

Griselda und er hatten ihre Mahlzeit beendet und warteten geduldig auf die Kellnerin, als die grüne Tür plötzlich geöffnet wurde und eine struppige Brünette, die ungefähr zwanzig Jahre alt sein mochte, auf die Straße trat. Sie ließ die Tür einen Spaltbreit offen stehen und eilte direkt in Richtung Kneipe.

Mit den Händen auf den Hüften blieb sie im Türrahmen stehen.

»Hallo … Maida! Sei so gut, gib mir fünf Halbe!«

Die Kellnerin namens Maida zog den Kopf zwischen die Schultern und verschwand im hinteren Bereich. Ein paar Minuten später kehrte sie mit fünf randvollen Halbliterkrügen auf einem Holztablett zurück.

»Danke.« Die Brünette übernahm das Tablett. »Schreib's auf unseren Zettel. Arnold kommt später vorbei und zahlt.«

Wieder senkte Maida den Kopf. Sie stand im Türbogen und wischte sich die Hände an einem Lappen ab, während sie beobachtete, wie die Brünette die schmale Straße überquerte und durch die grüne Tür ins Haus trat, bevor sie die Tür hinter sich schloss.

»Da drüben ist wohl gerade der Teufel los?«, murmelte Griselda.

Maida schnitt eine Grimasse. »Kann man wohl sagen.« Sie ließ den Blick zur grünen Tür schweifen. »Ich frag mich nur, wie viel sie heute Vormittag wohl da drinnen hatten«, erklärte sie und musterte Griselda. »Freier, meine ich.«

Griselda runzelte die Stirn. »So läuft es nun mal, nicht wahr?«

»Aye.« Maida stellte ihre Last ab. Offenbar hatte sie Lust auf ein kleines Schwätzchen. »Drei sind drin. Also, drei Mädchen. Der arme alte Arnold, dachte ich erst, als er mir erzählte, dass er seine Nichten bei sich aufgenommen hat, na, der hat mir vielleicht einen ordentlichen Bären aufgebunden. Aber ich habe gehört, wie sie mit ihm gestritten haben. Muss sich wohl doch um Verwandtschaft handeln. Der arme alte Knacker. Kann sich glücklich schätzen, wenn sie ihm Miete zahlen. Aber die Mädchen sind in Ordnung, gute Nachbarn, alles in allem.«

»Und was ist mit den Neffen?«, fragte Stokes und ließ es wie pure Neugier klingen. Immerhin gehörte es im East End zum guten Ton, sich über alle möglichen Gesetzesverstöße zu unterhalten.

»Nah.« Maida trat verlegen auf das andere Bein. »Es sind eher die feinen Herrschaften, die auf solche Sachen scharf sind. Aber unsere Gegend ist zu weit von ihren Spielplätzen entfernt. Nicht dass Arnold nicht gern ein paar Männer im Hause hätte, um ihm die Last von den Schultern zu nehmen. Diese Mädchen halten ihn die meiste Zeit im Haus gefangen. Mag sein, dass er schon alt ist. Aber er ist auch ein echter Koloss. Ein guter Schutz. Und falls er wirklich ihr Onkel ist, was kann er tun? Sie haben ihn schlicht ans Haus gefesselt, kein Zweifel, das haben die Mädchen getan.«

Griselda verzog das Gesicht, als würde sie sich erinnern. »Mein alter Dad hatte früher mal einen Arnold gekannt, hier in der Gegend. Hat hin und wieder als Hehler gearbeitet. Wie war doch sein Name?« Sie starrte Stokes an, schien auf eine Eingebung zu warten, als ihre Miene sich plötzlich aufhellte und sie den Blick wieder auf Maida richtete. »Ormsby. So hieß er. Arnold Ormsby.«

»Hornby«, korrigierte das Mädchen. »Aye, das ist unser Arnold. Ja, früher hat er tatsächlich mal seine Finger im Spiel gehabt, was das betrifft. Aber jetzt nicht mehr. Schafft es kaum noch aus dem Haus und wenn, dann höchstens noch bis hierher. Lamentiert über die alten Zeiten, aber jetzt hat er sämtliche Bekanntschaften verloren, und wie soll der Mann dann zurechtkommen?« Sie zuckte die Schultern. »Kann auf nichts mehr hoffen, es sei denn, seine Nichten verschwinden. Scheint so, als würden sie seine gesamte Zeit rauben.«

Und das war nach Stokes' Auffassung alles, was sie von Maida erfahren würden. Er fing Griseldas Blick auf. »Wir sollten uns wieder auf den Weg machen.«

Sie nickte. Er stand auf, wartete, dass sie sich ebenfalls erhob, und ließ ein paar Münzen auf den Tisch klimpern. »Vielen Dank, meine Liebe. Die Suppe war sehr gut«, bemerkte er und schnippte Maida einen Sixpence zu.

Maida bewegte sich flink wie ein Wiesel und fing die Münze in der Luft. Sie grinste, als die beiden an ihr vorbei zur Tür gingen.

»Aye, in Ordnung. Kommen Sie bald mal wieder vorbei.« Griselda lächelte und winkte.

Stokes schnappte sie am Arm und zerrte sie entschlossen zurück in Richtung Stadt und in die ihm vertraute Zivilisation. Hoffentlich auf Nimmerwiedersehen, echote es ihm unablässig durch den Kopf.

Penelope lungerte in Lady Carnegies Empfangssalon herum und gab vor, den politischen Debatten in ihrer Nähe zu lauschen. Das Novemberdinner Ihrer Ladyschaft galt in politischen Kreisen nicht nur als wichtigste Veranstaltung, sondern war auch die letzte, bevor das Parlament aufgehoben wurde und die meisten Parlamentsangehörigen sich für den Winter auf ihre weit entfernten Anwesen zurückzogen.

Für diese Leute bot der heutige Abend die Gelegenheit, sich zu letzten Initiativen zu sammeln.

Und für Penelope bot der heutige Abend die schuldbewusste Gelegenheit, noch mehr zu lernen.

Denn Barnaby war mit Sicherheit auch eingeladen worden. Ganz davon abgesehen, dass er der Sohn seines Vaters war und dass der Earl seine Finger bei zahlreichen politischen Angelegenheiten im Spiel hatte, machten ihn die Beziehungen zu Peel und zur Task Force zu einer gefragten Informationsquelle für die abendlichen Gäste; viel lieber zogen sie natürlich bei ihm, einem Mann aus ihren Kreisen, ihre Erkundigungen ein als bei den Deputys von Peels Behörde.

Dessen ungeachtet konnte sie in dieser Gesellschaft für ein paar Stunden verschwinden, ohne dass sie vermisst wurde. Und nach der ersten Gesprächsrunde im Empfangszimmer, die dem Dinner voranging, müsste Barnaby sich ebenfalls entschuldigen können.

Ermutigend lächelte sie Lord Molyneaux an, der sich über die neue Gesetzesreform ausließ, ging ihre Pläne in Gedanken noch einmal durch und ordnete ihre Erwartungen. Die vergangene Nacht war ein guter erster Schritt in der Lehre der Leidenschaft gewesen, in der Lehre über das, was ihre Leidenschaft umfasste und was sie anheizte; aber es lag auf der Hand, dass sie nur ein wenig an der Oberfläche gekratzt hatte, wie packend und fesselnd es auch immer gewesen sein mochte.

Im Sog der Nacht hatte sich ein kleines Nest von Fragen gebildet, die ihr im Verlauf des Tages unwillkürlich in den Kopf geschossen waren und sie verstört hatten. Schritt für Schritt war ihre Neugierde auf einer höheren Ebene angelangt.

Wenn sie wahre Befriedigung erlangen wollte, musste sie mehr lernen.

Verstohlen ließ sie den Blick wieder über die Menge schweifen. Und stutzte. Falls Barnaby sich entschieden hatte, sich hier nicht blicken zu lassen, gab es nur eins: Sie würde ihm wieder nachjagen müssen.

Penelope besaß immer noch den Knüppel.

Als ob ihre gedankliche Drohung wie eine Vorladung auf ihn gewirkt hatte, spazierte er plötzlich durch die offen stehende Tür, mit Lord Nettlefold an seiner Seite. Er hielt inne, um Lady Carnegie zu begrüßen; was auch immer er sagte, es brachte Ihre Ladyschaft zum Lachen. Sie tätschelte ihm die

Wange und winkte ihn durch. Nettlefold folgte, offenbar in der Absicht, die Unterhaltung mit Barnaby fortzusetzen.

Barnaby blieb stehen und ließ Nettlefold weitersprechen, während er das Empfangszimmer mit dem Blick überflog. Die blauen Augen musterten mehrere Gruppen von Gästen, bis sie bei ihr angelangten. Er schaute ihr direkt in die Augen.

Penelope leistete es sich, seinen Blick einen Moment lang festzuhalten, und konzentrierte sich dann auf ihre Antwort an Lord Molyneaux. Aus den Augenwinkeln sah sie, dass Barnaby sich nicht von der Stelle rührte und sein Gespräch mit Nettlefold fortsetzte.

Gut. Nettlefold gehörte als einer der wenigen anwesenden Gäste zu ihrer Generation. In der zurückliegenden Zeit hatte er eine zwar zaghafte, aber doch eindeutige Neigung gezeigt, ihre Anwesenheit bei solchen Veranstaltungen als bereichernd und sie selbst sogar als möglicherweise gleichberechtigte Gesprächspartnerin zu betrachten. In Wirklichkeit war sie der Einladung nur gefolgt, um über gesetzgeberische Winkelzüge auf dem Laufenden zu sein, die das Findelhaus betreffen könnten, und auch, um den Kontakt zu vergangenen und zukünftigen Wohltätern nicht zu verlieren.

Es war wirklich nicht ihre Absicht, ihren Abend damit zu verbringen, Nettlefold mit Komplimenten zu verscheuchen.

Barnaby stimmte offenbar mit ihr überein. Denn erst nachdem die beiden Männer ihre Unterhaltung beendet und sich getrennt hatten, bahnte er sich den Weg an ihre Seite, hier und da mit anderen Gästen plaudernd.

Endlich war er bei ihr und ergriff die Hand, die sie ihm anbot. Ein Strudel der Gefühle durchflutete sie, als seine Finger sich um ihre schlossen, teils aus Erleichterung, weil er aufgetaucht war und sie heute Nacht tatsächlich noch mehr lernen würde; teils schoss die Erwartung in ihr hoch, welche Lektionen heute Nacht wohl auf sie warten würden. Aber sie spürte auch einen ängstlichen Schauder, eine schneidende Empfindung, die aus der überraschend lebhaften Erinnerung daran entsprang, wie seine Hände auf ihrer Brust sich angefühlt hatten, auf ihren Hüften und zwischen ihren Schenkeln.

Penelope schlug ihren Fächer auf und wieder zu. »Guten Abend, Sir.«

Sie wartete, bis Lord Molyneaux und er sich begrüßt hatten. Glücklicherweise interessierte Molyneaux sich nicht für die Polizei.

In diesem Moment tauchte ihr Gastgeber Lord Carnegie auf, eifrig bedacht, sich mit Molyneaux auszutauschen. Lächelnd gingen die vier auseinander; sie legte die Hand auf seinen Arm, und Barnaby führte sie zu einer Stelle näher an der Wand, außerhalb der Kreise plaudernder Gäste.

Er erforschte ihren Blick und fand eine Entschlossenheit, die in seinen dunklen Abgründen loderte. »Wir können noch nicht die Flucht ergreifen.«

»Natürlich nicht.« Sie betrachtete die übrigen Gäste. »Nach dem Dinner. Du weißt ja, wie die Gentlemen sind, wenn man sie erst mal in beste Laune versetzt hat. Es wird Stunden dauern, bis man uns vermisst.«

»Ist deine Mutter hier?« Bisher hatte er sie noch nicht erspäht.

»Nein. Sie hat abgesagt. Das kommt gelegentlich vor.«

»Dann bist du also ohne Anstandsdame?« Er klang nach vorsichtiger Begeisterung. Erinnernd schaute er sie an. »Ich weiß sehr genau, dass du nicht achtundzwanzig Jahre alt bist.«

Sie zuckte die Schultern, streckte die Nase ein wenig höher in die Luft. »Dein Mostyn ist ein altes Waschweib. Es hat ihm geholfen, sich zu beruhigen, dass ich mich ein paar Jahre älter gemacht habe.«

Barnaby schnaubte. »Er war vollkommen irritiert, als er hörte, dass ich mich über Nacht wundersam erholt habe. So gut, dass ich in der Lage war, dich nach Hause zu bringen.«

Wieder zuckte Penelope die Schultern und gab zu verstehen, dass es für sie keinerlei Bedeutung besaß. »Ich bin als Leiterin des Findelhauses hier, nicht als Miss Penelope Ashford.

Das ist der Grund, weshalb die Gastgeber, die mich ohnehin schon seit meiner Geburt kennen, sich nichts dabei denken, wenn ich ohne Mama erscheine.«

Er runzelte die Stirn, musste aber zugeben, dass es erheblich einfacher und sicherer war, sich unbemerkt aus der Versammlung zu flüchten, wenn niemand ein Auge auf sie hatte. Überhaupt war es hier längst nicht so überfüllt wie bei einem Ball, und deshalb war es nicht so einfach zu glauben, dass die Gäste sich für längere Zeit aus dem Blickfeld zurückzogen, während sie sich doch im Empfangszimmer aufhielten. »Dann nach dem Dinner. Sobald wir wieder im Empfangszimmer sind.«

Penelope hatte recht. Die Debatten würden sich noch über Stunden erstrecken, würden nur noch hitziger werden und die Aufmerksamkeit der Gesellschaft noch lebhafter an sich fesseln, als es ohnehin schon der Fall war.

»Hast du inzwischen irgendetwas von Stokes gehört?«

Barnaby ließ den Blick über die Gesellschaft schweifen und schüttelte den Kopf. »Nein. Sonst hätte ich dich benachrichtigt.« Sie nickte. »Auf der anderen Seite des Hauses befindet sich ein zauberhafter Salon«, meinte sie und schaute ihn an. »Ich habe natürlich keinerlei Erfahrungen, die mir ein Urteil gestatten würden, aber ich könnte mir vorstellen, dass es perfekt wäre für … für die Angelegenheit, die wir beide zu erkunden wünschen.«

Seine Mundwinkel zuckten, und ein paar Sekunden später neigte er den Kopf. »Ausgezeichnet. Aber bis dahin benimm dich bitte.«

»Selbstverständlich.« Penelope warf ihm einen ungezogenen Blick zu, ließ ihn stehen und schwebte hinüber zu der Gruppe um Mrs. Henderson.

Barnaby beobachtete sie, bis sie in die Gruppe eingetaucht war, und entfernte sich dann, um sich seinen eigenen Leuten anzuschließen. Er gab den anwesenden Männern die Gelegenheit, die Fragen zu stellen, die ihnen über den gegenwärtigen

Zustand der Polizeikräfte am Herzen lagen. Sein Vater hielt sich in der Stadt auf, nahm heute Abend an einem Dinner des Kabinetts teil, würde aber später noch vorbeischauen. Bis dahin war Barnaby in jeder Hinsicht sein Stellvertreter. Falls er wirklich beabsichtigte, mit Penelope unbemerkt zu entschlüpfen, musste er zuerst alle Fragen beantworten.

Während er von Gruppe zu Gruppe schlenderte und sich seiner Aufgabe widmete, versuchte ein Teil seines Hirns, weiter vorauszudenken und zu planen, wie die Verabredung später am Abend wohl verlaufen sollte.

Das Ziel hatte er inzwischen klar vor Augen – sie zu heiraten. Der Weg dorthin lag auf der Hand – sie zu überzeugen, dass die Ehe mit ihm mehr Vorteile versprach als Risiken. Unglücklicherweise schrieb ihm dieser Weg über weite Strecken vor, dass er es ihr überlassen musste, die Führung in der Beziehung zu übernehmen.

Barnaby musste dafür sorgen, dass sie aus freien Stücken zu der Auffassung gelangte, in der Ehe mit ihm hätte sie nichts zu befürchten; dass sie überzeugt war, ihr Ehemann würde ihre Freiheit nicht beschneiden, geschweige denn versuchen, sie zu kontrollieren. Falls er Glück hatte, würde sie, wenn sie zu diesem Schluss gekommen war, die Gelegenheit beim Schopf ergreifen und ihm einen Antrag machen – es sollte kein größeres Problem darstellen, eine solche Gelegenheit zu arrangieren. Da sie ihre Affäre angeregt hatte, schien es nur gerecht, dass sie auch diejenige war, die die Sache zu einem angemessenen Ende führte.

Aber um diese Trophäe zu erringen, musste er sich willig und nachgiebig zeigen, sie die Hauptrolle spielen zu lassen. Wieder einmal musste er ihr die Führung überlassen und sich selbst darauf beschränken, ihr zu folgen.

Bevor er Penelope kennengelernt hatte, hatte er niemals auch nur einen einzigen Gedanken daran verschwendet, sich so zu verhalten; noch nicht einmal seine zivilisierte und gebildete Hälfte konnte es gutheißen, noch viel weniger als die primitive Seite in ihm, die, wenn es um sie ging, ihn vollkommen dominierte.

Wie auch immer … als sie zum Dinner gingen, fand er sich am Tisch auf einem Platz ihr gegenüber wieder und musste feststellen, dass ihm nichts anderes übrig blieb, als die Zähne zusammenzubeißen und es zu ertragen.

Die Zähne fest zusammenzubeißen und an die spätere Belohnung zu denken.

Es war ein ausgedehntes Dinner mit vielen Gesprächen zwischen den einzelnen Gängen, bis schließlich das letzte Gedeck abgeräumt wurde. Wie es bei solchen Versammlungen üblich war, blieben die Herren nicht am Tisch sitzen, sondern folgten den Ladys zurück in den Empfangssalon, wo Port und Brandy gereicht wurden, um die Stimmbänder für die nachfolgenden Debatten geschmeidig zu halten.

Kopfschüttelnd lehnte Barnaby den Brandy ab, den der Lakai ihm anbot, und bahnte sich den Weg an Penelopes Seite. Als er sie erreicht hatte, verabschiedete sie gerade den Gentleman, der ihr bei Tisch Gesellschaft geleistet hatte. Wie üblich war das Licht der Lampen heruntergedreht worden, sodass die Schatten in sämtliche Winkel des großen Zimmers kriechen konnten; die Gespräche zu diesem späten Zeitpunkt berührten oftmals sensible Bereiche, und wer sich auf solche Unterhaltungen einließ, zog es vor, seine Gesichtszüge vor möglicher Beobachtung zu verbergen.

Der Schatten, für den Penelope sich entschieden hatte, verbarg die glühende Erwartung in ihren Augen vor allen anderen Gästen – nur nicht vor ihm.

Wofür sie dankbar war. Denn Lady Carnegie war eine enge Freundin ihrer Mutter und alles andere als blind.

Barnaby ergriff Penelopes Hand und schob sie auf seinen Ärmel. »Wo ist dieser Salon?«

Penelope deutete auf eine Seitentür. »Durch diese Tür können wir dorthin gelangen.«

Er führte sie die paar Schritte zu der Tür, die im Winkel einer kleineren Wand in dem unregelmäßig geformten Zimmer versteckt lag; er öffnete, drängte sie hindurch, folgte ihr und schloss die Tür fest hinter sich.

Der Korridor war nicht beleuchtet. Aber es floss genügend Mondlicht durch die Fenster ohne Vorhänge, um ihn den Weg erkennen zu lassen. Penelopes Instinkte trieben sie vorwärts, drängten sie immer beharrlicher, als sie ihn über den Korridor zum Salon führte. Es schien, als wäre irgendetwas nicht in Ordnung. Nicht recht zu glauben.

Auf halbem Wege blieb sie stehen, drehte sich zu ihm um und schaute ihn an.

Im sanften Schimmer des Mondlichts musterte sie sein Gesicht, als ob sie etwas suchte, bekräftigte und bestätigte, was sie nicht genau in Worte fassen konnte.

Barnaby erwiderte ihren forschenden Blick. Arrogant und fragend zog er eine Braue hoch.

Und betonte die Treffsicherheit ihrer Instinkte.

Penelope verengte den Blick. »Du bist viel zu … liebenswürdig. Du gehörst nicht zu den Männern, die sich bereitwillig an die Fersen irgendeiner Lady heften.«

Er ließ ein paar Sekunden verstreichen, bevor er antwortete.

»Wenn die Lady sich in die Richtung bewegt, die ich auch einzuschlagen wünsche, gibt es keinen Grund, sich darüber zu streiten, wer den nächsten Schritt macht.«

Penelope schwieg stirnrunzelnd. »Soll das heißen, dass du nicht folgen würdest, sobald ich eine Richtung einschlüge, der du nicht folgen *wolltest*?«

Die Kontur seiner Lippen veränderte sich um einen Hauch, sodass es schien, als wollte er nicht mehr lächeln, sondern sie warnen. »Nein. Das soll heißen, dass ich dich … auf den richtigen Weg bringen würde, sobald du die falsche Richtung einschlagen würdest.«

Mit erhobenen Brauen hielt Penelope seinen Blick fest. »Mich auf den richtigen Weg bringen?«

Barnaby wich ihrem Blick nicht aus, gab ihr keine Antwort. Raubte ihr die Überzeugung, dass sie, wie sie angenommen hatte, die Verantwortung für ihre Affäre trug, dass sie tatsächlich die Kontrolle darüber behielt, indem sie bestimmte, wann sie sich trafen und welche Dinge sie näher erkunden wollte.

Aber falls es sich so verhielt, dass Barnaby ihr *erlaubte,* die Verantwortung zu tragen ... trug sie dann noch wirklich die Verantwortung? Ganz besonders dann, wenn er jederzeit seinen Status als der »Mann in ihrem Schlepptau« aufgeben und die Kontrolle selbst übernehmen konnte?

Penelope kniff die Augen zusammen, war sich nicht mehr sicher, wohin ihre Beziehung inzwischen gelangt war, wie sie oder er gerade zueinander standen.

Sie hielt noch einen Moment inne und erforschte seine blauen Augen. Aber als sein Blick ihr keine weiteren Einsichten gewährte, deutete sie den Korridor hinunter. »Und heute Abend?«

Seine Lippen verzogen sich ein wenig mehr. Er neigte den Kopf, aufmerksam, aber mit Bedacht. »Geh voran.«

Penelope drehte sich um und gehorchte. Ein erwartungsvoller Schauder rann ihr über den Rücken. Seltsam. Aufregend. Sie trug die Verantwortung – er überließ ihr die Kontrolle –, solange die Richtung, die sie einschlug, ihm genehm war.

Was sie vor die Herausforderung stellte, ihm genehm zu sein; eine Herausforderung, der sie bis zum gegenwärtigen Zeitpunkt offenbar gerecht wurde.

Am Salon angekommen, öffnete sie die Tür und trat ein. Penelope schaute sich um, überzeugte sich, dass es dort so aussah, wie sie es in Erinnerung hatte – ein quadratischer Raum, der auf den verlassenen Nebengarten hinauszeigte, bequem möbliert mit zwei gut gepolsterten Sofas, die im Winkel vor dem Kamin gruppiert waren, einem Lehnsessel und verschiedenen kleinen Tischchen. An einer Wand stand ein

Schreibtisch, und in der schattigen Ecke hatte eine Harfe ihren Platz gefunden.

Weder eine Lampe noch eine Kerze brannten; das Zimmer war nicht für die Gäste vorbereitet worden. Aber das Mondlicht ergoss sich sanft in den Salon und bot eine weiche Beleuchtung, die zumindest ihr dem Anlass viel angemessener erschien als Kerzen.

Zwischen den beiden Sofas blieb sie stehen und drehte sich um. Barnaby war genau hinter der Tür stehen geblieben. Sie breitete die Arme aus. »Ist das passend?«

Barnaby hatte das Zimmer bereits mit dem Blick überflogen und schaute jetzt sie an. Es herrschte Stille, und sie hörte, wie das Türschloss klickend herumgedreht wurde und er langsam auf sie zuschritt. »Es kommt darauf an, was du im Sinn hast.«

Mehr. Aber was genau und wie … Penelope fing seinen Blick auf, als er vor ihr stehen blieb. »Mir ist bewusst, dass Ladys und Gentlemen unseres Standes sich bei solchen Anlässen oft in solche Begegnungen fügen. Meistens in Salons wie diesem.«

Das war einer der Gründe, weshalb sie scharf darauf war, es auszuprobieren. Sie wollte am eigenen Leib erfahren, welcher Nervenkitzel sich bei solch verbotenen Treffen einstellte, wollte wissen, was sie dabei über ihr eigenes Verlangen lernen konnte.

Sein Blick war auf ihre Lippen gesunken. Und sie fragte sich, ob er sich vorstellte, sie zu küssen.

Kühn trat sie vor, hob die Hände und drückte sie auf seinen Oberkörper, bevor sie sie langsam nach oben auf seine Schultern gleiten ließ. Sie trat noch näher, sodass ihre Brüste ihn berührten, als sie die Finger um seinen Nacken schloss. »Ich dachte …«

Barnaby hatte den Blick noch immer auf ihre Lippen fixiert. Er hob die Hand auf ihre Taille, krümmte die Finger, als er den Griff schloss und sie festhielt.

Penelope fuhr sich mit der Zungenspitze über die Lippen und bemerkte, dass seine Augen der Bewegung folgten. Sie fühlte sich köstlich wie die Sünde, so verführerisch wie eine Sirene und hatte sich vollkommen unter Kontrolle, als sie fortfuhr: »Ich dachte, dass wir sozusagen improvisieren und einfach schauen, wohin das Verlangen uns führt.«

Endlich hob Barnaby den Blick und sah sie an, erforschte kurz ihre Augen und lächelte. »Was für eine ausgezeichnete Idee«, murmelte er und senkte den Kopf, sodass sein Atem warm über ihre Lippen strich.

Sie streckte sich ihm entgegen, als er sich zu ihr beugte, und ihre Lippen trafen aufeinander; sie hätte nicht sagen können, wer wen geküsst hatte. Von der ersten Sekunde an war diese Begegnung feurig vor Leidenschaft, und sie beruhte auf voller Gegenseitigkeit, angetrieben von einem Verlangen, das teils zu ihrer Überraschung auf Anhieb entflammte, sich in Sekundenbruchteilen von einem Funken zu einer Flamme und schließlich zu einem rasenden Inferno entwickelte.

Stärker als je zuvor, mit größerer Sicherheit und noch mächtiger breitete es sich unter ihrer Haut aus und sorgte dafür, dass sie atemlos nach Luft schnappte.

Das Verlangen war kein Vergnügen, sondern eine Not, die nach ihm dürstete; war keine Freude, sondern der Hunger, der aus der Sehnsucht entstand.

Innerhalb weniger Minuten war aus dem Kuss ein übermütiges Duell geworden, in dem sie sich gegenseitig anheizten, als handele es sich um einen Wettstreit, wer die Leidenschaften des anderen noch tiefer und noch vollständiger provozieren konnte. Während Barnaby unstrittig über die größere Erfahrung verfügte, besaß sie eine Begeisterung, eine Gier und ein blindes Vertrauen in ihre eigene Unbesiegbarkeit, die das Siegel auf ihre Unschuld war.

Mit verschmolzenen Lippen hingen sie aneinander, ihre Zungen tanzten und forderten, und er schien sie förmlich verschlingen zu wollen, während sie ihn spöttisch verführte und die Flammen zwischen ihnen in ungeahnte Höhen schossen.

Weder sie noch er gewannen am Ende. Penelope war sich nicht einmal sicher, ob es in dieser Art Wettstreit überhaupt jemals einen Sieger geben konnte.

Ihr Körper war erhitzt, die geschwollenen Brüste schmerzten in den engen Grenzen ihres Mieders, lange bevor er zurücktrat und sie mit sich zog. Ohne den Kuss abzubrechen, ließ er sich rückwärts nach unten sinken, auf eines der Sofas, hob sie hoch und zog sie zu sich auf die Knie, und zwar so, dass sie rittlings über ihm saß, sich an ihn lehnen und den heißen Kuss fortsetzen konnte.

Barnaby hob die Hände und heizte ihr Verlangen noch mehr an. Rasch knöpfte er ihr Mieder auf, sodass es aufklaffte. Mit einer geschickten Drehung seiner flinken Finger befreite er sie aus dem Hemd und konnte mit der Hand ihre erhitzte Haut streicheln, um sie ein wenig zu entspannen.

Sie beruhigen und gleichzeitig aufregen.

Obwohl der feurige Kuss sie ablenkte, bemerkte Penelope sehr deutlich, dass es in seiner Berührung immer zweierlei gab. Als seine Fingerspitzen ihre Knospe gefunden hatten, sie liebkosten und zart zwickten, stöhnte sie vor Lust. Der Hunger, der gleich darauf folgte, fühlte sich noch drängender an als je zuvor.

Jede seiner Berührungen weckte in ihr den Hunger nach mehr, und jeder kurze Gefühlsausbruch, jedes Gefühl aufschießender Lust vertiefte nur ihr Verlangen.

Penelope griff nach den Knöpfen an seinem Hemd.

Barnaby schloss seine Hand über ihre, um sie aufzuhalten. Er löste sich aus dem Kuss, nur einen Zentimeter, gerade weit genug, um ihr mit rauer Stimme zuzuflüstern: »Nein. Wir müssen wieder ins Empfangszimmer zurück. Du wolltest dieses Treffen. Also musst du dich auch an die Regeln halten.«

Ich bestimme hier … oder doch nicht? Penelope leckte sich die geschwollenen Lippen. »Wie lauten diese Regeln?«

»Wir bleiben mehr oder weniger vollständig angezogen.« Sie kniff die Augen zusammen. »Geht das?«

»Mit Leichtigkeit.«

Er zeigte ihr, wie es ging – wie er, wenn sie auf seinen Knien hockte, ihre Röcke und Unterröcke arrangieren konnte, wie er ihren Rücken frei über seine Beine strecken und die vordere Seite des Kleides über ihre Knie hochschlagen konnte, sodass der seidene Rock verhältnismäßig wenig zerknittert wurde, die Unterröcke aber trotzdem zwischen ihrem und seinem Körper verschwunden waren – die empfindlichen Innenseiten ihrer Schenkel rieben sich an der feinen Wolle seiner Hosen und den straffen Muskeln unter ihnen.

Jedes Mal, wenn sie sich rührten, rieben sie sich aneinander, schliffen ihre Haut, nur zart, aber doch unerwartet erotisch.

Penelope hatte es kaum verkraftet, als er die Röcke vor ihrem Bauch noch höher schob und mit den Händen unter den Stoff fuhr. Und sie berührte.

Wilde Empfindungen schossen durch ihr Inneres, köstlich und würzig. Stöhnend schloss sie die Augen, spürte, wie ihr Rückgrat sich plötzlich schwächer anfühlte. Barnaby beugte sich vor und eroberte ihre Lippen, ihren Mund, indem er sie forderte, langsam und bedächtig, während er sie unter ihren Röcken erforschte, liebkoste und zärtlich streichelte.

Sie berührte und erkundete, bis die schon vertrauten Flammen der Sehnsucht hell in ihr loderten.

Barnabys Hände wirkten wahre Wunder auf ihrer Haut, verzauberten sie wie mit purer Magie. Kräftige Handflächen formten sich um ihre Rundungen, lagen mächtig auf ihr, und seine erfahrenen Finger liebkosten sie zärtlich, drangen in sie ein und zogen sich wieder zurück, bis sie vor Verlangen brannte und überzeugt war, gleich den Verstand zu verlieren.

Penelope besaß nicht die Kraft, sich aus dem Kuss zu lösen und einen Befehl auszusprechen. Am Rande der Verzweiflung umklammerte sie seine Schultern, lockerte den Griff, glitt mit einer Hand an seinem Hals hinauf zu seinem Ohrläppchen und zwickte ihn.

Er löste sich aus dem Kuss. »Was?«, brummte er heiser.

»Jetzt!« Penelope schloss die Augen und schauderte, als er mit dem Finger tief in sie eindrang. »Nicht das«, zischte sie. »Ich will dich!«

Einen Moment lang war sie überzeugt, dass sie die Lider öffnen und ihn anstarren musste, um wieder die Oberhand zu bekommen … eine anziehende Vorstellung … sehr anziehend sogar … aber dank ihrer Stellung und ihres überaus angespannten Zustands bezweifelte sie, dass es ihr gelingen würde … ganz sicher nicht so, dass sie den Augenblick gebührend würdigen und ordentlich daraus lernen könnte.

Aber glücklicherweise hatte Barnaby begriffen, dass sie es nicht hinnehmen würde, wenn er sich ihr verweigerte. Sie spürte sein irritierend überhebliches Lachen mehr, als dass sie es hörte, und beschloss, die Hand nicht zu beachten, die sich unverzüglich an den Knöpfen seiner Hose zu schaffen machte, während er unruhig hin und her rutschte.

Seine steife Rute sprang förmlich heraus, ihre gesamte Aufmerksamkeit fordernd. Er dirigierte die flache Kuppe vor ihre Öffnung, und der Griff um ihre Hüfte verstärkte sich. Penelope begriff, wie es funktionieren könnte. Begeistert, begierig und mit unsäglicher Erleichterung hieß sie den Augenblick willkommen und sank auf ihn.

Langsam.

Das Gefühl, dass er sie erfüllte und dehnte, umgekehrt aber sie selbst bestimmte und ihn jederzeit kontrollierte, durchflutete ihren Geist. Barnaby war nur wenige Zentimeter in sie eingedrungen, als sie die Luft tief einsog und die Augen öffnete.

Sie musste einfach sein Gesicht sehen, ihn beobachten, während sie ihn Zentimeter für Zentimeter weiter in ihren Körper aufnahm, ihn umschloss – ihn nahm.

Und nicht genommen wurde.

Der Unterschied war, wie sie bemerkte, bedeutend, während sie ihren Blick immer noch in seinen vertieft hatte und alle Sinne benutzte, um die Verbindung mit ihm zu genießen.

Barnaby spürte es. Bis ins Mark. Noch nie hatten solche Empfindungen ihn überwältigt, nicht ein einziges Mal in all den Jahren mit ähnlichen Erfahrungen. Er konnte nicht zählen, wie oft er sich in solchen Situationen befunden hatte, war niemals schüchtern gewesen, sich in die Zerstreuungen zu flüchten, die die gelangweilten Ehefrauen der Salons ihm stets bereitwillig angeboten hatten.

Aber nicht mit einer Einzigen war es so gewesen wie mit ihr. Niemals war sie es gewesen.

Es war ein Kampf, die Augen offen zu halten, sich auf ihr Gesicht zu konzentrieren, während sie ihn langsam und bedächtig in sich aufnahm, ihn mit der dickflüssigen Hitze umhüllte, die jeden gesitteten Impuls in seinem Innern zu Asche verbrennen würde.

Nichts an seinen Empfindungen erinnerte noch an Sitte und Anstand – nicht das großartige Triumphgefühl, das ihn machtvoll überschwemmte und jeden harten Muskel in fiebriger Erwartung geschmeidig durchbog.

Sie … ist … mein.

Trotz der beständigen Aufmerksamkeit, der Intelligenz und des starken Willens, mit denen sie ihn aus den Tiefen ihrer dunklen Augen musterte, ungeachtet all dessen und der Gedanken, die ihr durch den Kopf wirbeln mochten, betrachtete er diese Sekunden als Unterwerfung im natürlichsten und ursprünglichsten Sinn.

Als sinnliches Opfer.

Ein Opfer, in dem sie an seine Sehnsucht appellierte und sich bereitwillig hingab, um seinen Hunger zu stillen.

Seinen mächtigen, unstillbaren Hunger nach ihr.

Mit jedem Tag schien dieser Hunger noch weiter zu wachsen, und nach der vergangenen Nacht war er geradezu dramatisch in die Höhe geschnellt.

Penelope war so tief geglitten, dass es nicht mehr weiterging, rutschte hin und her und drückte sich an ihn, um ihn vollständig in sich aufzunehmen.

Dann lächelte sie.

Im Dämmerlicht wirkte ihre Geste geheimnisvoll verschleiert, wirkte wie ein durch und durch weibliches Lächeln. Es vertiefte sich noch um einen Hauch; sie hielt immer noch seinen Blick fest, als sie begann, sich wieder zu erheben.

Barnaby stöhnte erstickt und schloss die Augen. Er wusste, was sie wollte, was sie sich wünschte ... aber er wusste nicht, ob er auch stark genug sein würde, es ihr zu geben.

Er versuchte es. Versuchte, seinem Körper zu befehlen, sich zu unterwerfen, verbot sich, die Führung zu übernehmen, sodass sie ihn reiten und wie gewünscht ihre Erfahrungen machen konnte.

Wieder erhob Penelope sich langsam, glitt hinunter, um ihn dabei zu erkunden, zog die Muskeln ihrer Scheide um seine harte Männlichkeit zusammen und spürte ihn noch besser.

Die Empfindung war viel mächtiger, als wenn sie die Hand benutzt hätte.

Mit geschlossenen Augen konzentrierte Barnaby sich darauf, keine Reaktion zu zeigen, versuchte, die Flut der Empfindungen abzuwehren, die sie ihm aufdrängte – und versagte. Seine Finger krallten sich tief, beinahe verzweifelt um ihre Hüften; er würde blaue Flecken zurücklassen, wusste aber nur zu gut, dass ihr blaue Flecken an der Hüfte lieber waren, als dass er die Führung übernahm. Weil er ihr sonst die Freiheit nahm, zu lernen und ihn zu erforschen.

Aber weiter durfte er nicht gehen.

Konnte diese köstlichen Qualen nicht länger ertragen.

Er ließ eine Hüfte los, schlang die Hand um ihren Nacken und zog sie heftig nach vorn, in einen leidenschaftlichen Kuss.

Penelope verweigerte sich nicht, sondern erwiderte seinen Vorstoß genauso begierig wie er.

Nicht gut.

Je mehr Zeit verging, desto unwichtiger wurde es, wer wen kontrollierte. Es war wie eine Angelegenheit, die der Vergangenheit angehörte. Vergangen und vergessen.

In den ungezählten Affären der vergangenen Jahre hatte er sich niemals von solcher Hitze eingehüllt gefunden. Sich niemals von einer solch elementaren Feuersbrunst bedroht gesehen. Und diese Feuersbrunst hatte sie beide entflammt, war wie eine Flammenwand, die vorpreschte und sie einschloss und zu verzehren drohte.

In eine stürmische Brandung der Gier, des Hungers, der verzweifelten Sehnsucht. So mächtig, so begierig, so tief zerrissen vor Leidenschaft, dass er vollkommen verloren und ihrer Gnade ausgeliefert war – wie sie auch ihm.

Jenseits jeglicher Kontrolle.

Verloren im Reich einer noch tieferen Sehnsucht, eines ursprünglicheren, noch qualvolleren Hungers.

Penelope und Barnaby stöhnten, klammerten sich aneinander, küssten sich mit einer Leidenschaft, als hinge ihr Leben davon ab. Unter ihren Röcken waren die Körper verschlungen, und es schien, als wäre es eine unverrückbare Bedingung ihrer weiteren Existenz, in das versprochene Paradies zu gelangen.

Und dann erreichten sie es.

Penelope brach mit einem Schrei, der durch ihren Kuss erstickt wurde, in sich zusammen, und umgekehrt durchflutete ihn eine ungeheure Erleichterung, zerbrach ihn innerlich und raubte ihm schier den Verstand und riss förmlich ein Loch in sein Bewusstsein, das ihn noch empfänglicher machte.

Für das mächtig aufquellende Gefühl, das sich infolge der Erleichterung einstellte.

Das ihn erfüllte und ihn sättigte, wie er es noch nie zuvor erlebt hatte.

Das in seiner Brust aufkeimte, als ein zartes, erfreutes Lächeln ihre Lippen nach oben zog, sie sich erschöpft an ihn schmiegte und in seine Arme sank, die er um sie schloss.

Ungezählte Minuten später saß Barnaby mit ihr in den Armen auf dem Sofa, strich ihr mit einer Hand über den Nacken, vor und zurück, besänftigte nicht nur sie, sondern ebenso sich selbst.

In diesem Moment, in dem ihr warmes Gewicht auf ihm ruhte, ihre Scheide sich wie ein erhitzter Handschuh um seine halb steife Erektion schloss, wollte er nichts anderes als sie halten und sich vollständig und vollkommen fühlen.

Wollte zum ersten Mal in seinem Leben spüren, was Vollständigkeit und Vollkommenheit bedeuten konnten.

Es war nicht nur eine körperliche Empfindung. Zugegebenermaßen waren seine Gefühle mit den Jahren ein wenig abgestumpft, sodass ihre unschuldige Begeisterung wie ein Zauberelixier auf ihn wirkte. Und doch schienen das gemeinsame Vergnügen und ihre unverfälschte Lust irgendwie feiner und raffinierter zu sein, wie der Gipfel einer Erfahrung, die er unbewusst sein ganzes Leben lang gesucht hatte.

Sie war es, nach der er sein ganzes Erwachsenenleben lang auf der Suche gewesen war.

Barnaby schloss die Arme noch enger um sie. Nachdem er sie endlich gefunden hatte, hatte er nicht die Absicht, sie jemals wieder gehen zu lassen. Darin stimmten seine gebildete Hälfte und die eher primitive Natur in seinem Innern vollkommen überein.

Er lehnte die Wange an ihr glattes, seidiges Haar und atmete tief durch – über dem würzigen Duft ihrer Liebe lag ein Duft, der nur ihr gehörte, ein Duft nach Flieder und Rosen, nach sanfter Weiblichkeit und ihrem unbeugsamen Willen. Natürlich hatte er keine Ahnung, wie Willensstärke duften konnte; aber er war sich ebenso sicher, dass diese Eigenschaft einen Platz in ihrem Bouquet gefunden hatte.

Penelope regte sich, war immer noch erschöpft und entspannt bis in die Haarspitzen. Er drückte ihr einen sanften Kuss auf die Stirn. »Wir haben Zeit. Keine Eile.«

Sie brummte ein verlegenes »Hm« und schmiegte sich wieder an ihn. »Gut.«

Das Wort klang beinahe wie geschnurrt und gab zu verstehen, dass ihr Vergnügen unbeschreiblich war. Barnaby lächelte und freute sich unbändig über ihren Tonfall. Und über das Wissen, dass der Grund in dem lag, was sie gemeinsam genossen hatten.

Zwar hatte es lange gedauert, aber endlich hatte er voll und ganz begriffen, warum seine Freunde Gerrard Debbington, Dillon Caxton und Charlie Morwellan ihre Ansichten über die Ehe geändert hatten. Es hatte Zeiten gegeben, da hatten sich alle vier aus ganz unterschiedlichen Gründen gegen den Ehestand ausgesprochen. Aber mit der richtigen Lady, wie die drei sie nach und nach gefunden hatten, war die Ehe – *jetzt und immerdar, von diesem Tage an, bis dass der Tod euch scheidet* – für sie der wahrhaftige Weg gewesen, war ihr Schicksal, dem sie nicht entrinnen konnten.

Penelope Ashford war die richtige Lady für ihn. Sie war sein Schicksal.

Für ihn konnte es keinerlei Zweifel geben. Sein Los hatte ihn unruhig und unbefriedigt zurückgelassen; aber seit sie in sein Leben spaziert war, waren die Unruhe und das unbefriedigte Gefühl wie gebannt. Penelope war das fehlende Teil im Puzzle seines Lebens. Wenn sie ihren Platz einnahm, dann würde es ein sinnvolles Ganzes ergeben.

An ein Leben ohne sie verschwendete Barnaby keinen Gedanken mehr. Es war nicht mehr vorgesehen. Daher …

Der beste und zweifellos der einzige Weg, um sicherzustellen, dass sie einer Ehe mit ihm zustimmte, bestand darin, sie sanft in diese Richtung zu drängen, bis sie aus freiem Willen entschied, dass das Schicksal ihr ein Leben mit ihm bestimmt hatte.

Diese Entscheidung musste sie aus freien Stücken treffen. Er mochte sie ermutigen, ihr die Vorteile aufzeigen und sie überzeugen; nur drängen durfte er sie nicht. Und noch weniger zwingen. Wenn er ihr gestattete, den Weg ihrer Entscheidung selbst zu wählen, dann konnte es bedeuten, dass sie ihrem eigenen Skript folgte – wie die abendlichen Begegnungen bewiesen hatten.

Unglücklicherweise hatte sie gerade eben auch gezeigt, dass in ihrem Skript Handlungen oder sogar Opfer vorgesehen waren, die ihm seinerseits mehr abverlangten, als er zu geben gewohnt, und mehr, als ihm behaglich war. Es hatte ihn schwer erschüttert, sich von ihr nehmen zu lassen, anstatt umgekehrt sie zu nehmen. Es hatte ihm eine Kraft abverlangt, von der er nicht gewusst hatte, dass er sie überhaupt besaß, nur um ihr so weit entgegenzukommen.

Wenn er in der Lage sein wollte, sie die eigene Route bestimmen zu lassen ... dann würde er sich überlegen müssen, wie er die Nebenstrecken eingrenzte.

Oder er musste ihr untergründig Vorschläge machen, welche Avenuen sie vielleicht zu erkunden wünschte ... solche, auf denen sie nicht voranpreschte.

Er kniff die Augen zusammen und ließ den Blick nachdenklich ins Leere schweifen. Unter ihren Röcken bedeckten seine Hände immer noch ihren nackten Hintern, die Rundungen wie aus Porzellan, die er in der Nacht zuvor erspäht hatte, ohne sie genüsslich mit dem Blick verzehren zu können.

Barnaby konnte sich locker ein Spiel vorstellen, das an solche und ähnliche Launen appellierte.

Vielleicht, so dachte er, sollte ich nicht versuchen, ihr so weit wie möglich die Kontrolle zu überlassen, sondern in ihr die Begierde wecken, sich mir zu unterwerfen ... ich sollte die Sehnsucht nach Unterwerfung in ihr wecken, die Sehnsucht, mich einzuladen, als wäre es eine natürliche Seite des Spiels ... wie es sich in Wahrheit auch verhielt.

Schließlich war die Neugier ihr größter Antrieb.

Barnaby musste es nur noch gelingen, diese Neugier auf die entscheidenden Dinge zu lenken.

15

»He, Horace! Hast du das hier schon gesehen?«

Grimsby schlurfte aus dem hinteren Teil seines Ladens nach vorn und blinzelte Booth mit eulenhaftem Blick an. Booth war ein Hansdampf in allen Gassen, ein Tausendsassa, der ihm hin und wieder allerlei Tand und Flitterkram zum Verkauf vorbeibrachte. »Was?«

Booth legte den gedruckten Steckbrief auf die Theke. »Das hier. Habe es gestern auf dem Markt entdeckt. Sind ziemlich viele verteilt worden. Hab gestern Abend in der Kneipe auch gehört, wie man sich darüber unterhalten hat.« Booth starrte Grimsby eindringlich an. »Dachte, dass es dich interessieren könnte.«

Stirnrunzelnd betrachtete Grimsby den Steckbrief. Während er las, bemerkte er, wie ihm das Blut aus den Wangen wich; seine Hand zitterte, als er erfuhr, welche Belohnung versprochen wurde. Rasch legte er das Blatt wieder ab.

Booth hatte ihn genau beobachtet. »Dachte, dass ich dir den Zettel zukommen lasse, Horace. Wir kennen uns schon eine Ewigkeit, und alte Freunde müssen doch ein Auge aufeinander haben, nicht wahr?«

Grimsby zwang sich zu einem Nicken. »Aye, Booth, das müssen wir. Danke für den Zettel. Habe natürlich keine Ahnung, worum es geht.«

Booth grinste. »Nicht mehr als ich auch, Horace.« Er nickte Grimsby zum Abschied zu. »Wir sehen uns. Bye.«

Grimsby nickte ebenfalls, war mit den Gedanken aber schon ganz woanders und nahm den Steckbrief wieder zur Hand, als Booth aus dem Laden verschwand.

»Wally!«, brüllte er dann.

Das Gebrüll veranlasste Wally, die Treppe hinunterzustolpern. Mit einem Blick überflog er den Laden, bevor er Grimsby anschaute. »Was gibt's, Boss?«

»Das hier.« Mit seinem schmutzigen Fingernagel schob Grimsby den Zettel quer über die Theke und fuhr angewidert fort: »Wer hätte jemals gedacht, dass diese dreckigen, hochnäsigen Kerle von Scotland Yard sich für ein paar Gören aus dem East End interessieren würden!« Er überließ es Wally, den Steckbrief eingehend zu studieren, und stampfte um die Theke. »Da stimmt was nicht, lass dir das gesagt sein.«

Und genau das war der Punkt, der ihn am meisten interessierte. Die Erfahrung verriet Grimsby, dass es niemals ein gutes Ende nahm, wenn die Dinge durch solch unnatürliche Vorfälle aus dem Ruder liefen.

Wally straffte sich. »Ich … äh, gestern Abend in der Kneipe hab ich ein paar Gerüchte aufgeschnappt. Wusste nicht, dass es um diese Sache geht. Habe aber gehört, dass die Leute in der Gegend sich nach den Jungen umgehört haben.«

Der zaghafte Unterton in Wallys Worten entging Grimsby ebenso wenig wie die Tatsache, dass der Mann seinem Blick auswich. Schnaubend schnappte er nach Wallys Ohr und drehte es grausam ein. »Was hast du noch gehört?«

Wally zuckte zusammen und hüpfte. »Autsch!«

Grimsby drehte noch mehr und lehnte sich näher an den Mann.

»Haben die Leute zufällig auch danach gefragt, wer hier in der Gegend eine Lehranstalt eingerichtet hat?«

Wallys Schweigen war Antwort genug.

Grimsby senkte die Stimme. »Hat irgendjemand geplaudert?« Wally versuchte, den Kopf zu schütteln, und zuckte schmerzverzerrt zusammen. »Nein! Niemand hat auch nur ein Sterbenswörtchen verraten! Man hat sich nur gewundert, dass die Leute überhaupt fragen. Und warum. Das ist alles.«

Grimsby zog eine Grimasse und ließ Wally los. »Geh zurück zu den Jungen.«

Mit einem aufmerksamen Blick auf ihn drehte Wally sich herum, rieb sich das misshandelte Ohr und stob davon.

Grimsby wandte sich wieder der Theke zu und betrachtete den Steckbrief aufs Neue. Über die Namen und Beschreibungen machte er sich keinerlei Sorgen. Denn bisher hatten die Burschen das Haus noch nicht verlassen, und außer in der Nacht würde sich daran auch nichts ändern. Im Dunkeln sahen alle Gassenjungen gleich aus.

Es war die Belohnung, die ihm Kopfzerbrechen bereitete. Bisher war noch niemandem ein Sterbenswörtchen über die Lippen gekommen – wie gesagt, *bisher*. Aber das würde sich ändern – irgendwann, irgendwer, irgendwo. Es wohnten Menschen in der Gegend, die selbst die Seele ihrer Mutter für ein paar Groschen verkaufen würden.

Wieder las er die Ankündigung und tröstete sich ein wenig damit, dass die Belohnung eigens für Informationen über die Jungen gedacht war, anstatt für Hinweise auf die Lehranstalt. Da die Jungen noch nicht gesichtet worden waren, noch nicht einmal in der unmittelbaren Nachbarschaft, schwebten sie seiner Meinung nach auch nicht in der Gefahr, in nächster Zeit in die Fänge der Einheimischen zu geraten.

Aber später in ihrer Ausbildung mussten die Jungen auf die Straße. Üblicherweise gehörte es zu Wallys Aufgaben, anfangs tagsüber mit ihnen in Mayfair spazieren zu gehen, damit sie sich an die breiteren Straßen gewöhnten und mögliche Verstecke kennenlernten wie beispielsweise Untergeschosse und die Treppen, die dorthin führten.

Solche Orte gab es im East End nicht, und gute Klaukinder mussten das Gebiet kennen, in dem sie eingesetzt wurden.

Jetzt musste auch dieser Teil der Lehre nachts absolviert werden. Dafür war Wally nicht zu gebrauchen. Smythe würde es übernehmen müssen. Und selbst dann …

Ganz gleich, wie starrsinnig Alert an seinem Plan auch festhalten mochte, Grimsby konnte sich nicht vorstellen, dass der

Mann es riskieren würde, dass ihm der Laden um die Ohren flog.

Trotz dieser Einschätzung blieb ihnen nur noch etwa eine Woche Zeit, um ihre Geschäfte zu Ende zu führen. Obwohl es ihn in den Fingerspitzen juckte, zögerte Grimsby mit dem Rückzug – ganz besonders deshalb, weil das Schwert in Alerts Händen gefährlich über seinem Kopf schwebte.

Außerdem durfte er Smythe nicht aus den Augen verlieren. Grimsby las den Steckbrief noch einmal durch. Wenn er auf eigene Rechnung gearbeitet hätte, würde er die Jungen freigeben, sie ihren Weg nach Hause finden lassen und seine Hände in Unschuld waschen. Er war zu alt, um noch einmal ins Gefängnis zu wandern, ganz zu schweigen von der Deportation.

Aber Alert würde Schwierigkeiten machen. Denn er war ein feiner Pinkel – und hielt damit nicht hinterm Berg.

Smythe dagegen wusste, was Sache war.

An diesem Nachmittag rekelte Penelope sich in Barnabys großem Bett und konnte sich nicht daran erinnern, sich jemals so wohlgefühlt zu haben. So sehr erfüllt von innerem Frieden.

Draußen vor den Fenstern waberte der graue Novembertag langweilig, still und dumpf vor sich hin. Es war ein Sonntag, und es herrschte wenig Betrieb auf den Straßen; die kühle Brise trieb den Geruch des Winters noch ein wenig kräftiger in die Häuser.

Im Zimmer war es gemütlich, denn das Feuer brannte munter im Kamin gegenüber dem Ende des Bettes. Sie hatte sich in die Kissen und unter die Decke geschmiegt, fühlte sich bis ins Mark erwärmt und ebenso entspannt, was mit dem Feuer allerdings wenig zu tun hatte.

Die Bettvorhänge waren gelockert und nur teilweise vorgezogen worden. Dennoch erzeugten sie ein Gefühl des Eingeschlossenseins, verwandelten das Bett mit seiner tiefen, gepolsterten Matratze und den zahlreichen weichen Kissen in eine Höhle der geheimen Lüste und verbotenen Freuden.

Es lag an diesen geheimen Lüsten und verbotenen Freuden, dass ihre Muskeln so entspannt waren.

Nach einem frühen Mittagessen hatte Penelope ihrer Mutter erklärt, dass sie sich um Angelegenheiten des Findelhauses zu kümmern hatte, und war mit einer Kutsche in die Jermyn Street gefahren. Denn während sie in der Nacht zuvor ihre Kleidung in Lady Carnegies Salon in Ordnung gebracht hatten, hatte Barnaby erwähnt, dass Mostyn sonntagnachmittags freihatte. Er selbst hatte also auf ihr Klopfen die Tür geöffnet, hatte sie bereitwillig empfangen und sich mit ihr amüsiert.

Gründlich.

»Hier.«

Penelope entdeckte ihn in prachtvoller Blöße neben dem Bett stehend, als er ihr ein Glas Sherry anbot. Sie lächelte sichtlich erfreut, befreite einen Arm und griff nach dem Glas. »Danke.« Die Stärkung konnte sie gut gebrauchen. Denn es war noch früh, und wie sie sowohl in der Nacht zuvor als auch in der vergangenen Stunde wieder einmal begriffen hatte, gab es für sie immer noch jede Menge zu lernen.

Zu erfahren und zu begreifen, nicht zuletzt über sich selbst – wie sie auf sein offenkundiges Expertentum in Liebesangelegenheiten reagierte und, was noch wichtiger war, warum sie so reagierte. Niemals hätte sie damit gerechnet, dass die Erfahrung so fesselnd, so berauschend sein würde. So fordernd, und zwar nicht nur in körperlicher Hinsicht, sondern auf eine Art, die sie immer noch nicht voll und ganz begriffen hatte.

Ganz bestimmt handelte es sich um etwas anderes als nur um eine körperliche Vereinigung.

Und das hatte sie nur noch neugieriger gemacht.

Penelope nippte an ihrem Glas und beobachtete mit gesenkten Lidern, wie er wieder zu ihr ans Bett kam, nachdem er das Kaminfeuer überprüft hatte.

Barnaby nahm sein Glas vom Nachttisch, hob die Decken an und legte sich neben sie. Unter seinem Gewicht bog sich die Matratze durch; die Nähe seines geschmeidigen und warmen Körpers – das Versprechen, das darin enthalten war, wenn er sich nackt neben sie legte, ohne dass es irgendwelche Barrieren zwischen ihnen gab –, all das rankte sich gespannt und erwartungsvoll um ihr Inneres.

Und jetzt, nachdem sie eine viel genauere Vorstellung davon gewonnen hatte, was alles in diesem Versprechen lag, war ihre Erwartung noch größer, noch süßer geworden. Wieder nippte sie an ihrem Glas und genoss den Sherry.

Penelope schloss die Augen, ließ die Gedanken schweifen. Ihr Körper schien kaum merklich zu summen und zu pulsieren, zu schnurren; in ihrem Kopf herrschte eine ungewöhnliche Ruhe. Sie konnte sich wahrhaftig nicht erinnern, dass es jemals eine Zeit in ihrem Leben gegeben hatte, in der sie sich so befriedigt gefühlt hatte wie in diesem Moment, so aufrichtig gesättigt.

Obwohl der fehlende Fortschritt bei den Ermittlungen nach den verschwundenen Jungen sie ärgerte und sorgte, lag die Enttäuschung in diesen Minuten in weiter Ferne. Hinter den Bettvorhängen, draußen vor dem Fenster.

Hier, in diesem Zimmer, innerhalb der intimen Grenzen seines Bettes, hatte sie nicht nur Lust und Vergnügen kennengelernt, sondern auch einen tiefen Frieden, so mächtig wie noch nie zuvor.

Neben ihr ließ Barnaby sich in die Kissen sinken, nippte an seinem Wein und beobachtete ihr Profil. Sie dachte nach; er hatte keine Ahnung, was ihr durch den Kopf ging, aber gemessen an ihrem ernsten Gesichtsausdruck handelte es sich nicht um den Fall.

Über die wenigen Einzelheiten, die es über die Ermittlungen auszutauschen gab, hatte er sie informiert, bevor er sie die Stufen hinaufgetragen hatte. Ohne Neuigkeiten, ohne Fortschritte und ohne nützliche Taten, mit denen sie sich beschäftigen konnten, hatte sie sich höchst erfreut auf seinen Vorschlag eingelassen, sich gegenseitig der Zerstreuung hinzugeben.

Nach seinen jüngsten, eher verhaltenen Überlegungen hatte Barnaby es seiner natürlichen herrischen Seite erlaubt, sich mehr zu zeigen – allerdings nicht ganz, sondern nur so weit, dass er ihre Neugier weckte und sie herausforderte. Nach einem anfänglichen Überraschungsmoment hatte sie ihn mit ihrer hellwachen Aufmerksamkeit belohnt.

Und genau wie er es erwartet hatte, hatte er ihre Neugier entfacht.

Barnaby war im Walzerschritt mit ihr ins Zimmer getanzt, hatte die Tür mit dem Fuß zugeschlagen, war dann mit ihr weiter zum Bett getanzt und hatte ihr auf dem Weg dorthin bereits die Kleider vom Leib gerissen.

Penelope hatte ihm mit erfreulichem Eifer geantwortet, obwohl die Beharrlichkeit, mit der sie ihm das Hemd vom Leib zerren wollte, einen kurzen Augenblick der Verwirrung ausgelöst hatte – für ihn jedenfalls. Denn er hatte nicht damit gerechnet, dass sie wieder die Initiative ergreifen würde. Aber genau das hatte sie getan.

Obwohl es ihm gelungen war, wieder die Führung zu übernehmen, hatte sie sie ihm später wieder streitig gemacht; mal hatte er vorn gelegen, mal sie beide, und so hatte er geführt, um sich dann wieder führen zu lassen, und so weiter ... daran war er zwar nicht gewöhnt, aber es war ihm gelungen, sich anzupassen.

Als der Zeitpunkt gekommen war, dass sie sich nackt über das Bett erstreckte, hatte nur noch ein einziger Gedanke ihn beherrscht: seine inzwischen pulsierende Männlichkeit in ihrem lüsternen Körper zu versenken. Und weil es sie ebenso beharrlich gedrängt, sie sich verlangend und verführerisch gekrümmt hatte, hatte er nichts anderes getan und seinen Wunsch beiseitegeschoben, ihre entblößten Rundungen noch ein wenig länger zu erforschen.

Am helllichten Tag. Ausgiebig.

Barnaby ließ den Blick über sie schweifen, nippte an seinem Glas und versprach sich, das Versäumte nachzuholen. Schon bald.

Alles in allem hatte er sie richtig eingeschätzt. Der Preis, den sie verlangte, waren das Wissen und die Erkenntnis. Auf diesem Gebiet handelte es sich um eine Währung, in der sein Säckel – im Unterschied zu ihrem – nie leer werden würde.

Es war wenig überraschend, dass sie abenteuerlustiger war als der Durchschnitt. Die Ladys aus den Salons neigten dazu einzuladen, anzustacheln und sich dann zu fügen; sie hielt es mit den ersten beiden, aber nicht mit dem Dritten.

Nein, Penelope war engagiert bei der Sache, hatte die Erwartung an sich selbst, auch einen Beitrag zu leisten, wenn schon nicht gleichwertig, dann doch aber mit dem eindeutigen Ziel, das Terrain zu bestimmen, in das ihre Leidenschaften sie treiben sollten, wann und auf welchen Wegen sie den Gipfel erreichten.

Sie liebte heftig und verwegen, war eifrig bei der Sache und lernte stetig dazu.

Während er es vorzog, unverrückbar an seiner Führungsrolle festzuhalten, schlich sich langsam der Verdacht ein, dass er doch wenigstens ein klein wenig die Vorzüge genießen sollte, ihr hin und wieder die Initiative zu überlassen.

Er nippte an seinem würzigen Amontillado, lenkte den Blick auf das Feuer und dachte darüber nach, an welcher Stelle auf dem Weg zum Altar sie inzwischen angekommen waren.

Einen oder zwei Schritte weiter als letzte Nacht.

Vielleicht war es an der Zeit, die Saat in ihrem empfänglichen und fruchtbaren Gemüt auszubringen.

Barnaby leerte sein Glas, stellte es auf dem Nachttisch ab, drehte sich zu ihr und streckte sich auf ihr aus.

Penelope riss die Augen auf, und er erhaschte das Funkeln ihrer dunklen Augen unter den wundervoll gebogenen Wimpern.

Barnaby hob ihre Hand von der Decke, zog sie hoch an seine Lippen und küsste ihre Finger – dann drehte er ihren Arm nach oben und platzierte die Hand auf dem Kissen über dem Kopf.

Er genoss ihre volle Aufmerksamkeit, schaute ihr aber nicht in die Augen. Stattdessen schob er einen Arm unter die Decke, führte seine Finger an eine Seite ihres Halses und zeichnete eine Spur unter dem Ohr entlang bis zum Schlüsselbein.

Penelope spannte sich kaum merklich an und beobachtete ihn. Er hob die Hand, um seine Zärtlichkeit zu wiederholen, schob die Decke zurück und rutschte nach vorn, um mit den Lippen die Spur nachzufahren. Ihr Atem ging zittrig.

Barnaby rollte sich auf die andere Seite und liebkoste sie dort auf die gleiche Art. Sie neigte den Kopf, damit er leichter an die Stelle herankam, und verzog seufzend die Lippen.

Barnaby glitt nach unten und erkundete ihre Schultern mit den gleichen Berührungen, zuerst mit den Fingern, dann mit den Lippen und schließlich mit der Zunge.

Die Decken reichten inzwischen nur noch bis knapp über ihre Brüste. Mit der Hand fuhr er unter den Saum und schloss die Fläche um eine Brust. Er versuchte gar nicht erst, seine besitzergreifende Art zu verbergen, schloss schlicht die Finger um den festen Hügel und eroberte ihn. Dann streichelte er mit den Fingern, umkreiste die sich straffende Knospe, bis sie vollkommen hart war, um sie anschließend mit Zeigefinger und Daumen zu massieren.

Ihr Atem ging nur noch stoßweise.

Barnaby lehnte sich dichter an sie und schlug die Decke mit dem Handrücken zurück, sodass er die Stellen, die er liebkoste, besser beobachten konnte. Beobachten, erforschen, studieren; dann senkte er den Kopf und leckte langsam an ihr.

Penelope sog die Luft scharf in die Lungen.

Er beschloss, sie zu schmecken, seine Sinne mit dem erregenden Geschmack nach ihr zu erfüllen, wie er sie schon einmal gehabt hatte. Das zweite Mal würde kommen, aber erst nachdem er zu seinem Recht gekommen und sein qualvolles Verlangen befriedigt hatte, jeden faszinierenden Zentimeter Haut an ihr zu erkunden.

Mit den Augen, mit der Zunge, mit den Händen.

Er hegte die schwache Hoffnung, dass sie es zulassen würde, weil sie es noch nie erlebt hatte. Und die Hoffnung, dass es ihm gelingen würde, das sinnliche Band zwischen ihnen fester zu knüpfen und zu stärken und sie auf diese Art noch unverbrüchlicher an sich zu binden, es sowohl in seinem Geist als auch in ihrem zu verankern.

Ihre Haut war unglaublich hell und zart. In kühlem Zustand fühlte sie sich an wie der köstlichste Alabaster, weich und doch bei jeder Berührung anschmiegsam; und jetzt fühlten sich die geschwollenen Brüste mit den aufgerichteten Knospen, den Beweisen seiner fordernden Zärtlichkeiten, an wie seidige Pfirsiche.

Barnaby gab sich damit zufrieden, eine Brust erforscht zu haben, schlug die Decken zurück und kümmerte sich um die andere. Penelope zitterte, als er von ihr Besitz ergriff ... eine interessante Reaktion, wenn man bedachte, wie nahe sie sich bereits gekommen waren. Sie schnappte nach Luft, als er leidenschaftlich an ihr sog, nachdem er sie ausgiebig liebkost hatte, bog den Rücken durch und presste den Kopf in die Kissen.

Die Hand mit dem Sherryglas schwankte. Barnaby hob den Arm und nahm ihr den Stiel aus dem schwächer werdenden Griff und stellte das Glas auf den Nachttisch. Das klickende Geräusch des Glasbodens auf dem Holz echote durch das Schlafzimmer wie eine unmissverständliche Absichtserklärung.

Jedenfalls in Penelopes Ohren. Als er sich von ihrer Brust löste, streckte sie die Hand nach ihm aus – die er zu ihrer Überraschung festhielt. Ohne den Blick von ihren geröteten und geschwollenen Brüsten zu nehmen, hob er ihre Hand über den Kopf und legte sie zu der anderen auf dem Kissen.

»Lass sie dort liegen.« Seine Stimme klang wie ein heiseres Knurren, tief und herrisch. »Lehn dich einfach nur zurück, und lass mich ... dich verwöhnen.«

Penelope zögerte, musterte seine Gesichtszüge und versuchte genauer zu beschreiben, was sie dort sah ... irgendeinen harten, entschiedeneren Ausdruck, den sie bisher noch nicht gesehen hatte. Neugierig fügte sie sich. Und versuchte – vergeblich – in ihre frühere Ruhe zurückzufinden, als er sie weiterhin mit diesem forschenden Blick musterte, sie, ihren Körper und ihre Reaktion auf seine Zärtlichkeiten, und zwar mit einer wohlerwogenen Bedachtsamkeit musterte, die überaus aufregend war.

»Das gefällt dir«, murmelte er, als er seine Fingerspitzen mit einem besonders kunstfertigen Kniff über ihren Bauch fahren ließ und sie zitterte.

Sie machte sich nicht die Mühe zu nicken. Und er kümmerte sich nicht um ihre Antwort. Seine Worte waren eine Behauptung gewesen. Es fühlte sich seltsam an, sich für längere Zeit reglos und passiv zu verhalten. Aber in diesem Fall ... er hatte von Verwöhnen gesprochen, aber auf eine merkwürdige Art war auch Ehrfurcht im Spiel; und selbst wenn er gesagt hätte, er wolle sie »nehmen«, hätte sich daran nichts geändert.

Die Art, wie er mit ihr umging, faszinierte sie, schlug sie in den Bann.

Barnaby arbeitete sich weiter an ihrem Bauch hinunter. Anfangs hatte er sie mit den Händen unter der Decke liebkost und gestreichelt, hatte dann die Decke aufgeschlagen und den Bereich offen gelegt, auf den er gegenwärtig den Blick konzentrierte. Wieder würde er sie eindringlich mustern, untersuchen, erforschen – dann würde er den Kopf senken und sie schmecken.

Stück für Stück rutschten die Decken tiefer, gaben mehr und mehr ihres Körpers für seine eingehenden Untersuchungen frei. Er bat nicht um Erlaubnis, noch nicht einmal wortlos, sondern fuhr nur mit seinen Erkundungen fort, als besäße er fraglos das Recht dazu.

Als hätte sie es an ihn abgetreten. Hatte sie?

Penelope war sich wirklich nicht sicher – und noch weniger darüber, ob es sie überhaupt interessierte.

Seine Hände … schon früher hatte sie seine Berührungen als »zauberhaft« bezeichnet. Penelope schloss die Augen, als eine harte Handfläche unter der Decke an ihrer Hüfte entlangfuhr, und kämpfte gegen einen Schauder. Nein, nicht weil ihr kalt war – nach seinen Aufmerksamkeiten schien ihre Haut förmlich zu glühen –, sondern weil die zarte Spur seiner Finger ein herrliches Prickeln unter ihrer Haut auslöste, das über ihre Nerven rieselte, sie noch empfänglicher machte und begierig auf mehr.

So viel mehr.

Es war eine Art sinnlichen Tastens, das sie noch nie zuvor erlebt hatte, eines, das ihre Poren zu öffnen schien, um noch mehr aufzusaugen, um die Sinne empfänglich zu machen, sodass sie seine nächsten Berührungen, wie leicht auch immer sie sein mochten, als »so viel mehr« registrieren konnte.

So viel mehr angefüllt mit Gefühl, mit Bedeutung. Mit Aufmerksamkeit und Bedacht.

Penelope trank es förmlich in sich hinein, als seine Hand unter der Decke noch weiter nach unten rutschte und die Fingerspitzen sanft mit den Locken auf dem Scheitelpunkt zwischen ihren Schenkeln spielten. Einen Moment später waren seine Finger noch tiefer gesunken, pressten sich zwischen ihre Schenkel, um sie zu streicheln, zärtlich zu liebkosen.

Schließlich rutschte die Decke bis über ihre Knie.

Was dann folgte, war mehr als das, womit sie gerechnet hatte – viel intensiver, viel vertrauter und inniger –, aber sie war nicht in der Lage, es aufzuhalten, noch nicht einmal, um eine Pause zu bitten, sodass sie Atem schöpfen konnte … weil ihr nicht genügend Luft blieb, ein paar Worte zu sprechen, noch nicht einmal dann, nachdem ihre wie eingeschnürten Lungen tief durchgeatmet hatten.

Die Decken waren schon längst beiseite geschlagen, als sie wieder tief durchatmete, denn Barnaby spreizte ihre Schenkel und drängte ihre Beine so weit auseinander, dass er sie, wie er es die ganze Zeit über getan hatte, genau untersuchen konnte, um sie dann mit den Fingern zu erkunden, sie zu streicheln, zärtlich zu liebkosen. An ihrem heiseren Brummen bemerkte er, was ihr gefiel; er verstörte sie mit seinen Lauten, sprach ein paar Worte mit ihr – und fing wieder von vorn an.

Penelope dachte längst nicht mehr daran zu protestieren, als er den Kopf senkte, um sie zu probieren. Sie zu schmecken, zu lecken und leicht an ihr zu saugen, bis sie beinahe wahnsinnig wurde.

Bis sie sich unter ihm drehte und wandte, schluchzte und bettelte. Und diesmal wusste sie, woran es lag.

Wie ein Herrscher, der seinem Sklaven einen Wunsch gewährt, gewährte er es ihr, und mit seiner schlimmen Zunge trieb er sie bis an den Rand des Abgrunds, bis sie im Taumel der Lust alles um sich herum vergaß.

Es war ein Taumel, der ihr mehr Lust als je zuvor verschaffte, sie mit viel tieferer Befriedigung zurückließ, als sie es je zuvor erfahren hatte. Sie ließ sich in die Welle der Lust sinken, hieß sie willkommen und genoss es, sich durchfluten zu lassen.

Barnaby beobachtete ihre Gesichtszüge, schaute zu, wie der Höhepunkt alle Anspannung in ihr fortspülte. Seufzend ließ sie sich fallen, sank in die Kissen zurück, die Zuckungen in den Muskeln lösten sich in Wohlgefallen auf, ihre Miene wirkte entspannt, ihre Gesichtszüge leer, außer den Lippen, die, wie er beobachtete, leicht nach oben geschwungen waren.

Er lächelte in sich hinein, hockte sich wieder auf die Knie, griff nach ihren Hüften und drehte sie herum.

Bereitwillig ließ Penelope es geschehen, rutschte auf den Bauch und schmiegte die Wange auf das Kissen. Erwartungsvoll lächelnd spreizte er ihre Beine und kniete sich zwischen sie.

Barnaby begann bei ihren Knöcheln, hob jeden einzeln, um ihn zu erkunden, zärtlich zu liebkosen und ein wenig zu knabbern. Die Fußsohlen sparte er aus, für den Fall, dass sie kitzlig war; um keinen Preis wollte er, dass ihr zu diesem Zeitpunkt schlagartig zu Bewusstsein kam, was er im Schilde führte.

Die Schwellungen ihrer Unterschenkel, die Rückseiten ihrer Knie, der lange Schwung aufwärts ihrer Oberschenkel, all dem verstand er pflichtbewusst zu huldigen, was sie seufzend geschehen ließ.

Sie ließ ihn die Rundungen ihres Hinterns liebkosen, erlaubte, dass er die Schwellungen und die Einbuchtung am Beginn ihrer Wirbelsäule küsste und leckte. Barnaby spreizte die Finger über ihrer Hüfte, fuhr dann mit den Händen aufwärts, zeichnete mit Lippen und Zunge eine Spur an ihrer Wirbelsäule hinauf und hielt inne, um ihre Schulterblätter zu untersuchen, bis er schließlich ihren Nacken erreicht hatte.

Er schob ihr Haar beiseite, dass er schon längst aus seiner Frisur befreit hatte, berührte, liebkoste sie zärtlich, presste dann die Lippen auf ihre empfindliche Haut und senkte seinen Körper auf ihren.

Bedeckte sie.

Er zwickte sie zärtlich mit den Zähnen, kümmerte sich dann um die Sehnen seitlich an ihrem Hals, während er die Hände auf die Matratze presste und unter sie schob, sodass er die Handflächen mit ihren Brüsten füllen konnte. Er umschloss sie, massierte sie, fand ihre Knospen und zwickte sie zärtlich.

Seine Erektion war so heiß und so hart wie ein Eisen im Feuer, als sie pulsierend zwischen den Schwellungen ihres lüsternen Hinterns lag. Barnaby bemerkte die Spannung in ihr, in ihren Gliedmaßen, als er ihre rechte Brust losließ und mit der Hand zu ihrem rechten Bein hinunterfuhr, ihr Knie umschloss, es anhob und spreizte, um sie zu öffnen. Vermutlich ahnte sie, wie er glaubte, was er im Schilde führte, obwohl er bezweifelte, dass sie wusste, wie es genau vor sich gehen sollte – er konnte sich vorstellen, dass ihr tausend Fragen durch den Kopf schwirrten. Glücklicherweise fehlten ihr der Atem und auch die Zeit, sie alle zu stellen. Er ließ ihr tatsächlich keine Zeit, als er die Hand von ihrem Knie nahm, sich zurückzog und sanft zwischen ihre Schenkel griff, um seine Männlichkeit vor ihrer Öffnung zu platzieren und sofort in sie einzudringen. Nur ein wenig, nur so weit, dass er ihre drängendsten Fragen beantwortete.

Barnaby verlagerte sein Gewicht so, dass es mehr auf einem Arm ruhte und er sie nicht länger auf das Bett drückte, fuhr mit der rechten Hand zurück auf ihre Brust und umschloss sie aufs Neue. Trotzdem hielt sein Körper sie immer noch gefangen, presste er immer noch die linke Hand auf ihre linke Brust. Er senkte den Kopf tief zu ihr, knabberte an ihrem Ohrläppchen, bog den Rücken durch und presste die Lippen dann auf die empfindliche Haut darunter, während er langsam, mit Bedacht sehr langsam in sie einsank und jeden Zentimeter auf dem Weg genoss.

Penelope schauderte unter ihm. Die Augen hatte sie geschlossen; ihre Gesichtszüge wirkten konzentriert.

Er drängte tiefer, spürte, wie ihr Körper sich ihm hingab und sie sich ihm öffnete, ihn willkommen hieß. Sie schloss sich fest um ihn, umschloss seine Erektion mit ihrer rutschigen, erhitzten Haut.

Ihm stockte der Atem.

Dann begann sie, sich unter ihm zu bewegen, zurückzustoßen, unwillkürlich nach mehr zu verlangen. Sich noch einen Hauch mehr für ihn zu öffnen.

Er nahm die Einladung an und stieß tief in sie hinein, hart, und er hörte sie wimmern, nicht vor Schmerz, sondern vor Lust. Das Geräusch drang in sein Inneres, sank in ihn und krallte sich förmlich in ihm fest, riss so heftig an seiner Selbstbeherrschung, dass er aufhören und die Augen schließen musste, den Atem anhalten, bis er seine Beherrschung wiedergefunden hatte.

Als es ihm gelungen war, zog er sich langsam aus ihr zurück und drang wieder mit Macht nach vorn.

Wieder rang sie schluchzend nach Luft.

»Das gefällt dir auch«, murmelte er mit den Lippen dicht unter ihrem Ohr.

Penelope schwieg, bewegte nur zart, aber offenkundig fordernd den Hintern.

Barnaby lachte kurz und kehlig – und gehorchte. Wieder zog er sich zurück, bereitete sich darauf vor, sie anschließend zu reiten, langsam, jeder Stoß darauf angelegt, kraftvoll und tief in sie zu dringen, herrlich darauf abgestimmt, ihre Lust ins Unermessliche zu steigern. Sie zuckte zusammen, drehte und wand sich, versuchte, ihn anzutreiben, noch schneller zu stoßen. Aber er gehorchte nicht, sondern hielt sich an seinem Plan fest, die ganze Zeit über die volle Kontrolle zu behalten, anstatt ihr die Kräfte zu rauben.

Noch viel lieber wäre es ihm gewesen, sie auf den Knien vor sich zu haben, nackt, mit ihrem lüsternen Hintern, der sich an seinen Unterleib presste, während er in die prächtige Hitze stieß; aber das würde, wie er meinte, viel zu schnell zu Ende sein.

Obwohl Penelope die neue Stellung vielleicht willkommen geheißen hätte und sein Verdacht sich verflüchtigte, dass sie schockiert gewesen wäre – jedenfalls nicht so schockiert, dass sie sich zurückgezogen hätte –, ganz gleich, wie energisch er sie nehmen würde. Aber er durfte sein Ziel nicht aus den Augen verlieren und musste sich deshalb an seinen Plan halten. Und er konnte nicht all ihre Fragen auf einmal beantworten, sondern musste die schärfere Munition noch im Schrank lassen, jedenfalls für diesmal.

Auch gut. Nur der Himmel wusste, was sie provozieren würde, falls sie versuchte, ihm die Zügel in einer dominanteren Stellung aus der Hand zu reißen. Sogar jetzt noch kämpfte sie um die Führung, obwohl er sie gefangen hatte und sie mehr oder weniger seiner Gnade ausgeliefert war. Sie rutschte kaum merklich hin und her, und als das nicht funktionierte, krampfte sie die Muskeln ihrer Scheide zusammen, um ihn zu verstören und zu beherrschen.

Barnaby biss die Zähne zusammen und beschleunigte das Tempo, nutzte sein Gewicht, um sie zu unterdrücken und tief in sie einzudringen, massierte ihre Brüste, während er es tat, bis er sie auf den Höhepunkt getrieben hatte und sie laut aufschrie – zum ersten Mal.

Es war, als würde das Geräusch jegliche Zurückhaltung zunichtemachen. Barnaby stöhnte auf, als er seinen Schaft bis zum Ansatz in ihr versenkte, wieder und wieder, bis die Erleichterung ihn wie eine Welle überwältigender Lust durchflutete, ihm jeden klaren Gedanken raubte und förmlich bis ins Mark drang … bis er jede Beherrschung verlor und seinen Samen in ihr verströmte.

Erschüttert und vollkommen erschöpft sank er auf sie, zu schwach, zu befriedigt, um nach mehr zu verlangen.

Sobald er die nötige Kraft aufbringen konnte, rollte er sich auf die Seite, schmiegte sich an sie, ihren Rücken an seinem Oberkörper.

Mit den Händen hatte er jetzt locker ihre Brüste umschlossen und konnte ihre Rippen spüren, als sie versuchte, wieder zu Atem zu kommen.

Es dauerte einen Moment, bis sie den Arm hob, nach hinten langte und mit einer zärtlichen Bewegung über seine Flanken strich, um ihm zu danken.

Als Antwort rieb er seine Nase an ihrem Nacken, wie um ihr auf seine Art wortlos zu danken.

Kaum hatte sein Atem sich wieder gefangen, murmelte er: »Das ist es, was du genießen kannst, wann immer dich die Lust danach überfällt.«

Sie lachte leise, aber voller Temperament. »Wann immer? Zweifellos brauche ich dich, um das gewünschte Ziel zu erreichen.«

»Stimmt.« Genau das war es, was sie in seinen Augen hatte

begreifen sollen. Barnaby hob den Kopf und drückte seine Lippen an ihr Ohr. »Aber im Moment bin ich ja hier …«

Mit einer Hand liebkoste er zärtlich ihre Brust, während er mit der anderen nach unten fuhr und die Finger über ihrem Bauch spreizte, sanft drückte und dann auf ihren Rücken fuhr – um sie zu erinnern, dass er immer noch in ihr war. Und an die Lust, die sie daraus geschöpft hatte.

Als ob sie solche Erinnerungen nötig hatte. Penelope unterdrückte einen weiteren Schauder, denn offenbar brauchte er keine weiteren Ermutigungen. Und sie fand es schwer zu glauben, dass sie so viele Jahre verbracht hatte, ohne zu wissen, dass tatsächlich eine so tiefe, so warme und so befriedigende Lust existierte. Dass sie sich ihr mit dem richtigen Mann in diesem Maße hingeben konnte, so weit, dass die Pracht und die Herrlichkeit ihr heiß und singend durch die Adern zu pulsieren schienen. Dass die schlichte Freude an der Vertrautheit so überwältigend sein konnte.

Mit dem richtigen Mann; daran musste es liegen, dass sie niemals die Neigung empfunden hatte, in diese Richtung Erkundungen anzustellen. Barnaby Adair war anders. Für sie jedenfalls, in vielerlei Hinsicht anders. Sie hielt ihn nicht für schwächlich oder wenig intelligent, noch nicht einmal für weniger intelligent als sich selbst, und sie verspürte eine geheimnisvolle Erregung, wenn sie sich an seiner Größe maß.

Er war so viel größer, mächtiger, stärker. Und doch schienen sie zueinanderzupassen, nicht nur, wenn es intim wurde, sondern auch in anderer Hinsicht. Sie hatte sich daran gewöhnt, ihn in ihrer Nähe zu wissen, ihn, diesen beeindruckenden Wall von Männlichkeit.

Und das war eine entscheidende Wendung, wenn sie sich an ihre übliche Reaktion auf große Männer an ihrer Seite erinnerte.

»Wenn du darüber nachdenkst«, seine tiefe Stimme floss entspannt an ihrem Ohr vorbei, und sie spürte, dass er mehr mit sich selbst sprach als zu ihr, »dann ist es bemerkenswert, dass wir uns so gut verstehen.« Seine Finger spielten über ihre Brust. »Nicht nur im Bett, sondern darüber hinaus. In der Gesellschaft, und sogar bei unseren Ermittlungen.«

Er hielt inne und fuhr dann fort, im Tonfall grüblerisch. »In der Tat, es macht mir Spaß, mich mit dir zu unterhalten. Und das ist nicht die Regel, wie ich gestehen muss. Dein Geist kreist nicht um die neueste Mode oder um Hochzeiten oder um Babys. Nicht dass ich annehme, dass du niemals über solche Dinge nachdenkst. Aber du fühlst dich nicht berufen, sie mit mir zu besprechen, sondern hast dagegen eigene Vorstellungen, andere Sorgen, und zwar solche, die ich mit dir teilen kann.«

Penelope starrte mit leerem Blick ins Zimmer. Ihr war nicht nur die Wärme seines Körpers bewusst, der ihren umschlungen hielt, nicht nur die Hand, die müßig ihre Brust streichelte, sondern auch die andere Wärme, die aus den gemeinsamen Gedanken resultierte, aus gemeinsamen Zielen.

»Und zum Glück bist du nicht über meine Arbeit schockiert.« Wieder hielt Barnaby inne, um kurz darauf fortzufahren. »Und ich bin nicht schockiert über deine.«

Sie lachte. »Scheint so, als würden wir uns wunderbar ergänzen.«

Er rutschte hinter ihr hin und her, als wollte er ihre Worte bekräftigen. »Ganz wie du meinst.«

Penelope lachte über seinen trockenen Tonfall, war insgeheim aber sehr mit den Gedanken beschäftigt, die er in ihr ausgelöst hatte. Es schien tatsächlich so, als würden Kopf und Herz auf ganz natürliche Weise zueinanderfinden, und es schien auch, als hätte er das, genau wie sie, noch nie mit einem anderen Menschen erlebt.

Sie stammten aus den gleichen ausgesuchten Gesellschaftskreisen, und weder sie noch er fühlten sich dessen Beschränkungen sonderlich unterworfen. Aber trotzdem machte der gemeinsame Hintergrund es leichter, den jeweils anderen zu verstehen – und zu verstehen, wie er in einer bestimmten Situation wohl reagieren würde.

Langsam schwappte eine Welle warmer Lust durch sie, auf und ab, und sie bemerkte, dass er sich bewegte, sich sehr vorsichtig in ihr rührte. Dass er sozusagen wieder Wind in den Segeln hatte.

Penelope ließ den Blick aus dem Fenster schweifen. Es war kaum etwas zu erkennen, schien noch dämmriger geworden zu sein. Sie achtete nicht auf die Lust, die sich bereits wieder in ihr aufbaute, und zwang sich zu sagen: »Ich muss gehen. Uns bleibt keine Zeit mehr.«

Enttäuschung färbte ihre Stimme.

Als Antwort verstärkte er den Griff seiner Hände, hielt sie fest, zog sich zunächst zurück und drang dann kräftiger in sie ein, sodass sie vor Überraschung zittrig nach Luft schnappte.

»Wir haben Zeit.« Wieder zog Barnaby sich zurück und stieß vor, umklammerte sie mit noch festerem Griff und brachte sie vor sich in Stellung. »*Danach* darfst du gehen.«

Ein Schauder der Lust jagte ihren Rücken hinauf. Die Lippen verzogen sich zu einem Lächeln, aber sie zwang sich zu einem Seufzen. »Wenn du darauf bestehst.«

Barnaby bestand darauf, trieb sie noch einmal zu höchstem Glück, bevor er ihr erlaubte aufzustehen und sich anzukleiden, um sie schließlich nach Hause in die Mount Street zu begleiten.

Spät am Sonntagabend erschien Smythe in Grimsbys Lager. Als Grimsby aufschaute, füllte der Mann den Türrahmen zu seinen Privaträumen aus.

»Allmächtiger Gott!« Grimsby saß gefangen in seinem alten Lehnstuhl und griff sich ans Herz. »Besser, wenn du einen Kerl wie mich warnst, oder du wirst eines Tages noch mein Tod sein!«

Smythe verzog die Lippen. Er kam ins Zimmer, riss einen alten Stuhl mit gerader Lehne zu sich heran, drehte ihn mit dem Rücken zu Grimsby und setzte sich. »Nun, was ist das Problem?«

Grimsby zog eine Grimasse. Er hatte eine Nachricht in Prince's Dog Tavern hinterlassen, der einzige Weg, mit Smythe in Verbindung zu treten. Aber er hatte keine Ahnung gehabt, wann Smythe die Nachricht wohl erreichen würde, und noch weniger, wann er der Aufforderung folgen würde. »Es gibt etwas, worum wir uns kümmern müssen.« Grimsby griff in die Tasche seines alten Mantels, zog ein bedrucktes Blatt Papier heraus und reichte es Smythe.

»Die Bullen haben die Würfel rollen lassen.«

Smythe nahm das Blatt und las, runzelte die Stirn, als er bei der Ankündigung einer Belohnung angekommen war.

Grimsby nickte. »Aye. Der Teil hat mir auch nicht gefallen.« Er fuhr fort zu berichten, wie er von dem Steckbrief erfahren hatte und was Wally ihm noch erzählt hatte. »Es ist also zu gefährlich, die Jungen draußen auszubilden, jedenfalls tagsüber. Ich habe nicht vor, Wally damit zu beauftragen. Auf keinen Fall dürfen die Bullen ihn mit zwei der jungen Kerle erwischen, dann womöglich hier auftauchen und den Rest einsacken.«

Smythe nickte und ließ den Blick in die Ferne schweifen. Grimsby wartete, beobachtete ihn, hatte nicht die Absicht, den Mann zu drängen.

Schließlich murmelte Smythe: »Du hast recht. Es macht keinen Sinn, das ganze Geschäft zu gefährden, und ich habe auch keine Lust, mich mit den kleinen Bettlern erwischen zu lassen.« Er richtete den Blick wieder auf Grimsby. »Nichtsdestoweniger bin ich auch nicht geneigt, einen vorzüglichen Job wie diesen einfach aufzugeben. Jede Wette, dass es dir genauso geht, zumal Alert sich sehr für dich interessiert.«

Grimsby verzog das Gesicht. »Das hast du ganz richtig begriffen. Er wird mich darauf festnageln, ganz gleich, was es kostet. Aber wenn die Burschen nur teilweise ausgebildet sind, werden wir welche verlieren ... nun, das ist der Grund, weshalb wir anfangs so viele brauchen. Aber trotzdem.« Er deutete mit einer Kopfbewegung auf den Steckbrief in Smythes Hand. »Ich denke, du solltest ihm das zeigen, damit er später nicht sagen kann, er habe nichts gewusst. Oder er habe nicht verstanden, warum wir die Jungen nicht so ausbilden konnten wie erwartet.«

Smythe las den Steckbrief nochmals durch und erhob sich. »Ich werde mich darum kümmern.« Er stopfte das Blatt in seine Tasche und schaute Grimsby an. »Wer weiß? Kann sein, dass Alert sogar eine Idee hat. Oder er hat erfahren, wer die Bullen ins Spiel gebracht hat.«

Grimsby zuckte die Schultern, stand nicht auf, als Smythe das Zimmer verließ. Er lauschte den schweren Schritten auf der Treppe und hörte, wie die Tür zu seinem Laden geschlossen wurde.

Dann atmete er tief aus und fragte sich, ob er es sich nur einbildete – Smythes unausgesprochene Ankündigung, dass Alert, sobald er erfuhr, wer sich in sein Spiel einmischte und die Polizei benachrichtigt hatte, dafür sorgen würde, dass diese Person es zutiefst bedauerte.

Dann musste Grimsby an Alert denken. Und beschloss, dass er sich überhaupt nichts eingebildet hatte.

Eine Stunde später legte Penelope sich schlafen. Sie schloss die Augen, und zwar in ihrem eigenen Bett, in ihrem eigenen Zimmer im Haus der Calvertons in der Mount Street. Im selben Zimmer, in dem sie gut die Hälfte ihres Lebens eingeschlafen war. Dennoch hatte sie heute Nacht das Gefühl, dass etwas fehlte.

Etwas Warmes, Hartes, Männliches, das sich an ihren Rücken schmiegte.

Sie seufzte. Um seine Gegenwart zu ersetzen, ließ sie die Gedanken in den glückseligen Nachmittag zurückschweifen. Es hatte sich als äußerst befriedigende Erfahrung erwiesen, den gesamten Nachmittag mit Barnaby Adair im Bett zu verbringen.

Als horizonterweiternde Erfahrung. Ganz bestimmt hatte sie mehr über das Verlangen gelernt, darüber, wie er ihres weckte, wie sie auf ihn reagierte. Und wie er auf sie reagierte.

Unwillkürlich musste sie lächeln, dachte, dass sie in Riesensprüngen gelernt hatte. Und was erst … das, was sie gelernt hatte, begann zu ihrer Überraschung ihren Blick auf das Leben zu verändern.

Damit hatte Penelope nicht gerechnet. Hatte es nicht für möglich gehalten, dass das Begehren, sobald sie ihm nachging und es studierte, sie veranlassen würde, grundlegend anders über die Angelegenheit zu denken. Ihre Ansichten waren wie in Stein gemeißelt gewesen, unverrückbar – so hatte sie es jedenfalls geglaubt. Und jetzt …

Trotz ihrer Neigung zur Sturheit, die es ihr schwer machte, sich diesen Sinneswandel einzugestehen, hegte sie tief in ihrem Herzen weit weniger Vorbehalte, über diesen Wechsel nachzudenken. Und darüber, ob ihr Leben nicht angenehmer verlaufen würde, wenn sie die Gedanken darüber zuließ. Nach dem glückseligen Nachmittag war es schwer, sich nicht zu fragen, ob es nicht überstürzt gewesen war zu glauben, dass sie niemals eine Affäre zu einem Mann haben wollte oder würde, noch nicht einmal eine lang andauernde.

Penelope wusste, dass sie keine Affäre *brauchte*, um mit ihrem Schicksal zufrieden zu sein; aber die Frage war auch nicht, ob sie es brauchte, sondern ob sie es *wollte* – ob eine solche Beziehung genügend Vorzüge aufwies, um sie in Versuchung zu führen, das Risiko zu wagen.

Vorzüge wie die tiefe Befriedigung, die ihr immer noch durch die Adern pulsierte. Das war etwas, was sie noch nie zuvor empfunden hatte. Aber die Glut war so reich, so wärmend, so süchtig machend, dass sie genau wusste, wenn sich die Gelegenheit bot, würde sie niemals in ihrem Leben darauf verzichten wollen.

Sie hatte nicht genau begriffen, wo die Quelle dieser Glückseligkeit lag. Teils gehörte es zu ihrer körperlichen Vertrautheit, teils zu einer anderen Ebene der Gemeinsamkeit, teils war es die Lust, sich einem anderen Wesen so nahe zu fühlen, dessen Geist ihrem überaus ähnlich war. Einem Mann, der sie so viel besser verstand, als ihr eigenes Geschlecht es jemals getan hatte.

Barnaby begriff, was sie wollte und was sie brauchte. Er hatte ihre Sehnsüchte begriffen, sowohl die körperlichen als auch die geistigen, und zwar viel besser, als sie selbst es je vermocht hatte. Und er schien aufrichtig darin zu schwelgen, diese Sehnsüchte zu erkunden – ebenso wie seine, die ihren glichen, und auch ihren Körper.

All das trug zu der Lust bei, die er in ihr heraufbeschwor, zu dem Vergnügen, das sie empfand, wenn sie in seinen Armen lag.

All das war viel größer als alles, was sie sich jemals hätte erträumen können.

Ursprünglich hatte Penelope sich vorgenommen, sich so lange hinzugeben, bis sie alles gelernt hatte, um sich dann unauffällig zurückzuziehen. Das war jetzt nicht mehr möglich.

Sie musste neu darüber nachdenken.

Ihren Plan neu bewerten und ändern. Aber in welche Richtung ändern? Das war die entscheidende Frage. Wie weit sollte sie gehen, ihre Auffassungen anzupassen – wie weit *durfte* sie gehen, ohne ihre ureigensten Interessen zu verletzen?

Aber hatte sie überhaupt die Wahl – zwischen einer Daueraffäre oder einer Ehe?

In den Salons existierten zahllose Daueraffären, aber nicht bei Ladys ihres Alters und ihrer gesellschaftlichen Stellung. Wenn man bedachte, wer sie war und wer er war, dann würde jeder Versuch einer Daueraffäre in einem ernsthaften Chaos enden, spätestens dann, wenn sie ein Alter erreicht hatte, in dem die Gesellschaft der Meinung war, dass sie auf dem Heiratsmarkt vollends zu den Ladenhütern gehörte. In ihrem Fall wäre sie dann mindestens achtundzwanzig – blieben ihr also noch vier Jahre.

Penelope versuchte sich vorzustellen, die Affäre abzubrechen und vier Jahre zu warten, bevor sie sie wieder aufnahmen – lächerlich, in mehr als einer Hinsicht.

Was ihr nur noch eine einzige Möglichkeit offenließ – ihn zu heiraten.

Während sie sich die Aussicht durch den Kopf gehen ließ, konnte sie immer noch nicht feststellen, dass die Ehe an sich irgendwelche Empfehlungen mit sich brachte. Jedenfalls nicht für sie. Das Risiko war weit größer als die wahrscheinlichen Vorzüge. Die Gründe für ihre langjährige Weigerung blieben unverrückbar.

Aber wenn sie Barnaby Adair ins Spiel brachte, war das Ergebnis weit weniger eindeutig.

Eine Ehe mit Barnaby Adair. Konnte das ihr Schicksal sein?

Penelope starrte minutenlang an die Decke und versuchte, es sich vorzustellen, Fragen zu stellen und zu beantworten, zu sehen, wie eine solche Ehe funktionieren könne. Beide galten sie schon als exzentrisch; die Verbindung zwischen ihnen folgte garantiert nicht dem üblichen Muster. Aber das würde die Gesellschaft auch gar nicht erwarten.

Die Ehe mit Barnaby Adair bot unter Umständen eine Verbindung, mit der sie leben konnte. Als *seine* Frau wären ihre Freiheiten höchstwahrscheinlich längst nicht so eingeschränkt wie an der Seite eines jeden anderen Gentlemans.

Vorausgesetzt natürlich, dass er lernfähig war, ihr die Freiheit ließ, sie selbst zu bleiben, sobald sie seine Frau war. Falls er überhaupt zustimmte, sie zu heiraten.

Würde er so lernfähig sein? Wie konnte sie es herausfinden?

Stunden später, als sie endlich in den Schlaf sank, kreisten diese Fragen ihr immer noch unbeantwortet durch den Kopf.

16

Spät am nächsten Abend verdunkelte Smythe wieder einmal die französische Tür im hinteren Wohnzimmer des Stadthauses in St. John's Wood Terrace.

Wie zuvor wartete Alert im Schatten des unbeleuchteten Zimmers und winkte Smythe herein. »Nun?« Es lag eine Schärfe in seinem Tonfall, die Smythe nicht entging. »Was, wenn ich fragen darf, ist der Anlass für Ihren Besuch?«

Smythe zeigte keinerlei Regung, als er näher trat und beinahe über Alert stolperte, der bequem in seinem Armlehnstuhl saß.

»Das hier.« Er zog den gefalteten Steckbrief aus seiner Tasche und reichte ihn dem Mann im Armstuhl.

Alert ließ einen Moment verstreichen, bevor er nach dem Blatt griff, es entfaltete und sich zum Kaminfeuer drehte. Selbst in dem armseligen Licht reichte ein Blick, um die gedruckten Buchstaben zu entziffern und die Anzeige zu erkennen. Das Wort »Belohnung« sprang ihm förmlich ins Auge.

Alert achtete darauf, dass sein Gesicht keinerlei Regung zeigte, dachte darüber nach, was zu tun sei, knüllte das Papier dann zusammen und warf es auf die glühenden Kohlen. Es fing Feuer, flammte auf. Im rosigen Lichtschein, der plötzlich aufgeflackert war, schaute er Smythe an. »Ungewöhnlich, aber nicht besonders bedeutungsvoll, möchte ich meinen.«

Es war eine klare Warnung, auf keinen Fall zuzulassen, dass es irgendeine Bedeutsamkeit erlangte, jetzt, wo offenbar alles nach Plan lief. Smythe zuckte die Schultern. »Nur insofern, als dass wir es nicht wagen können, die lausigen Betteljungen auch tagsüber auszubilden.«

»Dann erledigen Sie es doch nachts. Wo ist das Problem?« Smythe zog eine Grimasse. »Das ist nicht so leicht.«

»Aber es kann gemacht werden?«

»Aye.«

»Dann ist das Ihr Weg.« Alert hielt inne und ließ den Blick auf Smythe ruhen. »Die Diebstähle sind zu wichtig ... und zu lukrativ, um sie wegen einer so lächerlichen Bedrohung aufzugelben. Ich nehme an, dass Sie sich inzwischen alle Jungen zugelegt haben, die Sie brauchen?«

»Alle bis auf den letzten.«

»Dann holen Sie sich diesen Letzten.«

Smythe verlagerte das Gewicht. »Wir haben sieben.«

»Sie meinten, Sie bräuchten acht, um den Job so zu erledigen, wie ich es wünsche.«

Smythe nickte. »Um alle acht Häuser in einer Nacht zu bearbeiten, brauche ich acht, damit nichts schiefgeht. Aber wenn wir die gleiche Anzahl in zwei Nächten ...«

»Nein.« Alert hatte die Stimme nicht erhoben. Aber sein Tonfall hatte das Wort endgültig klingen lassen. »Ich erwähnte bereits, dass mir bekannt ist, wie die Polizei vorgeht. Wenn wir uns alle acht in einer Nacht vorknöpfen, werden wir nicht das geringste Risiko eingehen. Die Chancen stehen nicht schlecht, dass sie bis irgendwann im nächsten Jahr noch nicht einmal erfahren, dass wir überhaupt ein- und wieder ausgestiegen sind. So muss es sein. Sie brauchen acht Jungen. Also besorgen Sie sich die acht. Und bilden Sie sich bloß nicht ein, dass Sie diese Gaunerei halbherzig über die Bühne bringen könnten.«

Alert ließ ein paar Sekunden vergehen. »Wer wird den letzten Burschen besorgen?«, fragte er dann, »Sie persönlich? Oder unser, wie soll ich sagen, gemeinsamer Freund Grimsby? Vielleicht wünschen Sie auch, dass ich unsere Verbindung neu überdenke?«

Smythe verzog die Lippen. »Wir werden uns den Kerl schnappen.«

Alert lächelte. »Gut. Noch ein paar Tage, und die Gesellschaft wird die Hauptstadt fluchtartig verlassen. Falls Gerüchte aufkommen, sollten wir eher früher als später zuschlagen. Wann können Sie bereit sein?«

»In einer Woche. Oder acht Tagen«, schätzte Smythe.

Alert entließ ihn mit einem Nicken. »In diesem Fall haben wir nichts zu befürchten. Alles wird wie geplant vor sich gehen.«

Smythe nickte ebenfalls. »Ich werde Grimsby informieren.«

Alert beobachtete den Mann, wie er lautlos aus dem Zimmer schlüpfte und die Tür hinter sich schloss, entspannte sich auch dann nicht, als er mit den Fingern leicht auf die Armlehne des Sessels trommelte, den Kopf drehte und die Asche auf der roten Glut der Kohlen betrachtete – mehr war nicht übrig geblieben.

Der gedruckte Steckbrief.

Fünf Minuten verstrichen, bevor Alert sich geschmeidig erhob, zur französischen Tür ging und sie öffnete. Er trat hinaus, schaute sich um und schloss sie wieder. Dann steckte er einen Schlüssel ins Schloss, drehte ihn herum und eilte in die entgegenliegende Richtung davon, in der Smythe verschwunden war.

Am folgenden Nachmittag marschierte Inspektor Basil Stokes im Zimmer über dem Laden, der mit allerlei Flitterkram angefüllt war, nervös auf und ab. Seit Stunden schon marschierte er, eine Ewigkeit; der Tag draußen ging langsam zu Ende, das Licht verflüchtigte sich. Die Mädchen unten hatten ihm erklärt, dass ihre Mistress sich in ihre »alten Klamotten« gekleidet und schon morgens das Haus verlassen hatte. Zum x-ten Mal fluchte Stokes atemlos. Wenn sie nicht bald auftauchte, würde er …

Das irritierende Geläut der Glocken an der Eingangstür ließ ihn abrupt innehalten. Grimmig lauschte er, erwartete nach zahllosen Enttäuschungen nichts anderes, als dass irgendeine Frau sich nach der passenden Farbe ihres Samtbandes auf dem Umhang erkundigte, und hoffte … endlich, endlich hörte er die Stimme, nach der er sich schmerzhaft gesehnt hatte.

Seine Erleichterung war ebenso aufrichtig wie flüchtig, ertrank förmlich in Gefühlen, die noch viel mächtiger waren als die Erleichterung.

Wütend verzog er das Gesicht und marschierte zum oberen Treppenabsatz. Dort wartete er, die Hände auf die Hüften gestützt, als Griselda in ihrer schäbigen East-End-Verkleidung hinaufeilen wollte, nachdem sie ihre Lehrmädchen beruhigt und wieder an die Arbeit gesetzt hatte.

Sie schaute nach oben, entdeckte sein Gesicht und verlangsamte den Schritt, presste dann die Lippen fest zusammen und stieg weiter die Stufen hinauf. »Inspektor Stokes. Mit Ihnen hatte ich nicht gerechnet.«

»Offensichtlich nicht.« Mit zusammengebissenen Zähnen bemühte er sich um einen ruhigen Tonfall. »Wo zum Teufel sind Sie gewesen?«

Griselda blinzelte ihn an, musterte ihn für den Bruchteil einer Sekunde – und verkniff sich die Bemerkung, die ihr auf der Zunge lag: *Verdammt, das geht Sie gar nichts an.* Sie schätzte es nicht, sich von einem wütenden Kerl einschüchtern zu lassen, wenn der von oben auf sie herabblickte, noch dazu in ihrem eigenen Salon, aber …

Nachdem sie den Sturm, der in seinen grauen Augen tobte, noch ein paar Sekunden lang beobachtet hatte, fragte sie ihn mit gänzlich ungeheuchelter Neugier: »Warum wollen Sie das wissen?«

Stokes starrte sie an, während das Schweigen sich zwischen ihnen dehnte … es schien, als hätte sie ihm mit ihrer vollkommen vernünftigen und berechtigten Frage gleichsam den Teppich unter den Füßen weggezogen … aber trotzdem reagierte er zornig.

»Warum? *Warum?* Sie gehen in dieser Kleidung nach draußen …« Er gestikulierte in ihre Richtung. »… allein, spazieren durch das East End und fragen, warum um alles in der Welt ich in den letzten Stunden wie verrückt durch diesen verdammten Salon marschiert bin? Schrecklichste Schicksalsschläge hätten Ihnen widerfahren können, die ich mir in den lebhaftesten Farben ausgemalt habe. Dann habe ich mich mit der Vorstellung gequält, wie Sie in die Hände unserer Verbrecher geraten …«

Er hielt inne. Sie stellte fest, dass seine Tirade ziemlich pathetisch geklungen hatte, weil er sich offenbar nur ein wenig Aufschub verschaffen wollte, und nickte. »Ja. Genau. Warum haben Sie das getan?«

Er musterte sie mit ernster Miene. Die Wut, selbst das, was daran vorgetäuscht war, verschwand aus seinem Blick. »Weil …« Seine Stimme erstarb. Er hob eine Hand; Griselda war sich nicht einmal sicher, dass er genau wusste, warum er so gehandelt hatte. Seine Finger glitten über ihre Wange, dicht, aber ohne sie zu berühren. Als ob er Angst hätte, sie zu berühren. Kurz erforschte er ihren Blick, als suchte er dort nach einer Antwort, und als er nichts fand, fluchte er leise und bewegte sich.

Ergriff sie an den Schultern und zog sie zu sich heran, drückte sie an sich und bedeckte ihre Lippen mit seinen.

Griselda schnappte kaum merklich nach Luft, umklammerte seine Schultern und hielt ihn fest, krallte die Finger so eng in seinen Mantel, als hinge ihr Leben davon ab.

Es war, als würde sie in einen reißenden Strudel gezogen – in einen Strudel von Verlangen und Bedürfnissen, Begehren und Sehnsüchten.

Er sprach sie an, zog sie mühelos an sich, bis sie seinen Kuss erwiderte, bis sie sich an ihn schmiegte und ihm ihren Mund schenkte. Bis der wütende Sturm in seinem Innern sich legte.

Weil der Sturm in ihm abflaute, war es plötzlich nicht mehr, als würde sie im Sog eines Mahlstroms in die Tiefe gerissen werden, sondern so leicht wie beim Walzer in einen Wirbel der Lust hineintanzen.

Der schlichte Kuss rührte an etwas, was tiefer in ihr lag, rührte an verborgene und verschachtelte Sehnsüchte, versüßt durch seine Zärtlichkeiten.

Minuten später hob er den Kopf, wartete, bis sie die Augen öffnete und ihn anschaute, um dann zu verkünden: »Das ist der Grund.«

Jedes weitere Wort war überflüssig.

Sie kniff die Augen zusammen, kämpfte um Halt in einer Welt, die gerade in sich zusammengebrochen war. »Ah …« Jetzt war es an ihr, die Sprache zu verlieren. Griselda konnte die Hitze auf ihren Wangen spüren, wusste, dass sie gerötet sein mussten.

Langsam zog er die Lippen nach oben, sanft, beruhigend. »Da Sie mir keine Ohrfeige verpasst haben, nehme ich an, dass Sie … meinem Interesse nicht abgeneigt sind.«

Sie errötete noch stärker, zwang ihre Zunge aber zu arbeiten.

»Nein, ich bin … nicht abgeneigt, um welches Interesse auch immer es sich handeln mag.«

Sein verstörendes Lächeln wurde noch breiter. »Gut.«

Sie löste sich vorsichtig aus seinen Armen, und er ließ sie gehen, wenn auch nur zögernd.

»Und jetzt«, Stokes bemühte sich um eine ernste Miene, »wenn Sie mir bitte meine erste Frage beantworten wollen?«

Griselda drehte sich um und ging zu ihrem Lieblingssessel, setzte sich und versuchte stirnrunzelnd, sich zu erinnern.

Seufzend setzte er sich in den Sessel gegenüber. »Wo zum Teufel sind Sie gewesen?«

»Oh.« Ihr Gesicht hellte sich auf. »Ja. Ich war im East End. Zuerst habe ich meinen Vater besucht, habe dann bei den Bushels vorbeigeschaut. Der Black Lion Yard liegt ja praktisch auf dem Weg.«

»Wie kommen die Bushels zurecht? Sind die Wills-Burschen auch dort gewesen?«

Sie nickte. »Mary und Horry geht es gut, obwohl Mary ein wenig aufmüpfig wird, weil sie drinnen bleiben muss. Zwei der Wills waren bei ihr, haben gewürfelt und Horry Unterricht erteilt. Danach habe ich der alten Edie einen Besuch abgestattet, die Lady in der Petticoat Lane, die Knöpfe verkauft. Sie hat versprochen zu versuchen, den alten Grimsby aufzuscheuchen, aber sie meinte, er benimmt sich wie ein alter Griesgram. Hockt nur noch zu Hause. Schon seit Jahren hätte sie ihn nicht mehr gesehen und kennt auch niemanden, dem es anders erging.«

»Das heißt, Grimsby bleibt auf unserer Liste ... der letzte Name, den Ihr Vater uns gegeben hat.« Stokes zog eine Grimasse. »Unglücklicherweise gibt uns das keine Garantie, dass es auch tatsächlich der Mann ist, bei dem sich die Jungen befinden.«

»Nein.« Betrübt schüttelte Griselda den Kopf. »Aber es muss einfach einen Weg geben, etwas über sie zu erfahren. Irgendjemand muss sie doch gesehen oder gehört haben ... irgendjemand muss sie doch bemerkt haben.«

»Unsere Steckbriefe hängen überall da draußen.« Stokes hatte vollstes Verständnis für ihre Enttäuschung. »Wir müssen uns gedulden und abwarten, ob das Versprechen auf eine Belohnung nützliche Informationen abwirft.«

»Bisher noch nichts?«

Stokes schüttelte den Kopf. Nachdem er sie ein paar Sekunden lang grüblerisch angeschaut hatte, rutschte er nach vorn, ergriff ihre Hand, nahm sie zwischen seine. Mit seinen Daumen strich er über ihre Finger und schaute sie dabei unbeirrt an. »Mir ist klar geworden, dass Sie sich im East End sicher fühlen. Dass es Ihr Zuhause ist und dass Sie manchmal dorthin gehen müssen, um Ihren Vater zu besuchen. Aber ...« Er hielt inne, presste die Lippen zusammen; leider konnte sein Stolz ihm in diesem Fall auch nicht weiterhelfen. »Ich bitte darum, dass Sie mir zuerst Bescheid sagen, wenn Sie sich wieder auf den Weg machen. Oder dass Sie mir eine Nachricht hinterlassen, falls das nicht möglich ist. Eine Nachricht, wohin Sie gehen und wann Sie zurückkommen.«

Es drängte ihn, ihr noch mehr Anweisungen oder sogar Befehle zu geben. Aber er schloss den Mund, hoffte, flehte innerlich, dass sie seine Beweggründe hinter der Bitte in seinem Blick erkennen konnte.

Nach einem kurzen Moment lächelte Griselda sanft, warf dann einen Blick auf den oberen Treppenabsatz. »Ich vermute, das liegt auch im Interesse der Schonung meiner Teppiche. Ich denke, ich kann es einrichten, damit Sie nicht noch eine Straße hineintreten.«

Stokes reagierte erleichtert und war überzeugt, dass man es an seinem Lächeln ablesen konnte. »Vielen Dank.«

Er hielt immer noch ihre Hände fest. Und ihren Blick. Und sie fuhr fort, seinen unbeirrten Blick zu erwidern.

Beide öffneten sie den Mund, um etwas zu sagen – als die Türglocke am Eingang bimmelte.

Beide wandten den Blick zur Treppe und lauschten.

Penelopes klare Stimme drang von unten herauf, als sie Imogen und Jane versicherte, dass »wir den Weg kennen.«

»Später«, meinte Stokes zu Griselda.

Sie warf ihm einen letzten eindringlichen Blick zu und nickte. »Ja. Später. Wenn das alles vorbei ist und wir Zeit zum Nachdenken haben.«

Stokes nickte zustimmend, ließ ihre Hände los und erhob sich, als Penelopes dunkler Schopf auf dem Treppenabsatz auftauchte. Penelope schaute auf, entdeckte die beiden und lächelte. »Hallo. Irgendwelche Neuigkeiten?«

Stokes schüttelte den Kopf und schaute zu Barnaby, der Penelope zum Sofa folgte. »Und du?«

Barnaby verzog das Gesicht. »Noch nicht einmal ein paar geflüsterte Worte aus irgendeinem Winkel.«

Missmutig ließ Penelope sich auf das Sofa sinken und meinte:

»Geduld ist wirklich nicht meine starke Seite«, obwohl die Erklärung vollkommen überflüssig war.

Griselda lächelte mitfühlend. »Ich dachte eigentlich, *ich* wäre ein geduldiger Mensch, aber in diesem Fall …«

»Was noch schlimmer ist«, unterbrach Barnaby, »uns läuft langsam die Zeit davon. Das Parlament wird Ende dieser Woche aufgehoben.«

Auf die Ankündigung folgte Schweigen. Griselda ergriff als Erste das Wort. »Höchste Zeit, den Laden abzuschließen. Möchte jemand Tee?«

Ihre Gäste nickten zustimmend, und Griselda ging nach unten. Barnaby und Stokes vertieften sich in eine Diskussion über eine politische Intrige, mit der die Polizei es zurzeit zu tun hatte. Penelope hörte ihnen zu, hörte auch, wie Griselda ihre Lehrmädchen verabschiedete, die Ladentür verschloss und die Jalousien herunterließ.

Sie erhob sich. »Ich helfe Griselda mit dem Tee.«

Die Männer nickten wie abwesend; sie eilte die Treppe hinunter in die kleine Küche.

Griselda schaute lächelnd auf, als sie gerade den Teekessel auf den Herd stellte. Sie deutete mit dem Kopf auf eine Büchse auf dem Tisch. »Ich habe Butterkekse. Sie könnten sie anrichten.«

Penelope öffnete die Büchse, schaute sich nach einem Teller um. Griselda reichte ihr einen und langte dann auf das oberste Regalbrett nach einem Tablett, von dem sie den Staub pustete, um es anschließend mit einem Lappen abzuwischen.

Grinsend stellte sie das Tablett auf den Tisch. »Ich habe nur selten Besuch.«

Penelope platzierte den Teller mit den sorgsam aufgeschichteten Keksen auf das Tablett. »Ich übrigens auch.«

»Ach?« Griselda zögerte. »Ich dachte, dass die Ladys der besseren Gesellschaft sich ständig gegenseitig Besuche abstatten. Zum Vormittagstee, zum Nachmittagstee, zum frühen Abendessen.«

»Ja, es gibt viele Tees«, gestand Penelope ein. »Aber ich nehme nur in Begleitung meiner Mutter daran teil. Die Ladys der besseren Gesellschaft laden sie ein, aber niemals mich.«

Griselda neigte den Kopf. »Warum nicht?«

Penelope knabberte an einem Butterkeks. »Weil ich keine echten Freundinnen unter den jüngeren Ladys habe. Ja, unter den älteren Ladys schon, aber die erwarten natürlich, dass ich sie einlade.« Sie hielt kurz inne und fuhr dann fort, ohne auf Griseldas Kommentar zu warten. »Ich glaube, ich jage ihnen Angst ein. Ich meine, den jüngeren Ladys.«

Griselda grinste. »Das kann ich nachvollziehen.«

»Hm. Ja, vielleicht.« Penelope musterte sie eindringlich. »Aber ich hoffe, dass ich Ihnen keine Angst einjage.«

Griselda erwiderte den Blick, schüttelte dann den Kopf. »Nein, das tun Sie nicht.«

Penelope lächelte. »Gut.« Sie gestikulierte mit dem Überbleibsel ihres Kekses. »Die sind übrigens köstlich.«

Griselda lächelte, und in diesem Moment beschloss der Teekessel zu pfeifen.

Sie gossen das Wasser in die Teekanne und schnappten sich die Becher. Griselda trug das Tablett, während Penelope den Teller mit den Keksen nahm und beide nach oben in das Wohnzimmer zurückkehrten.

Nachdem die Männer sich mit Tee und Keksen versorgt hatten, ließen sie das Gespräch über Politik und Polizei fallen und kehrten zu dem einen Thema zurück, das sie alle unablässig beschäftigte. Sie aßen, tranken und diskutierten, welchen Weg sie einschlagen sollten, um die Jungen ausfindig zu machen, fragten sich, ob sie irgendetwas übersehen hatten, und suchten nach einer zündenden Idee – fanden aber nichts.

»Nichts«, wiederholte Penelope angewidert. »Wir haben die Steckbriefe unter die Leute gebracht. Wir haben eine Belohnung ausgeschrieben. Wir haben eine Falle gestellt.« Sie starrte die Teekanne an. »Man sollte meinen, dass irgendetwas passiert.«

Die anderen drei hatten diesen Worten nichts hinzuzufügen, saßen im Wohnzimmer, nippten an ihrem Getränk und teilten ihren Missmut.

Griselda ließ den Blick über den kleinen Kreis schweifen und war sich darüber bewusst, wie locker und ungezwungen sie sich in kürzester Zeit in der Gesellschaft der jeweils anderen fühlten. Nicht in ihren kühnsten Träumen hätte sie sich eingebildet, dass sie eines Tages mit dem dritten Sohn eines Earls in ihrem Wohnzimmer sitzen und mit ihm diskutieren würde, dazu noch mit der Tochter eines Viscounts und einem Inspektor von Scotland Yard. Und doch saßen sie alle hier bei ihr, verbunden durch die gemeinsame Sache … und in Freundschaft.

Eine Freundschaft, die gewachsen war und sich vertieft hatte, und zwar deshalb, weil ihnen allen ein ganz bestimmter Charakterzug zu eigen war – die Liebe zur Gerechtigkeit und der Dienst an der Gerechtigkeit. Sie mochten sich in vielerlei Hinsicht unterscheiden, aber das war ihnen allen gemeinsam, es verband sie und würde sie immer verbinden.

Griselda fühlte Stokes' Blick auf sich ruhen. Sie fing seinen Blick auf, hielt ihn für den Bruchteil einer Sekunde fest, kostete es aus – und das, was sie in seinen Augen sehen und spüren konnte, bis ihr einfiel, dass sie erröten würde, wenn sie ihn zu lange anstarrte. Also senkte sie die Lider und nippte an ihrem Tee.

Die Unterhaltung wurde planlos, unzusammenhängend.

Der Tee war kalt geworden. Griselda überlegte, ob sie frisches Wasser aufgießen sollte, als es plötzlich heftig an der Tür klopfte. Alle schauten auf. Dann waren Barnaby und Stokes auch schon auf den Füßen, eilten zur Treppe. Penelope stellte den Becher ab und folgte, Griselda bildete das Schlusslicht.

Es hörte nicht auf zu klopfen. Stokes erreichte die Tür zuerst, warf die Riegel zurück und riss sie weit auf.

Der junge Bursche, der so heftig gepocht hatte, sprang mit weit aufgerissenen Augen zurück.

Stokes durchbohrte ihn mit einem harten Blick. »Was ist los?« Als seine Worte nur einen entsetzten Blick zur Folge hatten, versuchte er es in einem sanfteren Tonfall. »Zu wem willst du?«

»Offenbar zu mir.« Griselda drängte sich an ihm vorbei und erkannte den Burschen sofort. »Barry … was ist passiert?«

Erleichtert und beruhigt trat der Junge näher. »Meine Brüder haben befohlen, dass Sie sofort kommen sollen, Miss … zum Black Lion Yard. Ein paar Dreckskerle haben versucht, Horrys Grandma zu töten.«

Die vier, die sich in der Tür drängten, wechselten vielsagende Blicke, bis Penelope davonrannte, um ihren Umhang zu holen. Barnaby folgte ihr auf dem Fuße. Griselda wandte sich wieder an Barry Wills. »Warte kurz. Wir sind in ein paar Sekunden bei dir.«

Es war bereits Abend, als sie am Black Lion Yard eintrafen. Die Droschke blieb am Eingang stehen. Eilig kurvten sie um die Kisten und Kartons im Hof, um zu Mary Bushels Haus zu gelangen.

Stokes führte sie hinein; keiner ahnte, was sie drinnen erwarten würde. Natürlich waren alle froh, als sie Mary heil und gesund in einem Sessel am Feuer sitzen sahen, zwei der stämmigen Wills-Brüder an ihrer Seite.

Sowohl die Wills-Brüder als auch das kleine Zimmer wirkten reichlich lädiert. Barnaby erkannte Joe trotz des blauen Auges und der zerspaltenen Lippe.

Joe grüßte nickend. »Das Gesindel ist aufgetaucht.« Er warf einen zufriedenen Blick auf Mary. »Haben aber weder Mary noch Horry erwischt.« Dann schnitt er eine Grimasse und wandte sich an Stokes. »Aber wir konnten sie nicht festhalten. Sie sind abgehauen.«

Stokes nickte grimmig. »Marys und Horrys Sicherheit war wichtiger. Was ist passiert? Fang ganz von vorn an.«

Joe ließ den Blick über Mary schweifen.

Die Frau schaute zu ihm hoch, lehnte sich in den Sessel, streckte den Arm aus und tätschelte ihm die Hand. »Erzähl ruhig, mein Lieber.«

Joe nickte und schaute in die Runde. »Ted und ich haben hier Wache gehalten. Ted hat sie kommen sehen, hat gesehen, wie sie sich umgeschaut haben, als sie in den Hof kamen. Also haben wir Horry nach hinten genommen«, mit dem Kopf deutete er auf den Flur hinter dem Vorhang, »haben gelauscht und sie von dort aus im Auge behalten.«

»Die Kerle haben geklopft«, warf Mary ein, »recht höflich, wenn man so will. Meinten, sie kämen von der Behörde.«

»Es waren zwei?«, wollte Stokes klarstellen.

Mary nickte. »Einer war ein ziemlich grober Klotz, aber der andere ein Kerl wie alle anderen auch.«

Barnaby fing Stokes' Blick auf. Die Beschreibung passte auf die Männer, die Jemmie entführt hatten.

Mary ergriff wieder das Wort. »Sie haben mich nach meiner Gesundheit gefragt, nach Horry und wo der Junge steckt. Ich habe mich geärgert. Hätte wohl jeder getan. Habe ihnen gesagt, dass sie verschwinden sollen. Sind sie aber nicht. Der Grobian hat sich dieses Kissen hier geschnappt und …« Sie schaute auf das Kissen, und ihr versagte die Stimme.

Joe legte den Arm um Marys Schulter. »Er wollte Mary mit dem Kissen ersticken«, erklärte er Stokes, »hat es in den Händen gehalten und ist auf sie zugegangen. In diesem Moment sind wir aufgetaucht.«

Mary schluchzte kurz. »Ein richtiger Tumult war es, ein Ringkampf, und alles ist umgestürzt.«

Stokes runzelte die Stirn, musterte Joe und dessen Bruder. »Wie konnten sie entkommen? Schließlich seid ihr zu zweit, und draußen stehen drei Polizisten Wache.«

Joe schaute betreten drein. »Wir hatten gedacht, dass sie härter kämpfen würden. Dass sie versuchen, über uns an Mary und Horry ranzukommen. Haben sie aber nicht. In dem

Augenblick, als sie bemerkten, dass wir hier sind, um die beiden zu beschützen, und als Horry auf der Trillerpfeife geblasen hat, haben sie sich aus dem Staub gemacht. Und Smythe ist ein großer Kerl. Man braucht mehr als zwei Leute, um ihn festzuhalten. Er hat uns abgeschüttelt, hat den anderen Kerl aus der Tür gedrängt, und dann haben sie die Polizisten umgehauen wie ein paar Holzkegel.«

»Smythe.« Barnaby versuchte vergeblich, die Aufregung in seiner Stimme zu unterdrücken. »Kennen Sie ihn?«

Joe nickte. »Deshalb habe ich mir nicht den Kopf darüber zerbrochen, dass sie entwischt sind. Immerhin wissen wir, wer er ist.«

»Und wie ist er, dieser Smythe?«, hakte Stokes nach.

»Gewerbsmäßiger Einbrecher und Tresorknacker. Und es heißt, dass man ihm besser nicht in die Quere kommt.« Joe hielt kurz inne. »Außerdem habe ich noch nie gehört, dass man ihm hässliche Flecken auf der weißen Weste nachweisen konnte. Ist bei Tresorknackern auch nicht üblich. Aber ich lege meine Hand dafür ins Feuer, dass er drauf und dran war, Mary zu ersticken.«

»Ein Tresorknacker«, sinnierte Barnaby, »damit meinen Sie bestimmt einen Einbrecher. Benutzt er dazu die Kinder?«

Joe nickte. »Er ist ein hochkarätiger Einbrecher. Und ganz bestimmt braucht er dazu Kinder.«

»Wissen Sie, woher er die bekommt?«

Joe schüttelte den Kopf. »Smythe ist ein Einzelgänger. Wie alle hochklassigen Tresorknacker. Er besorgt sich die Jungen aus den Lehranstalten in den Slums. Aber auch woanders, wer auch immer gerade welche anzubieten hat. Habe das Gerücht gehört, dass er ziemlich wählerisch mit seinen Jungen ist. Gilt aber für alle Tresorknacker. Nur deshalb sind sie so gut, nehme ich an.«

Sein Bruder Ted rührte sich, errötete und zog den Kopf ein, als jeder ihn anschaute. Mit einem Blick auf seinen Bruder erklärte er:

»Dieser andere Kerl, der arbeitet für Grimsby. Die meisten Kerle wie Smythe besorgen sich die Jungen von dem alten Grimsby. Warum sonst sollten sie Grimsbys Gehilfen dabeihaben, um jemanden zu entführen?«

Joe war so erstaunt wie alle anderen auch. »Du kennst den Kerl?«

Ted nickte. »Wally. Arbeitet für Grimsby.«

Joe schüttelte den Kopf. »Würde den komischen Kauz nicht wiedererkennen, selbst wenn ich ihm leibhaftig gegenüberstehen würde«, meinte er zu Stokes.

Stokes nickte grimmig. »Wir haben auch schon gehört, dass er auffallend durchschnittlich sein soll.«

»Aye, das ist er«, bestätigte Ted. »Ist auch nicht so schlau, versteht sich aber darauf zu gehorchen. Arbeitet schon seit Jahren für Grimsby.«

»Nun, jetzt wissen Sie Bescheid.« Joe ließ den Blick durch die Runde schweifen. »Es ist Grimsby, dem Sie auf den Fersen sind. Und es ist allen klar, dass er hin und wieder eine Lehranstalt betreibt.«

»Und wo«, fragte Stokes mit einer Spur Jagdfieber in der Stimme, »können wir Grimsby finden?«

»Um es auf den Punkt zu bringen«, zum ersten Mal ergriff Penelope das Wort, »wo können wir diese Lehranstalt finden?«

Die Spinne webt ihr Netz nicht bloß zum Zeitvertreib. Das alte Sprichwort schoss Grimsby durch den Kopf, als er durch die französische Tür in Alerts Salon trat. Wie immer lag das Zimmer im Schatten, denn die schweren Wolken am Himmel ließen kaum Licht ins Zimmer; es gelang ihm nur mit Mühe, Alert auszumachen, der wie üblich im Lehnstuhl am Kamin saß.

Lautlos verfluchte Grimsby den Mann, während er mit Smythe im Schlepptau vorwärtstapste, bis sie sich vor Alert, der wie immer sitzen blieb, in einer Reihe aufbauten.

»Was ist passiert?« Alerts gefährlich leise Stimme schnitt durch die Stille.

Smythe erläuterte es kurz und bündig und schloss mit dem Punkt, der sie am meisten beunruhigte. »Sie hatten auf uns gewartet.«

Grimsby bewegte sich unruhig, als Alert nicht antwortete, sondern sie nur unverwandt anschaute. »Wir müssen uns zurückziehen. Die Bullen wissen, welches Spiel wir spielen. Sie sind uns auf der Spur. Und falls Sie nicht den Rückzug antreten wollen, dann müssen Sie die Geschäfte wenigstens so lange unterbrechen, bis das Interesse nachgelassen hat.«

Alert musterte ihn stumm.

»Schauen Sie.« Grimsby suchte nach den passenden Worten, um die Lage in all ihrer Gefährlichkeit zu beschreiben. »Da gibt es diese Steckbriefe, die überall verteilt worden sind. Die Leute haben gehört, dass es eine Belohnung gibt. Dann erfahren wir, dass dieser Junge und seine Grandma geschützt werden. Außerdem gibt es Bullen, die Wache stehen. Die Sache ist zu heiß geworden.« Mit harter Miene wiederholte er: »Wir müssen uns zurückziehen.«

Der Mann, der ihnen als Alert bekannt war, schüttelte langsam den Kopf. »Nein.« Er musterte die beiden unverwandt und wartete, bis seine strikte Weigerung zu ihnen durchgedrungen war. Ohne dass die Männer auch nur die leiseste Ahnung hatten, hatte dieser blutsaugerische Geldverleiher ihm ein paar Stunden zuvor an diesem Abend einen Besuch abgestattet – nur um ihn daran zu erinnern, dass es kein kluger Gedanke wäre, die versprochene Rückzahlung nochmals aufzuschieben.

Er hatte dem Mann versichert, dass alles in Ordnung war. Selbst wenn nur er davon überzeugt war, war sein Plan brillant. Die Rechnung würde aufgehen. Ein für alle Mal wäre er von seinen Schulden befreit. Und zum Jahreswechsel würde er über ein Vermögen verfügen können, von dem er immer behauptet hatte, es tatsächlich zu besitzen.

»Wir werden weitermachen«, sagte er mit Blick auf Smythe, »und zwar mit den sieben Burschen, die wir haben. Weil Sie es mit dem achten vermurkst haben, werden Sie es mit den sieben schaffen müssen.«

Smythe gab weder ein Signal der Zustimmung noch der Missbilligung – gleichviel für Alert. Smythe galt nicht seine größte Sorge. Er schaute Grimsby an. »Sie werden die Jungen weiterhin beherbergen und versorgen. Außerdem werden Sie sie für Smythe klarmachen, der die Ausbildung so vervollständigen wird, wie es notwendig ist. Und in ein paar Tagen ist es so weit. Sie müssen nicht mehr tun, als das Spiel noch ein paar Tage lang zu spielen. Das ist alles, was Sie tun müssen«, Alert fuhr mit sanfterer Stimme fort, »um sicherzustellen, nie wieder von mir zu hören. Und nicht das geringste Wispern über das, was ich weiß.«

Das, was er wusste, reichte aus, um Grimsby deportieren zu lassen, und der war überzeugt, dass der Mann dafür sorgen konnte, dass es auch geschah. Alert würde nicht zögern, die Deportation in die Wege zu leiten, wenn er nicht nach seiner Pfeife tanzte.

Alert war nicht überrascht zu sehen, wie Grimsby die Lippen zu einem dünnen Strich zusammenkniff und keinerlei Widerworte mehr wagte.

Er ließ den Blick zu Smythe schweifen und zog eine Braue hoch.

»Noch Fragen?«

Smythe starrte ihn an, schüttelte den Kopf. »Ich werde den Job … das heißt, die Jobs … mit sieben erledigen. Die Burschen werden nicht so gut ausgebildet sein, wie ich es mir wünsche, aber …« Schulterzuckend brach er ab. »Mit ein bisschen Glück kommen wir zurecht.«

»Gut.« Genau das hatte Alert hören wollen. Dem Himmel sei Dank, Smythe wusste, wie man ihn bei Laune hielt.

Smythe deutete mit dem Kopf in Richtung Tür. »Heute Abend bin ich mit den zweien unterwegs, die am meisten versprechen. Ich werde ihnen beibringen, wie man durch die Gassen und um die Häuser schleicht, wie man in ein Anwesen eindringt und wieder rauskommt. Und wie sie sich drinnen zurechtfinden können. Ich habe zwei Häuser in Mayfair ausgemacht, an denen wir üben können.«

Alert zeigte seinen Beifall. »Ausgezeichnet. Das kleine Problemchen kann uns also nicht aus der Bahn werfen. Wir werden Schritt für Schritt vorgehen, genau wie geplant.«

Alert ließ den Blick von einem zum anderen schweifen. »Noch Fragen?«

Die Männer schüttelten den Kopf.

»Nun, dann.« Lächelnd winkte er sie zur Tür. »Viel Glück, Gentlemen.«

Nachdem Smythe nach draußen getreten war und Grimsby gerade folgen wollte, fügte er in verändertem Tonfall hinzu: »Pass gut auf, Grimsby.«

Grimsby warf ihm einen letzten Blick zu, drehte sich um, trat nach Smythe vor die Tür und schloss sie hinter sich.

Alert blieb im Dunkeln sitzen und überdachte zum x-ten Mal seinen Plan. Er war gründlich. Und das war auch nötig. In der dunklen Stille stand ihm seine Not in aller Klarheit vor Augen, und der Erfolgsdruck war förmlich mit Händen zu greifen.

Es gefiel ihm nicht, über ein Scheitern nachdenken zu müssen. Aber es gehörte zu jedem sorgsam aufgestellten Plan, sich einen Fluchtweg offenzuhalten. Er lehnte sich zurück, ließ den Blick durch den Salon schweifen – und lächelte.

Selbst wenn sein gesamtes Vorhaben haltlos in sich zusammenstürzen würde, besaß er eine Möglichkeit, den Ermittlungen zu entkommen. Natürlich würde er aus London fliehen müssen, um den Wucherern nicht in die Fänge zu geraten; aber seine Freiheit würde er nicht verlieren.

Seiner Einschätzung nach hatte Alert schon genügend Zeit verschwendet, also erhob er sich und ließ sich durch die französische Tür hinaus, die er sorgfältig hinter sich schloss. Das

Stadthaus gehörte Riggs, dem Sprössling einer adligen Familie. Dessen Geliebte bewohnte das Haus und war glücklicherweise abhängig von Laudanum.

Natürlich hatte Riggs die Stadt schon vor Wochen verlassen, um sich auf dem Lande zu vergnügen, sodass das Anwesen dem Mann namens Alert die perfekte Gelegenheit bot, in die Rolle seines Alter Ego zu schlüpfen.

Lächelnd schlenderte Alert in die Nacht hinein. Falls sein Plan wirklich in Trümmern lag, gab es nichts, was eine Verbindung zu ihm herstellte. Keinerlei Spuren oder sonstige Hinweise, die sich bis zu ihm zurückverfolgen ließen.

17

Penelope war überzeugt, dass die neu geschaffene Polizeitruppe Scotland Yard und die Einwohner des East Ends zum allerersten Mal Hand in Hand arbeiteten, als sie versuchten, Grimsby und seine Lehranstalt ausfindig zu machen.

Joe Wills und dessen Brüder hatten das Gerücht gestreut, es ihren Kameraden gesteckt und ihnen die Absicht dahinter erläutert, hatten von der Attacke auf Mary berichtet und darüber hinaus Jemmies Geschichte und die seiner ermordeten Mutter in der Gegend durchsickern lassen.

Es handelte sich um ein Gebiet mit sehr hoher Wohndichte, wo das Wort aus dem Mund eines Einheimischen mehr Macht besaß als die gedruckten Steckbriefe, die eine Belohnung versprachen.

Die Informationen, auf die sie so lange gewartet hatten, gelangten spät in jener Nacht zu ihnen. Sowohl Penelope als auch Griselda hatten sich strikt geweigert, in ihre jeweiligen Häuser zurückzukehren. Penelope ließ sich immerhin erweichen, eine Nachricht in das Calvertonhaus zu schicken, weigerte sich ansonsten aber, sich von der Stelle zu rühren. Griselda und sie hockten auf Stühlen in Stokes' Büro und warteten an der Seite der Männer. Ihrer Männer. Und sie brauchten keinerlei Debatte darüber, wie es um die Dinge stand.

Joe Wills wurde kurz vor Mitternacht hereingeführt. Umringt von Polizeikräften fühlte er sich offenbar unbehaglich, aber seine Augen glühten triumphierend, als der Sergeant ihn ins Zimmer schubste.

Penelope bemerkte es und erhob sich. »Sie haben sie gefunden.« Joe grinste sie an und zog den Kopf zwischen die Schultern.

Er grüßte Griselda und Barnaby mit einem Nicken, ließ den Blick dann zu Stokes und Barnaby schweifen, die sich hinter dem Schreibtisch ebenfalls erhoben hatten. »Jemand hatte die tolle Idee, ihn in der Grimsby Street zu suchen.«

Stokes starrte ihn ungläubig an. »Er wohnt in der Grimsby Street?«

»Nee. Aber die Straße ist nach seinem Granddad benannt, und wir haben damit gerechnet, dass dort jemand weiß, wo er sich verkrochen hat. Und tatsächlich, sein altes Tantchen wohnt immer noch dort. Hat uns verraten, dass er ein Haus in der Weaver Street hat. Nicht weit entfernt von der Grimsby Street.«

Joe hielt kurz inne. »Wir sind hingegangen und haben es heimlich ausgespäht. War leicht zu finden, nachdem wir erst mal wussten, wo wir suchen müssen. Lebt schon seit Jahren dort.« Sein Blick fiel auf Stokes. »Ich habe Ned, Ted und ein paar Freunde angewiesen, den Ort im Auge zu behalten. Das Haus hat zwei Stockwerke und einen Dachboden drüber. Die Nachbarn, mit denen wir gesprochen haben, haben keine Ahnung von den Jungen. Aber wenn sie drinnen und in den oberen Stockwerken untergebracht sind, gibt es keine Chance, sie mit eigenen Augen zu sehen. Die Nachbarn wissen aber, dass Wally dort wohnt. Zusammen mit Grimsby.«

Stokes kritzelte ein paar Notizen auf ein Blatt Papier. »Das heißt, es halten sich mindestens zwei Männer im Haus auf.«

»Aye.« Joe zog eine Grimasse. »Keine Ahnung, was Smythe treibt. Die Nachbarn kennen ihn gut genug, um ihn wiederzuerkennen. Aber soweit wir wissen, ist er nicht dort und hält sich gewöhnlich auch nicht dort auf.«

»Gut. Wir kümmern uns zuerst um Grimsby und um die Jungen. Smythe kann warten.« Stokes warf einen Blick auf den Sergeant, der in der Tür herumlungerte. »Miller, richten Sie Coates aus, dass ich alle Kräfte brauche, die er erübrigen kann.«

Der Sergeant nahm Haltung an. »Jetzt, Sir?«

Stokes warf einen Blick auf die Uhr. »Lassen Sie sie in einer Stunde unten antreten. Ich will das Gebäude mit einem Gürtel umstellen, bevor wir eindringen.«

Die nächsten Stunden verflogen in Windeseile. Fiebrig wurden Vorkehrungen getroffen, bei denen Penelope ausnahmsweise nichts zu tun hatte. Sie zog sich schweigend neben Griselda zurück und beobachtete Stokes bei seinen fiebrigen Vorkehrungen beinahe ebenso stolz wie ihre Begleiterin.

Als Barnaby mit hochgezogenen Brauen vorbeikam, zeigte sie sich beeindruckt. »Ich hatte keine Ahnung, dass die Polizei so gründlich sein kann ... so gründlich ist.«

Er warf einen Blick zurück auf Stokes, der sich, umringt von seinen Untergebenen, am Schreibtisch konzentriert über eine Straßenkarte beugte und die Posten platzierte. Joe hielt sich an Stokes' Schulter; Stokes erkundigte sich oft bei ihm, ob es in der Gegend auch tatsächlich so aussah, wie die Karte es angab. Barnaby lächelte. »Leider ist es nicht immer so, traurigerweise. Stokes ist anders.« Über die Schulter warf er einen Blick auf Griselda. »Meiner Meinung nach ist er der Beste in der ganzen Truppe.«

Griselda nickte und richtete den Blick einmal mehr auf Stokes. Penelope stellte Barnaby die einzige Frage, die sie noch interessierte. »Wie lange noch, bevor wir aufbrechen?«

Barnaby wandte sich wieder an Stokes. »Ich würde sagen, in der nächsten Stunde.«

Als sie die Weaver Street erreichten, brach bereits die Abenddämmerung herein. Es war, als hätte eine kleine Armee die Gegend infiltriert und umstellt. Polizeikräfte huschten schattenhaft die Straße auf und ab. Die Weaver Street hatte zwei Abzweigungen, und Grimsbys Haus lag in der Mitte des kürzeren Zweigs. Mit seinen heruntergekommenen, langen und baufälligen Balken sah es ein wenig anders aus als die Gebäude in der Nachbarschaft; zwei Gassen, jeweils knapp so breit, dass ein Mann hindurchpasste, erstreckten sich rechts und links.

Es war feucht und kalt. Tief hängende Nebelschwaden waberten durch die anbrechende Nacht. Die dicht stehenden Häuser hielten den Wind fern, sodass sich nichts regte, geschweige denn half, den undurchdringlichen Schleier zu lüften. Obwohl Penelope unter dem Vordach einer unbehauenen Veranda auf der gegenüberliegenden Seite der engen Straße stand, konnte sie kaum die Eingangstür zu Grimsbys Haus erkennen.

Angestrengt stierte sie durch den dunstigen Nebel auf das Gebäude und konnte kaum mehr als die geschlossenen Fensterläden sehen. In den Fensterrahmen würde kein Glas zu finden sein. Inständig hoffte sie, dass die Männer, die sich auf der Straße versammelten, weiterhin so schweigend arbeiteten.

Stokes und Barnaby hatten das Haus umstellen lassen und sämtliche Ausgänge kontrolliert. Nur die zwei hatten die Erlaubnis zu sprechen, und sie glaubten, soweit Penelope es aus ihren geflüsterten Worten heraushören konnte, dass inzwischen alle Fluchtwege blockiert waren.

Sie spürte, wie die Erwartung stieg, und schaute sich um. Die Reihen der Polizei waren durch Anwohner ergänzt worden. Weiter entfernt im dämmrigen Nebel konnte sie Frauen ausmachen; trotz der späten Stunde hatten sie sich einen Umhang über die Schultern geworfen und wollten sich das Schauspiel nicht entgehen lassen. Bei den meisten Frauen musste es sich um Mütter handeln, die selbst Söhne hatten. Während die Männer vor Wut förmlich kochten, lag eine schweigende Eindringlichkeit im Blick der Frauen, die Penelope einen zittrigen Schauder über den Rücken jagte.

Griselda stand neben ihr und musterte sie mit hochgezogenen Brauen.

Penelope lehnte sich zur Seite und flüsterte: »Wenn auch nur ein Fünkchen Verstand in Grimsby steckt, wird er sich Stokes ausliefern. Weil er begreift, dass er keine Chance hat und sich schützen muss.« Sie ließ den Blick über die Einheimischen schweifen.

Griselda folgte ihrem Blick und nickte. »Die Leute im East End kümmern sich um ihresgleichen.«

Barnaby tauchte vor ihnen aus dem dichten Nebel auf. »Wir werden in Kürze eindringen. Sie rühren sich nicht von der Stelle, bis Sergeant Miller Ihnen Bescheid gibt. Er wird Sie abholen und Sie nach drinnen begleiten, sobald die Jungen befreit sind.« Er schaute Penelope in die Augen. »Wenn Sie sich nicht hier aushalten, bis Sergeant Miller hier erscheint, werde ich Ihnen niemals, wirklich niemals wieder über meine Ermittlungen berichten.«

Grimmig verzog er die Lippen, und sogar noch durch den Nebel konnte sie die Macht des Blicks aus seinen blauen Augen auf sich spüren.

Ohne auf ihre Zustimmung zu warten, machte er auf dem Absatz kehrt und eilte durch den Nebel davon.

Griselda trat unruhig von einem Bein auf das andere. »Wirklich niemals wieder?«, murmelte sie.

Penelope zuckte die Schultern.

Obwohl keine allgemeine Ankündigung gemacht worden war, rauschte eine Welle der Aufregung durch die beobachtende Menge. Vor Grimsbys Tür herrschte ein paar Sekunden lang fiebrige Geschäftigkeit. Barnaby befand sich mittendrin, Stokes an seiner Seite. Dann schwang die Tür nach innen auf und gab ein gähnendes schwarzes Loch zu erkennen. Stokes schnappte sich eine Laterne und führte den Zug nach drinnen an.

»Polizei!«

Der plötzliche Lärm war ohrenbetäubend, als die Polizisten durch die Tür stürmten. Stokes und Barnaby gingen in der Menge verloren. Penelope schlängelte sich vor, versuchte, einen Blick zu erhaschen, aber draußen vor der Tür baute sich ein Polizeikordon auf, der niemanden hineinließ und ihr den Blick versperrte.

Mehr Licht flackerte über den Boden im Erdgeschoss, dann erschien ein schwacher Lichtschein im ersten Geschoss.

Penelope ergriff Griseldas Arm und deutete in die Richtung. »Jetzt gehen sie nach oben.« Der Lichtschein drang tief aus dem Gebäude nach draußen, weit entfernt von den geschlossenen Fensterläden, die nach vorn zeigten.

Aus der vorderen Ecke im ersten Geschoss keimte ein Lichtschein auf, schwächer und näher am Fenster als die anderen.

»Jede Wette, dass es sich um Grimsby handelt«, vermutete Griselda.

Einer der Fensterläden in dieser Ecke wurde aufgeschwungen, und ein großer runder Kopf mit wirrem grauem Haar streckte sich heraus.

Sofort begannen die Schaulustigen zu johlen.

»Komm runter, Grimsby!«

»Eine alte Frau zu ermorden!«

»Wir werden es dir schon zeigen!«

Solche und ähnliche Sprechchöre hallten durch die Menge. Grimsby – wer sollte es sonst sein – glotzte erstaunt. Mit einem »Oh mein Gott!« schlug er die Fensterläden zu.

Die Menge johlte noch lauter, verlangte, ihn hängen zu sehen.

Polternde Geräusche drangen aus dem Haus, zusammen mit einem Geschrei, das man unmöglich verstehen konnte.

Penelope tänzelte unruhig auf der Stelle. Sie wollte und musste dringend erfahren, was drinnen vor sich ging. Wo steckten die Jungen?

Die glimmende Laterne hatte das zweite Geschoss erreicht, verblieb eine ganze Weile auf dieser Ebene und verstärkte sich noch, als weitere Laternen aus dem ersten Stockwerk dazukamen.

Penelope achtete auf die Balken genau unterhalb der Traufe. Joe Wills hatte behauptet, dass sich dort der Dachboden befand. Vorn zur Straße waren keine Fenster zu sehen. Auch seitlich gab es keine Gauben oder Luken. Sie zerrte an Griseldas Ellbogen. »Es gibt keine Fenster im Dachboden.«

Griselda schaute auf. »Es wird sich nur um den Platz unter dem Dach handeln. Ohne Fenster. Bestimmt gibt es auch keinen richtigen Fußboden, keine Wände oder Decken, abgesehen von der Unterseite der Dachschindeln.«

Penelope zitterte, zerrte wieder an Griseldas Arm und deutete nach oben. Die Laternen, das hieß, vermutlich Stokes und Barnaby, hatten den Weg zum Dachboden gefunden. Das Licht schimmerte aus den Ritzen zwischen den schlecht passenden Schindeln nach draußen. »Sie sind da.«

In den nächsten fünf Minuten schickte sie ein flehendes Gebet zum Himmel, dass den Jungen nichts zugestoßen war und dass alle fünf dort gefunden werden würden. Sie war kurz davor, es zu riskieren, dass Barnaby ihr nie wieder etwas über seine Ermittlungen berichten würde, als Miller auftauchte und sie erlöste. Der Mann führte sie und Griselda durch die Menge in der Straße und dann durch den Polizeikordon ins Gebäude.

Das Haus, falls man es überhaupt so nennen durfte, glich mehr einem Lager, das bis zu den Dachsparren mit altem Plunder vollgestopft war. Penelope und Griselda blieben dort stehen, wo sich ein wenig Platz bot, ungefähr in der Mitte zwischen Tür und Treppe, als der erste Junge nach unten geführt wurde.

Ängstlich und erwartungsvoll zählte Penelope die Köpfe der Jungen, die nach und nach die Treppe nach unten trotteten. *Fünf!* Sie lächelte strahlend, überschäumend vor Erleichterung.

Die Jungen lächelten im Dämmerlicht, schauten sich verwirrt um und hatten sich Decken um die knochigen Schultern geschlungen. »Hier entlang, Jungs!«, rief Penelope gebieterisch.

Ihr Tonfall und die Haltung, die sie über Jahre geschult hatte, zeigten sofortige Wirkung. Die Burschen hoben die Köpfe; sie winkte sie zu sich heran, und drei eilten rasch zu ihr, während die zwei anderen etwas länger brauchten.

Die ersten drei bauten sich in einer Reihe vor ihr auf. »Ausgezeichnet.« Sie musterte die Gesichter, erkannte alle – es handelte sich tatsächlich um die ersten drei Jungen, die dem Findelhaus vor der Nase weggeschnappt worden waren.

Fred Hachett, einer der Jungen, blinzelte sie aus seinen großen braunen Augen an. »Sie sind die Lady aus dem Haus. Mum hat gesagt, dass Sie mich holen sollten. Aber dann kam der alte Grimsby.«

»In der Tat. Er hat dich entführt.« Penelope lächelte immer noch, auch wenn sich jetzt ein bitterer Zug eingeschlichen hatte.

»Deshalb holen wir dich jetzt zurück und stecken den alten Kerl ins Gefängnis.«

Die Jungen schauten sich um, als die Polizisten sich an ihnen vorbei ins Freie drängten, nachdem die Kinder gefunden und die Verbrecher gefasst worden waren.

»Sind all die Bullen nur wegen uns gekommen?«, wollte ein anderer wissen.

Angestrengt versuchte Penelope, sich an den Namen des Jungen zu erinnern. »Ja, Dan, das sind sie. Wir jagen euch schon seit Wochen nach.«

Die Burschen wechselten Blicke, tief beeindruckt über den Wert, den sie offenbar besaßen.

»Und jetzt ...«, fuhr Penelope fort und strahlte die Jungen an. Sie konnte es immer noch kaum fassen, die Kinder gesund und munter gefunden zu haben. »Jetzt werden wir euch direkt ins Findelhaus bringen.« Sie ließ den Blick über die letzten beiden schweifen, die sich immer noch im Hintergrund hielten.

Das Herz rutschte ihr in die Hose. Vor Entsetzen.

Es hätten Dick und Jemmie sein sollen. Aber sie waren es nicht.

Die beiden zogen die Köpfe ein, als sie Penelopes starrenden Blick bemerkten.

Es dauerte ein paar Sekunden, bis einer der Jungen unter einer schmutzigen Stirnlocke zu ihr hinauflinste. »Und was ist mit uns, Miss? Tommy und ich ... wir sollten nicht in irgendein Haus gehen.«

Penelope kniff die Augen verwirrt zusammen, strengte sich an, im Gewirr der Gefühle noch einen klaren Gedanken fassen zu können. »Nein. Aber ... ihr seid doch Waisen, nicht wahr?«

Tommy und sein Freund wechselten Blicke und nickten.

»In diesem Fall dürft ihr ebenfalls mitkommen. Über die Einzelheiten können wir später sprechen. Aber es ist nicht nötig, dass ihr euch auf der Straße herumtreibt. Ihr könnt euch Fred, Dan und Ben anschließen, bekommt ein ausgezeichnetes Frühstück und ein warmes Bett.«

Das Versprechen auf eine Mahlzeit bot die Garantie, dass die Jungen ihr folgten, wohin auch immer sie es sich wünschte.

Penelope atmete tief durch. »Aber zuerst müsst ihr mir verraten ... haben noch mehr Jungen zu euch gehört? Solche, die eigentlich ins Findelhaus hätten gehen sollen?«

»Sie meinen Dick und Jemmie.« Fred nickte mit leuchtenden Augen, begierig, ihr helfen zu können. »Sie waren hier. Zumindest waren sie es. Aber gestern Abend sind sie mit Smythe verschwunden und nicht zurückgekommen.«

Penelope ließ die fünf Jungen bei Griselda und gab strikte Anweisung, dort auf sie zu warten, bevor sie sich an den Polizisten vorbei zur Treppe schlängelte. Gerade hatte sie das Fußende erreicht, als Miller herunterkam. »Ich muss mit Stokes und Adair sprechen. Dringend.«

Miller bemerkte ihre angespannte Miene und schaute die Treppe hinauf. »Sie sind auf dem Weg nach unten, Miss.«

Zusammen mit Miller zog sie sich in die Mitte des Lagerraumes zurück, als zwei stämmig gebaute Polizisten erschienen und einen gewöhnlich aussehenden Mann abführten, dessen Gelenke in Handschellen gefesselt waren.

Wally, für den sie ihn jedenfalls hielt, wirkte verwirrt. Die Haare standen ihm zu Berge, seine Kleidung war zerknittert;

in seinen einfachen Gesichtszügen spiegelte sich schlichtes Unverständnis. Er machte den Polizisten keinen Ärger. Die Männer trieben ihn auf die Seite, sodass die anderen noch die Treppe hinunterkommen konnten.

Zwei weitere Polizisten kamen nach unten, führten diesmal einen wesentlich älteren Mann ab. Grimsby. Den Kopf mit den runden Wangen und dem zerzausten grauen Haar, der zwischen zusammengezogenen Schultern auf einer eingesunkenen Brust saß, hatte Penelope bereits gesehen. Es mochte sein, dass Grimsby einst eine beeindruckende Gestalt gewesen war. Aber jetzt war er alt, und die Jahre hatten ihn niedergedrückt. Dessen ungeachtet funkelte es scharfsinnig in seinem Blick, als die Polizei ihn nach vorn drängte und er die Jungen, Griselda, die Polizisten, Penelope und Miller eindringlich musterte.

Bei deren Anblick runzelte er die Stirn. Grimsby konnte sie nicht einordnen.

Stokes und Barnaby kamen als Letzte die Treppe herunter.

Die Polizisten führten Grimsby in die Mitte des freigeräumten Platzes, brachten ihn zum Stehen und drehten ihn so, dass er Stokes anschaute. Nach Millers Anweisungen wurden noch mehr Laternen eingesammelt und so aufgestellt, dass der Bereich in helles Licht getaucht war.

Penelope nutzte den Moment, trat vor, fing Barnabys Blick auf und zupfte Stokes am Ärmel, um dessen Aufmerksamkeit zu erregen. Nachdem beide sich zu ihr gewandt hatten, begann sie ruhig zu sprechen. »Dick und Jemmie, die letzten beiden Jungen, sind nicht hier.« Die beiden Männer schauten sofort zu den Jungen hinüber.

»Ja, es sind fünf, aber es befinden sich zwei darunter, die wir nicht kennen. Den anderen zufolge haben Dick und Jemmie sich ebenfalls hier aufgehalten. Smythe hat sie gestern zu sich genommen und ist nicht zurückgekehrt.«

Stokes fluchte atemlos und schaute zu Barnaby, der ebenfalls grimmig dreinblickte. »Wenn Smythe nur halb so gerissen ist, wie man es ihm nachsagt, dann wird er sich hier nicht wieder blicken lassen.«

»Und wenn er tatsächlich auf die Jungen angewiesen ist«, fügte Barnaby hinzu, »dann wird er sich an die zwei klammern, die er hat. Keinesfalls wird er sie gehen lassen.«

»*Verdammt!*« Stokes drückte die Verzweiflung aller aus. »Dann wollen wir hören, was Grimsby uns zu erzählen hat.«

»Versuchen Sie es zuerst mit Wally.« Penelope starrte den jüngeren Mann an. »Er ist … schlichter.«

Das galt zwar nicht in jeder Hinsicht, aber sie war sich recht sicher, dass Wally nicht über alle Einzelheiten informiert war. Stokes richtete seine Aufmerksamkeit auf die Gefangenen, während Penelope eine Hand in Barnabys gleiten ließ und kurz drückte, bevor sie ihn wieder losließ. Ruhig ging sie zu den Jungen hinüber, denn sie wollte nicht, dass die Kinder sich schon wieder einsam und verlassen fühlten.

Nach kurzem Zögern folgte Barnaby.

Stokes starrte Grimsby einen Moment lang durchdringend an, wandte sich dann an Wally. Schließlich begann er: »Wally, nicht wahr?«, und fuhr fort, nachdem Wally irritiert genickt hatte: »Wer hat Ihnen befohlen, Mrs. Carter zu ermorden?«

Wally legte die Stirn tief in Falten und schüttelte den Kopf. »Ich habe niemanden ermordet. Wer ist Mrs. Carter?«

Es war kristallklar, dass Wally die volle Wahrheit sagte. »Sie haben Jemmie, den Jungen, aus dem Haus seiner Mutter entführt. Diese Frau war Mrs. Carter.«

Wally nickte, und seine Miene hellte sich auf. »Aye. Ich habe Jemmie abgeholt. Bin mit Smythe dort gewesen. Seiner Ma ging es nicht gut, aber sie hat gelebt, als wir abgehauen sind.«

»Als Sie abgehauen sind.« Stokes hielt inne, wagte dann einen Vorstoß. »Jemmie und Sie sind also abgehauen …«

Wally nickte. »Smythe hat mir befohlen, dass ich mit Jemmie rausgehen soll, damit er unter vier Augen mit Jemmies Ma reden kann. Als er dann rauskam, hat er gesagt, dass sie gesagt hat, dass Jemmie mit uns kommen soll, weil seine Ma sich schlecht fühlt und Ruhe braucht.«

»Verstehe. Und gestern sind Sie mit Smythe zum Black Lion Yard gefahren.«

Wieder nickte Wally. »Aye. Wir hatten Befehl, noch einen Jungen abzuholen. Seine Grandma war schlimm krank.« Die besorgte Miene kehrte zurück. »Aber es ist alles schiefgegangen. Wir wollten den Jungen nur holen, damit er in Mr. Grimsbys Lehranstalt ausgebildet werden kann. Damit er sich auf ein Handwerk versteht, wenn er groß ist. Aber die Leute haben uns nicht verstanden.«

Offenbar waren es nicht die Menschen im Black Lion Yard, die falsch verstanden hatten. Stokes schaute hinüber zu Barnaby, der neben Penelope stand, mit dem Kopf auf die Jungen deutete und mit den Lippen ein Wort formte: »Smythe.«

Stokes konzentrierte sich wieder auf Wally und fragte weiter.

»Wissen Sie, wo Smythe sich aufhält? Die beiden fehlenden Jungen sind doch bei ihm, nicht wahr?«

»Aye. Gestern Abend ist er mit Jemmie und Dick rausgegangen, um sie in den Straßen auszubilden. Meinte, die beiden sind die klügsten Köpfe.« Wallys Sorgenfalten wurden noch tiefer, als er begriff. »Aber er hat sie nicht zurückgebracht … nun, wird er wohl auch nicht mehr tun, nicht wenn hier überall Bullen rumlungern. Keine Ahnung, wo er sein müdes Haupt bettet. Könnte sein, dass der Boss Bescheid weiß.« Er schaute Grimsby an.

Der den Blick angewidert quittierte. »Nein. Keine Ahnung. Smythe gehört nicht zu den Leuten, die sich in die Karten gucken lassen. Noch weniger zu denen, die mich abends auf ein Gläschen Wein einladen. Hält den Mund, und zwar nach Kräften.«

Barnaby hatte nichts anderes erwartet. Er schaute Penelope an und drückte ihr sanft die Finger, die wieder in seine geglitten waren.

Stokes kümmerte sich weiter um Grimsby. »Sie sind lange genug im Geschäft, um alle Tricks und Schliche zu kennen. Hier haben Sie eine Lehranstalt eingerichtet, haben die Burschen ausgebildet, damit sie Ihnen bei Diebstählen zur Hand zu gehen. Kein Richter wird die Sache in einem milden Licht betrachten wollen. Den Rest Ihres absonderlichen Lebens werden Sie hinter Gittern verbringen müssen. Und niemals wieder das Tageslicht erblicken.«

Grimsbys Abscheu verstärkte sich. »Ja, ist mir klar. Nun …« grüblerisch ließ er den Blick über Stokes schweifen. »Wenn ich Ihnen helfe und auspacke, wie sieht es dann aus?«

Stokes' Lächeln konnte man nur zynisch nennen. »Falls … und ich betone, falls … Sie mich überzeugen können, dass Sie Ihre Seele offenbart und uns in den Ermittlungen tatsächlich entscheidend vorangebracht haben, dann werde ich mit dem Richter reden. Mehr als eine mildere Strafe können Sie allerdings nicht erwarten. Deportation anstatt Haft.«

Grimsby zog ein Gesicht.»Ich bin zu alt für eine lange Seereise.«

»Soll besser sein, als den Rest des Lebens in einer dunklen, feuchten Zelle zu hocken, habe ich gehört.« Stokes zuckte die Schultern.

»Wie auch immer, in Ihrem Fall kann ich nicht mehr tun.« Grimsby blickte noch grimmiger drein, seufzte dann aber tief.

»Einverstanden. Verdammt noch mal, ich habe sie gewarnt, beide, Smythe und Alert, nachdem ich diesen verfluchten Steckbrief entdeckt hatte. Habe ihnen gesteckt, dass die Sache zu heiß geworden ist, aber haben sie auf mich gehört? Nein. Kein Respekt vor dem Alter und der Erfahrung. Und jetzt bin ich der Depp, der hinter Gitter wandert, nur weil ich verwaisten Betteljungen ein paar Tricks beigebracht habe. *Ich* bin nicht derjenige, der sie vom rechten Weg abbringt.«

»Sie wagen es zu behaupten, dass Sie nicht der böse alte Mann sind, der unschuldigen jungen Burschen nachjagt?«

Penelopes Stimme schnitt so wütend durch die stickige

Luft, dass sie im wahrsten Sinne des Wortes alle Anwesenden schockiert zum Schweigen brachte.

Grimsby starrte sie an, quer durch den Raum – erblasste und drängte sich rückwärts zwischen die beiden stämmigen Polizisten.

Stokes räusperte sich. »In der Tat. Ich hätte es nicht treffender ausdrücken können.«

Grimsby warf einen erschütterten Blick in seine Richtung. »Wer ist das?«, wisperte er heiser.

»Diese Frau und der Gentleman neben ihr hegen ein besonderes Interesse an diesem Fall. Außerdem sind sie bestimmt mit einem der Richter bekannt, dem Sie demnächst über den Weg laufen werden.« Stokes bemerkte die wachsende Erschütterung in Grimsbys Blick. »Betrachten Sie es als Wink des Schicksals, sich sämtliche Ausreden zu verkneifen und uns alles zu verraten, was Sie wissen.«

Aufgeregt gestikulierte Grimsby mit den gefesselten Händen.

»Wie ich bereits erwähnte, würde ich mich glücklich schätzen, wenn ich umfassend aussagen dürfte.«

Stokes lächelte nicht. »Wer ist Alert?«

»Dieser feine Pinkel, der sich vorgenommen hat, ein paar Hütten auszuräumen.«

»Anwesen in Mayfair.«

»Ja. Er verlangte nach einem Tresorknacker. Also habe ich ihm Smythe empfohlen. Aber ich habe keine Ahnung, was sie besprochen haben.«

»In die Planung der Einbrüche sind Sie also nicht eingeweiht?«, hakte Stokes zweifelnd nach.

»Bin ich nicht! Alert lässt sich nicht in die Karten schauen. Der Kerl ist ziemlich abgefahren, ja, das ist er. Aber Smythe hat beschlossen, dass er acht Jungen braucht. Das ist alles, was ich weiß. Acht! Habe noch nie gehört, dass ein Tresorknacker acht Burschen auf einmal anfordert. Aber genau das hat Smythe verlangt.«

»Und Sie waren selbstverständlich glücklich, ihm liefern zu können.«

»Nein, um ehrlich zu sein«, erwiderte Grimsby mürrisch, »acht sind schwer zu kriegen. Ganz besonders deshalb, weil Smythe was Besonderes wollte. Hätte es nicht gemacht, noch nicht einmal für ihn, nur weil …«

Als Grimsby ihm einen Blick zuwarf, füllte Stokes die Lücke für ihn aus. »Smythe hält etwas gegen Sie in der Hand. Irgendein Druckmittel, mit dem er Ihnen seinen Willen aufzwingen kann.«

»Nicht Smythe. Alert.«

Stokes verzog das Gesicht. »Wie konnte es nur geschehen, dass dieser feine Kerl sich mit ihresgleichen angelegt hat? Dass er Sie praktisch in der Hand hat?«

Grimsby zog eine Grimasse. »Ist schon vor ein paar Jahren passiert. Hatte eine Pechsträhne, hab versucht, selbst ein bisschen mit der Brechstange zu arbeiten. Weil ich mich schon in jungen Jahren dazu hingezogen fühlte. Bin in ein Haus eingebrochen … und im Dunkeln direkt Alert in die Arme gestolpert. Hat mich bewusstlos geschlagen, ja, das hat er. Als ich wieder erwachte, hatte er mich geknebelt und gefesselt … und mich vor die Wahl gestellt.

Entweder ich erzähle ihm alles, wer ich bin, wie ich es gemacht habe und so weiter. Dann würde er mich nicht an die Bullen verpfeifen, sondern so tun, als hätte ich ihn abends einfach nur besucht. Ich habe ihn für einen dieser feinen Pinkel gehalten, die sich gern mit Abschaum wie uns gemeinmachen. Hab ihm also alles auf die Nase gebunden.«

Er schüttelte den Kopf über seine Naivität. »Schien damals kein größeres Risiko zu sein. Ich meine, er war ein feiner Herr, ein Gentleman. Was sollte ich ihn kümmern … und das, was ich ihm erzähle?«

»Aber er hat sich daran erinnert.«

Grimsby fuhr sich mit der Hand über das Gesicht. »Aye. Nur zu gut.« Er hielt kurz inne und fuhr dann fort: »Er meinte, wenn ich Smythe mit den verlangten Burschen versorge, würde er vergessen, dass er mir jemals begegnet ist.«

»Und Sie haben ihm geglaubt?«

»Hatte ich eine Wahl?« Angewidert schaute Grimsby sich um.

»Bin aber trotzdem hier gelandet, in den Fängen der Bullen.« Barnaby ließ Penelope stehen und kam zu Stokes. »Sie erwähnten, dass Alert zu den feinen Kreisen gehört. Beschreiben Sie ihn.«

Grimsby musterte Barnaby. »Nicht so groß wie Sie. Braunes Haar, ziemlich dunkel und glatt. Das Gewicht mittel bis schwer. Ich habe ihn nie bei gutem Licht gesehen, kann also nicht mehr sagen.«

»Kleidung?«, fragte Barnaby.

»Gute Qualität. Mayfair-Qualität.«

»Haben Sie ihn kürzlich getroffen?«, fragte Stokes.

Grimsby nickte. »In einem Haus in St. John's Wood. Im hinteren Wohnzimmer. Wenn er uns sehen will, schickt er Smythe eine Nachricht. Wenn wir ihn sehen wollen, hinterlässt Smythe eine Nachricht in irgendeiner Spelunke. Keine Ahnung, in welcher.«

»Weiß Smythe über Alerts Pläne Bescheid?«, fragte Barnaby.

»Bis gestern jedenfalls nicht. Als er bei mir war, um die Jungen zu holen, hat er sich bitter darüber beklagt, dass Alert kein Sterbenswörtchen über die Einsatzorte verliert. Smythe legt großen Wert darauf, alles genau wie seine Westentasche zu kennen, bevor er irgendwo einsteigt. Smythe weiß mehr als ich, aber auch nicht alles. Bis jetzt jedenfalls nicht.«

Stokes runzelte die Stirn. »Dieses Haus, in dem Sie sich getroffen haben … gehört es ihm?«

Grimsby zog eine Grimasse, in der deutlich »woher-soll-ich-das-wissen« geschrieben stand. »Vermutlich. Er benimmt sich dort immer ganz wie zu Hause, bequem und entspannt.«

»Wie lautet die Adresse?«, wollte Stokes wissen.

»St. John's Wood Terrace Nummer 32. Wir gehen immer durch den hinteren Eingang rein, durch die Tür, die auf den Garten zeigt. Hinter dem Haus befindet sich eine Gasse.«

Barnaby hatte Grimsby eingehend beobachtet. »Sie hatten erwähnt, dass Smythe ungewöhnliche acht Jungen verlangte. Was glauben Sie, wofür er so viele benötigt?«

Grimsby schwieg.

»Ihre Vermutung«, fuhr Barnaby in härterem Tonfall fort.

Grimsby hielt den Blick einen Moment lang fest. »Wenn ich eine Vermutung äußern dürfte, würde ich sagen, dass Alert vorhat, in mehr als acht Häuser auf einmal einzubrechen – und zwar in einer einzigen Nacht. So können die Bullen ihm nicht in die Quere kommen.«

Barnaby richtete den Blick in die Ferne und kombinierte die Vorstellung mit der Aussage, die Grimsby bereits gemacht hatte.

»Sie hatten von Objekten gesprochen. Ganz besonderen Objekten. Alert hat also vor, Smythe in ganz bestimmte Häuser einbrechen zu lassen, die er ... Alert ... bereits in Mayfair ausgesucht hat. In mehr als acht Häuser in einer einzigen Nacht.« Er konzentrierte sich wieder auf Grimsby. »Sieht so sein Plan aus?«

»So viel kann ich jedenfalls *vermuten*«, erwiderte Grimsby. »Ich habe keine Ahnung, um welche Häuser es sich handelt.«

Stokes musterte Grimsby abschätzig und fragte dann: »Gibt es noch etwas, was Sie uns zu sagen haben? Irgendetwas?«

»Ganz besonders über Alert«, fügte Barnaby hinzu.

Grimsby wollte den Kopf schütteln, hielt aber inne. »Doch, eine Sache. Ich weiß nicht, ob es stimmt oder ob ich es mir nur einbilde, aber mehr als einmal hat Alert gesagt, dass er ganz genau weiß, wie die Polizei arbeitet. Er hat großen Wert darauf gelegt und betont, dass wir es ihm überlassen sollten, sich über die Bullen den Kopf zu zerbrechen.«

Stokes und Barnaby wechselten besorgte Blicke. Grimsbys Worte gefielen ihm ebenso wenig wie dem Inspektor.

»Ein Gentleman«, bemerkte er mit weicher Stimme, »der sich zutraut, die Arbeitsweise der Polizei zu durchschauen.«

Stokes wandte sich wieder an Grimsby. »Dieses Haus in St. John's Wood Terrace«, meinte er, »ich denke, es ist Zeit, dass wir Ihrem Mr. Alert einen Besuch abstatten.«

»Es gibt keinen Mr. Alert in St. John's Wood Terrace.« Griselda meldete sich zu Wort, und alle Köpfe drehten sich zu ihr. Sie errötete, ließ den Blick aber nicht von Stokes. »Ich kenne die Gegend. Genau weiß ich auch nicht, wer in Nummer 32 wohnt, aber ich bin sicher, dass es nicht Alert ist.«

Stokes nickte. »Das überrascht mich wenig. Er wird einen Decknamen benutzen.«

»In seinem eigenen Haus?«, murmelte Barnaby neben ihm.

Das war nur schwer zu begreifen. Es lag auf der Hand, dass sie alle nach St. John's Wood Terrace fahren mussten, um möglichst viel in Erfahrung zu bringen. Stokes gab die Anweisung, Wally nach Scotland Yard zu bringen, während Sergeant Miller, Grimsby und dessen zwei Bewacher sie nach St. John's Wood begleiten sollten.

Die Droschken wurden geordert, und die übrigen Polizisten erhielten den Befehl, wieder auf ihre Posten zurückzukehren. Stokes und Barnaby gesellten sich zu Penelope und Griselda, die sich um die fünf Jungen kümmerten.

Penelope schaute auf, als die Männer sich näherten. Ihre Miene gab zu verstehen, dass sie hin und her gerissen war zwischen der Verpflichtung, die Jungen heil und gesund im Findelhaus zu wissen, und ihrem Entschluss, die Verbrecher zur Strecke zu bringen. Die Neuigkeit, dass es sich bei Alert um einen Gentleman handelt, stärkte ihre Willenskraft ungemein – genau wie bei Barnaby.

Er suchte ihren Blick, als er neben ihr angekommen war, und wartete auf ihre Entscheidung. Inzwischen war er viel zu klug geworden, ihr auch nur den kleinsten Fingerzeig zu geben, welche Entscheidung sie seiner Meinung nach treffen sollte.

»Ich werde die Jungen ins Findelhaus begleiten.« Barnaby nickte. »Und ich werde Stokes begleiten.«

Stokes deutete auf die beiden Konstabler bei der Tür. »Johns und Matthews werden Sie sicher zum Findelhaus bringen. Die Droschke wartet bereits.«

Penelope murmelte einen Dank und begann, die Jungen nach draußen zu drängen. Die fünf hatten die Fesseln um Wallys und Grimsbys Handgelenke bemerkt, starrten immer noch mit großen Augen auf die Polizisten und sogen das Geschehen in sich ein, damit sie es später den anderen berichten konnten – die Garantie dafür, zumindest ein paar Tage lang im Mittelpunkt der Aufmerksamkeit zu stehen.

Barnaby half ihr, die Burschen in die Kutsche zu verfrachten, bevor er ihre Hand ergriff und ihr selbst hineinhalf. Sie blieb auf dem Tritt stehen und drehte sich nach ihm um. Er lächelte. »Ich werde Sie später besuchen und Ihnen alles erzählen.«

Sie drückte seine Finger. »Danke. Wenn ich bis dahin nicht vor Neugierde gestorben bin.«

Er ließ sie los, trat zurück und schloss die Kutschentür.

Griselda tauchte geschäftig auf und warf noch einen Blick durch die Scheibe nach drinnen. »Ich werde die Männer begleiten«, erklärte sie Penelope, »wir sehen uns später, und dann werde ich Ihnen alles erzählen. Versprochen. Auch das, was er«, sie deutete mit dem Kopf auf Barnaby, »wahrscheinlich auslassen wird.«

Lachend lehnte Penelope sich zurück. Die beiden Polizisten waren ebenfalls eingestiegen. Der Kutscher ließ die Peitsche knallen, die Pferde trotteten vorwärts – und brachte sie mit ihren fünf Burschen ins Findelhaus, wo sie alle hingehörten.

»Sind wir hier richtig?«, wollte Stokes von Grimsby wissen und deutete auf die Tür des Hauses Nummer 32 in der St. John's Wood Terrace.

»Aye.« Grimsby nickte. »Habe noch nie direkt vor dem

Haus gestanden. Er hat immer verlangt, dass wir die Gasse hinter dem Haus benutzen. Aber das hier sieht richtig aus.«

Stokes schritt die Treppe hinauf und ließ den Klopfer gebieterisch auf das Holz sausen.

Es dauerte einen Moment, bis Tritte zu hören waren. Die Tür wurde geöffnet, und eine ältliche Magd mit Haube und in Schürze erschien. »Ja?«

»Inspektor Stokes, Scotland Yard. Ich würde gern mit Mr. Alert sprechen.«

Die Magd verzog das Gesicht. »Hier gibt es keinen Mr. Alert. Sie müssen sich in der Adresse geirrt haben.« Mit offener Missbilligung musterte sie die kleine Gruppe, die sich auf dem Gehsteig versammelt hatte, und wollte die Tür wieder schließen.

»Einen Moment.« Stokes' Tonfall ließ sie innehalten. »Ich muss mit Ihrem Dienstherrn sprechen. Bitte holen Sie ihn.«

Die Magd ließ den Blick über das Gesindel auf der Straße schweifen. »Sie und nicht ihn«, erwiderte sie mit erhobener Nase, »außerdem ist es viel zu früh. Noch nicht acht. Wohl kaum eine anständige Uhrzeit …«

Sie brach ab, musterte Stokes und das Notizbuch, das er aus der Tasche seines Übermantels gezogen hatte.

Mit dem Stift in der Hand schaute er sie an. »Ihr Name, Miss?«

Die Frau presste die Lippen zusammen. »Na gut«, meinte sie dann, »warten Sie hier. Ich hole Miss Walker.«

Sie drehte sich um, schloss die Tür und gestattete Stokes ein zaghaftes Lächeln.

Barnaby kam zu ihm auf die Treppe. Die Männer lehnten sich an das Geländer zu beiden Seiten. »Zehn Minuten«, bemerkte Barnaby, »mindestens.«

Stokes zuckte die Schultern. »Mag sein, dass sie es in fünf schafft.«

Acht Minuten später wurde die Tür wieder geöffnet und gab den Blick auf einen schäbigen Morgenrock mit Spitzenbesatz frei. Barnaby hatte das Gefühl, mit seinem Verdacht näher an den Tatsachen gelegen zu haben, denn das Gesicht der Frau war zwar modisch blass, aber unter den Augen prangten schmutzige dunkle Ringe. Die Frau musterte Stokes eindringlich, ließ sich Zeit, schweifte dann zu Barnaby, bevor sie den Blick wieder auf Stokes richtete. »Ja?«

»Sind Sie die Mistress?« Stokes errötete leicht, denn er hatte nur nach der Herrin fragen, aber keineswegs unterstellen wollen, dass die Frau eine Mätresse war, obwohl seine Frage auch das hätte bedeuten können – und sich bei ihrem Aufzug erhebliche Zweifel an ihrer Redlichkeit aufdrängten.

Eindrucksvoll zog sie die Brauen hoch, nickte aber. »Ja, das bin ich.«

Als sie aus freien Stücken nichts weiter sagte und ihn stattdessen nur erwartungsvoll anschaute, fuhr Stokes fort: »Ich bin auf der Suche nach einem Mr. Alert.«

Die Frau antwortete nicht, sondern wartete darauf, dass Stokes weitere Erklärungen lieferte. Schließlich begriff sie. »Hier gibt es niemanden mit solchem Namen. In der Tat, ich kann nicht behaupten, dass ich den Namen jemals gehört hätte.«

»Verdammt«, fluchte Grimsby unterdrückt, »ich hätte wissen müssen, dass ich diesem Dreckskerl niemals über den Weg trauen darf.«

Stokes warf einen Blick zurück auf Grimsby. »Sind Sie sich immer noch sicher, dass es das richtige Haus ist?«

Grimsby nickte eifrig. »Ja, bin ich«, brummte er.

»Dann bleibt uns immer noch eine Frage«, fuhr Stokes fort. Er drehte sich wieder zum Eingang und schaute Miss Walker an, deren Magd hinter ihr stand und ihr über die Schulter linste.

»Ein Gentleman, der sich Mr. Alert nannte, hat Ihr hinteres Wohnzimmer benutzt, um sich mit diesem Mann dort zu treffen«, er deutete auf Grimsby, »und mit noch einem anderen. Zu mehreren Gelegenheiten in den vergangenen Wochen. Ich würde gern wissen, wie das geschehen konnte.«

Miss Walkers Miene gab zu erkennen, dass ihre Verwirrung aufrichtig war. »Nun, ich bin sicher, dass ich Ihnen nicht erklären kann, wie das passiert ist.« Sie drehte sich zu ihrer Magd. »Wir hatten keine … Vorfälle, nicht wahr? Keine Vorfälle, bei denen die Türen zum Wohnzimmer nach dem Garten unverschlossen geblieben waren?«

Die Magd schüttelte erst den Kopf, runzelte dann aber nachdenklich die Stirn.

Stokes und Barnaby bemerkten es beide. »Was ist los?«, wollte Stokes wissen.

Die Magd musterte ihre Mistress: »Der Lehnstuhl am Kamin im Wohnzimmer. Jemand hat ab und zu dort gesessen. Ich bringe das Wohnzimmer in Ordnung, bevor ich abends das Haus verlasse. Manchmal ist das Kissen am nächsten Morgen zerknautscht.«

Stokes gab sich keine Mühe, seine Verwirrung zu verbergen. »Aber Miss Walker …«

Miss Walkers Wangen verfärbten sich in einen interessanten Rotstich. »Ich … äh …« Sie warf einen Blick auf ihre Magd, bevor sie schließlich gestand: »Wenn Hannah das Haus verlässt, liege ich gewöhnlich schon im Bett. Und ich pflege ziemlich fest zu schlafen.«

Hannah nickte. »Sehr, sehr fest«, meinte sie missbilligend, aber ohne jeden Hinweis darauf, dass sie die Tatsachen verfälschte.

Barnaby begriff. Genau wie Stokes. Die beiden Frauen hatten gerade eingestanden, dass Miss Walker wie so viele unter ihresgleichen von Betäubungsmitteln abhängig war. Sobald sie im Bett lag und sich ihre Dosis verabreicht hatte, würde sie noch nicht einmal dann aufwachen, wenn eine Granate der Artillerie auf der Straße explodierte.

»Vielleicht«, vermutete Barnaby, »ist dieser Mr. Alert Ihrem … Wohltäter bekannt.«

Stokes nahm den Fingerzeig auf. »Wem gehört dieses Haus, Miss Walker?«

Inzwischen hatte Miss Walker innerlich auf Alarm geschaltet und schob das Kinn trotzig vor. »Das geht Sie nichts an. Er ist nicht hier, und ich werde nicht zulassen, dass sie ihn mit einer Angelegenheit wie dieser belästigen.«

»Er könnte uns vielleicht helfen«, behauptete Stokes, »denn bei dieser Angelegenheit handelt es sich um Mord.«

Barnaby stöhnte unhörbar. Es war vorherzusehen gewesen, dass es nicht helfen würde, den Mordfall zu erwähnen. Denn Miss Walker und ihre Magd waren jetzt bis ins Mark verängstigt, und sie weigerten sich strikt, noch irgendeine Aussage zu machen.

Auf dem Gehsteig waren Schritte zu hören, und kurz darauf war Griselda bei ihnen und zupfte Stokes am Ärmel.

Stokes warf ihr einen Blick zu. »Riggs«, erklärte sie, »der Gentleman, dem dieses Haus gehört, ist der Honorable Carlton Riggs.« Sie schaute an Stokes vorbei. »Manchmal taucht er im Laden auf, um Hauben und Handschuhe für Miss Walker zu kaufen.«

Stokes hob die Brauen. Miss Walker errötete wieder, nickte dann aber. »Ja. Das Haus gehört Carlton Riggs. Schon seit Jahren, länger, als ich ihn kenne.«

»Und wo befindet sich dieser Mr. Riggs in diesem Moment?«, fragte Stokes mit gesenktem Kopf.

Miss Walker blinzelte erst ihn an, dann Barnaby, hatte ihn eindeutig als Angehörigen der feinen Gesellschaft identifiziert. »Nun, wo soll er sich befinden? In den Ferien, nicht wahr?« Sie wandte sich wieder an Stokes. »In der Stadt ist zurzeit keine Saison. Er ist nach Norden gefahren, vor drei Wochen schon. In das Haus seiner Familie.«

Der Friedhof, der sich an einer Seite der St. John's Wood Church befand, wirkte selbst zu besten Zeiten dämmrig und dunkel, und in einem nebligen November nachts um elf Uhr warfen die modrigen Grabmäler, die von alten knorrigen Bäumen durchsetzt waren, mehr als genug Schatten, um zwei Männer zu verbergen.

Smythe stand in der Mitte der Anlage unter dem größten Baum und beobachtete, wie Alert lässig auf ihn zuschlenderte und sich die Aura eines exzentrischen Gentlemans verlieh, der nur ein wenig Luft schnappen wollte.

Er musste dem Mann zugestehen, dass er selbst unter Feuer nicht die Nerven verlor. Wie es ihre Gewohnheit war, hatte Smythe beim Wirt der Spelunke *Crown and Anchor* in der Fleet Street eine Nachricht hinterlegt. Aber diesmal hatte es sich um mehr gehandelt als nur um die üblichen paar Worte. Er hatte um ein dringliches und sofortiges Treffen gebeten, hatte Alert unmissverständlich gewarnt, dass sie sich nicht am gewohnten Ort begegnen durften – im Wohnzimmer des Hauses St. John's Wood Terrace Nummer 32, ein paar Straßen weiter nördlich –, und stattdessen den Friedhof angegeben.

Wie erwartet war Alert so klug gewesen, seine Warnung zu beachten. Und wie erwartet war der Mann nicht glücklich darüber. Alert blieb vor Smythe stehen. »Hoffentlich haben Sie einen verdammt guten Grund, mich um dieses Treffen zu bitten.«

»Allerdings«, brummte Smythe.

Alert ließ den Blick über den Friedhof schweifen. »Und warum zum Teufel können wir uns nicht im Haus treffen?«

»Weil im Haus, das heißt, in der ganzen Straße, die Bullen herumlungern, die nur darauf warten, dass Sie und ich unsere Visage dort zeigen.«

Trotz des schwachen Lichts und obwohl Alert nicht sofort antwortete, spürte Smythe, wie der Mann erschrak.

Und als er es dann doch tat, klang seine Stimme gleichmäßig, flach – und tödlich. »Was ist geschehen?«

Smythe berichtete, was er wusste – dass Grimsbys Lehranstalt aufgeflogen war, dass sie Grimsby, Wally und fünf der Jungen verloren hatten. Smythe war wütend und aufgebracht, denn die Gelegenheit, eine ganze Einbruchsserie von dem Kaliber hinzulegen, wie Alert es verlangt hatte, kam nur ein einziges Mal im Leben; ganz abgesehen von der hübschen

Summe Geld, die er hätte verdienen können, hätte er sich ein für alle Mal einen Namen gemacht, von dem er den Rest seines Lebens hätte zehren können. Ja, er war wütend; aber seine Wut war nichts im Vergleich zu Alerts. Nicht dass Alert irgendetwas anderes getan hätte, als sich zwei Schritte zu entfernen und die Faust auf der Kante eines Grabsteines ruhen zu lassen. Es war die blanke Wut, die in jeder Faser seines Körpers aufschrie, sich in einer steifen und reizbaren Anspannung seines Körpers kundtat, die er angestrengt zu unterdrücken versuchte und die sogar noch die Luft in zittrige Schwingungen zu versetzen schien – wie auch Smythes Instinkte.

Und ihn zum Nachdenken brachte. Denn solcher Zorn legte den Verdacht nahe, dass Alert sehr wahrscheinlich verzweifelt darauf bestehen würde, die Einbrüche stattfinden zu lassen.

Was in Smythes Sicht nur Gutes verhieß. Für ihn.

Ohne die Informationen, die Alert bisher zurückgehalten hatte, konnte er allerdings nicht einbrechen. Aber vielleicht würde Alert sich jetzt eher hinreißen lassen, das Unternehmen in Smythes Richtung zu lenken.

»Haben Sie einen Verdacht, wer …« Zornig bebte Alerts Stimme; er brach ab und atmete tief durch. »Nein. Das spielt keine Rolle. Wir dürfen uns um keinen Preis ablenken lassen …«

Wieder brach er ab, wirbelte herum und machte drei Schritte in die andere Richtung, blieb stehen, hob den Kopf und atmete noch einmal tief durch, bevor er sich wieder zu Smythe drehte. »Doch, es spielt eine Rolle. Oder könnte eine spielen. Haben Sie irgendeinen Verdacht, wer oder was die Polizei auf Grimsbys Spur gesetzt hat?«

»Könnte jeder sein. Erinnern Sie sich an den Steckbrief? Da standen wir schon mit einem Bein im Knast. Uns blieb nur eine Gnadenfrist.«

Alert zog eine Grimasse. »Ich hatte nicht begriffen, dass es so schnell gehen kann. Wir hätten nur noch eine weitere

Woche gebraucht.« Wieder marschierte er auf und ab, diesmal allerdings weniger hitzig. »Waren Sie vor Ort, als man Grimsby geschnappt hat?«

»Nur kurz. Habe gerade nicht dort rumgehangen, besonders deshalb, weil ich zwei Jungen bei mir hatte. Ich bin eingetroffen, kurz nachdem die Bullen reingegangen sind, und nur so lange geblieben, bis ich sicher sein konnte, was dort gespielt wurde. Und ich bin abgehauen, bevor sie Grimsby rausgebracht haben.«

Alert runzelte die Stirn. »War noch jemand dort, zusammen mit der Polizei?«

»Habe niemanden gesehen … nun, ausgenommen die Lady aus dem Findelhaus. Vermutlich ist sie wegen der Kinder dort gewesen.«

»Lady?« Der Mann namens Alert hielt inne. »Beschreiben Sie sie.«

Smythe war ein aufmerksamer Beobachter, und seine rasche Beschreibung reichte, um die Frau zu identifizieren, die in der Tat eine Lady war. Penelope Ashford. Dass dieses verdammte Weib aber auch alles verderben musste! Schon vor langer Zeit hätte ihr Bruder sie in ein Damenstift einweisen sollen.

Aber das hatte Calverton nicht getan, was ihr die Möglichkeit verschafft hatte, sich in seinen großartigen Plan einzumischen. Ihn zu gefährden. Ganz sicher traute er es diesem teuflischen Weib zu, dass sie hinter dem Überfall auf Grimsbys Lehranstalt steckte.

Wieder meldete sich der Zorn in ihm zu Wort, angefeuert von der Angst, die sich in ihm ausbreitete. Denn der Geldverleiher hatte ihm erneut einen Besuch abgestattet. Nur war dieser verdammte Wucherer diesmal nicht an seinem Lieblingsort aufgetaucht, sondern bei ihm zu Hause! An seinem Arbeitsplatz!

Die Botschaft hätte nicht deutlicher ausfallen können; wenn er sein Schuldkonto nicht wie besprochen bereinigte, wäre er ruiniert. Und der Ruin würde diesmal wahrhaft gigantische Ausmaße annehmen.

Unter dem Baum trat Smythe unruhig von einem Bein auf das andere und lenkte die Aufmerksamkeit auf sich. »Wie gesagt, ich habe zwei Jungen bei mir. Beziehungsweise sicher verschlossen. Wie der Zufall es will, sind es bei Weitem die besten, obwohl es genau die sind, die Grimsby nur kurze Zeit ausgebildet hat. Die beiden sind schlau und flink, und ich habe sie gut im Griff. Aber ich muss ihnen noch mehr beibringen. Viel mehr, wenn wir sie einsetzen wollen, Ihre Aufträge zu erledigen. Schon deshalb, weil wir sie jetzt jedes Mal sauber aus dem Weg räumen müssen.«

Der ursprüngliche Plan hatte vorgesehen, die Jungen, die sie für jeweils ein Haus eingesetzt hatten, dort zu belassen, nachdem sie die bestellten Gegenstände nach draußen gereicht hatten. Die Burschen hätten eine Stunde lang – die gefährlichste Zeitspanne, in der die Kinder am wahrscheinlichsten geschnappt wurden – auf neue Befehle warten sollen, bevor sie einen Fluchtversuch unternahmen; zu diesem Zeitpunkt wären Smythe, Alert und das Diebesgut längst über alle Berge.

Alert zog eine Grimasse. Smythe hatte die Prozedur gut genug erläutert, um ihn begreifen zu lassen, dass er es sich nicht leisten konnte, die zwei Jungen zu verlieren. »Ich nehme an«, brummte er, »dass der, der übrig bleibt, wenn Sie den anderen verlieren, sich möglichst rasch aus dem Staub machen wird, anstatt seine Arbeit zu erledigen. Denn schließlich hat er ja sein Schicksal vor Augen.«

»Genau. Die Burschen müssen schlau sein, sonst kann ich sie nicht gebrauchen. Nur falls sie …«, Smythe brach ab und zuckte die Schultern, »… nun, diese beiden sind schlau. Aber tief im Herzen sind sie immer noch East-End-Burschen. Sie werden das tun, was ich ihnen befehle, solange sie sich sicher fühlen.«

Alert marschierte auf und ab. »Wie lange brauchen Sie für die Ausbildung bis zur Einsatzfähigkeit?«

»Jetzt, wo ich nur noch zwei habe, um die ich mich kümmern muss … vier Tage.«

»Und wenn sie voll ausgebildet sind, sind Sie dann in der Lage, die acht Häuser wie geplant in einer Nacht zu erledigen?«

»Nein. Auf keinen Fall. Mit nur zwei Burschen sind selbst vier in einer Nacht gefährlich. Die Kinder werden müde, sie machen Fehler, und Sie verlieren all Ihre Arbeit.«

Alert überlegte, wägte Smythes Bedenken dagegen ab, wie die Polizei seiner Auffassung nach vermutlich reagieren würde, sobald sie von den Straftaten erfuhr – welcher der geplanten Einbrüche auch immer es sein mochte.

Er atmete tief durch, blieb stehen und schaute Smythe an.

»Zwei Nächte. Länger können wir es nicht ausdehnen. Vier Häuser in jeder der beiden Nächte. Wir können die Reihenfolge bestimmen, sodass die schwierigeren am Ende der Liste stehen. Auf diese Art können Ihre Burschen zuerst mit den leichten Einbrüchen Erfahrungen sammeln, bevor sie sich den größeren Herausforderungen stellen. Auf diese Art laufen wir nicht Gefahr, sie zu verlieren. Und falls doch, wird es geschehen, wenn unser Spiel zu Ende ist.«

Smythe dachte nach, wägte Für und Wider ab – am gewichtigsten sprach dafür, dass er die Arbeit unbedingt machen wollte – und nickte. »Einverstanden. Wir werden die acht Häuser in zwei Nächten erledigen.«

»Gut.« Alert schwieg kurz. »Und in drei Nächten treffen wir uns wieder hier. Bis dahin halten Sie sich mit Ihren Burschen aus dem Blickfeld.«

Die Mahnung war vollkommen überflüssig. Smythe unterdrückte seine unwillkürliche Reaktion, erwiderte stattdessen gleichmütig: »Könnte sein, dass es nicht funktioniert. Es hängt davon ab, wann Sie die Jobs erledigt haben wollen.« Als Alert die Stirn runzelte, fuhr er fort: »Ich habe Ihnen bereits erklärt, dass ich mindestens drei Tage brauche, um die Häuser zu inspizieren. Da wir so viele machen müssen, würde ich es vorziehen, ein wenig mehr Zeit zu haben, selbst wenn die Anwesen sich alle in derselben Gegend befinden. Aber wenn es unbedingt sein muss, kann ich sie auch in drei Tagen auskundschaften. Bleibt mir noch weniger Zeit, werde ich allerdings nicht reingehen.«

Alert zögerte, fuhr dann mit der Hand in seine Tasche. Smythe erstarrte, aber der Mann zog nur ein Blatt Papier heraus.

Dann schaute er es an, bevor er es Smythe reichte. »Das sind die Häuser. Die Familien halten sich noch darin auf. Sobald sie das Anwesen verlassen haben, sind wir bereit für den Einsatz. Ich werde Ihnen eine Liste der Dinge zukommen lassen, die wir aus jedem Haus herausholen müssen, zusammen mit einer detaillierten Beschreibung, wo genau in jedem Haus sich dieser Gegenstand befindet.«

Smythe betrachtete die Liste, aber es war zu dunkel, um die Worte lesen zu können. Er faltete das Blatt zusammen und steckte es in seine Tasche. »Immer noch nur einen einzigen Gegenstand aus jedem Haus?«

»Ja.« Alerts Blick wurde eindringlicher. »Wie ich anfangs erklärt habe, brauchen wir genau diesen einen besonderen Gegenstand aus jedem Haus. Acht Dinge alles in allem, und Sie werden reicher sein, als Sie es sich in Ihren kühnsten Träumen jemals hätten vorstellen können. Und ...«, die gesenkte Stimme klang stählern und bedrohlicher, »... es gibt Gründe, warum in diesen Fällen nur dieser einzige Gegenstand genommen werden darf. Wer aufs Geratewohl irgendwelche Dinge klaut, riskiert das gesamte Unternehmen.«

Smythe zuckte die Schultern. »Wie Sie meinen. Ich werde die Anwesen auskundschaften und die Burschen ausbilden. Sobald die Luft rein ist, können Sie mir Ihre Liste zukommen lassen, und wir werden zur Tat schreiten.«

Alert ließ den Blick kurz über ihn schweifen und nickte. »Gut.

In drei Nächten treffen wir uns hier.«

Damit drehte er sich um und verließ den Friedhof.

Smythe blieb unter dem Baum stehen und beobachtete Alert, bis der zwischen den Grabmälern verschwunden war. Mit einem stillen Lächeln eilte er in die entgegengesetzte Richtung davon.

Er klopfte sich auf die Tasche, beruhigte sich mit dem Rascheln des Papiers, das sich darinnen befand. Denn er hatte darauf gewartet, etwas gegen Alert in der Hand zu halten – irgendetwas, wodurch sich die Identität des Mannes feststellen ließ. Er schätzte es gar nicht, sich auf Geschäfte mit Leuten einzulassen, die er nicht kannte, ganz besonders dann, wenn es sich um Gentlemen handelte.

Wenn die Angelegenheit aus dem Ruder lief, hatten diese Herrn die Angewohnheit, mit dem Finger auf die unteren Ränge zu zeigen und ihre vollkommene Unschuld zu behaupten. Nicht dass Smythe damit rechnete, geschnappt zu werden; aber ein kleiner Trumpf im Ärmel war immer beruhigend, sei es, um sich Alerts Schweigen zu sichern oder, falls die Luft zu dick wurde, einen Handel anbieten zu können.

Jetzt hielt er die Liste der Häuser in der Hand. Häuser, von denen Alert wusste, dass sich überaus wertvolle Gegenstände darin befanden. Und noch mehr: Der Mann kannte diese Häuser gut genug, um jeden Gegenstand und dessen Platz im Haus präzise beschreiben zu können.

»Und woher willst du das wissen, du feiner Herr?« Grinsend beantwortete Alert sich seine Frage. »Weil du regelmäßig in jedem einzelnen dieser Häuser verkehrst.«

Acht Gebäude. Falls er jemals in die Verlegenheit geriete, Alert identifizieren zu müssen, würde die Liste der acht Anwesen, in denen der Mann auf vertrautem Fuße zu verkehren pflegte, ihm größte Dienste leisten. Daran hegte Smythe keinerlei Zweifel.

18

»Ermittlungen sind oft nervtötende Angelegenheiten.« Barnaby saß vor dem Kamin in Griseldas Wohnzimmer und nahm sich noch ein Stück Hefekuchen vom Tablett. »Als ob man einen Zahn zieht. Langsam und schmerzhaft.«

Penelope aß ihren Kuchen, schluckte und stieß ein unbestimmtes »Hm« aus. »Sie meinen, eine qualvolle Tortur.«

Barnaby zog eine Grimasse, stritt es aber nicht ab.

Drei Tage waren verstrichen, seit sie Grimsbys Lehranstalt ausgehoben hatten. Obwohl alle Beteiligten ihr Bestes gegeben hatten, hatten sie noch nicht einmal ein Raunen darüber gehört, wohin Smythe und die Jungen sich verflüchtigt hatten. Jemmie und Dick waren immer noch irgendwo da draußen; daher die düstere Stimmung.

Griselda erhob sich, um den Teekessel zu holen, den sie auf dem Herd stehen gelassen hatte. Ernüchtert füllte sie die Becher. »Wie kommen die Jungen im Findelhaus zurecht?«

»Es geht ihnen sehr gut.« Die vergangenen zwei Tage hatte Penelope damit verbracht, die Kinder zu besänftigen, und sie hatte die notwendigen Formalitäten erledigt, um die Vormundschaft für die beiden zusätzlich befreiten Burschen zu beantragen. »Natürlich sind sie auf eine gewisse Art zu Helden geworden, weil sie bei einer Polizeirazzia aus einer berüchtigten Lehranstalt im East End gerettet worden sind. Aber man kann ihnen den Triumph nicht missgönnen. Außerdem ist es ihnen dadurch leichter gefallen, sich einen Platz innerhalb der Gemeinschaft zu erobern.«

Es war Samstagnachmittag. Penelope hatte Griselda aufgesucht, um sie zu fragen, ob sie über ihre Verbindungen ins East End irgendwelche Neuigkeiten zu berichten hatte, was unglücklicherweise nicht der Fall war. Um sich zu trösten, hatten die beiden Frauen es sich mit Tee und Kuchen am Kamin im Wohnzimmer gemütlich gemacht, als Barnaby eingetroffen war. Zuerst hatte er in der Mount Street nach ihr geschaut, war dann aber von dem unerschütterlichen Leighton nach St. John's Wood verwiesen worden.

Am Tag nach der Razzia war Barnaby nach Leicestershire gereist, um mit dem Honorable Carlton Riggs zu sprechen, in der Hoffnung, dass Riggs wissen mochte, wer Alert war. Denn weil sowohl Griselda als auch Barnaby den Gentleman vom Sehen kannten, war ihnen klar, dass er nicht Alert sein konnte; der Mann war offenbar hellblond.

Das war alles schön und gut. Aber anstatt Griseldas und Penelopes Neugierde sofort zu befriedigen, hatte Barnaby den Kuchen beäugt und verkündet, dass er schrecklichen Hunger litt, hatte sich geweigert, auch nur ein Wort über die Neuigkeiten zu verlieren, bis er seinen Hunger gestillt hatte.

Was Penelope zu einer scharfen Bemerkung über die qualvolle Langsamkeit ihrer Ermittlungen und folglich Barnaby zu dem Vergleich mit dem Zähneziehen provoziert hatte.

Sie kuschelte sich in die Sofaecke und beobachtete, wie er den Kuchen verzehrte. »Das ist schon Ihr zweites Stück.« Sie musterte ihn noch eindringlicher. »Es besteht keine Gefahr, dass Sie ohnmächtig werden. Also reden Sie.«

Spöttisch verzog er die Lippen, griff nach seinem Becher und lehnte sich in die andere Ecke des Sofas zurück.

Erwartungsvoll ließ sie den Blick über ihn schweifen. Barnaby atmete tief durch und öffnete den Mund – nur um ihn wieder zu schließen, als es heftig an der Tür pochte.

Stöhnend schloss Penelope die Augen, schlug sie gleich wieder auf und setzte sich auf. »Das kann nur Stokes sein.« Griselda eilte an ihr vorbei zur Treppe. »Vielleicht hat er etwas Neues zu berichten.« Sie schaute Barnaby an. »Und etwas Nützliches.«

Und falls er tatsächlich Fortschritte gemacht hatte, würde er sich glücklich schätzen, die anderen teilhaben zu lassen.

Stokes nahm zwei Stufen auf einmal und blieb oben abrupt stehen, als er die Runde erblickte. Penelope winkte und lächelte. Griselda lächelte ebenfalls, als sie ihn begrüßte, und begleitete ihn ins Wohnzimmer zu den anderen.

Stokes nahm den Becher, den sie ihm anbot, und setzte sich in den Lehnstuhl ihr gegenüber. Als er die Hand nach dem Kuchen ausstreckte, schoss Penelope nach vorn und schnappte sich den Teller. Überrascht schaute Stokes sie an, als sie sich zurücklehnte, den Teller mit dem Arm schützte und seinen Blick auffing. »Zuerst müssen Sie berichten. Dann dürfen Sie essen.«

Kopfschüttelnd ließ Stokes den Blick zu Barnaby schweifen, nippte am Tee und seufzte. »Sie dürfen mir ebenso gut den Teller reichen. Ich habe nichts zu berichten. Jedenfalls nichts Neues.«

Penelope seufzte ebenfalls und stellte den Teller in Stokes' Reichweite neben den Kamin. »Nichts?«

»Nicht einen Pieps. Smythe hat sich verkrochen. An seinen gewöhnlichen Aufenthaltsorten ist er nicht gewesen. Die Wachtposten vor Ort helfen uns, so gut sie können. Inzwischen wissen wir, wo er sich aufgehalten hat – aber er ist weitergezogen. Gott weiß, wohin.« Stokes gönnte sich ein Stück Kuchen.

»Und die Wachtposten in der St. John's Wood Terrace«, stieß Griselda hervor, »haben die niemanden gesehen?«

Stokes schüttelte den Kopf, kaute und schluckte. »Dort hat sich ebenfalls niemand blicken lassen. Noch nicht einmal in der Nähe. Ich kann nur vermuten, dass Smythe sich irgendwo draußen in der Weaver Street aufgehalten hat. Er muss gesehen haben, wie wir Grimsby haben auffliegen lassen, und er wusste, dass Grimsby uns alles über das Haus verraten würde. Smythe ist bekannt, wie man die Verbindung zu Alert herstellt. Also hat er ihn gewarnt, sich verkrochen und die Jungen in sein Versteck verschleppt.«

»Kann Riggs den entscheidenden Hinweis geben?«, fragte Stokes wenig hoffnungsvoll in Barnabys Richtung.

Zu Recht.

»Er hat nicht die leiseste Ahnung.« Barnabys Stimme veränderte sich, als wolle er den Mann nachahmen. »Aber es hat ihn in der Tat erschüttert, dass jemand das hintere Wohnzimmer in seinem Liebesnest nutzt, um sich mitten in der Nacht mit Kriminellen zu treffen.«

Penelope schnaubte.

»Genau.« Barnaby senkte den Kopf. »So hat Riggs sich aufgeführt. Aufgeblasen und tobend. Ich habe ihn gefragt, wer noch über das Haus Bescheid weiß und wer von seinen Freunden es noch aufsucht. Die Liste war zu lang, um einen Gedanken daran zu verschwenden. Seit mehr als einem Jahrzehnt besitzt er das Anwesen und hat gegenüber seinen männlichen Bekannten niemals ein Geheimnis daraus gemacht. Und das heißt natürlich, auch nicht gegenüber seinem Kammerdiener, gegenüber dessen Freunden und der übrigen Dienerschaft und so weiter und so fort. Will sagen, der Weg über Riggs wird uns keinen Schritt weiterbringen.«

Die Runde seufzte nicht, fühlte sich aber danach. Eine allgemeine Verdrießlichkeit senkte sich auf den Raum, bis Griselda wieder das Wort ergriff. »Reißen Sie sich zusammen. Wir werden weiterhin die Augen offen halten. Und es gibt doch eine gute Nachricht, nämlich dass uns noch nicht einmal ein Wispern über Smythe an die Ohren gedrungen ist. Was heißt, dass er sich zurzeit immer noch versteckt, was wiederum heißt, dass er sich höchstwahrscheinlich immer noch darauf vorbereitet, die Burschen für die Einbrüche einzusetzen, was wiederum heißt, dass sie bei ihm in Sicherheit sind und gut ernährt werden. Er ist um jeden Preis darauf angewiesen, seine Werkzeuge in einem erstklassigen Zustand zu halten.«

Penelope blinzelte verunsichert. »Soll das heißen, dass er gut auf sie achtet, weil es in seinem ureigensten Interesse liegt?«

»Genau. Es macht keinen Sinn, sich einzubilden, dass sie Gefahr laufen, übel zugerichtet zu werden. Oder dass sie die Nächte zitternd unter irgendeiner Brücke verbringen. Smythe wird sich sehr wahrscheinlich besser um sie kümmern als Grimsby. Schließlich wollte er acht, hat aber nur zwei bekommen. Keinesfalls wird er sie aufs Spiel setzen.«

Barnaby und Stokes setzten sich langsam auf.

»Er plant immer noch diese Einbrüche, nicht wahr? Die mit Alert.« Stokes wandte sich an Barnaby. »Dabei hatte ich gehofft, dass er seine Pläne nach der Razzia in der Lehranstalt aufgibt.«

Barnaby nickte. »Das hatte ich auch angenommen. Aber wie Griselda so klug betont hat, hat er sein Vorhaben offenbar doch nicht aufgegeben. Denn andernfalls hätte er die Jungen einfach freigelassen. Und da man überall im East End auf unsere Belohnung scharf ist, hätten wir inzwischen von ihnen gehört. Er hätte sie gehen lassen, weil sie für ihn keine Bedrohung darstellen, sondern nur unnötigen Ballast. Es sei denn, er hat Verwendung für sie, und diese Verwendung kann nur …« Seine Augen leuchteten, und er hob den Becher zu einem Toast. »Mit anderen Worten, wir sind noch im Spiel.«

Stokes beugte sich vor, hatte die Hände zwischen die Knie geklemmt. »Nun, wie sehen seine Pläne aus? Welche Häuser und warum?«

»Es ist nicht Smythe, der die Pläne schmiedet. Jedenfalls nicht, was das Wo, Wann und Warum betrifft. Das kommt alles von Alert. Er versorgt ihn mit den Einzelheiten, während Smythe ihn wiederum mit dem Fachwissen versorgt. Wie wir wissen, ist Alert ein Gentleman.«

Penelope fragte sich, was diese letzte Tatsache wohl zu bedeuten hatte.

Kurz darauf fuhr Barnaby fort. »Ich habe über Grimsbys Aussage nachgedacht, dass Smythe so viele Jungen braucht, weil er eine ganze Reihe Häuser in einer Nacht überfallen will«, meinte er zu Stokes. »Das entspricht nicht der Arbeitsweise, die bei Smythe üblich ist. Bei anderen auch nicht. Der Befehl ›alle in einer Nacht‹ ist von Alert gegeben worden. Aber warum? Warum sollte ein Gentleman auf einer Serie von Einbrüchen beharren, die sämtlichst in einer Nacht begangen werden sollen?«

Stokes starrte ihn an. »Ich kann mir nur eins vorstellen«, sagte er schließlich, »dass sie sich, wie Grimsby ebenfalls erwähnte, keinen Ärger mit der Polizei aufhalsen würden, wenn die gesamte Serie in einer Nacht erledigt wird. Irgendeinen Grund muss diese Anweisung ja haben. Denn sobald die Einbrüche entdeckt worden sind, braucht es ein, vielleicht auch zwei Tage, um eine Patrouille zusammenzustellen und so weiter.«

Barnaby nickte. »Was uns zwei Punkte übrig lässt. Der erste ... bitte korrigiere mich, falls ich mich irre, aber verstärkte Polizeipatrouillen und so weiter werden nur eingerichtet, wenn die Straftaten in Mayfair begangen würden.« Stokes nickte, und Barnaby fuhr fort. »Das bestätigt unseren Verdacht, dass es sich bei diesen Einbrüchen, die Smythe praktisch gezwungen ist zu verüben, um eine Serie in Mayfair handelt. Wie auch immer, und das ist mein zweiter Punkt, es bedeutet, dass der Aufschrei über die sämtlich in einer einzigen Nacht verübten Einbrüche enorm sein wird, sobald auch nur ein einziger entdeckt wird. Groß genug, um weitere Einbrüche in Mayfair zu riskant zu machen.«

Stokes entglitten die Gesichtszüge. »Zum Teufel noch mal.«

»In der Tat.« Barnaby nickte. »Alerts Plan, die Häuser in Mayfair in einer Nacht auszurauben, ist nur in einem einzigen Fall sinnvoll. Nämlich dann, wenn die zu stehlenden Gegenstände extrem wertvoll sind.«

Stokes fixierte Barnaby mit dem Blick. »Gibt es die Möglichkeit, das Gerücht in den Salons zu streuen? Um die betroffenen Haushalte zu warnen? Diejenigen Haushalte, die einerseits sehr wertvolle Dinge besitzen, welche andererseits auch noch ein Junge anheben kann?«

Barnaby schaute ihn an, ließ den Blick dann aus dem Fenster und auf den verhangenen Himmel schweifen. »Zu deiner ersten Frage, das Parlament verabschiedet sich am Mittwoch in die Ferien. Jetzt haben wir den späten Samstagnachmittag.« Er suchte wieder Stokes' Blick. »Es ist zu spät, um einen allgemeinen Alarm auszulösen. Die meisten Familien haben die Stadt schon verlassen. Mehr noch, ich glaube nicht, dass Peel es im gegenwärtigen politischen Klima für klug halten würde, bekannt zu geben, dass seine Truppe nicht imstande ist, die Anwesen in Mayfair vor der Plünderung durch einen einzigen Dieb zu schützen. Wie verblümt auch immer er sich dabei ausdrücken mag.«

Stokes zog ein entsetztes Gesicht und schaute zur Seite.

»Und was die Frage der Haushalte mit kleinen, extrem wertvollen Gegenständen betrifft«, meinte Penelope, »überall in den Salons stehen solche Dinge herum. In jedem Haus in Mayfair würde man zumindest eins finden, in vielen Fällen auch mehr als das.« Sie verzog das Gesicht, ließ den Blick von Stokes zu Griselda und wieder zurück schweifen. »Ich weiß, es klingt absurd, aber gewöhnlich befinden sich diese Dinge seit Generationen im Besitz der Familien. Oft halten wir sie nicht für wertvoll, sondern für die Vase irgendeiner Großtante, die sie einst von ihrem Bewunderer aus Paris bekommen hat. So auf diese Art. Mag sein, dass die Vase ein unbezahlbares Stück aus Limoges ist, aber das ist nicht der Grund, weshalb sie auf dem Ecktisch platziert worden ist. Und so erinnern wir uns auch nicht an sie.«

»Sie hat recht«, meinte Barnaby zu Stokes. »Vergiss es, die Häuser vorab zu identifizieren.« Grimmig verzog er das Gesicht. »Mag sein, dass wir sogar herausfinden könnten, welchen Gegenständen Alert nachjagt. Leider bringt uns das nicht weiter.«

Nach einem Moment ergriff Stokes wieder das Wort. »Vielleicht nicht. Aber es gibt noch eine Sache«, meinte er zu Barnaby. »Wenn es, wie es sicher scheint, zu Alerts Plan gehört, die Einmischung der Polizei zu vermeiden, dann müsste Alert, wer auch immer er sein mag …«

»… verdammt viel mehr Einsicht in die Arbeitsweise der Metropolitan Police besitzen als der durchschnittliche Gentleman.« Barnaby nickte. »Allerdings.«

Kurz darauf fuhr Barnaby fort: »Wir können Smythe nicht aufspüren. Und die Häuser, die er im Visier hat, können wir nicht klar genug identifizieren, um eine Falle aufzustellen. Soweit ich es erkennen kann, bleibt uns nur noch ein Weg, den es zu erkunden lohnt.«

Stokes nickte. »Machen wir uns auf die Jagd nach Alert.«

Sie redete sich ein, dass es an ihrer Frustration lag, an der Enttäuschung und schlicht an der Ungeduld mit den Ermittlungen, die sie getrieben hatten, Zerstreuung zu suchen. Aber die Wahrheit war: Sie hatte ihn vermisst.

Spät in der Nacht lag Penelope aufgestützt in Barnabys großem Bett, er neben ihr auf dem Rücken und einen Arm über den Kopf geschlungen. Der Schimmer des Kerzenlichts fiel über sie. Sie ließ ihren Blick umherschweifen und lächelte, wie sie sich selbst eingestehen musste, mit besitzergreifender Freude. In diesem Moment jedenfalls gehörte er ihr, nur ihr allein, und es war ihr vollkommen klar.

Penelope streckte die Hand aus, legte sie auf seinen Oberkörper und ließ sie langsam nach unten gleiten – über die harten Muskelstränge, hinunter über seinen straffen Bauch zur Einbuchtung seines Nabels, dann tiefer bis zu jenem Körperteil, der immer begierig auf eine Berührung von ihr zu warten schien. Und der trotz ihrer nicht lange zurückliegenden Vereinigung schon wieder im Griff ihrer Hand zu wachsen schien.

Eine Tatsache, die sie wie ein Gefühl der Macht durchflutete.

Nicht dass der Rest von ihm – oder Barnaby überhaupt – sich nicht gefreut hätte, sie zu sehen. Obwohl sie nicht verabredet gewesen waren, hatte er bereits auf sie gewartet, als sie früher an jenem Abend an die Tür seines Hauses geklopft hatte. Mostyn war weit und breit nicht zu sehen gewesen.

Barnaby hatte sie die Treppe hinaufbegleitet bis in sein Schlafzimmer und die Tür hinter sich verschlossen, all das mit einem Eifer, der sie innerlich gewärmt hatte. Der ihren Herzschlag verdoppelte und ihre Nerven erwartungsvoll anspannte.

Penelope hatte sich zu ihm gedreht, war förmlich in seine Arme geflogen und hatte ihrer Gier freien Lauf gelassen. Hatte das Feuer brennen lassen. Für ihn. Und er hatte sich erkenntlich gezeigt. Sie hatten miteinander gerungen, wie sie es immer taten, zuerst hatte er die Führung übernommen, dann sie, dann wieder er. Schließlich hatte er sie gefangen genommen, nackt und unter sich auf der Matratze, und war mit einer solchen Ekstase in sie eingedrungen, die sie beide vollkommen erschöpft und herrlich befriedigt zurückgelassen hatte.

Wieder einmal.

Es schien, als hätte er sie ebenfalls vermisst.

Das war für sie das erste Mal gewesen. Das zweite ... sie besaß ein ausgezeichnetes Gedächtnis, konnte sich an die Beschreibungen der verschiedensten Positionen in jenen geheimnisvollen Texten lebhaft erinnern, die Portia und sie studiert hatten, Jahre bevor sie der Ehrgeiz gepackt hatte, sich über alle Aspekte des Lebens zu unterrichten. Und diese Texte waren recht aufklärend gewesen.

Und sehr genau. Als sie sich auf die Hände gestützt und auf die Knie begeben und ihn gefragt hatte, ob sie es in dieser Stellung versuchen sollten, war er erstaunt gewesen – einen Herzschlag lang. Dann war er hinter ihr gewesen, in ihr, mit langen, tiefen und qualvoll beherrschten Stößen; er hatte ihr gründlich gezeigt, warum ausgerechnet diese Stellung in den meisten Schriften angepriesen wurde.

Anschließend waren sie wild umschlungen auf die Matratze gesunken, erschöpft bis in die Haarspitzen.

Und jetzt ... nachdem das Feuerwerk verglüht war, flutete die Wärme überall in ihre Gliedmaßen, in ihrem Körper summte es wohlig, und in ihrem Herzen empfand sie eine stille Freude, wie sie es niemals für möglich gehalten hatte.

Sanft und zärtlich streichelte sie seinen Oberkörper, war wie immer fasziniert von dem Unterschied zwischen ihnen. Ihre Hand wirkte so winzig und zerbrechlich auf den Muskeln, die sich über seine Brust erstreckten; im Vergleich zu ihrer Weichheit war er hart, im Vergleich mit ihrer Leichtigkeit war er schwer, im Vergleich zu seiner Größe war sie klein – und doch schienen sie sich in vielerlei Hinsicht zu ergänzen.

Nicht nur körperlich.

An der Oberfläche diente ein Intermezzo wie dieses nur dazu, körperliche Sehnsüchte zu befriedigen. Aber davor und danach ging es nur noch darum, wie dieses verzehrende Verlangen überhaupt erst entstehen konnte und was diesen gewaltigeren und mächtigeren Hunger besänftigte, bis sie sich wahrhaft gesättigt fühlte – und ganz sicher nicht nur in körperlicher Hinsicht. Das galt jedenfalls für sie. Und langsam nährte sich in ihr die Überzeugung, dass es ihm ähnlich erging.

Einander zu besitzen und zu beschützen, Verlangen nacheinander zu empfinden und sich umeinander zu sorgen, hier in seinem Bett, wenn sie sich berührten und ihre ganze Liebe in diese Berührungen legten – das war die Sprache einer gefühlsmäßigen Verbindung, die mit jedem Tag nur noch stärker und tiefer wurde.

Nachdem sie drei Tage getrennt voneinander verbracht hatten, reichte ihrem Geist allein die Vorstellung, diese Verbindung zu verlieren oder zu beenden, um nach Mitteln und Wegen zu suchen, dass ihre Beziehung bis in alle Ewigkeit fortdauern würde.

Penelope war sich bewusst, dass er sie beobachtete, ihr Gesicht unter den schweren, halb geschlossenen Lidern musterte. Sie drehte den Kopf auf dem Kissen, schaute in seine tiefblauen Augen und zog einen Moment später die Brauen hoch.

Barnaby lächelte. Er hob eine Hand an ihre Wange, strich eine Haarlocke hinter das Ohr zurück. »Stokes und ich werden uns gleich morgen darum kümmern …« Er ließ den Blick aus dem Fenster schweifen. »Heute. Aber es wird dauern, bis wir ihn identifiziert haben, es sei denn, wir haben großes Glück. Falls es uns überhaupt gelingt. Und Zeit ist für uns ein kostbares Gut.«

Penelope drehte sich auf die Seite, sodass sie ihm ins Gesicht schauen konnte. »Wenn es dir nicht gelingt, Alert ausfindig zu machen, bevor die Einbrüche stattfinden, werden wir nicht in der Lage sein, die Jungen frühzeitig zu retten, sondern erst dann, wenn sie … in die Sache verwickelt sind.«

Barnaby runzelte die Stirn. »Wenn wir sie befreien, bevor Alert seinen Plan vollstreckt hat, können wir vor Gericht auf Freispruch plädieren. Aber falls sein Plan erfolgreich ist, falls tatsächlich eingebrochen wurde und viel Zeit ins Land geht, wird man die Burschen für genauso verantwortlich erklären wie Smythe und Alert.« Er schwieg kurz. »Außerdem gibt es die nicht unmaßgebliche Überlegung, dass das Ansehen der Polizei ernstlich beschädigt sein wird, falls Alerts Rechnung aufgeht. Peel und seine Kommissare werden alle Hände voll zu tun haben, die Existenz der Truppe zu rechtfertigen.«

Er fing Penelopes Blick auf. »Nicht wenige würden sich glücklich schätzen, wenn Scotland Yard wieder aufgelöst würde.« Sie stieß ein missbilligendes Geräusch aus, legte sich zurück und richtete den Blick an die Decke. »Was für ein Mensch könnte Alert sein? Wo willst du mit Stokes anfangen zu suchen?«

Barnaby war überaus zufrieden mit der Richtung, die das Gespräch genommen hatte. Mit Absicht hatte er sie und sich selbst abgelenkt, indem er die Ermittlungen erwähnte; denn es gab nur zwei Dinge, die ihm im Moment durch den Kopf geisterten. Wie die Sekunden zwischen ihnen sich gedehnt und welches Gewicht auf ihm gelastet hatte, bevor er das Wort ergriff … die Verführung war groß gewesen, aber trotzdem wollte er es keinesfalls riskieren, das andere Thema zu früh anzuschneiden.

Nicht bevor sie aus freien Stücken zu dem Entschluss gekommen war, zu dem er selbst sich schon längst durchgerungen hatte. Es war eine gottgegebene Gelegenheit gewesen, Carlton Riggs zu verhören, und er hatte sie beim Schopf ergriffen. Das Anwesen der Familie Riggs befand sich in Leicestershire, nicht sehr weit von der Jagd der Calvertons entfernt. Nachdem er Riggs befragt hatte, hatte er die Einladung abgelehnt, über Nacht zu bleiben, und war stattdessen hinübergefahren, um bei Luc, Viscount of Calverton und Penelopes älterem Bruder und Aufsichtsperson, einen Besuch zu machen.

Luc und dessen Frau Amelia hatten ihn willkommen geheißen. Bei zahlreichen geselligen Zusammenkünften im erweiterten Kreis der Familien waren sie sich bereits begegnet, und Luc hatte ihm bei früheren Ermittlungen zur Seite gestanden. Glücklicherweise hatten die drei Kinder Amelias Aufmerksamkeit beansprucht, sodass es nicht schwer gewesen war, sich mit Luc allein in sein Arbeitszimmer zurückzuziehen.

Barnaby hatte keine Zeit verschwendet und in aller Form um Penelopes Hand angehalten. Luc hatte seine Überraschung hinuntergeschluckt, ungläubig den Kopf geschüttelt und angemerkt, dass er wirklich niemals damit gerechnet hatte, dass ein Mann wie Barnaby eines Tages den Verstand verlieren würde; dann hatte er gefragt, wie genau Barnaby seine Schwester eigentlich kannte, worauf Barnaby mit einem knappen »nur zu gut« geantwortet hatte. Daraufhin hatten sie einen Moment angespannt geschwiegen, bis Luc, zu jenem Zeitpunkt ganz der scharfsichtige Gentleman mit vier Schwestern, ihn durchdringend angeblickt und schließlich genickt hatte. Damit hatte Barnaby die Erlaubnis erwirkt, seinen Antrag an Penelope zu richten – wenn sie ihn denn nur ließe.

Barnaby kannte sie gut genug, um Letzteres nicht als selbstverständlich zu betrachten. Noch nicht einmal jetzt, wo sie nackt und befriedigt in seinem Bett lag.

Aber immerhin empfand er kein schlechtes Gewissen mehr, sie nackt und befriedigt neben sich in seinem Bett liegen zu sehen. Dass sie sich in diesem Zustand befand, mochte darauf zurückzuführen sein, dass sie selbst mit ihrer Beharrlichkeit dafür gesorgt hatte; und doch hatte er sich danach gesehnt und war nur zu bereit gewesen, sie bei sich zu beherbergen.

»Stokes und ich ... wir werden sicher damit anfangen, dass wir eine Liste all jener Gentlemen anfertigen, deren Verbindung zur Polizei uns bekannt ist. Die Kommissare und ihre Gehilfen, all die Leute, die durch andere Behörden mit der Polizei zu tun haben, wie zum Beispiel das Innenministerium oder die Wasserpolizei.«

»Hm.« Nachdenklich runzelte Penelope die Stirn. »Wenn die Schlussfolgerungen richtig sind, die wir aus seinen Planungen gezogen haben, dann muss Alert jemand sein, der nicht nur den anderen Gentlemen der besseren Gesellschaft bekannt ist, zum Beispiel durch seinen Klub, sondern der auch bei ihnen zu Hause verkehrt. Wer sonst könnte so genau wissen, welche Anwesen er ins Visier nehmen soll?« Sie blickte Barnaby in die Augen. »Das heißt, bei Alert muss es sich um jemanden handeln, der ein gewisses gesellschaftliches Ansehen genießt.«

Barnaby nickte. »Du hast recht. Sobald wir unsere Liste geschrieben haben, können wir sie verfeinern und all diejenigen streichen, die wahrscheinlich nicht infrage kommen.« Kurz darauf fügte er hinzu: »Es gibt nur sehr wenige Angestellte, die Zugang zu den sozialen Kreisen haben, in denen Alert sich bewegt. Warten wir es ab, wer sich in unserem Netz verfängt.«

19

Der nächste Tag war ein Sonntag. Vormittags hatten Barnaby und Stokes sich in dessen Büro getroffen und begonnen, die Liste der verdächtigen Personen aus den Salons zu schreiben. Penelopes Bemerkung hatte dazu geführt, dass sie viele Namen ohne nähere Betrachtung streichen konnten; andere wiederum, wie etwa die Kommissare und ihre Gehilfen, würde Barnaby genauer unter die Lupe nehmen müssen.

Aber der Sonntagnachmittag war keine gute Zeit, um auf der Suche nach Mr. Alert einen Streifzug durch die Salons zu machen. Barnaby überließ Stokes sich selbst – was vermutlich bedeutete, dass sein Freund einen Besuch in der St. John's Wood High Street machen würde – und eilte zurück in die Jermyn Street, wo Penelope voller Ungeduld im Wohnzimmer auf ihn wartete.

Lange hielten sie sich nicht dort auf.

Der Nachmittag versank langsam im Zwielicht des Novembers, als sie Barnaby nach einem wundervoll besänftigenden Liebesspiel, unterbrochen durch mehrere Partien Schach, die Treppe nach unten und durch die Halle zur hinteren Tür seines Hauses folgte.

Nachdem er erfahren hatte, dass Penelope die Stadtkutsche ihres Bruders benutzte, die etwas weiter entfernt in der Straße wartete, hatte Barnaby dem Kutscher befohlen, den Wagen in der kleinen Gasse hinter dem Haus zu parken. Denn selbst an einem dunstigen Sonntag im November fand sich in der Jermyn Street, der ersten Adresse für Junggesellen der höchsten Kreise, irgendein Spaziergänger auf der Straße. Irgendjemand, der beobachtete, wie ihr zu einer verräterischen Uhrzeit in die

Kutsche geholfen wurde, der sie erkannte und ansprach.

Penelope begriff sehr gut, warum Barnaby dem Mann befohlen hatte, die Kutsche hinter dem Haus abzustellen. Während sie recht ungezwungen mit ihrem Ruf umging, machte er sich Sorgen um sie, statt sich über die Umständlichkeiten zu ärgern.

Diese Anteilnahme gehörte zu den Gefühlen in ihrer Beziehung, auf die sie kaum noch verzichten mochte. Sie hatte sich dabei ertappt, sein Verhalten zu entschuldigen, hatte seine besitzergreifende und beschützende Art hingenommen, obwohl jeder andere Gentleman eine harsche Zurückweisung kassiert hätte. Aber bei Barnaby verfiel sie in zärtliche Zuneigung, und zwar nach außen wie nach innen.

Gleichwohl beunruhigte es sie ein wenig, welche Veränderungen er und ihre Beziehung durchmachten. Dummköpfe konnte sie genauso schwer ertragen wie Einschränkungen in ihrer Freiheit oder in ihren Auffassungen. Aber bei ihm … nein, sie fühlte sich zwar nicht nachgiebiger, aber doch weniger streng, weniger angegriffen, bereitwilliger und eher in der Lage, ihm innerhalb gewisser Grenzen entgegenzukommen. Auf eine Art, die sie selbst noch näher bestimmen musste – sie allein musste entscheiden, ob ihre Beziehung mit einer Ehe zu vereinbaren wäre.

Ob eine Ehe mit Barnaby Adair gut gehen konnte.

Ob das Schicksal sie für die Ehe mit ihm bestimmt hatte.

An der hinteren Tür warf er einen Blick zurück auf sie. »Warte, bis ich nachgesehen habe.« Er öffnete die Tür, trat hinaus und schob die Tür halb zu, um sie vor der feuchtkalten Windböe zu schützen, die ins Haus wehen wollte. Und natürlich vor neugierigen Blicken.

Grüblerisch blickte sie auf die halb geöffnete Tür und dachte über die tiefe Ruhe in ihrem Innern nach. Die Frustration wegen der Ermittlungen – das betraf ihre Ungeduld und die schier unüberwindlichen Hürden, die sie befürchten ließen, Jemmie und Dick trotz aller Anstrengungen vielleicht doch nicht retten zu können – hätte sie unter anderen Umständen nervös auf und ab marschieren lassen.

Obwohl es nichts half. Dennoch wäre sie auf und ab marschiert, abwechselnd in aller Stille und bebend vor Zorn. Was nichts als eine enorme Kraftvergeudung gewesen wäre, die ihr höchstwahrscheinlich Kopfschmerzen verursacht hätte.

Stattdessen war sie zu Barnaby gekommen, und jetzt fühlte sie sich viel ruhiger und irgendwie gestärkt. Eher in der Lage, den Anforderungen zu begegnen, die die Ermittlungen an sie stellen würde, mehr darauf vertrauend, dass sie alle – Stokes, Griselda, Barnaby und sie – am Ende triumphieren würden.

Es gab keine Garantie, dass dieses Vertrauen sich auszahlte. Aber es machte ihr doch Mut, gab ihr Hoffnung und bestärkte sie in dem Entschluss weiterzumachen.

Barnaby kam zurück, stieß die Tür auf und bot ihr seine Hand.

Lächelnd legte sie ihre Finger in seine, verspürte immer noch das erregende Prickeln auf der Haut, wenn er die Hand schloss, und ließ sich von ihm über die Schwelle ziehen.

Die Kutsche wartete. Penelope drehte sich um, um sich von Barnaby zu verabschieden. Sein Blick wirkte leicht verwirrt, als er nach der Kapuze ihres Umhangs griff und sie über die nur locker mit wenigen Nadeln befestigte Frisur schlug; die andere Hälfte der Nadeln lag verstreut auf dem Fußboden seines Schlafzimmers.

Lächelnd hob sie die Hand und legte sie kurz auf seine Wange.

»Danke.« Für einen Nachmittag, der ihr mehr bedeutet hatte, als sie es jemals bei einem solchen Intermezzo für möglich gehalten hatte. Und dafür, dass er ihre manchmal komplizierten Wünsche erfüllte, ohne dass sie viele Worte verlieren musste.

Er nahm ihre Hand und küsste die Fingerspitzen. »Sobald Stokes und ich irgendetwas Wichtiges erfahren, werde ich zu dir kommen und berichten.«

Sie nickte. Gerade wollte sie sich umdrehen, als eine Bewegung im Flur – hinter Barnaby – ihre Aufmerksamkeit fesselte.

Es war Mostyn. Er musste frühzeitig von seinem freien Nachmittag zurückgekehrt sein. Wie jeder erfahrene Butler selbst ein Gentleman, machte er sich rar, wenn sie sich bei Barnaby aufhielt; er hatte nicht gewusst, dass sie sich an der Hintertür verabschiedeten, als er aus der Küche aufgetaucht war. Er erblickte sie, erstarrte, zögerte kurz – und verbeugte sich, zu ihrer großen Überraschung, denn ihr war vollkommen klar, dass er ihre Anwesenheit keinesfalls billigen konnte. Aber aus dieser Verbeugung sprach eine überaus korrekte Anerkennung, in der keinerlei Respektlosigkeit zu finden war.

Barnaby hatte nicht bemerkt, dass sie abgelenkt gewesen war, ergriff ihren Arm und drängte sie zur Kutsche, bevor sie reagieren konnte. Sie drehte sich um und folgte ihm.

Er öffnete die Kutschentür und half ihr ins Innere. »Lass es mich sofort wissen, wenn dir irgendetwas Sachdienliches einfällt oder zu Ohren kommt.«

»Das werde ich.« Penelope schaute zurück, während er die Tür schloss, aber ihr Blick reichte nicht mehr bis in den Korridor. »Auf Wiedersehen.«

Barnaby trat zurück, winkte ihr zu und gab dem Kutscher das Zeichen zur Abfahrt. Das Geschirr der Pferde klirrte, als die Kutsche davonrollte.

Am folgenden Nachmittag saß Penelope auf der Chaise im Empfangszimmer der alten Lady Harris, nippte am Tee und gab vor, dem Geplapper um sie herum zu lauschen. Das gesellige Treffen der einflussreichsten Ladys der besseren Kreise – die sich immer noch in der Stadt aufhielten, weil die Ehemänner hochrangige Posten in der Regierung bekleideten und daher noch nicht die Erlaubnis hatten, sich aufs Land zurückzuziehen – wurde auf geradezu spektakuläre Weise durch den Auftritt eines Polizisten gestört.

Nur wenige Ladys waren jemals zuvor einem Polizisten begegnet. Folglich wurde die Ankündigung des Butlers: »Ein Angehöriger der Polizei möchte gemeldet werden, Ma'am« mit einem derart erschütterten Schweigen begrüßt, wie kaum ein anderes Ereignis es hätte auslösen können.

Der Konstabler, ein Mann mittleren Alters in einer eng sitzenden Uniform, der gleich nach Silas' Achtung gebietender Ankündigung eingetreten war, reagierte verschreckt auf die starrenden Blicke. Als Lady Harris sich irritiert, aber freundlich nach seinem Anliegen erkundigte, riss er sich zusammen und ließ den Blick durch das Zimmer schweifen. »Ich bin gekommen, um Miss Ashford abzuholen.«

Penelope stellte ihre Tasse ab und erhob sich. »Ich bin Miss Ashford. Ich nehme an, dass Inspektor Stokes Sie geschickt hat?« Der Konstabler runzelte die Stirn. »Nein, Miss. Ich bin hier, weil die Ladys im Findelhaus meinten, dass Ihnen die Leitung des Hauses obliege. Mein Vorgesetzter hat eine richterliche Befugnis gegen das Haus erwirkt. Er möchte, dass Sie einige Fragen beantworten.«

Penelope starrte ihn an.

Der Konstabler deutete zur Tür. »Wenn Sie mich bitte begleiten würden, Miss?«

Penelope ließ eine bestürzte Teegesellschaft zurück – und nicht wenig Klatsch und Tratsch. Ihre Mutter würde die Dinge wieder ins rechte Licht rücken, soweit das möglich war; aber insgeheim war Penelope froh, dass sie nicht zu den Ladys gehörte, die sich um das Salongeschwätz scherten. Ihr Leben und ihr Glück hingen, dem Himmel sei Dank, nicht von der Billigung der gehobenen Kreise ab.

Die Droschke, die der Schutzmann hatte warten lassen, fuhr vor dem Findelhaus vor. Penelope zwang sich, den Mann zuerst aussteigen zu lassen und ihr die Tür aufzuhalten; solche kleinen Gesten betonten ihren gesellschaftlichen Rang, ein bedeutungsvolles Detail, das sie sich sehr wahrscheinlich zunutze machen konnte, um ihre Stellung im Umgang mit dem Sergeanten auszuspielen.

Penelope stürmte ins Haus und wappnete sich innerlich mit jener gelassenen Überlegenheit, die ihrer Mutter, Lady Harris und sämtlichen Ladys ihresgleichen auf der Welt zu Gebote stand. Sie zupfte sich die Handschuhe von den Fingern und ließ den Blick umherschweifen. »Wo steckt Ihr Sergeant?«

»Hier entlang, Miss.«

»Ma'am.« Sie gestattete dem Konstabler, ihr auf dem langen Korridor voranzugehen.

Verwirrt schaute der Mann über die Schulter zurück. »Bitte um Verzeihung, Miss …«

»Ma'am. Bedenkt man mein Alter und die Tatsache, dass ich als Leiterin des Findelhauses eine gewisse Verantwortung trage, dann lautet die korrekte Anrede ›Ma'am‹, und zwar ungeachtet meines Familienstandes.« Es konnte nie schaden, möglicherweise lästige Menschen auf ihren Platz zu verweisen. Während der Schutzmann damit beschäftigt schien, ihren Zorn zu besänftigen, zweifelte sie daran, dass sein Sergeant – der die richterliche Verfügung gegen das Haus erwirkt hatte – sich als ebenso harmlos erwies wie er. Allerdings war nicht damit zu rechnen, dass der Herr den Tonfall seines Dieners nachahmte.

»Oh.« Stirnrunzelnd machte der Konstabler sich daran, die Lektion zu verdauen.

Schließlich erreichten sie den Sergeanten, der sich mit der Hüfte an ihren Schreibtisch lehnte und zwei Gehilfen beaufsichtigte, die die großen Schränke im Vorzimmer durchsuchten. Ein rascher Blick machte ihr klar, dass die Männer sich bereits um den Schreibtisch gekümmert hatten. Die beiden Schutzmänner grapschten sich förmlich durch die Akten in den Schränken an der Wand, sodass Miss Marsh sichtlich in Aufruhr geriet.

Mit durchdringendem Blick maß Penelope den Sergeanten, und ihr gefiel nicht, was sie zu sehen bekam. Kein Zweifel, dass er den prahlerischen Maulhelden geben wollte; Penelope umrundete den Tisch, stellte ihr Retikül ab und setzte sich auf den Stuhl, den sie dicht an ihren Tisch zog.

Um ihre Herrschaft wieder geltend zu machen.

»Wie mir erklärt wurde, Sergeant, verfügen Sie über einen Durchsuchungsbefehl.« Sie blickte dem Mann direkt ins Auge, nachdem sie mit schwachem Stirnrunzeln quer über den Tisch geschaut hatte, als ob sie die Veränderungen nach der Durchsuchung protokollieren wollte. Dann streckte sie die Hand aus und winkte gebieterisch mit dem Finger. »Wenn ich ihn bitte sehen dürfte.«

Wie es zu erwarten gewesen war, verzog der Mann das Gesicht. Aus den Augenwinkeln beobachtete sie, wie er sich zögernd von seinem Platz am Schreibtisch löste und seine drei Untergebenen betrachtete. Und wie sie vermutet hatte, verschwendete er ein wenig mehr Zeit darauf, die Reaktion des Schutzmannes zu beäugen, der sie hergebracht hatte – um anschließend bedauerlicherweise die falsche Entscheidung zu treffen. Er zerrte seinen Gürtel nach oben und verkündete kampfeslustig: »Ich weiß nicht, ob das maßgebend ist. Wir sind hier, um dem Gesetz Genüge zu tun, und wir erledigen nur unsere Arbeit, indem wir …«

»Sergeant, den Durchsuchungsbefehl«, unterbrach Penelope ihn frostig. Sie fing seinen Blick auf und brachte es diesmal zur Arroganz einer Lady Osbaldestone oder der Duchess of St. Ives, die beide aus den respektabelsten Kreisen stammten. Wenn es darum ging, sich in solchen Situationen zu behaupten, gab es keine besseren Vorbilder als diese Ladys.

»Ich nehme an, dass die *maßgebenden* Vorschriften diktieren, mir sowohl in meiner Eigenschaft als Repräsentantin der Inhaber dieses Hauses als auch in meiner Eigenschaft als geschäftsführende Leiterin der Anlage den Durchsuchungsbefehl auszuhändigen, bevor die Maßnahme Ihren Gehilfen anbefohlen wird. Ist das korrekt?«

Sie hatte zwar nur geraten, aber mit Barnaby öfter über

das Vorgehen der Polizei gesprochen, und konnte daher nicht ganz falsch liegen.

An der Art, wie er sich bewegte, an den Blicken, die er den drei Schutzmännern zuwarf – die zwei, die mit der Durchsuchung beschäftigt gewesen waren, arbeiteten zunächst langsamer, hörten dann ganz auf und warteten ab –, konnte man erkennen, dass der Sergeant ebenfalls davon überzeugt war. Wieder streckte sie ihm gebieterisch die Hand entgegen. »Den Durchsuchungsbefehl, wenn ich bitten darf.«

Der Mann zögerte theatralisch, griff sich dann in die Manteltasche und zog ein gefaltetes Papier heraus.

Penelope nahm es, klappte es auf. »Wie soll eine Zusammenarbeit stattfinden, wenn es einem noch nicht einmal gestattet wird zu erfahren, was es mit diesem Unsinn eigentlich auf sich hat ...«

Im Grunde genommen plapperte sie nur, weil sie sich ein wenig Zeit verschaffen wollte, die Einzelheiten der Anordnung zu studieren. Aber ihre Stimme verflüchtigte sich und erstarb schließlich ganz, als sie las, welche Reichweite der Befehl besaß – es handelte sich um eine Durchsuchung sämtlicher Akten und Amtspapiere im Findelhaus –, und schließlich bei der Begründung der Maßnahme angekommen war. *»Was?«*

Alle vier Männer im Zimmer nahmen unwillkürlich Haltung an.

Penelope starrte auf das Papier und traute ihren Augen kaum.

»Das ist ungeheuerlich!«, verkündete sie so zornig, wie noch nie eine weibliche Stimme geklungen hatte.

Der Sergeant trat einen Schritt zurück, als sie aufschaute. »Ja«, bestätigte er, klang allerdings weit weniger selbstsicher als zuvor.

»In der Tat, Miss, es ist ungeheuerlich. Deshalb sind wir hier. Wir dürfen es doch nicht zulassen, dass Sie die Jungen an diese Lehranstalt verkaufen, nicht wahr?«

Mit geradezu heldenhafter Anstrengung gelang es Penelope, ihr Temperament zu zügeln. Denn immerhin beschuldigte man sie eines Vergehens, gegen das sie in den letzten Wochen mit aller Kraft gekämpft hatte ... »Wer zum Teufel hat Ihnen solch einen himmelschreienden Unsinn eingetrichtert?«

Obwohl sie die Stimme nicht angehoben hatte, brannte sie förmlich vor Wut.

Der Sergeant scherte sich offenbar keinen Pfifferling darum, sich selbst zu schützen, und setzte eine selbstgefällige Miene auf, als er noch ein Papier aus seiner Tasche zog und es ihr reichte. »Scotland Yard hat das hier in Umlauf gebracht. Ein Exemplar wurde mit dem Befehl verschickt, Ihre Akten zu durchsuchen. Nun, es ist keine Kunst, eins und eins zusammenzuzählen.«

Penelope hielt den Durchsuchungsbefehl in einer Hand und starrte auf das zweite Papier – auf ihre Notizen mit der Beschreibung der vermissten Jungen und der Zusicherung einer Belohnung.

»Ich habe diese Notizen gemacht. Die Belohnung, falls sie jemals eingefordert werden wird, stammt aus Mitteln des Findelhauses. Der Steckbrief wurde von einem gewissen Mr. Cole in seiner Druckerei in der Edgware Road gedruckt. Der Mann war Mr. Barnaby Adair noch einen Gefallen schuldig, dem Sohn des Earl of Cothelstone, welcher die neue Polizeitruppe beaufsichtigt. Inspektor Basil Stokes von Scotland Yard hat den Steckbrief mit Unterstützung einer Freundin verteilt.«

Sie hob den Blick und sah dem unglückseligen Sergeanten direkt ins Gesicht, dann fuhr sie mit beängstigender Ruhe fort. »Es will mir nicht einleuchten, wie es Ihnen unter gegebenen Umständen gelingen sollte, das hier ...«, sie wedelte mit dem Durchsuchungsbefehl, »... zu unterstützen, zu entschuldigen oder gar zu rechtfertigen«. Wieder schwenkte sie das Blatt. »Wenn Sie mich bitte aufklären würden, Sergeant?«

Der dümmliche Mann versuchte es. Immer wieder, auf die eine oder andere Art.

Die Durchsuchung war vollständig abgebrochen worden. Alle Aufmerksamkeit richtete sich auf den Kampf eines starken Willens gegen einen anderen, der quer über Penelopes Schreibtisch tobte. Einmal stürmte Mrs. Keggs ins Zimmer, warf Penelope einen drängenden Blick zu und informierte sie in einer winzigen Pause, dass sämtlicher Unterricht auf Anweisung des Sergeanten eingestellt worden war, alle Lehrer ins Büro vorgeladen worden seien und sich nun im Korridor versammelten.

Das hatte ein neuerliches *»Was?«* von Penelope zur Folge. Sofort eröffnete sie eine zweite Front in ihrem verbalen Schlagabtausch mit dem Sergeanten. Nur weil sie die Drohung ausstieß, dass sie ihn persönlich für den Schaden verantwortlich machen würde, der den Kindern durch die sträfliche Vernachlässigung zustoßen würde oder den sie irgendwo anders anrichteten, zwang sie ihn schließlich, die Anordnung aufzuheben und allen Lehrkräften die Rückkehr in die Klassenzimmer zu erlauben.

Als sie immer noch nicht herausgefunden hatte, wonach der Sergeant eigentlich suchte – gemessen an den seltsamen Umständen des Befehls war sie nicht geneigt, die Hände in den Schoß zu legen und den Dingen ihren Lauf zu lassen; denn wer weiß, was sonst unbemerkt in die Akten hätte gleiten können, um am Ende wieder herausgefischt zu werden? –, trat Englehart ein und bezog hinter ihrem Rücken Stellung.

Als sie mit ihrer Strafpredigt innehielt und ihm einen fragenden Blick zuwarf, lächelte er beruhigend. »Ich habe meinen Jungen ein paar Aufgaben zugewiesen, mit denen sie sich eine Weile beschäftigen werden. Ich hatte angenommen«, er schwenkte den Blick auf den Sergeanten, »dass es klug sein würde, den leitenden Angestellten einer angesehenen Anwaltskanzlei bei solchen Maßnahmen als Zeugen hinzuzuziehen«.

Seine Miene war so ausdruckslos wie die eines jeden guten Justizangestellten. Penelope nickte. »In der Tat.« Sie wandte sich wieder an den Sergeanten.

Zum Schluss schickte sie nach Stokes, während der Mann darauf beharrte, dass Scotland Yard es gewesen war, das die Durchsuchung angeordnet hatte. »In diesem Fall«, schnappte sie, mit ihrer Geduld längst am Ende, »wird der Inspektor Sie unterstützen, und Sie werden die Durchsuchung mit ihm zusammen fortsetzen. Aber solange diese unsinnige Anweisung nicht von jemandem bestätigt worden ist, der direkt in der Behörde arbeitet, werden sowohl Sie als auch Ihre Männer die Finger von allem lassen, was sich in diesem Büro befindet.«

Penelope verschränkte die Arme, setzte sich zurück und wartete. Weder dem Sergeanten noch seinen Konstablern bot sie an, sich zu setzen. Gemessen an dem Wirbel der Gefühle in ihrem Innern hatte sie den Eindruck, dass die Männer noch glimpflich davonkamen.

Es dauerte eine Weile, Stokes zu holen; das Licht wurde bereits schwächer, als sie ihn durch das Gatter treten sah. Ein paar Minuten später stand er neben ihr am Schreibtisch und schaute abwechselnd auf den Durchsuchungsbefehl und den Steckbrief.

Stirnrunzelnd musterte er schließlich den Sergeanten, der sich in Habachtstellung vor dem Schreibtisch aufgebaut hatte. »Ich bin persönlich mit dem Fall der vermissten Jungen betraut, Sergeant. Kein Befehl, der mit diesem Fall zu tun hat, würde Scotland Yard ohne mein Wissen verlassen. Und erst recht nicht ohne meine Unterschrift.« Er hob die Anweisung in die Höhe. »Ich habe keine Kenntnis über irgendwelche Anordnungen bezüglich des Findelhauses.«

Der Sergeant starrte ihn mit ausdrucksloser Miene an. »Aber … ich habe den Befehl mit eigenen Augen gesehen, Sir. Kam gestern Abend in einem Ranzen vom Yard.«

»Verstehe.« Stokes runzelte noch immer die Stirn, als er sich wieder an Penelope wandte. »Ich bitte um Entschuldigung, Miss Ashford. Sie und Ihre Angestellten. Es scheint, als würde sich jemand ein Spielchen mit unseren Ermittlungen erlauben.«

Sein Blick fiel wieder auf den Sergeanten. »Ich gestehe Ihnen zu, dass Sie einen Befehl befolgen wollten. Die Anordnungen waren jedoch gefälscht. In der Tat, es handelt sich um eine Fälschung. Ich werde mit Ihnen«, er schaute auf den Durchsuchungsbefehl, »nach Holborn zurückkehren und es Ihren Vorgesetzten erläutern. Ich möchte mich gern mit ihnen unterhalten. Vielleicht können sie uns aufklären, wie es zu dieser Fälschung kommen konnte.«

Dem Sergeanten waren die Gesichtszüge entglitten, aber unter gegebenen Umständen war er froh, das Büro verlassen zu dürfen. Er wartete, bis Stokes voranging, wollte ihm nach draußen folgen, als er sich umdrehte und Penelope widerwillig Respekt zollte. »Bitte ebenfalls um Entschuldigung, Miss Ashford«, brummte er mit einem kurzen Nicken.

Penelope fing seinen Blick auf und senkte zustimmend den Kopf. Die Konstabler zogen mit Stokes ab.

Es dauerte eine weitere Stunde, bis das Haus und seine Bewohner sich wieder beruhigt hatten und der Alltag wieder eingekehrt war. Penelope war vollkommen erschöpft, als sie schließlich in ihr Büro kam.

Miss Marsh wartete im Vorzimmer. »Ich habe alle Akten durchgesehen. Auch die in Ihrem Büro. Aber es scheint nichts zu fehlen.«

»Danke.« Penelope lächelte müde. »Eine Sorge weniger.«

Miss Marsh lächelte schüchtern, schien etwas sagen zu wollen, überlegte es sich dann aber offenbar anders, wünschte ihrer Vorgesetzten eine gute Nacht und verschwand.

Als sie aus dem Fenster schaute, stellte Penelope fest, dass der Abend angebrochen war. Es war bereits dunkel; das gelbliche Licht der Straßenlaternen drang wie das Licht lauter kleiner Monde in den heraufziehenden Nebel.

Wieder war ein Tag verstrichen, ohne dass sie auch nur

einen Schritt vorangekommen waren. Stattdessen fühlte sie sich nach ihrem Kampf mit dem starrsinnigen Sergeanten und seinem haltlosen Durchsuchungsbefehl vollkommen ausgelaugt.

Seufzend betrat sie ihr Büro und entdeckte Barnaby an ihrem Schreibtisch.

Er breitete die Arme aus. Wortlos ging sie zu ihm, ließ sich einhüllen und seufzte, den Kopf an seine Brust gelehnt. »Es war ein grauenhafter Tag.« Sie schwieg ein paar Sekunden. »Woher weißt du, dass ich dich hier brauche?«

»Stokes hat mich benachrichtigt.« Er umarmte sie fest, ließ sie dann los und drängte sie, sich zu setzen, bevor er auf dem Stuhl neben ihr Platz nahm und sie aufmerksam musterte. »Die Nachricht war nur kurz. Nur dass es wegen eines gefälschten Durchsuchungsbefehls Ärger gegeben haben soll. Ich möchte, dass du mir alles erzählst, woran du dich erinnern kannst. Und alles, was die Konstabler hier im Büro erzählt haben.«

»Es war ein Sergeant, der den Einsatz geleitet hat.« Sie lehnte sich zurück, beschrieb den Durchsuchungsbefehl und wie der Steckbrief genutzt worden war, um die Vorwürfe glaubwürdig erscheinen zu lassen.

»Der Sergeant hat also behauptet, dass ihm der Steckbrief zusammen *mit* dem Befehl zugestellt worden ist?«

Nachdenklich nickte sie. »Ja. Ausdrücklich *mit*. Er hat es als Rechtfertigung für den Einsatz genommen.«

Nach kurzem Schweigen fuhr sie fort. »Ich wollte nicht auf meinem moralischen Standpunkt beharren und sie weitersuchen lassen, nur für den Fall, dass es in den Akten tatsächlich etwas zu finden gibt.« Sie fing seinen Blick auf. »Etwas, wovon niemand bisher eine Ahnung hatte.«

Barnaby ergriff ihre Hand und drückte sie leicht. »Das war klug gedacht. Habe ich richtig gehört, dass Miss Marsh weder etwas vermisst noch etwas gefunden hat?«

Penelope nickte.

»Wie auch immer, es war klug, keinerlei Risiko einzugehen. Es war aufregend genug. Das Ansehen des Findelhauses hätte ernsthaft beschädigt werden können, falls es tatsächlich gelungen wäre, ein schändliches Indiz zu platzieren.«

Das gilt auch für mein Ansehen. Wieder musterte Barnaby ihr Gesicht, entdeckte eine unbeirrbare Sturheit, die über ihre Erschöpfung hinwegtäuschte. »Wann hast du von dem Einsatz erfahren? Wo warst du?«

Sie erzählte es ihm. »Obwohl sich nur noch sehr wenige Ladys in der Stadt aufhalten, wird es bis morgen früh die Runde durch die Salons gemacht haben, dass das Findelhaus durchsucht worden ist.«

»Nein, das wird es nicht. Nicht wenn wir angemessen reagieren. Was hast du für heute Abend geplant?«

»Lady Forsythes Dinner«, meinte sie. »Ich muss mich dort blicken lassen, weil unsere großzügigsten Spender ebenfalls eingeladen sind. Mama hat sich bereits einer alten Freundin versprochen, Lady Mitchell … es ist die letzte Gelegenheit, vor dem Winter noch einmal mit ihr zusammenzukommen. Ich werde also allein zu Lady Forsythe gehen.«

Barnaby dachte nach. »Ich habe eine Idee.«

»Was?«

Lächelnd schaute er sie an. »Zuerst muss ich mit deiner Mutter sprechen.«

Penelope war zu erschöpft, um mit ihm zu streiten, um zu fordern, er möge ihr die Gründe erklären. Es sah ihr gar nicht ähnlich, dass sie nachgab und sich von ihm nach Hause bringen ließ. Um sechs Uhr, zu einer ungünstigen Zeit, trafen sie in der Mount Street ein. Minerva, die verwitwete Viscountess Calverton, empfing sie in ihrem Ankleidezimmer.

Mitfühlend und geduldig lauschte die Frau, während Penelope das Ergebnis ihrer Rückkehr aus dem Findelhaus und die Geschichte von dem Durchsuchungsbefehl erzählte.

»Und jetzt«, schloss Penelope, »muss ich bei Lady Forsythe

erscheinen und versuchen, die unvermeidlichen Gerüchte im Keim zu ersticken.«

»Das«, mischte Barnaby sich direkt an Minerva gerichtet ein, »ist ein Punkt, bei dem ich wohl behilflich sein kann. Denn weder Inspektor Stokes noch ich sind geneigt, diese gefälschte Anordnung als schlichtes Ärgernis abzutun. Wir sind überzeugt, dass der Verbrecher versucht hat, die Polizei vor seinen eigenen Karren zu spannen. Er wollte auf Penelope und das Findelhaus einschlagen, weil sie seine Pläne zwar nicht vollständig durchkreuzt, aber doch erheblich beschnitten haben.«

Er schwieg kurz. »Wer auch immer dieser Verbrecher sein mag, um diesen entscheidenden Schritt voranzukommen, hat er es vielleicht darauf abgesehen, Penelope Schaden zuzufügen. Die meisten Ladys hätten es wohl nicht gewagt, sich gegen einen Durchsuchungsbefehl zur Wehr zu setzen, geschweige denn Stokes zu benachrichtigen. Aber wie jedermann aus unseren Kreisen weiß, können selbst Gerüchte erheblichen Schaden anrichten.«

Wieder machte er eine kleine Pause. »Um sicherzustellen, dass die Gerüchte erstickt werden, bevor sie ins Kraut schießen können, glaube ich, dass es klug wäre, wenn ich Penelope heute Abend zu Lady Forsythe begleiten würde. Selbst wenn sich herausgestellt hat, dass der Durchsuchungsbefehl jeglicher Grundlage entbehrt, könnte es sein, dass es manchen an Überzeugung mangelt ... nicht unbedingt daran, was Penelopes Unschuld betrifft, wohl aber daran, im Findelhaus ginge nicht alles mit rechten Dingen zu. Wenn ich mit meinen bekannten Verbindungen zur Polizei die Fälschung des Durchsuchungsbefehls beglaubigen würde, würden nur wenige es wagen, diese Tatsache abzustreiten. Penelope und das Findelhaus wären von jeglichem Verdacht freigesprochen.«

Minerva lächelte warmherzig. »Vielen Dank, Mr. Adair. Wirklich ein sehr freundliches Angebot. Noch dazu eines, das ich persönlich hocherfreut annehmen würde.«

Sie blickte ihre Tochter aus ihren dunklen Augen an. »Penelope?«

Penelope hatte den Blick nachdenklich auf Barnaby gerichtet, befreite sich mit einem Kopfschütteln aus ihrer Grübelei und nickte. »Ja. Ich muss gestehen, dass ich mich viel wohler fühle, wenn ich diesen Abend nicht allein überstehen muss.«

Barnaby bemerkte Minervas überraschtes Blinzeln, über das sie hastig hinwegtäuschte, nachdem Penelope seine Begleitung und Hilfe bereitwillig akzeptiert hatte.

»Nun«, meinte Minerva, »in diesem Fall will ich Amarantha Forsythe eine Nachricht zukommen lassen und sie um Nachsicht bitten, Sie so kurzfristig noch an ihrem Tisch platzieren zu müssen.« Sie lächelte. »Nicht dass sie Ihren Besuch nicht aufgeregt erwarten würde. Um diese Jahreszeit sind nur noch wenige aus unseren Kreisen überhaupt in der Stadt, sodass es keine Umstände machen wird, noch ein Gedeck aufzulegen. Und wenn ich eine Andeutung über den Grund Ihres Besuchs fallen lasse, Mr. Adair, dann garantiere ich, dass sie erfreut sein wird, Sie bei sich willkommen zu heißen.«

Barnaby verbeugte sich. »Danke sehr, Ma'am.«

Minervas dunkle Augen fingen seinen Blick auf, und es schien, als zwinkerte sie ihm zu. »In der Tat. Ich habe gerade einen Brief von meinem Sohn gelesen, der mir interessante Angelegenheiten aus Leicestershire berichtet.«

Penelope merkte auf. »Was schreibt Luc?«

Barnaby schickte ein Stoßgebet zum Himmel ...

Minerva lächelte eine Spur breiter. »Ach, nur die üblichen Familiendinge, meine Liebe. Und natürlich die strikte Anweisung, dich genau im Auge zu behalten.«

»Oh.« Auf Anhieb verlor Penelope das Interesse, schaute auf die Uhr. »Sieh nur, wie die Zeit rennt. Ich muss mich umziehen.«

Barnaby erhob sich mit ihr zusammen. Er fing Minervas Blick auf und hielt ihn für den Bruchteil einer Sekunde fest, bevor er sich verbeugte, einen Zoll tiefer als üblich. »Ich werde gut auf Miss Ashford achtgeben, Ma'am. Darauf können Sie sich verlassen.«

Minerva nickte gnädig. »Oh, das glaube ich Ihnen aufs Wort, Mr. Adair. Das glaube ich.«

Erleichtert heftete er sich Penelope an die Fersen, verließ das Zimmer und verabschiedete sich in der Halle von ihr, um sich selbst für den Abend umzuziehen.

»Es ist die Wahrheit gewesen, nicht wahr? Das, was du Mama erzählt hast.«

Viel später an jenem Abend, nachdem sie Lady Forsythes Dinner besucht und sämtliche Gerüchte durch die Wahrheit im Keim erstickt hatten, schmiegte Penelope sich in Barnabys Arme. Nach diesem stürmischen Tag war sein Bett ein warmer und bequemer Zufluchtsort, seine Arme und sein Körper waren noch weit mehr.

Noch nie hatte sie sich so sicher und beschützt gefühlt. Mehr noch, früher hatte sie noch nicht einmal das Bedürfnis nach einem solchen Gefühl verspürt, hatte es noch nie willkommen geheißen. Und selbst jetzt, als der verbrecherische Mr. Alert so boshaft versuchte, ihren Ruf zu schädigen, hegte sie immer noch Zweifel, dass sie bei irgendeinem anderen Mann Trost hätte finden können, wenn sie überhaupt danach gesucht hätte.

Barnaby Adair – der dritte Sohn eines Earls, der verbrecherischen Machenschaften in den Londoner Salons auf der Spur war – war anders. Sehr viel anders.

Zum Beispiel verstand er ihre Andeutungen nach wenigen Worten, wusste immer, was sie gerade im Schilde führte.

Er drehte den Kopf und drückte ihr einen Kuss auf die Schläfe.

»Leider ja. Alert hat dich ins Visier genommen, und nicht nur im Findelhaus. Wenn du es dir in solchen Begriffen durch den Kopf gehen lässt, ist seine Botschaft ganz schlicht: Wenn du mir Schaden zufügst, werde ich auch dich nicht verschonen.«

Nachdem Penelope einen Moment im Dunkeln geschwiegen hatte, fuhr sie fort: »Woher wusste er es? Wir haben herausgefunden, dass er über die Arbeitsweisen der Polizei sehr gut unterrichtet ist. Aber einen Durchsuchungsbefehl von Scotland Yard zu fälschen? Ich bin mir sicher, dass es nicht viele Leute gibt, die das beherrschen.«

»Das können wir nur hoffen.« Ohne zu zögern sprach Barnaby weiter. »Ich habe mich mit Stokes unterhalten, bevor ich dich zum Dinner abgeholt habe. Morgen werden wir beide zum Wachtposten am Holborn gehen und uns das Original des Befehls anschauen, das von Scotland Yard geschickt worden ist. Heute Abend war es schon zu spät, um das Papier noch zu bekommen. Falls es in unserer Macht steht, werden wir die Fälschung bis an ihren Ursprung zurückverfolgen.«

»Aber er wird seine Spuren doch sicher verwischt haben, nicht wahr?«

»Ich nehme an, dass unsere Rückverfolgung nach nicht allzu langer Zeit in eine Sackgasse geraten wird. Aber es könnte sein, dass wir weit genug kommen, um die Reihen der Verdächtigen deutlich zu lichten.«

Nachdem ein aufregender Tag sich dem Ende entgegenneigte, nachdem jeglicher Schaden, der hätte eintreten können, abgewendet worden war und sie warm und behaglich im Bett lag, konnte Penelope die Ereignisse mit größerer Gelassenheit betrachten. Sie richtete sich in Barnabys Armen auf und stützte sich auf seine Brust, um ihn anschauen zu können. »Ist es nicht eine Ironie des Schicksals, dass Alert dir und Stokes einen Weg eröffnet hat, ihn zu demaskieren, just weil er mich ins Visier genommen hat?«

Barnaby streichelte sie von der Hüfte aufwärts, glitt mit den Händen über ihren Hintern, liebkoste zärtlich ihre Flanken. »Ja, eine Ironie des Schicksals. Sehr passend.«

Penelope rutschte weiter auf ihn und lächelte ihn von oben herab an. »Habe ich mich eigentlich schon bei dir bedankt, dass du heute Abend an meiner Seite gewesen bist? Mir geholfen hast, all die lästigen Fragen zu beantworten?«

»Ich glaube, du hast es ein- oder zweimal erwähnt ... aber das war mehr der Hitze des Augenblicks geschuldet. Gehört habe ich noch nichts.«

»Ah ...« Sie klang süß und verführerisch wie eine Sirene, als sie sich seitlich auf ihn gleiten ließ und es genoss, wie seine kräftigen Muskeln sich sofort verhärteten. All das gehörte ihr. Nur ihr.

»Vielleicht«, schnurrte sie, »sollte ich dir noch einmal danken. Mit größerer Entschiedenheit. Nur um sicherzustellen, dass du es auch nicht vergisst.«

Barnaby starrte in die geheimnisvollen Abgründe ihrer dunklen Augen. »Ja, das solltest du tun.«

Und sie gehorchte. Mit umwerfender Gründlichkeit, mit einer unerschütterlichen Hingabe, die ihm immer wieder einen Schauder über den Rücken jagte, mit nichts als purer Begierde.

Als sie das erste Mal eine neue Stellung vorgeschlagen hatte, hatte er festgestellt, dass ihre intellektuelle Neugierde sich auch auf dieses Gebiet ausgedehnt hatte. Penelope war immer begierig zu forschen, mehr über die Dinge zu lernen, die sie eindeutig studiert, aber noch niemals erlebt hatte. Dennoch war die Ergebenheit, mit der sie alles lernen und alles erfahren wollte, in diesem Moment, als er die Finger in ihre Haare krallte und nach Luft schnappte, nicht immer leicht zu ertragen.

Genauso wenig wie ihre heißen Lippen; anfangs waren sie gänzlich ungeschult gewesen, aber inzwischen hatte sie gelernt, wie sie ihn damit schier um den Verstand bringen konnte. Wie sie ihn mit unerbittlicher Zwangsläufigkeit um die Beherrschung brachte, sodass er voll und ganz in ihrer Macht war.

Ihre Lippen, diese herrlich lüsternen, reifen Lippen, die schon von Anfang an seine Fantasien angeregt hatten, waren zu einer gefährlichen Tatsache geworden, betäubten seine Sinne, liebkosten ihn mit übermütiger Freude, die ihm bis ins Mark drang. Es war, als würde ein Netz über ihn geworfen, so sehr genoss er es, im Mittelpunkt ihrer brennenden sexuellen Neigungen zu stehen; ein Netz, das ihn ohne jede Anstrengung gefangen hielt und ihn zu ihrem willigen Sklaven machte.

Barnaby rang wieder um Atem, beugte den Rücken durch, als ihre Hände in seine tieferen Körperregionen rutschten und besitzergreifend mit ihm spielten.

Ihr zu gehören ... nur ihr allein, das war alles, was er sich im Moment wünschte. Mehr nicht.

Und als Hitze und Leidenschaft ihnen zu viel wurden, die brennende Begierde, die sie beide gepackt hatte, richtete sie sich auf und nahm ihn in sich auf, in ihrem Körper, und ritt ihn so langsam und genüsslich, dass sie jede einzelne Regung ihrer Gefühle in vollen Zügen auskosten konnten.

Penelope hatte den festen Willen, Barnabys Empfindungen zu begegnen, sie in sich aufzusaugen, und hörte selbst dann nicht mit ihren langsamen Bewegungen auf, als ihre ausgehungerten Sinne nach mehr schrien. Mit den Armen stützte sie sich ab, hatte die Hände auf seine Brust gebreitet und die Augen geschlossen, als sie ihn ritt, beharrlich und gleichmäßig, bedachtsam und entschlossen. Einzig und allein seiner und ihrer Lust gewidmet.

Lust ... ihm Lust zu verschaffen und Lust daran zu empfinden, es zu tun.

Barnaby beobachtete sie, während sie es tat, beobachtete die Konzentration und die gespannte Aufmerksamkeit in ihren Gesichtszügen. Aber selbst in diesem Moment, als der Anblick ihn zutiefst erschütterte, ihn förmlich in den Bann geschlagen hatte, spürte er mit aller Deutlichkeit – und er kannte sich selbst und seine Gefühle gut genug –, dass seine Hingabe an sie, sein Begehren weit über die bloß körperlichen Bedürfnisse hinausreichte.

Als sie sich fester um ihn schloss und ein Beben in ihm auslöste, schloss er die Augen und flehte inständig, dass es ihr genauso erging wie ihm und es ihr nicht länger reichen würde, ihre körperlichen Bedürfnisse zu befriedigen … er flehte inständig, dass es ihr genau wie ihm eine viel tiefere und viel gründlichere Befriedigung verschaffte, wenn sie die flammende Begierde mit Bedürfnissen auf einer ganz anderen Ebene verband.

Penelope ritt ihn noch langsamer, und ihre Beherrschung hing am seidenen Faden; er spürte es daran, wie ihre Finger sich in seine Brust krallten und sie Mühe hatte, das tobende Verlangen in ihrem Innern zu zügeln. Sie bewegte sich immer noch auf ihm, beruhigend und mit großem Zutrauen, obschon sie mehr wollte und versuchte, den Augenblick noch ein letztes Mal um eine kleine Sekunde zu verlängern.

Durch seine Wimpern erhaschte er den Blick auf ihre dunklen Augen unter den schweren Lidern. Sie beobachtete ihn, wie er sie beobachtete, sog seinen Anblick in sich ein, als die Flammen der Lust in die Höhe schossen und ihn beinahe zu verzehren drohten, während sie seine Lust kontrollierte. Wild entschlossen und wie von einem göttlichen Feuer gepackt, trieb sie ihn und sich selbst immer näher an den Abgrund.

Barnaby hatte nicht die Absicht, sich so leicht zu ergeben. Nicht in dieser Sache. Als der Druck größer wurde, als die heißen Wellen ihn durchfluteten und ihn zu verschlingen drohten, kämpfte er um Zurückhaltung. Die Hände hatte er um ihre Hüfte geschlungen, die Finger um ihre Hüften gebogen, und er genoss es in vollen Zügen, dass sie seinen Körper angenommen, tief in sich aufgenommen hatte. Er löste eine Hand von ihr, ließ sie ihren Rücken hinaufgleiten und zog sie zu sich heran, als er sich aufrichtete, um mit Zunge und Lippen ihre Brust zu berühren.

Er leckte, nahm die Knospe in den Mund und sog an ihr, zuerst nur sanft, dann immer stärker, als sie stöhnte, sich noch fester um ihn schloss und ihn immer noch ritt.

Schneller, enger, heißer, feuchter.

Bis das Ende kam, das sie beide zutiefst erschütterte.

Fortgerissen über den Rand des Abgrunds, fühlten sie sich wie auf einer golden schimmernden Wolke unbeschreiblicher Lust.

Auf der sie beide landeten, Penelope und Barnaby, wie erfüllt mit einem unendlichen Frieden.

Sie lachte sanft, als sie sich kraftlos an seine Brust schmiegte.

Lächelnd schloss er die Arme um sie und hielt sie fest.

Als die Zeit zum Aufbruch gekommen war, stellten sie fest, dass es regnete. Barnaby ließ sie an der Tür stehen, schnappte sich einen Regenschirm und ging die Kutsche holen, die etwas weiter die Straße hinunter wartete. Kein Zweifel, dass der Kutscher drinnen saß und schlief.

Penelope zog den Umhang fest um ihre Schultern und starrte hinaus in die dunkle Nacht. Der Regen prasselte nieder, als sie plötzlich Schritte hörte – hinter sich.

Sie drehte sich um. Im schwachen Licht der einzigen Kerze, die Barnaby auf einem Tisch in der Halle hatte stehen lassen, bemerkte sie, wie Mostyn, der aus irgendeinem Winkel des Hauses plötzlich aufgetaucht war, in seinen Mantel schlüpfte.

Der Butler entdeckte sie, blieb stehen.

Das schwache Licht reichte aus, um ihn erröten zu sehen.

»Ah … ich hatte ein Geräusch an der Tür vernommen …«, er rang um Fassung, atmete tief durch, riss sich zusammen und verbeugte sich. »Wenn Sie bitte verzeihen wollen, Ma'am.« Seine Wangen röteten sich noch mehr. »Miss.«

Er zögerte, war offenbar unschlüssig, ob er sie stehen lassen sollte. Die Ausstrahlung des Butlers irritierte Penelope, und sie begegnete der Situation, wie sie es immer zu tun pflegte, nämlich indem sie den Stier bei den Hörnern packte.

»Mostyn, mir ist bewusst, dass die Situation ein wenig unbehaglich ist … wie auch immer … ich bin durcheinander. Als ich Ihren Herrn das erste Mal aufgesucht habe … er kann uns übrigens nicht hören, weil er die Kutsche weiter unten an der Straße heranholt … hatte ich den Eindruck, dass Sie meinen Auftritt missbilligen. Und jetzt geschieht es schon zum zweiten Mal, dass Sie mich erwischen, wie ich auf ungehörige Art und Weise aus dem Haus schleiche. Bitte korrigieren Sie mich, wenn ich irre, aber anstatt noch tiefer in Ihrem Ansehen zu sinken, will es mir scheinen, als hätte Ihre Stimmung sich ein wenig entspannt.«

Neugierig und gar nicht kritisch zog Penelope die Brauen hoch.

»Wie kann das sein? Wie kommt es, dass Sie mich jetzt weniger missbilligen als zuvor?«

Während sie sprach, hatte Mostyn ausgesehen, als würde er immer besser begreifen, was wiederum ihr Bedürfnis, ihn zu verstehen, nur noch mehr anfachte. Der Mann antwortete nicht sofort, und sie wartete.

Schließlich wagte er sich so weit an die Tür heran, dass er hinauslugen konnte, und räusperte sich. »Ich diene meinem Herrn, seit er sich hier in London niedergelassen hat. Ich kenne ihn ausgesprochen gut.« Mostyn vergewisserte sich, dass sein Herr nirgends in Sicht war. »Noch nie hat er eine Lady hierhergebracht.« Wieder schoss ihm die Röte in die Wangen. »Keine andere Frau, welchen Ranges auch immer. Als ich Sie sah … nun …«

Penelope begriff, was ihm auf der Zunge lag. »Ah. Verstehe«, stieß sie mit ausdrucksloser Miene hervor, schaute zur Tür hinaus und hoffte, Barnaby auf dem Rückweg zu entdecken. Es war nichts zu sehen, und sie nickte. »Danke, Mostyn, ich verstehe.«

Der Butler dachte, dass Barnaby und sie …

In mancher Hinsicht konnte der Butler seinen Herrn besser einschätzen als sie.

Die Gedanken wirbelten ihr wild durch den Kopf, während sie darauf wartete, dass Mostyn sie allein ließ.

Er lungerte immer noch in der Halle herum, hielt sich einen Schritt hinter ihr. Nach einem kurzen Moment räusperte er sich wieder. »Darf ich die Bemerkung wagen, Ma'am … Miss … dass ich hoffe, meine Mutmaßung möchte nicht unwillkommen sein. Und dass ich keinem Irrtum unterliege.«

Seine Ernsthaftigkeit berührte sie zutiefst. Sie drehte sich um, um ihn anzuschauen. »Nein.« Penelope atmete tief durch, bevor sie fortfuhr: »Nein, Mostyn, Ihre Mutmaßung ist alles andere als unwillkommen.«

Das Geräusch von Barnabys Schritten drang ihnen ans Ohr. Sie neigte den Kopf in seine Richtung, drehte das Gesicht zur Tür und murmelte: »Und was den Irrtum betrifft, wir werden sehen.«

»In der Tat, Ma'am. Ich hoffe auf baldige gute Nachrichten. Ich wünsche Ihnen eine angenehme Nacht.«

Aus den Augenwinkeln sah sie, wie Mostyn sich verbeugte, sich geräuschlos zurückzog und schließlich mit den Schatten im hinteren Bereich der Halle verschmolz.

Barnaby tauchte aus dem heftigen Regen auf und stieg rasch die Treppe hinauf. Penelope zurrte den Umhang noch fester um sich und ging ihm entgegen, während die Kutsche leise vor das Haus rollte.

20

»Wir hatten keine Chance, die Fälschung zu erkennen, Sir.« Der Captain des Wachtpostens am Holborn Watch House beugte sich über den schlichten Tisch und tippte mit dem Finger auf den Einsatzbefehl, den er von Scotland Yard erhalten hatte. »Es handelt sich um das richtige Formular, es ist alles sauber ausgefüllt und unterschrieben. Genau wie immer.«

Das Formular lag in der Mitte des Tisches. Barnaby, der wie Stokes dem Captain gegenübersaß, studierte das Blatt zusammen mit dem Sergeanten, der den Befehl zur Durchsuchung des Findelhauses in die Tat umgesetzt hatte.

»Sieht täuschend echt aus«, gestand Stokes ein. »Unglücklicherweise gehört die Unterschrift zu niemandem bei Scotland Yard. Oder überhaupt zu einem Truppenangehörigen.«

Der Captain zog eine Grimasse. »Aye, nun gut, das konnten wir nicht wissen. Wenn wir die Unterschrift auf jeder Anweisung zusammen mit Scotland Yard auf ihre Echtheit prüfen würden, kämen wir nie zum Einsatz.«

Stokes nickte. »Sie haben recht. Und genau darauf hat unser Verbrecher kalkuliert.« Er nahm das Blatt und faltete es zusammen.

Der Sergeant verzog das Gesicht. »Dürfte ich fragen, Sir, wer dieser Verbrecher sein könnte? Wer wäre in der Lage, an ein Formular zu gelangen, wer wüsste, wie man es richtig ausfüllt, und wer könnte es uns in einem Ranzen der Behörde zuschicken?«

Stokes lächelte dünn. »Mr. Adair und ich haben vor, genau das herauszufinden.«

Nachdem Barnaby und Stokes die Wache verlassen hatten, bogen sie in die Procter Street ein und tauchten anschließend in der vormittäglichen Geschäftigkeit des High Holborn unter. Am Straßenrand blieben sie stehen und sahen sich nach einer Droschke um.

»Was war mit der Unterschrift?«, fragte Barnaby, »ich habe nicht genau genug hinschauen können, um irgendetwas zu erkennen.«

»Grimsby«, brummte Stokes.

Barnaby starrte ihn kurz an, wandte sich dann wieder ab. »Unser Mr. Alert hat einen seltsamen Sinn für Humor.«

»Er spielt mit uns.«

»Offensichtlich.« Barnaby winkte der vorbeifahrenden Kutsche zu. Mit einem Peitschenschwung gab der Kutscher zu erkennen, dass er die beiden bemerkt hatte. »Erzähl mir mehr über diesen Ranzen«, bat Barnaby, während sie warteten, bis der Wagen sich durch den dichten Verkehr zu ihnen gewühlt hatte, »ist das die Tasche, in der die Anweisungen an die verschiedenen Wachtposten geschickt werden?«

Stokes nickte. »Bei jedem größeren Verbrechen kommen die Befehle vom zuständigen Offizier aus dem Yard. Jeder Offizier verfügt über einen ganzen Stapel Formulare. Auch in meiner Schreibtischschublade finden sich welche.«

»Es ist also keine Kunst, eins in die Finger zu bekommen.«

»Nein. Sobald das Formular ausgefüllt und unterschrieben ist, wird es in einen Ranzen vom Amt gesteckt, um dann verteilt zu werden. Es sind Lederbeutel, die im Büro hängen, das für die Auslieferungen zuständig ist. Für jeden Wachtposten gibt es einen Ranzen.«

»Mit dieser Fälschungsgeschichte hat Alert seine Kontakte zur Polizei also wieder spielen lassen, und er ist sogar einen Schritt weiter gegangen. Es muss sich um jemanden handeln, der Zugang zu Scotland Yard hat und der die Strukturen gut genug kennt, um eine Anweisung fälschen zu können und so zu verteilen, dass niemand Verdacht schöpft.«

»Noch eins«, brummte Stokes, als die Droschke vor ihnen hielt, »das Auslieferungsbüro ist niemals unbesetzt. Es hält sich immer mindestens ein Sergeant dort auf. Dazu kommen noch mindestens ein oder zwei Läufer, die die eiligen Befehle ausliefern.«

»Oh! Das heißt also, Alert ist jemand, den die Sergeanten in der Auslieferung gewöhnlich dabei beobachten, wie er die Befehle in den Ranzen verstaut. Jemand, der den Alltag dort kennt. Es muss zu seinen gewöhnlichen Tätigkeiten gehören.«

»Genau.« Stokes öffnete den Droschkenschlag. »Und deshalb fahren wir jetzt sofort zum Auslieferungsbüro.«

Barnaby kletterte in den Wagen. Stokes schaute zum Kutscher hoch. »Scotland Yard. So schnell wie möglich.«

Während Stokes und Barnaby durch den Verkehr ratterten, sorgte Penelope dafür, dass der Alltag im Findelhaus nach der Polizeirazzia wieder in den gewohnten Bahnen verlief.

Mrs. Keggs und das Kollegium hatten sich großartig erholt. Sogar die eher schüchterne Miss Marsh wirkte entschlossen, als sie die Akten ordnete, die die Konstabler vollkommen durcheinandergebracht hatten.

»Verdammte Rüpel«, schimpfte sie, als Penelope durch das Vorzimmer eilte. »Müssen alles in Unordnung bringen.«

Penelope spürte, wie ihre Lippen zuckten, und setzte den Weg in ihr Büro fort. Es hatte sie beeindruckt, wie stark das Kollegium und selbst noch die älteren Kinder auf die Bedrohung ihres Hauses durch die Razzia reagiert hatten. Wie entschlossen sie jegliche Panik abgewehrt hatten, wie sie sich geweigert hatten zu glauben, dass irgendetwas faul war. Und mehr noch, wie heftig sie den Verdacht zurückgewiesen hatten, dass mit der Führung des Hauses irgendetwas nicht stimmen könnte – oder mit seiner Leiterin.

Als sie sich auf den Stuhl sinken ließ, beschlich sie vollkommen unerwartet das Gefühl, dass die Razzia zu einem vorteilhaften Ergebnis geführt hatte. Seit fünf Jahren schon existierte das Haus; in diesen fünf Jahren war es ihnen eindeutig gelungen, sich zu einer Institution zu entwickeln, die diejenigen, die in ihr arbeiteten und lebten, so sehr wertschätzten, dass es sich dafür zu kämpfen lohnte.

Ohne die Razzia wäre sie niemals darauf gekommen, wie stolz die Kinder und die Lehrerschaft auf ihre Errungenschaften waren.

Und jetzt, da alles wieder in den gewohnten Bahnen verlief, herrschte in diesem Teil ihrer Welt wieder Ruhe und Frieden. Nur Dick und Jemmie fehlten noch. Sobald Penelope die Jungen wieder zurückhätte, zurück in ihrem Leben, in diesem Teil jedenfalls – wäre die Welt heil und ganz.

Vollständig.

Penelope drehte sich um und schaute durch das Fenster hinaus in den grauen Tag. Ein feiner Regen hatte eingesetzt, die Kinder waren drinnen geblieben, hielten sich warm und trocken im Esszimmer auf.

Ihr eigenes Leben und die Frage danach, was es heil und ganz machte, geisterte ihr durch den Kopf. Alles, was sie fühlte, was sie dachte, führte sie mehr und mehr auf diesen einen und ganz besonderen Weg. Den Weg, den sie niemals hatte beschreiten wollen. Mostyns unerwartete Bemerkungen hatten ihren Gedanken nur eine weitere Ebene hinzugefügt, weitere Fragen aufgeworfen.

Nun war Penelope sich von Minute zu Minute sicherer, dass sie die richtige Antwort auf ihre Fragen gefunden hatte. Aber was dachte Barnaby?

Sie war überzeugt gewesen, es gewusst zu haben, aber im Lichte der aufmerksamen Beobachtungen, die Mostyn gemacht hatte, schwand ihre Überzeugung dahin.

Es gab nur eine Sache, an der sie keinerlei Zweifel hegte: Barnaby Adair war genauso klug, genauso scharfsinnig und geistig rege wie sie. Außerdem hatte er sich als überraschend einsichtig erwiesen, wenn es um ihre Überlegungen und ihre

Reaktionen ging. Denn bei mehr als einer Gelegenheit hatte er auf ihre Wünsche reagiert, ohne dass sie sich ihm gegenüber vorher geäußert hatte, und manchmal sogar noch schneller, nämlich bevor diese Wünsche ihr selbst hatten bewusst werden können.

Dennoch ... ungeachtet all dessen, was sie zwischen ihnen gespürt hatte ... wollte sie wirklich das Risiko eingehen und den Weg einschlagen, den ihre Instinkte ihr wiesen – und nicht den Gedanken folgen, die sie mahnten, sich zu zügeln?

Penelope starrte hinaus in den grauen Tag, während die Minuten sich dehnten. Dann drehte sie sich seufzend an ihren Schreibtisch und zwang sich wieder zur Arbeit.

Trotz allem hatte sie ihre Vorbehalte. Fragen, auf die sie bis jetzt keine Antwort fand und auch nicht wusste, wie sie Antworten finden sollte. Obwohl Instinkte und Gefühle zwangsweise miteinander verbunden waren, sogar mit ihrem vernünftigen Denken, fühlte die sorgsam abwägende, logische Seite in ihrem Innern sich nicht recht behaglich. Und sie konnte zu keiner Entscheidung kommen, bevor diese Fragen nicht geklärt waren. Nur wie?

Penelope zog das oberste Blatt von einem Stapel Aufnahmeanträge heran und begann zu lesen.

Das Auslieferungsbüro in Scotland Yard war im Erdgeschoss untergebracht, abseits eines Korridors im Hauptfoyer, der in den hinteren Bereich führte. Barnaby folgte Stokes durch die schwingenden Doppeltüren.

Dann blieb er in der Mitte des Raumes stehen, schaute sich um und wusste, was Stokes gemeint hatte. Der Sergeant saß hinter einer langen Theke an der Wand gegenüber dem Eingang, seine Untergebenen arbeiteten an erhöhten Tischen hinter ihm. Niemand, der eintrat, konnte ihnen entgehen.

An die Wände auf jeder Seite waren vier Reihen hoch hölzerne Haken gedübelt. Ein lederner Ranzen hing von jedem Haken herab, und darüber war der Name eines jeden Wachtpostens in London zu lesen. Während Barnaby seinem Freund an die Theke folgte, bemerkte er, dass es sogar Beutel für Birmingham, Manchester und Liverpool gab, für sämtliche Großstädte in England.

Der lang gediente Sergeant hinter dem Tresen grüßte Stokes mit einem wohlwollenden Lächeln. »Guten Morgen, Sir. Wie können wir Ihnen behilflich sein?«

»Guten Morgen, Jenkins.« Stokes zeigte ihm die Anweisung, die nach Holborn geschickt worden war, und erläuterte, dass es sich um eine Fälschung handelte.

»Holborn.« Jenkins deutete auf die Haken ungefähr drei Meter von ihm entfernt. »Das ist da drüben, die zweite Reihe von oben.«

Bedachte man den Abstand von der Tür zum betreffenden Ranzen und dessen Nähe zum Tresen, dann war die Vorstellung unhaltbar, dass sich jemand heimlich in das Büro stahl und die Fälschung unbemerkt in den Holbornranzen gleiten ließ.

»Gut.« Stokes wandte sich wieder an Jenkins. »Wer hat Zugang zu diesen Ranzen? Notieren Sie mir die Namen sämtlicher Leute, die normalerweise hier hereinkommen und Befehle abliefern und Papiere jeglicher Art in diese Beutel stopfen.«

Jenkins dachte nach. »Alles in allem sind es nicht besonders viele. Es gibt die diensthabenden Sergeanten, dann die Sergeanten auf Bereitschaft, jeweils vier. Dann noch Inspektoren wie Sie, die vorgesetzten Ermittler, die Superintendenten, die Kommissare, aber die kommen natürlich nicht selbst herein, sondern ihre Sekretäre, die hier ein- und ausgehen.« Der Sergeant kniff die Augen zusammen, schaute sich um und senkte die Stimme. »Wie Mr. Cameron da drüben.«

Stokes und Barnaby hörten die Tür, die sich knarrend schloss, und bemerkten, wie der Mann, den sie beide flüchtig kannten, ins Zimmer schlenderte.

Douglas Cameron war Lord Huntingdons Privatsekretär

und ein recht arroganter Kerl. Man sah es an seinem Gang, an dem Winkel, in dem er seinen Kopf geneigt hatte, an der hochgereckten Nase und den zusammengekniffenen Nasenlöchern, die wirkten, als würde er ständig etwas Giftiges riechen.

Als ob er die Anwesenheit anderer Menschen gar nicht bemerkt hätte, schlenderte Cameron an die Wand zum Ranzen für Birmingham, die dem Ranzen für Holborn gegenüber und noch näher am Tresen lag. Er hob den Deckel, ließ das gefaltete Blatt hineingleiten, den Deckel zuklappen und drehte sich zu den anderen.

Cameron konnte die Tatsache nicht ignorieren, dass alle ihn beobachtet hatten. Sein harter Blick flog über Jenkins und Stokes, ohne sie im Geringsten zu beachten. Es war eindeutig, dass die beiden die Mühe nicht lohnten. Aber an Barnaby blieb er hängen, nickte kühl. »Adair. Mischen Sie sich mal wieder unter das gemeine Volk?«

Barnaby lächelte dünn. »Wie Sie sehen.«

Mit leicht hochgezogenen Brauen neigte Cameron den Kopf und ging genauso gemächlich hinaus, wie er hereingekommen war.

»Hochnäsiger Kerl«, murmelte Barnaby und wandte sich wieder an den Tresen.

Jenkins' Mundwinkel zuckten, als er mit den Papieren raschelte. »Niemand hier drinnen würde es wagen, Ihnen zu widersprechen, Sir.«

Barnaby seufzte. »Leider ist Camerons Hochnäsigkeit kein Grund, ihn zu verdächtigen.«

Stokes brummte zustimmend und nickte dem Sergeanten zu. »Danke, Jenkins.« Zögernd fügte er hinzu: »Auf gut Glück könnten Sie in der Auslieferung herumfragen, nur für den Fall, dass jemandem etwas Merkwürdiges aufgefallen ist. Ob vielleicht jemand vorbeigekommen ist, warum auch immer, der sich sonst nicht hier blicken lässt.«

Jenkins nickte. »Das werde ich tun, Sir.«

Barnaby und Stokes verließen das Nachrichtenbüro und stiegen die Stufen zu Stokes' Büro hinauf. Dort vergewisserte sich Stokes, was er nur selten tat, dass er die Tür fest hinter sich verschlossen hatte, und ließ sich dann auf den Stuhl hinter seinem Schreibtisch fallen. Barnaby hatte es sich bereits auf dem Stuhl vor dem Tisch bequem gemacht. Tiefe Falten auf der Stirn zeigten, dass er in Gedanken versunken war.

Nachdenklich betrachtete Stokes seinen Freund. »Was meinst du? Ist es richtig, die Leute aus dem Yard von unserer Liste zu streichen? All jene, die keine Gentlemen sind?«

Barnaby suchte seinen Blick. »Ich glaube, wir bewegen uns auf gesichertem Terrain, wenn wir annehmen, dass Alert ein Gentleman ist. Wenn wir das als Tatsache akzeptieren und nicht vergessen, dass er sich mit Grimsby und Smythe getroffen hat, dann dürfen wir mit höchster Wahrscheinlichkeit annehmen, dass er persönlich ins Nachrichtenbüro spaziert ist und die gefälschte Anweisung im Holbornranzen deponiert hat.«

Stokes nickte. »Bisher ist es sein größtes Risiko gewesen, Smythe Auge in Auge gegenüberzustehen. Und nach allem, was wir wissen, ist er das Risiko eingegangen. Ohne mit der Wimper zu zucken. Er hat niemals versucht, sich von seinem Plan zu distanzieren oder den Verlauf zu stoppen. Warum sollte er ausgerechnet jetzt damit anfangen, bei diesem vergleichsweise kleinen Vorgang?«

»Mehr noch, es hat sich zufällig so ergeben und gehörte nicht zu seinem ursprünglichen Plan. Sowohl der Angriff auf Penelope als auch die Durchsuchung des Findelhauses waren der Akt eines Mannes, der vor Selbstvertrauen nur so strotzt. Kein Panikakt, keine Verzweiflungstat. Der Mann ist sich seiner selbst sehr sicher und sehr selbstbewusst. Ich kann mir nicht vorstellen, dass er sich die Mühe macht, jemand anderen zu beauftragen, den gefälschten Einsatzbefehl in den Ranzen nach Holborn zu stecken. Warum die Dinge noch komplizierter machen?«

»Und sich damit jemanden schaffen, der sich an ihn erinnern und seinen Namen nennen könnte, falls Fragen gestellt werden?«

»Genau.« Barnaby nickte entschlossen. »Wir streichen alle Männer bürgerlicher Herkunft von Jenkins' Liste. Wie viele bleiben uns dann noch?«

Stokes machte sich ein paar Notizen. »Abgesehen von unserem Freund Cameron haben wir dann noch Jury, Partrigde, Wallis, Andrews, Passel, Worthington und Fenwick.« Er runzelte die Stirn.

»Es gibt noch ein paar Leute in den Büros der Kommissare. Die Namen kenne ich leider nicht. Aber ich kann sie herausbekommen.«

»Ausgezeichnet.« Barnaby setzte sich auf und überflog die Liste.

»Als nächsten Schritt sollten wir schauen, was wir über die finanziellen Angelegenheiten dieser Gentlemen erfahren können.«

Stokes fertigte gerade eine Abschrift der Liste an. »Das musst du erledigen. Ich kann die Wucherer konsultieren, aber wenn es sich um Spielschulden handelt ...«

Barnaby nickte. »Ich werde mich darum kümmern.« Lächelnd stand er auf. »Ich weiß schon, an wen ich mich wenden muss.«

»Gut.« Stokes händigte ihm eine Zweitschrift der Namensliste aus und erhob sich. »Dann sollten wir loslegen.« Er folgte Barnaby zur Tür. »Langsam läuft uns die Zeit davon. Wir müssen die Jungen finden.«

Den Abend verbrachte Penelope bei einem weiteren Dinner, das sogar noch offizieller war als das der Lady Forsythe. Lady Carlingford war eine scharfsinnige Gastgeberin, deren Gesellschaften immer ausgesprochen bedeutsam waren, und auf der Gästeliste erschienen zahlreiche Spender, die das Säckel des Findelhauses zu füllen pflegten. Es war notwendig, dass Penelope sich dort blicken ließ.

Sie erschien mit ihrer Mutter. Nachdem sie Lady Carlingford begrüßt hatte, machte sie die Runde bei den übrigen Gästen, die sich gruppenweise im Empfangszimmer der Lady versammelt hatten.

Penelope hatte sich von ihrer Mutter getrennt und sprach gerade mit Lord Barford, als Barnaby neben ihr auftauchte. Angenehm überrascht reichte sie ihm die Hand. Er grüßte sie sanft, schob dann ihre Hand in seinen Arm, schenkte Lord Barford ein Lächeln und erkundigte sich, wie es mit der Jagd stand; Seine Lordschaft war stolz auf seine Hunde.

Kurz bevor sie sich entfernte, versicherte Seine Lordschaft, dass Penelope auch weiterhin mit seiner Unterstützung rechnen könne.

»Bitte vergessen Sie nicht, Ihrem Bruder meine Grüße auszurichten, meine Liebe. Die Hündin des besten Hundes in meiner Zucht stammt von ihm.«

Penelope erwiderte sein Lächeln und gestattete Barnaby, sie zur nächsten Gruppe zu ziehen. »Ich habe nicht damit gerechnet, dich hier zu sehen«, flüsterte sie kaum hörbar.

Das Lächeln in seinen Augen wärmte ihr das Herz. »Mein Vater hat die Stadt verlassen. Ich vertrete ihn sehr häufig bei Anlässen wie diesem, ganz besonders dann, wenn es auch um Polizeiangelegenheiten geht und nicht nur um Salongeschwätz.«

»Interessiert dein ältester Bruder sich nicht für Politik?«

»Nicht sofern es mit der Polizei zu tun hat. Wie auch immer, die beiden anderen befinden sich zusammen mit ihren Ehefrauen, meiner Schwester und deren Ehemann bereits auf Cothelstone.«

Penelope ließ es sich durch den Kopf gehen, während sie sich kurz mit Mrs. Worley unterhielten. Als sie weitergingen, bemerkte sie leise: »Deine Mutter erwartet dich bestimmt zu Hause. Wirst du nicht bald die Stadt verlassen?«

Barnaby nickte Lady Wishdale zu, lächelte höflich. »Kommt darauf an.«

»Auf unsere Ermittlungen?«

Er fing ihren Blick auf. »Teilweise.« Zögernd fügte er hinzu:

»Auf die Ermittlungen. Und darauf, wann du dich trennst.«

Ihre Blicke verschränkten sich, bis Penelope gezwungen war, nach vorn zu schauen, als Lady Parkdale auf sie zustürmte.

»Meine Lieben!«, rief Ihre Ladyschaft aus. »Oh, wie wundervoll, dass ich Sie beide gleichzeitig antreffe!«

Lady Parkdale gierte förmlich nach Klatsch und Tratsch, aber sie spendete ebenfalls großzügig für das Findelhaus. Gnädig ertrug Penelope die dramatischen Auftritte und die verschmitzten Blicke.

»Immerhin verkneift sie sich jegliche Boshaftigkeit«, murmelte Barnaby, nachdem sie sich von der überschäumend plaudernden Lady verabschiedet hatten.

Barnaby steuerte mit ihr durch die Gruppen, stand an ihrer Seite und beantwortete die Fragen der Männer über Sir Robert Peels Polizeitruppe und deren Arbeitsweise. Sämtliche Gäste waren ihm bekannt, die Ladys ebenso wie die Gentlemen. Obwohl der Abend als geselliges Beisammensein deklariert war, war er im Kern doch eine ausgesprochen ernste Angelegenheit.

Um die Wahrheit zu sagen, solche Unterhaltungen waren weit mehr nach seinem Geschmack als bloße Vergnügungen, und während er Penelope von einer Gruppe zur anderen begleitete, beschlich ihn das Gefühl, dass sie sich darin – wie in vielen anderen Dingen auch – sehr ähnlich waren.

Beide verstanden sich darauf, sich in Gesellschaft zu bewegen, und besaßen mehr als genügend Geist, sich in den anspruchsvollsten Kreisen zu behaupten. Und beide zogen es vor, ihren Scharfsinn in gepflegten Unterhaltungen zu erproben. Sie genossen den herausfordernden Schlagabtausch, der in diesen Kreisen und in dieser Gesellschaft als Norm akzeptiert war.

Barnaby nutzte die Minuten zwischen zwei Gesprächen, um ihr über seinen Tag zu berichten und sie über Stokes' Entscheidung zu informieren, die Erlaubnis einzuholen, mehr Schutzpolizisten nach Mayfair schicken zu dürfen. »Unglücklicherweise macht Stokes sich keine großen Hoffnungen. Und leider lässt es sich auch nicht in ein paar Tagen erledigen, Erkundigungen über die finanzielle Lage der Gentlemen einzuziehen.«

Sie runzelte die Stirn. »Aber da gibt es doch diesen Mann, den die Cynsters und mein Bruder immer einschalten, wenn sie finanzielle Investitionen planen.«

»Montague. Ich habe ihn heute Nachmittag getroffen. Er ist bereit, die Gentlemen auf unserer Liste genauer unter die Lupe zu nehmen. Aber bis wir das Terrain eingegrenzt haben, ist es nicht machbar, mit den Ermittlungen noch weiter zu gehen.«

»Hm.« Er nannte ihr die Namen auf der Liste. Sie schüttelte den Kopf. »Ich muss gestehen, dass ich keinem dieser Männer jemals begegnet bin. Aber unsere Wege werden sich auch nur selten kreuzen, wenn die Gentlemen es sich zur Gewohnheit gemacht haben, sich die freie Zeit in Spielhöllen zu vertreiben.«

Barnaby stellte sich insgeheim vor, wie sie sich in einer Spielhölle herumtrieb.

Als sie sich zum Dinner begaben, schenkte er seiner Gastgeberin ein Lächeln, als er bemerkte, dass für Penelope und ihn zwei benachbarte Plätze reserviert worden waren. Sie saßen Seite an Seite, plauderten angeregt und witzig mit den anderen Gästen. Einmal passierte es, dass er Lady Calvertons Blick auffing. Penelopes Mutter lächelte anerkennend und hob das Glas zu einem unauffälligen Toast.

Barnaby senkte den Kopf und hob sein eigenes Glas. Er gab vor, einen Schluck zu trinken, warf Penelope einen Blick zu – und fragte sich, ob sie genau wie er bemerkte, wie gut sie eigentlich zusammenpassten.

Viel zu schnell erhoben sich die Ladys, überließen die Gentlemen ihrem Port und den Debatten über den Zustand der Nation – über die Anträge, die es während der Herbstsitzungen nicht durch das Parlament geschafft hatten, und über die Erwartungen an die kommende Legislaturperiode.

Penelope nutzte die Gelegenheit der abwesenden Gentlemen, um mit all den Ladys zu sprechen, mit denen sie als Leiterin des Findelhauses in Verbindung bleiben sollte. Einige spendeten aus ihrem eigenen Vermögen, andere waren für die Großzügigkeit ihrer Ehemänner verantwortlich. Wieder andere waren aus anderen Gründen bedeutsam, wie beispielsweise Lady Paignton, die Patronesse der Athena Agency – eines Dienstes, den die älteren Damen der Gesellschaft sehr schätzten, weil er junge Mädchen als Zofen und künftige Hausdamen in deren Haushalte vermittelte. Da viele Mädchen aus dem Findelhaus sich als Zofen verdingten, kannte Penelope die Lady bereits seit Jahren.

Lady Paignton, eine attraktive Lady mit rotem Haar, lächelte, als Penelope zu ihr kam. »Kein Zweifel, dass mein Mann Ihrem Mr. Adair wegen Peels letztem Vorstoß auf den Zahn fühlt. Nachdem wir so viel Zeit auf dem Lande verbracht haben, nimmt er seine Rolle im Magistrat sehr ernst. Es hat Gerüchte gegeben, dass in allen größeren Städten Polizeiwachen eingerichtet werden sollen.«

»Das hatte ich auch gehört.« Die Paigntons hatten vier Kinder, zwei Mädchen und zwei Jungen. »Vor zwei Wochen bin ich Ihrer ältesten Tochter begegnet. Ich vermute, dass sie sich sehr für die Agency interessiert.«

»In der Tat.« Lady Paignton lächelte stolz. »Sie ist entschlossen, irgendwann die Leitung zu übernehmen. Sehr erfreulich, in der Tat … ah, da kommen endlich die Männer zurück.« Ihre Ladyschaft fing Penelopes Blick auf. »Richten Sie Ihren Leuten aus, dass sie uns weiterhin Mädchen schicken sollen, die ihnen passend scheinen. Mit denen, die sie uns bisher geschickt haben, sind wir sehr zufrieden.«

Lächelnd neigte Penelope den Kopf. »Ich werde es ausrichten.«

Sie gingen auseinander. Penelope beobachtete die Lady, wie sie zu einem großen, ausgesprochen gepflegten Gentleman eilte, der mit den silbergrauen Strähnen im dunklen Haar einen sehr distinguierten Eindruck machte. Der Mann war der Erste, der wieder im Empfangszimmer auftauchte; Viscount Paignton gehörte zu den größten Landbesitzern in Devon und gewann mehr und mehr Einfluss, besonders im Innenministerium.

Natürlich hatte sie nicht die Absicht gehabt, ihn heimlich zu beobachten. Aber das Funkeln in seinem Blick – eine Mischung aus Stolz, Freude und Glück, als er seine Frau anschaute – war unmöglich zu übersehen.

Unmöglich falsch zu verstehen.

Plötzlich und unerwartet keimte eine ganz besondere Sehnsucht in Penelope auf ... die Sehnsucht, dass eines Tages ein Mann kommen würde, der sie mit einem solchen Funkeln im Blick anschauen würde, nicht mit diesem eher unschuldigen und naiven Glanz in den Augen der jungverheirateten Paare, sondern der tieferen, reiferen und treuen Glut, die von immerwährender Liebe kündete.

Sie kniff die Augen kurz zusammen, wandte den Blick ab und fragte sich, woher dieses Verlangen plötzlich gekommen, aus welcher Quelle es plötzlich entsprungen war.

Lady Curtin blieb neben ihr stehen. »Es ist so herzergreifend anzuschauen, meine Liebe, wie Adair förmlich um Sie herumtanzt, um Ihre Aufmerksamkeit zu erringen.«

Bevor Penelope die Lady korrigieren konnte – denn Barnaby war anstelle seines Vaters erschienen –, fuhr Ihre Ladyschaft fort:

»Ich bin eine alte Freundin seiner Mutter Dulcie, und ich muss Ihnen gestehen, dass der Junge ... nun, inzwischen ist ein Mann aus ihm geworden ... sie schier in den Wahnsinn getrieben hat mit seiner Weigerung, sich mit heiratsfähigen weiblichen Wesen zu treffen. Geschweige denn, sich selbst um eine Frau zu kümmern.«

Sie schöpfte kurz Atem. »Die Art, wie er ihre Nähe in den Salons meidet ... jedenfalls wenn sie heiratsfähig sind ... man möchte meinen, die jungen Ladys litten an der Pest! Wenn man Dulcie glauben darf, dann hat er seine Verweigerung zu einer wahren Kunst erkoren. Sogar dann noch, wenn er wie heute Abend als Cothelstones Deputy auftritt, weigert er sich, das Spiel zu spielen.«

Endlich hielt Lady Curtin inne, um tief durchzuatmen und Penelope eindringlich zu mustern. »Ungeachtet der Tatsache, dass Sie recht begehrt sind, sind Sie keineswegs eine gewöhnliche junge Lady. Und ... ich bin mir sicher, dass Dulcie Ihnen zu Füßen liegen wird.«

Mit einem kräftigen Schlag auf Penelopes Handgelenk schwebte Lady Curtin davon.

Und ließ Penelope Ashford leicht benommen zurück.

Unwillkürlich schweifte ihr Blick zur Tür, durch die mehr und mehr Gentlemen in das Empfangszimmer zurückkehrten, die letzten noch in Diskussionen vertieft. Ganz hinten in der Menge tauchte ein goldblonder Schopf auf, der sich zur Seite neigte, um aufzuschnappen, was Lord Carlingford zu sagen hatte.

Sie nutzte die Gelegenheit, einen Moment lang allein in der anderen Ecke des Zimmers zu stehen und ihn beobachten zu können. Um nachzudenken ... über das, was ihr jüngst durch den Kopf gegangen war, über Lady Curtins Enthüllungen, über Lady Parkdales verschmitzte Kommentare, über das Funkeln in Lord Paigntons Blick.

Solche Blicke warf Barnaby ihr nicht zu. Vermochte er es überhaupt?

Und wenn sie die Richtung einschlug, in die ihr Herz sie mehr und mehr drängte ... vielleicht eines Tages, irgendwann in der Zukunft?

Er trennte sich von Lord Carlingford, ließ den Blick durch

das Zimmer schweifen, entdeckte sie und eilte zu ihr.

Sie schaute zu, wie er sich näherte, wie er seine Aufmerksamkeit auf sie gerichtet hatte. Lady Curtins Bemerkungen echoten ihr durch den Kopf … dass der Ehrenwerte Barnaby Adair sich nicht um die Aufmerksamkeit der heiratsfähigen Damen zu reißen pflegte.

Außer um ihre.

Lächelnd ergriff er ihre Hand und platzierte sie auf seinem Ärmel. »Für heute Abend habe ich genug über die Polizei erzählt. Vielleicht gibt es noch ein paar Leute, mit denen du gern sprechen möchtest?«

Penelope erwiderte sein Lächeln, beschloss, sich klug zu verhalten, und dirigierte ihn in Richtung Lord Fitchett.

An diesem Abend musste sie die Gesellschaft mit ihrer Mutter verlassen, was ihr sehr gelegen kam. Denn sie musste dringend über Barnaby Adair nachdenken. Und es war überaus schwer, sich zu einem vernünftigen Gedanken über ihn durchzuringen – um nicht zu sagen, dass dies in seinen Armen unmöglich war.

Der Mann, der sich selbst Mr. Alert nannte, stand im Schatten unter einem alten Baum in der Mitte des Friedhofs an der Ecke der St. John's Wood High Street. Wie ein Totenhemd senkte sich der Nebel über das Gelände. Dass Smythe sich näherte, hörte er, lange bevor der Mann zwischen zwei großen Grabsteinen auftauchte.

Die Augen unter dem Schirm einer alten Mütze, die er tief ins Gesicht gezogen hatte, versuchten die Dunkelheit unter dem Baum zu durchdringen.

Alert lächelte in sich hinein. »Hier bin ich.«

Smythe duckte sich unter dem Laubdach hindurch. »Es ist eine miese Nacht für einen Spaziergang. Viel besser geeignet für einen Einbruch.«

»Ich wage die Vermutung, dass es morgen Nacht nicht besser aussehen wird. Sind Sie bereit?«

»Aye. Die Jungen sind so gut vorbereitet, wie es in dieser kurzen Zeit nur möglich war. Zum Glück sind sie klug genug, um zu begreifen, dass es nur zu ihrem Besten ist, wenn sie hart arbeiten.«

»Gut.« Alert zog einen Stapel gefaltete Papiere aus der Tasche und reichte sie Smythe. »Hier finden Sie die Einzelheiten über die Gegenstände, die aus den ersten vier Häusern geholt werden sollen. Also gleichzeitig auch Angaben über die Reihenfolge, in der ich diese Einbrüche verübt wissen möchte. Sie müssen sich die Papiere jetzt nicht durchlesen, denn ich habe die Gegenstände so gut beschrieben, dass jeder Dummkopf sie erkennen würde. Außerdem ist der genaue Standort des jeweiligen Gegenstands innerhalb des Hauses angegeben, nicht nur, wo er zu finden ist, sondern auch, welche Schlösser und Türen im Weg sein könnten. Was die Schlösser betrifft, so wird jedes Kind damit zurechtkommen.«

Smythe entfaltete die Seiten und hielt sie so, dass das spärliche Licht darauffiel. Er konnte zwar nicht genau lesen, den Wert der mitgeteilten Einzelheiten aber bestens einschätzen.

»Wie schon besprochen«, fuhr Alert fort, »werde ich als Kutscher verkleidet mit einem kleinen schwarzen Stadtwagen unauffällig durch die Straßen fahren. Ich werde Sie an jener Ecke treffen, die unten auf jeder Seite notiert ist, in der Nähe eines jeden Hauses, und Ihnen dort den Gegenstand abnehmen. Es ist keiner darunter, der für die Jungen zu schwer sein könnte, aber sie sind doch so unhandlich, dass Sie sicher keinen längeren Weg mit ihnen zurücklegen möchten.«

Smythe hob den Kopf. »Und Sie zahlen das vereinbarte Honorar für jeden Gegenstand, nachdem wir geliefert haben?«

Alert nickte. »Wenn ich die Dinge dann an die Käufer weitergereicht habe und die Leute wiederum mich bezahlt haben, bekommen Sie den Rest. Wie vereinbart.«

»Gut.« Smythe stopfte sich die gefalteten Papiere in die Tasche seiner schweren Jacke.

»Noch eins.« Alerts Stimme klang eiskalt. »Wie wir übereingekommen sind, haben Sie sicherzustellen, dass Ihre Burschen keinerlei andere Dinge aus diesen bestimmten Häusern entwenden. Sobald wir das Zeug verkauft und Sie Ihr Geld bekommen haben, können Sie gern zurückkehren, wenn Sie es wünschen. Aber – und ich kann es gar nicht oft genug betonen – diesmal darf nur der eine Gegenstand, den ich notiert habe, aus dem Haus gestohlen werden.«

Smythe nickte. »Darüber haben wir uns anfangs bereits verständigt. Wir werden den Auftrag wie gewünscht abwickeln. Aber was ist mit der Polizei? Sie hatten angekündigt, sich darum kümmern zu wollen.«

»In der Tat. Das habe ich auch. Morgen wird keine Verstärkung auf Streife sein.«

»Und was ist mit der zweiten Nacht? Nur für den Fall, dass Sie immer noch vorhaben, die anderen vier Häuser in der zweiten Nacht zu erledigen.«

»Ich werde meinen Plan nicht ändern. Es ist zu schwierig zu erklären, aber mehr als zwei Nächte können wir nicht riskieren.«

Smythe musterte Alert einen Moment lang, nickte. »In Ordnung. Aber was ist mit der Polizei in der zweiten Nacht?«

Wieder klang Alerts Stimme hochnäsig und kalt. »Jetzt begreifen Sie wahrscheinlich, warum ich die acht Anwesen in einer einzigen Nacht erledigt haben wollte. Natürlich gibt es die Möglichkeit ... es handelt sich um eine Möglichkeit, mehr nicht ... dass die Polizei alarmiert wird und mehr Streifen nach Mayfair schickt. Wie auch immer, sie reagieren nicht schnell genug, um uns in der zweiten Nacht ernsthaft Ärger zu machen. Es wäre ausgesprochen dumm, noch eine dritte Nacht einzurichten, aber die zweite ist nur ein wenig gefährlicher als die erste.«

Alert machte eine kleine Pause. »Außerdem habe ich erfahren, wer in unserem Fall zuständig ist, und Maßnahmen ergriffen, die verhindern sollen, dass die Leute so frei sein werden, sich in der zweiten Nacht in unsere Angelegenheiten einzumischen. In der ersten sind sie noch vollkommen ahnungslos, und wenn das Glück auf unserer Seite ist, werden sie selbst jetzt, wo wir uns auf zwei Nächte einrichten mussten, erst in ein paar Monaten erfahren, dass wir zugeschlagen haben.«

Smythe beobachtete ihn im Dämmerlicht. »Dann wird uns also niemand stören?«

»Selbst wenn die Polizei alarmiert wird, ist es wahrscheinlich, dass wir in der Lage sein werden, gut zurechtzukommen.« Alert straffte die Schultern und klang viel zuversichtlicher. »Ich bekomme die Details über jegliche Verstärkung, die in der zweiten Nacht auf Streife geschickt wird. Und was unsere Freunde betrifft, die überall stören müssen«, seine weißen Zähne blitzten in der Dunkelheit, als er lächelte, »für die habe ich eine Ablenkung organisiert.«

21

»Wie ich befürchtet habe«, Stokes ließ sich in den Lehnstuhl in Griseldas Wohnzimmer sinken, der inzwischen sein Stammplatz geworden war, »ist mein Antrag, mehr Streifenpolizisten durch Mayfair patrouillieren zu lassen, auf taube Ohren gestoßen.«

Barnaby und Penelope auf dem Sofa und Griselda in ihrem Sessel verzogen das Gesicht. Sie hatten nicht vorgehabt, sich an diesem Nachmittag zu treffen. Aber nachdem Penelope ihre Pflichten im Findelhaus erledigt hatte, war sie ungeduldig und nervös geworden und hatte Griselda in der schwachen Hoffnung aufgesucht, dass die irgendetwas von ihren Freunden im East End erfahren hatte. Aber Griselda, die den Laden an diesem Tag frühzeitig geschlossen hatte, hatte die Hoffnung rasch zerschlagen.

Kurz darauf war Barnaby eingetroffen, zehn Minuten später Stokes.

Ein paar Sekunden später fuhr Stokes frustriert fort. »Wenn ich beweisen könnte, dass eine konkrete Bedrohung vorliegt, würde ich ohne Verzögerung zur Tat schreiten können. Wie auch immer, genau die Tatsache, die uns die Einbrüche sehr wahrscheinlich erscheinen lässt, arbeitet gegen unseren Wunsch, vermehrt patrouillieren zu lassen – namentlich die Abwesenheit der feinen Gesellschaft aus London und die folglich verlassenen Anwesen. Alle Kommissare sehen es so, dass kein feiner Schädel im Verlauf eines Einbruchs zertrümmert werden kann, solange sich niemand in der Stadt aufhält. Also brauchen wir auch nicht mehr als nur schwache Polizeipräsenz in den Straßen.«

Stokes nahm den Becher, den Griselda ihm reichte, und blickte Penelope verdrießlich an. »Als wir uns über Alerts

Pläne unterhielten, hatten Sie angemerkt, dass diejenigen, die nicht den gehobenen Kreisen angehörten, sich gar nicht vorstellen könnten, wie viele überaus wertvolle Gegenstände in den Anwesen in Mayfair herumlägen.« Er verzog das Gesicht. »Sie hatten recht. Auch mein Vorgesetzter kann es sich nicht vorstellen. Und kein Regierungsmitglied, das ich kenne, wie etwa Barnabys Vater, hält sich noch in der Stadt auf.«

Stokes seufzte. »Ich habe es versucht. Ich habe beschrieben, wie Alerts Plan vermutlich aussieht. Aber die da oben glauben, ich bilde mir das alles nur ein.«

»Ob es uns gefällt oder nicht, die Kommissare haben recht. Aus ihrer Sicht.« Barnaby lehnte sich in die Ecke des Sofas. »Wir haben keine Beweise. Alles, was wir sagen, beruht auf Vermutungen und Spekulation.«

Griselda schüttelte den Kopf. »Vermisste Jungen und ein Mord sind keine Spekulation.«

»Genau.« Penelopes Stimme klang erheblich entschiedener, um nicht zu sagen: ausgesprochen kampflustig. »Schnupftabakdosen oder Vasen oder was auch immer Alert aus den Häusern stehlen will – all das interessiert mich nicht. Aber die Burschen müssen wir retten. Wenn die Polizei keine Streife durch die Straßen von Mayfair patrouillieren lassen will, dann müssen wir es eben machen.« Stokes und Barnaby fuhren gleichzeitig hoch. »Nein«, widersprachen sie wie aus einem Munde.

Mit düsterer Miene schaute Penelope von einem zum anderen.

»Aber …«

»Nein.« Barnaby hielt ihren Blick fest. »Wir können es uns nicht erlauben, nachts durch die Straßen zu schleichen, in der Hoffnung, dass wir Smythe und Alert in die Arme laufen.« *Und stattdessen auf Gott weiß wen treffen.* Rasch schob er die Vorstellung beiseite, dass Penelope sich in der Dunkelheit in verlassenen Gassen herumtrieb, verjagte die gepflasterten Stallungen und feuchtkalten Wiesen aus seinem Kopf. »Wir müssen uns etwas anderes überlegen, um der Sache näherzukommen. Zum Beispiel müssen wir uns überlegen, wie Alert das Diebesgut verkaufen will.« Er wandte sich an Stokes. »Wenn die Dinge tatsächlich überaus wertvoll sind, dann sind sie auch selten. Das wiederum heißt, sie sind auf Anhieb wiederzuerkennen. Die gewöhnlichen Hehler werden den Teufel tun und sich mit solchem Kram belasten.«

»Stimmt.« Stokes verzog das Gesicht. »Aber wie ...«

»Er muss irgendetwas geplant haben. Ich frage mich ...« Barnaby überlegte einen Moment, bis er seine Frage klarer formulieren konnte. »Könnte es sein, dass Alert die Diebstähle sozusagen im Auftrag durchführt? Kann es sein, dass er bestimmte Dinge stiehlt, von denen er weiß, dass es Leute gibt, die sie haben wollen und viel Geld dafür zahlen, wenn er sie ausliefert?«

Fragend schaute er Stokes an, der die Schultern zuckte.

»Könnte sein. Aber da wir das Diebesgut nicht kennen, bringt uns das auch nicht weiter.«

Aber immerhin hatte es Penelope von ihrer Vorstellung abgebracht, durch die Straßen in Mayfair zu marschieren. Mit ein wenig Glück dachte sie jetzt darüber nach, wen Alert wohl als Käufer im Blick hatte. Barnaby gratulierte sich gerade dazu, den Strom ihrer Gedanken abgelenkt zu haben, als Griselda das Wort ergriff– und zeigte, dass zumindest sie sich nicht im Geringsten hatte ablenken lassen.

»Dessen ungeachtet müssen wir es vermeiden, Smythe in die Ecke zu treiben, solange die Jungen bei ihm sind.« Griselda suchte Penelopes Blick. »Wenn erfahrene Einbrecher wie er unterwegs sind, dann führen sie ihre Burschen fest an der Leine. Wenn wir Smythe also in die Quere kommen, wie er gerade zu einem Haus unterwegs ist oder von einem zurückkehrt, wird er Geiseln bei sich haben. Und er wird sie auch als Geiseln benutzen. Mag sein, dass er bisher noch nicht als Mörder in Erscheinung getreten ist, aber er hat Jemmies Mutter erstickt und war Horrys Großmutter auf den Fersen.

Wenn wir ihn in die Enge treiben, solange er die Jungen bei sich hat …«

Penelope zog eine Grimasse und plumpste wieder auf das Sofa.

»Sie haben recht. Verdammt. Aber wir müssen doch etwas tun, um unsere Jungen zurückzubekommen.«

Niemand hatte einen Vorschlag zu machen. Barnaby ließ den Blick durch die kleine Runde schweifen. Während Penelope und Griselda das Augenmerk darauf gerichtet hatten, die Jungen zu retten, und sie sich höchstens in zweiter Linie dafür interessierten, die Einbrüche zu vereiteln, lag der Fall für Stokes genau umgekehrt.

Aus seiner Sicht handelte es sich bei den Einbrüchen um eine Bedrohung, der er aus beruflichen Gründen zu begegnen hatte, und zwar nicht nur er, sondern die gesamte Polizei. Die Rettung der Jungen gehörte für ihn zur Verhinderung der Einbrüche, und das war auch der Grund, weshalb er Alert unbedingt schnappen musste.

Und was ihn betraf … Barnaby verspürte beide Impulse stark in sich. Um Penelopes und um der Jungen willen mussten sie gerettet werden, und weil er Stokes und der Polizei im Allgemeinen helfen wollte, musste er Alerts Pläne unbedingt durchkreuzen. Es diente dem Wohl der Bevölkerung; zum ersten Mal konnte er erkennen, dass er sich in den Dienst des allgemeinen Interesses stellte, konnte viel besser verstehen, was seinen Vater getrieben hatte, den gesellschaftlichen und politischen Angelegenheiten so viel Zeit zu widmen. Jahrelang war er überzeugt gewesen, dass der Mann nur den geselligen Ambitionen seiner Mutter hatte entfliehen wollen.

»Kommen Sie, ich werde Sie nach Hause bringen«, meinte Barnaby zu Penelope und ließ den Blick durch die Runde schweifen, »im Moment können wir nichts tun. Aber sobald irgendwer irgendetwas erfährt …«

Stokes erhob sich mit ihm. »… werden wir ins Horn blasen.«

Obwohl Penelope innerlich im Aufruhr war, zog sie sich am selben Abend pflichtbewusst ihr bestes Winterabendkleid an – aus streng geschnittener, schwerer Seide in dunklem Granatrot – und begleitete ihre Mutter zum Dinner bei Lord Montford.

Seine Lordschaft lebte zurückgezogen und galt als ausgesprochener Philanthrop. Er hatte Interesse am Findelhaus bekundet, drängte darauf, sich eingehender mit ihr und ihrer Mutter zu unterhalten, und hatte hauptsächlich aus diesem Grund zum Dinner geladen.

Nachdem man Penelope in die Wohnung Seiner Lordschaft in der Nähe des Piccadilly geführt und ihre Ankunft angekündigt hatte, wurde sie gleich von Lord Montford begrüßt, einem rundlichen Gentleman mit strahlend guter Laune. Penelope mochte ihn auf Anhieb und antwortete aufmerksam auf seine Erkundigungen nach ihrer Gesundheit.

Nachdem er ihre Mutter begrüßt hatte, begleitete Lord Montford die beiden in sein Empfangszimmer. »Ich vermute, dass Sie mit den anderen Gästen bekannt sind.«

Sein zwinkernder Blick mahnte sie den Bruchteil einer Sekunde, bevor sie Barnaby erblickte, der sich mit seinen langen Beinen vom Stuhl erhob. Sonst waren nur noch Lord und Lady Hancock anwesend, die Penelope und ihrer Mutter gut bekannt waren.

Es überraschte Penelope nicht, als die älteren vier sich zurückzogen, um über die Kinder, die Enkel und die Jagd zu plaudern, und es Barnaby und ihr allein überließen, sich zu unterhalten. »Kennst du Seine Lordschaft schon lange?«, begann sie leise.

Barnaby lächelte. »Er ist ein alter Freund meines Vaters.« Er senkte den Blick auf sie. »Bist du oft in solchen Angelegenheiten unterwegs? Ich meine, kümmerst du dich oft um Geldgeber und suchst nach neuen Quellen?«, erwiderte er im Flüsterton.

»Gewöhnlich nicht. Meistens kümmert Portia sich darum. Sie kann sehr gut mit Menschen umgehen und, wie du es nennst, neue Quellen auftun. Aber jetzt hält sie sich auf dem Land auf und überlässt es mir, mich bei den Verabredungen blicken zu lassen, die zu dieser Jahreszeit stattfinden. Im nächsten Frühjahr wird sie in die Stadt zurückkehren und diese Aufgabe wieder übernehmen. Doch bis dahin …«, sie breitete die Hände aus, »… musst du mit mir vorliebnehmen.«

Barnaby lächelte. »Du unterschätzt dich. Denn du kannst sehr überzeugend sein, wenn du es darauf anlegst.« *Wenn sie die Leidenschaft für ihre Arbeit zu erkennen gibt …*

Penelope warf einen Blick auf Lord Montford. »Hat er irgendwelche Bemerkungen fallen gelassen?«

»Gib dich einfach so, wie du bist.« Zögernd fügte er hinzu: »Er ist ziemlich scharfsinnig. Mehr, als man es ihm ansieht.«

»Damit hatte ich gerechnet.«

Barnaby und Penelope schlossen sich den anderen an, als Montfords Butler verkündete, dass das Dinner serviert sei, und gingen in das behagliche Esszimmer. Trotz der Atmosphäre, die das kostbare Mobiliar ausstrahlte, lud das Zimmer zu entspanntem und vertraulichem Beisammensein ein, sodass die Gespräche von Beginn an ungehindert flossen.

Penelope saß Lord Montford zur Rechten und hatte Barnaby an der anderen Seite. Lady Hancock saß Montford zur Linken, während Penelopes Mutter am Ende des Tisches dem Gastgeber gegenüber platziert war, mit Lord Hancock zwischen den beiden Ladys. Die Hancocks zählten bereits zu den Spendern für das Findelhaus; bald waren die beiden mit Lady Calverton in andere Themen vertieft – was Lord Montford die Gelegenheit verschaffte, Penelope über das Findelhaus zu befragen.

Barnaby lehnte sich zurück und beobachtete, wie sie mit Montford verhandelte. Sie vermied es, seine Fragen allzu oberflächlich zu beantworten, bot ihm stattdessen eine Kostprobe ihrer überragenden Intelligenz. Das wiederum wusste der Lord, alles andere als ein Dummkopf, sehr wohl zu schätzen.

Und mehr noch, er bemerkte, wie Montfords Begeisterung für die Vorhaben des Findelhauses und Penelopes Rolle darin mehr und mehr wuchs; und er stellte fest, dass man es durchaus als Ehre betrachten durfte, von Penelope ins Vertrauen gezogen zu werden und an ihrer geistigen Welt teilhaben zu dürfen. Denn es war offensichtlich, dass es nicht viele Menschen gab – das galt besonders für Männer –, die es mit ihren geistigen Fähigkeiten aufnehmen konnten.

Der Gedanke ließ ihn lächeln. Er schaute zu, wie sie Montford, obwohl er sich dessen höchstwahrscheinlich bewusst war, unwissentlich verführte und wie sehr er es genoss, auf solche Weise verführt zu werden.

Als das Dessert serviert wurde, war Montford sichtlich zufrieden mit all dem, was er über das Findelhaus erfahren hatte. Er lenkte seine Aufmerksamkeit auf Barnaby, indem er sich über die Polizei und die jüngsten politischen Manöver erkundigte, die die Truppe betrafen.

Zu seiner Überraschung folgte Penelope ihm und behauptete ihre Meinung in der Unterhaltung, die sich zu einer eingehenden Besprechung über polizeiliche Vorhaben, über Personalangelegenheiten und über Vorurteile, die das erwartete Ergebnis betrafen, auswuchs.

Als sie in das Empfangszimmer zurückschlenderten, unterhielten sie sich immer noch darüber, und das ging in der nächsten Stunde auch noch so fort. Doch nachdem der Tee serviert und getrunken worden war, neigte sich der Abend langsam dem Ende zu.

Montford wandte sich wieder an Penelope. »Meine Liebe, gleich morgen werde ich eine Tratte an das Haus schicken. Außerdem möchte ich Sie wieder einladen, sobald wir alle im neuen Jahr in die Stadt zurückgekehrt sind, um weitere Möglichkeiten der Unterstützung zu erörtern. Ich ziehe es vor, bestimmte Vorhaben zu stärken, langfristige Vorhaben mit nachhaltiger Wirkung. Besonders ein paar Erziehungs- und Ausbildungsprogramme, die ein wenig moderner sind.«

Erfreut reichte Penelope ihm die Hand. »Sie sind im Findelhaus jederzeit willkommen, Mylord. Auch ich werde in der Zwischenzeit über geeignete Maßnahmen nachdenken.«

Montford nahm ihre Hand in seine und tätschelte sie. »Sie und Ihre Schwester machen Ihrer Mutter alle Ehre.« Er lächelte aufrichtig, als er ihre Hand wieder losließ, und wandte sich an Barnaby. »Ich muss gestehen, es ist herzergreifend zu sehen, wie ein junges Paar aus Ihren Kreisen, das sich noch nie wegen der nächsten Mahlzeit den Kopf zerbrechen musste, sich so hingebungsvoll um jene kümmert, denen das Glück weniger hold ist. Sie«, er nickte in Penelopes Richtung, »durch Ihre Arbeit im Findelhaus, und Sie«, er nickte in Barnabys Richtung, »durch Ihre Arbeit für die Polizei, dadurch, dass Sie Verbrechen aufklären und die Verbrecher vor Gericht bringen, ganz gleich, ob sie ein teures Tuch tragen oder nicht.«

Montford lächelte ihnen freundlich zu. Seine nächsten Worte klangen so, als wolle er einen Segen sprechen. »Sie sind ein bemerkenswertes Paar … und ich warne Sie, ich möchte in jedem Fall zur Hochzeit eingeladen werden.«

»John?«

Lord Montford drehte sich zu Lady Hancock, und so entging ihm das Schweigen, das auf seine Bemerkung folgte.

Barnaby ließ den Blick über Penelope schweifen, die zwar zurückschaute; aber anders als üblich gab es diesmal kein stummes Einverständnis zwischen ihnen.

Er wusste nicht, was er sagen sollte, denn es wollte ihm einfach nichts einfallen. Seine Gedanken waren wie in den Bann geschlagen, und ihr schien es nicht anders zu ergehen.

Dass es ihnen beiden die Sprache verschlagen hatte … dass sie vollkommen hilflos geworden waren … einzig und allein wegen des Wortes »Hochzeit« … das musste eine Bedeutung haben.

Aber um welche Bedeutung es sich genau handelte, das zu ermitteln, blieb ihm nicht die Zeit, als es lautstark pochte und Montfords Butler zur Tür eilte.

Einen Moment später kehrte der Mann mürrisch zurück und streckte Barnaby das Serviertablett mit dem gefalteten Blatt Papier entgegen. »Eine dringliche Nachricht von Scotland Yard, Sir.«

Barnaby nahm das Blatt, öffnete und las Stokes' ungelenke Handschrift: *Das Spiel geht los.*

Er stopfte das Papier in seine Tasche, nickte den anderen kurz zu und drehte sich zu Montford. »Ich bitte um Verzeihung, Mylord, aber ich muss gehen.«

»Selbstverständlich, mein Lieber.« Montford schlug ihm auf die Schulter und begleitete ihn in die Halle. »Der Abend ist ohnehin vorüber. Viel Glück!«

Vorn an der Tür schüttelte Montford ihm die Hand und entließ ihn ohne weitere Fragen.

Wie erwartet war Penelope nicht geneigt, solches Verhalten einfach hinzunehmen, folgte ihm auf dem Fuße und zerrte an seinem Ärmel. »Was ist passiert?«

Barnaby hielt inne, schaute auf sie herab und fragte sich, ob ihr eigentlich bewusst war, wie entlarvend ihr Benehmen, ihre Frage und seine unausweichliche Antwort für Montford und die anderen Gäste sein mussten, die längst das Empfangszimmer verlassen hatten und sie aufmerksam beobachteten.

Nicht dass es eine Rolle spielte. Denn als er die Sorge entdeckte, die deutlich in den Tiefen ihrer dunklen Augen aufkeimte, blieben ihm die Worte im Halse stecken. Er schloss seine Hand über ihrer auf dem Ärmel. »Keine Ahnung. Stokes hat nur geschrieben, dass das Spiel losgeht. Mehr nicht.« Er deutete mit dem Kopf zur Tür. »Der Bote wird wissen, wo er sich aufhält. Ich werde hingehen und herausfinden, was passiert ist.« Zögernd sprach er weiter.

»Sollte es irgendetwas Sachdienliches sein, werde ich Sie morgen Vormittag informieren.«

Penelope war klar, dass ihm nichts anderes übrig blieb. Sie presste die Lippen aufeinander – um sich eine unkluge Bemerkung zu verkneifen, wie er vermutete – und nickte. »Danke.«

Sie zog ihre Hand unter seiner hervor und trat zurück.

Barnaby verabschiedete sich von ihr und den anderen Gästen mit einer Verbeugung, drehte sich um und verließ das Haus.

»Pass auf mit dem Ding!«, zischte Smythe. Er hatte sich Jemmie und Dick an die Fersen geheftet, als die beiden die schwere, reich verzierte Uhr über die Treppe am Dienstboteneingang des vierten und letzten Hauses auf Alerts Liste manövrierten.

Smythe war einen Kopf größer als die Burschen und ließ den Blick prüfend über die Straße schweifen. »Haltet ein!«, zischte er Sekunden später.

Die Jungen hielten taumelnd inne; er konnte hören, wie ihnen der Atem aus Panik immer schwerer ging. Er schenkte dem Keuchen keine Beachtung und überflog wieder die Straße. Gleichgültig, ob Bullen oder Spaziergänger, mit der schweren Uhr als Beutestück mochte er niemandem in die Arme laufen. Die dunkle Straße schien leer zu sein, die Laternen brannten mit schwacher Flamme, und der Nebel, der hilfreicherweise zurückgekehrt war, verschluckte das spärliche Licht.

Er strengte die Ohren an, hörte aber nichts. Noch nicht einmal entferntes Hufgeklapper, obwohl es sich um eine lange Straße handelte und die nächste Ecke weit weg lag. Smythe betrachtete die Jungen und hoffte, dass Alert auf ihn wartete. »Gut. Bewegt euch.«

Die Jungen stolperten die letzten Stufen hinauf und winkelten die Uhr an – den vergoldeten Kasten, das schicke Zeigerwerk, die reichen Verzierungen –, um sie durch das Gatter an den letzten Stufen der aus dem Untergeschoss nach oben führenden Dienstbotentreppe zu schleppen. Smythe hielt das schwingende Gatter auf, bis sie es passiert hatten, schloss sich ihnen wieder an und schob den Riegel vor.

Er nickte die Straße hinunter. »Da lang.« Seine Worte waren nicht mehr als ein dünnes Wispern. Aber die Jungen hatten es gehört und machten sich auf den Weg, hatten es eilig, die schwere Uhr abzustellen.

Wie bei den drei anderen Häusern, in die sie eingestiegen waren, wartete die unauffällige schwarze Kutsche um die Ecke.

Jemmie schaute auf, linste durch den düsteren Nebel. Wieder saß derselbe Mann auf dem Bock, der lächelnd hinunterschaute, wenn auch nicht zu ihnen, so doch auf die Uhr, mit der sie sich abmühten. Dann nickte er Smythe zu. »Gute Arbeit«, lobte er und reichte einen Beutel nach unten.

Ohne dass man es ihnen befehlen musste, schleppten die Jungen die Uhr zum hinteren Teil der Kutsche. Smythe folgte und öffnete den Gepäckraum, wo eine Decke lag, um die Uhr einzuwickeln. Jemmie und Dick balancierten die Uhr, während Smythe sie in die Decke einschlug und das Bündel im Gepäckraum verstaute, direkt neben der eingehüllten Vase, die sie aus dem ersten, und der fest eingewickelten Statue, die sie aus Haus Nummer drei gestohlen hatten; das Bild aus der Bibliothek des zweiten Hauses lehnte an der Wand des Stauraumes.

Als die beiden ihre Last losgeworden und für den Bruchteil einer Sekunde von jeglicher Anspannung befreit waren, warf Jemmie seinem neuen Freund einen Blick zu. Aber noch bevor er Dicks Blick auffangen und ihm das Signal zur Flucht geben konnte, schlug Smythe die Tür zum Stauraum zu und legte den beiden seine schweren Hände auf die Schultern.

Jemmie unterdrückte einen Fluch und ließ den Kopf hängen. Unter Smythes führender Hand trabte Jemmie neben Dick an die Seite der Kutsche und beschwichtigte sich – wie er es schon seit Tagen und Wochen tat –, dass ihre Zeit schon noch kommen würde.

Und wenn es so weit war, würden Dick und er rennen. Unglücklicherweise würde ihnen der Teufel persönlich auf den Fersen sein. Denn über Smythe machte er sich keinerlei Illusionen. Der Mann würde sie umbringen, falls es ihm gelingen sollte, sie zu schnappen. Wenn sie also mit heiler Haut davonkommen wollten, mussten sie zusehen, dass er sie nicht erwischte.

Vor der Kutsche hielt Smythe mit ihnen inne. »Nun, für heute sind wir fertig. Haben Sie die Liste für morgen dabei?«

Der Mann nickte. »Es ist notwendig, dass wir sie gemeinsam durchgehen.« Er deutete mit dem Kopf in Richtung Kutsche. »Klettern Sie rein. Ich möchte an einen Ort fahren, an dem wir reden können.«

Smythe trieb die Jungen nach hinten und öffnete den Kutschenschlag. »Los, rein.« Kaum waren die Burschen hineingeklettert, schloss er sich ihnen an. Jemmie quetschte sich in die entfernte Ecke der Sitzbank. Dick tat es ihm auf der gegenüberliegenden Bank nach. Smythe schloss die Tür und ließ sich neben Jemmie fallen. Er saß kaum, als das Gefährt anruckte und losrollte.

Der Kutscher fuhr so langsam, als ob seine Pferde nach Hause trotten würden. Nachdem sie die großen Anwesen hinter sich gelassen hatten, erschienen die großen Bäume, die den Wagen noch dunkler einhüllten.

Noch ein Stück des Wegs entlang, und die Kutsche verlangsamte das Tempo, bis sie schließlich stehen blieb. Smythe griff nach der Tür, hielt aber inne und musterte die Jungen im Dämmerlicht. Dann hörten sie das Geräusch des Fahrers, der vom Bock stieg.

»Rührt euch nicht von der Stelle«, brummte Smythe.

Er stieg aus und schloss die Tür hinter sich.

Jemmie und Dick wechselten Blicke, bevor sie gleichzeitig aufstanden und durch das Fenster nach draußen schauten. Der Anblick war nicht gerade ermutigend: Unter den Bäumen, unter denen die Kutsche stehen geblieben war, bot sich ihnen eine weite Sicht auf offenes Gelände. Den schlimmsten Nebel hatten sie hinter sich gelassen. Jetzt herrschte nur noch ein zarter Schleier, der die Ebene förmlich im Mondlicht baden ließ – und ihnen jede Möglichkeit nahm, sich zu verstecken.

Für zwei Waisenkinder, die im Elendsviertel geboren und aufgewachsen waren, konnten solche offenen Flächen keinerlei Trost bieten. Falls sie davonrannten, würde Smythe genau hören, wie sie den Wagen verließen. Er wäre in der Lage, sie zu sehen, und könnte sie zur Strecke bringen. Ganz sicher, dass er sie erwischen würde.

Enttäuscht ließ Jemmie den Blick über Dick schweifen, presste die Lippen zusammen und schüttelte den Kopf. Schluckte seine Angst hinunter und schaute auf der anderen Seite zum Fenster hinaus, durch das er Smythes Schultern und die des Gentlemans sehen konnte. Woher er wusste, dass es sich um einen Gentleman handelte? Nun, die Jungen hatten die Männer sprechen hören.

Das Paar bewegte sich einige Schritte von der Kutsche fort. Mit gesenkten Köpfen und dem Rücken zum Wagen hatten sie sich über etwas gebeugt, sicher die Liste, die sie hatten diskutieren wollen.

Wieder wechselte Jemmie einen Blick mit Dick, glitt lautlos vom Sitz, kroch so geduckt zur Türseite der Kutsche, dass er nicht gesehen werden konnte. Sekunden später schloss Dick sich ihm an.

Die Ohren hatten sie ans Türholz gepresst und hörten, wie der Gentleman erklärte, wo eine bestimmte Statue zu holen war. Soweit Jemmie und Dick den Worten folgen konnten, gab es noch mehr Häuser, in die sie in der folgenden Nacht einbrechen sollten. An einer Stelle stupste Dick seinen Freund mit weit aufgerissenen Augen an. »Noch mal vier?«, formte er lautlos mit dem Mund.

Jemmie nickte. Dann hörten sie Smythe fragen: »Was ist mit der Polizei?«

Der Gentleman gab eine Antwort. Seine Stimme klang leiser und weicher, sodass sie nicht alle Worte verstehen konnten. Aber sie hörten ihn sagen: »Falls einer unserer Diebstähle der heutigen Nacht gemeldet wird, könnte es sein, dass morgen mehr Schutzleute auf Streife sind. Wie auch immer, ich weiß, wo sie sich herumtreiben werden. Ganz sicher in der Nähe der Häuser, an denen wir interessiert sind. Machen Sie sich keine Sorgen. Sie werden freie Bahn haben. Und wie ich bereits erwähnte, diejenigen, die sich ständig in unsere Angelegenheiten einmischen, werden beschäftigt sein.«

Der Mann hörte sich an, was Smythe ihm brummend erwiderte.

»Wenn Sie alles so gut erledigen wie heute Nacht, wird nichts schiefgehen«, meinte er schließlich.

In den Ohren der Jungen klang es so, als wollte die kultivierte Stimme das Gespräch beenden. Rasch verständigten sie sich mit Blicken, hasteten überstürzt in ihre Ecken zurück und nahmen ihre vorherigen Stellungen ein, als Smythe auch schon die Tür aufriss.

Er überflog das Wageninnere mit dem Blick. »Los, raus hier«, schnauzte er sie an, »wir verschwinden.«

Die Jungen stolperten ins Freie. Kaum hatten sie mit den Füßen den Boden berührt, als Smythe die Führleine durch eine Schlaufe jenes Seils schlang, das die schlabbrigen Hosen zusammenhielt. Als die beiden gesichert waren, trieb er sie an, als hielte er Zügel in der Hand. »Los, bewegt euch!«

Sie machten sich auf den Weg. Weder Jemmie noch Dick waren so dumm, den Kopf zu drehen und auf die Kutsche zurückzublicken. Stattdessen trotteten sie weiter, über das offene Gelände, hinaus in die kalte Nacht.

»Ich kann es kaum glauben!« Stokes marschierte in seinem Büro in Scotland Yard auf und ab.

Barnaby lehnte sich seitlich an den Schreibtisch seines Freundes und beobachtete ihn. Sergeant Miller lungerte in der offenen Tür herum.

»Es gibt keine Möglichkeit zu bestimmen, bei wem noch eingebrochen worden ist!« Verzweifelt rang Stokes die Hände. »Verdammt noch mal ... es wird schon schwer genug zu beweisen sein, dass diese Einbrüche überhaupt stattgefunden haben!« Nervös zeigte er auf die Tür. »Selbst wenn die Streife sich sicher ist, dass es passiert ist.«

Barnaby zog die Brauen hoch und schaute in Richtung Miller.

»Der alte Butler ist sich wirklich sicher, dass die Vase dort gestanden hat?«

Miller nickte.

»Aber«, warf Stokes ärgerlich ein, »der Mann ist sich nicht sicher, ob sein Herr sie nicht vielleicht verkauft hat. Der alte Butler, der sich seit jeher um das Anwesen kümmert, weiß genau, dass es sich um ein sagenhaft kostbares Stück handelte, das oft bewundert worden ist. Es mag also sein, dass sein Herr die Vase verkauft hat, am Tag, bevor er die Stadt verlassen hat. Mag sein, dass der Gentleman nur vergessen hat, es zu erwähnen. Das heißt, wir müssen uns erst mit dem Marquis in Verbindung setzen, bevor wir wegen eines Diebstahls Zeter und Mordio schreien. Und der Marquis befindet sich derzeit in Schottland auf der Jagd.«

Stokes hielt inne, holte tief Luft und hatte sichtlich Mühe, sein Temperament zu zügeln.

Ungerührt sprach Barnaby aus, was auf der Hand lag, um Stokes weitere Aufregung zu ersparen. »Es wird Tage, wenn nicht eine ganze Woche dauern, bevor wir Klarheit haben.«

Stokes nickte knapp, die Gesichtszüge wie versteinert. »Und was dann? Wir hätten nicht die geringste Chance, das Stück zurückzubekommen. Ganz gleich, wie hoch sein Wiedererkennungswert ist.« Er umrundete den Schreibtisch, ließ sich auf den Stuhl fallen und den starren Blick durch den Raum schweifen. »Um die Wahrheit zu sagen, wenn es sich beim Hauswart nicht um den ehemaligen Butler gehandelt hätte, hätte niemand bemerkt, dass überhaupt etwas verschwunden ist. Wir hätten frühestens dann davon erfahren, wenn der Hausherr im Februar oder März nach Hause zurückgekehrt wäre.«

Barnaby gab seine Stellung am Schreibtisch auf und ging

zum Stuhl. »Ist dem Hauswart irgendetwas aufgefallen, was uns nützen könnte?«, fragte er Miller.

Der Sergeant schüttelte den Kopf. »Er wohnt im Untergeschoss und nicht in einer Mansarde. Andernfalls hätte er überhaupt nichts bemerkt. Der Mann ist recht betagt und hat einen schlechten Schlaf. Daher hat er im Geschoss über sich schwaches Fußgetrappel gehört, ist also nach oben gegangen, um nachzusehen, hat aber nichts vermisst. Aber er dachte sich, warum nicht gleich noch die Fenster überprüfen?

Eins war unverschlossen, obwohl er sich sicher war, dass er es verschlossen hatte. Der Mann hat sich keine Sorgen gemacht, weil das Fenster vergittert war, weshalb er es zum zweiten Mal verschlossen hat und wieder zu Bett gegangen ist.«

Miller atmete durch. »Auf dem Weg nach unten kam er am Büro seines Herrn vorbei. Die Tür lässt er offen, wenn er sich allein im Haus aufhält, damit er leicht in die Zimmer lugen kann. Und als er heute Nacht hineingeschaut hat, hat er gemerkt, dass etwas nicht stimmt. Die Decke aus grobem Leinen lag flach auf dem Tisch, obwohl sie über die chinesische Vase hätte gestülpt sein müssen. Über die Vase, die seiner Meinung nach hätte dort sein müssen, aber nicht mehr dort ist.«

Stokes stöhnte. Starrte auf den Schreibtisch. »Hat der Kommissar den Marquis schon benachrichtigt?«, fragte er einen Moment später mit gesenkter Stimme.

Barnaby schaute sich um und bemerkte, dass Miller den Blick über den Korridor schweifen ließ.

»Sieht so aus, als würde er den Bericht noch schreiben«, erwiderte Miller ebenfalls leise.

Stokes seufzte und winkte den Sergeanten in seine Blickrichtung.

»Gehen Sie und sorgen Sie dafür, dass er den Eilboten schickt. Wenigstens den Bericht muss er bekommen.«

Nachdem Miller fort war, meinte Barnaby: »Es hört sich an, als wollten deine Vorgesetzten noch immer nicht zugeben, dass wir es mit einer überaus aufregenden Einbruchsserie zu tun haben, jetzt, in diesen Nächten, direkt vor ihrer Nase.«

Stokes nickte. »Stimmt. Sie wollen es einfach nicht glauben. Schon beim bloßen Gedanken reagieren sie panisch, und sie haben keine Ahnung, was sie tun sollen. Um die Wahrheit zu sagen, es gibt auch nur wenig, was getan werden könnte, abgesehen davon, dass wir Mayfair mit Wachmännern überfluten. Aber das ist nicht nur unpraktisch, sondern würde auch wieder nur einen Aufruhr verursachen.«

Stokes seufzte tief, lehnte sich zurück und fing Barnabys Blick auf. »Wenn ich offen sprechen darf ... wir, das heißt die Polizeikräfte, durchleben gerade einen politischen Albtraum.«

Weitere Erläuterungen waren überflüssig, denn es gab wohl kaum jemanden außer Stokes, der die Auswirkungen besser beurteilen konnte als Barnaby. Die Polizei würde dastehen wie ein Haufen Trottel, unfähig, das Eigentum der wohlhabenden Londoner vor der Plünderung durch einen einzigen schlauen Dieb zu schützen. In der gegenwärtigen politischen Atmosphäre bedeutete das einen Rückschlag, auf den die immer noch junge und sich erst entfaltende Truppe gut verzichten konnte. Barnaby hielt Stokes' Blick fest. »Es muss einfach etwas geben, was wir unternehmen können.«

Eingehüllt in ihren Umhang stieg Penelope die Stufen zur Tür von Barnabys Anwesen hinauf. Die Kutsche ihres Bruders bummelte am Bordstein entlang, obwohl sie den Fahrer, einen langjährigen Verbündeten, angewiesen hatte, in die Stallungen hinter der Mount Street zu fahren; er wollte ihre Anweisungen befolgen, sobald sie sicher im Haus verschwunden war. Penelope hatte die Tür fest im Blick, als sie die Schultern zurücknahm und beherzt klopfte.

Mostyn öffnete. Riss die Augen auf.

»Guten Abend, Mostyn. Ist Ihr Herr schon zurückgekehrt?«

»Ah … nein, Ma'am.« Mostyn gab den Weg frei, sodass sie eintreten konnte.

»Schließen Sie die Tür. Es ist kalt draußen.« Penelope zupfte sich die Handschuhe von den Fingern und schlug die Kapuze zurück, während er gehorchte. »Ihr Herr und ich sind bei Lord Montford gewesen, als er …«, sie unterbrach sich kurz, »… als Adair in einer dringlichen Angelegenheit bezüglich unserer gegenwärtigen Ermittlungen fortgerufen wurde.« Sie drehte sich um und eilte in Richtung Wohnzimmer. »Bis zu seiner Rückkehr werde ich hier auf ihn warten.«

Es war eine Bemerkung, der Mostyn nicht zu widersprechen wagte. Hastig öffnete er die Tür zum Wohnzimmer, und sie trat ein. »Tee, Ma'am?«, fragte er.

Das Feuer brannte hell im Kamin. Penelope stellte sich direkt davor, um ihre Hände zu wärmen. »Nein, danke, Mostyn.« Sie schaute sich um, ging dann zu dem Sessel, in dem sie Wochen zuvor gesessen hatte, damals, als sie Barnaby um Hilfe gebeten hatte.

»Ich werde mich einfach nur an den Kamin setzen und warten.«

Penelope warf Mostyn einen Blick zu, während sie sich in den Sessel sinken ließ. »Sie dürfen sich zurückziehen. Es könnte recht spät werden.«

Mostyn zögerte, verbeugte sich dann. »Sehr wohl, Ma'am.« Geräuschlos zog er sich zurück und ließ die Tür angelehnt, sodass sie in die Halle sehen konnte.

Sie lauschte auf Mostyns verklingende Schritte, schmiegte sich tiefer in den Sessel und schloss seufzend die Augen. Natürlich war sie nicht zufrieden; aber immerhin hielt sie sich dort auf, wo sie sich aufhalten musste. Und sie hatte nicht die geringste Ahnung, wie lange es noch dauern würde, bis Barnaby nach Hause kam.

Aber sie hatte Mostyn die ungeschminkte Wahrheit gesagt, nämlich dass sie einfach auf ihn warten musste. Sie musste sich bei ihm aufhalten, um so schnell wie möglich zu erfahren, dass ihm nichts zugestoßen war – um keinen Preis durfte sie einschlafen, bevor sie nicht wusste, dass er heil und gesund war.

Das Bedürfnis hatte sie in der Sekunde durchflutet, als er bei Lord Montford aus ihrem Blickfeld verschwunden war. In diesem Moment war ihr schlagartig bewusst geworden, dass sie keinerlei Klarheit darüber hatte, welcher Lage er sich gegenübersehen würde. *Das Spiel geht los.* Wer konnte schon wissen, was Stokes damit gemeint hatte? In jener Sekunde hätte es bedeuten können, dass er den Teufel Alert durch die dunklen Gassen der Slums jagen musste, vielleicht sogar bis zum Hafen, inmitten wer weiß welcher Gefahren!

Es mochte aber auch sein, dass er in Stokes' Büro saß. Wer konnte das schon wissen?

Angesichts ihres zwingenden Bedürfnisses, ihn in Sicherheit zu wissen, war es geradezu lachhaft, jetzt einzuschlafen. Zusammen mit ihrer Mutter war sie nach Hause gefahren, hatte ihrem Kutscher einen Wink gegeben, dann gewartet, bis es im Haus ruhig geworden war, um sich durch die hintere Tür hinauszustehlen und zu den Ställen zu gehen.

Wie aus weiter Ferne drang ihr der Gedanke in den Kopf, dass sie sich wahrscheinlich umsonst sorgte.

Aber das änderte nichts. Denn die Sorge blieb. Kraftvoll, beherrschend und mächtig genug, um ihr den Gedanken aufzuzwingen, dass genau dies der Platz war, wo sie jetzt hingehörte – hier, um darauf zu warten, dass er nach Hause kam, sodass sie sich mit eigenen Augen überzeugen konnte, dass ihm nichts zugestoßen war.

Penelope zerbrach sich nicht den Kopf darüber, warum sie so empfand. Die Gründe kümmerten sie nicht. Denn es war einfach so, wie es war. Unleugbar, auf der Hand liegend, wie Lord Montford unmissverständlich klargemacht hatte.

Schon bald würde sie sich darüber Gedanken machen müssen. Aber heute Nacht ... heute Nacht reichte es ihr, wenn Barnaby mit heiler Haut nach Hause kam. *Der Rest kann warten. Bis auf Weiteres.*

Es war mitten in der Nacht, als Barnaby sich selbst einließ. Stokes und er hatten im Büro am Scotland Yard gewartet, ob vielleicht noch mehr Einbrüche gemeldet wurden, aber es war nichts passiert. Schließlich hatten sie eingesehen, dass bis zum Morgengrauen nichts mehr geschehen würde, und sich auf den Weg nach Hause gemacht.

Barnaby schob den Riegel vor und eilte zur Treppe. Die Wohnzimmertür stand halb offen; er linste hinein – und erstarrte.

In der roten Glut des ersterbenden Feuers war sie nicht mehr als ein unförmiges Bündel im Sessel, das Gesicht verborgen und an die Seite geschmiegt. Aber er wusste auf Anhieb, dass nur sie es sein konnte. Irgendwie steckte es ihm in den Knochen, sie zu erkennen, ganz gleich, wo sie sich aufhielt und welche Einzelheiten an ihr er erkennen konnte.

Lautlos trat er ein und schlich zum Sessel.

In diesem Moment fehlten ihm die Worte für das, was er empfand, für die aufwallenden Gefühle, die durch sein Inneres fluteten. Reglos stand er dort, machte keinerlei Geräusch, ließ die Sekunden verrinnen, sog die Gefühle und Empfindungen in sich ein, ließ sie in sein Herz strömen und genoss sie in vollen Zügen.

Noch nie zuvor hatte jemand auf seine Heimkehr gewartet. Noch nie war jemand zu Hause gewesen, wenn er nach Hause kam, oftmals müde und niedergeschlagen, enttäuscht, manchmal desillusioniert. Unter allen Menschen auf der ganzen Welt gab es nur einen, von dem er wollte, dass er auf seine Heimkehr wartete: Penelope. Denn sie war diejenige, in deren Armen er sich behaglich fühlte.

Sein erster Impuls war es gewesen, sie in die Arme zu nehmen und nach oben in sein Bett zu tragen. Aber dann dachte er darüber nach, warum sie zu ihm gekommen war.

Nach ein paar Minuten ging er in die Hocke, fand ihre Hände irgendwo in den Falten ihres Umhangs und ergriff sie sanft. »Penelope? Wach auf, Liebste.«

Beim Klang seiner Stimme rührte sie sich, blinzelte, riss die Augen auf und starrte ihn an, bevor sie sich in seine Arme warf. »Dir geht es gut!« Heftig umarmte sie ihn.

Lachend fing er sie auf, setzte sich auf seine Fersen zurück und erhob sich mit ihr, anstatt sich rückwärts auf dem Teppich auszustrecken.

Kaum hatte Penelope mit den Füßen den Boden berührt, als sie zurücktrat und den Blick über ihn schweifen ließ. Barnaby brauchte einen Moment, bis er begriff, dass sie nach Verletzungen suchte.

Lächelnd zog er sie wieder in die Arme. »Ich bin nicht verletzt. Es gab keinen Zugriff. Ich war die ganze Nacht in Scotland Yard.«

Sie starrte ihn an. »Was war los?«

Er ließ den Blick über sie schweifen, bückte sich, nahm sie in seine Arme und setzte sich mit ihr auf dem Schoß wieder in den Sessel.

Penelope machte es sich bequem und schmiegte sich so in seine Arme, dass sie ihn anschauen konnte. »Nun?«

Barnaby erzählte ihr alles, berichtete sogar, wie enttäuscht Stokes gewesen war. Noch über die kleinste Einzelheit des Einbruchs ließ sie sich aufklären und stellte dann Vermutungen an, was wohl geschehen sein mochte; wie einer der Jungen sich durch das Fenstergitter geschlängelt und die Vase an sich genommen hatte.

»Es muss eine kleine Vase gewesen sein«, mutmaßte sie stirnrunzelnd.

»Stimmt. Stokes und ich haben den Hauswart verhört, bevor er wieder gegangen ist. Dem Vernehmen nach war es nur eine chinesische Vase, aber eine sehr alte, die aus Elfenbein geschnitzt worden ist. Nur der Himmel weiß, was sie heute wert ist.«

Penelope schwieg einen Moment. »Er hat es auf Sammlerstücke abgesehen, nicht wahr?«

Barnaby nickte. »Was auch zu unserer Vermutung passt, dass er Auftragsdiebstähle begeht. Er stiehlt ausgewählte

Dinge, von denen er weiß, dass gewisse Individuen sie haben wollen und auch dafür zahlen, ohne lästige Fragen nach der Herkunft zu stellen.«

»Traurig genug, aber wenn es um diese gierige Sammlerleidenschaft geht, dann gibt es so manchen, der skrupellos genug ist, um ins Bild zu passen.«

Er antwortete nicht. Denn sie hatten sich sämtliche Fakten durch den Kopf gehen lassen, soweit sie bekannt waren; ganz gleich, wie sehr es auch drängte, die beiden vermissten Jungen zu finden, es gab nichts, was sie in dieser Nacht noch hätten in die Wege leiten können.

Nichts, was noch zu ermitteln gewesen wäre.

Barnaby blieb nicht verborgen, dass sie sich immer noch den Kopf zerbrach. Wie abwesend rieb sie ihre Wange an seiner Brust. Die schlichte unwillkürliche Zärtlichkeit ließ … nein, kein Verlangen in ihm aufkeimen, sondern ein Bedürfnis, das viel tiefer lag.

In seinen Armen kam sie zur Ruhe, fühlte sich wohl.

Die Gelegenheit bot sich ihm, falls er zupacken wollte. Und doch … er empfand die gefühlvollen Sekunden als etwas ganz Besonderes, als so neu und auf friedvolle Weise herrlich, dass er es nicht übers Herz brachte, dem ein Ende zu setzen.

Nach Lord Montfords Bemerkung, nachdem sie zu ihm gekommen war und angesichts seiner Reaktion nach der Entdeckung, dass sie auf ihn wartete, konnte es keinen Zweifel mehr daran geben, was zwischen ihnen war. Barnaby wollte, dass sie mit ihm sprach, dass sie vorschlug, sie sollten heiraten, um ihn aus der Not zu erlösen, selbst das Wort an sie richten zu müssen.

Mochte Barnaby den inneren Drang, sie als seine Frau bei sich zu haben, insgeheim immer noch als Verwundbarkeit begreifen, so kam es doch keinesfalls mehr infrage, seine Bedürfnisse zu verstecken. Oder genauer ausgedrückt, das Verstecken war nicht länger der Grund dafür, sich das zu nehmen, wonach es ihn verlangte und was er schlicht haben musste.

Wenn Penelope nicht bald das Wort ergriff, würde er es tun. Aber diese Nacht war nicht der passende Zeitpunkt.

Denn sie waren beide müde, und der nächste Tag schien all ihre Kräfte zu fordern. In dieser Nacht brauchten sie Ruhe. Brauchten das, was sie in den Armen des anderen finden würden. Behaglichkeit und einen Schlaf des Vergessens, der ihnen neue Kräfte schenken würde.

Barnaby erhob sich vorsichtig, hielt sie sicher in den Armen und machte sich auf den Weg zur Tür. »Wartet dein armer Kutscher irgendwo draußen vor der Tür?«

Penelope lehnte den Kopf an seine Schulter, hatte die Arme locker um seinen Nacken geschlungen. »Nein. Ich habe ihn nach Hause geschickt. Wir müssen eine Droschke rufen. Später.« Als er sich zur Treppe wandte, lächelte sie und murmelte: »Viel später. Im Morgengrauen.«

22

Am nächsten Morgen versuchte Penelope angestrengt, sich auf die Verwaltungsarbeit im Findelhaus zu konzentrieren. Nichts auf ihrer Tagesordnung war ungewöhnlich; aber die Frage, welcher Lieferant die nächste Bestellung Handtücher erhalten sollte, war schlicht nicht anspruchsvoll genug, um ihren Geist aus der Zwickmühle der ständig kreisenden Gedanken zu befreien.

Als sie Dicks Verschwinden bemerkt hatte, hatte sie sich in mancher Hinsicht persönlich verantwortlich gefühlt. Rein logisch gesehen konnte man ihr keinerlei Schuld zuweisen. Und doch hatte sie das Gefühl beschlichen, dass sie es irgendwie hätte verhindern müssen.

Der Verlust Jemmies hatte das Gefühl nur noch verstärkt. Indem sie seine Mutter ermordet und den Jungen entführt hatten, hatten Smythe und Grimsby – und darüber hinaus auch Alert – unmittelbar auf sie gezielt. Das war der Augenblick gewesen, an dem sie die Ermittlungen unausgesprochen zu einer sehr persönlichen Angelegenheit gemacht hatte.

Und jetzt, nachdem ihnen so viele Wege aus dem einen oder anderen Grund versperrt waren, befiel sie eine Mischung aus tiefer Erschöpfung und Furcht, die ihren Geist zu verzehren drohte.

Sie *mussten* einen Weg finden, Jemmie und Dick zu retten. Um jeden Preis.

Aber sosehr sie sich auch den Kopf zerbrach, es wollte ihr einfach nicht einfallen, welche Schritte in die richtige Richtung weisen würden.

»Irgendwas Neues über die beiden Burschen, Ma'am?« Penelope schaute auf und entdeckte Mrs. Keggs, die kurz lächelte. »Leider nein.«

Die Respekt einflößende Hausdame seufzte und schüttelte ihr graues Haupt. »Es ist ein Kümmernis. Zwei unschuldige Kinder in der Hand eines Mörders.«

»In der Tat.« Um die Angestellten nicht zu demoralisieren, rang Penelope sich zu einer zuversichtlichen Miene durch. »Wir, das heißt Mr. Adair, Inspektor Stokes und andere, tun unser Bestes, um Dicks und Jemmies Aufenthaltsort zu ermitteln.«

»Aye, und es ist eine große Erleichterung, dass die beiden nicht in Vergessenheit geraten sind.« Mrs. Keggs klatschte in die Hände.

»Wir alle beten, dass es Ihnen gelingt. Und zwar bald.« Mrs. Keggs nickte und verschwand.

Alle Zuversicht hatte sich verflüchtigt, als Penelope mit einer Grimasse auf die offene Tür blickte. »Ich auch, Mrs. Keggs. Ich auch.« Beten. Das war offenbar alles, was ihr zu tun blieb.

»Mir will einfach nichts einfallen.« Stokes marschierte in seinem Büro auf und ab, warf Barnaby einen scharfen Blick zu und lehnte sich einmal mehr an die Kante seines Schreibtisches. »Dir etwa?« Barnaby schüttelte den Kopf. »Wir sind den Fall schon tausendmal durchgegangen. Smythe hat die Jungen in seiner Gewalt, und wir haben nicht die geringste Chance, sie kurzfristig zu finden. Es sei denn, der Allmächtige höchstpersönlich hat seine Finger im Spiel.«

»Aber es muss kurzfristig sein. Uns bleibt nur noch wenig Zeit.«

»In der Tat. Alert … inzwischen haben wir ein besseres Gefühl für das Spiel, das er spielt, ich bin mir sicher, dass es uns gelingen wird, ihn zu identifizieren. Rechtzeitig.« Seine Stimme klang härter. »Das heißt, so schnell wie möglich. Montague hat mich heute Morgen benachrichtigt, dass er genügend über unsere elf verdächtigen Gentlemen in Erfahrung gebracht hat, um behaupten zu können, dass sie alle in gewisser Hinsicht verschuldet sind. Nicht besonders überraschend, bedenkt man ihr Alter und die Tatsache, dass sie sämtlichst Junggesellen sind.«

Barnaby atmete tief durch. »Wie auch immer, es hängt von den Umständen ab, wie bedeutend die Schulden sind. Montague blieb nicht genügend Zeit, um in diese Richtung zu forschen. Er meint, dazu bräuchte er mindestens ein paar Tage.«

Stokes verzog das Gesicht. »Keiner meiner Kontakte konnte auch nur mit dem geringsten Hinweis aufwarten, dass einer der elf in dunkle Machenschaften verstrickt ist.«

»Ich kann mir nicht vorstellen«, erwiderte Barnaby, »dass Alert sich plötzlich mit läppischen kleinen Vergehen begnügt. Oder dass er sich in seiner Vergangenheit mit Verbrechern eingelassen hat. Er ist klug und umsichtig, selbst wenn er mehr und mehr anmaßend wird.«

Brummend marschierte Stokes auf und ab. »Er hat allen Grund, anmaßend zu sein. Bis jetzt hat er uns jedes Mal übers Ohr gehauen.«

Barnaby erwiderte nichts. Zum ersten Mal in seiner kriminalistischen Laufbahn war er wirklich mit seiner Weisheit am Ende, zumindest was die Ermittlung des Aufenthaltsortes der Jungen betraf. Alert würde er verfolgen und unter Umständen auch zur Strecke bringen, aber die Jungen retten …

Dabei hatte er Jemmies Mutter und dem Jungen selbst ein Versprechen gegeben. Es lastete bleiern auf seiner Seele und auf seiner Ehre, dass er den Jungen verloren hatte. Dass er entführt worden war, bevor er sein Versprechen hatte erfüllen können …

Und als ob das noch nicht reichte, machte es Penelope schwer zu schaffen, dass sie Jemmie und Dick verloren hatte. Mehr als er es sich je hätte träumen lassen.

Offenbar konnte sie mit Misserfolg nicht gut umgehen. Genau wie er.

Und diesmal grinste der Misserfolg ihnen mitten ins Gesicht. Stokes marschierte immer noch auf und ab. Es zerrte an seinen Nerven, dass er zur Untätigkeit gezwungen war – und doch zugleich wusste, dass die Burschen irgendwo da draußen stecken mussten. Die Zeit wurde langsam knapp. Jetzt hatten die Burschen an Smythes Seite bereits ein paar Häuser ausgeräumt. Es konnte sein, dass der Mann sie als Bedrohung empfand, weil er wusste, dass nach ihm gefahndet wurde.

Das hieß, dass Alert seinen Plan durchgeführt und den Coup gelandet hatte, selbst wenn sie nur von einem Einbruch erfahren hatten …

Plötzlich richtete Barnaby seine Aufmerksamkeit wieder auf Stokes. »Kann es sein, dass Smythe sämtliche acht Einbrüche in einer Nacht begangen hat?«

Stokes hielt inne. »Mit zwei Jungen? Nein.«

»Nein? Wirklich ausgeschlossen?«

Stokes begriff. Seine Miene hellte sich auf. »Nein, verdammt … schon rein körperlich ist es ausgeschlossen. Das bedeutet, wenn Alert wie ursprünglich geplant an seinen acht Einbrüchen festhält …«

»… warum sollte er seinen Plan aufgeben, wenn doch alles wunderbar zu laufen scheint?«

Stokes nickte. »Dann hat er … noch mindestens drei Einbrüche zu verüben.«

»Mehr als fünf in einer Nacht sind nicht möglich?«

»Wahrscheinlich eher vier. Besonders dann, wenn er jedes Mal die Jungen einsetzt, was Grimsby zufolge der Fall ist.«

»Mit anderen Worten, Alerts Serie ist noch nicht abgerissen. Er ist noch nicht am Ende … und das heißt, dass uns noch mindestens eine Nacht bleibt und vier weitere Einbrüche, bei denen sie geschnappt werden können.«

Stokes verzog das Gesicht. »Ich würde besser nicht damit rechnen, das Smythe einen Fehler macht.«

»Es muss nicht unbedingt er sein.«

»Die Burschen?« Stokes zog die Brauen hoch.

»Es gibt immer eine Möglichkeit. Und wo es eine Möglichkeit gibt, gibt es auch Hoffnung.« Barnaby dachte kurz nach, erhob sich dann und schnappte seinen Mantel vom Stuhl. »Ich werde einen Mann besuchen, der vielleicht doch noch weiterweiß.«

»Das ist alles, was er Ihnen verraten hat? Und Sie lassen ihn gehen?« Penelope machte aus ihrer Missbilligung keinen Hehl.

Schulterzuckend nahm Stokes sich den nächsten Pfannkuchen. »Er wird mir Bescheid sagen, sobald seine Beute sich irgendwie rührt. Aber in der Zwischenzeit erwarten wir weitere Einbrüche, sodass ich mir ohnehin den ganzen Tag den Kopf darüber zerbreche, was wohl geschieht.«

Penelope stieß ein verlegenes »Hm« aus. Stokes und sie hatten sich wieder einmal in Griseldas Wohnzimmer versammelt. Heute hatte Griselda kleine Pfannkuchen gebacken; seit ihren Kindertagen hatte Penelope keine Pfannkuchen mehr gegessen. Es war beruhigend, sich mit einer Tasse Tee in der Hand auf Griseldas Sofa zu kuscheln, an dem Gebäck zu knabbern und am Tee zu nippen.

Und mit ihrer Mutlosigkeit nicht allein zu sein.

»Joe und Ned Wills haben heute Vormittag vorbeigeschaut«, berichtete Griselda. »Es gibt keine Neuigkeiten, aber sie meinten, dass das gesamte East End Augen und Ohren aufgesperrt hätte. Sobald Smythe die Jungen freigelassen hat, dauert es nur wenige Stunden, bis sie bei uns sind.«

Stokes seufzte. »Das wird er nicht tun.«

»Er wird sie nicht freilassen?«, fragte Penelope entsetzt.

Grimmig schüttelte Stokes den Kopf. »Er weiß, dass wir ihm auf den Fersen sind. Entweder wird er sie bei sich behalten und sie für weitere Einbrüche benutzen oder sich ihrer auf eine Weise entledigen, dass sie keinerlei Bedrohung für ihn darstellen. Vielleicht wird er die Burschen auch nach Deptford oder Rotherhithe verschleppen und sie dort noch weiter ausbilden. Zu Schiffsjungen oder Kohlenschleppern. Smythe wird sich für die Übergabe bezahlen lassen, und er wird dafür sorgen, dass die Jungen niemandem irgendwelche Geschichten erzählen, wer auch immer ihnen neugierige Fragen stellt.«

Griselda ging nach unten, als es an der Tür klopfte, und kehrte mit Barnaby zurück.

Er ist angespannter, als ich erwartet habe, dachte Penelope. Barnaby bediente sich selbst mit drei kleinen Pfannkuchen, nachdem Griselda ihm einen Becher Tee gereicht hatte.

»Wir besprechen gerade«, erklärte sie, als er an seinem Becher nippte, »was Smythe wohl mit den Jungen anstellen wird. Stokes meinte, dass er sie vielleicht in eine Lehre gibt.«

Wieder schaute sie Stokes an. »Könnte es sein, dass er sie umbringt?« Das war der Albtraum, der sie fest in den Klauen hielt.

Stokes wich ihrem Blick nicht aus. »Ich kann nicht behaupten, dass es ausgeschlossen ist. Wenn er den Eindruck hat, dass sie eine ernste Gefahr für ihn darstellen, könnte es sein.« Er drehte sich zu Barnaby. »Wo bist du gewesen?«

Barnaby stellte den Becher ab. »Ich habe mich mit Winslow unterhalten, einem der Lordrichter. Falls bewiesen werden kann, dass die minderjährigen Jungen unter der Knute eines Erwachsenen gegen ihren Willen gezwungen worden sind, die Einbrüche zu begehen – was wir durch Miss Ashfords und meine Zeugenaussage belegen können –, dann werden ihnen die Straftaten nicht zur Last gelegt. Im Gegenteil, sie können als Zeugen gegen ihren Anstifter aussagen.«

Stokes blickte noch grimmiger drein. »Das heißt, wenn wir sie finden, stellen sie in der Tat eine Gefahr für Smythe dar.«

Barnaby nickte und fing Penelopes Blick auf. »Man wird sie für unschuldig halten. *Falls* wir sie finden. Aber es müsste bald geschehen, und wir müssten sie aus Smythes Gewalt befreien. Es mag sein, dass er keine Ahnung hat, was ›unter Zwang‹ zu bedeuten hat oder dass die Jungen gegen ihn aussagen können, ohne sich selbst zu belasten. Aber die Burschen haben einfach zu viel gesehen.

Und mit Smythe ist es wie mit Grimsby, er weiß sehr genau, wie man einen Handel mit der Polizei einfädelt, und wird annehmen, dass man den Jungen das Angebot macht, alles auszuplaudern, was sie wissen, um mit einer leichteren Strafe davonzukommen.«

Ernüchtert hielt er ihren Blick fest. »Das heißt, wie auch immer Smythe darüber denkt, sobald Alerts Einbrüche erledigt sind, stellen die Jungen eine echte Bedrohung für ihn dar.«

Die Bilanz und das, was sie unausgesprochen zu bedeuten hatte, senkte sich wie ein bedrückender Nebel auf sie.

Noch einmal besprachen sie jede Einzelheit, die sie bisher erfahren hatten. Aber die Tatsache, dass sie über die kommenden Einbrüche Bescheid wussten, half ihnen leider nicht dabei, die Straftaten zu verhindern oder Smythes Aufenthaltsort ausfindig zu machen.

»Alert hat die Sache ziemlich wasserdicht gemacht.« Stokes stellte den Becher ab. »Er hat genau vorausgesehen, was die Polizei unternehmen wird, und uns vom ersten Schritt an in seine Planungen einbezogen.«

Die vier unterhielten sich so lange, bis das Gespräch schließlich ins Stocken geriet. Bei einem Blick aus dem Fenster stellte Penelope fest, dass der trübe Tag in einen noch trüberen Abend übergegangen war. Seufzend stellte sie ihren Becher ab und erhob sich.

»Ich muss gehen. Heute Abend findet ein wichtiges Dinner mit möglichen Wohltätern statt.«

Aufmerksam musterte Barnaby ihr Gesicht, stellte seinen Becher ebenfalls ab und erhob sich. »Ich begleite Sie nach Hause.«

Wieder mussten sie an der Kirche mit dem Friedhof vorbeispazieren, um auf die Hauptstraße zu gelangen und eine Droschke zu finden. Als sie im Wagen Richtung Mount Street ratterten, warf Barnaby ihr einen Seitenblick zu, schloss die Hand um ihre, hob sie an die Lippen und küsste zart ihre Finger.

Penelope schaute ihn fragend an.

Barnaby lächelte. »Wo findet das Dinner statt?«

»Bei Lord Abingdon, am Park Place.« Seufzend schaute sie wieder nach vorn. »All das hat Portia eingefädelt … und dann flüchtet sie sich mit Simon aufs Land und überlässt es mir, mich bei diesem Dinner blicken zu lassen!«

Sie schwieg kurz, bevor sie fortfuhr. »Noch nie habe ich sie so sehr vermisst wie jetzt. Ich verabscheue es, mich in gesellige Zusammenkünfte zu mischen und höflich zu plaudern, wenn es so viele wichtige Dinge zu erledigen gibt.«

Barnaby streichelte zärtlich ihre Finger. »In Wahrheit gibt es nichts, was wir heute Abend tun könnten. Wir haben nicht die geringste Ahnung, wann Alert das nächste Mal einbrechen lässt, ob die Serie sich vielleicht sogar über mehr als nur noch eine einzige Nacht erstrecken wird. Wir wissen noch nicht einmal, wie viel mehr als diese acht Einbrüche Smythe unter Umständen auf seiner Liste hat. Falls Alert wirklich so gute Verbindungen zur Polizei unterhält, wird ihm klar sein, dass die Truppe nichts unternehmen wird, bis der Marquis sich wegen der Vase bei ihnen zurückgemeldet hat. Und selbst dann, was soll die Polizei tun? Aus Sicht der Regierung und aus Peels Sicht ist die Lage teuflisch kompliziert.«

Penelope lehnte den Kopf zurück an das Polster. »Ich weiß. Und Lord Abingdon ist ein freundlicher Mensch, der uns schon in mancher Hinsicht eine Hilfe gewesen ist. Ich kann ihm die Einladung wirklich nicht vorwerfen.« Einen Moment später fügte sie hinzu:

»Leider kann Mama nicht dabei sein. Heute früh hat sie erfahren, dass eine alte Freundin krank ist. Deshalb ist sie gleich zu einem Besuch nach Essex aufgebrochen, bevor wir uns auf die Jagd zurückziehen.«

Das hieß, in mehr als nur einer Hinsicht wurde die Zeit langsam knapp. »Ich kenne Abingdon sehr gut. Vor einigen Jahren habe ich ihm in einer kleinen Schwierigkeit weitergeholfen.« Barnaby fing ihren Blick auf. »Wenn du möchtest, werde ich dich begleiten.«

Lange erwiderte sie seinen Blick, musterte seine Augen, sein Gesicht, bevor sie die Lippen zu einem Lächeln verzog. »Ja, ich möchte gern.«

Barnaby lächelte ebenfalls, küsste wieder ihre Finger. »Ich hole dich um sieben ab. Einverstanden?«

Penelope strahlte über das ganze Gesicht. »Einverstanden. Um sieben«, nickte sie.

Als Barnaby und Penelope um elf Uhr an jenem Abend die Treppe vor dem Anwesen Seiner Lordschaft hinunterschritten – nach einem angenehmen Dinner mit Abingdon und zweien seiner Freunde, die sich ebenfalls für Wohltätigkeiten interessierten –, entdeckten sie, dass der Nebel sich zugunsten einer kalten und klaren Nachtluft verflüchtigt hatte.

»Wenn ich mich gehörig anstrenge, kann ich sogar die Sterne erkennen.« Penelope schob die Hand in Barnabys Ellbogen. »Warum verzichten wir nicht auf die Droschke und gehen zu Fuß?«

Barnaby schaute auf sie herab, als sie sich auf den Weg machten. »Wir müssen halb Mayfair durchqueren, um in die Mount Street zu gelangen. Kann es sein, dass du dir Hoffnungen machst, unterwegs auf Smythe zu stoßen?«

Sie zog die Brauen hoch. »Seltsam, aber auf diesen Gedanken bin ich wirklich nicht gekommen.« Lächelnd fing Penelope seinen Blick auf. »Denn eigentlich hatte ich nicht vor, in die Mount Street zu gehen. Die Jermyn Street liegt doch viel näher.«

Es stimmte. »Deine Mutter …«

»… ist zu Besuch in Essex.«

Sie erreichten die Arlington Street, bogen um die Ecke und setzten ihren Spaziergang fort. »Ich denke, im Interesse von Sitte und Anstand sollte ich dich darauf hinweisen, dass besser niemand sehen sollte, wie du mitten in der Nacht am Arm eines Gentlemans die Jermyn Street entlangspazierst.«

»Unsinn. In diesem Umhang mit der Kapuze über dem Kopf wird mich niemand erkennen.«

Barnaby begriff nicht ganz, warum er Streit suchte, denn er freute sich sehr, dass sie zu ihm nach Hause kommen wollte – ganz so, als wären sie bereits verheiratet oder doch zumindest ein verlobtes Paar. Aber … »Mostyn wäre schockiert.«

Sie schnaubte. »Ich könnte ihm befehlen, deinen Speiseplan für die Woche mit mir zu besprechen, er würde nichts anderes tun als sich verbeugen, ›sehr wohl, Ma'am‹ murmeln und hastig sein Notizbuch holen.«

Er kniff die Augen zusammen. Es brauchte einen Moment, bis er verdaut hatte, was die wenigen Worte bedeuteten. »Er spricht dich mit ›Ma'am‹ an?«

Sie zuckte die Schultern. »Wie viele andere auch.«

Aber Mostyn war nicht wie viele andere; er war ein mustergültiger Butler, ein *Gentleman's Gentleman*. »Verstehe.« Ohne sich weiter auf den Streit einzulassen, bog Barnaby in die Bent Street ein, die sie inzwischen erreicht hatten.

Verstohlen musterte er ihre Miene. Unter der fröhlichen, beinahe spielerischen Oberfläche spürte er eine gewisse Entschlossenheit. Angesichts des ungeklärten Status ihrer Beziehung hielt er es für klug, sie gnädigerweise gewähren zu lassen. Und abzuwarten, auf welchen Weg sie ihn leiten würde.

Es mochte sehr wohl sein, dass es genau der Weg war, den er insgeheim auch vorgesehen hatte.

Penelope war tatsächlich dabei, Pläne zu schmieden, im Stillen ein paar Sätze zu erproben, mit denen sie das Thema Hochzeit anschneiden konnte, sobald sie sein Haus erreicht hatten. Im Wohnzimmer wäre es ihr recht, dort wäre es leichter, mit ihm zu reden; weniger Ablenkung, denn das Bett fehlte.

Außerdem war sie zu dem Schluss gekommen, dass sie sich erst nach Dicks und Jemmies Rettung über ihre Beziehung unterhalten sollten – über ihre Beziehung, die sich aus einer anfangs rein beruflichen Verbindung zu etwas viel Tieferem entwickelt hatte, bis zu dem Punkt, dass an den vergangenen zwei Abenden alle anderen sie als Paar betrachtet hatten, auf diese unbestimmbare Weise miteinander verbunden, die für zwei Menschen galt, die verheiratet waren oder heiraten sollten und wollten.

Aber solange Smythe sich in Luft aufgelöst hatte … warum noch länger warten? Warum das Unausweichliche noch länger aufschieben?

Besonders dann, wenn das Unausweichliche, wie sie sich selbst in der vergangenen Woche wieder und wieder bewiesen hatten, für beide erhebliche Vorteile versprach.

Sie war nicht überzeugt, dass die Wahrheit über ihre Beziehung ihm so klar vor Augen lag wie ihr. In Anbetracht ihrer zahlreichen Erfahrungen mit Gentlemen seines Standes war sie dagegen sehr überzeugt, dass er sich nur zögernd auf das Gespräch einlassen würde … dass selbst er große Schüchternheit an den Tag legen würde, wenn er sein Herz offenbaren sollte.

Penelope hegte keinerlei Vorbehalte. Nein, sie wollte sich solchen Vorbehalten nicht zum Opfer machen, fühlte sich sehr wohl willens und in der Lage, dieses besondere Thema anzuschneiden.

Aber zuerst mussten sie sein Wohnzimmer erreichen. Munter plauderte sie über dies und jenes, erkundigte sich neugierig nach den Klubs, die sie nur aus den Augenwinkeln erhaschte, als er sie rasch über die St. James zog und sie endlich in die Jermyn Street einbogen.

Sie spürte, dass ihre Nerven zum Zerreißen gespannt waren, als sein Haus in Sichtweite kam. Er führte sie die Treppe hinauf und ließ sie los, um den Schlüssel aus seiner Tasche zu holen.

Penelope hörte Schritte auf der anderen Seite der Tür und wappnete sich innerlich.

Barnaby schaute auf, als Mostyn öffnete und den Türrahmen ausfüllte.

Im Bruchteil einer Sekunde stob Penelope an ihm vorbei ins Haus. Mostyn gab den Weg frei, verneigte sich würdevoll.

»Mostyn, bitte bringen Sie uns Tee ins Wohnzimmer.«

Tonfall und Haltung waren vollkommen angemessen. Penelope sprach und benahm sich genauso, als wäre sie seine Frau. Der Kammerdiener stand auf der Schwelle und glotzte erstaunt.

»Ihr Herr und ich haben einige Dinge zu besprechen.« Sie warf einen Blick zurück auf den Mann und wandte sich dann in Richtung Wohnzimmer.

Welche Dinge? Barnaby trat vor, hatte die Brauen hoffnungsvoll hochgezogen.

»Psst!«

Psst? Barnaby stand immer noch auf der Treppe, drehte sich herum und sah einen Mann am Geländer zum Dienstboteneingang herumlungern. Der Mann winkte ihn zu sich heran, schaute sich nervös um.

Irritiert trat Barnaby an die Kante der breiten oberen Stufe.

»Was ist los?«

»Sind Sie Mr. Adair?«

»Ja.«

»Ich bin mit einer Botschaft geschickt worden, Sir. Dringende Angelegenheit.« Wieder winkte der Mann ihn zu sich heran.

Stirnrunzelnd trat Barnaby nach unten, weil der Schritt ihm einen besseren Überblick über die Straße verschaffte. Abrupt blieb er stehen, starrte in die Dunkelheit, während ihn eine böse Vorahnung beschlich. Drei ... er schaute in die andere Richtung ... nein, vier Männer lungerten in den Schatten zu beiden Seiten des Hauses herum. Barnaby trat zurück.

Sie bemerkten es – und warfen sich auf ihn.

Den Ersten erwischte er mit einem Tritt gegen den Oberkörper, sodass der Kerl gegen das Geländer flog. Aber bevor Barnaby sich sammeln konnte, schwärmten die anderen die Treppe hinauf und griffen ihn an. Den Zweiten konnte er mit einem Schlag in die Magengrube zur Strecke bringen. Aber die übrigen beiden drängten nach vorn und trieben ihn so in die Enge, dass er seinen Schlägen nicht genügend Schwung verleihen konnte.

Die Kerle versuchten, ihn zu schnappen und die Stufen hinunterzuzerren. Ihn niederzuringen, ohne ihn zu verletzen. Zum Glück setzten sie keine Messer ein.

Barnaby hatte sich auf einen Ringkampf mit einem eingelassen und versuchte gleichzeitig, den zweiten davon abzuhalten, sich hinterrücks an ihn zu drücken, als er noch jemanden in seinem Rücken spürte. Der schwere Knauf des Spazierstockes seines Großvaters tauchte über seiner Schulter auf und schlug auf den Schädel des Mannes, mit dem er gerade rang.

Mostyn hatte sich ins Getümmel geworfen.

Der Angreifer schrie auf, als die Schläge auf seinen Kopf prasselten; die beiden anderen versuchten einzugreifen, aber der Stock teilte erst in die eine Richtung aus, dann in die andere, bis die Männer von ihm abließen.

Dann kehrte der Knauf noch einmal zurück und kümmerte sich um den Kerl, der Barnaby immer noch im Klammergriff hielt und jetzt eine Hand hob, um sich zu schützen – und dabei seinen Griff lockerte.

Im selben Moment gruben kleinere Hände sich hinten in Barnabys Mantel, stützten ihn – und rissen ihn dann mit bemerkenswertem Schwung zurück.

Mit einem Schwung, den er nutzte, um sich aus dem verzweifelten Klammergriff des Mannes zu reißen.

Der Mann stieß ein heiseres Bellen aus, schenkte dem prügelnden Spazierstock keinerlei Beachtung, warf sich wieder nach vorn, näher an die Stufen, und schnappte Barnabys flatternden Mantel. Der Kerl krallte sich förmlich daran fest und wollte sein Opfer die Treppe hinunterzerren, aber Barnaby nutzte das zusätzliche Gewicht Penelopes in seinem Rücken als Anker, um den Mantel aus der Faust des Mannes zu reißen. Es gelang, und sofort darauf schubste er Penelope über die Schwelle ins Haus zurück, schnappte sich Mostyn, der immer noch wie wild mit dem Spazierstock prügelte, und zerrte ihn ebenfalls ins Haus.

In Windeseile schloss Barnaby sich den beiden an, hastete die letzten Stufen hinauf zur Tür, bevor die Angreifer sich aufrappeln und die Treppe hinaufkriechen konnten, und schlug ihnen die Tür vor der Nase zu.

Mit beachtlicher Kraft schlugen die Männer auf die Tür ein.

Barnaby stemmte sich dagegen und schob den oberen Riegel vor. Mostyn kümmerte sich rasch um die unteren.

Die Tür vibrierte unter dem neuerlichen Angriff.

Mostyn beeilte sich, Barnaby mit seinem Körpergewicht zu unterstützen. Die Männer hörten nicht auf zu pochen. Atemlos fasste Mostyn ihr ungläubiges Entsetzen in Worte: »Wir sind hier in der *Jermyn Street*, um Himmels willen! Wissen die Kerle das denn nicht?«

»Scheint so, als würde es sie nicht stören.« Grimmig fischte Barnaby die Trillerpfeife aus seiner Westentasche, stemmte sich immer noch mit aller Macht gegen die Tür, als er sie Penelope gab. »Das Fenster im Wohnzimmer.«

Mit aufgerissenen Augen schnappte sie sich die Trillerpfeife und rannte ins Wohnzimmer.

Im behaglich warmen Wohnzimmer schwang sie die Vorhänge zurück, entriegelte den Fensterflügel und riss ihn weit auf. Dann atmete sie tief durch, lehnte sich so weit hinaus, wie sie es über dem Dienstboteneingang nur wagte, umschloss die Pfeife mit den Lippen und blies mit aller Kraft.

Es schrillte ohrenbetäubend durch die Nacht.

Penelope wartete gespannt, welche Wirkung das Geräusch auf die Männer haben mochte, die immer noch die Tür einschlagen wollten, kreischte auf und duckte sich gerade noch rechtzeitig weg, um dem Pflasterstein aus dem Weg zu gehen, der durchs Fenster flog.

Die Wut kochte hoch, und wütend sog sie die Luft in die Lungen.

»Penelope?«

Mit zusammengekniffenen Augen warf sie einen düsteren Blick auf das Fenster, wirbelte dann herum und rannte in die Halle. »Alles in Ordnung.« Das Pochen an der Tür hörte nicht auf; Barnaby und Mostyn pressten sich immer noch hart an das bebende Holz.

»Ich gehe nach oben.«

Sie raffte den Saum ihrer Röcke hoch und nahm zwei Stufen auf einmal, rannte in Barnabys Schlafzimmer und dort zum Fenster, das auf die Straße zeigte, riss die Vorhänge beiseite und kämpfte sich mit dem Fensterflügel ab. Endlich stieß sie ihn auf, schwang sich auf das Fensterbrett, lehnte sich hinaus, schaute auf die Männer nach unten und schob die Trillerpfeife wieder zwischen die Lippen.

Penelope blies und blies.

Die Männer schauten hoch, fluchten und schüttelten die Fäuste.

Aber sie war unerreichbar.

Ihr wurde schwindlig, und sie hörte auf zu pfeifen. Aber dann entdeckte sie, dass unten auf der Straße sich etwas rührte. Das Geräusch, als ob jemand rannte – viele schwere Schritte trappelten durch die Nacht, als die Konstabler aus allen Richtungen zu ihnen strömten.

Grimmig, aber zufrieden beobachtete sie, wie Barnabys Angreifer sich umdrehten, um der Polizei ins Auge zu schauen.

Das, was dann folgte, brachte sie vollkommen durcheinander.

Anders als erwartet ergriffen die Kerle nicht die Flucht – sondern warfen sich stattdessen den Schutzmännern entgegen. Sekunden später war ein allgemeines Getümmel ausgebrochen, das die Straße anfüllte. Immer mehr Konstabler tauchten auf, und, wie sie bemerkte, noch ein paar mehr glitten aus den Schatten auf der anderen Seite herbei, um sich in den Kampf zu mischen.

»Wie merkwürdig.« Es war, als wäre das wahre Ziel der Angreifer gar nicht Barnaby gewesen, sondern die Polizei!

Penelope trat vom Fenster zurück und starrte mit leerem Blick durch den Raum. »Oh, du liebe Güte!«

Wieder raffte sie den Saum ihres Kleides hoch, rannte zur Tür und flog in Windeseile die Treppe hinunter.

Die misshandelte Eingangstür stand weit offen. Sie rannte hinaus – und schickte ein Dankgebet zum Himmel, als sie Barnaby auf der Treppe fand anstatt im Gewühl der Leiber, das mit der anschwellenden Menge die Straße verstopfte.

Genau wie sie starrte er auf das Getümmel, als schien er nicht recht zu begreifen.

Penelope schnappte nach seinem Arm und riss ihn herum, sodass er sie anschauen musste. »Es ist ein Ablenkungsmanöver!«, schrie sie, um die lauten Kampfgeräusche zu übertönen.

»Was?« Irritiert kniff er die Augen zusammen.

»Ein *Ablenkungsmanöver!!*« Sie gestikulierte in Richtung des Getümmels. »Schau dir nur all die Polizisten hier an, all die Konstabler! Alle sind hier … und nicht in den Straßenzügen, die sie eigentlich patrouillieren sollen!«

An seinen blauen Augen konnte sie ablesen, dass er begriffen hatte. »Dann werden sie heute Nacht einbrechen.«

»Ja!« Penelope bebte förmlich vor Ungeduld. »Wir müssen uns sofort auf den Weg machen!«

»Ich weiß, dass ich vielleicht übertreibe, aber es wird möglicherweise gefährlich! Trotzdem können wir nicht einfach zu Hause bleiben und auf ein Wunder warten.« Penelope marschierte neben Barnaby durch die Nacht und ließ den Blick über die Häuser schweifen, die sie passierten.

Obwohl sie leise sprach, klang aus ihrer Stimme eine Entschlossenheit, der er nicht widersprechen konnte – und er wollte es auch gar nicht. Denn er war genauso wenig wie sie geneigt, die Hände in den Schoß zu legen.

Es war unmöglich gewesen, das Getümmel aufzulösen. Barnaby war in die Menge eingetaucht und hatte einen jungen

Konstabler am Kragen gepackt, hatte den Kerl ins Freie gezerrt und ihn mit einer Eilmeldung zu Stokes nach Scotland Yard geschickt. Dabei hatte er keine Ahnung, ob Sergeant Miller im Dienst war oder sonst jemand, auf den er zählen konnte. Und noch weniger ahnte er, wo Stokes sich wohl aufhalten mochte. Ihn beschlich der Verdacht, dass sein Freund vielleicht in St. John's Wood sein mochte. In diesem Fall war er viel zu weit entfernt, um irgendwie helfen zu können.

Hier waren sie nun, nur Penelope und er, und trieben sich in Mayfair herum.

Nicht mehr lange, und es war Dezember. Man merkte es an der kalten Brise in der Luft. Wie die herrschaftlichen Anwesen, an denen sie vorbeikamen, lagen die Straßen größtenteils leer und verlassen vor ihnen. Hin und wieder preschte eine Droschke oder eine Stadtkutsche an ihnen vorbei. Es war bereits nach Mitternacht. Die wenigen Menschen, die sich noch in der Stadt aufhielten, waren längst von ihren Abendvergnügungen nach Hause gekehrt und lagen im Bett, während die Junggesellen der gehobenen Kreise sich immer noch in den Klubs amüsierten.

Es war genau die Stunde, in der Einbrecher zuschlugen. Penelope und Barnaby eilten die Berkeley Street hinauf, umrundeten den Square, kamen über die Bolton Street zurück und bogen dann in die Clarges Street ein. An der Ecke, wo die Stallungen die Straße durchschnitten, wandten sie sich nach links in die Queen Street. Eine schwarze Kutsche rollte langsam am Ende der Stallungen vorbei und die Queen Street hinauf.

Penelope runzelte die Stirn. »Ich könnte schwören, dass ich diese Kutsche schon mal gesehen habe.«

Barnaby brummte unverständliche Worte.

Penelope sagte nichts mehr. Bei der Kutsche handelte es sich um eine kleine schwarze Stadtkutsche von der Art, wie jeder größere Haushalt sie in seinem Stall führte, gewissermaßen als Zweitkutsche. Warum nur hatte es sie plötzlich gepackt? Warum war sie überzeugt, dass sie diese bestimmte Kutsche früher schon einmal gesehen hatte … plötzlich erinnerte sie sich, wo es gewesen war.

Zusammen mit Barnaby hatte sie die nordwestliche Ecke des Berkeley Squares überquert, als der Wagen eine Straße weiter aus der Mount Street gekommen und in dem gleichen langsamen Tempo in Richtung Carlos Place getrottet war.

Penelope drehte den Kopf und betrachtete das Gefährt. Ihr Blickwinkel auf das Pferd, auf die Kutsche und auf den Mann auf dem Bock glichen aufs Haar genau dem Winkel, in dem sie vor ein paar Minuten auf das Gespann geschaut hatte.

Aber warum der Anblick, der in dieser Gegend überaus gewöhnlich war, so sehr an ihr nagte und warum die Gewissheit, dass es sich um dieselbe Kutsche handelte, sich so beharrlich in ihren Gedanken einnistete – das konnte sie nicht beantworten. Angestrengt dachte Penelope darüber nach, als sie ruhig durch die Straße schlenderten, sorgfältig die Schatten zu durchdringen versuchten, die Dienstbotentreppen hinabblickten, kam aber zu keinem Ergebnis.

Sie zögerten, als sie die Queen Street erreicht hatten. Dann zog Barnaby sie nach links. Penelope schob ihre Hand noch bequemer in seinen Arm und schlenderte neben ihm. Zu einer anderen Jahreszeit hätte jeder, der sie sah, vermutet, dass die beiden ein verlobtes Paar wären, das zum Zeitvertreib einen langen Spaziergang unternahm. Weil der Winter in der Luft lag, war es zwar unwahrscheinlich; trotzdem konnten sie auf den langsamen, schlendernden Spazierschritt nicht verzichten, der es ihnen ermöglichte, die Häuser zu inspizieren, an denen sie vorbeikamen.

Genau wie das Paar, das sie auf der anderen Seite der Curzon Street spazieren sahen.

An der Ecke Queen und Curzon Street erstarrte sie und zupfte an Barnabys Ärmel. Als er in ihre Richtung schaute, deutete sie hinter sich auf die andere Seite der Curzon Street.

Barnaby folgte ihrer Geste und schnaubte.

Wortlos verständigten sie sich darauf, auf die südliche Seite der Straße zu wechseln, und warteten, bis das andere Paar sie erreichte.

Stokes zuckte beschämt die Schultern. »Wir wussten nicht, was wir sonst tun sollen.«

»Geiseln oder nicht, wir können nicht zu Hause sitzen und die Hände in den Schoß legen«, behauptete Griselda.

»Wie auch immer«, fuhr Stokes fort, »offenbar haben Sie den gleichen Gedanken gehabt. Sonst wären Sie wohl kaum hier.«

»Um offen zu sein«, Barnaby schaute Penelope an, »ist unsere Anwesenheit hier eher die Antwort auf ein bestimmtes Ereignis.«

Stokes war sofort alarmiert. »Was ist passiert?« Barnaby beschrieb das Ablenkungsmanöver.

»Wir haben Ihnen eine Eilbotschaft zukommen lassen«, fügte Penelope hinzu, »aber Sie hatten gerade einen Spaziergang unternommen, sodass niemand wusste, wo Sie zu finden sind.«

Stokes nickte. »Aber nun sind wir hier. Und Sie haben recht. Es gibt keinen Zweifel, dass sie sich heute Nacht um die übrigen Häuser kümmern.« Er ließ den Blick durch die Straße schweifen.

»Und höchstwahrscheinlich in dieser Gegend.«

»Angesichts der Tatsache«, bemerkte Barnaby, »dass das Ablenkungsmanöver in der Jermyn Street stattgefunden hat, frage ich mich, bei welchen Straßenzügen man in Mayfair wohl am zuverlässigsten mit Leerstand rechnen kann?«

Stokes begriff, was er meinte, und deutete in Richtung Süden.

»Piccadilly nehmen wir als südliche Grenze, dann den ganzen Bereich bis zum Circus und die Regency Street hinauf«, er zeigte nach Osten, »bis zur Conduit Street. Von dort aus über die Bond Street zur Burton Street bis hoch zum Berkeley Square … deine Behausung befindet sich ja an diesem Ende der Jermyn Street, weshalb sie wahrscheinlich weit aus dem Norden angerückt sind, aus der Hill Street. Ich könnte mir vorstellen«, er drehte sich um und ließ den Blick wieder über die Curzon Street schweifen, »dass ihr Einsatzgebiet sich bis zur Park Lane erstreckt«.

»Das heißt, wir stehen mehr oder weniger mitten in dem verlassenen Gebiet?«, fragte Penelope.

Stokes nickte. »Es kommt darauf an, wo in der Gegend sie sich aufgehalten haben, aber seit wir uns auf den Weg gemacht haben, sind wir noch keinem Konstabler begegnet.«

»Wir auch nicht«, bekräftigte Barnaby und schaute sich um.

»Aber wir sind auch von dort aus aufgebrochen, wo sie alle hingeströmt sind.«

Stokes fluchte atemlos. »Wir sollten die Gegend aufteilen und uns trennen.«

Barnaby und Stokes steckten die Köpfe zusammen und tüftelten die Routen aus. Stokes nickte zustimmend. »Auf der südlichen Seite des Berkeley Squares werden wir uns wieder treffen, es sei denn, diese Dreckskerle laufen einem von uns über den Weg. Haben Sie Ihre Trillerpfeifen?«

Penelope klopfte auf ihre Tasche. »Ja.«

Barnaby griff wieder nach ihrer Hand, nickte Griselda zum Abschied zu und suchte Stokes' Blick. »Wer einen Polizisten oder auch nur eine Droschke sieht, sollte sie mit einer Eilbotschaft nach Scotland Yard schicken, damit sie uns noch mehr Leute zur Verfügung stellen.«

Stokes grüßte und griff Griseldas Arm.

Barnaby und Penelope drehten sich um und wollten in östlicher Richtung über die Curzon Street eilen. Bevor sie auch nur einen einzigen Schritt machen konnten, zerriss ein schriller Schrei die nächtliche Stille und ließ sie erstarren.

Stokes war sofort bei ihnen und versuchte, die dunkle Nacht mit seinem Blick zu durchdringen. »Wo?«

Niemand war sich sicher.

Ein zweiter Schrei zerriss die Stille. Penelope zeigte nach links und nach vorn. »Da! In der Half Moon Street.«

Sie raffte den Saum der Röcke hoch und rannte los. Mit ein paar Schritten waren Stokes und Barnaby neben ihr, und Griselda tauchte an ihrer Schulter auf.

Der Schrei hatte sich zu einem fortgesetzten Heulen entwickelt, das immer lauter anschwoll, je näher sie der Kreuzung kamen.

Barnaby und Stokes waren nur noch ein paar Schritte von der Half Moon Street entfernt, als das Geschrei neue Höhen erklomm und zwei kleine Gestalten in der Ecke auftauchten.

In höchster Geschwindigkeit rannten sie an den beiden Männern vorbei, bevor die reagieren konnten.

Penelope war zurückgefallen, blieb stehen. Jetzt, wo die Schreie nicht mehr von den Häuserwänden verzerrt zurückgeworfen wurden, konnte sie hören, dass die Gestalten um Hilfe riefen.

»Dick?« Das blasse Gesicht schaute auf. Sie erkannte das zweite. »Jemmie!«

Penelope traute ihren Augen kaum und winkte die beiden zu sich und Griselda, die neben ihr stehen geblieben war.

Jemmie schwenkte abrupt zur Seite und rannte zu ihr, während Dick mitten auf der Straße verharrte, mit weit aufgerissenen Augen wild in die Richtung starrte, aus der sie gekommen waren, bereit, seine Flucht jederzeit fortzusetzen. Jemmie bemerkte es. »Das ist die Miss aus dem Findelhaus!«, rief er.

Dick ließ den Blick wieder über Penelope schweifen; die Erleichterung, die sich auf seinen Gesichtszügen ausbreitete, war beinahe schmerzhaft anzusehen. Wie der Blitz rannte er zu Jemmie hinüber.

Die beiden Jungen umschlossen ihre Hände, jeder eine, drückten sie fest, sprangen ängstlich und nervös auf und ab. »Bitte, Miss … *bitte*, Sie müssen uns retten!«

»Selbstverständlich.« Penelope bückte sich und umarmte beide, ging in die Hocke und zog Jemmie noch enger an sich, als Griselda es ihr nachtat und schützend die Arme um Dick legte.

Barnaby und Stokes kehrten zu ihnen zurück. Beide Männer waren recht groß, blickten finster drein und waren nicht zu erkennen, sodass sie einen einschüchternden Anblick boten. Penelope war nicht überrascht, als die beiden Burschen sich noch dichter an sie und Griselda drängten. »Alles wird gut.« Beruhigend lächelte sie ihnen zu. »Wir sind da. Aber wovor sollen wir euch retten?«

Kaum waren ihr die Worte über die Lippen gekommen, als ein lautes Gebrüll die Nachtluft erbeben ließ. Alle schauten auf, Barnaby und Stokes wirbelten herum, drängten sich unwillkürlich zwischen die Jungen und die Frauen einerseits und die drohende Gefahr andererseits.

Eine riesige Gestalt schoss fluchend aus der Half Moon Street und steuerte direkt auf sie zu.

»Vor ihm!«, kreischten die Jungen.

Das Ungeheuer schaute auf und entdeckte sie – entdeckte Barnaby und Stokes genau in der Richtung, in die er flüchten wollte. Fluchend bremste er mit einer Grätsche, wirbelte herum und floh in die andere Richtung.

Aber Stokes und Barnaby waren ihm schon auf den Fersen.

Die Grätsche hatte den Mann zu viel Boden gekostet. Barnaby hatte ihn erreicht, bevor er in der nächsten Querstraße verschwinden konnte; Stokes war ihm direkt auf den Fersen. Es dauerte keine Minute, bis der Verbrecher mit dem Gesicht nach unten auf dem Kopfsteinpflaster lag. Barnaby setzte sich auf ihn, während Stokes ihm Arme und Beine fesselte und die Fußgelenke mit den Zügeln verknotete, die sie an seinem Gürtel fanden. »Ich weiß Verbrecher zu schätzen, die sich gut vorbereitet haben«, Stokes riss den Mann auf die Füße, schaute ihn lächelnd an.

»Mr. Smythe, nehme ich an.« Smythe fletschte die Zähne.

23

»Wer ist Alert?« Langsam marschierte Stokes vor dem Stuhl auf und ab, auf dem Smythe zusammengesunken Platz genommen hatte. Sie hatten ihn in Barnabys Haus gebracht. Denn die Jermyn Street hatte nicht nur näher gelegen als Scotland Yard; überdies hatte Barnaby rasch zu verstehen gegeben, dass es bei Alerts Verbindungen zur Polizei weitaus ratsamer wäre, den Trumpf, den sie endlich in der Hand hielten, so lange wie möglich vor diesem Mann zu verbergen – wer auch immer er sein mochte.

Selbst wenn Alert wusste, dass irgendetwas nicht stimmte, selbst wenn er wusste, dass Smythe ihnen in die Fänge geraten war – je weniger er über das erfuhr, was sie von Smythe erfahren hatten, desto besser.

Sie hatten Smythe an den Stuhl gefesselt. Ausgeschlossen, dass er sich befreite; er versuchte es gar nicht erst. Nur einmal hatte er seine Fesseln überprüft, und als er bemerkt hatte, wie fest und sicher sie gezurrt waren, hatte er keine weiteren Mühen an Befreiungsversuche verschwendet.

Es mochte sein, dass er ein Riesenklotz war, ein Einbrecher und höchstwahrscheinlich auch ein Mörder. Aber dumm war er nicht. Stokes war zuversichtlich, dass Smythe ihm beizeiten alles erzählen würde, was er wusste. Umgekehrt würde er dafür auch etwas verlangen. Aber er konnte unmöglich einen Gewinn daraus ziehen, Alerts Geheimnisse für sich zu behalten.

Sie hatten Smythes Stuhl in die Mitte des Zimmers gestellt, mit Blickrichtung auf den Kamin. Stokes marschierte in der freien Zone davor auf und ab. Penelope und Griselda hatten in den Lehnstühlen links und rechts vor dem inzwischen hell lodernden Feuer Platz genommen. Barnaby stand neben Penelopes Lehnstuhl und stützte sich mit einem Arm auf den Kaminsims.

Dick und Jemmie saßen an einem kleinen Tisch an der Wand und verschlangen die Sandwiches, die Mostyn ihnen gebracht hatte, während der Butler sich in der Nähe der Jungen aufhielt und die Szene in der Mitte des Zimmers ebenso neugierig beobachtete wie sie.

Stokes war nicht überrascht, als Smythe die Frage nicht sofort beantwortete. Der Mann hatte den Kopf nachdenklich auf die Brust gesenkt.

Jemmies Antwort dagegen überraschte sie sehr. »Alert ist ein Gentleman. Ein Snob. Er ist der Mann, der die Einbrüche geplant hat. Und er hat alle Sachen eingesteckt, die wir aus den Häusern gestohlen haben.«

Stokes drehte sich zu Jemmie. Sogar Smythe hob den Kopf und schaute ihn an. »Du hast ihn gesehen?«

Jemmie zuckte zusammen. »Nicht dass ich ihn wiedererkennen würde. War zu dunkel. Außerdem hat er Hut und Schal getragen. Hat so getan, als wäre er der Kutscher.«

»Der Kutscher!« Penelope richtete sich auf. »Das ist es!« Sie wandte sich an Stokes. »Auf unserem Spaziergang habe ich eine Kutsche langsam durch die Straßen rollen sehen. Dieselbe Kutsche dreimal in einer Nacht! Zuletzt als wir zusammen mit den Jungen und Smythe die Bolton Street entlanggegangen sind. Die Kutsche ist nicht weit entfernt hinter uns gefahren, in der Curzon Street. Der Anblick ist mir die ganze Zeit durch den Kopf gegeistert.

Irgendetwas stimmte damit nicht ... jetzt ist klar, was es war. Denn ich weiß, wie ein Kutscher aussieht, wenn er auf dem Bock sitzt. Immer ein wenig gekrümmt. Aber dieser Mann hat aufrecht gesessen. Er war gekleidet wie ein Kutscher, aber er war keiner. Nein, er war ein Gentleman, der vorgab, ein Kutscher zu sein.«

Penelope warf Dick und Jemmie einen Blick zu. »Die

Dinge, die ihr aus den Häusern geholt habt – sind sie in dieser Kutsche verschwunden?«

Beide Jungen nickten. »So war es besprochen«, bestätigte Jemmie. »Nachdem wir das Haus verlassen hatten, warteten Mr. Alert und die Kutsche an der Ecke auf uns, um uns die Sachen abzunehmen.«

Dick meldete sich zu Wort. »Alert wollte Smythe einen Geldbeutel geben. Einen ›Abschlag‹, so hatten sie es genannt. Sobald wir alles im Kofferraum verstaut haben.«

»Aber Smythe sollte später noch mehr Geld kriegen«, fügte Jemmie hinzu. »Nachdem Alert die Sachen verkauft hat.«

Stokes ließ den Blick über Smythe schweifen, konnte förmlich hören, wie die Gedanken in seinem Kopf rotierten. Denn wenn der Mann noch länger wartete, konnten die Jungen so viel ausgeplaudert haben, dass der Inspektor Alerts Identität erriet. Womit sollte Smythe dann noch verhandeln?

Smythe spürte Stokes' Blick, den er erwiderte.

Stokes zog die Braue hoch. »Irgendwas zu sagen?« Als Smythe zögerte, fügte er hinzu: »Gegenwärtig werden Sie wegen Einbruchs, wegen Mordes und versuchten Mordes angeklagt. Smythe, Sie werden hängen. Allerdings nur, weil man Sie mit Alert und dessen Plänen in Verbindung bringt. Sieht so aus, als habe er bis auf eins alle Dinge bekommen, die er bekommen wollte, und es sieht aus, als würde er selbst mit heiler Haut davonkommen, Sie hingegen dem Zorn des Gerichts überlassen, sobald abschließend festgestellt worden ist, was Sie gestohlen haben.«

Smythe bewegte sich unruhig. »Kann sein, dass ich ein paar Sachen gestohlen habe. Aber es war in Alerts Namen. Liegt doch auf der Hand, dass ich sonst anders arbeite. Wer würde schon in ein feines Anwesen einbrechen und immer nur eine einzige Sache rausholen?« Er senkte den Blick. »Außerdem habe ich niemanden ermordet.«

Stokes musterte ihn aufmerksam. »Was ist mit Mrs. Carter?« Smythe schaute nicht auf. »Sie können mir nichts beweisen.«

»Wie dem auch sei«, Stokes klang hart wie Granit, »wir haben zahlreiche Zeugen, die aussagen können, dass Sie versucht haben, Mary Bushel im Black Lion Yard zu ermorden«.

Smythe schnaubte. »Aber ich habe es nicht getan, oder?« Er hielt inne, fuhr dann doch fort, schien aber immer noch mit Stokes' Stiefelspitzen zu sprechen. »Ich kann keine Menschen umbringen. Bin nur ein Ass im Tresorknacken. Wenn der verdammte Alert nicht auf dieser Gaunerei bestanden hätte, und zwar auf seine Art, alle acht Häuser in einer Nacht – ich wäre niemals auf die Idee gekommen, jemanden umzubringen.«

Stokes ließ es zu, dass das Schweigen sich ausdehnte. »Und?«, drängte er dann.

Endlich schaute Smythe ihm ins Gesicht. »Wenn ich Ihnen alles über Alert sage, was ich weiß, und wenn es ausreicht, um ihn zu identifizieren – wie hoch wird dann meine Strafe sein?«

Stokes antwortete, nachdem er ihm einen langen Blick zugeworfen hatte. »Falls Ihre Aussage wirklich dazu führt, dass wir Alert identifizieren können, und wenn Sie zustimmen, bei Bedarf gegen ihn auszusagen, dann werden wir die Anklage auf Einbruchdiebstahl und versuchten Mord beschränken. Falls wir Ihnen einen Mord nachweisen können, bleibt Ihnen der Galgen nicht erspart. Ohne den Mord und im Falle, dass Sie sich kooperativ verhalten, blüht Ihnen die Deportation.« Barnaby schwieg kurz. »Sie haben die Wahl.«

Smythe schnaubte. »Ich wähle die Deportation.«

»Nun, wer ist Alert?«

Smythe senkte wieder den Blick. »In meinem Mantel befindet sich eine Geheimtasche. Im Futter unter dem linken Saum, ungefähr auf Höhe des Oberschenkels.« Stokes bückte sich und befühlte den Mantel. »Es befinden sich drei Listen in dieser Tasche.«

Stokes entdeckte die gefalteten Papiere und zog sie heraus, glättete sie und begann zu lesen. Barnaby verließ seinen Platz am Kamin und kam zu ihm.

»Das sind die Listen, die Alert mir gegeben hat. Auf der ersten sind die Häuser notiert …« Smythe erläuterte Alerts Plan, beschrieb die Treffen und erzählte, was sie besprochen hatten. Als er bei den Einbrüchen angekommen war, zuerst bei den vieren aus der vergangenen Nacht, dann bei den dreien in der gegenwärtigen, schauten Barnaby und Stokes gleichzeitig auf die Liste – überprüften die Anschriften und die gestohlenen Gegenstände.

An einer Stelle unterbrach Barnaby den Bericht mit einem Fluch.

Stokes starrte ihn an. Smythe hörte auf zu sprechen.

»Was?«, wollte Stokes wissen.

Grimmig deutete Barnaby auf die Adresse des ersten Hauses, in das in der ersten Nacht eingebrochen worden war. »Das ist das Haus der Cothelstones.«

»Das Haus deines Vaters?«

Barnaby nickte, schnappte sich die Liste mit den zu stehlenden Gegenständen und prüfte den entsprechenden Eintrag. »Silberne Statuette einer Lady auf dem Tisch neben dem Fenster in der Bibliothek … gute Güte!« Er fing Stokes' Blick auf.

Stokes runzelte die Stirn. »Ich nehme an, dass sie wertvoll ist. Über welchen Betrag reden wir?«

Barnaby schüttelte den Kopf. »Was sie wert ist … ich habe keine Ahnung, was diese Statuette betrifft. Solche Dinge nennt man gewöhnlich ›unbezahlbar‹. Im wahrsten Sinne des Wortes unbezahlbar.«

Noch einmal überflog er die Liste des Diebesgutes. »Wir sprechen hier nicht über bescheidene Vermögen. Wenn die anderen Dinge zum gleichen Kaliber gehören, dann schwingt Alert sich gerade auf, sich mit den reichsten Leuten in diesem Land zu messen.«

Stokes schüttelte den Kopf. »Willst du behaupten, dass diese Statuette auf einem Tisch gestanden hat, als würde sie nur darauf warten, von einem unternehmungslustigen Dieb geklaut zu werden? Und das im Anwesen eines Lords, der die neu gegründete Polizei beaufsichtigt und in dem du regelmäßig zu Besuch bist?«

Barnaby schaute ihn schulterzuckend an. »Das solltest du besser mit meiner Mutter besprechen. Aber ich warne dich, du wirst nicht sehr erfolgreich sein. Der Himmel weiß, dass mein Vater ihr jahrelang auf den Fersen war, damit sie das Ding endlich in einem Tresor verschließt – er hat schon vor Jahrzehnten aufgegeben. Und wie Penelope neulich betont hat, sind wir seit unserer Geburt von solchen Dingen umgeben. Es ist nicht so, dass sie uns noch besonders auffallen.«

»Bis jemand kommt und sie stiehlt.« Stokes schaute angewidert drein und wandte sich wieder an Smythe. »Bis dahin ist also alles glattgegangen. Nach jedem Haus hat Alert das Diebesgut in seiner Kutsche verstaut. Bis zum letzten Haus. Was ist dort schiefgelaufen?«

Grimmig ließ Smythe den Blick über die Jungen schweifen. »Darüber bin ich mir selbst nicht ganz im Klaren. Am besten, Sie fragen die Burschen.«

Stokes wandte sich an Jemmie und Dick. »Das letzte Haus. Was ist dort geschehen? Wie habt ihr flüchten können?«

Die Jungen wechselten Blicke, bis Jemmie schließlich das Wort ergriff. »In der ersten Nacht hat Smythe uns nicht verraten, in welche Häuser wir einbrechen, bis wir direkt vor ihnen standen. Deshalb konnten wir unseren Schachzug nicht planen. Aber später in jener Nacht hat Alert uns in seine Kutsche gezwungen, uns alle drei, ist losgefahren und hat irgendwo im Park gehalten, um mit Smythe über die Häuser der heutigen Nacht zu sprechen. Dick und mich hat er in der Kutsche zurückgelassen. Also haben wir gelauscht.«

Dick löste seinen Freund mit dem Bericht ab. »Wir hatten gehört, dass einer von uns im dritten Haus durch das Küchenfenster einsteigen muss. Es stellte sich heraus, dass ich es sein sollte«, meinte er, »wir haben abgemacht, dass der, der auserwählt wird, sich in der Küche ein Messer schnappt, das scharf genug ist, um damit die Zügel zu kappen.« Er deutete mit einem Nicken auf die Zügel, die Smythe einst in der Hand gehabt hatte, mit denen jetzt aber die Füße des großen Mannes gefesselt waren. »Er hat sie benutzt, um uns festzuhalten, wenn wir uns zwischen zwei Häusern bewegten. Und wenn einer von uns draußen warten musste, hat er uns am Zaun oder an einem Pfosten festgebunden.«

»Außerdem hatten wir gehört«, fuhr Jemmie fort, »dass nur einer in das letzte Haus einsteigen muss. Wir sollten nur ein kleines Bild von der Wand nehmen, in einem Zimmer im Obergeschoss. Smythe hat mich durch ein kleines Fenster in der Spülküche geschoben und darauf gewartet, dass ich wieder rauskomme. Aber weil ich nach oben gehen musste, wusste ich, dass er eine Weile warten würde, bis er Verdacht schöpfte ... und bin stattdessen vorn durch die Eingangstür raus. Leider hat der Bolzen gequietscht.«

»Ich hatte es beinahe geschafft, die Zügel durchzuschneiden«, erklärte Dick, »als er rauskam. Aber Smythe hat das Quietschen gehört und gleich erraten, was es war. Jemmie hat geholfen, mich zu befreien, aber dann haben wir auch schon Smythe erspäht, der seitlich am Haus aufgetaucht ist. Wir sind losgerannt.«

»Das habt ihr ausgezeichnet gemacht«, lobte Penelope voller Bewunderung.

Smythe brummte ein paar unverständliche Worte und richtete den Blick wieder auf Stokes. »Das ist alles. Alles, was ich Ihnen sagen kann. Finden Sie einen Gent, der all diese Häuser kennt und all die Einzelheiten auf den Zetteln ... wo die Sachen rumstehen und wie man an sie rankommt ... dann können Sie ihn mir gegenüberstellen, und ich sage Ihnen, ob er Ihr Mann ist.«

Stokes musterte Smythe lange und eindringlich. »Sie werden ihn also erkennen. Aber dann steht Aussage gegen Aussage. Gibt es noch jemanden, der ihn kennt?«

»Grimsby«, behauptete Smythe, »er hat ihn sogar öfter gesehen als ich.«

Stokes verzog das Gesicht. »Unglücklicherweise hat der

Kerl den Kerker nicht verkraftet. Er ist tot. Herzschlag. Kann uns nicht mehr helfen.«

Wieder senkte Smythe den Blick und fluchte leise, bevor er den Blick über die Jungen schweifen ließ.

Stokes folgte seinem Blick und fragte: »Denkt scharf nach. Habt ihr Alert oder irgendetwas an ihm gut genug gesehen, um ihn wiederzuerkennen, wenn ihr ihm noch mal über den Weg laufen würdet?«

Die Burschen dachten angestrengt nach, schüttelten aber den Kopf.

Stokes seufzte, drehte sich gerade wieder zu Smythe, als Jemmie sich einmischte. »Gesehen nicht. Aber wir haben ihn gut genug gehört, um seine Stimme wiederzuerkennen!«

Penelope strahlte ihn an. »Ausgezeichnet!« Sie fing Stokes' Blick auf. »Das reicht doch, oder?«

Er dachte kurz nach und nickte. »Sollte jedenfalls.«

»Nun«, Barnaby hatte sich auf die Listen konzentriert, »alles, was wir jetzt noch brauchen …« Er brach ab, als jemand anklopfte.

Es war ein freundliches *rat-a-tat-tat*. Barnaby warf einen Blick auf Mostyn, der eine Verbeugung andeutete und zur Tür eilte.

Der Butler hatte die Wohnzimmertür angelehnt gelassen. Niemand sprach; die Erwachsenen warteten darauf, wer zu Besuch kam, und die Jungen waren zu sehr damit beschäftigt, ihre Sandwiches zu vertilgen, um sich darum zu kümmern.

Der Riegel an der Eingangstür klickte. Die Stimme, die Mostyn ein paar Sekunden später polternd grüßte, war zu undeutlich, um sie erkennen zu können.

Mostyns Antwort klang klarer. »Mylord! Wir … äh, wir haben nicht mit Ihnen gerechnet.«

»Das dachte ich mir, Mostyn, aber hier bin ich«, erwiderte die Stimme höflich, »und hier ist mein Hut. Nun, wo steckt mein Sohn?«

Die Wohnzimmertür schwang auf. Ruhig und gelassen trat

der Earl of Cothelstone ein, ließ den Blick über die Versammlung schweifen und lächelte wohlwollend. »Barnaby, mein lieber Junge … du scheinst reichlich Besuch zu haben.«

Barnaby blinzelte irritiert. »Papa …« Stirnrunzelnd brach er ab.

»Ich dachte, du wärst in den Norden gefahren.«

»Das war ich auch.« Der Earl seufzte. »Unglücklicherweise ist deine Mutter zu dem Schluss gekommen, ich hätte etwas in London vergessen, was ich ihr unbedingt holen sollte. Also hat sie mich auf den Weg geschickt.«

Der Earl ließ den Blick auf seinem Sohn ruhen, und das Glitzern in den Augen verriet jedem, was es mit diesem Etwas der Countess auf sich hatte.

Freundlich lächelnd richtete der Earl seine Aufmerksamkeit auf die anderen im Zimmer, bis er schließlich Barnaby mit hochgezogenen Brauen anschaute.

»Ah …« Irgendwie beschlich Barnaby das Gefühl, dass ihm die Situation langsam entglitt. »Natürlich kennst du Stokes.« Es stimmte, dass der Earl mit dem Inspektor gut bekannt war, und die beiden nickten sich zu. Barnaby wandte sich zu Penelope. »Erlaube mir, dir Miss Penelope Ashford vorzustellen.«

Penelope erhob sich, knickste höflich und reichte dem Earl die Hand. »Mylord. Es ist mir eine Ehre, Sie kennenzulernen.«

»Ganz meinerseits, meine Liebe, ganz meinerseits.« Er umschloss ihre Hand mit seiner, tätschelte sie kurz und schenkte ihr ein herzliches Lächeln. »Ich bin mit Ihrem Bruder bekannt. Er spricht oft über Sie.«

Penelope erwiderte das Lächeln und gab eine höfliche Antwort.

Ein komisches Gefühl stürmte auf Barnaby ein. *Er weiß Bescheid.* Barnaby hatte keine Ahnung, wie der alte Herr es erfahren hatte, aber er wusste Bescheid … wie auch seine Mutter. Innerlich fluchte er, und er atmete kaum merklich auf, als sein Vater Penelopes Hand endlich losließ und sich an Griselda wandte.

Barnaby stellte die beiden einander vor, begleitete seinen Vater zu den Jungen und erzählte ihm so viel wie nötig von der Geschichte, um deren Anwesenheit zu begründen.

»Tapfere Burschen!« Der Earl nickte ihnen anerkennend zu und ließ den Blick über Smythe schweifen. »Ich darf annehmen, dass das unser Bösewicht ist?«

»Eher ein Handlanger.« Barnaby wollte die Aufmerksamkeit seines Vaters unbedingt von Penelope ablenken und reichte ihm Alerts Liste. Gerade als er mit seinen Erläuterungen beginnen wollte, berührte Penelope ihn am Arm.

Mit einem Nicken deutete sie auf die gähnenden Jungen. »Vielleicht kann Mostyn sie in die Küche bringen, ihnen einen Becher Milch zu trinken geben und dann ein Bett für sie finden. Morgen kann ich sie ins Findelhaus bringen.«

Mostyn nickte zustimmend und begleitete die Burschen aus dem Wohnzimmer.

Barnaby drehte sich wieder zu seinem Vater, der stirnrunzelnd die Liste betrachtete.

»Was willst du denn mit Camerons teuflischer Liste anstellen?«, fragte der Earl. »Was hat das alles zu bedeuten?«

Sekundenlang war Barnaby überzeugt, dass er sich verhört hatte. »*Camerons* Liste?«

Sein Vater raschelte mit dem Blatt Papier in seiner Hand – das mit den Häusern, in die eingebrochen werden sollte. »Die hier. Ich weiß, dass Cameron sie geschrieben hat.« Wieder betrachtete er das Blatt. »Mag sein, dass die Liste in Großbuchstaben geschrieben ist, aber diese Handschrift würde ich immer erkennen. Cameron ist Huntingdons Sekretär, er verfasst die Einsatzpläne und Sitzungsberichte. Genauso sauber und ordentlich wie auf dieser Liste.«

Verwirrt warf der Earl einen Blick auf Barnaby. »Was ist das? Natürlich erkenne ich unsere Anschrift. Auch die anderen. Sieht aus wie eine von Huntingdons Touren.«

Barnaby wechselte einen erstaunten Blick mit Stokes. »Huntingdons Touren?«

Der Earl schnaubte. »Du solltest dich mehr um Politik kümmern. Im Rahmen seiner parlamentarischen Arbeit geht Huntingdon regelmäßig auf Tour und sucht die einflussreichsten Köpfe der Stadt auf. Äußerst gewissenhaft und sehr engagiert, unser Huntingdon.«

»Und Cameron begleitet ihn?«, fragte Stokes.

»Ja. Nicht jedes Mal, aber doch recht oft«, erwiderte der Earl schulterzuckend. »Wenn es geschäftliche Angelegenheiten zu besprechen gibt, ist Cameron dabei und macht sich Notizen.«

Stokes fing Barnabys Blick auf. »Ist dir auch aufgefallen, dass sämtliche Gegenstände aus Bibliotheken oder Arbeitszimmern gestohlen wurden?«

Barnaby nickte.

Langsam verlor der Earl die Geduld. »Was wurde gestohlen?« Barnaby reichte ihm die anderen Listen. »Diese Gegenstände. Unser Haupttäter hat Smythe angewiesen, sie für ihn einzusammeln.«

Der Earl überflog die Papiere. Es dauerte nicht lange, bis er die Bedeutung der Listen begriffen hatte, besonders als es um das gestohlene Objekt aus seinem eigenen Haus ging. »Die Statuette der Großtante deiner Mutter?«

Barnaby nickte. »Zusammen mit all den anderen Dingen.« Die Freundlichkeit war restlos aus den Zügen des Earls gewichen. »Das alles hat er an sich genommen?«

»Alles bis auf die Dinge aus dem letzten Haus. Aber er hatte noch nicht die Zeit, das Diebesgut abzusetzen. Dank deiner und Smythes Aussage wissen wir jetzt auch, wer er ist.«

Wieder lächelte der Earl, diesmal allerdings eher wie ein Raubtier auf Beutezug.

Penelope stellte schließlich die entscheidende Frage. »Wo wohnt Cameron?«

Der Earl wusste es. »Er wohnt mit Seiner Lordschaft in Huntingdons Haus.«

Nachdem der Earl ihnen versichert hatte, dass Lord Huntingdon noch auf den Beinen war und sie empfangen würde, obwohl es schon kurz vor zwei Uhr war, machte die Truppe sich auf den Weg zu Huntingdons Anwesen, das sich glücklicherweise in der nahe gelegenen Dover Street befand.

Stokes zog zwei Konstabler von ihrer Patrouille in St. James ab und übertrug ihnen die Verantwortung für Smythe. Lord Cothelstone hatte darauf bestanden, dass der Mann ebenfalls mitkommen musste, sodass schließlich eine kleine Prozession durch Huntingdons Tür ins Haus marschierte.

Es war Huntingdons Butler persönlich, der sich um die Truppe kümmerte und dabei großes Geschick bewies. Da der Earl häufig zu Besuch kam, überließ er es ihm und Barnaby, ohne Begleitung zu Lord Huntingdon ins Arbeitszimmer zu eilen, komplimentierte anschließend Stokes, Griselda und Penelope ins Wohnzimmer und verfrachtete Mostyn, die Burschen, die Konstabler und Smythe auf die Stühle, die aufgereiht im Korridor standen, der in die Haupthalle führte.

Es dauerte keine fünf Minuten, als der Butler zurückkehrte und die gesamte Truppe in das innere Heiligtum seines Herrn führte.

Huntingdon, ein großer, korpulenter Mann, war kein Dummkopf. Reglos hörte er zu, als Barnaby und Stokes den Fall nach bestem Kenntnisstand schilderten, dabei den Mann beschuldigten, der den Burschen und Smythe als Mr. Alert bekannt war und von dem sie glaubten, dass es sich um Douglas Cameron, den Privatsekretär Seiner Lordschaft, handelte.

Schließlich wurde dem Lord erklärt, dass Smythe den Verdächtigen durch den Anblick und die Jungen ihn an der Stimme identifizieren konnten. Aufmerksam musterte Huntingdon die drei und nickte. »Ausgezeichnet. Die Geschichte strapaziert ein wenig die übliche Glaubwürdigkeit, aber diese Listen sind teuflisch. Es ist zweifellos seine Handschrift, und es handelte sich zweifellos um die Häuser, die er in meiner Begleitung sehr häufig aufgesucht hat. Ich sehe keinerlei Grund,

Cameron nicht zu überprüfen. Falls er sich durch irgendeine überraschende Wendung des Schicksals als unschuldig erweisen sollte, wird nichts geschehen.«

Barnaby senkte den Kopf. »Vielen Dank, Mylord.«

»Allerdings«, Huntingdon streckte den Finger in die Höhe, »werden wir ordnungsgemäß vorgehen.« Kaum hatte Seine Lordschaft zu Ende gesprochen, gab er auch schon Anweisung, wer wo zu stehen hatte und was jeder tun sollte.

Zwei Türen an jeder Seite des langen Arbeitszimmers führten in angrenzende Räume, und jede Tür war mit einer großen spanischen Wand abgeschirmt. Huntingdon schickte Smythe mit den zwei Konstablern hinter einen Wandschirm, Griselda, Penelope und die beiden Jungen hinter den anderen.

»Ich möchte, dass Sie die Jungen erst dann nach vorn bringen, wenn ich den Befehl gebe. Adairs Butler wird sich hinter der Haupttür aufhalten. Sobald ich ihm das Zeichen gebe, wird er in die Halle eilen und sich zu Ihnen begeben, um Ihnen zu sagen, dass Sie eintreten sollen. Ich möchte, dass Sie die Jungen hinter dem Schirm versteckt halten, wo sie uns zwar hören, aber nicht sehen können.«

Huntingdon musterte Penelope mit durchdringendem Blick. »Miss Ashford, ich verlasse mich auf Sie, dass Sie mir berichten, ob die Jungen meinen Privatsekretär zutreffend als den Mann identifizieren, den sie belauscht haben, als er Smythe instruiert hat. Wenn Sie mein Stichwort hören, treten Sie hervor und berichten mir.«

Penelope nickte. »Ja, Sir.« Zusammen mit Griselda und den Burschen verschwand sie im Zimmer nebenan.

Als alles nach Huntingdons Vorstellungen arrangiert war – der Earl und Barnaby standen rechts hinter ihm am Schreibtisch, Stokes links an der Wand –, klingelte der Lord nach seinem Butler und wies ihn an, Cameron zu holen. »Hören Sie, Fergus … kein Wort darüber, wer zu Besuch ist.«

Der Butler zog ein beleidigtes Gesicht. »Selbstverständlich nicht, Mylord.«

Huntingdon ließ den Blick zwischen Stokes und Barnaby hin und her schweifen. »Gentlemen, ich weiß um Ihr Interesse an der Angelegenheit. Aber ich werde das Verhör führen. Ich wäre Ihnen sehr verbunden, wenn Sie schweigen würden, gleichgültig, was Cameron auch sagen mag.«

Stokes schien nicht zufrieden, nickte aber. Barnaby stimmte bereitwilliger zu; er schätzte die Taktik Seiner Lordschaft und sah keinen Grund, ihm das Verhör aus den fähigen Händen zu nehmen.

Eine Minute verrann, bis die Tür geöffnet wurde und Cameron eintrat.

Barnaby musterte ihn aufmerksam. Das Haar, durchschnittlich braun und modisch geschnitten, war leicht zerwühlt, die blassen Wangen zart gerötet. Vor Kurzem hatte Huntingdon erwähnt, dass er Cameron nicht gebeten hatte, sich für den Abend verfügbar zu halten, während Fergus behauptet hatte, der Mann sei seit neun Uhr unterwegs gewesen und vor gar nicht langer Zeit zurückgekehrt.

Cameron war so gut gekleidet wie immer, gepflegt, aber unauffällig. Er zögerte eine kleine Ewigkeit, nur zu verständlich beim Anblick des unerwarteten Besuchs, schloss die Tür und eilte ein paar Schritte nach vorn. Mit dem üblichen arroganten Blick betrachtete er die Versammlung, Barnabys Vater und Huntingdon allerdings mit deutlich unterwürfigerer Miene.

Barnaby bemerkte es genau, wie auch Camerons eher unvoreingenommene Haltung ihm gegenüber. Die Standesunterschiede waren dem Mann kristallklar vor Augen: Die Menschen unterhalb seines gesellschaftlichen Ranges behandelte er arrogant und geringschätzig, all die über ihm, wie Huntingdon und den Earl, unterwürfig und kriecherisch, und denen, die er wie Barnaby als gleichwertig betrachtete, begegnete er mit unaufgeregter Gelassenheit. Barnabys Erfahrung sprach dafür, dass er nur deshalb verstärkten Wert darauf legte, seinen Platz in der Welt zu betonen, weil er sich genau dieses Platzes nicht mehr sicher sein konnte.

Einen Schritt vor dem Tisch blieb Cameron stehen. Wie bei jedem guten Sekretär gab seine Miene nichts zu erkennen, noch nicht einmal Neugier. »Ja, Mylord?«

»Cameron.« Huntingdon legte seine Hände auf sein Notizbuch und schaute den Mann ausdruckslos an. »Diese Gentlemen haben sich mit einer verstörenden Geschichte an mich gewandt. Es scheint, als würden sie glauben, dass Sie …«

Huntingdon fasste den Fall kurz zusammen, sparte unwichtige Einzelheiten aus und konzentrierte sich stattdessen auf die Fakten und Schlussfolgerungen.

Als der Lord die Listen erwähnte, hatte Barnaby den Eindruck, dass Cameron erblasste. Es mochte allerdings auch nur daran liegen, dass die Röte in seinen Wangen sich langsam verflüchtigte.

Ungeachtet dessen hielt er Camerons Schuld innerhalb weniger Minuten für erwiesen – und war überzeugt, dass Stokes, sein Vater und Huntingdon es ebenso sahen.

Aber der Mann zeigte keinerlei Reaktion. Obwohl Huntingdon anfangs verkündet hatte, dass er verdächtigt wurde, hinter den beschriebenen Verbrechen zu stehen, blieb Cameron bei seiner unnahbaren Haltung. Ungeachtet seiner Selbstbeherrschung hätte jeder unschuldige Mann doch zumindest ein Anzeichen der Überraschung oder der Erschütterung gezeigt – oder wenigstens der Bestürzung –, wenn man ihn über solche Anschuldigungen in Kenntnis setzte.

Cameron dagegen wartete geduldig, bis Huntingdon am Ende seines Berichts angekommen war. »Nun, Sir?«, schloss er, »können Sie uns über den Wahrheitsgehalt dieser Geschichte aufklären?«

Jetzt erst lächelte Cameron, lächelte den Lord einladend an, dann den Earl, als wollte er sie auffordern, mit ihm gemeinsam über den Witz zu lachen. »Mylord, diese ganze Geschichte ist frei erfunden, zumindest soweit es die Unterstellung betrifft, ich wäre beteiligt.«

Mit einer Handbewegung fegte er die Vorstellung vom

Tisch, zusammen mit den Listen, die neben Huntingdons Notizbuch lagen. »Ich habe keine Ahnung, welcher Verdacht auf mich gefallen ist. Aber ich versichere Ihnen, dass ich mit dieser … *Serie von Einbrüchen* nicht das Geringste zu tun habe.« Er ließ die Worte klingen, als wäre es unvorstellbar, dass überhaupt jemand auf den Gedanken gekommen sei, er wäre dazu in der Lage – etwa als würde er einen Kamin kehren.

Mehr sagte er nicht, sondern blieb an seinem Platz stehen, offensichtlich in der Erwartung und der festen Überzeugung, dass Huntingdon seine Erklärung akzeptierte und der Vorwurf in seinen Gesichtszügen, in seiner Haltung und seinem gesamten Auftritt sich umgehend verflüchtigte.

Plötzlich begriff Barnaby. Cameron, der die Kutsche gefahren hatte, hatte sie zwar mit Smythe gesehen, sich aber noch nicht einmal dann vorstellen können, dass sie ihn identifizieren würden. An die Listen wollte er sich nicht erinnern – oder er glaubte nicht, dass jemand seine Handschrift erkennen würde.

Ohne mit harten Beweisen zu rechnen, war er, als er das Arbeitszimmer betreten hatte, darauf vorbereitet gewesen, die schlimmsten Verdächtigungen abzuwehren, die er sich nur vorstellen konnte – und er hatte sein gesamtes, maßlos übersteigertes Vertrauen darauf gestützt, dass seine Stellung in den gehobenen Kreisen ausreichen würde, solche Verdächtigungen aus der Welt zu schaffen. Es war allerdings nicht so, wie er angenommen hatte. Aber was blieb ihm anderes übrig, als sich an sein vorbereitetes Skript zu halten? Wie anders hätte er sich verteidigen sollen?

»Er spielt Theater. Und glaubt, dass nach seinen Regeln gespielt wird«, murmelte Barnaby mit gesenktem Kopf.

Obwohl er sehr leise gesprochen hatte, hatten sein Vater und Huntingdon ihn vermutlich verstanden. Und sie wussten, welche Regeln er meinte.

Huntingdon musterte Cameron aufmerksam, ließ das Notizbuch los und lehnte sich zurück. »Kommen Sie schon, Cameron. Sie müssen uns schon mehr bieten.«

In Camerons Augen blitzte es wütend. Er war es gewohnt, die Miene seines Herrn zu entziffern; und jetzt musste er feststellen, dass Huntingdon entgegen seiner Erwartung nicht bereit war, sich ihm anzuschließen und die »tolle« Geschichte vom Tisch zu fegen, geschweige denn sich im Schulterschluss mit ihm zu üben, wie es unter Gentlemen üblich sein sollte.

»Mylord.« Cameron streckte die Hände aus. »Ich weiß nicht, was ich sagen soll. Ich habe keine Ahnung, was passiert ist.«

Barnaby stand immer noch hinter dem Schreibtisch und bemerkte aus den Augenwinkeln die Bewegungen hinter dem Wandschirm, als Griselda und Penelope die beiden Jungen ins Zimmer brachten. Mostyn dagegen hatte vor wenigen Minuten unauffällig das Zimmer verlassen.

Cameron atmete hörbar ein. »In der Tat, ich muss sagen, dass ich ein wenig überrascht bin, mich als Zielscheibe solcher Anschuldigungen wiederzufinden.« Er ließ den Blick auf Stokes ruhen.

»Man kann nur unterstellen, dass die ermittelnden Officer dringend einen Übeltäter präsentieren müssen, und ich nehme ebenso an, dass die Wellen der Empörung hoch genug schießen werden, wenn sie mit dem Finger auf jemand höheren Ranges zeigen, sodass man über ihr Versagen hinwegsieht, die Salons vor solchen Ausplünderungen zu schützen.«

Stokes' Kiefer zuckte, seine Wangen färbten sich leicht rötlich. Davon abgesehen reagierte er nicht auf die höhnischen Bemerkungen, sondern beobachtete Cameron weiterhin mit starrem Blick, der trotz allem seine Verachtung ausdrückte.

Cameron kniff die Augen zusammen, konnte seinen Worten allerdings nichts mehr hinzufügen. Er wandte sich von Stokes ab und seinem Herrn zu, bemerkte dann, dass er den Verdacht immer noch nicht hatte abwehren können.

Aber Huntingdon schien die Worte genau überdenken zu wollen. »Ach, meinen Sie wirklich?« Der Tonfall klang ermutigend, als wollte er Cameron einladen, sich näher zu erklären.

Cameron schaute auf Barnaby, dann wieder Huntingdon in die Augen. »Es ist mir durchaus bewusst, dass es für einige Menschen gewissermaßen zur Leidenschaft geworden ist, Kriminalfälle wie diesen zu lösen und dabei die Angehörigen der gehobenen Kreise zu beschuldigen. Eine Leidenschaft, die sich gelegentlich zum Zwang entwickeln kann ... bis hin zu trauriger Berühmtheit. Solche Überlegungen können die Urteilskraft trüben, wenn sie bis zum Punkt der Besessenheit getrieben werden.« Cameron gestattete sich ein Lächeln. »Es ist eine Art Abhängigkeit, wenn Sie so wollen.«

»Oh?« Huntingdon klang unbeeindruckt.

Barnaby senkte den Kopf, um sein Lächeln zu verbergen. Gerade eben hatte Cameron eine unsichtbare Grenze überschritten. Niemals äußerte ein Gentleman solche Verdächtigungen über einen anderen Gentleman, es sei denn, unter vier Augen.

»Um es kurz zu machen, Mylord«, Camerons Stimme klang jetzt härter, »ich vermute, dass diese Verdächtigungen, Beschuldigungen, wie auch immer Sie es nennen wollen, sich aus Gründen der Zweckdienlichkeit gegen mich richten. Ich kann mir nicht vorstellen, dass es irgendwelche persönlichen Gründe gibt, mich als Prügelknaben auszuwählen. Ich scheine nur genau der Richtige zu sein, der durch seinen gesellschaftlichen Rang und seine Stellung als Ihr Privatsekretär die Aufmerksamkeit von dem jämmerlichen Mangel an Beweisen ablenkt.«

Als Barnaby wieder aufschaute, stellte er fest, dass Cameron den inzwischen harten Blick fest auf Huntingdon gerichtet hatte. Eines musste er Cameron anerkennend zugestehen: Hätte er es mit jemandem mit weniger Rückgrat als Huntingdon zu tun gehabt, hätte er das Zimmer als freier Mann verlassen können, zumindest zu diesem Zeitpunkt – denn gerade hatte er daran erinnert, dass Huntingdons gesellschaftliche Stellung ebenfalls beschädigt wäre, sollte sein Privatsekretär noch länger belastet werden.

Was auch immer Cameron in der Miene seines Herrn erkannt haben mochte, sein Selbstvertrauen kehrte zurück. Er entspannte sich, deutete eine Verbeugung an. »Kann ich Ihnen sonst noch dienen, Mylord?«

Aber er hatte sich gründlich in Huntingdon getäuscht. Der Lord nahm wieder das Notizbuch zur Hand und hielt Cameron in einem bedeutungsvollen Blick gefangen. »Allerdings, das können Sie. Sie haben auf bemerkenswerte Weise versagt zu erklären, wie diese Listen der Häuser und des Diebesgutes, die in Ihrer Handschrift verfasst sind, in den Besitz des Einbrechers gelangen konnten, der zugibt, die Einbrüche begangen zu haben. Während Sie behaupten, nichts über diese Listen zu wissen, kann ich bestätigen, dass Sie jedes der aufgeführten Häuser häufig aufgesucht haben, dass Sie mit den Bibliotheken und Arbeitszimmern in ihnen sehr wohl vertraut sind. Vertraut genug, um eine gewisse Kenntnis der zu stehlenden Gegenstände erlangt zu haben. Nur sehr wenige Gentlemen verfügen über ein solches Wissen, und wenn, dann auch nicht über alle Häuser. Ebenso zählen Sie zu den wenigen, die über das Wissen und den Zugang zur Polizei verfügen, um den Durchsuchungsbefehl gegen das Findelhaus fälschen zu können.«

Huntingdon schwieg kurz. »Diese Listen sind in Ihrer Handschrift verfasst. Sie sind mit den betroffenen Häusern wohlvertraut. Und Sie haben die Fähigkeit, polizeiliche Anweisungen zu fälschen. Jeweils für sich genommen, mag man diese Umstände als unglückliche Zufälle abtun. Zusammengenommen sind sie allerdings hochgradig verdächtig. Wie auch immer, da Sie auf Ihrer Unschuld bestehen, werden Sie nichts dagegen einzuwenden haben, dass der Einbrecher«, Huntingdon winkte Smythe hinter dem Wandschirm hervor, »einen Blick auf Sie wirft, um zu bestätigen oder zu widerlegen, dass Sie der Mann sind, für den er gearbeitet hat.«

Darauf war Cameron vorbereitet. In aller Ruhe drehte er sich um und schaute Smythe an.

Smythe warf ihm einen eindringlichen Blick zu. »Das ist er. Er hat sich selbst Mr. Alert genannt.«

Cameron zog leicht die Brauen hoch und drehte sich wieder zu Huntingdon. »Mylord!« Tonfall und Gesichtsausdruck wirkten ungläubig. »Sie können nicht ernsthaft beabsichtigen, einem solchen Mann auch nur ein einziges Wort zu glauben! Er würde alles gestehen, was man von ihm verlangt.« Er ließ den Blick zu Stokes schweifen und fügte hinzu: »Ich wage die Behauptung, dass ihm eine Belohnung für die Aussage zugesichert worden ist. Kein Gericht würde aufgrund seiner Worte ein Urteil sprechen.«

Huntingdon nickte gewichtig. »Vielleicht nicht. Wie auch immer, es gibt noch andere Zeugen.« Er schaute hinüber zum zweiten Wandschirm. »Miss Ashford?«

Penelope kam hinter dem Schirm hervor und wandte sich mit gefalteten Händen an Seine Lordschaft. »Beide Jungen haben auf Anhieb auf Camerons Stimme reagiert. Es herrscht keinerlei Zweifel daran, dass er der Mann ist, den sie dabei belauscht haben, als er Smythe Anweisungen gegeben hat«, sie schaute Cameron an, »in welche Häuser einzubrechen ist und was aus ihnen gestohlen werden soll«.

Cameron starrte sie an.

»Zwei unschuldige Jungen sind keinerlei Zwang oder Drohungen ausgesetzt und haben deshalb keinerlei Anlass zu lügen.« Huntingdon schwieg kurz. »Was sagen Sie jetzt, Cameron?«

Cameron riss sich von Penelope los, die ihn mit ihrem Blick in Grund und Boden verdammt hatte, und starrte Seine Lordschaft an.

Er wirkte ganz und gar nicht mehr wie ein Gentleman. Barnaby fluchte laut und verließ seine Position hinter dem Schreibtisch.

Cameron reagierte auch nicht wie ein Gentleman, als er sich auf Penelope stürzte.

Erstaunt und ungläubig fand Penelope sich in seine Arme

gerissen. Mit wildem Blick schob Cameron sie vor sich wie einen Schutzschild, schlang einen Arm um ihre Schultern, presste sie an sich … und schwang ein Messer vor ihrem Gesicht.

Sie starrte auf das Messer. Ein eiskalter Schauder jagte ihr über den Rücken. Cameron musste wahnsinnig geworden sein … das Messer sah scharf aus.

»Zurück!« Cameron rührte sich, bis er mit dem Rücken zur Wand stand.

Penelope spürte, dass er den Kopf mal in die eine, dann in die andere Richtung drehte, konnte spüren, wie nervös er war, beinahe panisch …

»Zurück, habe ich gesagt! Oder ich werde ihr die Wange aufschlitzen!«

Seine Hand zitterte. Plötzlich befand sich das Messer mit der blitzenden Klinge sehr nahe an ihrem Gesicht.

Es prickelte ihr eiskalt über den Rücken. Cameron war zu stark, als dass es ihr hätte gelingen können, aus seinem Klammergriff auszubrechen, ganz besonders nicht mit einem Messer so dicht an ihrer Kehle. Sie konnte noch nicht einmal gegen seine Beine treten.

Penelope atmete tief durch und riss den Blick vom Messer los. Sie schaute zu den anderen, deren Gesichter vor ihren Augen verschwammen. Aber als sie den Blick zu Barnaby wandern ließ und ihn festhielt, sah sie wieder schärfer.

Barnaby war blass, erschüttert, die Gesichtszüge angespannt. Wie angewurzelt war er neben dem Tisch stehen geblieben, zurückgehalten durch Camerons Drohung.

Aufmerksam beobachtete er Penelope und den Mann. Als Cameron den Blick durch den Raum schweifen ließ, um zu prüfen, wie die anderen sich verhielten, schaute Barnaby sie direkt an, öffnete den Mund und tat so, als wollte er zubeißen.

Penelope blinzelte, hatte begriffen; sie lehnte den Kopf zurück auf Camerons Brust und konzentrierte sich auf die Hand vor ihrem Gesicht, die das Messer hielt. Weil sie so dicht bei ihm stand, befand die Waffe sich genau vor ihrem Mund.

Sie riss den Mund weit auf und schlug ihre Zähne in Camerons Hand.

Er schrie auf.

Penelope schloss die Augen, biss, so fest sie konnte, und grub die Zähne in sein Fleisch.

Cameron bellte vor Schmerz, versuchte, seine Hand fortzuziehen, aber es gelang ihm nicht. Mit einer unbeweglichen Hand konnte er das Messer nicht benutzen.

Er warf sich in die eine und die andere Richtung und versuchte mit Geheul, sie loszuwerden. Ein paar verrückte Sekunden lang sah es aus, als würden sie beinahe einen Walzer auf der Stelle tanzen. Aber sie weigerte sich entschlossen, ihn freizugeben.

Mit größter Anstrengung schleuderte er sie zur Seite. In diesem Sekundenbruchteil war sie gezwungen, ihren Biss zu lösen, flog quer durch den Raum und krachte mit Stokes und dem Earl zusammen. Wirr stürzten sie übereinander und rempelten zwei Konstabler an, die ihnen zu Hilfe geeilt waren.

Auf Händen und Füßen befreite Penelope sich aus dem Durcheinander, ließ den Blick durch das Zimmer schweifen und bemerkte, dass Cameron sein Messer benutzte, um Barnaby in Schach zu halten. Huntingdon war auf den Beinen, konnte den Schreibtisch aber nicht umrunden, ohne Barnaby in Schwierigkeiten zu bringen.

Und nach Camerons Miene zu urteilen, wartete der Mann nur darauf, Barnaby aufzuschlitzen.

Es war, als wäre die Zeit stehen geblieben.

Das Messer blitzte auf, wieder und wieder. Barnaby konnte im letzten Moment ausweichen.

Cameron schnaubte wütend und sprang nach vorn. Penelope blieb beinahe das Herz stehen, als sie lauthals schrie. Wieder sprang Barnaby in letzter Sekunde beiseite. Blitzend zuckte das Messer an seinem Oberkörper vorbei.

Barnaby schnappte nach Camerons Arm, aber der bemerkte die Gefahr und riss ihn zurück. Wild schweifte sein Blick über die Männer, er fuchtelte mit dem Messer vor seinem Oberkörper herum und ging Schritt für Schritt rückwärts.

Offenbar hatte er Griselda vergessen, hatte sie die ganze Zeit über schlicht ignoriert. Sie schlich sich hinter dem Wandschirm hervor, hob eine schwere Skulptur von einem kleinen Tischchen und schlich sich dicht an der Wand entlang, bis sie hinter Cameron stand. Mit erhobener Skulptur passte sie den richtigen Moment ab. Als der Mann in Reichweite gelangte, ließ sie ihm die Skulptur auf den Schädel krachen.

Penelope erhob sich schwankend. Cameron schwankte ebenfalls, hielt sich aber noch auf den Beinen. »Das war nicht hart genug«, wies sie Griselda an, »noch mal zuschlagen!«

Bevor Griselda der Anweisung folgen konnte, trat Barnaby vor, schlug Cameron das Messer aus der Hand und brachte ihn mit einem Kinnhaken zur Strecke, der den Kiefer krachen ließ.

Die Gewalt des Schlags ließ den Mann zu Boden stürzen. Mit dem Rücken taumelte er gegen die Wand, verdrehte die Augen, bis seine Knie zu wackeln schienen. Er glitt nach unten und endete als zusammengekrümmter Haufen.

Barnaby stand über ihm und schüttelte grimmig seine Hand aus.

Bestürzt rannte Penelope zu ihm.

Huntingdon schlug ihm auf die Schulter, als Barnaby an ihm vorbeikam. »Gut gemacht.«

Penelope war sich nicht so sicher. Sie ergriff Barnabys Hand – die Hand mit den wunderschönen, eleganten, langen und überaus talentierten Fingern – und starrte auf das Rote, das zwischen den aufgeschürften Knöcheln herausquoll. »Was ist mit der Hand geschehen?«

Erstaunt und verwirrt nahm Barnaby zur Kenntnis, dass Penelope sich den Gedanken an die Verletzung seiner Hand – es war nicht schlimm und würde verheilen – gar nicht mehr aus dem Kopf schlagen konnte. Alles andere interessierte sie erst in zweiter Linie. Nichts konnte sie davon abhalten, mit ihm nach Hause in die Jermyn Street zu eilen, sodass sie sich die Wunde genauer anschauen und die abgeschürften Knöchel mit Salbe bestreichen konnte.

Dass Mostyn die Jungen unter seine Fittiche genommen und sich freiwillig bereit erklärt hatte, sie am nächsten Tag ins Findelhaus zu bringen, bestärkte sie nur noch in ihrer Ungeduld, endlich fortzukommen.

Und Barnaby beschloss, dass nichts anderes seinem Interesse mehr entgegenkam. Denn abgesehen von allem anderen musste er dringend mit ihr sprechen, jetzt, schon bald, bevor sein Vater irgendetwas über die Lippen brachte, was sein Leben nur noch schwieriger gestaltete.

Penelope war erleichtert, als er zustimmte, die Angelegenheit in die fähigen Hände des Earls und Lord Huntingdons zu legen. Außerdem war sie überzeugt, dass es genügend Leute gab, die sich um den teuflischen Cameron kümmern und alles Nötige in die Wege leiten konnten. Die Konstabler würden Smythe und Cameron nach Scotland Yard bringen, Stokes würde Griselda nach Hause begleiten. Sie dagegen war nur für das Wohlergehen der Jungen und für Barnaby verantwortlich.

Barnaby galt ihre größte Sorge. Kaum waren sie in der Jermyn Street angekommen, wies sie die Jungen an, sich unter Mostyns Obhut ins Bett bringen zu lassen, und eilte mit Barnaby in dessen Schlafzimmer. Sie drängte ihn, sich aufs Bett zu setzen, und hastete ins Bad, um eine Schüssel Wasser zu holen.

Anschließend rückte sie den Kandelaber näher, sodass sie mehr Licht hatte, und untersuchte die Hand. »Männer und ihre Schwäche für den Boxkampf«, zischte sie leise. Innerlich fühlte sie sich immer noch zutiefst erschüttert, begriff aber nicht recht, woran es lag. »Du hättest ihn überhaupt nicht schlagen müssen. Griselda hätte sich darum gekümmert, wenn du ihr ein paar Sekunden Zeit gegeben hättest.«

»Ich musste ihn treffen.«

Penelope achtete nicht auf seinen harten, flachen Tonfall.

»Ich bin sehr stolz auf deine Hand, musst du wissen.« Sie tauchte das fragliche Objekt in das kalte Wasser. »Auf beide. Du weißt, dass ich natürlich auch auf vieles andere an dir sehr stolz bin, das steht außer Frage. Aber deine Hände …« Sie hielt inne.

Atmete tief durch. »Ich plappere dummes Zeug.« Penelope war über sich selbst erstaunt, aber die Zunge wollte ihr nicht gehorchen und plapperte einfach weiter. »Siehst du, was du aus mir gemacht hast? Ich plappere niemals. Da kannst du jeden fragen. Penelope Ashford hat noch niemals in ihrem Leben geplappert, und jetzt bin ich hier, zwitschere wie ein dummes Vögelchen, und all das nur, weil du dir nicht vorstellen kannst …«

Barnaby unterbrach ihren Redefluss durch das einzig zweckdienliche Mittel, einen Kuss, senkte den Kopf, bedeckte ihre Lippen und bremste ihre rasende Zunge.

Er schlang die Arme um sie und zog sie zu sich heran. In seinen Armen entspannte sie sich auf Anhieb.

Anfangs war es ein langer, sanfter Kuss – als wollten sie sich gegenseitig beruhigen und den Schmerz lindern. Aber das war längst nicht alles, was sich zwischen ihnen abspielte, viel primitivere Gefühle wallten auf und wollten beschwichtigt werden, viel mächtigere Bedürfnisse erhoben sich vollkommen unerwartet und mischten sich unter den Kuss, tränkten ihn mit einer Leidenschaft, die weder sie noch er hatten zeigen wollen, die beide jetzt aber besänftigen mussten, stillen und befriedigen.

Barnaby neigte den Kopf und erkundete ihren Mund, plünderte ihn förmlich mit verheerenden Auswirkungen auf ihre Sinne – und sie erwiderte ihm den Gefallen, schüttelte sich das Wasser von den Händen und fuhr mit den Fingern in sein Haar, um sich in den Locken festzukrallen. So konnte sie ihn festhalten und küssen, so hungrig, so gierig und so eifrig von ihm Besitz ergreifen wie er von ihr.

Genauso wild. Genauso ungezügelt.

Als sie sich schließlich voneinander lösten, schnappten sie beide atemlos nach Luft. Heftig rumorte der Hunger in ihnen, und es war nicht rein körperlich gemeint. Der gleiche Herzschlag, der gleiche Drang. Sie fing seinen Blick auf, entdeckte im aufgewühlten Blau seiner Augen den gleichen Wirbel der Gefühle wie bei sich auch.

Aus dem gleichen Grund.

Aus dem gleichen Anlass. Mit der gleichen Kraft.

Zitternd atmete Penelope ein. Sie hatte die feste Absicht, mit ihm zu reden. Es war höchste Zeit.

Obwohl es sie mit aller Macht dazu drängte, beschlich sie ein letzter Zweifel. Er war überzeugter Junggeselle, wie in den Salons allgemein bekannt war. Wenn sie jetzt das Wort ergriff ... ihm einen Antrag machte ... er aber nicht zustimmte ... dann wäre ihre gemeinsame Zeit zu Ende. Sobald er erfuhr, dass sie an eine Heirat dachte, sie ihn aber nicht überzeugen konnte, ihrem Antrag zuzustimmen, würde er sie ungeachtet ihrer Wünsche ebenso höflich wie entschlossen aus seinem Leben verweisen.

Penelope war überzeugt, dass sie eine Zurückweisung nicht überstehen würde. Wenn sie also das Wort ergriff und er sie zurückwies, dann würde sie alles verlieren, was sie jetzt hatte.

Aber wenn sie nicht das Wort ergriff – dann würde sie alles verlieren, was sie gemeinsam haben könnten.

Trotzdem ... selbst wenn er die gleichen Gefühle für sie hegte wie sie für ihn, hieß es noch lange nicht, dass er die Ehe für den richtigen Weg halten würde.

Zum ersten Mal in ihrem Leben verließ Penelope fast der Mut, als sie sich einer Herausforderung gegenübersah. Dieser eine Schritt ... noch nie hatte es einen solch entscheidenden Moment in ihrem Leben gegeben. Sie suchte in seinen Augen nach einem Zeichen, nach einem Hinweis darauf, wie er wohl reagieren würde. Und plötzlich fiel es ihr ein ... »Warum *musstest* du Cameron niederschlagen?«, fragte sie stirnrunzelnd.

Aus seinem Mund hatte es geklungen, als läge noch eine größere Bedeutung darin, als nur einen teuflischen Gegner zur Strecke zu bringen.

Barnaby hielt ihren Blick fest, schaute dann auf ihre Lippen.

»Du hattest gesagt«, meinte er trocken, »dass ich wohl den Verstand verloren hätte.« Er unterbrach sich kurz. »Du hattest recht. Ich hatte tastsächlich den Verstand verloren. Es … es war alles so anders. Denn ich habe noch niemals den Verstand verloren. Wie du auch noch niemals geplappert hast. Aber in dem Moment, als Cameron dich geschnappt hat … da war jeder vernünftige Gedanke in mir erstorben. Ich brauchte auch gar nicht mehr zu denken. Es war sonnenklar, was ich zu tun hatte. Wozu noch lange grübeln?«

Er hielt inne und atmete tief durch. »Ich musste ihn schlagen, weil er dich in seiner Gewalt hatte. Wenn es Griselda getroffen hätte, hätte ich anders empfunden. Vielleicht hätte Stokes eingegriffen. Aber Cameron hatte es nun mal auf dich abgesehen …«, seine Stimme klang tiefer, »… irgendwann in den vergangenen Wochen bist du mein geworden. Stehst in meinem Schutz. Dich zu halten und für deine Sicherheit zu sorgen.«

Barnaby schaute ihr direkt in die Augen, und sie entdeckte in dem strahlenden Blau, dass er die Wahrheit sagte. »Das ist der Grund, weshalb ich ihn niederschlagen musste. Warum ich keinen Gedanken daran verschwendet habe, ob es notwendig war oder nicht. Weil ich es *musste*.« Er schwieg kurz. »Mir ist zu Ohren gekommen, dass es manchmal so sein kann … mit einer bestimmten Frau. Ich hätte niemals geglaubt, dass es auch mir passieren kann. Aber mit dir … ist es mir passiert. Und wenn du nicht mein sein willst …« Er suchte ihren Blick und fuhr dann mit fester Stimme fort: »Es ist zu spät. Du wirst immer mein sein.«

Penelope hatte etwas gesucht, woran sie ihr Herz verlieren konnte. Und jetzt hatte sie es gefunden, schimmernd in seinen blauen Augen. »Ich denke, wir sollten heiraten.«

Barnaby spürte, wie eine Welle der Erleichterung sich in ihm verströmte, schaute ihr in die dunklen Augen und jubelte innerlich.

Bevor er reagieren konnte, zog sie die Stirn kraus. »Ich weiß, es ist ein erschreckender Gedanke. Aber wenn du bereit bist, dir meine Gründe anzuhören, wirst du erkennen können, dass eine Ehe uns beiden erhebliche Vorteile bieten kann.«

In seinem Plan hatte Barnaby vorgesehen, genau diesen Punkt zu erreichen. Er kämpfte darum, den aufkeimenden Triumph aus seinem Blick zu bannen, wollte alles hören, was sie zu sagen hatte, was sie ihm so bereitwillig erklären wollte. »Ich bin ganz Ohr.«

Penelope zögerte, war sich offenbar nicht ganz sicher, wie sie seinen Tonfall verstehen sollte. Aber dann atmete sie tief durch und fuhr fort. »Ich weiß – wie du auch –, dass es eine lange Liste rein logischer und vernünftiger Gründe gibt, warum wir heiraten sollten, warum die Gesellschaft es uns diktiert und welche gesellschaftlich anerkannten Gründe es für unsere Ehe gäbe.«

Sie blickte ihm direkt in die Augen. »Aber weder du noch ich haben es uns gestattet, uns durch solche Überlegungen beeinflussen zu lassen, weshalb ich sie nur erwähne, um sie gleich beiseitewischen zu können. Aber auch, um anzumerken, dass eine Heirat in unseren Kreisen willkommen geheißen würde.«

Seine Mutter wäre schier aus dem Häuschen. Barnaby nickte abwartend.

Penelope senkte den Blick auf seine Lippen. »Vor Wochen hast du bemerkt, dass wir uns außergewöhnlich gut ergänzen. Privat, in der Öffentlichkeit und noch viel mehr, wenn es um unsere heimliche Berufung geht. Wir können über jedes Thema reden, das uns interessiert. Und mehr noch, wir genießen es in vollen Zügen. Wir können über Dinge reden, über die wir mit niemandem sonst ein Wort verlieren. Wir haben gemeinsame Vorstellungen. In bestimmten Situationen reagieren wir gleich. Wir fühlen uns durch dieselben Umstände zum Handeln gezwungen, und wir haben dasselbe Ziel vor Augen.«

Sie hob den Blick und schaute ihn wieder direkt an. »Wir ergänzen uns perfekt, wie ich damals schon gesagt habe. Alles, was seither geschehen ist, hat nur unterstrichen, wie richtig die Einschätzung damals gewesen ist.«

Aufmerksam musterte sie seinen Blick. »Du und ich … wir sind zwar nicht vollkommen gleich, aber wir … dein Leben und meins … es passt irgendwie zusammen.«

Du bist meine fehlende Hälfte. Sie sprach die Worte zwar nicht aus, aber sie wirbelten ihr durch den Kopf, drangen so wirkungsvoll nach außen, als hätte sie tatsächlich gesprochen.

»Zusammen sind wir mehr. Stärker als allein. Wie, wenn nicht durch die letzten Wochen, sollte man das sonst beweisen?« Penelope unterbrach sich kurz. »Nun, ich bin überzeugt, dass wir heiraten sollten und die Partnerschaft fortsetzen, die wir aufgebaut haben. Uns würde die Ehe keinerlei Beschränkungen auferlegen, sondern uns stattdessen in die Lage versetzen, unsere Partnerschaft zu erweitern und auf die verschiedensten Seiten unseres Lebens auszudehnen.«

Sie presste die Lippen aufeinander. Durch die Hand auf ihrem Rücken spürte er die unbeugsame Entschlossenheit, die sie durchdrang. »Das sind die Gründe, weshalb ich der Meinung bin, wir sollten heiraten. Und das ist es, was ich mir sehnlichst wünsche, wenn ich nur meinen Willen durchsetzen könnte und wenn du dich auch danach sehnst.«

Ehrlich, unverblümt, mit klarem Kopf und entschlossen – das alles und noch mehr sah er, als er ihr in die Augen schaute. Barnaby blieb nichts übrig, als nur charmant zu lächeln, so zu tun, als würde ihr Vorschlag … ihr Antrag ihn vollkommen überraschen. Als würde er über ihre Argumente nachdenken und ihr dann gnädig zustimmen.

Dann wäre sie sein, und all seine Wünsche wären in Erfüllung gegangen … ohne sich bekennen zu müssen, ohne etwas anderes enthüllen zu müssen als die Beweggründe, die ihr ebenfalls durch den Kopf gegangen waren ... ohne sich zu etwas anderem bekennen zu müssen als zu der Macht, die sich in seine Seele gesenkt hatte und ihn nie wieder freigeben würde.

Unglücklicherweise schien diese Macht andere Pläne zu verfolgen.

Ehrlich, unverblümt, mit klarem Kopf und entschlossen – das alles war offenbar nicht genug. Nein, es war nicht genug, wenn er einfach nur zustimmte.

»Ja, ich denke auch, wir sollten heiraten.« Sie riss die Augen auf, als sie seinen rauen Tonfall hörte; bevor sie über die Ursachen nachdenken konnte, fuhr er schon fort. »Aber ...«

Angestrengt suchte er nach den passenden Worten. Aber mit ihr in seinen Armen und dem Blick aus ihren dunklen Augen war es plötzlich zwingend erforderlich, so als hinge sein Leben davon ab, dass sie es wusste und verstand, und zwar bis in alle Einzelheiten. »Wenn du erfahrener gewesen wärst, als wir mit unseren Vertraulichkeiten anfingen«, erklärte er, »dann hättest du gemerkt, dass ein Mann wie ich dich niemals angerührt hätte, wenn er nicht schon immer die Ehe im Kopf gehabt hätte.«

Penelope riss die Augen auf, starrte ihn an. Ein paar Sekunden verstrichen. »Damals schon?«, stieß sie schließlich hervor.

Er nickte, biss die Zähne fest zusammen. »Sehr genau schon damals. Du warst eine wohlerzogene Jungfrau, die Schwester deines Bruders ... kein ehrenwerter Gentleman hätte dich angerührt, es sei denn ich, der ich dich als meine Ehefrau haben wollte, obwohl du zu jenem Zeitpunkt noch strikt gegen die Ehe eingestellt warst. Deshalb habe ich mich deinen Wünschen gefügt, allerdings nur in der festen Absicht, deine Überzeugungen zu ändern.«

Penelope kniff die Augen zusammen. »Du hattest die feste Absicht, *meine Überzeugungen zu ändern*?«

Er schnaubte, als er ihren Tonfall hörte. »Noch nicht einmal damals, als ich dich nicht besonders gut kannte, war ich der Meinung, dass es mir je gelingen würde. *Ich* wäre niemals dazu in der Lage gewesen. Aber ich habe gehofft und gebetet, dass du eines Tages zu der Auffassung gelangen würdest, es sei eine gute Idee, mich zu heiraten. Dass du dich selbst überzeugen würdest, deine Meinung zu ändern. Wie du es auch getan hast.«

Barnaby hatte erwartet, dass sie seinem gedanklichen Ausflug in die Vergangenheit folgen und schließlich mit ihm in der Gegenwart ankommen würde. Aber er hätte es wissen müssen, dass sie stattdessen an den Punkt zurückkehrte, den er zwar genannt, aber nicht erläutert hatte.

»Warum wolltest du mich heiraten?« Sie war aufrichtig erstaunt. »Schon anfangs, kurz nachdem wir unser Bündnis schlossen, noch bevor wir uns besser kennenlernten … was hat dich geritten, dass du beschlossen hast, mit mir die Ehe einzugehen?«

Es kostete ihn mehr als ein innerliches Zucken, die Wahrheit über die Lippen zu zwingen; es war beinahe wie ein Kampf. »Ich weiß es nicht.«

Ungläubig starrte Penelope ihn an. »Ich weiß es nicht«, wiederholte er und biss die Zähne zusammen, bevor er fortfuhr. »Damals wusste ich nur, dass du die Richtige bist. Zwar hatte ich nicht begriffen, warum … aber an der Tatsache änderte das nichts.«

»Und dann hast du einfach entsprechend gehandelt?« Sie klang … einen Hauch fasziniert.

Das Geständnis war gefährlich, aber er zwang sich zu einem Nicken.

Ihr dunkler, gleichwohl leuchtender Blick wurde weicher. Sie schaute ihm direkt in die Augen, als sie den Kopf neigte. »Und jetzt?«

Die entscheidende Frage.

Barnaby erwiderte ihren Blick und zwang sich, wieder zu sprechen. Zwang sich zu einem Geständnis, um es ein für alle Mal hinter sich zu bringen – ihr all das zu erzählen, was sie niemals hatte wissen sollen. »Mir ist immer noch nicht klar, warum ein Mann, der noch bei Verstand ist, einer Frau alles erzählen sollte, aber … ich liebe dich. Bevor du in mein Leben getreten bist, hatte ich keine Ahnung, was Liebe eigentlich ist. Ich habe sie bei anderen Menschen gesehen, habe ihnen die Liebe auch gegönnt, hätte mich selbst aber niemals darauf eingelassen. Daher wusste ich nicht, wie es sich anfühlt. Wie es sich anfühlen würde … aber jetzt weiß ich es.«

Er sog die Luft tief und zittrig ein. »Als Cameron dieses Messer hatte und dich geschnappt hat … da habe ich im wahrsten Sinne des Wortes rotgesehen. Nur noch ein einziger Gedanke hat mich beherrscht … du, die Frau, um die mein Leben sich dreht, warst in Gefahr. Dass ich es nicht verkraften würde, wenn dir irgendetwas zustieße … es mag sein, dass ich dann weiter existieren würde, aber ich wäre niemals so lebendig, wie ich es mit dir in den vergangenen Wochen gewesen bin.«

Er suchte in ihrem Blick. »Vorhin hast du es nicht ausgesprochen. Aber ich werde es jetzt tun. *Du bist meine fehlende Hälfte.* Ich liebe dich, ich brauche dich, und ich will, dass du mein wirst. Die ganze Welt soll es sehen und wissen.«

Überrascht stellte er fest, wie leicht ihm die Worte über die Lippen gekommen waren. »Ich will, dass wir heiraten. Dass wir Mann und Frau werden.«

Penelope hielt seinen Blick immer noch fest und lächelte langsam. »Gut.« Sie hob die Hände und zog seinen Kopf zu sich herunter. »Weil es das ist, was ich auch will. Weil ich dich auch liebe. Es ist seltsam, und es kommt unerwartet. Aber es ist auch faszinierend und aufregend. Und genau das möchte ich weiter erforschen. Mit dir.« Sie war nur einen Hauch von ihm entfernt, als sie innehielt und die reifen, lüsternen Lippen köstlich nach oben zog.

»Vielleicht möchtest du dich daran erinnern, dass es niemals klug ist, mit mir zu streiten.«

Eigentlich wollte Barnaby lachen, aber sie küsste ihn, hörte auch dann nicht auf, als er sie in die Arme schloss und ihren Kuss erwiderte.

Sich mit ihm vereinte und, mehr noch, ihn drängte. Alle Schranken waren gefallen, alle Hürden hatten sie genommen, und es gab keinen Grund, das Glück, das sie gefunden hatten, nicht mit jeder Faser zu zelebrieren, all das zu zelebrieren, was ihnen gemeinsam war – die Liebe, das Verlangen, die Leidenschaft.

Allen dreien ließen sie freien Lauf – sie und er mit vereinten Kräften. Als wären sie eins geworden, ließen sie den Aufruhr wüten und sich von ihm verschlingen.

Ließen sich in einen verzweifelten, schwindelerregenden Strudel wilder Leidenschaften reißen, der aus ihrem Verlangen gespeist war. Wer wen nahm, wer in wem die größere Leidenschaft heraufbeschwor, wer sich bereitwilliger hingab – wie immer schienen sie darum zu streiten, schienen die Frage zu umarmen und überließen sich wortlos gedrängt der Jagd nach der Antwort.

Zu ihrer wechselseitigen Freude, zu ihrem gegenseitigen Vergnügen und zu ihrer größten Befriedigung. Bis zu jenem Gipfelpunkt, als er sie unter sich hatte, sie den Rücken durchbog und ihn tief in sich aufnahm, als ihre Hände sich verzweifelt an ihm festklammerten und sie über den Rand des Abgrunds taumelte ... in diesem Augenblick schaute er ihr ins Gesicht, sah die Verzückung in ihren Zügen und hegte keinerlei Zweifel mehr daran, dass ihr Bekenntnis zu ihm und ihre Hingabe – ihre Liebe – genauso stark waren wie seine.

Dann tauchte sie in den Mahlstrom ein, war zutiefst erschüttert. Herrlichkeit und Jubel durchströmten sie, strömten bis in sein Herz hinein. Selbst als sie die Hände erschöpft von seinen Schultern nahm, klebte ihr Körper so nahe an seinem, dass sie ihn hineinriss in diese Leere ohne Zeit und Raum, in diesen winzigen Augenblick höchst geschärfter Sinne, wenn nichts um sie herum mehr existierte außer dem Gefühl, mit ihm eins zu sein.

Sekundenlang waren sie verschmolzen, waren in die warme Wolke der Glückseligkeit gehüllt – erfüllt, gesegnet und in der Gewissheit, dass sie genau dort angekommen waren, wo das Schicksal sie hatte sehen wollen. Hilflos und erschöpft in der ersterbenden Hitze eines Gefühls, das weder sie noch er leugnen konnten.

Heil und ganz. In seinen, in ihren Armen.

Penelope und Barnaby heirateten, aber nicht wie gewünscht innerhalb der nächsten Tage, sondern Ende Januar. Der Dezember kam, und mit ihm kam der Schnee, meterhoch. Obwohl die Anwesen ihrer jeweiligen Vorfahren nicht besonders weit entfernt waren, hatten ihre Mütter gemeinschaftlich erklärt, dass viele andere, die den Hochzeitsfeierlichkeiten ebenfalls beiwohnen wollten, an den Schneeverwehungen scheitern würden. Folglich waren besagte Feierlichkeiten auf die Zeit nach dem Tauwetter verlegt worden.

Wie Penelope auf der Fahrt zur Kirche zu Ohren kam, konnten Barnaby und sie sich glücklich schätzen, dass man ihnen gestattet hatte, noch vor April zu heiraten.

Auf den Verlauf der Dinge in der Hauptstadt hatte das Wetter nicht solchen Einfluss. Cameron war nach Newgate überstellt worden und musste dort schmachten, bis das Gericht geklärt hatte, in welcher Höhe die Strafe über ihn verhängt werden sollte. Sein Verfahren musste notwendigerweise so lange auf sich warten lassen, bis diejenigen, die er so erfolgreich bestohlen hatte, in die Hauptstadt zurückgekehrt waren, um ihr Eigentum zu identifizieren.

Am Tag nach Camerons Festnahme hatte Stokes zusammen mit Huntingdons Angestellten dessen Haus durchsucht. Dank eines jungen Mädchens, das in einem verschlossenen Stauraum neben ihrem kleinen Zimmer auf dem Dachboden Geräusche gehört hatte, entdeckten sie ein geheimes Lager mit den sieben Gegenständen, die Smythe und die Jungen Cameron ausgehändigt hatten.

Riggs hatte bestätigt, dass es sich bei Cameron um eine Bekanntschaft handelte, die über sein Haus in St. John's Wood Terrace Bescheid wusste, und dass Miss Walker, seine Geliebte, opiumabhängig war. Irritiert hatte Riggs erfahren, was seine Bekanntschaft angerichtet hatte. »Aber er war doch immer ein netter Kerl. Hätte niemals geglaubt, dass er dazu in der Lage ist.«

Die Worte entsprachen dem, was viele dachten und fühlten. Erst Montague klärte schließlich über Camerons Motive auf.

Cameron war nie das gewesen, was er zu sein vorgab – nicht seit seinen frühen Schultagen. Er war der Sohn eines Mühlenbesitzers aus dem Norden, der die Tochter eines örtlichen Gutsbesitzers geheiratet hatte. Sein Großvater mütterlicherseits, der dem niederen Adel angehörte, hatte Freude daran gefunden, ihn nach Harrow zu schicken.

Unglücklicherweise hatten seine Schulkameraden ihm zu einem Einblick in die Welt der Salons verholfen, und das weckte den brennenden Ehrgeiz in ihm, nicht nur Zutritt zu diesen höchst privilegierten Kreisen zu erhalten, sondern selbst dazuzugehören. Daher hatte er sich entschlossen, seine niedere Herkunft zu verschleiern, und sich mit größtem Eifer bemüht, das Fehlen des verdammten Vermögens wettzumachen.

Eine Zeit lang war er am Spieltisch über die Runden gekommen, aber dann hatte er eine Pechsträhne erwischt. Mit seinem Leben war es rasant bergab gegangen; er war in den Klauen des berüchtigtsten Geldverleihers in London gelandet, einem Wucherer, dem Stokes und seine Vorgesetzten am liebsten das Geschäft verbieten würden. Doch weder verzweifelte Schuldner noch Tote neigten dazu, den Mund aufzumachen und als Zeugen gegen den Mann aufzutreten.

Auch Cameron konnte ihnen in dieser Hinsicht keine Hilfe sein, denn er hatte sich seine Lage selbst zuzuschreiben. Und jetzt war die Fassade, die er sich mühsam aufgerichtet hatte, haltlos in sich zusammengestürzt, war ihm die Maske vom

Gesicht gerissen worden. Cameron hatte sich in sich selbst zurückgezogen und verweigerte die Aussage.

Angesichts der Schwere der durchgeführten Diebstähle, angesichts der Tatsache, dass er seine Stellung bei Huntingdon ausgenutzt hatte, und wohl wissend, dass solche Straftaten dem immer noch schwachen Ansehen der neu gegründeten Polizeitruppe ernsten Schaden zufügen würden, konnte er bestenfalls die Deportation erwarten; angesichts der Tatsache, dass er Smythe und Grimsby zum Mord und zur Entführung der unschuldigen Jungen angestiftet hatte und sie in ein verbrecherisches Leben führen wollte, würde er sich glücklich schätzen können, wenn er dem Galgen entkam.

Aber es gab auch bessere Nachrichten: Inspektor Basil Stokes und Griselda Martin hatten kurz nach Neujahr geheiratet. Barnaby und Penelope – die das Weihnachtsfest erst mit der Familie auf Calverton Chase, dann auf Cothelstone Castle verbracht hatten, anschließend auf Befehl des Earls und der Countess auf Reisen gegangen waren, um den Feierlichkeiten auf Somersham Place beizuwohnen und dort aufs Neue Glückwünsche entgegenzunehmen – nutzten die Gelegenheit, sich zu entschuldigen und die Flucht zu ergreifen. Die Hauptstadt erreichten sie einen Tag vor der Hochzeit. Natürlich war Barnaby Trauzeuge bei Stokes, wie auch Penelope als Brautjungfer neben Griselda stand.

Penelope blickte mit einem triumphierenden Gefühl auf die Geschichte zurück. Rasch rang sie dem glücklichen Paar das Versprechen ab, dass die beiden zu gegebener Zeit an ihrer und Barnabys Hochzeit teilnehmen würden.

Schließlich war das Monatsende gekommen, und Penelope hatte den Hochzeitswalzer auf ihrer eigenen Hochzeit getanzt – ein Walzer, der ihr bis tief in die Seele gedrungen war –, als sie im Ballsaal auf Calverton Chase neben ihrer Schwester Portia stand, die die Trauung zusammen mit ihrer älteren Schwester Anne als Brautjungfer ehrenhalber bezeugt hatte.

»Es war ausgesprochen verführerisch, mit Barnaby in London zu bleiben, ihn eine Sondergenehmigung für die Hochzeit einholen zu lassen und es einfach hinter sich zu bringen. Aber ...«

»Du hättest die Enttäuschung deiner Mutter nicht ertragen«, meinte Portia amüsiert. »Glaub mir, das wäre uns allen nicht anders ergangen.«

Penelope ließ den Blick durch den Ballsaal schweifen, entdeckte Barnabys und ihre Mutter, die in Sesseln saßen und hocherfreut die Glückwünsche der anderen Ladys ihres Ranges entgegennahmen. »Ich begreife es nicht«, meinte Penelope, »es ist ja nicht so, dass sie noch nie einer Hochzeitsfeier bei einem ihrer Kinder vorgestanden hat. Für Mama ist es bereits das fünfte Mal und für die Countess das vierte. Eigentlich müsste der Glanz langsam verblassen.«

Portia lachte. »Du hast eins vergessen. In ihren Augen ist diese Hochzeit ein dreifacher Triumph.«

»Wie kommst du darauf?«

»Als Erstes weißt du doch, dass sämtliche Salons überzeugt waren, du würdest niemals heiraten – weil du es nicht wolltest. Für Mama ist es ein großer Triumph, dass du deine Meinung geändert hast. Das gilt auch für Barnaby. Man hatte ernsthafte Bedenken, dass er sich den Reihen der eisernen Junggesellen anschließen wird. Lady Cothelstone ist also schier außer sich vor Freude. Und nicht zuletzt spielt es eine große Rolle, dass ihr zwei sowohl für Mama als auch für Ihre Ladyschaft die Letzten seid, die verheiratet werden mussten. Ihre jüngsten Sprösslinge.« Portia ließ den Blick zu den beiden Ladys schweifen. »Wenn dieser Vormittag vorüber ist, haben sie ihr Werk vollbracht.«

Penelope blinzelte, dachte, dass das Glück ihrer Mutter ihr nach Portias Worten durchaus in einem anderen Licht erschien. »Aber ich bin sicher«, widersprach sie mit Blick auf die Zukunft, »dass sie sich für das Leben und die Eheschließungen ihrer Enkelkinder nicht weniger interessieren werden.«

»Ja, bestimmt werden sie sich dafür interessieren. Aber mit einer Einschränkung: Ich habe den Verdacht, dass sie die meiste Sorge um unseren Nachwuchs uns überlassen werden.«

Irgendetwas in Portias Stimme veranlasste Penelope, genauer hinzusehen. »Aha. Daher weht der Wind, nicht wahr?«, bemerkte sie nach einer kurzen Pause.

Portia begegnete ihrem Blick und errötete – was gewöhnlich nicht ohne Grund geschah. »Möglicherweise. Es ist zu früh, um es genau sagen zu können. Aber … es könnte gut sein, dass du in etwa sieben Monaten Tante wirst.«

Emily hatte schon zwei Kinder, und Anne hatte vor Kurzem ihr erstes Kind geboren, einen Sohn, dessen Ankunft ihren Ehemann Reggie Carmarthan in den Zustand eines verliebten Narren zurückgeworfen hatte. »Wunderbar!«, strahlte Penelope. »Ich kann es kaum erwarten, dass Simon sich endlich mal über jemand anderen den Kopf zerbricht.«

Portia grinste. »Ich auch nicht.«

Beide schwelgten sie in der Aussicht, bis Simon sich vor Penelopes geistigem Auge in Barnaby verwandelte … sie war erstaunt. Noch nie hatte sie darüber nachgedacht, Kinder zu bekommen; entweder sie kamen oder sie kamen nicht. Aber die Vorstellung, einen engelhaften kleinen Barnaby mit goldenen Locken in den Armen zu halten … plötzlich fühlte ihr Magen sich flau an.

Entschlossen schob sie den Gedanken beiseite, um später darüber nachzudenken. Schließlich hatte sie sich gerade erst an den Gedanken gewöhnt, dass sie mit Haut und Haar verliebt war, als andere Gäste auftauchten und ihre Aufmerksamkeit forderten.

Sämtliche Angehörige beider Familien und sämtliche Bekannte hatten ihre Glückwünsche überbracht. Nicht nur, dass das Anwesen aus allen Nähten platzte, sondern auch die nahe gelegenen Häuser und jedes Gasthaus in Reichweite barsten beinahe vor Gästen.

Der älteste Gast war Lady Osbaldestone, deren schwarze Augen trotz ihres Alters noch scharf umherblickten. Die Lady tätschelte Penelopes Wange und lobte, dass sie ein kluges Mädchen sei. Penelope fragte allerdings nicht nach, womit genau sie ihre Klugheit unter Beweis gestellt hatte.

Der Nachmittag verflog mit Musik, Tanz und allgemeinem Vergnügen. Das graue Wetter draußen machte die Stimmung drinnen nur noch festlicher.

Nachdem Barnaby viele Stunden damit verbracht hatte zu erläutern, wie es zu seinem Sinneswandel in Sachen Heirat gekommen war – er hatte vollkommen ernst darauf beharrt, dass seine frühere Zurückweisung der Damen aus den Salons niemals auf Penelope gemünzt war, denn allen war bewusst, dass sie eine außergewöhnliche junge Lady war, was ihm Gerrards, Dillons und Charlies ausgelassene Zustimmung eingetragen hatte –, hatte er endlich Penelope gefunden, hatte sie entschlossen bei denen entschuldigt, mit denen sie sich gerade unterhalten hatte, und war mit ihr in einen Walzer hineingewirbelt.

Das Tanzparkett war der einzige Ort, an dem sie ihm unbestritten die Führung überließ, was ihn zu einer Bemerkung veranlasste. »Ich glaube«, meinte er und schaute ihr in die dunklen Augen, »dass wir aufbrechen sollten. Jetzt.«

»Oh?« Lächelnd zog sie die Brauen hoch. »Wohin sollen wir aufbrechen? Vielleicht Stokes und Griselda folgen und wieder in die Stadt fahren?«

»Ja und nein.« Stokes und Griselda hatten die ersten Stunden an dem ausgedehnten Hochzeitsfrühstück teilgenommen, aber dann hatte Stokes nach London zurückfahren müssen. Vor ein paar Stunden waren sie abgereist. »Wir fahren nach London, aber auf einer anderen Strecke.«

Nicht weit entfernt besaß er eine behagliche Jagdhütte, schon seit Jahren, obwohl sie nur selten benutzt wurde. Er hatte Anweisung gegeben, sie für diesen Abend als perfekten Ort für ihre Hochzeitsnacht einzurichten. Lächelnd schaute er ihr in die Augen. Bevor Penelope in sein Leben getreten war, hatte er angenommen, dass er niemals romantische Neigungen in sich verspüren würde. Offenbar zu Unrecht. »Ich glaube, es wird dir gefallen, wohin wir fahren.«

Ihr Lächeln wurde sanfter und tiefer. »Das glaube ich auch.« Unmöglich, dass sie es erraten hatte. Barnaby zog fragend die Brauen hoch.

»Weil es nur eins gibt, was ich dort brauchen werde – dich.«

Jetzt war es an ihm, jene Glut in sich zu spüren, die ihren Zügen einen goldenen Schimmer verliehen hatte, und es kam ihm vor, als würde sein Herz sich ausdehnen und anschwellen.

Penelope bemerkte es an seinem Blick. »Darf ich einen Vorschlag machen, um deinen Plan noch zu verbessern?«

Als ob er es nicht erwartet hätte. »Was du willst.«

»Siehst du die Tür da drüben, hinter dem verzierten Spiegel?« Er nickte, und sie fuhr fort. »Wenn wir nach der nächsten Ecke kehrtmachen, durch die Tür nach draußen gehen und die Tür schließen, könnte die Flucht gelingen. Wenn nicht … wenn wir versuchen, den Formalitäten Genüge zu tun, werden wir Stunden damit zu tun haben, uns von allen zu verabschieden und uns zu befreien. Außerdem haben wir uns schon bei allen bedankt, dass sie zu uns gekommen sind. Ich schlage vor, dass wir die Flucht ergreifen, anstatt in die Falle zu tappen.«

Aufmerksam musterte Barnaby ihren Blick, schaute dann geradeaus, als sie ihn um die Ecke zerrte. Dann standen sie vor der Tür, er blieb stehen, öffnete sie und wirbelte mit ihr hindurch, schloss sie hinter sich – um sie in die Arme zu ziehen und zu küssen, bis sie beinahe wahnsinnig wurde.

Danach ergriffen sie die Flucht.

Zwei kluge Köpfe wissen mehr als einer. Natürlich war Barnaby längst klar, dass Penelope ihn wunderbar ergänzte – ungeachtet dessen, womit sie es gerade zu tun hatten.

Epilog

Zwei Monate später, London

»Zufällig hat Stokes mich gerade heute Vormittag benachrichtigt, dass Cameron die Insel verlassen hat.« Barnaby hob den Blick von der Zeitung, während er seinen Frühstückskaffee trank.

Penelope saß am anderen Ende des Tisches im Frühstückszimmer des Hauses, das sie jüngst in der Albemarle Street gekauft hatten, schaute auf und blickte wie abwesend in die Ferne … nickte und konzentrierte sich wieder auf die Liste, die sie gerade schrieb.

Barnaby lächelte, hob die Tasse und nippte. Es gehörte zu den Dingen, die er überaus an ihr schätzte, dass sie niemals erwartete, er würde sie schon am Frühstückstisch mit geistreichen Bemerkungen überhäufen. Und umgekehrt verschonte sie ihn mit geistlosem Geschwätz.

Zufrieden und voller Anerkennung ließ er den Blick ein paar Sekunden lang auf ihrem dunklen Haarschopf ruhen, bevor er sich wieder seiner Zeitung zuwandte.

Gestern erst hatten sie Stokes und Griselda zu einem privaten Dinner eingeladen. Wenn ihm irgendjemand prophezeit hätte, dass seine Frau in der Lage sein würde, ihn und Stokes noch weiter anzunähern und ihre Freundschaft zu vertiefen – dass sogar beide Ehefrauen dazu in der Lage wären –, dann hätte er diesen Menschen für verrückt erklärt.

Auch Penelope und Griselda hatten eine feste Freundschaft geschlossen und schon vor vielen Wochen sämtliche Standesschranken hinter sich gelassen. Zusammen mit Penelope dinierte er in dem kleinen Haus in der Greensbury Street –

das Stokes seiner Braut geschenkt hatte, bei Griseldas Laden gleich um die Ecke –, und zwar genauso oft, wie die beiden zu ihnen kamen.

Inzwischen beherrschte Penelope sogar die Kunst des Muschelessens.

Mostyn brachte mehr Toast. Als er den Untersetzer an ihrem Ellbogen abstellte, schaute sie auf und schob sich die Brille höher auf die Nase. »Heute Vormittag werde ich ins Findelhaus fahren, Mostyn. Bitte richten Sie Cuthbert aus, dass ich die Kutsche in einer halben Stunde brauche.«

»Sehr wohl, Ma'am. Ich werde Sally anweisen, dass sie Ihren Mantel und den Muff bereitlegen soll.«

»Danke.« Penelope kehrte zu ihrer Liste zurück.

Mostyn nickte Barnaby zu und zog sich formvollendet zurück. Obwohl er nicht lächelte, wirkte sein Schritt irgendwie beschwingt.

Sanft lächelnd schaute Barnaby wieder zu Penelope hinüber, wartete mit seiner Frage, bis sie konzentriert ihre Liste überflogen und den Stift abgelegt hatte. »Wie geht es Dick und Jemmie?«

»Sehr gut«, erwiderte sie lächelnd. »Ich bin sehr froh, das sagen zu können. Langsam, aber sicher entwickeln sie sich wie die anderen kleinen Burschen auch. Englehart meint, sie würden sich eifrig in den Unterricht stürzen. Offenbar hat die ganze Klasse sich zu Musterschülern gewandelt, seit der Vorschlag gemacht worden ist, sie zu Konstablern ausbilden zu lassen.«

Barnaby besuchte das Findelhaus neuerdings sehr häufig, und bei einem dieser Besuche hatte Jemmie ihn still und leise gefragt, ob es für einen Jungen wie ihn wohl möglich wäre, Konstabler zu werden. Nachdem er ihm versichert hatte, dass es durchaus möglich wäre, hatte Barnaby mit Penelope darüber gesprochen – die den Gedanken mit der üblichen Leidenschaft aufgegriffen und seinen Vater angeworben hatte, eine Art Lehrplan für Schutzmänner zu erarbeiten.

Barnaby schwelgte kurz in amüsierten Erinnerungen an die irritierte Reaktion des Earls, als sie ihm erklärt hatte, was er tun solle.

Penelope griff wieder nach ihrem Stift und notierte sich noch ein paar Dinge, die sie an diesem Tag zu erledigen hatte. Sie war sich vollkommen bewusst, dass Barnaby sie unbeirrt anschaute, war sich klar, welche Bedeutung in seinem Blick lag. Vielleicht war es noch nicht ganz die rückhaltlose Anbetung, die sie einst in Lord Paigntons Blick bewundert hatte, aber es war ein ausgezeichneter Anfang. Sie sonnte sich darin, bewahrte es in ihrem Herzen.

Es war in jeder Hinsicht die beste Entscheidung gewesen, Barnaby Adair zu heiraten. Eine weise Entscheidung. Nur ein einziges Zugeständnis gab es, das sie ihm machen musste: Wann immer sie in einer gefährlichen Gegend zu tun hatte, musste sie ihn mitnehmen, was ihr allerdings keinerlei Schwierigkeiten bereitete. Und wenn er nicht verfügbar war, waren der Kutscher und zwei Burschen an ihrer Seite.

Ohne Murren hatte sie seinen Bedingungen zugestimmt. Wie bei allem anderen auch, ging es ihm nicht darum, sie einzuschränken, sondern sie zu schützen.

Weil sie wichtig war.

Und das, so hatte Penelope beschlossen, konnte sie akzeptieren, ohne auf vollständiger Gleichberechtigung zu beharren.

»Ich muss dich daran erinnern«, sie schaute auf und suchte seinen Blick, »dass deine Mutter uns heute Abend zum Dinner eingeladen hat. Ich weiß nicht genau, wer noch dort sein wird. Aber ich werde Mostyn schicken, um es herauszufinden. Ungeachtet dessen sollten wir hingehen.«

Penelope senkte wieder den Blick und notierte sich die Anweisung für Mostyn. »Du und dein Vater, ihr könnt euch über geschäftliche Dinge unterhalten. Anschließend kann ich ihn wegen der Lehrpläne belästigen. Mit ein wenig Glück werden Huntingdon und ein paar Kommissare auch dort sein.

Dann können wir zwei Fliegen mit einer Klappe schlagen, um es so auszudrücken.« Barnaby lächelte, lächelte noch breiter, als er sich die Empörung seiner Mutter vorstellte, wenn sie erfuhr, dass ihre ausgewählten Dinnerpartys solchen Zwecken unterworfen waren – und ihre Hilflosigkeit angesichts der zielstrebigen Penelope. »Ja, natürlich. Ich werde rechtzeitig zu Hause sein.«

Jahrelang hatte Barnaby die Einladungen seiner Mutter und der Gesellschaft gemieden. Aber mit Penelope an seiner Seite war er überglücklich, sich dort wieder zeigen zu können.

Es konnte keine bessere Frau für ihn geben als Penelope. Selbst seine Mutter hegte daran keinerlei Zweifel – was ihn in die beneidenswerte Lage versetzte, es Penelope zu überlassen, seinen Umgang mit sämtlichen weiblichen Salonmitgliedern zu arrangieren, seine Mutter eingeschlossen. Er musste nichts anderes tun als sich zurücklehnen, ihr bei ihren Machenschaften zuschauen und sich über das Ergebnis freuen.

Seit Barnaby mit ihr verheiratet war, wusste er, was tief empfundene Zufriedenheit bedeutete.

Und jetzt endlich, da er sein Leben und seine Liebe in Penelopes Hände gelegt hatte, war sein Haus wahrhaftig auf das Angenehmste eingerichtet.